# Les Dames du Faubourg

DU MÊME AUTEUR

*Aux Éditions Denoël*

Chez Lipp

*Aux Éditions Fayard*

Hôtel recommandé, *roman*

De briques et de brocs
*en collaboration avec Jacqueline Michel*

Drôles de numéros
*en collaboration avec Jacqueline Michel*

*Aux Éditions Albin Michel*

Si vous avez manqué le début

Henry Clews, *préface d'André Maurois*
*Éditions d'Art, Joseph Forêt*

JEAN DIWO

# Les Dames du Faubourg

roman

DENOËL

19, rue de l'Université, 75007 Paris
ISBN 2-207-23004-X

A la mémoire de mon père

*Chapitre 1.*

# La croix de la trahison

Sa canne de compagnon à la main, sa « malle aux quatre nœuds » sur l'épaule, Jean Cottion attendit avant de traverser la chaussée de l'Est qu'un bruyant équipage précédé et suivi d'hommes en armes fût passé : « Sans doute un prince qui regagne le château de Vincennes, peut-être même le roi », pensa-t-il.

De l'autre côté de la route, entre deux maisons basses nouvellement bâties – la bonne pierre blanche y prenait l'avantage sur le pisé –, s'ouvrait un couloir qui débouchait sur une cour pavée où séchaient, soigneusement empilées, des planches de chêne et de hêtre. Le patron de la taverne à l'enseigne de *La Sainte Famille,* où il venait de se reposer, lui avait dit qu'il trouverait là, dans son atelier, le maître menuisier-huchier Pierre Thirion. Au bruit et à l'odeur, le jeune homme se dirigea sans hésiter vers la première des trois portes qui s'ouvraient sur la cour.

Le chuintement qu'il avait reconnu était celui d'une scie dont il sut tout de suite qu'elle était maniée par une main habile. Les deux nuances sonores bien distinctes, celle de l'aller – ferme et mordante – et celle du retour – douce, légère comme le chant de la sarcelle – lui firent chaud au cœur. Quant à l'odeur de la sciure neuve et des copeaux fraîchement ciselés par la lame du rabot, il l'aurait distinguée entre mille. Le bois était pour lui comme l'air, le feu ou l'eau, un élément vital, un matériau chargé de magie que la main de l'ouvrier réanimait en lui rendant la liberté d'un arbre dans le matin clair.

Jean Cottion, comme ceux de sa race, aimait d'amour le bois dont la texture charnelle le touchait. Durant son tour de France, aux quatre coins du pays, ses maîtres lui avaient appris les gestes qui magnifiaient en une sorte de volupté le métier de tous les jours. Tous lui avaient dit une fois ou l'autre : « Tu as bien fait de choisir le travail du bois qui est vivant et noble. Le fer certes a ses mérites, mais il n'a pas d'âme! »

En voyant la porte s'ouvrir, Pierre Thirion s'arrêta dans son mouvement. Avec lenteur il retira la scie de son trait, la posa avec précaution sur l'établi et regarda, surpris, ce nouveau venu qui le saluait à la mode des aristocrates du trimard en levant sa canne de compagnon à hauteur du front, signe de respect et de dévouement. Il y avait de la noblesse dans ce geste rituel. Thirion en fut touché. Il sourit et questionna :

– Bonjour ami. Que puis-je faire pour toi?

Une bouffée d'espoir monta aux tempes de Jean qui sentit que le bon vent ne l'abandonnait pas à l'arrivée au port :

– Je m'appelle Jean Cottion, j'ai bientôt vingt-deux ans et je souhaite achever à Paris mon tour de France. L'un de vos amis qui est un peu mon cousin, le maître huchier Collard, d'Épernay, m'envoie à vous. Il m'a simplement recommandé de vous dire : « Par le roi Salomon et saint Joseph, par les trois points de l'équerre et les pointes du compas, le frère Collard m'envoie vers vous et vous embrasse. » Voilà, maître, je crois que je n'ai rien oublié.

– Non. Tu as dit les mots qu'il fallait, comme il convenait mais, surtout, tu as la grande chance d'être sympathique, tu donnes aux autres l'envie de te connaître et de t'aider. Alors? Tu cherches du travail?

– Il est temps que je me fixe et que je gagne ma vie. Je suis un honnête compagnon. Je pourrais vous aider et vous m'apprendriez beaucoup de choses.

– On apprend toute sa vie, mon garçon. Tiens, au lieu de bavarder, pose tes affaires, enlève ta peau de mouton qui, entre nous, sent bien mauvais et continue de scier ce montant de coffre. Suis bien le tracé, surtout ne gâche pas ce beau morceau de chêne. Regarde comme il est sain, bien veiné dans sa chair... Il a au moins sept ou huit ans de coupe et n'a été taillé ni dans l'aubier ni trop près du cœur. On voudrait toujours travailler du bois comme celui-là!

Jean Cottion prit la scie à refendre, la grande, celle qui se manie verticalement, droit devant soi et que le balancier du bras fait avancer tranquillement dans le bois le plus dur, cran après cran, sans grincer, avec la régularité d'une horloge. Il termina la coupe en « bonne grâce », retenant l'outil d'une main devenue légère pour ne pas causer d'éclat et leva ses yeux vers le maître.

– On verra pour le reste, dit celui-ci, mais je suis sûr que tu es un bon compagnon. La scie ne trompe pas. Tu n'as pas essayé de forcer pour faire de l'effet au risque de dévier ou de blesser le bois. Ta lame chante bien, je sais ce que je dis. D'ailleurs, Collard ne m'aurait pas envoyé n'importe qui. Enfin, et là tu as vraiment de la chance, j'ai besoin de quelqu'un. Comment t'appelles-tu déjà?

– Jean. Jean Cottion.

– Eh bien, Jean, je t'engage comme compagnon. Tu t'occuperas de l'apprenti. Montre-lui le métier comme on te l'a appris. Paul, viens par ici!

Un garçon d'une douzaine d'années que Jean n'avait pas remarqué, arriva du fond de l'atelier.

– Paul, dit Thirion, voici notre nouveau compagnon. Tu lui obéiras comme à moi, tu écouteras ses conseils... Il ajouta avec un sourire en se tournant vers Jean : c'est mon fils. Il me succédera un jour mais avant qu'il devienne un bon compagnon, j'ai encore le temps d'en faire des coffres et des escabelles!

Le maître parut réfléchir puis regarda Jean :

– Tu vas vivre avec nous. On va voir avec la femme à t'aménager le coin, derrière l'atelier, encombré de vieilleries inutiles. Ce n'est pas le Louvre mais tu n'es pas le roi. Chez moi, tu ne gagneras pas des fortunes mais tu ne dépenseras rien pour manger et dormir. Ainsi tu pourras économiser pour t'habiller un peu mieux et, plus tard, pour passer ta maîtrise. Viens, je vais te présenter à Gabrielle. Gabrielle, c'est ma femme.

Il conduisit Jean à un escalier en colimaçon qui débouchait à l'étage dans une grande pièce faiblement éclairée par deux fenêtres. Un feu de copeaux égayait le fond de la salle où se tenait une femme encore jeune et d'un physique agréable, très brune, emmitouflée à cause du froid mais convenablement habillée. Thirion présenta son nouvel ouvrier et la femme leva sur lui un regard doux et franc :

– Bienvenue dans notre maison. J'espère que vous vous plairez avec nous. En attendant je crois que la première chose à faire est de laver vos vêtements. Le tour de France forme sûrement les bons compagnons mais ne les rend pas ragoûtants. Tout à l'heure je vous ferai chauffer de l'eau et vous pourrez vous nettoyer. Maintenant, si vous voulez faire des conquêtes à Paris, il faudra devenir un peu plus élégant!

Gabrielle éclata de rire devant l'air gêné du jeune homme et retourna près de l'âtre surveiller une grosse marmite suspendue au-dessus des flammes. Jean était heureux, soulagé. Une heure avant, il ne savait pas où il dormirait dans ce Paris inconnu qu'il avait choisi comme terme de son voyage et voilà que les choses s'arrangeaient toutes seules, mieux qu'il n'aurait osé l'espérer. Non seulement le vivre et le couvert lui étaient assurés mais il sentait qu'il ferait bon vivre dans cette famille accueillante, simple et honnête comme le droit fil du bois.

– Asseyez-vous donc près du feu en attendant le dîner, dit Gabrielle, et racontez-moi votre vie, votre long voyage sur les routes. Vous allez nous faire rêver un peu, nous autres Parisiens qui ne quittons jamais du regard la flèche de Notre-Dame. Je dis Parisiens bien que nous soyons hors les murs mais la porte Saint-Antoine et la Bastille sont si proches...

Tout en bavardant, Jean découvrait du regard la pièce où vivaient les Thirion. Un plateau de bois sur ses tréteaux devant le feu, deux bancs, un grand coffre et un lit d'angle constituaient l'essentiel du mobilier avec un beau dressoir en chêne ciré dont l'éclat faisait ressortir la modestie de l'ensemble.

– Vous regardez le dressoir? demanda Gabrielle. C'est une idée de Pierre. Cela l'a amusé au début de l'hiver, à un moment où le travail était rare, de nous construire un dressoir de baron [1]! »

Quand Jean fut lavé, rasé et qu'il eut enfilé un pourpoint propre, sa seule richesse, tout le monde le félicita pour sa prestance. C'était il est vrai un beau garçon, aux traits fins et au regard intelligent. Son visage agréable savait sourire avec l'éclat de la santé heureuse et de dents superbes, blanches et bien plantées.

Tout naturellement, il prit sa place dans l'atelier et la vie familiale. Il se plia facilement aux habitudes des Thirion et le maître s'aperçut vite qu'il avait affaire à un garçon de qualité dont l'habileté valait la sienne. Il arrivait même que Jean montrât à Pierre des trucs de métier, des tours de main que les vieux huchiers de la province lui avaient appris. Le maître l'en remerciait et le complimentait :

– Grâce à toi, Jean, j'arrive presque à doubler ma tâche. L'abbesse qui trouve que rien ne va jamais assez vite est satisfaite. Sais-tu qu'elle s'est mis dans la tête de refaire toutes les stalles de la chapelle?

Il s'agissait de Jeanne IV, l'abbesse de Saint-Antoine-des-Champs, l'une des femmes les plus puissantes de Paris. Elle avait, disait-on,

1. Le dressoir était un meuble d'apparat qui permettait aux nobles fortunés d'exposer leurs trésors d'orfèvrerie. L'usage voulait que le nombre d'étagères fût fonction du titre nobiliaire du propriétaire : deux pour un baron, trois pour un comte, quatre pour un prince.

malgré l'extrême discrétion de son gouvernement, une grande influence sur le roi dont la dévotion augmentait avec l'âge. Il ne pensait qu'à son salut et ne manquait pas de gagner quelques indulgences en comblant l'abbaye royale d'attentions et de bienfaits.

Le Louvre ne convenait pas à Louis XI. Lorsqu'il n'était pas dans sa résidence favorite de Plessis-lez-Tours, il s'installait soit dans l'hôtel des Tournelles, soit dans la forteresse de la Bastille où il avait fait aménager un appartement. Il s'y sentait plus en sûreté, plus à l'aise que dans les énormes salles et les interminables couloirs mal chauffés du Louvre. Et puis il était à deux pas de l'abbaye Saint-Antoine pour laquelle il avait toujours eu un faible et où il aimait aller prier. Quand le 27 septembre 1465, engagé dans sa lutte à mort contre le Téméraire, le roi avait décidé d'organiser une rencontre avec ses ennemis de la ligue du Bien public, afin de conclure une trêve qu'il ne souhaitait pas plus que les princes, il avait choisi l'abbaye Saint-Antoine plutôt que le Louvre. Avec un sens politique nouveau, il avait imaginé de faire de cet inévitable fiasco une adroite opération de propagande.

Devant l'abbaye, au croisement des trois routes, peu de temps après la réunion manquée, il avait fait élever une énorme croix de pierre destinée à montrer aux Parisiens la mauvaise foi de l'ennemi et sa propre grandeur d'âme. Sur le socle, Louis XI avait fait graver : *Ici, l'an 1465, fut tenu le landit des trahisons. Maudit soit-il qu'en fut cause.*

Les Thirion avaient, à l'époque, assisté en voisins à l'inauguration de cet autel votif de la forfaiture. Ils racontèrent à Jean Cottion comment, au milieu de mille piquiers, dans un fracas de trompettes et de tambours, le peuple de Paris, pourtant peu enclin à s'intéresser aux querelles des grands, avait acclamé son roi si fier et si loyal [1].

– Nous avons eu deux ans après, souligna Gabrielle, une foule encore plus grande sous nos fenêtres!

Pierre était un bon conteur. Il aimait, par ses récits, faire partager à Jean l'intérêt qu'il portait à son quartier :

– La foule immense des badauds, le jour de la croix, dut donner l'idée au roi Louis d'une autre manifestation plus éloquente. C'est

1. Cette croix demeura en place près de deux siècles. Elle témoigne de la modernité de Louis XI, stratège de l'opinion publique, inventeur de la politique-spectacle et de la publicité d'État.

ainsi qu'au cours de l'automne 1467, ce devait être au mois de septembre, le roi décida de passer en revue tous les Parisiens âgés de seize à soixante ans. J'en étais. Nous étions divisés en brigades sous les différentes bannières des quartiers et des corporations. Chaque homme devait être porteur d'une arme. Je n'en avais point, je me suis fabriqué dans un morceau de bois une sorte de hallebarde qui n'aurait pas tué un rat.

– Il a tout de même de drôles d'idées, le roi Louis! remarqua le jeune Paul.

– Drôles mais pas bêtes! Il s'agissait encore de frapper les esprits et de montrer aux Bourguignons qu'il avait sous la main une formidable armée prête à les châtier. J'ai donc défilé, avec ma hallebarde de bois, du château de Vincennes à la Bastille sous la bannière des huchiers. Nous étions en tout 50 000, peut-être plus. Jamais on ne reverra une telle foule! Le roi a dit à l'abbesse qui me l'a répété qu'aucune armée au monde n'avait jamais été ainsi levée dans une ville. Pour montrer sa satisfaction, il fit apporter le soir du défilé une dizaine de tonneaux de vin qui furent mis en perce devant l'abbaye, mais il n'a jamais recommencé.

– Il est bien vieux, et malade, souligna Paul.

– Je crois qu'il est surtout prudent!

Tout en faisant siffler son rabot affûté au rasoir sur les grains de beauté d'une planche de hêtre, Jean Cottion écoutait Thirion lui raconter Paris, le métier, ce coin de chaussée où le hasard l'avait fixé, son mariage avec Gabrielle, son fils unique...

– C'est notre regret à Gabrielle et à moi. Nous aurions voulu trois ou quatre enfants... Évidemment, aujourd'hui, je pourrais les nourrir alors qu'il y a quinze ans! On a tiré le diable par la queue mais le Bon Dieu nous a aidés.

– Le Bon Dieu? Comment cela?

– Avec l'abbaye. Tu sais bien que nous ne travaillons pratiquement que pour elle. Tiens, nous irons demain livrer la table et les bancs qui sont enfin finis. Peut-être verrons-nous l'abbesse. Il faut que tu la connaisses. C'est une fière dame. Et puis, elle connaît les bois, les meubles aussi bien que toi ou moi et sait remarquer un bon montage à mortaise...

Le lendemain, après avoir chargé les bancs et la table de chêne massif, dont le seul plateau pesait cent bonnes livres, sur une charrette à bras, les deux hommes se mirent en route, l'un poussant l'autre tirant dans les brancards. Plusieurs fois, le chargement faillit verser en passant dans une fondrière. Enfin, ils arrivèrent à la croix du roi Louis et, tout de suite après, devant le portail de l'abbaye. Pierre montra à Jean un panonceau de tôle peint aux armes de France et portant l'inscription : *Sauve garde du Roi pour l'abbaye Saint-Antoine.* C'était la marque officielle de l'intérêt que portait le roi aux religieuses qui priaient pour lui, derrière le lourd vantail clouté.

Thirion n'eut pas de mal à se faire ouvrir par la sœur tourière qui le connaissait et la voiture entra en grinçant dans le jardin du Bon Dieu. Jean, qui n'avait jamais pénétré dans un monastère, fut étonné de découvrir derrière la haute muraille une ville en miniature avec ses bâtiments, ses avenues, ses arbres encore givrés et ses bassins gelés où des canards boitillaient autour de deux paons; étrange cité en vérité, coiffée par le clocher octogonal de l'abbatiale et un campanile plus petit, vestige de l'ermitage primitif.

– Tu es surpris, hein? Tu t'attendais à trouver un couvent sévère avec des alignements de cellules et des files de religieuses en prière? Ici l'on prie, c'est vrai, mais la règle n'est pas austère. S'il existe des dortoirs pour les converses, la mère, les abbesses et la plupart des sœurs disposent de confortables logements. Il ne faut pas oublier qu'elles viennent des plus hautes lignées de la noblesse et qu'elles demeurent des grandes dames en prenant le voile. Certaines vivent dans des appartements qui sont de véritables pièces de château. Elles y reçoivent leur famille, leurs amis et donnent même parfois des fêtes. Et puis, il y a les pensionnaires, nobles elles aussi, qui viennent à Saint-Antoine faire retraite et aussi des jeunes filles de bonne famille que leurs parents mettent en sûreté au couvent avant leur mariage. Jeanne IV est là depuis une dizaine d'années. Elle a juré de faire de Saint-Antoine la plus belle abbaye de Paris et des environs. Déjà, elle l'a transformée, agrandie; maintenant elle veut la meubler. Pour notre bonheur en tout cas!

Tandis qu'ils déchargeaient les meubles, une porte s'ouvrit et une religieuse apparut. « C'est elle », souffla Pierre à l'oreille de Jean.

L'abbesse n'avait pas quarante ans. Son velet blanc cadrait un visage agréable qui ne révélait aucune morgue mais c'était, on s'en apercevait dès l'abord, celui d'une femme responsable, habituée à commander et à être obéie.

– Bonjour, mère, dit Thirion en essayant de se découvrir, ce qui n'était pas facile car son bonnet lui enserrait les oreilles.

– Gardez votre coiffure, monsieur Thirion, et montrez-moi vos meubles. Tenez, entrez-les vite dans le grand parloir car il fait encore bien froid ce matin. C'est votre fils? ajouta-t-elle en désignant Jean.

– Oh! non, mon garçon n'a pas encore quatorze ans. Jean Cottion est mon compagnon. Il vient d'achever son tour de France et, pour l'instant, il est installé à la maison. J'espère qu'il y restera longtemps car c'est un bon ouvrier.

– Eh bien, tant mieux! Avec tout le travail qu'il y a à faire ici vous ne serez pas trop de deux. D'ailleurs, il y a longtemps que je vous dis de prendre un compagnon. Et si cela ne suffit pas vous en prendrez deux ou trois autres!

– Il vous faudra, ma mère, aller les chercher rue de Cléry ou ailleurs [1]. Et puis, je n'ai le droit d'employer qu'un compagnon et un apprenti. Les règles de la jurande sont formelles. Tenez, normalement j'aurais dû soumettre ces meubles, avant de vous les livrer, aux jurés de la corporation, afin qu'ils puissent constater que leur fabrication est conforme aux règlements.

– C'est tout de même fort! Ces meubles, c'est moi qui les paye. On verra bien si votre jurande peut m'empêcher d'honorer Dieu en embellissant mon abbaye comme je l'entends! D'ailleurs, j'ai fait parvenir au roi une requête qui changera bien des choses si Sa Majesté daigne m'écouter. Allons, voyons ces meubles.

L'abbesse passa sa longue main fine sur le plateau de chêne et Jean sentit qu'elle prenait un certain plaisir à effleurer le bois. Elle fit ensuite retourner un banc et fut satisfaite de constater que les assemblages étaient montés en queue d'aronde : « C'est beaucoup mieux », dit-elle. Elle parla encore, à l'étonnement de Jean, des « goussets » qui étaient peut-être un peu trop grands et des « patins » qu'elle eût voulus plus élégants. Décidément, Pierre avait raison : l'abbesse savait de quoi elle parlait!

Installé dans l'appentis qu'il avait aménagé à l'aide de quelques planches de sapin, Jean vivait heureux entre l'établi, sa paillasse et la

1. Les huchiers-menuisiers étaient alors presque tous établis rue de Cléry et dans les ruelles avoisinantes. Thirion était le seul maître installé près de la Bastille.

salle de l'étage où dame Gabrielle nourrissait son monde, le plus souvent de « potages », mets cuits en pots dans la cheminée. Elle connaissait tous les maraîchers de Charonne qui lui gardaient leurs meilleurs légumes : des pois, des fèves, des courges, des betteraves. Parfois elle ajoutait un poisson ou un morceau de cochon à cette potée qui mijotait des journées entières sur la braise.

Les repas étaient gais chez les Thirion. On y parlait du bois, des meubles en cours bien sûr, mais on y échangeait aussi les dernières nouvelles de la ville, celles qu'avait glanées Gabrielle à la fontaine et celles rapportées par Pierre et Jean de *La Sainte Famille* où ils allaient parfois boire un pichet de vin à la fin de la journée. A l'heure des repas, la table était vite dressée sur ses tréteaux devant la cheminée. Les hommes sortaient leur couteau et taillaient d'épaisses tranches de pain-tailloir, des « soupes », sur lesquelles Gabrielle versait son ragoût à l'aide de la cuiller à pot. Certains jours, quand on avait bien travaillé et qu'on était joyeux, Thirion se levait, allait chercher la bonbonne de vin et versait une demi-pinte de « vermeil » dans la marmite. « Refais bouillir tout ça, disait-il à sa femme, la sauce sera meilleure. »

Gabrielle n'avait guère l'occasion de montrer ses talents de cuisinière tant la nourriture quotidienne était simple et pauvre. Elle savait néanmoins, les jours de fête, mitonner un « chaudumer [1] » ou rôtir à la broche une viande généreusement enduite de cannelle ou de safran.

C'est pourtant dans le travail que Jean puisait ses joies les plus profondes. Il s'y était voué corps et âme, négligeant même les distractions que pouvait lui offrir Paris, ce Paris qui grouillait à deux pas et qu'il découvrait, petit à petit, sous la conduite de Paul tout heureux d'avoir trouvé un grand frère dans ce compagnon tombé du ciel, plus patient que son père pour lui enseigner les secrets du bois et la finesse de l'outil.

Jean trouvait que le Paris de Louis XI était une ville à la fois gaie et cruelle. On parlait beaucoup du roi dans les familles. Avec son pourpoint de futaine et son vieux bonnet dont on disait qu'il sentait la graisse; il passait aux yeux de son peuple pour un « bonhomme ». Il aimait, il est vrai, causer avec ses sujets et profiter de rencontres impromptues pour se rendre compte de la façon dont on appréciait sa

1. Notre matelote d'anguille ressemble beaucoup au « chaudumer » du Moyen Age.

politique et constater lui-même que ses ordonnances étaient respectées. Louis XI s'invitait même quelquefois à souper chez les bourgeois. C'est ainsi que le 22 septembre, au retour d'un pèlerinage à Saint-Antoine-des-Champs, il s'arrêta chez son panetier, Denis Hesselin, tout près de la Bastille. Le lendemain, la nouvelle fit le tour du quartier. Les commères commentèrent le menu servi au roi après qu'il eut pris le bain que son hôte, selon l'usage, lui avait fait préparer.

Ces bonnes manières, toutes politiques, cachaient une insensibilité assez monstrueuse qui devait, il faut en convenir, autant aux mœurs de l'époque qu'à la méchanceté du monarque : la foule se complaisait dans un sadisme ordinaire, assistait volontiers aux exécutions et aux supplices publics considérés comme spectacles divertissants.

Jean Cottion, lui, n'était guère tenté d'aller voir tourner un malheureux au pilori ou griller un condamné sur le marché aux pourceaux. Un dimanche, il se rendit tout de même au fameux gibet de Montfaucon qui dressait depuis plus de deux siècles ses seize piliers de pierre où pendaient de sinistres breloques. Un autre jour, Paul le conduisit au cimetière des Innocents voir les cellules de pierre dans lesquelles des dévotes s'étaient fait volontairement murer. Le fossoyeur de service leur raconta complaisamment comment, en 1442, une dame nommée Jeanne La Vadrière avait fait bâtir une cellule afin de s'y clôturer. Après avoir prononcé un sermon, l'évêque de Paris avait enfermé lui-même la recluse. Des maçons étaient venus ensuite murer la porte, ne laissant qu'une petite fenêtre pour permettre à l'air de passer. Par cette fente on lui glissait aussi quelques aliments. La folle de Dieu avait ainsi croupi durant deux années dans ses déjections avant de rendre l'âme.

Quelques mois plus tard, la nouvelle courut comme un plomb d'arquebuse de Vincennes à la porte Saint-Antoine : le roi venait de signer une ordonnance qui reconnaissait aux métiers le droit de s'exercer librement sous le contrôle de l'abbesse. En d'autres termes, l'enclos et les terres appartenant à l'abbaye Saint-Antoine devenaient territoires de libre travail pour les compagnons des professions utiles à l'entretien du couvent. La lettre patente intéressait surtout les charpentiers et menuisiers, gens de grande et de petite cognée qui pouvaient installer leurs ateliers dans un lieu proche des chantiers de Bercy où, depuis deux siècles, les chalands débarquaient le bois destiné à la construction des maisons et des meubles. Fait capital : en passant sous la juridiction de l'abbesse, dotée des pouvoirs de basse et haute justice, les ouvriers de Saint-Antoine cessaient d'être sous la coupe des jurandes parisiennes et de leurs règles rigides et contraignantes. Il leur suffisait d'être agréés par la mère et de s'engager à fournir « un ouvrage honnête de bon bois sec et d'assemblage solide », ce qui allait de soi pour les gens du bois qui se considéraient comme les aristocrates des professions manuelles.

Louis XI venait de signer l'acte de naissance du faubourg Saint-Antoine, patrie du meuble, royaume du bois, État souverain de la scie et du rabot. Ce n'était pas là, il faut en convenir, le but profond du roi. Celui-ci avait le premier compris l'un des fondements de l'économie moderne. Un gouvernement ne peut demander de l'argent qu'à ceux qui en possèdent, or il avait besoin de beaucoup d'argent pour mener à bien sa politique et sa diplomatie. Prenant acte que la bourgeoisie, grande pourvoyeuse d'impôts, était exsangue, il avait résolu de l'enrichir pour mieux la ponctionner, en favorisant l'expansion économique, en encourageant partout l'initiative des marchands et des artisans. A Lyon puis à Tours, il avait installé des soyeux italiens, il avait créé l'industrie française de la draperie, développé les mines, frété une flotte de commerce. Libérer les menuisiers-huchiers des contraintes et du conservatisme des puissantes jurandes entrait donc dans le cadre de la politique novatrice du roi, trop heureux par-dessus le marché d'obliger l'abbesse de Saint-Antoine-des-Champs.

Les mois passant, Jean était devenu un vrai Parisien. Ses premières payes lui avaient permis d'acheter des vêtements convenables pour remplacer ceux que les longues marches et les nuits à la belle étoile avaient usés jusqu'à la corde. Sa silhouette longue aux hanches étroites s'accordait bien avec la mode nouvelle des pourpoints courts et des chausses ajustées. Comme les jeunes nobles et bourgeois, il s'était laissé pousser les cheveux et portait même, le dimanche, l'une de ces belles chemises en toile de Hollande, déliées, larges, dont il était indiqué de laisser deviner la blancheur dans l'encolure du pourpoint.

Jean était heureux de pouvoir se montrer à son avantage lorsqu'il était appelé à l'abbaye, ce qui arrivait de plus en plus souvent. Jeanne, l'abbesse, portait visiblement de l'intérêt à ce jeune homme sympathique qu'elle avait vu se transformer en quelques mois. Toujours gai et serviable, il n'avait pas son pareil pour renforcer une poutre défaillante, réparer un meuble ou faire fonctionner l'une des innombrables portes. L'abbaye n'était pas seulement le domaine de la foi mais aussi une exploitation agricole, une hôtellerie, une maison d'éducation. Jeanne était la reine de ce monde entre parenthèses. A part Dieu, elle ne connaissait qu'un maître : le roi Louis.

Un matin, alors qu'il venait de livrer des bancs destinés au réfectoire, l'abbesse fit appeler Jean dans son parloir :

– Vous plairait-il, monsieur le compagnon, d'avoir votre propre marque [1], de graver au fer chaud votre nom sur les meubles que vous construisez?

– Naturellement, mère, c'est mon vœu le plus cher. Malheureusement on ne devient pas maître sans l'accord de la corporation et je n'ai ni l'âge ni l'argent nécessaires pour briguer ce titre. Tout manquement aux règles risque de me faire jeter en prison.

– Non, vous n'irez pas en prison et vous ne serez pas poursuivi. J'ai désormais, vous le savez, le droit de faire travailler qui je veux pour la communauté. Je vais installer sur le territoire de l'abbaye les meilleurs ouvriers. Ainsi en a décidé le roi.

– Mais, ma mère, je suis le compagnon de Pierre qui a été très bon pour moi. Je le récompenserais bien mal en l'abandonnant!

– Cette fidélité vous honore mais il n'est pas question d'abandonner notre fidèle Thirion. Vous m'en donnez l'idée, pourquoi ne viendrait-il pas lui aussi s'installer autour de l'abbaye? Rien ne vous empêchera de travailler ensemble sur certains grands projets que j'ai en tête.

– Où vais-je loger, ma mère? Vous savez que j'habite chez les Thirion...

– Vous habiterez chez vous, derrière votre atelier. Je compte vous installer dans le local qui se trouve à la droite du portail. Vous serez ainsi dans l'abbaye sans y être puisqu'une porte donne accès à la chaussée Saint-Antoine et une autre à notre jardin. Et puis, si vous avez peur de vos jurés, demeurez compagnon. Titre ne signifie pas

1. Une lettre patente de 1467 ordonnait : « Chaque maître des corporations de menuisiers-huchiers doit avoir une marque. » Cette estampille était en principe destinée à authentifier l'origine et la qualité des meubles fabriqués sous le contrôle des corporations. Son usage tomba très vite en désuétude et le demeura jusqu'à la fin du XVIIIe siècle.

mérite. J'ai besoin de gens compétents et je les choisis moi-même. Réfléchissez plutôt à la façon dont vous allez refaire les stalles de l'église abbatiale qui s'écroulent sous le poids de nos sœurs trop bien nourries. J'aimerais aussi pour ma chambre à gésir un lit comme certains menuisiers de la rue de Cléry les font maintenant : à châssis foncé et à épervier [1] avec des panneaux sculptés; mais, de grâce, pas de ces panneaux serviette [2] qu'on voit depuis des siècles sur tous les meubles. Inventez! Inventez! La mode des vêtements change, pourquoi pas celle des meubles?

– Mais, ma mère, nous travaillons selon les règles. Il nous est impossible de donner libre cours à notre imagination. Si à votre instigation, nous nous permettons, Pierre et moi, quelques fantaisies, c'est parce que la jurande n'ose pas trop venir mettre son nez dans les commandes de l'abbaye.

– Il ne manquerait plus que cela! Maintenant vous pourrez fabriquer vos meubles comme vous l'entendez. A condition qu'ils soient beaux naturellement. J'y pense, il me faudra aussi un lectrin [3]. Vous voyez que vous ne manquerez pas de travail! Entendez-vous avec Thirion pour acheter le bois et les outils dont vous aurez besoin. Et si, plus tard, il vous faut des compagnons, on verra comment s'y prendre pour ne pas faire éclater d'apoplexie vos fameux jurés. Pensez à cela, maître Jean, et revenez me voir demain.

Jean était abasourdi. Il venait à peine de faire son nid dans la famille Thirion où il se sentait aimé, adopté; son existence semblait s'y dessiner pour de longues années et voilà que l'abbesse remettait tout en question avec son idée d'avoir sous la main ses propres artisans! D'abord, à son âge, était-il capable d'endosser une telle responsabilité? N'allait-il pas être chassé de sa corporation qui avait peut-être des défauts mais qui l'avait protégé durant son long apprentissage? Bien sûr, il y avait l'ordonnance royale à laquelle, somme toute, il ne faisait qu'obéir. Et puis le soutien de l'abbesse n'était pas rien!

1. Les lits à cette époque étaient simplement constitués d'une sorte de châssis qu'on disait « cordé » parce qu'il était garni de cordes plus ou moins grossièrement tissées. Les châssis « foncés », nouveauté plus confortable, étaient faits de sangles entrelacées.

2. Le panneau serviette ainsi nommé parce qu'il ressemblait aux plis amidonnés d'une serviette se retrouve partout dans les meubles du Moyen Age.

3. Le lectrin, table à lire et à écrire des religieux, est l'un des plus beaux meubles de l'époque. Il est devenu le lutrin d'église au pupitre incliné et réglable.

Il n'était pas encore remis de son émotion lorsqu'il arriva chez les Thirion à l'heure du souper. Silencieux, il s'assit sur le banc à côté de Paul, face à la cheminée et à Pierre qui, le dos au feu, le regardait intrigué :

– Il y a quelque chose qui ne va pas, Jean? Tu as l'air bizarre. As-tu des soucis avec le plateau de chêne? Je savais bien qu'il n'était pas assez sec...

Jean ne répondit pas tout de suite, regarda Pierre et dit enfin :

– Non, rien de tout cela. Le chêne tient bien mais l'abbesse m'a demandé de m'installer là-bas. A mon compte quoi! Comme si j'étais un maître reconnu. Vous vous rendez compte? J'ai peur. Je vous en supplie Pierre, dites-moi ce que je dois faire. Et puis, l'idée de vous quitter me serre le cœur, je suis si bien avec vous!

Tout en remuant le bouilleux, Gabrielle, agenouillée devant l'âtre, avait tout entendu. Elle posa sa cuiller et vint s'asseoir avec les hommes. Gabrielle n'était pas bavarde mais elle n'était pas une femme insignifiante. Fine, intelligente, elle se montrait, dans les circonstances importantes, le vrai cerveau du ménage. Pierre le savait et c'est tout naturellement vers elle qu'il se retourna, la questionnant du regard. Jean attendait en songeant que ce qu'allait dire Gabrielle serait sa vérité, que son avenir se jouait peut-être à cet instant. Gabrielle ne le fit pas attendre. Tout de suite, elle s'écria :

– Mais c'est une chance extraordinaire! Il faut en profiter, il faut oser, Jean. Tu sais, si je n'avais pas un peu secoué Pierre à un certain moment il ne serait sans doute pas maître aujourd'hui!

– C'est bien vrai ce que tu dis. Jean peut avoir confiance en toi. Ta tête vaut celle de tous les astrologues du Pont-Neuf. D'ailleurs, Jean ne travaille pratiquement que pour l'abbaye, le changement ne sera pas grand.

– D'autant, Pierre, que l'abbesse envisage de vous faire venir bientôt près d'elle. Est-ce que vous accepterez?

– On verra, on verra. Pour l'instant il s'agit de toi, dit Gabrielle.

– Il faut dire que ce serait plus pratique, nota Pierre qui ajouta : le seul inconvénient, c'est la jurande. Avec tous leurs beaux statuts et ordonnances, ils ne vont pas se laisser manger la laine sur le dos.

– Que peuvent-ils faire contre le roi?

– En principe, rien. Mais ils vont plaider, alerter le parlement, les échevins, les conseillers et essayer de faire revenir Louis XI sur sa décision.

– Si le roi a signé, ce n'est pas seulement, crois-moi, pour les beaux yeux de Jeanne IV, affirma Gabrielle. Il a sûrement dans l'idée de rabattre le caquet aux corporations qui, dit-on, en prennent un peu trop à leur aise. Il ne changera pas d'avis!

Jean, une fois de plus, fut ébloui par la sûreté du jugement de Gabrielle. « Pierre a bien de la chance, pensa-t-il. Si je me marie, j'épouserai une femme intelligente. »

– Si j'accepte, vous m'aiderez? demanda-t-il.

– Bien sûr!

– A acheter le bois à Bercy, à dessiner les nouvelles stalles de l'église, à monter l'atelier, à choisir les outils?

Pierre éclata de rire :

– Mais oui. Et nous continuerons aussi de travailler ensemble.

– Et moi? Tu m'abandonnes? demanda Paul qui n'avait pas encore ouvert la bouche.

– Pas du tout. Si ton père est d'accord, je te prends avec moi.

– J'y pense, coupa Gabrielle, Jean pourra très bien continuer de venir souper avec nous. L'abbaye est à deux pas et il ne va tout de même pas manger au réfectoire avec les converses!

Jean se leva et l'embrassa. Un petit nuage d'émotion passa dans les regards. Pierre fit le geste qui s'imposait : il se leva et alla remplir une pleine cruche de vin de Charonne.

– Maintenant sers-nous la soupe, dit-il. Ce n'est pas un banquet de maîtrise mais on peut tout de même boire à la santé de l'abbesse Jeanne. Et au roi!

Ainsi, Jean Cottion, compagnon menuisier-huchier, devint-il le premier ouvrier libre de Saint-Antoine. A travers lui et avec la bénédiction du roi Louis, le Faubourg et le Bois s'unissaient pour le meilleur et pour le pire.

Jean s'installa comme il l'entendit dans la pièce spacieuse qui jouxtait son nouvel atelier. Plus libre de son temps que chez Pierre Thirion, il délaissait souvent le rabot et le bédane pour la gouge du sculpteur. Un de ses patrons lui avait appris à se servir de cet outil finement émoulu qui permettait de jouer à l'infini avec le bois en en faisant surgir des entrelacs, des rosaces, des figures. Il enviait les « ymagiers-tailleurs » qui sculptaient à longueur de journée des crucifix de bois ou d'ivoire et les statues d'églises, mais se contentait, pour l'instant, de décorer les panneaux de ses meubles. Il ne regrettait pas d'avoir accepté la proposition de l'abbesse et s'estimait parfaitement heureux dans son atelier champêtre où les senteurs du bois fraîchement travaillé se mêlaient aux parfums de la sève de printemps des grands peupliers qui bourgeonnaient dans le parc. Souvent, Jeanne venait le voir travailler. Elle aimait entendre le soupir de la varlope et admirait l'habileté de Jean à faire jaillir de l'épaisseur du chêne des motifs qui n'avaient plus rien à voir avec les sempiternelles moulures « à la serviette » qu'elle détestait.

– J'aime sculpter, lui dit-il un jour. Ce n'est pas mon vrai métier mais fouiller le bois pour en extraire une fleur, une figure ou un papillon me cause une joie profonde. Je me sens le maître d'un royaume de rêves. C'est à Mâcon, il y a deux ans, qu'un vieux maître qui était censé m'apprendre le métier de menuisier m'a dit : « Écoute, Jean, tu trouveras des dizaines et des dizaines de gens sur ta route qui te montreront comment on mortaise un châssis de coffre mais tu n'en rencontreras sûrement pas beaucoup qui t'apprendront à sculpter, c'est-à-dire à créer, à entrouvrir la porte du domaine sacré de l'art. Alors, moi, je vais te dire comment on se sert d'une gougeonnette et d'un fermoir à deux tranchants. Je t'apprendrai aussi à dessiner car on ne peut pas sculpter si on ne sait pas dessiner. » Ainsi, durant six bons mois j'ai appris les rudiments d'un art qu'une vie ne suffit pas à maîtriser. Lorsque nous nous sommes quittés il m'a donné trois gouges, celles dont je me sers, un vrai trésor, car on ne fabrique pas ces outils en France.

Jeanne l'avait écouté en silence. Habituée à diriger, sans cesse prise entre la volonté du ciel et les exigences de ses obligations terrestres, la « Dame du Faubourg », comme on l'appelait chez le roi et chez les humbles, aimait entendre Jean parler de son métier. Les moments passés à l'atelier n'étaient pas perdus pour Dieu : elle y trouvait plus de sérénité qu'après des heures de prières. Sans doute aussi n'était-elle pas insensible au charme de ce jeune homme fort, beau et intelligent dont l'esprit laissé en friche ne demandait qu'à fleurir.

Après quelques secondes, Jeanne sortit de son rêve :

– Ces gouges n'existent pas à Paris? C'est étonnant, non?

– Non, ma mère. Comme les bons rasoirs elles sont fabriquées par les Anglais, avec un acier spécial qui tient le fil dans les bois les plus durs.

– C'est bien, Jean. Je vous ferai venir d'Angleterre un jeu complet d'outils de sculpteur. Nos familles conventuelles correspondent et s'entraident, le cas échéant, sans se soucier des frontières, ni même des guerres. J'écrirai dès ce soir à l'abbesse de Colchester.

– Comment vous dire merci? Je vous sculpterai un jour un grand saint Antoine pour l'abbatiale.

– Ce sera très bien car je sais que si vous le voulez vous serez capable de le faire. Mais dites-moi, Jean, savez-vous lire et écrire couramment?

– Hélas, non! Tout ce que je sais je l'ai appris au hasard des voyages et des rencontres. Autrefois, le curé de mon village qui me trouvait plutôt doué m'a un peu appris à lire, mais cela ne va pas loin.

– Et pourquoi ne pas apprendre vraiment? On en reparlera!

Jean avait beaucoup réfléchi après cette conversation. Il avait eu si peu l'occasion d'utiliser sa petite goutte de savoir que celle-ci s'était lentement évaporée. Pourtant, ce n'est pas l'envie qui lui manquait de lire. Et pourquoi pas d'écrire? Il était entré plusieurs fois dans la bibliothèque pour y réparer une échelle ou un rayonnage. Cerné par le millier de volumes qui faisaient la gloire de Saint-Antoine-des-Champs, il était demeuré comme étourdi. Tout le savoir du monde lui semblait contenu entre ces murs de cuir fauve, et lui, Jean Cottion, n'y avait pas accès. Chaque reliure était un coffre dont il n'aurait jamais la clé. Il trouvait cela injuste et il chancela de joie le jour où l'abbesse proposa sérieusement de lui apprendre à lire.

– A partir d'aujourd'hui vous commencez un second apprentissage. Les mains et la tête : vous ferez de grandes et belles choses mon ami!

L'attirance de Jeanne pour Jean Cottion était plus profonde qu'elle ne le pensait. Elle souhaitait, certes, aider un jeune homme méritant qui lui rendait des services mais ce geste de charité bien normal cachait un sentiment plus trouble qui lui faisait peur, le soir, quand elle devait s'endormir, seule, face au grand crucifix de buis accroché au mur de sa chambre. Jeanne IV pensa un moment en entretenir son confesseur mais elle décida de n'en rien faire. D'abord parce qu'elle se savait assez forte pour surmonter seule cette épreuve et en faire un joli regret, ensuite parce qu'elle savait très bien ce que le saint homme lui dirait : « Chassez le démon, renvoyez votre huchier et les tentations qui vous guettent disparaîtront. Pensez à saint Antoine, notre patron. Imitez son combat! »

Sauf dans les premiers temps, la communauté n'avait jamais manifesté une grande ferveur religieuse. Les murailles de l'abbaye étaient épaisses mais les bruits du monde y filtraient complaisamment. La vie y était organisée afin de concilier le service du Bon Dieu et le charme discret des biens temporels. Jeanne, qui ne voulait pour rien au monde se séparer de son plaisant menuisier, passa sans trop de remords son trouble amoureux au chapitre des péchés non déclarés. Et puisqu'elle gardait Jean, elle allait essayer de raboter ce qu'il y avait d'un peu rugueux dans le personnage et d'en faire un homme nouveau, un manuel instruit dont il n'existait pas de modèle à sa connaissance. Elle pensait que Jean, ainsi transformé, pourrait lui être précieux pour réaliser l'un de ses projets les plus chers : la création, autour de l'abbaye, d'un centre artisanal particulièrement orienté vers les métiers du bois.

L'abbesse gérait le patrimoine de l'abbaye en vraie intendante. Elle achetait de nouvelles terres chaque fois qu'elle le pouvait, surveillait la rentrée des fermages et construisait sans cesse de nouvelles maisons sur son territoire afin de les louer à ceux qui devaient contribuer au ravitaillement, à l'entretien ou au développement de l'abbaye. C'est ainsi que le maître Pierre Thirion fut invité lui aussi à venir s'installer dans l'une de ces nouvelles constructions où l'abbesse lui offrit un logement confortable et un atelier tout neuf, à deux pas de celui de Jean : ce dernier continuait d'habiter l'abbaye où Jeanne lui donnait, chaque soir, une leçon de lecture. C'était un moment de détente attendu aussi bien par l'élève que par le professeur. Après quelques semaines de travail, le jeune homme arrivait à déchiffrer l'un des manuscrits que l'abbesse choisissait dans la grande bibliothèque parmi les in-douze, les in-octavo et les in-quarto aux dos basanés, vêtus parfois de maroquin ou de cochon frotté. La bibliothèque était la grande affaire de Jeanne qui veillait elle-même à son entretien et à sa mise à jour. M. Blaisot père, libraire à *L'Image de sainte Catherine*, rue Saint-Jacques, apportait chaque mois à l'abbaye les derniers ouvrages édités dont certains, calligraphiés, étaient ornés de merveilleuses miniatures colorées : les virelais d'Eustache Deschamps ou les poèmes de Charles d'Orléans, par exemple.

Un soir, Jeanne arriva à l'atelier un petit in-quarto à la main :

– Jean, regardez bien ce livre. Il est très important car il marque le début d'une nouvelle ère de l'histoire des hommes. C'est le premier livre imprimé en France. Je vous ferai grâce de son contenu : les épîtres latines de Gasparine Barzizio, grammairien de Pergame, ne vous passionneraient guère; mais sachez qu'un livre comme celui-ci peut, grâce à l'imprimerie, être reproduit à peu de frais, et rapidement, en un nombre d'exemplaires aussi grand qu'on le souhaite. La France aura attendu quinze ans pour s'apercevoir qu'un Allemand appelé Gutenberg a inventé cette merveille!

Passionné, Jean feuilleta le livre dont il fallait regarder de bien près les caractères pour s'apercevoir qu'ils n'étaient pas dessinés à la main. Ébloui, il se fit expliquer comment ce miracle avait été rendu possible et conclut, pratique :

– C'est admirable, ma mère. Vous devriez tout de suite faire venir des compagnons imprimeurs à l'abbaye qui pourrait ainsi fabriquer ses propres livres.

Jeanne sourit et répondit que c'était une bonne idée dont on reparlerait plus tard.

– D'ailleurs, ajouta-t-elle, je me trompais. Ce livre vous intéresse directement. Laissez le latin et lisez-moi tout haut la dernière page.

Jean prit le livre et lut lentement de sa voix grave :

– « Comme le soleil répand la lumière, toi, ville royale, nourrie des muses, reçois, toi, Paris, qui t'en es montrée si digne, cet art d'écrire presque divin qu'inventa l'Allemagne. Voici le premier livre qu'a produit cette industrie sur la terre de France et dans ton sein les maîtres Michel, Ulrich et Martin l'ont imprimé et vont en imprimer d'autres. »

Jean était ému. L'abbesse encore plus de voir le jeune homme qu'elle avait façonné s'intéresser avec autant de passion aux choses de l'esprit.

Quelquefois, après la leçon de lecture, Jeanne s'attardait dans l'atelier et racontait à son élève les grandes heures de l'abbaye.

– Savez-vous comment Saint-Antoine-des-Champs est devenue abbaye royale? lui dit-elle un jour. C'était il y a bien longtemps sous le règne du bon roi Saint Louis. Notre maison n'était alors qu'une modeste retraite fondée par Foulques, un prédicateur inspiré, mais le roi qui empruntait souvent la route de Chelles, ancienne voie romaine de l'Est menant au château de Vincennes, prit l'habitude de s'y arrêter. Il aimait écouter Foulques aussi brillant dans la conversation que dans ses prêches et, tout naturellement, il devint protecteur du monastère après qu'il lui eut fait don de quatorze arpents de bonne terre et qu'il l'eut élevé au rang d'abbaye royale. Au retour de sa première croisade, c'est à Saint-Antoine-des-Champs qu'il déposa le 18 août 1239 la couronne d'épines du Christ acquise à Constantinople. Elle demeura exposée ici jusqu'à ce que fût achevée la Sainte-Chapelle construite spécialement pour recevoir la relique.

– Parlez-moi encore de notre abbaye, demanda Jean qui découvrait, fasciné, la magie de l'Histoire.

– Honorée de la générosité royale, sans cesse agrandie par des dons, l'abbaye prit au cours des siècles une grande importance. On l'entoura d'épaisses murailles et bien souvent, celles qui m'ont précédée ont dû, pour la défendre, prendre le commandement d'une garde spéciale envoyée par le roi. On raconte encore, dans un manuscrit que je vous montrerai, qu'à l'aube du 10 mai 1310, cinquante-neuf templiers que le roi Philippe le Bel envoyait à la mort, se signèrent lorsque leur chariot passa devant la chapelle. Tout près de notre moulin à vent, dans les champs tout proches, le bûcher était installé. Deux jours durant, une épouvantable odeur se répandit jusqu'aux fossés de Charonne et de Belleville.

*Chapitre 2.*

# La nuit d'Élisabeth

Pris entre le bois du métier et l'écorce du savoir, Jean n'avait plus guère eu le loisir de s'intéresser aux femmes depuis son arrivée à Paris. Il pensait qu'il avait bien le temps de se marier et s'accommodait de rencontres de fortune, le dimanche, dans les cabarets où il allait boire « un verre de vin à assiette [1] ». Repasseuses, couseuses et gentilles luronnes s'y laissaient inviter sans histoire. L'élégant Jean Cottion ne manquait pas de cœurs à conquérir à *La Petite Bastille,* port Saint-Paul, ou rue Saint-Antoine, au *Plat d'étain* qu'affectionnait le poète Villon. Ces liaisons éphémères lui laissaient l'esprit libre pour assimiler les leçons de Jeanne qui tenait maintenant une place importante dans sa vie. L'abbesse était à la fois pour lui la mère qu'il avait à peine connue, la grande sœur dont il admirait le savoir et la femme dans la fleur de l'âge qui lui vouait, il s'en rendait compte, un sentiment qui dépassait les limites d'une amitié. Cette situation délicate le troublait mais il se disait qu'il fallait laisser faire la vie, règle qui jusque-là ne lui avait pas mal réussi.

Le soir, après avoir soupé chez les Thirion, Jean allumait deux chandelles et reprenait sa place devant l'établi pour sculpter des motifs nouveaux dont il avait eu l'idée et se perfectionner dans un art qu'il ne maîtrisait pas très bien. Les outils, gouges plates et creuses de tailles différentes que Jeanne lui avait procurées, lui permettaient cependant des réussites qui l'encourageaient. Ainsi avait-il repris sa vieille canne de compagnon pour la décorer d'une volute d'angelots et de fleurs.

Il était en train de terminer une guirlande particulièrement ouvragée quand, un soir, la porte qui donnait sur le jardin de l'abbaye

1. Les taverniers vendaient le « vin à pot » qui pouvait être consommé sur place. Les cabaretiers proposaient le « vin à assiette » servi sur une table recouverte d'une nappe et accompagné de certains mets choisis par le client.

et qu'il ne fermait jamais à clé s'ouvrit doucement, laissant deviner une forme blanche impossible à identifier dans l'ombre. Ce n'était pas Jeanne qui ne lui rendait jamais visite à une heure aussi tardive et qui entrait d'une manière plutôt brusque. Intrigué, il posa son outil, leva les yeux et vit s'approcher l'une des jeunes pensionnaires de l'abbaye, facilement reconnaissable à sa coule blanche. Elle avait relevé son capuchon et laissait voir un visage fin et régulier encadré de mèches blondes. Elle regardait Jean en souriant timidement, son index sur les lèvres. Cette recommandation de silence était à ce moment superflue. Jean était bien trop médusé pour prononcer le moindre mot. Enfin il se reprit, avala sa salive et posa d'une voix blanche la question qu'attendait sans doute la visiteuse :

– Que venez-vous faire chez moi à cette heure?

Il se rappelait maintenant cette silhouette et ce visage entrevus dans les jardins. C'étaient ceux d'une des jeunes filles éduquées à Saint-Antoine-des-Champs ou venues y faire retraite.

– Ma visite a l'air de vous surprendre, monsieur..., dit-elle d'une voix douce.

– Vous moquez-vous de moi? Est-ce que vous avez conscience du scandale qui éclaterait dans cette maison si l'on vous trouvait ici avec moi? Je dois beaucoup à l'abbesse Jeanne et je ne peux lui faire cet affront. Alors, s'il vous plaît, sortez immédiatement et ne dites à personne que vous êtes venue me voir.

– Rassurez-vous. Personne ne s'apercevra de ma venue.

– Mais vos compagnes? Si l'une d'elles constate votre absence?

– Impossible. Je suis censée passer la soirée chez l'abbesse, peut-être même la nuit. Cela m'arrive parfois.

Jean faillit s'étrangler :

– Chez l'abbesse? Vous êtes complètement folle! Je vais d'ailleurs aller la faire prévenir immédiatement si vous refusez de partir.

– L'abbesse Jeanne ne serait pas tellement étonnée. Peut-être même penserait-elle que vous êtes un nigaud, monsieur le compagnon.

– Vous n'allez tout de même pas me faire croire que l'abbesse est au courant de cette visite extravagante. Mademoiselle, vous êtes sans doute riche et vous appartenez à une grande famille. Ce n'est pas une raison pour vous moquer ainsi d'un simple compagnon.

– N'ayez donc pas peur! Je vous assure que nous ne risquons rien.

– Nous risquons simplement, petite niaise, vous de finir vos jours dans un couvent moins accommodant que celui-ci et moi d'être pendu à Montfaucon!

– Puisque vous ne me croyez pas, je vais vous faire une confidence. Elle avait pris de l'assurance et souriait malicieusement : disons que l'abbesse Jeanne ne m'a pas déconseillé de venir vous regarder sculpter et de vous entendre parler de votre métier. A propos, Jeanne ne vous a pas appris, au cours d'une de ses leçons, qu'un gentilhomme...

– Je ne suis pas un gentilhomme!

– Bon! Jeanne ne vous a pas appris qu'un homme – vous êtes un homme n'est-ce pas? – ne laisse pas une dame, ni même une jeune fille debout lorsqu'elle lui rend visite?

Tant d'insolence et d'inconscience confondaient Jean qui, pris d'une rage subite, faillit fondre sur la jeune fille, la gifler et la jeter dehors. Elle prévint son geste en criant presque :

– Je suis idiote, je vous demande pardon mais je vous jure que Jeanne est au courant de ma visite! Permettez-moi de m'asseoir sur ce banc et causons.

– Diable, n'en faites rien! Ce banc vient d'être teinté au brou de noix et votre robe blanche subirait des dommages irréparables si vous vous asseyiez dessus. Venez là, installez-vous sur ce coffre.

– Tiens, le grand ours s'apprivoise. La colère vous sied mal, savez-vous.

– Je vous en supplie, dites-moi vite ce que vous avez à me dire et laissez-moi finir de polir cet angelot sur ma canne de compagnon.

– Oh! Qu'il est mignon cet ange, mais qu'est-ce qu'une canne de compagnon?

Jean n'avait pas envie de se lancer dans le récit de ses aventures du tour de France, récit dans lequel, pourtant, il excellait.

– Cette histoire du tour de France ne vous intéresserait pas, mademoiselle

– Ce n'est pas ce que m'a dit Jeanne. Il paraît que c'est passionnant. Soyez gentil, Jean, racontez-moi.

– Vous connaissez mon nom?

– Je n'irais tout de même pas frapper à la porte d'un monsieur dont je ne connais pas le nom.

– Vous n'avez pas frappé, vous êtes entrée; mais comment savez-vous qui je suis?

– Je n'ai pas grand mérite. Vous ignorez, monsieur le compagnon, que toutes les dames de l'abbaye, de la plus jeune pensionnaire à la plus vieille sœur converse, vous connaissent. Je peux même vous dire, mais n'en tirez pas vanité, que beaucoup sont amoureuses de vous. Ma cousine elle-même aurait un petit faible que cela ne m'étonnerait pas.

– Votre cousine? Cessez donc de parler par énigmes et de jouer avec moi.

– C'est vrai, je ne vous ai pas dit : Jeanne IV est ma cousine. Mon père, le marquis des Réaux, m'a confiée à sa garde, et à celle du Bon Dieu naturellement, en attendant la célébration de mon mariage qui aura lieu dans dix jours.

C'en était trop pour Jean qui demeurait éberlué, étourdi, muet de stupeur devant cette avalanche de propos insensés qui devaient tout de même avoir un fond de vérité. Et cette fille délurée qui les lui susurrait le plus naturellement du monde comme s'il s'agissait d'un banal papotage, qui était-elle vraiment? Que lui voulait-elle?

– Alors, demanda-t-il après un moment de silence, vous prétendez que si vous êtes ici, c'est parce que votre cousine, l'abbesse Jeanne, vous a envoyée?

– Les choses ne se sont pas tout à fait passées comme cela, mais enfin... Je vous promets de tout vous raconter. Vous verrez, c'est une belle histoire qui ne devrait laisser que de bons souvenirs. A vous comme à moi.

Jean vint s'asseoir sur le coffre, à côté d'elle, et il écouta :

– Mes parents vont me marier à un monsieur pas beau, pas jeune et que je n'aime pas. Cela arrive à beaucoup de jeunes filles qui portent un joli nom et dont vous devez envier l'existence, vous les maîtres, les compagnons. Enfin il est, paraît-il, très gentil et son titre de procureur général au Parlement est l'un des plus importants du royaume. J'aurais pu tomber plus mal et je ne me plains pas. Pourtant, Jean, j'entrerais plus facilement dans le mariage si vous m'aidiez.

– Vous aider, mademoiselle? Comment le pourrais-je? Je ne suis qu'un très modeste artisan, pas même un maître, et je ne dois la vie heureuse que je mène qu'aux bienfaits de l'abbesse et à l'affection de quelques amis. Je ne possède qu'une chose au monde : mes mains. Tenez, regardez-les, mes mains. Ce sont celles d'un manuel. Elles connaissent mieux le bois que les étoffes de soie.

– Justement, montrez-les, vos mains. Ma cousine m'a dit qu'elles étaient très belles. Donnez, ouvrez les paumes...

Le pauvre Jean était dépassé. La diablesse commandait, il obéit et lui tendit ses mains qu'elle prit aussitôt dans les siennes toutes menues, toutes blanches, lisses comme celles de la madone en marbre de l'abbatiale. La situation prenait un tour qui n'était pas désagréable mais que Jean trouvait de plus en plus inquiétant. Pour dire quelque chose pendant que la jeune fille lui caressait doucement le poignet, il constata sottement :

– Je ne connais même pas votre nom.

– C'est parce que vous ne me l'avez pas demandé. Je m'appelle Élisabeth. C'est vrai, vous savez, que vos mains sont belles, avec des doigts longs qui ne sont pas du tout meurtris par les outils.

– Le bois, mademoiselle Élisabeth, est un matériau aimable. Il n'abîme pas les mains qui le travaillent avec ménagement. Il leur donne au contraire une vraie douceur, comme le ferait du talc d'Italie.

La jeune fille ne disait plus rien, intimidée par ces mains d'homme si fortes et si dociles. Et puis, soudain, elle se pencha et les porta à ses lèvres. Jean n'eut même pas le temps de s'étonner. Déjà, elle s'était levée. Légère, elle lui sourit, murmura : « A demain, Jean. » Et elle s'enfuit de l'atelier, gracile, comme un papillon blanc, laissant Jean confondu par ce qui venait de se passer.

Toute la nuit, il se retourna sur son lit de plume, incapable de s'endormir. Dix fois il se demanda s'il avait rêvé; mais non, la jeune pensionnaire était bien venue, lui avait caressé les mains, lui avait parlé. Il se rappelait même son nom, Élisabeth des Réaux. Alors, il fallait se rendre à l'évidence : cette charmante enfant était folle et elle lui faisait courir des risques insensés. D'abord, de quel droit s'était-elle introduite dans sa vie? Et l'abbesse? Jouait-elle réellement un rôle dans cette aventure extraordinaire? Il décida de l'avertir, de tout lui raconter. Et puis, il se vit devant Jeanne, toujours un peu hautaine, en train de lui dire : « Ma mère, votre cousine Élisabeth m'a embrassé les mains et m'a dit que vous étiez un peu amoureuse de moi... » Que la fille ait dit la vérité ou qu'elle ait menti, il serait ridicule. Sagement, il décida de garder pour lui cette histoire incroyable et d'attendre. « En tout cas, se dit-il, ce soir je fermerai la porte du jardin et ne l'ouvrirai sous aucun prétexte. »

Au cours de la matinée, alors qu'il travaillait dans le chœur de l'église, Jeanne vint vers lui entre deux prières et s'arrêta pour le regarder fixer sur une stalle le panneau dont il venait d'achever la sculpture. Pour la première fois il avait représenté en ronde bosse une petite scène avec des personnages : saint Joseph en train de raboter une planche sous la protection d'un ange. Cette scène naïve n'était pas du grand art mais c'était mieux, beaucoup mieux, que le travail courant des ymagiers en bois qui se refusaient la plupart du temps à toute invention.

– C'est très bien, Jean, dit l'abbesse. J'aimerais beaucoup que les stalles nouvelles, celles que monte notre ami Thirion, soient ornées chacune d'une scène différente. Il faudra que nous dressions ensemble la liste des sujets les plus intéressants.

– Merci, ma mère, je suis content que vous aimiez mon travail.

Il lui sembla, mais sans doute était-ce une fausse impression, que Jeanne le regardait avec un sourire où filtrait un soupçon de moquerie. Finalement elle sortit. Il en fut soulagé. Le soir venu, après le souper, au lieu de bavarder comme à l'habitude, il prit congé des Thirion, traversa la chaussée Saint-Antoine et rentra dans son atelier. Au cours de la journée, le travail l'avait distrait de la pensée qui l'obsédait depuis la veille. Allait-il s'en tenir à sa résolution et laisser fermée la porte qui communiquait avec le jardin? Il savait depuis tout à l'heure, lorsque Pierre lui avait demandé la raison de sa nervosité, qu'il n'en ferait rien. Que serait la vie si on ne prenait jamais un risque? La curiosité l'emportait sur la prudence : il ne tournerait pas la clé dans la serrure!

Jean enleva son pourpoint et enfila l'une de ses plus belles chemises en toile de Hollande puis il prit sur l'étagère le précieux petit in-quarto que Jeanne lui avait offert le jour de la Saint-Jean ; son premier livre, *Le Grand Testament* de François Villon que M. Pierre Levet, libraire à Paris, venait d'imprimer pour la première fois. Le livre s'ouvrit tout seul à la page où le poète laissait le mieux parler son cœur douloureux. Ces vers il les connaissait déjà par cœur :

*Je plains le temps de ma jeunesse,*
*Auquel j'ai plus qu'autre galé*
*Jusqu'à l'entrée de la vieillesse*
*Que son partement m'a celé...*

Un léger grincement de la porte suivi du bruit sec de la clé tournée deux fois brisa le lyrisme de Villon. Jean referma le livre et regarda entrer Élisabeth, grave, résolue, blanche comme dans une robe de mariée. Toute réflexion était désormais inutile. La pièce était commencée que rien ne pouvait interrompre. Son rôle devait être écrit quelque part puisque, déjà, il le jouait en recueillant la jeune fille qui venait de se jeter dans ses bras. Élisabeth était nue sous sa houppelande à grandes manches pertuisées. Il sentait son cœur battre la chamade. Lui-même tremblait d'émotion et de désir. Il lui prit les lèvres, doucement d'abord puis avec passion, et il l'entraîna lentement, à reculons, vers le lit de plume où elle disparut presque complètement. Les pans de son manteau s'étaient ouverts, comme une corolle, sur son jeune corps blanc et frissonnant.

Ni lui ni elle n'avaient prononcé une parole. Il n'y avait rien à dire, seulement à se laisser aller, sans savoir encore si leurs deux êtres jeunes et beaux, elle toute neuve, lui peu expert dans les choses de l'amour, allaient aborder ensemble dans une île paradisiaque ou ne trouver que la côte désespérément banale d'un pays sans soleil. Ce fut l'île. Ils ne reprirent leurs esprits que longtemps après et c'est en caressant doucement le corps apaisé de Jean qu'Élisabeth commença à lui raconter toute l'histoire de leur voyage au « royaume des choses charnelles » :

– Mon Jean, tu as été le jouet des intrigues d'une jeune pucelle jusque-là raisonnable et pondérée. Je te dois des explications et j'espère que l'aventure n'ayant pas été désagréable, tu n'auras pas trop de mal à me pardonner. Je t'ai dit que j'allais épouser un monsieur que je n'ai pas choisi, à qui je ne dois rien jusqu'au jour du mariage et qui m'est indifférent. Il a été décidé que je devais lui faire don de mon corps sinon de mon âme. Il aura mon corps mais, grâce à toi, j'aurai connu avant dans sa beauté et sa plénitude l'événement prodigieux auquel rêvent toutes les jeunes filles.

Je mourais de désespoir à l'idée d'entrer vierge dans le lit de cet homme. Et puis je t'ai vu. Tu ne t'es rendu compte de rien mais depuis des semaines j'essayais de croiser ton chemin. Chaque fois que je réussissais à t'apercevoir, je me disais : c'est lui, lui et pas un autre... L'entreprise, hélas! n'était pas difficile, elle était impossible. Et pourtant la petite fille sage et têtue a gagné. Grâce à Jeanne!

– Grâce à notre abbesse? Explique-toi!

– Oui. Un jour elle m'a vue pleurer au réfectoire et m'a fait venir chez elle. « Qu'y a-t-il petite cousine? Dis-moi ton chagrin. » Je lui ai expliqué franchement la cause de mon désespoir, sûre qu'elle allait me chapitrer et me rappeler les devoirs d'une épouse chrétienne. Eh bien, non! Elle m'a écoutée avec bonté, m'a consolée et m'a même dit qu'elle avait pris le voile pour échapper à un sort pareil au mien. Et puis, je ne sais comment ton nom est venu sur ses lèvres. Elle parle souvent de toi, tu sais. Elle t'admire et elle est très fière de t'avoir appris des choses que, sans elle, tu aurais toujours ignorées. En l'entendant prononcer ton nom, je n'ai pu m'empêcher de tressaillir. Elle m'a vue et m'a dit tout de suite : « Dis donc, n'aurais-tu pas un petit coup de cœur pour ce garçon? Il me semble que tu le regardes avec un peu trop d'intérêt pour une jeune fille qui porte la robe dans une honorable abbaye. Remarque que tu as bon goût. Il est plutôt joli garçon. Non? »

J'ai rougi de confusion et puis nous avons parlé d'autre chose, d'une vieille tante, je crois, dont elle venait d'apprendre le décès.

Deux jours plus tard, c'est elle qui reprit la conversation. Elle me demanda si je t'avais rencontré dans la matinée. « Hélas, non! » lui dis-je. Elle sourit et me laissa aller en me disant de venir la trouver après l'office du soir.

Alors a commencé entre nous un petit jeu dont tu étais à la fois le partenaire inconscient et l'impossible enjeu. Chaque jour elle me parlait de toi et allait un peu plus loin dans ses réflexions. Elle me posait des questions de plus en plus précises sur la nature de mon penchant pour toi, me disait qu'elle me comprenait et qu'elle n'était elle-même pas insensible à ta séduction. Bref, je compris qu'elle était prête à m'aider. Pour exaucer mon impossible souhait, certes, mais aussi pour satisfaire mentalement, à travers moi, un désir qui lui était interdit. Enfin, hier, Jeanne m'a dit qu'après le souper, pris en sa compagnie pour expliquer mon absence, je pourrais peut-être aller bavarder un moment avec toi. « Demande-lui de te parler de son métier, de te montrer ses sculptures. Tu verras, c'est un garçon très riche. Il t'intéressera. » Voilà comment j'ai pu venir te voir hier et recevoir un accueil pas tellement enthousiaste.

– Et aujourd'hui?

– En ce moment la pauvre Jeanne doit prier pour nous. J'espère qu'elle n'est pas trop malheureuse. Demain, je la remercierai adroitement afin qu'elle comprenne que sa cousine pensionnaire n'est plus une jeune fille. Tu vois, Jean, ce dont sont capables les femmes!

Jean avait écouté Élisabeth sans l'interrompre. Tout s'expliquait avec une logique parfaite. La « Dame du Faubourg » était la véritable instigatrice de cette éducation sentimentale peu ordinaire.

– Je ne vais plus oser regarder l'abbesse après ce qui vient de se passer, dit-il.

– Bien sûr que si, grand nigaud. Sois tranquille, elle ne fera jamais allusion à notre rencontre qui demeurera son chef-d'œuvre. Nous aussi nous aurons un secret. Tu ne pourras jamais plus m'oublier, Jean, et dis-toi bien que je penserai souvent à toi. Toute ma vie. Elle se souleva, regarda longuement son amour d'un soir et dit : Je pars demain. Je vais rejoindre ma famille pour préparer mon trousseau. Aime-moi encore une heure, deux heures, et pense à moi toujours.

« J'aurais pu beaucoup l'aimer, Élisabeth », pensa-t-il en regardant un peu plus tard sa forme blanche s'évanouir dans la nuit, comme le fantôme de quelqu'un qui n'aurait jamais existé.

Le lendemain, Jean travailla à l'atelier. Il s'abstint de circuler dans l'abbaye. Il n'était pas triste : un feu de paille ne laisse pas de cendres. Il ne pouvait pas cependant s'empêcher de penser à cette drôle de petite fille qui, avec la complicité de l'abbesse, s'était délibérément offert sa personne. Bah! le cadeau était partagé! Il sourit en passant voluptueusement le plat de sa main sur la surface bien lisse de la planche de peuplier qu'il venait de raboter. Ce geste qu'il faisait souvent lui procurait, il venait d'en avoir conscience, une sensation très voisine de celle qu'il avait ressentie en caressant le ventre doux et ferme d'Élisabeth... Et puis il éclata de rire, tout seul dans l'atelier, en pensant que le mari d'une telle donzelle paierait sans doute bien cher ses privilèges.

Il ne revit Jeanne que le lendemain. L'abbesse qui avait de nouveaux projets – elle en avait pour la vie éternelle – l'entraîna dans l'abbatiale qui était l'un des joyaux gothiques de la ville et de ses environs. Les vitraux, d'une grande légèreté éclairaient la nef d'une lumière sereine et voilée. Les stalles étaient en partie restaurées mais il y avait encore beaucoup à faire. Leurs sculptures, travail long et difficile, étaient à peine commencées. C'est là que se tenaient les dames de chœur pendant les offices et les prières. Les pensionnaires et les converses, elles, occupaient les petites arcades vitrées qui flanquaient le vaisseau central de l'église. Jeanne crut voir le regard de Jean s'attarder sur le banc où, hier encore, Élisabeth était assise. Elle hésita, puis elle dit :

– Ma petite cousine est partie hier. Elle a été heureuse de vous rencontrer. Il est bon que les petites dindes de la noblesse aient conscience de ce qu'est le travail manuel.

Jean ne sut pas discerner si ces mots cachaient une ultime touche perverse à l'ouvrage d'art que constituait le dépucelage d'Élisabeth ou le dernier mot, involontairement cocasse, d'une histoire sur laquelle on ne reviendrait jamais. Cette dernière hypothèse n'était d'ailleurs peut-être pas la bonne puisque la religieuse enchaîna :

– Jean, vous devriez vous marier. Vous gagnez bien votre vie. Si vous n'êtes pas « maître », vous êtes maître de votre temps, et vous avez l'âge de prendre femme. Tâchez donc de découvrir dans votre entourage une jeune fille intelligente qui vous convienne. Contrairement à ce que l'on dit bêtement, ce sont le plus souvent les femmes qui modèlent le comportement des hommes. Et ce n'est pas fini : le rôle des femmes ira en grandissant, j'en suis sûre. Mais ce n'est pas pour vous dire cela que je vous ai fait venir. Tenez : la chaire du prédicateur menace de s'écrouler.

– Elle est en tôle, ma mère, et le fer, vous le savez, n'est pas mon domaine.

– Oui, mais elle est très belle. C'est l'œuvre de Poitevin, le meilleur serrurier du siècle dernier. Je veux la sauver.

– Alors, adressez-vous à un serrurier. A propos, pourquoi n'aurions-nous pas un serrurier parmi les ouvriers libres qui s'installent de plus en plus nombreux sur votre territoire?

– C'est une bonne idée. Je vous remercie, monsieur le Menuisier.

En sortant, Jean s'arrêta comme il le faisait chaque fois qu'il venait dans l'abbatiale devant le grand tableau accroché à droite de la nef. C'était, disait-on, une œuvre de Pisanello, un grand artiste italien. Elle représentait l'apparition légendaire de saint Antoine à deux cardinaux envoyés par le pape à la fondation de l'abbaye. Le jeune homme aimait aussi s'attarder devant deux belles statues de marbre blanc représentant Jeanne et Bonne de France, les filles de Charles V mortes très jeunes et inhumées dans l'abbaye à la demande du roi. En véritable artiste, Jean s'intéressait à tous les moyens d'expression. Là, il enviait les sculpteurs qui pouvaient attaquer au ciseau et au marteau le cipolin ou le marbre de Carrare.

Le soir, au souper, Jean fit part à ses amis en riant, des conseils matrimoniaux de l'abbesse.

– La mère a raison, dit Gabrielle. Tu devrais te marier. Quel dommage que nous n'ayons qu'un fils! On t'aurait bien donné notre fille tu sais...

Jean, qui était en verve, parla ensuite du développement de l'abbaye devenue une véritable cellule artisanale :

– L'abbesse est persuadée que la liberté du travail telle qu'elle existe dans son fief doit permettre à un art nouveau de s'épanouir. Ce sont les corporations et les jurandes qui figent les formes. Tenez, il y a des années que les Italiens et les Allemands fabriquent des crédences. Chez nous un peu partout, on en est encore au dressoir qui ne sert à rien. L'abbesse qui accueille volontiers les ouvriers étrangers d'autres professions veut aussi que nous mettions en pratique tous les perfectionnements de la technique.

– Je crois qu'on peut faire confiance à notre abbesse. Si elle ne meurt à la tâche, elle fera de grandes choses dans notre quartier. N'oublions pas cependant que l'essentiel, c'est le bois qui nous fait vivre et qui doit garder ici la suprématie.

Parmi les nouveaux venus, Jean avait tout de suite remarqué un homme simple et discret que l'abbesse avait installé tout près de chez Thirion. Son métier avait tout pour plaire à Jean qui découvrait chaque jour un peu plus de plaisir dans la compagnie des livres. Thomas Mercier exerçait la noble profession d'enlumineur et Jeanne l'avait chargé spécialement de remettre en état les manuscrits les plus précieux de la bibliothèque, de parfaire les miniatures qui les illustraient et d'en peindre de nouvelles sur les volumes qui en manquaient.

Thomas avait à peu près l'âge de Pierre et il devint vite l'un des familiers de la maison Thirion. Jean allait souvent le voir travailler. Il admirait son habileté, la sûreté de son trait, la finesse des couleurs à la gomme qu'il appliquait sans trembler à l'aide d'un pinceau de martre. Thomas lisait le latin, ce qui pour Jean était le comble du savoir. A la demande du jeune homme, il traduisait des passages des ouvrages sur lesquels il travaillait. Et puis, il y avait les nouveaux livres imprimés que l'abbesse n'admettait dans la bibliothèque qu'une fois décorés et enluminés. En effet ces livres, comme les manuscrits, n'avaient pas de pages numérotées. Une large marge et la place des lettrines, au début de chaque chapitre, étaient laissées en blanc pour être imagées. Le grand souci des premiers imprimeurs était de faire des livres qui ressemblaient à des manuscrits.

Un jour où Jean écoutait Thomas lui raconter l'extraordinaire aventure de son grand-père qui avait travaillé avec les frères Limbourg à l'enluminure des *Très Riches Heures du duc de Berry*, une jeune fille fit son entrée dans l'atelier. Svelte, brune, jolie, elle paraissait dix-huit ans. Sa fraîcheur et la vivacité de son regard frappèrent tout de suite le jeune homme.

– Je vous parlais de ma fille qui était au couvent d'Autun, dit Thomas, eh bien! la voici. C'est la savante de la famille. Elle a été élevée chez les Dames de la Croix grâce à la générosité du comte d'Éparmont dont j'ai eu l'honneur de conserver la bibliothèque jusqu'à sa mort, l'an dernier. Ma femme est morte en mettant au monde Charlotte qui revient vivre maintenant avec moi. J'en suis heureux vous vous en doutez. Charlotte, je te présente Jean Cottion, notre voisin, qui est menuisier et sculpteur. Il a beaucoup de talent, il aime le bois et les livres. Voilà, j'ai tout dit. Maintenant si vous voulez en savoir un peu plus l'un sur l'autre, rien ne vous empêche de parler.

Les deux jeunes gens en effet n'avaient pas ouvert la bouche. Ils se regardaient, c'est tout, et Thomas avait senti qu'il se passait quelque chose, que ces deux-là se reconnaissaient sans s'être jamais rencontrés. « Déjà! pensa-t-il. J'aurais tout de même bien voulu garder un peu ma petite fille. » Le coup de foudre, puisque coup de foudre il y avait, n'eut tout de même pas des effets aussi rapides. Jean et Charlotte retrouvèrent la parole et apprirent à se connaître.

Charlotte, en effet, était instruite. Alors que les jeunes filles de bonne famille se contentaient de quelques connaissances religieuses et d'une adresse convenable à coudre et à broder, Charlotte, intelligente et curieuse de tout, avait pleinement profité de l'enseignement de ses maîtres. Cela ennuyait un peu Jean qui se sentait en état d'infériorité mais la jeune fille qui avait tout de suite senti le danger, s'employait à le rassurer, s'intéressait à son travail, à la sculpture surtout. Elle s'était vite rendu compte que si Jean n'était pas instruit, il était loin d'être sot et que sa conversation ne manquait pas d'intérêt : « Vous voudriez comprendre le latin, Jean? Je ne pense pas que cela vous soit absolument indispensable mais je vous l'apprendrai », lui disait-elle en riant. Comme elle se rendait souvent à l'abbaye où elle aidait son père à classer les ouvrages, elle passait voir Jean qui lui expliquait avec les accents du cœur la poésie du bois :

– Tu vois, lui disait-il, si je ne respire pas au moins une fois dans la journée l'odeur de la sciure, si je n'ai pas senti les fibres vivantes du bois céder sous le fil de mon outil, je ne suis pas heureux, il me manque quelque chose.

– Mon père est pareil avec ses encres, ses couleurs et ses pinceaux. Finalement la vie vous a fait le plus beau des cadeaux : la possibilité de travailler en faisant ce qui vous plaît.

L'abbesse à qui rien n'échappait dans son domaine avait évidemment remarqué Charlotte. Elle aimait causer avec elle, lui prêtait des livres, l'entretenait de ses projets. Tout de suite, elle avait pensé que la jeune fille serait pour Jean la femme idéale et il ne lui déplaisait pas de jouer un nouveau rôle dans le destin amoureux de son protégé. Rôle discret d'ailleurs qui n'avait rien à voir avec celui qu'elle avait imaginé pour rapprocher Élisabeth de Jean. Elle se contentait de faire l'éloge du jeune homme et, comme ses propos trouvaient toujours un écho favorable, il lui était inutile d'insister. Les choses pourtant n'avançaient pas à son gré. Les deux jeunes gens, cela crevait les yeux, étaient amoureux l'un de l'autre mais jamais encore ils n'avaient entre eux parlé d'amour. Jeanne décida un jour de mettre fin à ce gâchis de bonheur. Une minute de conversation avec chacun suffit pour mettre le feu aux poudres. Le soir même Jean et Charlotte s'avouaient leur tendresse, tombaient dans les bras l'un de l'autre et décidaient de se marier le plus vite possible.

Thomas qui attendait depuis longtemps cette conclusion fut heureux : « J'avais une fille, j'aurai maintenant aussi un fils », dit-il. Les Thirion ne cachèrent pas leur joie : « Quelle chance tu as d'épouser Charlotte! » lui lança Paul. « Si j'avais eu deux ou trois ans de plus, je te la soufflais! » Quant à Jeanne, elle fit semblant d'être étonnée et annonça : « Ce n'est pas l'usage mais vous vous marierez à l'abbatiale. Après tout Jean y sert aussi bien Dieu en sculptant les saints que d'autres en les priant! »

Durant trois mois, Jean travailla tard le soir, aux chandelles, pour fabriquer lui-même ses meubles, selon l'usage du compagnonnage. Il ne s'agissait habituellement que d'un lit tout simple, d'un coffre et de deux bancs mais Jean, lui, entendait avoir des meubles superbes. Il voulait une vraie table alors que personne n'en avait à part quelques riches bourgeois et certains seigneurs. Il voulait des bancs à dossier tournant, des escabelles, deux placets, un lectrin pour Charlotte, un lit de gentilhomme à la nouvelle mode avec un entourage en bois, un chevet plein et deux piliers de pied destinés à supporter le ciel de lit. Enfin, il venait de terminer la crédence, nouveau meuble à tout faire. Il était très fier des deux portes traitées d'une façon révolutionnaire. Sur chaque panneau il avait sculpté une scène champêtre, c'était nouveau et très gai.

Charlotte de son côté ne perdait pas de temps. Elle cousait, cousait, se confectionnait un beau trousseau grâce à la pièce de toile fine que l'abbesse lui avait offerte. Tout fut prêt pour le jour du mariage.

La messe célébrée dans l'abbatiale fut marquée par un éclat qui ne correspondait pas au rang social des jeunes époux. Jeanne l'avait voulu ainsi pour montrer son attachement à Jean et à Charlotte et aussi pour souligner qu'elle était la maîtresse de Saint-Antoine-des-Champs. C'était une réponse aux prélats de Saint-Paul et de Notre-Dame qui avaient tenté de s'opposer à la célébration du mariage dans l'abbaye parce que c'était contraire aux règles conventuelles. Finalement tout se passa le mieux du monde. Le chapelain des Cordeliers, un ami de Jeanne IV, dit la messe. Jean était très ému et Charlotte essuya une larme quand les dames de chœur de Saint-Antoine entonnèrent l'alléluia. Tous les amis du quartier étaient rassemblés devant la grande porte pour applaudir les nouveaux mariés à leur sortie. Charlotte dans sa longue robe blanche et Jean, serré dans son pourpoint neuf, formaient un très beau couple. « C'est un mariage de seigneurs! » s'écria Gabrielle. C'était vrai, Jean avait l'allure d'un vrai gentilhomme et Charlotte celle d'une princesse baignée par des pleurs de bonheur : la noblesse du bois prenait racine au cœur du Faubourg.

La suite de la journée fut plus simple. Famille et amis proches se retrouvèrent pour le dîner autour de la table du maître Thomas. A la fin du repas, celui-ci se leva et remit aux jeunes gens un manuscrit richement orné : *La Légende dorée*, chef-d'œuvre de son père lorsqu'il avait passé sa maîtrise :

– Aimez les livres, mes enfants. C'est par eux que les meilleurs de nos semblables ont montré et continueront de montrer qu'ils sont des hommes. Gardez précieusement celui-ci. J'y ai ajouté à votre intention quelques images pour célébrer votre bonheur.

– Soyez tranquille, mon père. Cet ouvrage sera rangé auprès de ma canne de compagnon. Tous deux appartiennent déjà à nos futurs enfants.

Les enfants ne tardèrent pas d'arriver au foyer du jeune couple. D'abord un garçon en 1476, appelé Nicolas, second prénom de son parrain maître Thirion. Puis deux petites filles dont une mourut peu après sa naissance. La seconde, Hortense, une jolie et solide poupée, brune comme sa mère, était pourtant née en 1480 dans les plus mauvaises conditions. Charlotte avait accouché le 12 février dans les rigueurs d'un terrible hiver. De mémoire d'homme, on n'en avait jamais connu un pareil en France. Le froid avait commencé au lendemain de Noël et, depuis, n'avait cessé d'empirer. La Seine était complètement gelée. Les chariots les plus lourds y circulaient comme sur la terre ferme. Broyés par la glace, plusieurs ponts s'étaient écroulés. Ceux de Notre-Dame et de Saint-Michel avaient été sauvés de justesse grâce à la protection d'une flottille de petites barques. Paris mourait de froid, les enfants en bas âge et les vieillards périssaient par centaines, faute de chauffage. Le bois en effet avait atteint un tel prix à Paris que seuls les riches pouvaient s'en procurer. Heureusement, Pierre Thirion possédait une réserve de vieilles planches et de chutes de bois qui permit à Charlotte d'accoucher dans une pièce à peu près chauffée et au bébé de ne pas succomber. Jean, de son côté, rapportait de l'abbaye, où l'on avait abattu quelques gros arbres, de précieuses bûches soigneusement cachées sous sa houppelande. Il n'était pas question en effet de se promener chargé d'un fagot ou d'une pièce de bois!

Tout le pays était touché, les vivres arrivaient mal à Paris où la mortalité était presque aussi forte que durant la peste noire de 1348 qui avait fait plus de cinquante mille victimes. Lorsque la température se radoucit, le blé avait gelé, les vignes aussi, et la famine continua d'éprouver le pays durant plus d'une année. A Paris, des bureaux des pauvres avaient été créés. Tous les monastères aidaient les plus déshérités à survivre. A Saint-Antoine, Jeanne avait organisé une soupe populaire permanente. D'habitude, ce service charitable ne fonctionnait qu'à l'époque de la soudure, quand la moisson n'était pas encore mûre et que les réserves de grain étaient épuisées dans les greniers : c'était l'œuvre du « pain de mai ». Cette longue distribution de vivres mit en difficulté les finances de l'abbaye déjà éprouvées par la gelée des récoltes domaniales. Tous les travaux d'embellissement furent ralentis, la communauté de Saint-Antoine traversa deux années difficiles.

La vie enfin avait repris son cours normal chez les Cottion et leurs voisins de Saint-Antoine quand le mal qui incommodait le roi depuis l'hiver tragique empira soudainement. Une attaque d'apoplexie l'avait rendu bègue et perclus de tous ses membres. Les secours de la médecine s'avérant impuissants, Louis XI s'adressa au ciel. Il ordonna que des processions fussent faites partout afin de « faire cesser le vent de bise qui l'incommodait ». A Paris, le Parlement s'assembla le 7 février 1483 pour arrêter les détails de cette parade royale et médicale.

Ce fut un bien curieux spectacle qu'aucun Parisien n'aurait voulu manquer. Jean y emmena le petit Nicolas, âgé maintenant de douze ans. Le récit qu'il en fit à sa mère, le soir, au cours du souper, montra qu'il ne manquait pas d'esprit d'observation. Il n'omit aucun des religieux – quinze de chacun des ordres mendiants et quatre de chaque monastère important – qui défilèrent lentement du Palais-Royal à Saint-Denis. Les uns portaient un cierge d'une livre, les autres l'une des reliques les plus précieuses de la capitale. « Il y avait aussi tous les procureurs, les avocats et les membres du Parlement », ajouta Nicolas. « Tu oublies l'évêque de Marseille qui trébuchait à chaque pas, ployant sous le poids de son habit pontifical », précisa Jean.

La bise néfaste n'ayant pas cédé à la cavalcade des notables, le roi, vers la fin de juillet, demanda la sainte ampoule de Reims, sans doute afin de constater lui-même le niveau de son contenu puisqu'il était de notoriété cardinalice que celui-ci baissait quand la santé du roi devenait inquiétante.

La sainte relique arriva à Paris le 31 et ce fut pour Pierre l'occasion d'assister à un nouveau spectacle. Le roi avait exigé en effet que le flacon contenant l'élixir miraculeux fût déposé durant vingt-quatre heures sur l'autel de sa chère abbaye Saint-Antoine-des-Champs et placé sous la garde de l'abbesse, assistée pour la circonstance de onze religieux. Jean, qui avait construit l'estrade devant supporter douze torches aux armes de la Ville, décrivit par le menu à Nicolas cette macabre exposition qui s'acheva le lendemain, lorsque des messagers de hauts rangs vinrent reprendre l'ampoule pour aller la présenter au roi dans son château de Plessis-lez-Tours.

Le roi mourut le 29 août 1483 entouré de ses reliques qui regagnèrent dès le lendemain les églises où elles étaient habituellement conservées. Cette mort inquiéta beaucoup le peuple de Saint-Antoine groupé dans son petit bourg de campagne, à deux pas de la porte de Paris. Ce qu'avait octroyé Louis XI, Charles VIII, le nouveau roi sacré à Reims pouvait l'annuler en signant simplement une nouvelle ordonnance. Les jurandes allaient certainement agir en ce sens. L'abbesse, heureusement, calmait les esprits : elle était sûre, disait-elle, que son droit de haute et basse justice serait maintenu et que ses ouvriers demeureraient libres sous sa tutelle. Elle avait raison. Le lieutenant général du royaume, le duc d'Orléans, avait autre chose à faire que de s'occuper des menuisiers. Quant au jeune roi, âgé seulement de quatorze ans, il préféra se distinguer à la postérité en faisant pendre Olivier Le Dain, le favori de son père, plutôt qu'en poursuivant de sa vindicte une abbesse qu'il ne connaissait pas.

Les Parisiens exécraient Olivier Le Dain, ce parvenu qui, de valet de chambre et de barbier du roi avait fini par devenir comte de Meulan et ambassadeur. Ils lui reprochaient d'avoir eu une influence néfaste sur le souverain et de s'être rendu coupable à maintes atrocités sur le peuple. Aussi y eut-il foule à Montfaucon lorsque Henry, exécuteur de la haute justice, fit monter à l'échafaud et attacha lui-même au gibet celui qui lui avait donné si souvent l'occasion d'exercer son talent. « Icelui fut pendu et étranglé », consigna le greffier dans son rapport.

Durant une bonne semaine, on ne parla que de cette exécution dans les rues de Paris. L'abbesse Jeanne dut même, un jour, faire chasser un chanteur qui, sur les marches de l'abbaye, vendait aux badauds une complainte composée par Molinet :

*J'ai veu un oyseau ramage*
*Nommé maistre Olivier*
*Vollant par son plumage*
*Hault comme un épervier.*

*Fort bien scavoit complaire*
*Au roy, mais je veis que on*
*Le feist pour son salaire*
*Percher au Montfaucon.*

Olivier Le Dain avait autrefois rendu quelques services à l'abbaye et l'abbesse s'en souvenait.

– Sans doute, la bonne Jeanne est-elle la seule à penser que le pelage de ce daim n'est pas tout à fait noir, commenta Jean, le soir, à *La Sainte Famille* où il était allé avec Pierre Thirion retrouver les compagnons de la Bastille et boire en leur compagnie un setier de vin de Grosbois.

– Olivier n'est pas le seul, dit un menuisier de la rue Saint-Antoine. J'ai vu fouetter tout à l'heure, à la porte de la Bastille, Jean de Doyat, un autre favori du roi Louis. Il paraît qu'un peu plus tard, aux Halles, on lui a coupé une oreille et percé la langue au fer chaud [1]. Finalement, il vaut mieux être compagnon que ministre, on dure plus longtemps!

1. Après ces tortures parisiennes très ordinaires, Jean de Doyat fut remis au duc de Bourbon qu'il avait paraît-il trahi. Bon prince, le duc se borna à lui faire couper l'autre oreille. Plus tard, le roi fit casser le jugement condamnant Doyat et le rétablit en possession de sa fortune. Il ne lui rendit pas ses oreilles.

La conversation prit un tour moins lugubre, on parla du métier :

– L'abbesse me l'a répété ce matin, affirme Jean, les lettres patentes ne seront pas annulées. Ni le prince ni le roi ne souhaitent rendre les corporations plus puissantes.

– Alors buvons à la santé du roi Charles, dit quelqu'un en levant son verre.

– Corporations ou non, notre métier change! lança Thirion. Bientôt on fera d'autres meubles.

– C'est à cause des étrangers.

– Bien sûr, confirma Jean dont l'avis était toujours écouté parce qu'il était l'un des fondateurs de la communauté du meuble et qu'il était reconnu comme l'un des meilleurs menuisiers-sculpteurs du quartier.

– Les ouvriers qui arrivent de l'Est, de l'Allemagne surtout, ne sont peut-être pas meilleurs que nous mais ils nous apportent d'autres méthodes, d'autres idées qui finissent par influencer notre propre façon de faire. Ils viennent s'installer dans le fief de Saint-Antoine parce que, là, on les laisse travailler en paix. Moi, je trouve cela très bien. Nous ne pourrons nous opposer aux jurandes qui figent notre métier depuis plusieurs siècles qu'en innovant, qu'en prenant ce qu'il y a de bien et de nouveau chez les autres. Tenez, l'art du meuble, car il s'agit bien d'un art, bouge en Italie. Pourquoi pas chez nous?

– Les bois eux-mêmes se renouvellent. Il n'y a pas si longtemps nous ne connaissions que le chêne, eh bien, aujourd'hui j'ai vu au quai de la Rapée des pleins bateaux de bois nouveaux.

Thirion remit alors sur le tapis la question qui agitait les métiers du bois depuis quelque temps, celle de la colle dont l'usage demeurait en principe interdit par les statuts de la profession. Un meuble devait être solide par la seule vertu des assemblages et pouvoir être démonté. Beaucoup de menuisiers cependant commençaient à utiliser une colle dite forte, sans doute à cause de son odeur, pour consolider des placets, tabourets ou autres petits meubles. Cette colle, hélas! n'était pas fabriquée en France, il fallait la faire venir d'Allemagne, de Flandre ou d'Angleterre et elle coûtait cher.

Une discussion s'engagea. Finalement on arriva à la conclusion que les meubles importants devaient pouvoir être facilement démontés pour le transport et qu'ils ne devaient donc pas être collés. Les autres, en revanche, ne pouvaient que gagner de la solidité par un collage judicieux. « Pourquoi aussi ne pas coller un panneau sculpté sur un gros meuble quand la sculpture n'est pas prise dans la masse? demanda Jean. Cela n'altère en rien la résistance de l'ensemble! »

Ces controverses montraient en tout cas que le bois « craquait » dans le Faubourg, comme à l'approche d'un printemps qui s'annonçait déjà derrière les frontières, celles de l'Italie surtout où les premières fleurs de la Renaissance commençaient à ouvrir leurs corolles.

Un jour vint où le chiffre cinq prit la place du quatre au bas des édits royaux. Le 1er janvier 1500, Jean avait passé la cinquantaine. Il était toujours en pleine forme (« le bois conserve », disait-il) mais ses longs cheveux châtains viraient inexorablement au gris. Charlotte était encore très belle, pourtant les rides gagnaient la bataille des années sur la douce peau de son visage. Nicolas, lui, venait de fêter son vingt-quatrième anniversaire. Il avait la prestance de son père et la finesse des traits de sa mère. Apprenti depuis l'âge de douze ans, il était bon ouvrier mais le bois n'avait pas pour lui l'attrait magique qu'il avait exercé sur son père. Charlotte, depuis son plus jeune âge, lui avait transmis son savoir et sa plus grande peine avait été la mort de Thomas en 1490. Il vouait à la mémoire du vieil enlumineur un véritable culte et regrettait que sa disparition ait interrompu les leçons que lui donnait le maître depuis son enfance.

Il avait hérité de son grand-père ses plumes, ses pinceaux, ses couleurs et aussi la passion du dessin et de la peinture. Tout l'intéressait : les livres, les arts, le monde, les idées nouvelles. Il faut dire qu'en moins d'un quart de siècle, il en avait vu des choses! Il se rappelait avoir contemplé une interminable procession qui venait chercher la sainte ampoule dans l'abbatiale, il avait assisté sur les épaules de son père à l'entrée solennelle à Paris d'Anne de Bretagne, la jeune femme de Charles VIII et il avait connu trois rois de France! Aujourd'hui, Louis XII fils du duc d'Orléans régnait. Il venait d'épouser la veuve du roi défunt [1]. Comme son prédécesseur, il était fasciné par l'Italie et ses chimères. A la tête de ses armées, il courait de Gênes à Naples, de Ravenne à Milan, gagnait des villes qu'il

1. Louis XII avait succédé sur le trône de France à son cousin Charles VIII dont il avait peu après épousé la veuve – la duchesse Anne – réunissant ainsi à nouveau la Bretagne à la couronne.

reperdait bientôt mais rapportait de ses campagnes des chefs-d'œuvre de Botticelli, de Donatello, du Perugin et le souvenir ébloui d'un génie dont il avait admiré la représentation de la Cène en visitant à Milan le couvent de Sainte-Marie-des-Grâces : Léonard de Vinci.

De leur côté, les seigneurs qui accompagnaient le roi chargeaient leurs fourgons de meubles nouveaux audacieusement décorés de motifs empruntés à la mythologie et sculptés dans le buis ou l'ivoire. Nymphes, fleuves barbus, dieux et héros couvraient les portes des coffres ou servaient de pilastres. Arrivées à Paris ces merveilles meublaient les plus riches demeures et bientôt les seigneurs qui n'en possédaient pas éprouvèrent le désir d'en acheter des copies. La mode nouvelle gagna donc très vite les ateliers où l'on s'échangeait des modèles de coffres ouvragés, des dessins de cassones, des croquis de sculptures inspirées de l'histoire romaine. Cet engouement ne tarda pas à attirer vers l'enclave libre un certain nombre d'ouvriers italiens, des Milanais surtout, qui s'installèrent et montrèrent leur savoir-faire aux compagnons parisiens.

Jean qui avait prévu ce renouveau avait pris au Faubourg la tête du mouvement réformiste. Grâce à son fils Nicolas qui pouvait enfin utiliser ses dons de créateur en dessinant des meubles comme on n'en avait jamais vus, il interpréta l'art italien après l'avoir un moment copié. Ce fut, à l'ombre de l'abbaye, un grand moment pour les Cottion et les Thirion.

Seule ombre à cette félicité : Jeanne IV l'abbesse de Saint-Antoine, grâce à qui tout avait été possible, n'était plus là pour jouir de son triomphe. Elle était morte discrètement une nuit d'avril 1497 en léguant à Jean, sans doute le seul amour de sa vie, une partie de sa bibliothèque personnelle. Jeanne première Dame du Faubourg fut pleurée par ceux qui lui devaient tout. Heureusement, celle qui lui succéda, Isabelle Simon, ne changea rien aux coutumes de la petite république du bois groupée depuis maintenant trente ans autour des murs de l'abbaye et dont Jean, chef sans titre, demeurait le doyen, l'arbitre, le sage qu'on venait consulter chaque fois que surgissait un litige.

La nouvelle mode que son fils faisait évoluer avec son crayon était un peu son œuvre. N'avait-il pas été l'un des premiers à abandonner les lugubres décorations médiévales et à sculpter sur les coffres et les buffets la nature et la vie des hommes? Le père et le fils, qui signaient maintenant J.P. les meubles qui sortaient de leur atelier, avaient su emprunter aux Italiens ce qui convenait aux Français, rejetant le stuc surdoré et l'abus de la marqueterie florentine trop chargée à leur goût. Ils adaptèrent en revanche avec leurs camarades les nouvelles lignes abstraites qui encadraient si bien un panneau : les rais de cœur, les perles, les rosaces, les entrelacs. La sculpture de ces répétitions en lignes du même motif souvent minuscule était une vraie corvée. On la réservait dans tous les ateliers aux petites mains, c'est-à-dire aux apprentis ayant déjà au moins deux ans de pratique.

Le clan des Cottion n'était pas pauvre. Jean et Thirion avaient su très bien profiter du changement de mode et leur réputation était grande bien au-delà de la porte Saint-Antoine. Isabelle Simon, la nouvelle abbesse, n'avait pas comme Jeanne IV la passion des meubles et des travaux. Tout en continuant à protéger les ouvriers libres de Saint-Antoine, elle les utilisait beaucoup moins pour la restauration et l'embellissement de l'abbaye. Les menuisiers et les sculpteurs avaient ainsi le temps de se consacrer à une clientèle extérieure qui venait, de plus en plus nombreuse, commander des meubles aux « antonins ».

Les maisons s'étaient multipliées autour de l'abbaye mais l'environnement de prés, de champs cultivés et de vignes n'avait guère changé. La vie s'y déroulait paisible et rassurante, les nouveaux venus de l'étranger s'assimilaient sans peine et avaient la sagesse de ne pas extérioriser des choix religieux qui risquaient à chaque instant d'attirer sur la communauté la répression sauvage des « défenseurs de la foi ». « Au Faubourg on ne connaît qu'un encens, c'est l'odeur du bois », disait Jean qui combattait avec adresse une intolérance qui lui était insupportable.

Le jeune Nicolas, « l'artiste » comme on l'appelait, songeait à son tour à se marier. Il avait fait chez des amis de la famille de sa mère la connaissance de Marguerite, l'une des filles de Jean Du Pré qui avait été nommé en 1485 « Imprimeur du Roi ». C'était un titre qui méritait le respect. Jean Cottion était flatté de voir son fils fréquenter la fille d'un libraire-imprimeur établi rue Saint-Jacques et qui avait édité deux ans auparavant le premier volume de *La Mer des histoires*, un livre qui avait fait l'admiration du roi et de tous ceux qui avaient eu le privilège de l'ouvrir. Il était illustré de grands et de petits bois gravés, de lettrines ouvragées rappelant le travail à la plume et au pinceau. Enfin, une grande planche s'ouvrait au milieu sur deux pages. Elle représentait le baptême de Clovis et la bataille de Tolbiac [1].

Nicolas éprouvait, bien sûr, de tendres sentiments pour la gentille Marguerite qui avait six ans de moins que lui et qui, sans être très jolie, avait beaucoup de charme. Marguerite, surtout, était intelligente et c'était une qualité majeure pour Nicolas qui avait toujours entendu son père dire que lorsqu'on se marie il faut toujours penser qu'on devra toute sa vie parler à celle qu'on épouse. Chaque fois, cela faisait sourire Charlotte qui demandait :

– Tu as pensé à cela le jour où je suis entrée dans la salle où tu parlais avec mon père?

– Non, mais j'ai eu le temps, après, de constater qu'une vie ne suffirait pas pour épuiser l'intérêt de tout ce que l'on avait à se dire. Alors, j'ai su qu'on pouvait se marier.

Nicolas, déjà très marqué par le talent de son grand-père, était fasciné par le travail de Jean Du Pré qui était aussi un remarquable conteur. Son histoire était une aventure. Il avait été associé très jeune aux travaux d'un ancien calligraphe et miniaturiste, Pierre Le Rouge, qui l'avait emmené à Venise apprendre la technique typographique. Il y avait acquis la science du nouvel art et découvert, près de la Piazzetta, une jeune blonde qui devait devenir la mère de Marguerite.

Depuis qu'il avait vu Du Pré exécuter une gravure sur bois destinée à l'illustration d'un prochain livre, Nicolas ne rêvait plus qu'à s'essayer dans cet art tout neuf qui tenait à la fois de la sculpture, du dessin et de la typographie.

– L'avenir est là, dit-il un jour à son père. Si je suis capable de graver convenablement un bloc de buis, je peux très bien changer de métier. M. Du Pré me dit qu'il n'existe presque pas de graveurs à Paris et qu'il y a de plus en plus de livres à illustrer. Je sais dessiner, tu m'as appris à sculpter, je ne vois pas pourquoi je ne réussirais pas.

– Le meuble aussi et la sculpture ne font que commencer. Et puis, qui me succédera si tu abandonnes le métier? C'est pas comme ça que j'ai vu l'avenir!

– Nicolas, dit Charlotte, ne ferait que suivre l'exemple de son grand-père qui, s'il avait été plus jeune, serait sûrement devenu aussi

1. Ce livre conservé en deux exemplaires, l'un à la Mazarine, l'autre à la Bibliothèque nationale, est considéré comme l'un des chefs-d'œuvre de la gravure sur bois au XVe siècle. Une gravure représente en particulier un chantier de construction de l'époque où figure une brouette. Pascal n'est donc pas comme on le dit souvent l'inventeur de cet instrument précieux.

un graveur. Et puis, c'est toi qui lui as appris à aimer les livres. Seulement, lui, il les aime jusqu'à vouloir les fabriquer.

Hortense, qui avait ses raisons, vint aussi au secours de son frère :

– Maman a raison. C'est un très beau métier. Jean Du Pré sera là pour le conseiller et en faire, qui sait, son successeur.

Sans le vouloir, Hortense venait de toucher un point sensible, le seul qui empêchait Jean d'encourager son fils dans la voie qu'il souhaitait suivre. Il sentait Nicolas lui échapper; son garçon n'aurait plus besoin de ses conseils, et lui-même serait privé de la joie quotidienne de parler avec lui des travaux en cours, des potins du métier. C'en était fait des discussions complices du soir à propos d'un projet de meuble, d'un encadrement de rais de cœur à faire ou à ne pas faire. En épousant Marguerite et en changeant d'outils, Nicolas allait aussi un peu changer de père. Jean avait beau se dire que l'idée de Nicolas était loin d'être absurde, il se sentait comme trahi. Et par son propre fils! Qu'il le veuille ou non, il allait, lui, Jean Cottion, se retrouver à plus de cinquante ans seul devant l'établi. C'était la ruine de tous ses projets et son premier échec. Mais que faire? il n'y avait qu'à se résigner et à chasser toutes ces pensées qui, finalement, ne relevaient que de l'égoïsme le plus pur :

– Très bien, Nicolas. Fais ce que tu crois devoir faire pour être heureux. C'est normal. Vois tout cela de près avec Du Pré; mais marie-toi tout de même avec la fille avant d'épouser le métier du père!

Jean avait le chic pour trouver des formules drôles ou percutantes dans les moments difficiles. Il n'était pas mécontent de celle-là et goûtait comme du miel le sourire complice qui fleurissait sur les lèvres de Charlotte quand Hortense, qui n'en ratait pas une, revint bousculer d'un mot l'équilibre émotif de son père :

– A propos de mariage, je voulais vous dire que quelqu'un de très bien veut m'épouser. Il est temps, moi aussi, que je songe à prendre un mari.

– Alors, toi aussi tu nous quittes? Tu veux partir?

– C'est bien naturel, interrompit la mère. Quand j'ai quitté le père qui était tout seul pour venir avec toi, tu crois qu'il n'a pas eu un peu mal, là, du côté du cœur? Nous, nous serons deux...

– Bien sûr, bien sûr, vous avez tous raison et je suis une vieille bête mais c'est trop pour la même journée. Bonsoir, je vais me coucher.

Sa vie, Jean le savait, venait de tourner. Il se sentait soudain vieux. Il avait besoin de réfléchir, d'imaginer ce qu'allait être l'existence à deux avec la merveilleuse Charlotte qui avait tout compris et qui allait venir dans un instant le consoler de sa voix douce et caressante.

Hortense avait connu Matthieu un jour où il était venu livrer des planches à l'atelier. C'était le fils aîné d'un marchand de bois du quai de Bercy, un « merrenier [1] » solidement établi qui vendait ses cinq cents solives [2] par mois et que sa profession de marchand faisait ranger parmi les bourgeois. En épousant Matthieu, un brave garçon que Jean et Pierre trouvaient, eux, plutôt balourd, Hortense faisait une bonne affaire. Son frère, en quittant le métier de menuisier pour devenir graveur, ne changeait pas d'état. Le métier de peintre, de sculpteur, de miniaturiste était considéré, quel que fût le mérite de l'artiste, comme celui d'un travailleur manuel. Le peintre de génie, le barbouilleur d'enseignes ou même le peintre en bâtiments appartenaient au même corps, étaient soumis aux mêmes statuts. Hortense, elle, en devenant la belle-fille d'un marchand quittait la communauté ouvrière et passait dans les rangs de la bourgeoisie. Cela dit, certains maîtres réussissaient à atteindre une notoriété et une aisance que leur enviaient bien des marchands. C'est pourquoi le père de Matthieu qui connaissait Jean depuis qu'il travaillait pour l'abbaye acceptait de bon cœur un mariage qu'on aurait pu prendre pour une mésalliance.

Les deux mariages furent célébrés en même temps dans un entrepôt de bois appartenant à Vincent Bourdereuil, le père de Matthieu. Les femmes avaient été chercher de pleines brassées de lilas blanc chez les jardiniers de Montreuil pour confectionner de longues guirlandes que Nicolas accrocha de bon matin au plafond. La chère fut succulente, les assiettes d'étain garnies et regarnies de poisson, de gibier et de viandes rôties. Des ménestrels vinrent jouer durant tout le repas et les convives eurent même une surprise après les desserts. Jean Du Pré qui connaissait tous les typographes italiens de Paris, avait demandé à trois imprimeurs vénitiens de venir faire danser la compagnie. Comme tous leurs concitoyens, ils aimaient la musique, le vin et les chansons. Ils jouèrent jusqu'à une heure

1. Le merrien était le nom donné aux bois destinés à la charpente ou à la construction des meubles.

2. L'unité de mesure pour les bois de charpente ou de menuiserie était la solive qui représentait environ un décistère.

avancée du matin la « frottola », chanson galante et drôle, la « vilanella napolitaine » et la « canzonetta » qui faisaient alors fureur outre monts.

Dans la nuit, Jean serrant bien fort le bras de Charlotte un peu grise, regagna sa maison du Faubourg. Il s'accorda un peu de sommeil et descendit le lendemain un peu tard à l'atelier. L'apprenti avait déjà fait chauffer la colle sur le petit poêle de fonte bourré d'écorces et de tombées. Il respira un grand coup l'odeur sapide et familière de « la marmite des sorcières », comme il l'appelait, et commença à dégrossir au rabot une épaisse planche de merisier solidement fixée à l'établi par le coin du valet. Ensuite, il prit la grande scie à refendre. Son miaulement, mêlé au bruit du bouillonnement de la colle, composait une symphonie dont il connaissait toutes les notes, même celles des craquements du feu de copeaux qui jouait la basse. Jean, le compagnon du bois, eût été heureux si cette musique ne lui avait pas rappelé le jour – c'était hier – où il avait fait chanter pour la première fois sa scie dans l'atelier du maître Thirion, Pierre, le pauvre Pierre qui n'avait pu venir au mariage de son filleul Nicolas parce qu'il se mourait, veillé par Gabrielle, deux maisons plus loin.

Les familles des pauvres comme celles des riches sont des quenouilles où s'enroulent et se déroulent les fils de la vie. Les plus usés s'effilochent, finissent par disparaître et laissent la place aux nouveaux. A la mort de Pierre Thirion, Paul, l'ancien apprenti de Jean, avait tout naturellement pris la place de son père. C'était un réconfort pour Jean qui n'avait plus guère que lui comme interlocuteur lorsqu'il voulait parler métier :

– Tu vois, Paul, c'est dommage, nos familles s'étiolent. Bientôt il ne va plus rester que toi pour maintenir l'esprit des premiers ouvriers du Faubourg. Rappelle-toi l'abbesse Jeanne; avec ton père on a presque refait toute l'église! Je regrette un peu que mon Nicolas n'ait pas repris l'atelier mais il réussit bien dans le livre. Heureusement, tu es là. Et puis il y a ton fils Jean-Baptiste. Tâche d'en faire un bon menuisier. S'il prend la relève je lui léguerai mes outils [1].

1. Lorsqu'un maître ou un compagnon mourait sans descendance dans le métier, sa veuve ne vendait pas ses outils, considérés comme des objets sacrés. Ils étaient partagés entre ses plus proches amis qui conservaient pieusement comme un talisman, le nom du disparu gravé sur le manche.

– Et comment va Hortense?

– Une maîtresse femme celle-là! Tu sais que son mari a repris les chantiers de son père, le vieux Vincent. Eh bien! C'est elle qui dirige tout. Elle s'occupe un peu de ses deux filles et beaucoup des affaires. Elle s'est mis dans la tête de fréter des bateaux pour aller chercher directement l'ébène, le bois de rose et l'amarante dans les pays d'Afrique. En réalité, je crois qu'elle s'ennuie ferme dans son quartier perdu de Bercy avec un mari gentil mais falot. Il devrait faire attention avec une femme pareille qui engage des capitaines et des marins! Elle est toujours contente de venir nous voir, de retrouver les cours et les ateliers de son enfance. Elle voudrait que j'arrête de travailler en disant qu'elle a bien assez d'argent pour nous faire tous vivre mais tu me vois sans travailler? Je mourrais d'ennui si je ne retrouvais pas mon établi tous les matins!

Charlotte était un peu désœuvrée depuis que les enfants avaient quitté la maison. Si Jean entretenait avec l'abbaye des relations moins fréquentes, elle au contraire voyait souvent la nouvelle abbesse Isabelle Simon. Elle lui expliquait le Faubourg, l'arrivée des premiers ouvriers libres, l'acharnement de Jeanne IV, les travaux de Jean, l'œuvre de son père qui avait remis en état la bibliothèque de l'abbaye. Isabelle, nommée à ce poste par ordre du roi grâce à de puissantes protections, écoutait, posait des questions et finissait par s'intéresser à ces ouvriers du bois placés sous sa dépendance et dont elle ignorait tout, sinon qu'ils fabriquaient maintenant de petits meubles très élégants qu'on venait commander de très loin. Fine, un peu lointaine, discrète, Isabelle n'avait ni l'allant ni la force de Jeanne IV. Elle était pourtant très intelligente et ne devait pas manquer de fermeté dans les moments difficiles. Cela, Charlotte s'en était rendu compte et elle essayait de le faire comprendre à Jean pour qui l'abbaye n'existait plus depuis que Jeanne était morte.

– Tu as tort, Jean. Il est nécessaire de renouer des liens serrés avec l'abbaye. Si tu ne le fais pas pour toi, fais-le pour les autres. Il faut à tout prix que Paul devienne ce que tu as été si longtemps : le porte-parole des ouvriers libres et le représentant de l'abbaye dans le quartier.

Grâce à Charlotte qui avait un peu repris dans la bibliothèque les fonctions de son père, les Cottion retrouvèrent leur autorité au sein de l'abbaye. Isabelle, pleine de bonne volonté mais encore bien jeune – elle n'avait pas trente ans – se reposait volontiers à nouveau sur

Jean pour régler les différends qui opposaient toujours périodiquement les jurandes à l'artisanat libre.

Nicolas, lui, était bien éloigné de ces questions locales qui avaient bercé son enfance et sa jeunesse. Il avait perdu son durillon de sculpteur à la paume de la main droite mais ses mains n'étaient plus blanches et polies comme autrefois. Il les tachait maintenant trop souvent de cette encre d'imprimerie épaisse et grasse dont, avec son beau-père, il modifiait sans cesse la composition afin d'améliorer son efficacité sous la presse. Il s'intéressait à l'imprimerie et à la librairie mais surtout aux gravures lorsqu'il y avait un ouvrage à illustrer. Il retrouvait alors avec une joie profonde le bois, son bois nourricier, qu'il travaillait avec encore plus de respect que naguère à cause de la minutie qu'exigeaient la taille et la finesse du dessin qu'il avait à graver. Plus de copeaux d'un pouce enlevés d'un seul coup de ciseau : il utilisait de fins burins, des gouges minuscules, des poinçons qui attaquaient le bois doucement, en profondeur, pour ne laisser finalement apparaître que les surfaces imprimantes. Il avait du talent et le grand Du Pré le considérait comme son meilleur élève. C'est lui qu'il emmenait quand on l'appelait à Lyon, à Poitiers ou à Chartres pour ouvrir un atelier d'imprimerie ou installer une nouvelle presse. Nicolas avait vu juste. Après avoir été en retard sur l'Allemagne et la Flandre, l'imprimerie se développait très vite en France. L'invention prodigieuse, d'abord presque uniquement employée à éditer des livres de piété, s'ouvrait maintenant à toutes les imaginations. C'est ainsi qu'un jour Nicolas apporta « au Faubourg », comme il disait toujours, un petit livre qui émerveilla Jean et Charlotte. Un de ses confrères, l'imprimeur Pierre Le Caron, avait eu l'idée d'imprimer et de diffuser le premier indicateur-guide des rues de Paris. Sur la première page, le titre était un peu long mais il disait bien ce que l'acheteur allait trouver à l'intérieur :

> *Les Rues de Paris et les Églises de Paris avec la dépense qui s'y fait chaque jour, le tour et l'enclos de ladite ville avec l'enclos du bois de Vincennes, les épitaphes de la grosse Tour, la hauteur de la Grande Église de Paris avec le blason de ladite ville et aucun des cris qu'on crie par la ville.*

Nicolas et Marguerite avaient une fille, une seule. On n'était pas très prolifique dans la famille. C'était sa peine et celle de sa femme.

Née presque avec le siècle, en 1501, elle se prénommait Louise et Jean qui l'adorait se plaignait de ne pas la voir assez souvent. Le vieux chef de clan, après avoir longtemps gardé une vigueur peu commune, commençait à perdre ses forces. « Je n'abats plus mon travail comme avant », disait-il à Charlotte qui le rassurait mais voyait bien que Jean vieillissait. Qu'il « fatigue » devant l'établi n'avait rien d'étonnant à soixante-cinq ans mais il avait l'impression d'être pour la première fois dépassé par son métier. Lui qui avait toujours été dans le parti de progrès, qui n'avait cessé d'innover, d'utiliser des bois exotiques, de perfectionner les meubles classiques et d'en créer de nouveaux, n'arrivait plus à suivre les goûts qui venaient de l'étranger. Les clients ne se contentaient plus aujourd'hui des bancs simples et de la chaise à haut dossier réservée aux besoins protocolaires. Le confort devenait une nécessité, et ils exigeaient les sièges à la mode : la « chaise à bras », sorte de chaise garnie de deux accotoirs achevés le plus souvent en tête de bélier; la « chaise à femmes » rendue indispensable par la vie sociale qui se développait dans la noblesse et une certaine bourgeoisie; le caquetoire enfin, pratique pour converser devant le feu. Jean n'aimait pas non plus l'habitude venue d'Italie et des Pays-Bas qui consistait à incruster dans les panneaux des pierres plus ou moins précieuses, des décors de bois de couleurs différentes, de l'ivoire, de l'écaille et même des figurines de métal : « On abâtardit le bois, disait-il, c'est du travail de bimbelotier! »

Un soir, Jean quitta l'atelier plus tôt que d'habitude. Il se sentait épuisé. Il souffla machinalement sur sa sculpture en cours pour chasser les petits copeaux qui étaient restés encastrés entre deux motifs, rangea ses gouges et ses ciseaux en deux groupes bien distincts sur l'établi dans un ordre qui n'appartenait qu'à lui. A pas lents, il gagna l'escalier qui menait au logement et, après un dernier regard circulaire, monta pesamment les marches. Dès qu'elle le vit, Charlotte s'aperçut que Jean était mal. Elle poussa le feu dans la cheminée en y jetant deux bûches et dit à son mari de se mettre au lit pendant qu'elle lui préparait un lait de poule.

La nuit était tombée depuis longtemps, Jean n'allait pas mieux. Il était bouillant et geignait doucement. Charlotte commença à s'inquiéter. Elle descendit réveiller l'apprenti qui, comme Jean autrefois, dormait dans le fond de l'atelier :

– Le maître est malade, lui dit-elle. Je sais bien que ce n'est pas drôle de courir la nuit dans les rues mais tu vas essayer de trouver un médecin et tu lui demanderas de venir le plus tôt possible. Avant, passe chez Gabrielle et dis-lui que je l'attends. Allez, file!

Aller quérir un médecin à Paris, surtout la nuit, n'était pas une mission commode. Il n'en existait pour toute la ville qu'une cinquantaine et encore fallait-il, lorsqu'on en avait trouvé un chez lui, le convaincre d'enfourcher sa mule et de se rendre auprès du malade. Il vint le lendemain vers dix heures chez les Cottion, bringuebalant sur un vieux mulet, avec son chapeau pointu en forme d'éteignoir. Nicolas qu'on avait fait prévenir dans la matinée arriva en même temps, Hortense qui habitait plus près était déjà auprès de sa mère.

Nicolas trouva son père très mal. Une sorte de hoquet le secouait sporadiquement et lui causait une évidente souffrance. La fièvre n'était pas tombée malgré les tisanes de tormentille que Charlotte l'avait obligé d'avaler. Le médecin qui habitait près de la Bastille, derrière le couvent de l'Ave Maria, était un vieil homme rabougri, peu aimable mais qui jouissait d'une certaine réputation depuis que, vingt ans auparavant, il avait été appelé en consultation avec d'autres confrères auprès du roi Louis XI. Il ôta son bonnet, releva les manches de son ample robe noire et prit le pouls du malade. Après lui avoir examiné la langue et le blanc des yeux, il décida d'appliquer l'unique thérapeutique dont il disposait en dehors de quelques médications dont l'efficacité relevait du hasard : la saignée.

– Le sang n'est pas bon, déclara-t-il après l'avoir longuement regardé dans le vase où il l'avait recueilli. Faites faire ce soir une nouvelle saignée par le chirurgien, je reviendrai demain.

Marguerite amena dans la journée la petite Louise que Jean réclamait avec insistance et le gendre, Matthieu Bourdereuil, vint rejoindre la famille dans la soirée. Jean semblait content d'avoir tous les siens auprès de lui. Il était plus calme et s'adressait de temps en temps à l'un ou à l'autre, pour bien montrer qu'il avait tous ses esprits. Nicolas et Hortense se demandaient à voix basse s'il se rendait compte de son état lorsque, vers cinq heures de l'après-midi, comme pour leur répondre, il demanda qu'on fît appeler un prêtre :

– Demandez à l'abbesse, dit-il. Priez-la de m'envoyer le prieur des antonins de Saint-Paul. Je lui ai sculpté l'année dernière un lectrin et il sait reconnaître les belles choses. Je m'entendrai bien avec lui!

Un peu plus tard, l'abbesse Isabelle amena elle-même le prêtre chez les Cottion. Le prieur entendit en confession le vieux menuisier et lui administra les saints sacrements. Jean se reposa un moment puis demanda à tout le monde de venir auprès de lui. Il prit la main de Charlotte :

– Dieu semble-t-il m'a assez vu sur cette terre. Eh bien, il faut lui en rendre grâce et vous dire adieu. Je crois que j'ai été à peu près honnête toute ma vie. Si j'ai fait du mal à quelqu'un, c'est sans le vouloir. Alors, je pars tranquille, comme quand je remontais le soir après une journée bien remplie à l'atelier. A propos, Nicolas, tu prendras tous les outils que tu voudras sur mon établi, les autres seront pour Paul Thirion et son petit Jean-Baptiste s'il continue le métier.

Charlotte et les enfants qui jusque-là avaient retenu leurs larmes se mirent à sangloter en entendant le compagnon parler de ses outils, ses outils qu'il avait si souvent serrés dans sa main dont il disait qu'elle valait un étau.

– Allons, ne pleurez pas, venez plutôt m'embrasser. Ah! J'oubliais, Charlotte, passe-moi ma canne de compagnon que je la regarde et que je la touche encore une fois.

La canne était suspendue à un mur de la chambre. Charlotte la décrocha et la tendit à Jean qui s'en empara doucement, comme d'un objet précieux. Sa belle main pâle, un peu tremblante, caressa longuement le bois, s'arrêta un instant sur les formes rondes d'un angelot. Personne ne sut pourquoi, à ce moment, un imperceptible sourire fleurit sur ses lèvres.

– Tiens, Nicolas, dit-il d'une voix qu'il essaya d'affermir, prends ma canne. Je n'en aurai pas besoin dans le voyage que je vais faire. Veille à ce qu'elle demeure dans la famille. Et puis qui sait, peut-être qu'un jour l'un de mes petits-enfants ou de mes arrière-petits-enfants entreprendra son tour de France. Il en aura alors besoin : elle porte bonheur! Quant aux livres que m'a légués l'abbesse Jeanne, ils restent à Charlotte. Elle sait bien tout ce qu'ils représentent.

Un peu plus tard, Jean serra légèrement plus fort la main de Charlotte et ferma les yeux. Sa respiration cessa presque aussitôt et sa tête se pencha doucement sur le côté, comme la chute de chêne, lorsqu'il retenait sa scie, les dents à l'envers, pour ne pas blesser le bois. Il avait soixante-six ans. C'était un bel âge pour un homme qui, depuis sa dixième année, n'avait jamais cessé de travailler. Silencieusement Nicolas et Hortense se rapprochèrent de la mère qui tenait toujours la main de Jean, sans comprendre encore qu'elle restait le seul témoin, avec la vieille Gabrielle, des débuts d'une grande aventure.

Jean, le compagnon, avait quitté le monde quelques semaines trop tôt pour pouvoir assister au galop d'entrée des chevaux de feu de l'âge nouveau. Ces chevaux caparaçonnés d'or étaient ceux des seigneurs de la cour de François I^er^ qui faisait son entrée triomphale à Paris. C'était le genre de spectacle à ne pas manquer. A une demi-lieue de l'abbaye, dans la rue Saint-Antoine dépavée pour la circonstance, devant l'hôtel des Tournelles, devaient se dérouler durant plusieurs jours toute une suite de jeux de tournois, de joutes dont le peuple était friand. Encore fallait-il être placé assez près des champions pour admirer leur adresse et leur courage. Hortense obtint par son mari un laissez-passer du prévôt qui lui permit d'assister à l'une des séances avec ses deux petites filles, Jacqueline et Jeanne. Elles n'avaient certes pas pu s'asseoir dans les fauteuils réservés aux belles dames de la cour qui, pour la première fois dans l'histoire du royaume, étaient admises à assister non seulement aux tournois mais encore aux banquets traditionnels qui suivaient les combats. C'était une innovation dont on parlait beaucoup à Paris, même dans les quartiers pauvres que cette nouvelle ne concernait pas. Elle marquait la nouvelle destinée des femmes à la cour du « plus galant des rois ».

Ses prédécesseurs n'avaient cessé de freiner une tendance au libertinage qui allait en s'amplifiant. Le nouveau roi au contraire entendait être entouré de jolies femmes et ne manquait pas de le faire savoir au bon peuple toujours gourmand des potins princiers. Les étrangers rapportaient de Paris des souvenirs brodés d'élégance et de séduction, prémices d'une tenace réputation. Le jour où Hortense et ses filles étaient de la fête, les belles dames du roi François comme les luronnes qui avaient réussi à s'approcher pleurèrent : Saint-Aubin, l'un des plus jeunes et plus beaux gentilshommes de France était mort sous leurs yeux, la lance de son adversaire ayant percé son heaume.

Il était vrai que les femmes prenaient une grande importance dans les hautes sphères du royaume. On ne leur reconnaissait encore à la cour que des mérites frivoles mais beaucoup pensaient que c'était le premier pas vers une influence dont on ne pouvait prévoir les conséquences. François I^er^, on le sait, ne faisait rien pour endiguer un courant de débauche qui scandalisait beaucoup la population ouvrière puritaine de Saint-Antoine.

C'est ainsi qu'un ordre signé du roi, copié, recopié, finalement imprimé et vendu par un libraire malin et discret fit le tour de Paris en quelques jours. Un exemplaire de ce journal avant la lettre parvint ainsi sur l'établi de Jean-Baptiste; la famille Thirion n'en crut pas ses yeux :

*François Ier, par la grâce de Dieu, roy de France, à notre aimé et féal.*

*Trésorier de notre épargne, maître Jehan Duval, salut et dilection. Nous voulons et nous vous mandons que des deniers de notre dite épargne vous payez, baillez et délivrez comptant à Cécile de Viefville, dame des filles de joye suivant notre cour, la somme de 45 livres tournois, dont nous lui avons fait et faisons don par ces présentes, tant pour elle que pour les autres femmes et filles de sa vocation, à départir entr'elles ainsi qu'elles aviseront, et ce pour leur droit du mois de may passé.*

Ainsi le roi ne craignait pas d'attacher ouvertement à sa cour une troupe de prostituées sous la baguette d'une dame visiblement habituée à cette tâche.

Les uns crièrent au scandale, sans trop faire de bruit toutefois, les autres sourirent. En fait Paris et en particulier le Faubourg souhaitaient simplement continuer de vivre dans la tranquillité relative du moment, malgré les impôts, malgré les troubles occasionnés par le connétable de Bourbon qui s'était allié à Charles Quint, malgré – c'était plus grave – les persécutions contre les luthériens qui devenaient de plus en plus fréquentes. « Le village Saint-Antoine », comme on l'appelait, était une grande famille. Les nouveaux venus, de l'Allemagne surtout, s'intégraient vite à cette communauté où tout le monde se connaissait, s'estimait, se rendait service. Le fait que la grande majorité des habitants travaillait le bois accentuait cette solidarité à laquelle l'abbesse Isabelle Simon était devenue sensible. La succession de Jeanne IV n'avait pas été facile à assumer mais Jean, avant de disparaître, avait eu le temps de lui faire connaître les vertus de ce peuple laborieux et de lui montrer qu'il ne faisait qu'un avec l'abbaye qui l'avait enfanté et protégé. Les travaux avaient repris dans l'église et les dépendances. Paul Thirion continuait de son mieux, aidé par son fils Jean-Baptiste qui venait d'avoir dix-huit ans, l'œuvre de Jean dont l'habileté de sculpteur n'avait pu cependant être égalée.

Depuis longtemps, l'abbesse Isabelle reprenant un vieux projet de Jeanne, souhaitait orner l'autel de l'abbatiale d'une grande statue de saint Antoine. Jean avait toujours reculé le moment de s'attaquer à une telle œuvre qui, pensait-il secrètement, dépassait les limites de son talent. Il était mort et aujourd'hui personne au Faubourg ne se sentait apte à relever le défi. Le seul susceptible d'entreprendre une pareille sculpture était Nicolas; mais Nicolas avait quitté le quartier. Accepterait-il de revenir tenir la gouge et le fermoir sur l'établi de son père? Paul lui posa la question un jour où il était venu voir sa mère :

– Nicolas, ton père n'a jamais pu réaliser l'un de ses rêves : sculpter cette statue de saint Antoine dont tu l'as si souvent entendu parler. Aujourd'hui, l'abbesse désire exaucer le vœu de celle qui l'a précédée mais personne, ici, n'est capable de réussir un tel travail. Je t'avoue que cela me fait mal au cœur de penser que nous allons être obligés de faire appel à un sculpteur étranger au Faubourg! A moins que...

– A moins que?

– A moins que tu consentes à abandonner tes images et tes livres pendant un moment et qu'en mémoire de ton père tu nous la sculptes, toi, cette statue!

– Crois-tu vraiment, Paul, que j'en sois capable?

– Oui! Jean était un meilleur menuisier que toi mais tu as un talent de sculpteur qu'il n'a jamais eu. Ah! si tu avais voulu continuer...

– Dans une vie il faut constamment choisir. J'ai choisi le livre et j'y trouve ma joie mais, bon Dieu, je reprendrais volontiers la masse et le ciseau pour quelque temps! Paul, trouve une bille de chêne d'un bon mètre, sans nœuds et bien sec. Je viendrai dès que nous aurons terminé mon beau-père et moi l'illustration d'un livre de prières imprimé en français. Ce sera je crois bien le premier.

– En français dis-tu? Mais vous êtes fous.

– Non, c'est la reine de Navarre, la sœur du roi qui l'a commandé à Jean Du Pré.

– Attention! prenez garde! On voit de l'hérésie partout. L'évêché ne va pas laisser imprimer la traduction des textes sacrés sans protester. Ce n'est pas la sœur du roi qu'on inquiétera, bien sûr, mais l'imprimeur, l'écrivain, le dessinateur. Il n'y a pas loin aujourd'hui entre la presse à imprimer et la potence. Je ne sais pas si le Bon Dieu y trouvera son compte mais la chasse aux protestants finira mal.

– Nous savons cela mais il n'est pas question d'outrager la religion. Nous sommes catholiques et n'avons rien à voir avec les luthériens. C'est tout de même moi qui vais sculpter la statue de l'abbaye!

– Méfiez-vous quand même. Prenez vos précautions. S'il faut trouver des responsables à la diffusion des idées nouvelles, on ira plutôt les chercher chez les imprimeurs que chez les menuisiers.

Le mois suivant, Nicolas vint s'installer chez sa mère et commença à dessiner sur le bois les contours de la statue avant d'en dégrossir la silhouette au fermoir à défoncer. Jean-Baptiste le regardait travailler avec admiration. Quant à Charlotte, heureuse d'avoir retrouvé son garçon, elle était tout émue d'entendre revivre l'atelier. Les coups secs de la masse sur le manche de l'outil tranchant lui rappelaient une musique qu'elle avait oubliée : celle du bonheur perdu.

Nicolas, de son côté, avait retrouvé avec joie ses compagnons de jeunesse demeurés, pour la plupart, dans les ateliers du Faubourg. Comme Jean autrefois il allait avec eux, le soir, boire le gobelet de l'amitié à *La Sainte Famille.* Le tenancier avait changé depuis le jour où Jean y avait trouvé refuge mais la troisième génération des ouvriers du Faubourg continuait de s'y retrouver pour parler du métier. Nicolas apprit ainsi que l'esprit créatif dont son père avait été l'initiateur demeurait aussi ardent qu'aux premiers jours.

– En quelques années les meubles et leurs décors ont bien évolué! lui expliquaient ses amis. On nous commande maintenant couramment des buffets à deux corps entièrement sculptés et des armoires à l'italienne bien plus pratiques que nos vieux coffres.

– Certains commencent à s'essayer dans une technique nouvelle qui changera bientôt beaucoup de choses dans nos métiers, dit Jean-Baptiste. Il va falloir que nous nous y mettions aussi. C'est le placage. Tu sais, on colle une mince feuille de bois précieux sur un bâti de bois courant. C'est invisible, beau et bon marché. Le tout est de savoir si ça tiendra une vie d'homme!

Solidement fixé à l'établi par deux valets de fer, saint Antoine commençait à prendre forme dans l'atelier des Cottion. Nicolas, l'ébauche terminée, entamait le travail de finition avec des gouges plus petites. C'était là une tâche plus proche de la gravure, elle ne l'inquiétait pas. Il savait maintenant qu'il avait gagné la partie et que son saint Antoine n'aurait rien à envier aux statues des spécialistes ymagiers.

Marguerite était restée avec son père Jean Du Pré et sa fille rue

Saint-Jacques durant l'absence de Nicolas mais, souvent, elle venait voir son mari accompagnée de Louise, toujours très curieuse de « voir où en était le saint ». Après avoir embrassé et encouragé son père, la jeune fille gagnait bien vite la maison d'à côté où travaillait Jean-Baptiste. Les deux jeunes gens se connaissaient depuis toujours, avaient été élevés ensemble mais s'étaient perdus de vue depuis que Nicolas et Marguerite habitaient dans Paris. Leurs retrouvailles alimentaient la conversation, ininterrompue depuis quarante ans, des deux amies Gabrielle et Charlotte qui vivaient pratiquement ensemble depuis qu'elles étaient veuves toutes deux :

– Tu ne trouves pas que Jean-Baptiste a l'air un peu emprunté devant Louise? questionna un jour Charlotte.

– En tout cas, Louise ne l'est pas! dit Gabrielle Thirion. Elle a de l'aisance comme une bonne petite-bourgeoise parisienne. Elle a l'air de savoir ce qu'elle veut cette petite. Tu vois, Charlotte, c'est dommage que Nicolas ait changé de vie. Les Cottion et les Thirion enfin alliés autrement que par l'amitié... Notre vieux rêve!

– Il y a des amitiés qui valent bien des liens familiaux.

– C'est vrai. N'empêche que c'est dommage. Ces deux petits forment un beau couple mais la situation de Nicolas rend maintenant un mariage impossible. Jean-Baptiste ne sera qu'un maître menuisier et la petite-fille du grand Jean Du Pré ne va pas épouser un ouvrier du bois.

– Tu dis des bêtises, Gabrielle. D'abord tu ne sais pas si ces deux-là ont envie de se marier. Ensuite ils sont bien jeunes. Enfin ce n'est pas à moi que tu vas essayer de faire croire qu'il est indigne d'être menuisier! Alors, fais-moi le plaisir de ne pas raconter d'histoires et d'attendre. On verra bien ce qui se passera.

– C'est que je suis vieille, vois-tu, et quand on est vieux on a tendance à rêver, à vouloir forcer la destinée. Enfin, tu as raison, on verra...

Louise n'était pas très jolie. Elle était mieux que cela : elle avait un grand charme. Jean-Baptiste l'avait ressenti dès qu'il avait retrouvé son amie d'enfance. Plusieurs soirs de suite, après avoir vu Louise, il s'était demandé d'où venait cet attrait. Pas des yeux qui étaient beaux, sans plus, ni des cheveux châtains qu'elle portait habituellement sous un atifet [1] discret. Il découvrit que c'était peut-être sa voix.

1. L'atifet était un bonnet qui se terminait sur le front par une pointe descendant jusqu'à la naissance du nez.

Louise ne parlait pas, elle laissait filtrer de ses lèvres une sorte de douce mélodie qu'on était obligé d'écouter, avec surprise d'abord, avec ravissement ensuite. Comme elle était intelligente, cette musique avait un sens. Voilà du moins ce que pensait Jean-Baptiste tandis que Louise le regardait travailler et lui posait des questions auxquelles il répondait avec un empressement un peu fébrile :

– Tu aimes beaucoup ton métier?

– Je n'en connais pas d'autre, Louise, mais je crois que je l'aime vraiment. C'est celui de mon père, c'était celui de mon grand-père. Je suis de la race du bois et j'espère bien un jour montrer ce que je sais faire. Tu vois, Louise, des meubles nouveaux, des tas de meubles nouveaux vont voir le jour dans les cinquante années qui viennent. Eh bien, j'en aurai ma part et ma marque J.-B. THIRION, tiens je te la dessine, signifiera quelque chose!

Louise ne quittait pas le jeune homme des yeux :

– Tu sais moi aussi j'aime le bois! Je suis née ici, mon grand-père était Jean Cottion. C'est une référence, non?

– Mais les livres, c'est beau aussi. L'imprimerie, la gravure, ton grand-père est un imprimeur célèbre... c'est ça ta vie. Si le bois t'intéresse, c'est par hasard, parce que Nicolas est revenu sculpter son saint Antoine. Quand il aura terminé tu ne remettras plus les pieds ici, on ne se verra que rarement. A ton mariage peut-être. Si tu m'invites.

Louise le regarda surprise puis éclata de rire :

– Oui, peut-être bien que je t'inviterai à mon mariage. Maintenant je m'en vais retrouver maman et les grand-mères.

Elle embrassa Jean-Baptiste sur les deux joues et sortit en chantonnant.

Après un mois de travail acharné, la statue était achevée. Nicolas n'avait pas représenté l'anachorète du désert en proie à ses démons. Son saint Antoine avait bonne figure et esquissait même un léger sourire. Le dernier jour, Jean Du Pré l'avait accompagné au Faubourg. Le maître qui était maintenant bien vieux, avait tenu à peindre lui-même l'œuvre de Pierre. Il mélangea sur une planche le tournesol, le sinople fin, la fine rose et donna des couleurs d'enluminure à la statue qui fut mise en place et inaugurée un mois plus tard par l'archevêque de Paris en personne. Louis XI, lui, se serait sans doute déplacé mais le roi François n'avait pas pour la vieille abbaye la même dévotion. Il était ce jour-là à la chasse en forêt de Fontainebleau.

Nicolas ayant réintégré sa maison, Louise, effectivement, vint beaucoup moins souvent au Faubourg. Elle ne manquait pourtant jamais une occasion d'accompagner sa mère et son père lorsqu'ils allaient rendre visite à Charlotte, en général le dimanche. Alors on partait faire une grande promenade du côté de Vincennes. En regardant les jeunes gens bavarder gaiement à dix pas derrière le groupe, Charlotte souriait. Son amour pour Jean Cottion était né jadis sous les mêmes arbres.

Un père pressent le moment où sa fille va lui échapper. Nicolas avait pour la sienne une véritable passion et il éprouvait un petit pincement au cœur toutes les fois qu'il voyait Louise en compagnie de Jean-Baptiste.

– Tu ne crois pas qu'on voit bien souvent le petit Thirion depuis que j'ai fait la statue? demanda-t-il un jour à Marguerite.

– Tu as mis du temps à t'en apercevoir! Si tu veux mon sentiment, ta fille est amoureuse.

– De Jean-Baptiste?

– Évidemment puisque c'est de lui que nous parlons.

– Il ne faut pas s'emballer. Louise est encore jeune, elle a bien le temps de se marier.

– Dis donc, quel âge j'avais quand tu m'as épousée?

– Et puis, moi, j'avais pensé que le fils de Pierre Levet, tu sais le libraire qui a imprimé les poésies de Villon...

– Il est très gentil et sûrement beaucoup plus riche mais je comprends que Louise préfère le beau et robuste Jean-Baptiste à ton miniaturiste à lunettes. A vingt-cinq ans, il a déjà l'air d'un vieux!

– Peut-être mais il a un grand talent.

– Figure-toi que ce n'est pas ce genre de talent qu'une belle fille recherche à vingt ans. Et puis dis donc, mon Nicolas, n'est-ce pas un menuisier qui a séduit il n'y a pas si longtemps la fille de l'imprimeur Jean Du Pré? Alors, s'ils veulent vraiment se marier, on les mariera!

– C'est bon, attendons.

Nicolas se leva et revint avec une plaque de cuivre poli si brillante qu'on aurait cru de l'or. Il la posa sur la table et se mit à la frotter avec un bouchon trempé dans de l'huile d'émeri :

– Regarde, Marguerite, comme c'est beau. Bientôt on ne gravera plus sur le bois mais sur le cuivre. Nous avons fait des essais ton père et moi et c'est merveilleux. On obtient sous la presse des reproductions de dessins d'une extraordinaire finesse, plus délicats même qu'à la plume.

– Tu vois, si tu abandonnes complètement le bois, il faut bien que quelqu'un de la famille reprenne le flambeau. Et puis, comme cela, tu pourras tout de même aller de temps en temps respirer l'odeur de la colle et de la sciure fraîche, peut-être même sculpter une autre statue. Je te connais, tu sais!

Une série de malheurs s'abattit hélas! sur les deux familles et retarda le mariage de Jean-Baptiste et de Louise au printemps de 1524. Gabrielle était morte à plus de soixante-dix ans et Jean Du Pré qui avait deux ans de plus l'avait suivie peu après dans la tombe. L'enterrement de Gabrielle Thirion, à l'image de sa vie, s'était déroulé dans la plus grande discrétion. Il n'en avait pas été de même pour le libraire Jean Du Pré, de son vrai nom Jean Larcher, maître imprimeur du roi, qui était l'une des célébrités du monde savant de Paris. Les différents corps de l'Université, la confrérie des libraires, les chapelains des grands ordres, les escholiers étaient représentés à ses obsèques solennelles célébrées à Saint-Germain-des-Prés. Ce cérémonial n'avait, hélas! pas adouci la peine de Marguerite et de Nicolas qui vouait une grande admiration à son beau-père. Quant à Louise, elle trouva auprès de Jean-Baptiste, son fiancé, le secours de l'amour et l'égoïste consolation de la jeunesse.

Ces deux deuils, la santé chancelante de Paul Thirion et de Charlotte nés la même année, en 1458, se prêtaient mal aux fastes d'une noce. Ce furent les anciens qui insistèrent pour qu'une fête familiale marquât un événement qui, pour eux, prenait figure de symbole. L'union des Cottion et des Thirion était un peu le couronnement d'une vie partagée, à l'ombre de l'abbaye, entre le bonheur et l'infortune. C'était aussi un témoignage de fidélité offert à la mémoire de Jean et de Pierre, les deux fondateurs de la dynastie du Faubourg.

Il fut donc décidé d'organiser un repas, après la messe, dans l'atelier des Cottion demeuré inoccupé depuis que Nicolas avait terminé sa statue. Les hommes avaient rangé les outils, disposé les établis dans un coin afin que, recouverts d'une belle étoffe brodée, ils servissent de dressoirs. Pour la table, les planches ne manquaient pas, les tréteaux non plus.

Louise et sa mère s'étaient chargées du menu. Elles avaient eu recours à l'un des rôtisseurs si nombreux dans tous les quartiers de Paris. Après avoir visité les boutiques de la Bastille et de la rue Saint-Antoine, elles avaient finalement décidé de s'adresser au traiteur qui venait d'ouvrir une boutique à deux pas de l'abbaye, au coin de la rue de Charonne : « Autant faire travailler les gens du village », avait dit Marguerite. Le menu avait été l'objet de longues discussions entre les femmes :

– Pour le potage, je pense, avait dit Marguerite, qu'un bon riz apprêté dans du lait d'amandes et parfumé au safran sera apprécié de tous.

– Au fait, combien serons-nous exactement? demanda Louise.

– La famille proche, six; les Bourdereuil, six; les voisins immédiats et les amis, six ou huit; le chapelain qui aura dit la messe et peut-être l'abbesse, il faut compter sur une vingtaine de convives.

– Je dresserai la liste exacte. Et après le potage?

– Si nous faisions une folie? Pourquoi ne pas essayer d'acheter chez les maraîchers de Montreuil les premiers melons de la saison? Je connais la mère Dieudonné dont les champs vont jusqu'à Gagny. J'irai la voir.

Depuis que le roi Charles VIII avait goûté des melons pendant qu'il guerroyait en Italie, ce fruit était à la mode. Les moines de Sainte-Geneviève qui se piquaient d'être les meilleurs jardiniers de Paris avaient, les premiers, fait lever des graines rapportées des bords de l'Arno et réussi à faire mûrir les melons sous une épaisse couche de verre. Depuis, les bons maraîchers en apportaient chaque matin, durant la saison, de pleins paniers aux Halles.

– Va pour les melons, concéda Louise qui aurait préféré une entrée plus substantielle, un panier d'huîtres à l'écaille ou un grand saumon frais, par exemple.

Pour la suite on avait convoqué Cailleux, le rôtisseur, qui s'offrit à préparer un immense plat chargé d'« oysseaux divers » :

– Des chapons, pigeons, grives, bécassines, certains farcis de bonne viande et de châtaignes, d'autres entourés d'une pâte légère colorée à l'œuf, précisa-t-il en respirant très fort comme s'il sentait déjà le fumet délectable qui monterait du plat lorsqu'il l'apporterait sur la table.

– Et la viande? demanda Marguerite.

– Je vous propose ma spécialité, toute simple, que je n'aurai qu'à faire réchauffer dans la cheminée au dernier moment : des esclanches à l'aillade [1].

On se mit facilement d'accord pour le fromage à la crème de Montreuil servi en terrines et pour les fraises, une primeur, que les

1. Épaules de mouton.

hommes pourraient tremper dans du vin et les femmes manger à la crème.

– N'oubliez pas les mieules et les talmousses [1].

– Je ferai aussi des riolées [2].

Finalement, le grand jour arrivé, vingt-quatre personnes prirent place sur les bancs disposés de chaque côté des deux tables pour faire honneur au festin. Commencé vers midi, le repas ne s'acheva que sept ou huit heures après dans la gaieté. Personne n'avait oublié les morts mais chacun savait que dans une période aussi troublée – elle l'était quasiment depuis plus de deux siècles – il fallait savoir profiter des quelques heures de joie que Dieu dispensait de temps à autre à ses honnêtes serviteurs. On avait, il faut bien le dire, fait honneur au tonnelet de vin du clos Guinguet mis en perce le matin. C'était un cadeau de l'abbesse qui avait tenu à assister à la messe mais qui s'était fait excuser pour le repas. Le clos Guinguet, célèbre à Paris et dans les environs où pourtant le vin ne manquait pas, faisait partie du domaine de l'abbaye.

En raison des deuils, il n'y eut ni musique ni chansons. Simplement, vers la fin du festin, Paul Thirion se leva, remplit un grand gobelet de vin au fond duquel Marguerite avait placé une croûte de pain rôti :

– Nous buvons à la santé et au bonheur de Louise et de Jean-Baptiste.

Le gobelet passa de main en main. Chacun but une gorgée de vin. Les derniers étaient les mariés qui vidèrent le verre et se partagèrent la toustée [3] sous les applaudissements de l'assemblée. Ce rite accompli, Louise et Jean-Baptiste étaient vraiment mariés. A la mode des compagnons qui valait bien les autres sacrements.

A une demi-lieue du centre, où vivaient dans un grouillement permanent trois ou quatre cent mille Parisiens, l'îlot de maisons groupées autour de Saint-Antoine-des-Champs apparaissait comme un havre de paix, une bourgade calme et sereine. Depuis le jour où Jean Cottion était arrivé, sa canne de compagnon sur l'épaule, le

1. Sortes de beignets cuits à l'eau et passés au four.
2. Petites tartes rayées de pâte.
3. Toustée ou tostée. Les Anglais en feront le « toast ».

nombre des habitations placées sous la sauvegarde de l'abbesse et donc du roi avait beaucoup augmenté. Il restait cependant encore bien des vides de chaque côté de la chaussée jusqu'à la porte Saint-Antoine. Cette voie qui, passé l'abbaye n'était plus territoire protégé, avait du mal à devenir une vraie rue. On y comptait encore les maisons et les boutiques, isolées parmi les champs et les pâturages.

Le règne de François Ier, roi cultivé, ami des artistes qu'il invitait à Paris et des écrivains qu'il protégeait des persécutions abusives, défenseur courageux de Rabelais, de Marot, d'Erasme et de Benvenuto Cellini, aurait dû être pleinement profitable au Faubourg tout prêt à modeler son art pragmatique et son génie artisanal sur les règles nouvelles venues de l'Italie. Hélas! François Ier n'était pas seulement le roi de la Renaissance. Sa destinée l'avait aussi voué à lutter contre l'hérésie. Le roi se serait sans doute accommodé des idées réformistes de Luther, reprises à la française par Calvin. Malheureusement, poussé par son entourage et par le clergé, mis en demeure de réagir par l'Université et le parlement, débordé par l'intransigeance et le fanatisme des ultras du protestantisme, François Ier, tolérant de nature, fut conduit à laisser s'installer une pénible répression.

Louise qui habitait maintenant le Faubourg avec son mari rapporta un jour du marché une nouvelle alarmante :

– Les protestants briseurs de statues ont recommencé, raconta-t-elle à Jean-Baptiste. Ils ont coupé la tête de la Vierge qui se trouve au coin de la rue des Rosiers et de la rue des Juifs. Ils ont aussi mis en miettes la tête de l'enfant Jésus qu'elle tenait dans ses bras. J'ai peur!

Jean-Baptiste tenta de la rassurer :

– Ce sont des fous. Tous les protestants ne sont pas comme eux. Regarde autour de nous les Habermann, les Schmitz, les Ohnenberg sont de braves gens, très pacifiques qui ne demandent qu'à travailler.

– Bien sûr, ils ont quitté l'Allemagne pour être tranquilles. Ce ne sont pas eux qui vont aller briser des statues de la Vierge. Ils sont discrets, cela ne gêne personne qu'ils aillent prier une fois par semaine dans un atelier de la rue de Charonne transformé en temple. Mais si les attentats continuent, si la répression s'accentue, ce sont eux qui risquent de payer.

– Qui paieront quoi s'ils n'ont rien fait?

– Tu verras. Je crois qu'il faut parler de ces pauvres gens à l'abbesse. Elle seule pourra les protéger s'ils sont menacés. Tout protestants qu'ils sont, ils travaillent pour l'abbaye!

Le roi, c'était évident, ne pouvait laisser passer sans rien dire l'incident de la rue des Rosiers qui avait mis en émoi toute la capitale. On apprit quelques jours plus tard, au Faubourg, qu'il avait donné des ordres pour la recherche des iconoclastes et qu'il promettait mille écus à celui ou à ceux qui aideraient à les découvrir. Il avait aussi commandé qu'on refît en argent massif la statue mutilée et qu'une grille de fer la protégeât désormais.

Le roi avait décidé encore qu'il irait lui-même, le jour de la Fête-Dieu, poser la nouvelle statue dans sa niche. C'était à un quart de lieu de l'abbaye et les femmes voulurent assister à ce spectacle peu ordinaire. Marguerite et Louise partirent donc de bon matin pour ne pas manquer le défilé qui devait partir de la porte Saint-Antoine. Elles ne regrettèrent pas leur déplacement car la formation de la procession donna lieu à une comédie burlesque inattendue, à propos d'une puérile question de préséance. Les membres de la Chambre des comptes qui avaient l'habitude de marcher à la gauche du parlement dans les manifestations officielles, refusaient de marcher derrière avec le corps de Ville ainsi que le prescrivaient les directives royales de la journée. Les cris, les invectives fusaient, les robes noir et rouge se mêlaient dans une extravagante confusion et l'on en serait arrivé aux mains si le roi, prévenu alors qu'il était déjà à cheval, n'était pas revenu sur sa décision, soucieux qu'il était de ne pas transformer en mascarade la manifestation à laquelle il attachait un grand prix.

Enfin, tout rentra dans l'ordre. Les religieux, les ordres mendiants, le clergé des paroisses ouvrirent la marche, suivis des évêques de Saintes, d'Auxerre, de Soissons et des prieurs des principaux monastères.

Le prévôt de Paris derrière, seul, tenait de la main droite une longue canne blanche, symbole de son autorité et de la gauche un cierge de deux livres. Louise trouva qu'il était parfaitement ridicule avec ses deux grandes perches blanches. Suivaient Louis de Nevers, chevalier de l'ordre, le grand maître de Montmorency et les ducs de Vendôme et de Ferrare, tous un cierge à la main. Détaché, l'évêque de Lisieux, grand aumônier de France, en habits sacerdotaux, portait avec peine la statue d'argent. Le roi enfin, un cierge à la main, suivait à pas comptés. Maintenues avec la foule à une distance respectable, Louise et Marguerite reconnurent encore le roi de

Navarre, le cardinal de Lorraine, les membres du parlement, et les officiers de la Chambre des comptes qui avaient retrouvé leur superbe en même temps que leur rang. Le prévôt des marchands, les échevins, les conseillers leur emboîtaient le pas. Les archers du roi, les gardes, les gentilshommes et maîtres d'hôtel de la maison royale fermaient la marche, suivis d'une grande multitude de peuple.

Les femmes renoncèrent à aller plus loin. Elles n'avaient aucune chance au milieu de cette foule, écrasées à l'entrée de la rue des Rosiers, d'apercevoir le roi déposer sa statue. Elles rentrèrent donc chez elles raconter aux hommes les détails de cette mémorable matinée tandis que François Ier, satisfait d'une cérémonie publique qu'il avait lui-même organisée, remontait à cheval pour aller dîner chez le trésorier Nicolas de Neuville dont la table était fort réputée à la cour.

*Chapitre 3.*

# Charles Quint au Faubourg

Les relations s'étaient peu à peu espacées entre les Bourdereuil et la famille du Faubourg. On n'était pas fâchés, Hortense voyait de temps en temps son frère Nicolas à Bercy mais elle avait trop à faire pour fréquenter assidûment une famille éloignée dont les préoccupations n'étaient plus les siennes. Son mari, le brave Matthieu Bourdereuil, s'était depuis longtemps effacé devant une personnalité aussi forte que celle d'Hortense. De la petite entreprise de bois fondée par son beau-père, elle avait fait une véritable puissance, profitant avec adresse du développement de la navigation et des possibilités nouvelles qu'offraient les pays nouvellement découverts. Son énergie et sa réussite trouvaient un écho favorable à la cour. Le roi souhaitait l'extension de sa marine marchande et du commerce avec l'étranger, aussi ses conseillers favorisaient-ils volontiers les entreprises de cette belle femme de quarante ans dont on disait qu'elle tenait entre ses mains la quasi-totalité du commerce des bois exotiques. Les bateaux frétés par les Bourdereuil débarquaient leur cargaison à Ville-Françoise, le nouveau port que François Ier venait de fonder à l'embouchure de la Seine [1]. Des chalands acheminaient ensuite les billes d'ébène, de bois de rose et de carouge jusqu'à Bercy où les entrepôts occupaient maintenant une surface considérable.

Hortense eût pu, en s'en donnant la peine, avoir ses entrées à la cour, plaire peut-être à un duc, au roi lui-même qui sait, et gagner une particule qui lui eût donné un rang dans la société. Là n'était pas son dessein. Intelligente, elle préférait être une bourgeoise riche et influente plutôt qu'au palais une obscure parvenue. Et puis, Hortense était née dans le milieu des maîtres et des compagnons du bois où survivait un fond de puritanisme : elle n'avait nulle envie de tromper

1. Ville-Françoise deviendra Le Havre de Grâce, du nom d'une antique chapelle élevée près de là, puis simplement Le Havre.

Matthieu qu'elle aimait d'autant plus qu'il lui laissait mener les affaires à sa guise et que c'était la chose qui l'intéressait le plus dans la vie.

L'éducation de ses deux filles ne la captivait pas. Une femme de confiance puis un clerc s'en étaient chargés avant un séjour au couvent des Feuillantines. Jacqueline, l'aînée, grande et belle comme sa mère avait maintenant vingt-deux ans. Jeanne, née deux ans après sa sœur, moins gâtée par la nature, avait, dès l'adolescence, manifesté son désir d'entrer dans les ordres. « On en fera une gentille abbesse », avait dit Hortense qui avait assez d'entregent pour y parvenir. Jeanne, très dévote, avait protesté et préféré prendre le voile au couvent des filles de l'Ave Maria, l'ancienne maison des béguines de la rue Barrée.

Les femmes Cottion n'étaient décidément pas insignifiantes. Louise tenait, elle aussi, sa place près de Jean-Baptiste qui, pourtant, n'était pas un mari effacé comme Matthieu. Héritière de Jean Du Pré, elle avait décidé d'utiliser sagement son argent pour développer les activités de l'atelier. Elle sentait que les métiers du bois étaient en profonde mutation et que Jean-Baptiste devait en profiter pour prendre la tête du mouvement. On était loin, au Faubourg, des grosses affaires traitées par Hortense à Bercy. Il s'agissait simplement de faire un effort continu de création, de suivre la mode bien entendu et même si possible de la précéder. Louise tenait de son grand-père et de son père un réel talent de dessinatrice. La plume, le pinceau ou la pierre noire ne tremblaient pas entre ses doigts fins. Elle était capable d'exécuter de jolies miniatures mais préférait dessiner des meubles, inventer des formes pour Jean-Baptiste. Elle excellait dans la création d'ornementations dont la mode était venue d'Italie et où les compositions linéaires classiques, les oves bombés en forme de miroir et les motifs symétriques se substituaient aux fleurs, aux grotesques, aux rinceaux.

Les jeunes allaient donc de l'avant mais Paul avait du mal à s'habituer au style nouveau. Sa main droite, déformée par les rhumatismes, ne tenait plus guère le rabot, il suivait, avec une curiosité non dénuée d'admiration, les jeunes dans leurs efforts créatifs. Sa belle-fille surtout l'étonnait et il disait que puisqu'il avait légué à Jean-Baptiste son titre de maître, elle méritait, elle, celui de maîtresse tant elle aimait prendre part aux travaux de l'atelier.

Les fastes de la cour favorisaient un goût de luxe dont profitaient les métiers d'art. Les maîtres vivaient dans l'aisance malgré la cherté de la vie et les compagnons du bois n'étaient pas malheureux à côté de ceux de la plupart des autres métiers. Les impôts cependant n'épargnaient personne; ils augmentèrent encore lorsqu'il fallut payer l'énorme rançon du roi fait prisonnier à Pavie dans des conditions assez ridicules. Partant de ce principe élémentaire en politique qu'il convient de transformer en triomphes les plus cruelles défaites, François I$^{er}$, après sa libération, s'offrit une entrée de vainqueur à Paris. Il avait bien raison : les habitants furent heureux de retrouver un roi plus grand, plus beau, plus élégant que jamais dans un costume d'apparat chargé d'or et de riches passementeries.

La misère des plus pauvres n'affectait pas le calme relatif qui régnait dans la ville et les faubourgs malgré la lutte sourde et souvent cruelle qui opposait le pouvoir royal aux protestants. Périodiquement, de nouvelles statues étaient profanées, de nouvelles processions étaient ordonnées et des hérétiques brûlés vifs sur la place de Grève. La plupart de ces derniers ignoraient la nature du crime qui leur était imputé. Il suffisait qu'ils eussent prononcé une parole imprudente devant un catholique fanatique pour qu'immédiatement dénoncés les malheureux se vissent condamner au bûcher.

Une nouvelle plongea toute la communauté du Faubourg dans la joie : un an exactement après son mariage, Louise attendait un enfant! Comme elle était aimée de tout le monde, chacun la félicita mais le plus heureux fut naturellement Paul Thirion : « Merci mon Dieu, s'écria-t-il, je verrai mon petit-fils avant de mourir! » C'est Perrine qu'il embrassa alors que, malade, il ne se levait déjà plus. Bientôt il s'endormit pour aller rejoindre Pierre et Jean les vieux complices et aussi Pierrette, sa discrète compagne, dans le paradis des menuisiers où le Bon Dieu, assis sur des nuages de copeaux frisés, sculpte de nouvelles étoiles.

La mort de Paul, survenue le même jour que celle de l'abbesse Isabelle, passa un peu inaperçue dans un faubourg préoccupé et toujours inquiet lorsqu'un changement quelconque survenait derrière les murs de l'abbaye. Qui allait remplacer Isabelle dont le règne, s'il n'avait pas atteint la fortune de celui de Jeanne IV, avait été clément pour les ouvriers libres de Saint-Antoine?

On ne se posa pas longtemps la question. Mme de Longuejoue fut très vite désignée et prit le nom de Jeanne V. Tout de suite, le bruit se répandit dans le Faubourg que cette nomination rapide n'était pas étrangère aux bons offices de Mme d'Etampes qui venait de succéder à Mme de Châteaubriant dans le cœur du roi. C'était là un genre de nouvelle qui comblait d'aise le petit peuple comme les bons bourgeois.

A la suite d'un orage, Jean-Baptiste fit peu après la connaissance de la nouvelle abbesse. La foudre avait abattu un énorme noyer dans le parc de l'abbaye. Des moines de Saint-Maur, appelés à la rescousse pour le débiter en bûches, étaient en train d'ébrancher l'arbre quand Jean-Baptiste, qui venait réparer les dommages occasionnés à un toit, les aperçut.

– Arrêtez-vous mes bons pères, dit-il. Je vais prévenir l'abbesse.

Les veines serrées du bois fraîchement coupé et ses fragrances fruitées venaient de lui donner une idée. Une sœur le conduisit auprès de la nouvelle abbesse dans le grand parloir. Dire qu'il fut surpris en la découvrant serait bien au-dessous de la vérité. A deux pas de lui se tenait, droite comme une statue, une créature qui devait au moins une chose à Dieu : son extraordinaire beauté. Elle devait avoir vingt-cinq ans et portait une longue robe blanche dont elle aurait pu se vêtir pour un bal à la cour en lui ajoutant quelques pierreries, escarboucles ou rubis balais. La jeune abbesse s'amusait de la surprise de Jean-Baptiste. Après l'avoir bien regardé en souriant, comme il ne disait toujours rien, c'est elle qui engagea la conversation :

– Ainsi voilà Jean-Baptiste Thirion! Les sœurs m'ont parlé de vous. Vous êtes, si j'ose dire, la providence faite homme lorsque les éléments ou simplement l'usure du temps mettent à l'épreuve notre vieille abbaye. Votre famille est très populaire, vous savez, dans cette maison. La plus vieille de nos religieuses m'a parlé d'un Jean Cottion qui avait tout bonnement son atelier dans l'abbaye et qui vivait comme un coq en pâte au milieu des sœurs.

– Tout cela est vrai, ma mère (cela fit drôle à Jean-Baptiste d'appeler « ma mère » une jeune femme qui avait l'âge de Louise) mais je suis aussi le représentant de la communauté des ouvriers libres placée par le roi Louis XI sous votre sauvegarde. Ce sont de braves gens et de très bons ouvriers. Ils vous seront dévoués. Puis-je me permettre de vous demander de les défendre comme l'ont fait l'abbesse Jeanne IV et l'abbesse Isabelle?

– Pourquoi pas? Il faut continuer à entretenir cette belle abbaye et je compte sur vous pour m'y aider. Nous nous verrons souvent, monsieur Thirion.

– J'ai une autre prière à vous adresser, ma mère.

– Oui, dites...

– On est en train de bûcher dans le parc un noyer abattu par l'orage...

– Que peut-on en faire d'autre?

– Des meubles, madame. Personne ne le fait mais tout me donne à penser que le noyer est un bon bois, franc à travailler, qui se révélera aussi solide que le chêne et sera bien plus agréable à regarder. Alors, laissez-moi le tronc qui sera débité en planches. J'en ferai un banc ou une chaise à haut dossier pour l'abbaye et l'on verra si j'ai raison.

Jean-Baptiste s'aperçut tout de suite, en le travaillant, que le noyer était un bois noble qui « souffrait l'outil ». Il construisit son banc dont le plateau brillait comme un miroir. Les palmettes sculptées en corniche sur le haut des pieds apparaissaient plus fines, plus joliment découpées que dans le chêne. Tous les confrères du Faubourg défilèrent dans l'atelier pour voir le banc taillé dans du noyer et convinrent que l'essai était concluant. C'était un événement : pour la première fois à Paris on avait substitué au chêne, matériau lourd qui s'assombrit en vieillissant, le blond noyer dont l'or s'enrichit de chatoiements nouveaux chaque fois qu'on le cire.

La complicité qui unissait Jean-Baptiste et Louise, aussi bien dans la vie quotidienne que dans le travail, faisait l'envie de beaucoup.

– Quelle chance avez-vous, disait-on souvent à Louise, d'avoir trouvé un bonheur si parfait dans le mariage.

– C'est la famille qui veut ça, répondait-elle en souriant. Nos parents et nos grands-parents étaient très bien ensemble. Le bonheur fait partie de l'héritage. On continue...

Un an après Perrine, un autre enfant était né au foyer des Thirion. On l'avait appelé Denis. Le jeune couple souhaitait agrandir encore la famille lorsqu'au cours de l'hiver 1532-1533 la « mystérieuse maladie » comme on disait avant de l'appeler franchement la peste, commença à faire des ravages dans Paris. Le quartier Saint-Jacques où vivaient Nicolas Cottion et Marguerite fut l'un des premiers touchés.

Un soir, après avoir posé son burin et rangé la plaque de cuivre sur laquelle il gravait une illustration de l'*Épître au roi*, de Clément Marot, Nicolas sentit soudain le mal fondre sur lui. « Ça y est, je suis touché! » dit-il à sa femme. Il s'alita grelottant de fièvre et refusa toute nourriture. Le troisième jour, la température avait encore augmenté et il ne pouvait presque plus bouger ses membres. Il s'exprimait avec de plus en plus de difficulté et des maux de tête violents lui arrachaient des gémissements que Marguerite ressentait comme autant de coups de poignard. L'un des docteurs-régents délégués depuis le début de l'épidémie par la faculté de médecine pour soigner les malades vint enfin visiter Nicolas. Impuissant devant le mal il ordonna comme à tout le monde des saignées qui hâtèrent sa fin. Nicolas perdit connaissance et mourut le 2 février 1533 avant qu'on ait eu le temps de l'emmener à l'Hôtel-Dieu. Il fut inhumé presque aussitôt dans le cimetière des Saints-Innocents avec les premières victimes du fléau qui, rue après rue, gagnait la capitale tout entière.

Devant l'ampleur de l'épidémie, le parlement avait tenu une assemblée de tous les corps séculiers et réguliers de Paris afin de prendre des mesures de protection. C'est ainsi que la Chambre de vacations ordonna à tous les habitants des maisons où se trouvaient des malades de ne sortir qu'en tenant un bâton blanc à la main. Défense fut faite de chauffer des bains et même d'en prendre. Les chirurgiens se virent interdire de jeter le sang à la Seine, ou ailleurs par la ville et de se livrer à une opération chirurgicale après avoir visité les malades. La Chambre ordonna aussi que les rues fussent tenues en état de propreté, ce qui était pratiquement impossible, et défendit dans la ville et dans les faubourgs l'élevage des pourceaux, des lapins et des volailles « soit pour les vendre, soit pour s'en nourrir ». Enfin, toute personne malade devait être immédiatement déclarée au dizainier « sans excepter personne, fût-ce mari, femme, serviteur, maître et maîtresse ».

Marguerite qui avait veillé Nicolas durant toute sa maladie fut atteinte à son tour et transportée, elle, à l'Hôtel-Dieu. Elle mourut loin des siens deux semaines après son mari dans l'une des salles réservées aux pestiférés et fut enterrée dans le nouveau cimetière de la plaine de Grenelle, créé spécialement pour les victimes de l'épidémie.

Le Faubourg fut longtemps épargné; il semblait que la peste se fût arrêtée à la porte Saint-Antoine lorsqu'on enregistra les premiers cas chez des habitants de la petite cité abbatiale. Jean-Baptiste fut chargé de fabriquer des croix en bois destinées à être placées sur la porte des maisons où se trouvaient les malades. Au début de mars, alors que le mal semblait régresser, il dut, désespéré, en clouer une sur sa propre porte : Perrine était atteinte! Louise qui venait de perdre son père et sa mère en deux semaines demeurait prostrée dans un coin de la pièce. La mort possible sinon probable de sa petite fille de sept ans la hantait et semblait l'avoir privée de toute réaction. Jean-Baptiste crut qu'elle aussi était frappée quand, brusquement, Louise, miraculeusement ranimée par un sursaut d'amour, se leva et dit, farouche :

– Nous sauverons Perrine! Puisque tout le monde ne meurt pas de la peste, elle ne mourra pas!

C'était comme un défi qu'elle lançait à la maladie, au monde, à Dieu. Ce que les médecins ne pouvaient faire, une mère le ferait. Décidée, elle ajouta en se tournant vers Jean-Baptiste :

– D'abord, il faut nous séparer de Denis, le mettre à l'abri de la contagion. Cours chez ma tante Hortense. On ne la voit pas souvent mais c'est une femme bonne et énergique. Elle ne nous refusera pas son aide. Allez! J'habille le petit et tu l'emmènes. Tout de suite!

Galvanisé par la détermination de sa femme, Jean-Baptiste reprit espoir. Pour lutter on allait lutter. Et Perrine vivrait!

Hortense accueillit Jean-Baptiste avec émotion. La mort de son frère Nicolas l'avait bouleversée. Se rapprocher des siens lui faisait chaud au cœur. Sans hésiter elle s'écria :

– Sois tranquille. On va s'occuper de Denis en priant Dieu que le mal ne touche pas cette maison. Attention tout de même : personne ne doit savoir que le petit est ici. Tu sais qu'il est interdit de faire sortir quelqu'un d'une maison contaminée. Alors, silence!

– Merci. Nous, on va soigner Perrine. Louise a eu un moment de désespoir mais elle a retrouvé la force de lutter. Et tu sais, quand Louise veut quelque chose...

– Oui, je sais, elle est comme moi. Va, Jean-Baptiste, file la retrouver!

– Ton mari ne va rien dire? Tu crois qu'il va accepter de garder Denis?

– Matthieu? Il ne manquerait plus que ça! Tu sais, c'est un homme bien. Sinon je ne l'aurais jamais épousé. Quand ce cauchemar sera fini, il faudra se voir plus souvent.

Chez les Thirion, le combat contre la mort commença. « Pas de médecin, avait dit Louise. On se bat seuls! »

Frictions au vinaigre, infusions de feuilles de fresnes et de fumeterre, tendresse, draps mouillés de sueur changés trois fois par nuit, bains à la décoction de genièvre... Louise avait pris les choses en main. La fièvre ne baissait pas mais Perrine conservait une partie de ses forces et sa lucidité :

– J'ai la peste, dis, maman? demanda-t-elle un jour.

Louise faillit éclater en sanglots mais elle réussit à se maîtriser, à sourire, à rassurer :

– Si tu avais la peste, il y a longtemps que tu serais à l'hôpital. Tu as simplement une mauvaise fièvre. On va te guérir très vite. Je te promets que dans huit jours tu pourras retourner jouer avec tes camarades.

Cela dura cinq jours et cinq nuits. Jean-Baptiste et Louise se relayaient au chevet de la petite malade que, Dieu merci, on réussissait à nourrir un peu. Enfin, le sixième jour il sembla que Perrine était moins chaude. Elle avait même, disait Jean-Baptiste retrouvé quelques couleurs.

– Peut-être bien qu'on a gagné! murmura-t-il.

– Non, pas encore, on continue! répondit Louise.

Ce n'est qu'au bout de deux semaines que Perrine retrouva son sourire de petite fille heureuse. Elle était encore pâle et amaigrie mais elle était sauvée. Bouillons reconstituants et laits de poule sucrés allaient vite la remettre d'aplomb.

– Maintenant, on peut se réjouir, dit Louise en se jetant dans les bras de son mari. Elle s'y endormit presque aussitôt, brisée de fatigue et de bonheur. Jean-Baptiste la porta jusqu'à son lit, regarda longuement sa petite fille qui dormait elle aussi et se mit à pleurer comme un enfant.

Denis revint peu après, très content de son séjour chez les Bourdereuil. Il avait trouvé la maison magnifique et décrivait avec enthousiasme les beaux meubles et les tapisseries qu'il avait admirés. Il avait aussi trouvé à Bercy une compagne de jeu : sa petite cousine Anne, petite-fille d'Hortense dont la fille, Jacqueline, en épousant Pierre Séguier, un officier de l'Hôtel de Ville, avait franchi un nouvel échelon de l'échelle sociale.

Après l'épreuve, la vie reprit au Faubourg, calme et laborieuse. « Le travail éponge le malheur », disait Jean-Baptiste qui aidait la jeune abbesse Jeanne à faire son apprentissage de protectrice d'un lieu toujours privilégié, comme la cour du Temple et l'enclos de Saint-Germain-des-Prés, mais aussi toujours menacé par les jurandes qui n'avaient pas désarmé et qui n'attendaient qu'une occasion de faire rentrer dans le rang les ouvriers libres.

– Défendez les droits accordés à l'abbaye par le roi Louis XI, répétait-il à la jeune religieuse dont on pouvait peut-être critiquer la frivolité et le manque de piété mais qui assumait sa charge temporelle avec conscience et efficacité. Si les métiers vous sentent en état de faiblesse, ajoutait-il, ils ne manqueront pas d'agir auprès du parlement et même du roi. Je parle pour mes amis puisque je suis, moi, maître reconnu, successeur de mon père et parfaitement en règle avec la corporation encore que le lieu où je travaille et mon action me font plutôt considérer comme une brebis galeuse.

L'abbesse le rassurait :

– Mais n'ayez donc pas peur! Vous êtes toujours en train de trembler comme si vous aviez le guet aux trousses!

– C'est que nous, les petits, nous avons, madame, bien souvent des raisons d'avoir peur. Tenez, si nos braves ouvriers allemands protestants sont un jour menacés, les protégerez-vous?

– J'ai sur eux le droit de haute et basse justice. Je vous promets que s'ils ne se livrent pas à des provocations malheureuses et bien inutiles, ils ne risquent rien. Comme vous, Jean-Baptiste, je veille sur notre petit monde. Que Dieu et le roi nous aident.

Un jour où il musardait dans le parc, ses outils sous le bras, Jean-Baptiste vit le portail de l'abbaye s'ouvrir à un cavalier qui avait fort belle allure dans son haut de velours noir et son pourpoint brodé d'argent. Une sœur l'attendait pour le conduire chez l'abbesse d'où il ne ressortit, Jean-Baptiste l'apprit par la vieille sœur tourière qu'il connaissait depuis sa plus tendre enfance, qu'à deux heures de l'après-dîner. Elle ne put malheureusement lui dire de qui il s'agissait mais sa curiosité fut satisfaite, dès le lendemain, par l'abbesse elle-même :

– J'ai reçu hier des compliments qui auraient comblé d'aise votre père, s'il était encore en vie. Benvenuto Cellini, le grand orfèvre-sculpteur qui nous a fait l'honneur de nous rendre visite hier s'est longuement arrêté devant la statue de saint Antoine. Il m'a demandé qui l'avait sculptée et ne voulait pas me croire quand je lui ai dit que c'était l'un de nos anciens menuisiers libres. « C'est une belle œuvre, a-t-il dit, et son auteur est un authentique artiste. » Venant de Cellini, ce compliment n'est pas rien, vous savez!

– Merci, ma mère, de me répéter cet éloge. Rien ne pouvait me faire plus plaisir. J'ai en effet entendu parler de Benvenuto Cellini. Il est italien, je crois?

– Il vient de Florence et le roi François l'aime tellement qu'il lui a offert le Petit-Nesle, cette très vieille maison qui a de beaux jardins le long de la Seine. C'est un artiste extraordinaire, très bon joueur d'instruments à vent, orfèvre incomparable, architecte, graveur en médailles, fondeur de métaux et merveilleux sculpteur. Il est en train, en ce moment, de fondre la statue monumentale du roi en « Jupiter tonnant ». C'est, paraît-il, grandiose.

L'abbesse parlait avec un tel enthousiasme du bel et fantasque Italien, connu pour ses bonnes fortunes, que Jean-Baptiste ne put s'empêcher de penser que la promenade à Saint-Antoine-des-Champs n'avait pas eu pour unique but la visite des sculptures de l'abbatiale.

Le soir, pendant le souper, il raconta par le menu sa conversation avec l'abbesse Jeanne :

– La vie est étrange, vois-tu. Il y a moins d'un mois nous crevions de peur à la pensée de perdre Perrine et aujourd'hui nous rions de choses sans importance. Les enfants dorment, la ville est calme, le Faubourg encore plus.

Paris et ses environs immédiats avaient, il est vrai, retrouvé une certaine tranquillité depuis que le guet et les troupes royales les avaient débarrassés des larrons, pilleurs et autres robeurs qui semaient la terreur dans les rues et obligeaient chacun à se barricader dans les maisons dès la tombée de la nuit. Ceux qu'on appelait maintenant d'un nom nouveau – voleurs – avaient été arrêtés, envoyés aux galères ou simplement exécutés. On avait même inventé à leur intention, en 1535, le supplice de la roue qui attirait sur la place de Grève, chaque fois qu'un condamné était exécuté, une foule énorme venue de tous les quartiers.

Les ouvriers du Faubourg gagnaient peu d'argent mais n'étaient pas vraiment pauvres. Mal logés, ils étaient correctement habillés, le plus souvent à la mode. Louise qui, elle, avait des moyens, portait le dimanche un hocheplis ou vertugadin à la manière des grandes dames. Sa robe s'étendait sur une vaste jupe gommée garnie de cerceaux de bois que Jean-Baptiste lui avait confectionnés. Ce n'était pas du tout pratique mais Louise avait l'âge de ces folies et elle aimait se promener au bras de son mari au Temple ou au Pont-Neuf, habillée comme une dame de la noblesse ou de la haute bourgeoisie. Les gens du bois avaient toujours eu la réputation d'aimer bien manger et bien boire. Pacifiques de nature, ils n'étaient prêts à s'enflammer que lorsque le ravitaillement venait à manquer. Ce n'était pas le cas cette année-là : les éventaires du marché Saint-

Antoine regorgeaient de toutes sortes de légumes. On y trouvait même des produits nouveaux venus d'Italie. Un Milanais avisé avait gagné une petite fortune en vendant les pâtes qu'il fabriquait devant le client à la mode de son pays.

En dehors de la communauté des menuisiers de l'abbaye, la chaussée Saint-Antoine demeurait on le sait pratiquement une campagne. En revanche, la ville s'embellissait. Le roi s'intéressait personnellement aux nouvelles constructions d'églises, d'hôtels, d'hôpitaux, de fontaines. Les rues étaient mieux entretenues. Hélas! si l'on pavait beaucoup sous François-Ier, on pendait et brûlait encore plus. Les protestants continuaient à être pourchassés; souvent l'odeur des bûchers ou des corps laissés trop longtemps pendus à leur potence parvenait de la ville jusqu'à l'abbaye.

Vers la fin de 1539, une affaire d'importance mit le Faubourg en émoi : Charles Quint, celui qui avait fait le roi prisonnier, allait être reçu à l'abbaye! Il avait demandé le droit de passage à François Ier afin de pouvoir aller châtier les habitants de Gand qui s'étaient révoltés. Le roi qui aimait l'apparat et qui tenait à entretenir à ce moment-là de bonnes relations avec la Maison d'Autriche, avait décidé de transformer en kermesse itinérante cette chevauchée guerrière. Comme à son habitude lorsqu'il s'agissait d'organiser des réceptions importantes, il avait prescrit lui-même les détails de l'accueil que Paris devait réserver à l'empereur. Ainsi avait-il fait enlever ses armes du dais destiné à être présenté par la Ville à Charles Quint et les avait-il fait remplacer par celles de l'empereur. Le roi avait aussi décidé qu'une somptueuse réception serait organisée dans l'enceinte de l'abbaye devenue ainsi porte virtuelle d'un Paris élargi aux mesures de l'Empire germanique.

L'empereur devait faire son entrée le 1er janvier 1540. Dès le mois de novembre, l'abbesse avait fait mander Jean-Baptiste dans le grand parloir qu'elle avait transformé en salon de réception grâce au talent conjugué de Louise qui avait dessiné les meubles et de Jean-Baptiste qui les avait fait construire dans les ateliers du Faubourg. Deux magnifiques tapisseries des Flandres réchauffaient les murs blancs de la pièce où l'abbesse se tenait d'ordinaire, près de sa table à écrire.

« D'autres personnes du Louvre assisteront à cette réunion », avait précisé la Dame du Faubourg. Aussi Jean-Baptiste avait-il mis ses plus beaux habits et Louise vérifié qu'aucun bouton n'y manquait. Le maître Thirion était, il est vrai, très élégant dans son pourpoint serré, son haut-de-chausses passementé et son manteau court qui, tout à fait à la mode, ne dépassait pas la ceinture :

– J'ai bien de la chance d'avoir un mari aussi beau, lui dit Louise en l'embrassant. Allez, monsieur. Et ne séduisez pas notre abbesse!

Jean-Baptiste n'avait qu'à traverser la chaussée pour tirer la cloche du portail de l'abbaye. Il trouva Jeanne de Longuejoue un peu crispée :

– Asseyez-vous, monsieur Jean-Baptiste. Je vais vous expliquer ce qu'on attend de nous. C'est ici que le clergé de Paris, l'Université, les corps militaires, le Dauphin entouré de la Maison du roi viendront saluer l'empereur à son arrivée. Le cortège se formera devant l'abbaye et Charles Quint sera alors conduit en grande pompe à Notre-Dame d'abord puis au Louvre où le roi l'attendra au bas des grands degrés.

– Mais qu'ai-je à faire dans cette cérémonie?

– J'ai voulu que vous soyez présent aujourd'hui car il vous appartiendra de faire exécuter par nos ouvriers les travaux qui vont être décidés tout à l'heure avec Pierre de la Cour, l'architecte du Palais, chargé par le roi de tous les préparatifs.

L'architecte arriva quelques minutes plus tard accompagné de ses aides, d'un drapier, d'un tapissier et de deux autres personnages dont Jean-Baptiste ne réussit pas à comprendre la fonction.

Pierre de la Cour présenta ses devoirs à l'abbesse qu'il semblait déjà connaître, fit déplier sur la grande table une large feuille couverte de plans et commença :

– Le roi veut dans le grand jardin – on abattra quelques arbres s'il le faut – une grande maison en charpente qui sera ensuite entièrement vitrée. Il faudra évidemment prévoir des cheminées et toutes les commodités nécessaires pour le repos de l'empereur et de sa maison. Sur le devant, ainsi que vous le voyez sur ce plan, il y aura une très grande salle tapissée de drap d'or et d'argent. C'est là que Charles Quint, entouré du dauphin, des ducs de Vendôme, de Guise, de Nevers, d'Albe et des plus grands seigneurs de sa suite, recevra les corps de ville. Tout doit être extrêmement luxueux. Vous avez entendu parler peut-être du Camp de Drap d'or dans la plaine de Guines où le roi a rencontré Henry VIII d'Angleterre? Eh bien, il faut faire au moins aussi bien!

– Je suis votre servante, monsieur de la Cour, et je vous signale que sous la direction du maître Thirion, que voici, les ouvriers libres de l'abbaye peuvent exécuter tous les travaux de charpente et de menuiserie que vous souhaitez.

– Les compagnons qui travaillent dans les lieux privilégiés n'ont pas très bonne réputation mais je sais que ceux de Saint-Antoine-des-Champs font exception à la règle. Tant mieux, cela m'arrange. Il y a tellement à faire au Louvre pour donner à ce vieux palais délabré un air de jeunesse! Il faut cacher les plaies sous des tentures d'or [1]. Ici ce sera plus facile : on fait du neuf provisoire, car je ne pense pas, madame, que vous souhaiterez conserver dans votre beau jardin cette énorme cage de bois doré?

– Non. Bien évidemment.

– Très bien. Alors, monsieur...

– Thirion. Je m'appelle Thirion, monsieur l'Architecte.

– Voici, monsieur Thirion, le plan détaillé de l'ensemble. Étudiez-le, réfléchissez et calculez ce qu'il vous faudra de bois. Pas de bois chers, c'est inutile. Du chêne seulement pour les bâtis et les poutres porteuses. Pour le reste du sapin. On vous fera livrer la semaine prochaine les matériaux qui vous sont nécessaires.

Ses yeux tombèrent alors qu'il prenait congé de l'abbesse sur le banc en noyer qui occupait le devant de la cheminée :

– Tiens, dit l'architecte, vous avez un banc en noyer. Qui a eu l'idée d'utiliser ce bois pour la menuiserie?

– C'est Jean-Baptiste Thirion, dit l'abbesse.

– Je vous félicite. Vous êtes en avance de vingt-cinq ou de trente ans sur vos confrères. C'est en effet un bois magnifique qu'il faut utiliser plus souvent. J'en parlerai au roi [2].

Les travaux allèrent grand train. Le bois arriva de Bercy le jour prévu et les quinze meilleurs compagnons du Faubourg que Jean-Baptiste avait choisis transformèrent les jardins de l'abbaye, voués au calme et à la méditation, en un chantier bruyant et joyeux. Dame! On ne joue pas du marteau sans faire d'éclats, et les charpentiers, depuis les premières cathédrales, ont toujours aimé chanter en travaillant. Les abbesses et les sœurs ne se plaignaient d'ailleurs pas de ce

1. Le vieux Louvre en effet commenca à être reconstruit l'année suivante.

2. Jean-Baptiste fut très fier lorsqu'il apprit, un an plus tard, que le célèbre Del Carpi, venu d'Italie, sculptait dans du bois de noyer, pour la première fois, les lambris de la grande galerie du château de Fontainebleau.

tintamarre qui rompait la monotonie du couvent. La Dame du Faubourg, qui n'avait jamais autant mérité son titre, veillait elle-même à ce que ses ouvriers ne manquassent de rien. Elle avait fait mettre en perce à leur intention une feuillette de « vin à une oreille [1] » provenant de ses vignes de Bel-Air. Chaque fois qu'une sœur converse arrivait avec la dame-jeanne, elle était remerciée par une chanson qui n'avait rien à voir avec un cantique.

Les ouvriers libres de l'abbaye mettaient du cœur à l'ouvrage. Ce n'est pas tous les jours qu'on œuvre pour le roi, et Jean-Baptiste n'avait pas manqué de leur dire qu'un travail particulièrement réussi pouvait plus tard les sauver en cas de conflit avec les métiers.

Seule, la pose des vitres « soufflées en menchons » posa des problèmes car on les avait fait venir d'Italie et elles arrivèrent à la dernière minute en nombre insuffisant. En revanche, les tapissiers firent des miracles en drapant d'or et d'argent la carcasse de bois qui, sans eux, eût ressemblé à une baraque pour jouer à la courte paume.

Le palais d'accueil fut prêt deux jours avant la fin de l'année et le 1er janvier 1540, au petit matin, les corps de la Ville en robes bleu et rouge, les arquebusiers à cheval avec leurs hoquetons de livrée, trompettes, clairons et tambours arrivèrent les premiers suivis du prévôt des marchands et des échevins, tous en robes de velours cramoisi. Présents eux aussi, le clergé et l'Université se tenaient à distance en attendant Charles Quint dont le passage à Vincennes avait déjà été signalé. L'arrivée de l'empereur se fit dans la plus grande discrétion puisque le protocole exigeait que ce fût lui qui reçoive les représentants de la ville. Il descendit de cheval devant le portail grand ouvert, salué seulement par les cris d'allégresse des habitants du Faubourg qui n'avaient jamais été à pareille fête, puis il pénétra dans son palais d'une heure en compagnie d'une vingtaine de seigneurs de sa cour.

Ce n'est que lorsqu'il se fut reposé et rafraîchi dans le salon du fond qu'il prit place dans un fauteuil à haut dossier, lui-même posé sur une estrade. Il était habillé de deuil et portait le collier de la Toison d'or. A sa droite se tenait le dauphin et à sa gauche le duc

1. La feuillette ou demi-muid contenait environ 130 litres. Le « vin à une oreille » était le bon vin parce que les buveurs, pour marquer leur approbation, penchaient une oreille alors qu'ils secouaient la tête lorsqu'ils en buvaient du mauvais, appelé alors « vin à deux oreilles ».

d'Albe; les ducs de Vendôme, de Guise et de Nevers étaient aussi présents sur l'estrade, mêlés aux seigneurs de la suite de l'empereur.

Avec toute la pompe voulue par François Ier, le défilé commença, ouvert par deux sergents de la ville en robe de livrée qui portaient le navire d'argent. Les corps de la Ville suivaient, puis ce fut le tour des arquebusiers, enseignes déployées, et des arbalétriers en pourpoint de satin blanc, armés de javelines, sur leurs chevaux bardés de rouge. Quatre-vingt-quatre nobles de la ville venaient ensuite dont la richesse éclatait sur leurs habits : des casaques de velours noir enrichies de broderies et passements d'or avec la manche coupée de drap d'or frisé et par-dessous des pourpoints de satin jaune. Leurs bonnets étaient ornés de tant de pierreries que leur groupe ressemblait à une grosse bijouterie de cour.

Tous passaient lentement, en silence, devant l'empereur qui les regardait sans montrer le moindre sentiment. Il s'anima un peu lorsque parurent le prévôt des marchands – en robe mi-partie de velours cramoisi et tannée, fourrée de martre zibeline –, les échevins, le greffier, le procureur, le receveur et les seize quarteniers. Ceux qui portaient le dais étaient quatre élus de la draperie en velours noir, quatre de la mercerie en velours pers, quatre de la pelleterie en velours violet fourré de luberne, quatre de la boutonnerie en velours gris et quatre de l'orfèvrerie, en rouge.

Le prévôt des marchands, de Thou, lui, descendit de cheval et s'avança vers Charles Quint. Il lui fit sa harangue en lui offrant les clés de la ville. L'empereur demanda au connétable, le duc d'Albe, de répondre pour lui, prit les clés et les donna à un archer qui les rendit aux échevins. Enfin, les membres du parlement parvinrent à leur tour devant l'estrade. Le premier président portait la robe et l'épitoge d'écarlate. Entouré des quatre présidents, il s'adressa lui aussi à l'empereur pour le complimenter. Charles les remercia et se leva. La marche vers la porte Saint-Antoine pouvait commencer.

La foule arrivée de Paris durant toute la matinée était si dense autour de l'abbaye que le capitaine des gardes, de Nancey, maître des cérémonies, monté sur un cheval caparaçonné d'argent, eut toutes les peines du monde à faire dégager le peuple afin de permettre au cortège de se mettre en branle. L'ordre était à peu près le même que celui de la présentation. Charles Quint s'était inséré entre la haquenée blanche caparaçonnée de drap d'or qui portait le coffre contenant les sceaux de l'État et les quatre compagnies des gardes du roi qui fermaient la marche. Il était entouré du dauphin et des plus grands seigneurs des deux cours.

Il y eut un moment de flottement lorsque l'empereur arriva à la porte Saint-Antoine. Grave, promenant son regard froid sur l'assistance, il refusait de se placer sous le dais mais il faut bien que parfois les grands se plient aux caprices des petits : à la prière des échevins, il finit par y consentir. Comme pour le récompenser, le canon de la Bastille tonna. Des centaines de fois, dit-on. Le fait est qu'il tonnait encore lorsque le cortège atteignit le Louvre où François Ier attendait, sourire aux lèvres, son ennemi le plus intime.

Le peuple du Faubourg, avant Paris, venait de vivre une journée d'Histoire. Jamais, depuis le fameux appel de Louis XI aux habitants de sa capitale, on n'avait vu autant de monde entre l'abbaye et la Bastille. Le séjour de Charles Quint dura une semaine. On l'aperçut peu dans les rues mais ce furent tout de même huit jours de liesse populaire. Un grand nombre de prisonniers furent libérés et les hérétiques n'eurent pas, durant ce temps, à redouter les rigueurs de la justice. Ils savaient qu'ils ne perdaient rien pour attendre.

Denis, élevé dans les copeaux, respirait depuis sa naissance l'odeur de colle forte qui flottait sur le Faubourg comme un oliban sacré offert au dieu bois; tout naturellement il avait commencé son apprentissage dans l'atelier paternel. L'idée de lui faire apprendre un autre métier n'était pas venue à ses parents. Denis, né menuisier, était doué, il dessinait très bien mais il était encore trop tôt pour savoir s'il deviendrait un créateur comme son père, un sculpteur virtuose comme son grand-père Nicolas ou le Saint-Esprit du Bois comme Jean Cottion.

Souvent, Denis décrochait la canne de compagnon de l'ancêtre du Faubourg transmise après la mort de Nicolas à Jean-Baptiste. Il la tenait bien droite, la soupesait, en admirait les sculptures, regardait avec émotion le nom gravé par son premier propriétaire et sous lequel Nicolas, à la mort de son père, avait ajouté deux dates : 1449-1515. Aurait-il un jour le bonheur de pouvoir écrire, à la gouge, son propre nom – Denis Thirion – sous celui de Jean Cottion? Pour cela il lui fallait partir, abandonner la chaleur et l'aisance du foyer, accepter de courir l'aventure avec tous les risques que cela comporte, quitter sa mère et sa sœur. Oui mais, en revanche, il connaîtrait des gens et des pays nouveaux, il verrait la mer, découvrirait les ports où arrivaient les bois précieux qu'on lui apprenait à travailler. D'autres maîtres lui apprendraient leurs secrets de métier, lui enseigneraient leur savoir-faire. Et Dieu sait s'il y a de bons menuisiers dans les campagnes de France! Denis savait qu'il lui serait difficile de partir mais il savait qu'il partirait.

Il avait parlé pour la première fois de son projet à Jean-Baptiste dans le jardin de l'abbaye, alors qu'on construisait la maison à charpente de l'empereur. Son père l'avait regardé et avait dit simplement :

– C'est là une décision grave. Il faut y réfléchir. Tu as d'ailleurs le temps puisqu'il n'est pas question que tu partes avant d'avoir atteint tes dix-huit ans. D'ici là tu changeras peut-être d'avis.

– Penses-tu que c'est une idée folle ou crois-tu que je fais bien de vouloir voyager comme un vrai compagnon?

– Je ne te donne ni raison ni tort : je t'envie! J'ai pensé aussi souvent prendre la route quand j'étais jeune. Les circonstances ne me l'ont pas permis : j'étais le seul enfant, ma mère était malade et risquait de mourir durant mon absence, le père comptait sur moi. Et puis j'ai aimé ta mère... Nicolas Cottion n'est pas parti non plus. C'était un artiste et son beau-père Jean Du Pré valait comme expérience tous les tours de France et de Navarre. Tu vois, je ne regrette rien mais si tu décides de partir, car c'est toi qui décideras, je me consolerai en pensant que ton tour de France, tu le fais aussi un peu pour moi.

Denis avait pris sa décision ce jour-là mais il évitait d'en parler afin de ne pas inquiéter inutilement sa mère. Un jour où il avait évoqué son départ, Louise n'avait pu retenir ses larmes. Il l'avait consolée en lui disant que s'il partait, il reviendrait vite, qu'il se marierait et qu'il lui ferait de beaux petits-enfants. En attendant, il poussait la varlope sur l'établi familial, taillait des assemblages à languette ou en queue d'aronde et commençait à aligner des rangs de perles, premiers grains de talent du long collier de l'apprenti.

*Chapitre 4.*

# Le temps des abbesses

A quarante ans, l'abbesse Jeanne avait conservé intact l'éclat de sa beauté. Elle avait aussi gardé son mystère. Peu de gens étrangers à l'abbaye avaient eu, en fait, l'occasion de l'apercevoir. Quand elle sortait, c'était presque toujours par l'une des nombreuses portes qui autour du domaine, donnaient sur les chemins de campagne. Jean-Baptiste, lui, la rencontrait souvent. « Un peu trop souvent », disait Louise en riant. Elle ajoutait : « C'est le sortilège du bois et tu es un merveilleux magicien! »

Comme celles qui l'avaient précédée, Jeanne, conseillée par Jean-Baptiste, s'était peu à peu familiarisée avec l'univers attachant des artisans. Elle s'intéressait aux travaux de ses ouvriers et savait prendre leur défense quand il le fallait. Cela dit, on ne connaissait d'elle rien de plus qu'à son arrivée. Ceux qui savaient étaient à la cour et il n'y avait aucune chance que les bruits de couloirs du Louvre arrivassent jusqu'aux ateliers du Faubourg. La tante Hortense, elle-même, n'avait rien pu apprendre des commis du roi chargés du commerce et de la marine qu'elle avait souvent l'occasion de rencontrer. Elle avait juste pu confirmer que des liens étroits, remontant à leur prime jeunesse, unissaient l'abbesse et Diane de Poitiers. Jean-Baptiste savait aussi que Jeanne voyait fréquemment le grand Benvenuto Cellini.

Un matin de bonne heure la sœur tourière traversa la chaussée pour dire à Jean-Baptiste que l'abbesse souhaitait le voir le plus tôt possible. Jean-Baptiste intrigué quitta son établi et remonta à l'étage pour se raser et enfiler un pourpoint propre.

– Toi, tu vas voir Jeanne! dit Louise qui aimait taquiner son mari. Que se passe-t-il?

– Je n'en sais rien. Il paraît que l'abbesse veut me voir de toute urgence. Sans doute y a-t-il un meuble à caler ou une porte à raboter.

Il se rendit compte en entrant dans le salon-parloir qu'il ne s'agissait pas de cela. Jeanne, affairée, était en train de remplir un grand coffre de voyage de linge et de vêtements.

– Vous nous quittez, mère? demanda Jean-Baptiste en plaisantant.

– Oui, je m'en vais. C'est un secret que je vous confie. Je n'ai pas voulu partir sans vous dire au revoir. Cela fait plus de quinze ans que nous nous connaissons et que nous travaillons ensemble. J'ai beaucoup d'estime pour vous, mon cher Jean-Baptiste. J'ai souvent envié le sort de votre Louise, savez-vous!

Jean-Baptiste demeurait interdit. La nouvelle était si déconcertante qu'il avait du mal à la croire vraie. Il ne put que bredouiller :

– Quelle affaire! Tout le monde vous aime et vous respecte. Vous avez toujours été bonne et généreuse. Pourquoi nous quittez-vous?

– Je vais tout vous raconter si vous me promettez de n'en parler à personne, sauf à Louise naturellement mais je sais qu'elle saura se taire. Vous n'ignorez pas que le sculpteur Benvenuto Cellini est un ami très cher. Vous savez l'amitié que le roi lui a portée et son admiration pour le grand artiste. Eh bien, quelqu'un à la cour le déteste depuis longtemps. Par malheur, c'est la duchesse d'Étampes, maîtresse du roi, contre laquelle on ne peut pas lutter. A force de méchancetés et de médisances elle est arrivée à ce qu'elle voulait : faire prendre Cellini en aversion par le roi. Le dernier coup qu'elle vient de lui porter avec l'aide de rivaux, le Primatice et le Rosso, a été fatal : il doit quitter la cour. Il part pour Florence où le duc Cosme de Médicis va lui confier la sculpture de statues pour la place de la Signoria.

– Mais vous?

– Je pars avec lui.

– Je comprends. Mais comment pouvez-vous abandonner votre abbaye?

– J'ai servi Dieu de mon mieux. Depuis plus de quinze années, j'ai fait vivre et prospérer Saint-Antoine-des-Champs où le hasard plus que la providence m'a placée. Demain matin, à l'aube, on viendra me chercher. Je change ma vie et Dieu me comprendra. Je ne suis pas sûre d'ailleurs que la duchesses d'Étampes m'aurait soufferte encore longtemps. Voilà, Jean-Baptiste, ce que je voulais vous dire. Dans quelques jours on trouvera un motif officiel à mon départ et une autre abbesse prendra ma place : il faudra que vous en fassiez une nouvelle « Dame du Faubourg »!

– Je suis bouleversé, mère. Je ne sais quoi dire...

– Ne dites rien et surtout plus « mère ». Je n'ai jamais pu vous demander de m'appeler Jeanne et, pourtant, combien j'aurais été heureuse de vous entendre prononcer mon nom, simplement, comme celui d'une amie. Dites à Louise que j'aimerais bien lui dire au revoir. Et maintenant, si vous le voulez bien, embrassez-moi et souhaitez-moi bonne chance.

Jeanne ouvrit ses bras. Les larmes aux yeux, Jean-Baptiste l'étreignit et sentit quelques secondes sur les siennes la douceur des lèvres auxquelles il avait souvent eu la tentation de penser.

– Allez, Jean-Baptiste, partez maintenant et vivez heureux avec Louise, vos enfants et ces planches de bon bois que vous avez fini par me faire aimer. Rappelez-vous le noyer du parc... Et pensez quelquefois à Jeanne!

Un peu plus tard, Louise alla dire adieu à celle qui quittait le Faubourg sans doute pour toujours. Quand elle revint, elle s'arrêta à l'atelier et dit à Jean-Baptiste qui sciait furieusement un énorme bloc de chêne :

– Tu la trouvais très belle Jeanne, n'est-ce pas? Je crois bien que si je n'avais pas été là...

– Tu dis des bêtises, ma Louise. Ce qui est sûr, c'est qu'une nouvelle abbesse, désignée je ne sais comment par je ne sais qui va débarquer et qu'il va falloir lui apprendre le Faubourg. Enfin, on a l'habitude, pas vrai?

Dans le courant de l'après-midi, un équipage s'arrêta devant le portail de l'abbaye. C'était celui de Diane de Poitiers, la favorite du dauphin, qui venait dire au revoir à Jeanne. Son arrivée ne risquait pas de passer inaperçue dans le quartier. Elle était venue dans une voiture suspendue, en forme de petit cabinet fermé par des tentures de cuir. C'était un carrosse [1], une nouveauté dont il n'existait alors que trois exemplaire à Paris : celui de la reine, celui de Diane et celui d'un seigneur obèse, René de Laval, que son embonpoint empêchait de tenir sur un cheval.

1. Un peu plus tard Marguerite de Valois, la sœur du roi, obtint elle aussi l'autorisation de rouler carrosse. La première femme non princesse admise à posséder une voiture fut, peu après, la femme du premier président Christophe de Thou.

La nouvelle abbesse vint prendre possession de son domaine quelques semaines plus tard. Elle s'appelait Marguerite de Vaudetar et arrivait à un moment difficile. La santé du roi déclinait et l'on murmurait dans Paris que l'âpre combat qui opposait depuis toujours Diane de Poitiers, la maîtresse du dauphin, à Mme d'Étampes, favorite du roi, prenait un tour fâcheux. Leurs querelles de plus en plus violentes rendaient, disait-on, l'air de la cour irrespirable. Ce n'était pas le plus grave. Le roi assagi et malade ne rêvait plus de conquêtes, mais les guerres qu'il avait livrées avec plus ou moins de bonheur durant presque toute la durée de son règne avaient appauvri le pays à l'extrême. Les mendiants pullulaient dans Paris, on priait dans les églises pour qu'une mauvaise récolte de blé ne plongeât pas la France dans une nouvelle et redoutable famine. Les persécutions religieuses, enfin, continuaient de faire des victimes.

Tous ces maux, pour sérieux qu'ils fussent, touchaient moins gravement le Faubourg que la ville. On y était déjà à la campagne, beaucoup de compagnons possédaient ou louaient un petit bout de jardin qui leur permettait de cultiver des légumes. Ce qui inquiétait davantage Jean-Baptiste et Louise, c'est que l'arrivée de la nouvelle abbesse coïncidait avec une vague d'attaques soigneusement orchestrée contre les monastères et les abbayes de la région parisienne qui avaient dans l'ensemble mauvaise réputation. Le parlement qui reprenait de l'autorité depuis que le roi s'intéressait de moins près aux affaires, n'envisageait rien moins qu'une réforme de ces établissements considérés par lui comme de petits États dans l'État où la ferveur religieuse cédait trop facilement à des mœurs de plus en plus libres.

En février 1544, le parlement fut bien près de parvenir à ses fins. La réforme du couvent des augustins fut ordonnée et confiée aux bons soins des prieurs des célestins et des chartreux assistés de deux commissaires nommés par la cour. C'était faire fi de l'esprit de résistance des moines dont la malice devint un plaisant sujet de conversation. La force armée, elle-même, échoua devant leur détermination. Les augustins finalement réussirent à se soustraire aux nouvelles règles qu'on voulait leur imposer. Il en fut de même chez les cordeliers de Paris, en pleine révolution contre leur général Jean Calvi qu'ils flanquèrent sans hésiter à la porte au nom de saint François.

N'arrivant pas à ses fins chez les moines, le parlement s'en prit aux couvents de femmes, sous le prétexte de bruits malveillants qui circulaient dans la capitale. Premières visées, les Filles de Dieu qui ne pouvaient décemment faire le coup de poing et se battirent avec des armes plus subtiles. Leur défense, ouverte par une petite guerre en dentelles, s'acheva en véritable rébellion contre l'autorité qui, une fois encore dut s'avouer vaincue.

L'abbaye Saint-Antoine elle-même ne fut pas épargnée. Un échevin s'était avisé que les règles de l'ordre cistercien qui étaient les siennes à l'origine, n'étaient plus du tout respectées et laissaient place à un libéralisme frisant le scandale. Ces reproches n'étaient pas dénués de fondement. La grande liberté qui régnait chez les dames de chœur au temps de Jean Cottion, s'était encore accrue. Nonnes et nonnettes de bonne famille menaient une vie mondaine agréable, fort distante des règles monastiques. Une enquête fut décidée qui donna à Marguerite de Vaudetar l'occasion de montrer ses talents de diplomate. Aux accusations elle répondit par des sourires, aux médisances par des prières. Son air serein cachait une volonté inflexible. Pleine de bonne volonté apparente devant les défenseurs de la vertu, elle proposa elle-même des réformes plus sévères que celle qu'on lui demandait, bien décidée à ne jamais les appliquer. Comme elle non plus ne manquait pas d'appuis à la cour on lui laissa la paix et Saint-Antoine retrouva son air bon enfant qui, finalement, plaisait peut-être davantage au Bon Dieu que les démonstrations vertueuses des cagots.

– La réputation de l'abbaye est sauve, dit l'abbesse Marguerite à Jean-Baptiste lorsque l'alerte fut passée. Je ne voulais surtout pas que le parlement alerté par les jurandes prenne prétexte de quelques ragots pour réformer le statut des travailleurs de Saint-Antoine et supprimer nos privilèges.

Jean-Baptiste sut, ce jour-là, qu'il avait toujours une alliée de l'autre côté de la chaussée et que ses amis pouvaient continuer de travailler en paix.

La tempête apaisée dans les cloîtres et les couvents, le baromètre du Faubourg se remit au beau fixe. Tous les Parisiens aisés, nobles et bourgeois voulaient posséder les meubles nouveaux. Les décors empruntés aux monuments romains et aux gravures italiennes mettaient avec leurs volutes et leurs rinceaux de la gaieté dans les pièces où on les installait. L'embellie italienne dont Jean Cottion, l'un des premiers, avait compris l'importance, explosait maintenant dans le bois des menuisiers après avoir conquis la pierre des architectes. Les compagnons libres de l'abbaye étaient évidemment bien placés et sûrement les mieux préparés pour construire ces armoires à deux corps qu'on commençait à appeler buffets mais qui n'entraient pas dans les normes des jurandes de Paris, toujours en retard d'une marche dans l'escalier du progrès. Au Faubourg, chacun travaillait comme quatre et gagnait largement sa vie.

Jean-Baptiste et Louise auxquels les compagnons devaient pour une grande part leur prospérité étaient appréciés de tous. Ils auraient été tout à fait heureux sans la détermination de Denis d'entreprendre son tour de France et les soucis que leur causait Perrine, la rescapée de la peste.

Le nouveau mal dont souffrait Perrine était moins grave mais tout de même préoccupant : elle aimait le plus jeune des fils Habermann qui trouvait lui-même à son goût cette fille toute ronde, un peu grosse peut-être mais avenante et pleine de santé. Les Habermann étaient des Allemands de Cologne installés au Faubourg depuis une trentaine d'années. Très bons menuisiers, ils s'étaient parfaitement assimilés à la vie de la communauté et Hans, que tout le monde appelait Jeannot, aurait fait un excellent mari pour Perrine s'il n'avait été l'un de ces luthériens que le Faubourg cachait afin de ne pas avoir à les défendre. Pour la première fois, l'existence de protestants chez les compagnons libres devenait source de difficultés.

– Cela devait bien arriver un jour, dit Jean-Baptiste. Jusqu'à présent, les Allemands se sont mariés entre eux, mais on ne peut pas empêcher des enfants qui se connaissent depuis toujours de s'aimer lorsqu'ils ont vingt ans.

– Je suis tout à fait de ton avis, répondit Louise, mais j'aurais préféré que cela arrive à d'autres. Sais-tu que Perrine, qui ne voit pas plus loin que le bout de son nez, est prête à choisir la religion nouvelle? Jeannot lui a raconté je ne sais quoi sur les prêtres catholiques, si cupides qu'ils vendent des indulgences et que le parlement doit les rappeler à l'ordre afin qu'ils n'empochent point les aumônes destinées aux enfants abandonnés [1]! Les moines, tous paillards et de mauvaises mœurs ne valent pas mieux; les religieuses sont paraît-il dévergondées, celles de Saint-Antoine-des-Champs constituant une exception. Bref, Perrine est déjà à moitié convertie.

1. Plusieurs fois entre 1540 et 1546, le parlement rendit des arrêts pour rappeler à leurs devoirs charitables les prêtres et les autorités religieuses, en particulier durant les épidémies de peste.

Elle le serait à mon avis tout à fait s'il n'y avait la Vierge Marie qu'elle ne veut pas renier, et quelques saints secourables qui, dit-elle, sont souvent intervenus en sa faveur.

– Que faire? Qu'elle croie ou ne croie pas, le fait d'être mariée à un protestant la fera ranger dans le clan des infidèles, avec tous les désagréments que cela peut comporter. Nous ne l'avons tout de même pas sauvée de la peste pour qu'elle soit envoyée au bûcher par la Chambre ardente!

– Dieu merci, nous n'en sommes pas là! Jusqu'à maintenant aucun luthérien de chez nous n'a été persécuté. Pourtant, je crois que tu devrais parler au père Habermann. Après tout, il n'y a aucune raison que ce soit nous qui nous inclinions. Ce dadais de Jeannot peut aussi bien se convertir au catholicisme!

Conrad Habermann était un brave homme. Sa femme Berthie et lui avaient toujours entretenu des liens d'amitié avec les Cottion et les Thirion. Lorsque, le lendemain, Jean-Baptiste entra dans son atelier, Conrad vint vers lui la main tendue :

– Je sais pourquoi tu viens. Si tu ne l'avais pas fait, c'est moi qui aurais été te voir. Que va-t-on faire avec les enfants? Nos religions rivales n'arrangent pas leurs affaires. Tu sais, nous ne sommes pas des fanatiques, mais nous tenons aux vérités de notre religion.

– Je ne pense pas autrement. Tu vois, Habermann, il ne faut surtout pas que l'amour qui rapproche nos enfants entraîne des divisions dans notre communauté. Nous avons réussi jusqu'à maintenant à échapper à cette montée de haine qui gagne tous les quartiers de Paris et oppose les catholiques aux protestants. Conservons notre sagesse, notre esprit fraternel et tolérant.

– Nous pouvons évidemment refuser notre consentement mais nos enfants s'aiment et il serait injuste de les séparer. Après tout, ils croient au même Dieu!

– Écoute. Si tu es d'accord, je vais mettre l'abbesse au courant de nos soucis. Nous ne connaissons pas encore beaucoup Marguerite de Vaudetar mais elle me paraît bonne, sensible et est très au fait des compromis de cour et de gouvernement. Ses conseils ne peuvent que nous être utiles.

– C'est la meilleure idée. Nous sommes protestants mais nous savons ce que nous devons à l'abbaye et à ses abbesses. Va voir dame Marguerite en ton nom comme au nôtre.

Quelques jours plus tard, Jean-Baptiste, un peu gêné, fit part à Mme de Vaudetar de ses préoccupations. Elle l'écouta sans trahir ses sentiments et réfléchit un moment, puis, très calme, répondit :

– Il me paraît inutile, Jean-Baptiste, que je vous dise mes regrets. Puisque vous m'affirmez que vous ne voulez pas refuser votre consentement, il reste à trouver une solution qui sauve les apparences et ménage, des deux côtés, une susceptibilité collective bien capable, dans les temps que nous vivons de se muer en haine et en violence. Et puis, il faut aussi songer à préserver l'unité de notre territoire de libre travail!

– Vous avez une solution, mère?

– Oui. C'est à mon avis la seule acceptable. Encore convient-il d'être prudents et discrets. Voilà : je vous conseille de procéder à un double mariage. Les catholiques, avec un peu de bon sens et d'amitié ignoreront ou feront semblant d'ignorer que vos jeunes gens sont passés au temple. Je pense que les luthériens nous rendront la pareille à propos de notre bénédiction. En tout cas, pas de fête, pas de festin ni de réunion familiale. Moins on parlera de ce mariage, mieux cela vaudra. Ça, c'est votre affaire!

– Merci, mère. La famille Habermann m'avait chargé de la représenter dans cette démarche délicate. En son nom et au nôtre je vous dis ma reconnaissance.

– Bon. Qu'on ne parle plus de tout cela jusqu'au jour du mariage. Je vais essayer de trouver un prêtre complaisant et intelligent pour bénir discrètement les mariés dans la chapelle Saint-Pierre. Nous y serons chez nous et tout à fait tranquilles. Sachez tout de même, Jean-Baptiste, que je ne m'engage pas de gaieté de cœur dans cette affaire, encore que vos deux jeunes gens nous donnent une bonne leçon de tolérance!

– Mais j'y pense, ma mère, ils auront sûrement des enfants. Que se passera-t-il?

– Ne trouvez-vous pas que cela suffit pour aujourd'hui? Nous aviserons!

Trois mois plus tard le double mariage fut expédié dans le secret.

– On parle souvent de certains accommodements avec le ciel, dit Louise. Celui-là n'est pas mince. Mais pourquoi le Seigneur serait-il fâché par ce pieux complot qui lui montre que sur terre il existe encore quelques créatures de bon sens?

Les jeunes mariés logeaient chez les Thirion en attendant d'avoir leur propre toit et personne, au Faubourg, n'avait manifesté d'hostilité à leur union. Jean-Baptiste s'était fait à l'idée d'avoir un gendre allemand et protestant. C'était, il est vrai, un bon ouvrier dont les mérites apparaissaient d'autant plus grands que Denis allait partir le 15 juin. Il devait rejoindre Auxerre, sa première étape, où la mère des compagnons de la cayenne [1] locale, au vu de son passeport compagnonnique, le recevrait, le logerait et le nourrirait en attendant que le premier en ville [2] lui trouve un employeur.

Jean-Baptiste et Louise avaient décidé de célébrer le départ du fils par un repas de famille.

– Nous inviterons les Habermann, avait dit Louise. Ce sera une façon de fêter, sans que cela soit dit, le mariage des enfants.

– Tu ne crois pas qu'on pourrait inviter aussi Hortense, Matthieu et les Séguier que nous voyons si rarement?

– Pierre Séguier est officier adjoint de l'Hôtel de Ville. Cela va faire un drôle de mélange avec les Habermann! Acceptera-t-il, d'ailleurs, de venir dîner chez un maître menuisier?

– S'il ne veut pas venir, il ne viendra pas, dit Jean-Baptiste. Mais il n'y a pas de raison. Il vend du drap, nous fabriquons des meubles. Et puis, tu es tout de même la petite-fille de Jean Du Pré, imprimeur du roi, et la fille de Nicolas qui l'aurait été aussi si la maladie ne l'avait pas emporté.

– Tu as raison, père, ajouta Denis. Pourquoi se réunir seulement pour pleurer les morts? Invitons les Séguier. S'ils prennent des airs supérieurs, ce qui m'étonnerait, nous ne recommencerons pas. Et puis, je suis curieux de voir ce qu'est devenue ma petite cousine Anne avec qui je jouais durant la maladie de Perrine. Elle a à peu près mon âge.

– Oui, à un mois près.

Un peu à cause des « bourgeois » de la famille et pour ne pas avoir trop de travail, Louise avait renoncé à organiser le dîner dans l'atelier. Au risque de dépenser plus d'argent, elle avait décidé, puisqu'on était en juin, de retenir une grande table à l'*Auberge de la Pissotte*, à Vincennes, renommée pour ses vins et la qualité de sa cuisine.

Les craintes de Louise étaient vaines. Les Bourdereuil et les Séguier étaient gens de bonne compagnie et ne parurent pas mécontents de s'asseoir à la table des artisans du bois. Au contraire,

1. La cayenne est le groupement des compagnons d'une ville et de ses environs. C'est aussi le lieu de leurs réunions.

2. Le premier en ville est le responsable des compagnons d'une cayenne.

Pierre Séguier, le mari de Jacqueline, posa des questions pertinentes à Jean-Baptiste :

– Parlez-moi des ouvriers libres de Saint-Antoine. On raconte tellement de sottises sur les privilèges des abbayes que j'aimerais savoir exactement ce qu'il en est.

Trop heureux, Jean-Baptiste lui fit l'historique de la communauté, et l'officier adjoint parut fort intéressé :

– Maintenant, je saurai quoi répondre lorsqu'on attaquera devant moi ces ouvriers dont le seul privilège consiste à fabriquer des meubles que les autres ne veulent pas ou ne savent pas faire.

Denis n'était pas déçu par ses petites cousines. Anne avait dix-huit ans et sa sœur Marie seize. Elles étaient toutes deux mignonnes, surtout Anne qu'il trouvait franchement jolie et pas bégueule. « Elles ont du sang Mercier dans les veines », glissa Jean-Baptiste à l'oreille de Louise. « Elles ressemblent à Thomas l'enlumineur. »

Chacun ayant pris place autour de la table, on s'extasia sur la blancheur de la nappe et des serviettes pliées en forme de « coquille double et frisée [1] ». Louise qui avait lu Rabelais ne fut pas mécontente de montrer son savoir en rappelant à propos de la verrerie la plaisanterie des « voyrres à pied et des voyrres à cheval » : on rit tandis qu'une servante faisait passer une cuvette de cuivre et une serviette parfumée à l'eau de mélilot afin que chacun puisse se rincer les mains. Jean-Baptiste se leva, dit le bénédicité et les assiettes d'étain furent bientôt garnies d'une épaisse tranche de pain de Gonesse, le meilleur, sur laquelle les servantes versèrent le premier ragoût. Les hommes sortirent leur couteau de la poche tandis que la serveuse en distribuait aux dames de plus petits. Et l'on commença de dîner joyeusement en y mettant les mains. Heureusement les serviettes, nouées autour du cou, protégeaient les pourpoints et les robes de fête.

Vers le milieu du repas, Jean-Baptiste demanda la parole :

– Je salue mes vieux amis Habermann qui viennent d'entrer dans notre famille. Gens mécaniques [2] comme nous, nos pères et nos aïeux, ce sont d'habiles ouvriers du bois qui font honneur au Faubourg qui les a depuis longtemps adoptés. Ils sont dévoués à notre abbaye et à son abbesse. Je salue aussi nos cousins et nos cousines qui sont venus

1. Pierre David, auteur d'*Instructions pour bien apprendre à plyer toutes sortes de linge de table*, enseignait dans son livre la manière de donner aux serviettes 27 formes différentes dont celle en coquille double et frisée.

2. Les gens mécaniques étaient tous ceux qui travaillaient de leurs mains.

partager ce repas familial qui fête, vous le savez, le départ de Denis, prochain compagnon du tour de France. Devant vous, je vais lui donner la canne de son arrière-grand-père Jean Cottion, fondateur de notre communauté avec l'abbesse Jeanne IV et la protection du roi Louis XI. Jean – que Dieu le garde en son royaume – disait souvent que cette canne était un porte-bonheur. Tiens, mon fils, je suis rassuré de savoir que tu vas l'emporter. Si Dieu veut, dans deux ou trois ans, nous nous retrouverons tous ici pour fêter ton retour.

Denis, un peu ému, prit la canne, passa sa main sur le pommeau de corne et remercia :

– La canne de Jean Cottion m'aidera à ne pas sortir du droit chemin. Je vous embrasse tous.

Lorsqu'il reprit sa place, Anne, sa voisine, lui dit : « Je comprends que tu sois troublé, c'est un grand moment pour toi. Tu as bien de la chance de partir. » Tout de suite après, il lui sembla bien sentir sous la table le contact d'un mollet. Un frôlement léger de son genou lui montra que ce n'était pas un hasard. Anne, pourtant, regardait ailleurs, comme si sa tête ignorait ce que faisaient ses jambes. Denis, déjà un peu grisé par le vin qu'il avait bu, ressentit une douce chaleur l'envahir. Il répondit par un imperceptible mouvement à l'initiative d'Anne et se dit que les petites cousines bourgeoises cachent quelque agrément derrière leur air réservé. Il se promit de le lui dire lorsque, tout à l'heure, on reprendrait le chemin de l'abbaye par la route de Chelles et la chaussée Saint-Antoine.

– Laisse-nous, dit Anne à sa sœur lorsqu'on se mit en route. J'ai quelque chose à dire à Denis.

Denis, sa canne à la main, avait l'air un peu emprunté au côté d'Anne qui, au contraire, sûre de son charme, parlait avec beaucoup d'assurance, racontait sa vie, celle de sa mère, une femme tranquille qui n'avait ni la fougue ni le tempérament de la grand-mère Hortense. Quant à son père, bonhomme, il n'avait qu'une ambition : porter un jour le dais des drapiers dans les cérémonies officielles.

– Si tu savais comme tous ces gens que nous fréquentons sont ennuyeux avec leurs titres pompeux, leur manie de singer les nobles, leurs costumes d'apparat et leurs chamailleries continuelles. Il y a des jours où je vous envie vous et votre bois. Quand tu feras un beau meuble, loin d'ici, dans une planche bien lisse sentant encore la forêt, pense à moi. Tiens, je frissonne en imaginant la spirale du copeau sortant de ton rabot. Mais je divague et tu me laisses parler...

– Je te laisse parler parce que ce que tu dis est très bien. C'est dommage que je parte, tu serais venue à l'atelier et je t'aurais appris la magie du bois.

Denis ne savait pas qu'il reprenait, presque mot pour mot, les phrases qu'avaient dites, jadis, Nicolas à Marguerite Du Pré et Jean-Baptiste à Louise. Anne, jusque-là rieuse et moqueuse, était devenue posée, presque grave :

– Oui, c'est dommage que tu partes, mais c'est surtout dommage que je sois ta cousine.

– Pourquoi, je ne te plais pas?

– Tu me plais trop. Je crois que je serais très vite devenue amoureuse de toi et que j'aurais été très malheureuse [1]. Alors, mieux vaut que tu t'en ailles... Mais avant de me laisser avec ma famille et ses bannières, j'aimerais que tu m'embrasses une fois, très bien, comme un amoureux, même si tu ne l'es pas. Cela t'ennuie?

– Que non, petite cousine! Essayons de nous trouver seuls tout à l'heure, lorsque vous vous arrêterez quelques instants à la maison avant de repartir pour Bercy. Et puis, je vais t'avouer quelque chose : je crois que moi aussi je tomberais facilement amoureux d'une fille aussi jolie que toi. Alors, tu as raison, il est préférable que je m'en aille courir les chemins. Lorsque je reviendrai tu seras mariée avec le fils d'un échevin dont tu repasseras avec soin la robe de défilé cramoisie. Fais attention de ne pas laisser dévorer par les mites la doublure de martre.

– Denis, tu es cruel et tu es sot. Même si je suis mariée, jure-moi qu'on se reverra lorsque tu rejoindras ton Faubourg!

Le baiser qu'échangèrent un peu plus tard Anne et Denis au fond de l'atelier fut trop bref, trop convenu, pour leur laisser un souvenir inoubliable. « C'est mieux ainsi », se dit Denis qui fit tout de même dans la nuit un rêve étrange. Il entendait des cris dans l'atelier et se précipitait vers un énorme tas de copeaux, source des appels et des gémissements. A grandes brassées, il faisait voler les fins serpentins de bois et découvrait, couchée dans les dentelles aux senteurs de forêt une jolie fille toute nue qui n'était autre, bien sûr, que sa petite cousine Anne.

Denis craignait le moment du départ qui eut lieu trois jours plus tard, mais Louise, comme toujours dans les heures difficiles, se montra héroïque. Elle ne pleura pas, ne fit à son garçon aucune

1. L'Église interdisait les mariages entre cousins et cousines, en principe, jusqu'à la septième génération.

nouvelle recommandation et réussit même à sourire quand il l'embrassa avant d'enfourcher la mule dont sa tante Hortense lui avait fait cadeau. Denis ne partait pas l'esprit et les poches vides comme jadis Jean Cottion. D'abord, le tour de France était devenu une épreuve assez courante dans un grand nombre de métiers. Les cayennes de charpentiers-menuisiers, en particulier, s'étaient développées à travers le pays et le jeune compagnon prenait la route avec l'assurance de trouver une aide partout où il irait. La famille, ensuite, avait fait le nécessaire pour limiter les risques du voyage. Hortense et les Séguier lui avaient donné maintes lettres de recommandation pour des confrères, marchands de bois ou drapiers établis dans les villes où il devait passer. Denis s'était juré de ne pas user de ces bouées de secours qui lui permettaient tout de même, il s'en rendait compte, de partir plus confiant, plus rassuré. Quant à la mule d'Hortense, il était bien décidé de la vendre à son arrivée à Auxerre, quitte à en racheter une autre lorsqu'il entamerait la seconde étape prévue à Chalon. Ainsi partit le 15 juin 1545 le compagnon Denis Thirion pour accomplir ce tour de France auquel il rêvait depuis le jour où il avait vu pour la première fois la canne sculptée de Jean Cottion. Cette canne allait être durant des mois et des mois l'instrument de son voyage, sa compagne et sa protectrice. Les amis de la cayenne de Paris lui en avaient appris les symboles et le langage. Il savait, par exemple, que s'il portait, le jour, l'embout en avant, c'était une provocation mais que, durant la nuit, c'était de la prudence.

Le départ de Denis causa un grand vide chez les Thirion. Heureusement, Perrine demeurait auprès de sa mère et Hans, définitivement baptisé Jeannot depuis qu'il faisait partie de la famille, travaillait de plus en plus souvent pour son beau-père. Jean-Baptiste avait beaucoup plus de travail qu'Habermann et il ne pouvait plus suffire à la tâche depuis que Denis avait déserté l'établi du Faubourg. Les querelles religieuses qui envenimaient la vie du pays n'étaient pas de mise dans la famille. Chacun croyait en Dieu à sa façon, sans se soucier de la manière dont il convenait de l'honorer. « Ce qui compte, disait déjà Jean Cottion, ce n'est pas d'aller à la messe tous les jours et de se confesser, c'est d'être droit et honnête. Sur son grand livre, Dieu ne marque pas le nombre des prières de chacun mais ses bonnes et ses mauvaises actions. »

En quittant le Faubourg, Denis avait échappé à l'une des plus grandes vagues de misère du siècle. L'hiver qui suivit fut en effet marqué par une grande disette. Les greniers étaient vides, le blé et le pain manquaient partout dans la région parisienne où les boulangers avaient fermé boutique. Même à l'abbaye qui pourtant avait ses réserves de grain, le pain était rare. Comme toujours dans les périodes de disette, la peste rôdait sur Paris. De temps à autre, on signalait dans certains quartiers des cas de maladie qui semaient la terreur. Grâce aux jardins personnels, à la proximité des champs maraîchers et aux discrètes distributions de pain faites par l'abbaye aux travailleurs libres, le peuple du Faubourg survivait sans trop de souffrances à la famine générale. Il fallait cependant être prudent, ne pas faire état d'un privilège qui, déjà, attirait autour de l'abbaye et des ateliers un grand nombre de mendiants. La mendicité était interdite et les récidivistes impitoyablement arrêtés et enfermés, mais il restait les enfants qui, privés de tout soutien, devenaient une charge pour la ville. Devant cette situation dramatique, l'avocat du roi Gabriel Marlhac représenta à la cour l'extrême rareté du pain à Paris et ses conséquences dramatiques. Le parlement saisi de l'affaire commit l'un des échevins et le premier huissier de la cour pour dresser l'état des réserves de blé encore disponibles et procéder à des perquisitions partout où ils supposeraient que du blé était caché. Ils avaient le pouvoir de faire ouvrir tous les greniers et de saisir les sacs de grains qu'ils découvraient.

Après la moisson, les choses rentrèrent à peu près dans l'ordre, le Faubourg reprit son air de gaieté, l'abbesse Marguerite de Vaudetar ayant décidé de confier d'importantes commandes à ses ouvriers afin de meubler les nouveaux locaux construits à l'intérieur du monastère en remplacement de certains bâtiments vieux de plusieurs siècles.

Un soir, pourtant, on pleura chez les Thirion. Jeannot était rentré porteur d'une nouvelle qui accabla Louise : déjà condamné au feu en 1543 mais gracié par le roi, l'imprimeur-libraire Étienne Dolet venait d'être encore condamné et cette fois brûlé vif avec ses livres sur la place Maubert.

Louise, de quelques années l'aînée d'Étienne Dolet, se rappelait ce grand jeune homme mince au regard de braise qui venait voir Pierre Cottion et Marguerite Du Pré, dans l'atelier de la rue Saint-Jacques, entre deux voyages à Venise ou à Lyon. Étienne n'était pas luthérien mais prétendait penser et publier librement à une époque où l'imprimerie faisait peur. Qu'il s'agisse des dialogues de Platon ou du

*Second Enfer*, d'Étienne Dolet, les livres qui sortaient de son imprimerie traduisaient toujours une hardiesse, une turbulence, une agressivité ou simplement une tendance satirique que les fanatiques de la Sorbonne et du parlement ne pouvaient tolérer.

– Heureusement pour moi que l'indulgencc du roi est grande, disait-il à Nicolas.

Louise se rappelait avec émotion les discussions passionnées et l'enthousiasme de celui qu'on appelait « le grand cicéronien ». Tout son être se révoltait contre la sinistre victoire des sorbonnards que Rabelais venait de ridiculiser mais qui, finalement, avaient eu raison de la bienveillance de François Ier. Pour Louise qui avait vécu toute sa jeunesse dans l'odeur acide de l'encre, et dans la religion du papier porteur d'art et de pensée, c'était l'esprit qu'on venait d'assassiner :

– Quand je pense, dit-elle à Jean-Baptiste, que des centaines de gens, ni meilleurs ni pires que beaucoup d'autres, se sont battus pour voir de plus près le supplice d'Étienne hurlant de douleur dans la fumée de ses livres, je me prends à douter de tout, de Dieu, de ses saints et des hommes.

– Tu as raison. Je n'ai pas connu ton ami mais je sais ce qu'il représentait. Dis-toi une chose : sa condamnation assure sa survie. Dans des siècles et des siècles, les livres qu'il a tant aimés parleront encore de lui.

De temps en temps, un voyageur, un soldat blessé ou un compagnon de retour à Paris frappait à la porte des Thirion porteur d'une longue lettre de Denis. Les nouvelles n'étaient pas très récentes mais elles faisaient chaud au cœur de Louise et de Jean-Baptiste. Les dernières reçues venaient de Bordeaux et résumaient les six derniers mois de la vie de Denis. Il en avait vu des choses à Carcassonne, à Toulouse, à Agen! Et des gens, des tas de gens qui lui avaient appris la vie en même temps que les finesses d'un métier dans lequel il avait, disait-il, fait d'énormes progrès. Il avait même joint à son message un dessin pour son père qui expliquait les détails d'un assemblage en queue d'aronde recouverte fort ingénieux. Il annonçait enfin son retour pour la fin de l'année, c'est-à-dire dans cinq ou six mois. Cette dernière nouvelle fit exploser de joie Louise et toute la famille.

Le tour de France de Denis constitua un long sujet de conversation au repas de noces d'Anne, auquel les Thirion avaient été conviés. La mariée était la plus curieuse. Elle demanda à lire la dernière lettre de Denis et parla de son retour comme d'un événement extraordinaire.

Cet intérêt un peu excessif pour le petit cousin n'échappa pas à la grand-mère Hortense, toujours alerte et débordante de vie à soixante-cinq ans et qui échangea un clin d'œil complice avec Louise dont elle avait toujours apprécié la finesse et l'énergie.

Anne, comme l'avait prévu Denis, épousait le fils d'un riche mercier qui avait été échevin deux ans durant et possédait une grande boutique dans la rue aux Fers.

– Chez les Bourdereuil, on a de moins en moins le sourire mais on monte dans l'échelle sociale, dit Hortense à Louise. Il est vrai, ajouta-t-elle, que je suis mal placée pour reprocher leur mariage à ma fille et à ma petite-fille puisque c'est moi qui ai commencé de changer la vie en épousant Matthieu. Tout de même, comme ces gens sont tristes et guindés!

– Ma tante, vous n'avez jamais perdu votre gaieté, et Matthieu était un brave homme.

– C'est vrai, mais Matthieu était un marchand de bois et n'a jamais rêvé de porter le dais au-dessus d'une tête couronnée. D'ailleurs, s'il en avait eu l'envie, j'aurais bien su l'en dissuader! Et puis, moi, je m'en suis tirée en travaillant, en remuant le ciel, la terre et la mer pour montrer à tous ces porteurs de galons dorés et de zibeline ce qu'une femme était capable de faire. Ma fille Jacqueline, elle, est une gentille et paisible épouse, effacée, heureuse de vivre à l'ombre de son dadais de mari. Anne, c'est autre chose : Elle tient de moi cette petite!

– Pourquoi épouse-t-elle son mercier?

– Tout simplement, je crois, parce qu'une fille, à vingt ans, doit se marier. C'est ridicule mais c'est comme ça. Et puis parce qu'elle s'ennuyait à mourir chez les Séguier et qu'elle a cru se distraire en prenant un mari. Là, je crois qu'elle a mal choisi parce que ce jeune Lécier n'a pas l'air de rire souvent à gueule bec!

– Tu as vu, ma tante, comment Anne a parlé de Denis durant tout le repas?

– J'ai vu. Je t'ai même fait un signe car il n'y a que toi qui étais assez fine mouche pour le remarquer. C'est vrai qu'il s'agissait de ton fils... Anne a un faible pour Denis, ce n'est pas une nouveauté! Et puis le tour de France en fait à ses yeux une sorte de chevalier. Tu penses, deux années d'aventures, cela a de quoi faire rêver une petite qui n'a connu que Bercy, ses sinistres piles de bois et des marchands drapiers en deuil permanent.

– Je crois bien que Denis, avant son départ n'était pas du tout insensible au charme de ta petite-fille. Enfin, leur cousinage vouait à l'échec cette amourette de jeunesse et le mariage d'Anne y met un point final.

– Je l'espère mais je connais Anne. Moins ils se rencontreront, mieux cela vaudra!

Les nouvelles de la cour ou du parlement mettaient des semaines, quelquefois des mois à parvenir au Faubourg. Certaines même ne franchissaient jamais la porte Saint-Antoine et les menuisiers de l'abbaye ne s'en portaient pas plus mal. La mort du roi, elle, fut connue le jour même. L'abbesse, prévenue par l'un des moines – messagers qui assuraient chaque jour la liaison entre les monastères de Paris et des alentours –, avait fait part à Jean-Baptiste de l'événement.

François Ier souffrait depuis longtemps, on le savait, d'un mal devenu chronique qui avait fini par lui ronger la luette et l'empêchait de s'exprimer normalement. En fait, il était mort d'une fistule au périnée, à Rambouillet, le 31 mars 1547. Le roi n'avait que cinquante-trois ans mais son règne avait été le plus long de toute l'histoire de la France, un règne où s'étaient succédé les fastes et les misères, les victoires et les revers.

Pour la première fois, grâce aux feuilles imprimées vendues dans les différents quartiers, le peuple de Paris fut tenu au courant de l'incroyable cérémonial de la mort d'un roi. Il ne se passa pas moins de cinquante-trois jours, en effet entre le décès de François Ier et son inhumation à la basilique de Saint-Denis. Entre-temps le corps du roi avait été promené en grande pompe du château de Rambouillet à Notre-Dame en passant par l'abbaye de Haute-Bruyère, Saint-Cloud et Notre-Dame-des-Champs.

Les gens du Faubourg furent particulièrement captivés par le récit de l'exposition de l'effigie du roi dans le palais de l'évêque de Paris, à Saint-Cloud. Alors que le corps reposait dans son cercueil plombé, on avait allongé dans une autre pièce sur un grand lit carré recouvert de satin cramoisi un mannequin à figure de cire habillé du manteau royal azuré semé de fleurs de lys. Couronne sur la tête, le sceptre à droite, à gauche la main de justice, l'effigie du roi demeura en place onze jours durant lesquels le service fut assuré comme du vivant du roi, la table dressée, les mets servis et la serviette présentée par le maître d'hôtel au personnage le plus digne afin qu'il essuie les mains du roi.

Cet étrange cérémonial, longuement commenté chez les bourgeois comme chez les ouvriers, était un intéressant prologue à l'ultime défilé funèbre qui rassembla une foule considérable tout le long de son parcours.

L'entrée du nouveau roi, Henri II, prévue le 13 juin et retardée au 16 à cause de la pluie, constitua un spectacle plus gai, encore que ce furent les mêmes personnages qui défilèrent devant les badauds parisiens. Dans les deux cérémonies, le beau-père d'Anne portait la bannière des merciers.

Un mois plus tard, ce tohu-bohu parisien était oublié lorsque les Thirion qui étaient en train de souper entendirent des coups frappés à la porte par un poing énergique. « Descends voir! » dit Louise à son gendre. Puis aussitôt, mue par une secrète intuition, elle s'écria : « J'y vais aussi, je suis sûr que c'est Denis! »

C'était lui, tenant sa canne de compagnon d'une main et de l'autre la bride d'une mule qui croulait sous le poids d'un bagage poussiéreux. Denis n'était pas moins sale :

– Je craignais de ne pas arriver avant la nuit, dit-il en étreignant sa mère. Je n'ai mis que quatorze jours pour venir de Bordeaux. La bête est fourbue, moi aussi. Comment va la famille? Si tu savais combien de fois je me suis posé cette question durant ces deux années!

Jean-Baptiste, Perrine, étaient déjà descendus, embrassaient Denis, posaient des questions tandis que les voisins accouraient pour saluer le héros. « Demain, je vous raconterai, je vous le promets! » dit Denis aux plus jeunes qui, cela se lisait dans leurs yeux, ne rêvaient que de l'imiter un jour.

Jeannot débarrassa la mule de son faix et l'attacha à un piquet dans la petite cour d'herbe, derrière l'atelier. Un instant plus tard tout le monde était réuni autour de la grande table à tréteaux. Perrine apporta une cuvette d'eau chaude à son frère pour qu'il se rince au moins les mains et le visage avant d'engloutir le ragoût que Louise lui avait déjà servi sur sa « soupe » : « C'est une chance mon grand garçon. Aujourd'hui j'ai mis du lard dans la marmite », lui dit-elle en le regardant intensément, comme pour lire sur son visage l'inconnu de vingt-trois mois de séparation.

Le bonheur de se retrouver parmi les siens avait effacé la fatigue et Denis parlait, parlait, racontait la mer, celle qu'il avait découverte à Marseille sous le soleil et l'autre, plus grise, plus dure, avec ses marées qui déposaient des coquillages sur le sable.

– J'en ai rapporté pour mère et pour Perrine, ils sentent encore l'océan, dit-il. Tiens Perrine, ouvre donc les sacs! Pour toi, père, il y a un livret de dessins. Je l'ai acheté à un compagnon italien. Tu sais, la frontière était toute proche. On va trouver dans ce cahier des idées de motifs à sculpter. J'ai appris à tenir la gouge. Sans me vanter, je suis presque aussi bon que l'oncle Cottion!

– Aussi bon que Nicolas? Dis donc fils, tu ne te vantes pas un peu?

– Si, un peu, mais tu seras tout de même étonné. Je préfère la sculpture, toi tu aimes mieux construire les meubles : on va se compléter merveilleusement et faire des chefs-d'œuvre. Tu vas voir, on parlera de la marque Thirion jusqu'au Louvre. Ah! j'oubliais, pour maman j'ai rapporté un petit couteau qui vient d'Espagne, finement travaillé par les Mores. L'étui de cuir est aussi très joli.

Tard dans la nuit, Denis racontait encore des aventures qui sentaient la route, l'océan, les forêts d'arbres inconnus comme les chênes-lièges et les micocouliers. Enfin il s'arrêta, vaincu par le sommeil. Avant de se coucher il eut encore la force de demander à sa mère :

– Au fait, comment va ma petite cousine Anne?

– Elle va bien. Elle est mariée à un mercier.

– Ah! elle est mariée!

Louise vit une ombre passer dans ses yeux. Denis ne dit rien de plus, s'allongea et s'endormit. Sa canne, qu'il avait posée sur le lit en arrivant, était restée à côté de lui.

– C'est encore un enfant notre coureur de chemins, dit doucement Louise à Jean-Baptiste.

Le lendemain, Denis se leva tard, bien que réveillé depuis longtemps par les coups de maillet qui venaient de l'atelier. Sa première visite fut pour l'abbesse. Prévenue de son retour, elle avait fait dire qu'elle voulait le voir.

– Alors, voyageur, vous voilà revenu parmi nous! Je ne vous demande pas de me rapporter vos aventures : on ne peut, en quelques minutes, raconter deux ans de vagabondage studieux. Dites-moi simplement si vous êtes en bonne santé et si ce tour de France vous a été professionnellement profitable. Je suis votre patronne et je veux savoir si je peux compter sur vous pour nous faire de beaux meubles.

– Mère, je vais très bien et j'ai fait de grands progrès. Comme mon aïeul le grand Jean Cottion j'ai appris à sculpter et, je le disais hier à mon père, j'ai trouvé dans l'ornementation de nos meubles ma véritable vocation. Je crois que les gouges que l'abbesse Jeanne avait données à mon arrière-grand-père vont beaucoup servir. Comme lui, j'ai eu la chance de rencontrer dans nos provinces de merveilleux artistes qui m'ont infusé un peu de leur savoir et de leur talent. Ils ignorent la mode italienne de Paris mais ils savent comment il faut traiter le bois, avec franchise et avec respect.

– Très bien, Denis. J'aime vous entendre ainsi parler. Je vous aiderai le plus que je pourrai. On va voir si notre nouveau roi s'intéresse autant aux arts et aux artistes que son père. J'espère que oui et qu'il va demander aux architectes et aux sculpteurs que François Ier a fait venir en France de continuer à travailler chez nous. Mais, au fait, il me vient une idée. Après votre tournée dans tous les ateliers de France, vous n'êtes pas à un déplacement près...

– Non, ma mère, mais je vous avoue que j'aimerais demeurer un peu à la maison. Mes parents comprendraient mal que je reprenne demain ma canne de pèlerin.

– Rassurez-vous. Je ne pense ni à vous faire partir demain, ni à vous envoyer très loin. Je sais simplement que les meilleurs artistes du monde travaillent en ce moment au palais de Fontainebleau qu'aimait tellement le roi François et qu'il vous serait utile d'aller les voir faire. Et, pourquoi pas, de les aider! Je connais assez de monde à la cour pour arranger cela.

– Merci, mère. Je vous suis infiniment reconnaissant de vous intéresser à moi. C'est avec honneur et humilité que je rencontrerai les maîtres milanais et florentins si vous m'en donnez la possibilité. Puis-je savoir leurs noms?

– Je ne les connais pas tous mais je sais que depuis plus de dix ans, un Bolognais, peintre de son état mais qui, en fait, s'occupe de tous les travaux d'embellissement du château de Fontainebleau s'appelle Francesco Primaticcio. Je l'ai rencontré une ou deux fois au Louvre avant de devenir l'abbesse de Saint-Antoine. Il a conservé l'élégance et l'accent piquant de son pays. Ici, on l'appelle le Primatice. Un autre grand artiste, le Rosso, qui a construit la galerie du château est mort l'année dernière mais ses élèves sont toujours là. Et puis, il n'y a pas que les Italiens. Nous avons en France une sorte de génie de l'architecture qui s'appelle Philibert Delorme et que mon ami, le cardinal Du Bellay, doit présenter au roi Henri II. Ses dessins inspirés de l'antique servent à décorer les monuments mais ils pourraient, j'en suis sûre, servir aussi pour la sculpture des meubles.

Je crois, mon cher Denis, que si vous êtes un sculpteur de talent, vous tombez au bon moment : vous ne manquerez pas de travail!

Denis rentra à l'atelier tout content. Après avoir rencontré aux quatre coins de la France les humbles artisans du bois, l'idée de voir travailler les titans l'enchantait tout à fait. Il fit à Jean-Baptiste et à sa mère le récit détaillé de sa conversation avec l'abbesse Marguerite et s'aperçut en répondant aux mille questions que lui posaient ses parents sur le tour de France que celui-ci n'était déjà plus pour lui qu'un beau souvenir. Son imagination l'emmenait vers les lendemains excitants que l'abbesse lui avait laissé entrevoir.

Jean-Baptiste ne pouvait qu'être heureux de l'aide promise à Denis par l'abbesse. Il tint pourtant à dissiper tout de suite une petite inquiétude :

– Tout cela est très bien mais tu ne vas tout de même pas abandonner le bois?

– Bien sûr que non. Ni les meubles. Le tout est de savoir comment on va les sculpter, ces nouvelles armoires à deux corps, ces coffres monumentaux que les gens commandent maintenant et dont tu me parlais hier soir.

Denis n'avait pourtant pas que son métier en tête. La question qu'il posa, comme incidemment, fit en même temps lever les yeux à Jean-Baptiste et à Louise.

– Si je vais dimanche faire une visite à Hortense et aux Séguier, pensez-vous qu'Anne sera là? J'aimerais tout de même bien la revoir.

– Et connaître son mari..., dit Louise.

– C'est vrai qu'elle est mariée mais ce n'est pas une raison pour ne pas la revoir. Et puis, oui, j'ai envie de le connaître, ce mercier. Il vend sans doute des meubles, des étoffes. Peut-être qu'on peut travailler avec lui.

– Je ne sais pas si Anne et son mari seront à Bercy dimanche mais pour le travail je ne suis pas sûr que ce soit une bonne chose d'y mêler la famille.

– Mais, père, ces meubles extraordinaires que nous allons faire tous les deux, il va bien falloir les vendre. Comment? il est le fils du porteur de dais? C'est un beau gars? Anne a-t-elle eu bon goût?... A votre silence, je vois qu'il doit être moins joli qu'étoffé [1].

Le dimanche suivant Anne était à Bercy. C'est même elle qui vint

1. Riche.

ouvrir quand Denis laissa retomber par deux fois le marteau de bronze sur la lourde porte de la maison d'Hortense.

– Denis! Tu es rentré?

– La preuve : c'est que je suis là devant toi. Dis donc ma petite cousine, on s'embrassait dans le temps...

Anne était visiblement émue. Elle regardait Denis dont le visage, cuit par le soleil, paraissait encore plus brun dans l'encolure de sa chemise blanche largement échancrée. Enfin elle sourit, s'avança et ouvrit ses bras à Denis. Les lèvres des deux jeunes gens n'étaient pas loin de se rencontrer mais elles ne s'effleurèrent pas. Celles de Denis s'attardèrent juste un peu sur le bas de la joue d'Anne, tout près du cou, là où une petite marque, imperceptible sauf pour lui, témoignait d'une légère blessure datant de leurs jeux d'enfants.

– Qui est-ce? cria une voix à l'étage.

– C'est Denis, annonça Anne en poussant son cousin vers l'escalier. A mi-chemin elle murmura : Je suis tellement heureuse de te revoir. J'ai des choses à te dire et toi aussi sans doute mais je ne pense pas qu'on puisse se faire aujourd'hui beaucoup de confidences.

Hortense portait son âge avec l'élégance de toujours. Bien coiffée, habillée dans un tissu riche mais discret, elle trônait sur une chaise à bras, reine incontestée d'une tribu bourgeoise où les hommes n'avaient jamais pesé lourd face à une personnalité qui semblait avoir concentré sur elle la force tranquille de la dynastie des Cottion et la finesse aristocratique de l'imprimeur du roi Jean Du Pré.

Elle se leva, embrassa Denis trois fois à la mode du Faubourg et dit à son gendre Pierre Séguier d'aller tout de suite à la cave chercher une bouteille de son meilleur vin.

– Tu es superbe, s'écria-t-elle. Quelle chance tu as eue de pouvoir vadrouiller dans tout le pays pendant deux ans. Mon rêve! Mais tu sais, je n'ai pas dit mon dernier mot : j'ai toujours une vieille envie qui me reprend parfois d'embarquer à bord d'un de nos bateaux qui vont chercher le bois chez les Indiens.

Mais dis donc, il faudrait peut-être qu'Anne te présente son mari. Tu serais rentré quelques mois plus tôt, tu assistais au mariage. Il s'appelle André Lécier et exerce un métier qui ressemble à son nom : il est mercier ou plutôt son père est marchand-mercier.

Denis découvrit son nouveau cousin qui s'était levé pour lui tendre la main. Ni grand, ni petit, ni beau, ni laid, il était de la race des « inaperçus » comme disait autrefois Nicolas Cottion. « Qu'est-ce qu'elle a bien pu lui trouver? » se demandait-il tandis que le jeune

André s'empêtrait dans ses mots pour sortir une banalité. Un silence un peu lourd suivit, que la reine Hortense rompit heureusement en disant au jeune homme de servir. Denis raconta quelques histoires de son tour, la façon dont il avait mis à vandéroute, avec sa canne de compagnon, trois malandrins qui voulaient lui voler sa mule, comment il avait été reçu dans une cayenne des Landes par des compagnons mi-menuisiers, mi-bergers, montés sur des bâtons qu'ils appelaient des échasses. Il parla avec enthousiasme et un soupçon de regret des filles de la Provence qu'il avait connues à Aix. « Les plus belles de France », ajouta-t-il non sans intention en regardant Anne. Celle-ci ne sourcilla pas et dit : « Beau comme tu es, tu n'as pas dû t'ennuyer! »

Un peu plus tard, Denis songea qu'il était temps de regagner le Faubourg. Il se leva et tout naturellement, lorsqu'il eut dit au revoir à tout le monde, Anne dit :

– Je raccompagne notre cousin.

Lorsqu'ils furent près de la porte et que personne ne pouvait entendre ce qu'elle disait, Anne prit le bras de Denis, le serra et dit :

– Il faut absolument que nous trouvions un moyen, dans quelque temps, de nous rencontrer. Comme je te le disais tout à l'heure, j'ai des choses à te confier. Tiens, embrasse-moi avant de partir.

Cette fois leurs lèvres s'unirent et Denis se retrouva dans la rue devant la porte refermée, seul, l'esprit vague comme s'il avait trop bu, confondu par ce qui venait de se passer. Enfin il se reprit, respira un grand coup et allongea son pas dans la rue de la Planchette qui rejoignait à travers champs la chaussée Saint-Antoine au carrefour de Charonne.

En attendant que les projets de l'abbesse aboutissent et qu'il puisse rencontrer les grands artistes du temps, Denis reprit modestement sa place dans l'atelier paternel où le travail ne manquait pas. En dehors des commandes courantes de l'abbaye, Jean-Baptiste avait accepté de fabriquer un grand coffre, plus décoratif qu'utile, pour le cardinal de Tournon. Cousin de l'abbesse Marguerite, celui-ci avait admiré les beaux meubles de Saint-Antoine-des-Champs et tenait absolument à posséder un coffre construit par ces ouvriers libres sur lesquels Mme de Vaudetar ne tarissait pas d'éloge. Il avait envoyé son secrétaire chez Jean-Baptiste pour lui remettre un vague plan qui laissait au menuisier comme au sculpteur une grande liberté d'interprétation. Seules les mesures étaient précisées car le meuble devait prendre place entre deux fenêtres dans le bureau du cardinal. « Son Éminence veut une très riche décoration à l'italienne », avait simplement précisé le secrétaire.

Denis dit à son père qu'il se sentait parfaitement capable d'entreprendre un tel travail et Jean-Baptiste qui n'aimait pas sculpter se déchargea volontiers sur lui de cette tâche en se disant que c'était une bonne occasion de mesurer les progrès du fils. Durant des jours et des jours, Denis fit des plans, dessina des projets de décoration en s'inspirant des documents qu'il avait rapportés. Jean-Baptiste était impressionné par l'ampleur et la richesse des motifs que son fils se proposait de sculpter :

– Dis donc, fils, ce n'est pas un coffre que tu veux faire, c'est un monument! Le tombeau de François Ier que Philibert Delorme est en train de construire dans le marbre à Saint-Denis ne doit pas être plus riche.

– Tu exagères, mais tu as raison pour la décoration. Crois-moi, les meubles importants ressembleront de plus en plus aux monuments de pierre. En tout cas je vais porter mon projet à l'abbesse afin qu'elle le transmette au cardinal. Si cela lui convient, tu commences tout de suite la carcasse et moi les premiers panneaux. Ça, tu vois, c'est le genre de travail qui me plaît!

Le cardinal fit répondre qu'il n'avait jamais songé à faire faire un coffre aussi ouvragé mais qu'il serait ravi si les maîtres de l'abbaye pouvaient le lui construire. Dès lors, le coffre du cardinal devint une affaire d'État dans le royaume du bois. Toute la communauté était au courant, et l'abbesse annonça qu'elle viendrait se rendre compte elle-même de la marche du travail quand Denis aurait avancé la sculpture.

Le jeune homme travaillait dur. Le soir, sa mère était obligée de l'arracher à son établi à l'heure du souper. Un jour où, les cheveux en bataille, les manches relevées, il défonçait un lourd panneau de noyer, il eut la surprise de voir entrer sa cousine Anne :

– Tu es superbe en artiste dévoré par le feu de la création, dit-elle en éclatant de rire. Je sais ce que tu fais, j'ai rencontré ta mère qui m'a assuré que tu réalisais un chef-d'œuvre.

Elle embrassa son cousin sur les deux joues et ajouta :

– Tu veux bien que je te regarde travailler? Tu sais, je suis tout de même une fille du Faubourg. J'ai de la sève de noyer dans les veines comme dit grand-mère Hortense qui ne manque jamais de me rappeler que nous descendons des Cottion. On te répète que tu as de la chance de faire un métier qui te plaît mais c'est vrai. Si tu savais l'ennui qui suinte des pièces de draps. Et aussi des merciers! Comme j'envie Louise dont la maison est parfumée de la poussière du bois et qui vit au rythme de ta masse de bronze et de la varlope de Jean-Baptiste! Moi, durant toute ma jeunesse, je n'ai entendu parler que de draps dix-huitains ou trente-deuxains, de bouracan et de droguet. Maintenant, mon mari et son père vendent des peignes de Limoges, des lancettes forgées à Toulouse, et tout un bazar d'étoffes, de quincaillerie, de fils d'or et d'argent. Il y a des jours où je deviens folle, je me dis que ce sera comme cela toute ma vie. Alors j'ai envie de tout envoyer promener et d'entrer dans les ordres comme ma tante Jeanne. Seulement, moi, j'irai à Saint-Antoine-des-Champs, pour être près de toi...

Après cet éclat qui l'avait libérée, Anne éclata de rire, de ce rire d'enfant que Denis connaissait bien :

– Je dis des bêtises mais il y a tout de même beaucoup de vrai dans ce que je viens de te confier.

Denis avait posé son outil et regardait sa cousine, surpris par son emportement, aussi admiratif de la vitalité, de la rage de vivre qui émanaient de cette frêle jeune femme.

– Calme-toi, dit-il. Assieds-toi sur ce tabouret, écoute la scie de l'apprenti chanter au fond de l'atelier et respire l'odeur de la colle qui fume là-bas sur le poêle. Cela sent plutôt mauvais mais c'est fort, c'est vrai. On s'y habitue, on finit même par aimer ça. Maintenant, oublie tes soucis, tes regrets, tes peines. On en parlera un autre jour, calmement, on réfléchira ensemble. Tiens, je vais te donner une recette de vie qui m'a aidé bien des fois durant ces deux années qui n'ont pas toujours été faciles : « Quand on ne peut rien faire d'autre, il faut coopérer avec l'inévitable. » Cela permet de survivre, d'attendre le jour où l'on peut entrevoir une issue et espérer retrouver le bonheur. Mais dis donc, me voilà en train de philosopher, de te faire la morale. J'ai beaucoup lu pendant mes voyages, ça se sent, hein? Je vais plutôt te montrer mes plans, t'expliquer ce que je veux faire et te laisser me regarder travailler.

– Comme tu as raison, Denis. Tu viens juste de rentrer, heureux, fort, plein de projets et je viens gâcher ta vie avec mes histoires de petite-bourgeoise riche et égoïste. Il y a une question que tu ne m'as pas posée, par pudeur, par discrétion sans doute, c'est : pourquoi j'ai épousé André? J'y répondrai un jour. J'espère qu'alors tu me comprendras. En attendant montre-moi le dessin de ton coffre.

– Tu sais, ce n'est pas seulement mon œuvre. Maman m'a beaucoup aidé. Elle est, comme l'était son père et son grand-père, une remarquable dessinatrice. Louise a beaucoup travaillé pour mon père, la voilà maintenant qui met son talent à mon service. Jean-Baptiste, lui, assemble le bâti. Tu vois, ce sera l'œuvre de la famille!

Denis débarrassa l'établi et y déroula une grande feuille :

– On pourra l'appeler plus tard « le coffre des travaux d'Hercule ». J'ai relevé, en les interprétant, quelques-uns des thèmes publiés dans un livre italien que j'ai rapporté des bords de la *Mare Nostrum* des Romains. Ces dessins viennent eux-mêmes, paraît-il d'un sarcophage antique. Je ne suis pas assez savant pour connaître toute l'histoire de ce dieu ou demi-dieu grec et romain mais j'ai lu que grâce à sa force et à sa taille extraordinaires il avait accompli douze exploits périlleux. J'en ai retenu la moitié : quatre sur le devant du coffre et deux sur les côtés. Voici le combat avec le lion de Némée, sa lutte avec l'hydre de Lerne, sa victoire sur les Amazones... Je vais d'ailleurs demander à l'abbesse qu'elle me prête un livre qui traite de ces sujets. Il en existe sûrement un dans la bibliothèque. Tu vois, je commence par sculpter le panneau de droite : la victoire d'Hercule sur Diomède, un roi qui nourrissait ses chevaux de chair humaine!

Denis fixa solidement le panneau de noyer sur l'établi, reprit sa grosse gouge plate et sa masse, un bloc de bronze brillant comme de l'or. Anne voulut prendre en main l'outil dont le manche en buis, poli et doux comme une chair d'enfant à force d'avoir été serré, portait un prénom et un nom gravés dans le bois : *Jean Cottion.*

– Hé oui! dit Denis, c'était l'un des outils de notre arrière-grand-père. J'ai aussi ses gouges que l'abbesse Jeanne avait fait venir d'Angleterre. Chacun de ces outils a une histoire. Ils sont vivants, ils vous témoignent leur reconnaissance lorsqu'on les a bien affilés sur le cuir suiffé.

Fascinée, Anne écoutait Denis chanter le métier du bois. Comme son père, comme Nicolas, il trouvait miraculeusement les mots qui convenaient pour sublimer sa tâche de tous les jours. Anne ne se doutait pas que, jadis, à deux pas de là, l'abbesse Jeanne avait découvert avec émotion la même poésie sur les lèvres du compagnon Jean Cottion.

A petits coups secs, en suivant le tracé du motif, Denis enfonçait tout droit son ciseau dans le bois. De temps à autre, une entaille de côté faisait voler un copeau. Et Denis expliquait :

– Je suis en train d'ébaucher. Ce n'est pas le travail le plus intéressant mais si on le rate, le panneau est fichu. Alors autant faire attention. Tu vois, la sculpture c'est tout simple : c'est le bois qui reste quand on a enlevé tout le superflu!

Anne sourit :

– Merci, Denis, pour cette leçon de sculpture et de vie. Cela m'a fait du bien de te voir. Je voudrais pouvoir rester encore près de toi, longtemps, toujours... Mais je dois m'en aller. A bientôt.

Elle se leva, déposa un baiser sur la joue de son cousin et s'enfuit. Il savait qu'elle avait les larmes aux yeux.

Denis mit trois bons mois pour finir le coffre du cardinal. C'était une belle pièce que quatre hommes suffisaient à peine à transporter. La sculpture du jeune Thirion trahissait une naïveté qui ne nuisait pas à son attrait. On sentait simplement que l'Antiquité ne lui était pas familière. L'architecture même du coffre avait des défauts. Jean-Baptiste et Denis les connaissaient : les pilastres à l'italienne qui séparaient entre elles les scènes sculptées étaient trop lourds et les chapiteaux d'angle inutiles. Tel qu'il était, le meuble était cependant superbe. Lorsqu'il fut poncé et ciré, le noyer prit une belle couleur de miel et les sculptures apparurent plus fines, plus réelles. Le premier dimanche qui suivit, on invita la famille, les amis, les voisins à venir admirer l'œuvre de Denis. L'abbesse Marguerite qui en était l'instigatrice arriva sitôt après la grand-messe accompagnée de quelques religieuses. Elle félicita longuement Denis et lui dit que si le cardinal ne trouvait pas le coffre à son goût elle le prendrait pour orner la sacristie de l'abbatiale :

– Je suis très fière qu'un tel meuble ait pu être exécuté dans mes ateliers. Sa beauté va clouer le bec de tous ceux qui prétendent que les ouvriers des lieux privilégiés ne font pas de l'honnête travail.

Denis recevait les félicitations de chacun, souriait, remerciait mais son œil revenait constamment vers la porte. Une seule louange lui manquait qu'il attendait avec fébrilité : le compliment d'Anne qui devait venir avec son mari et la tante Hortense. Il n'avait pas revu sa cousine depuis le jour où elle avait quitté l'atelier en larmes. Absorbé totalement par son œuvre, Denis n'avait pas trop pensé à la jeune femme mais, aujourd'hui, sachant qu'elle allait arriver, il trouvait insupportables les instants qui retardaient sa venue.

Enfin, vers trois heures sonnées au clocher de l'abbaye, Anne fit son entrée dans l'atelier où trônait comme un monument au milieu d'une place le coffre du cardinal. Anne était belle dans sa robe montante à la nouvelle mode qui ne dévoilait plus rien de la poitrine des femmes. En revanche, son collet relevé mettait en valeur un cou long et gracile dont aucun bijou ne venait altérer la ligne. Anne enleva à la porte les patins à semelles de liège qu'elle avait chaussés pour protéger de fins escarpins qui n'auraient jamais supporté la petite heure de marche nécessaire pour venir de Bercy. Hortense, vêtue plus sobrement mais très élégante elle aussi, portait le même chapeau que sa petite-fille : un feutre marron, semblable à celui des hommes mais moins large et plus haut de forme.

Droit dans son pourpoint serré qui lui dessinait la taille et le faisait paraître encore plus grand, Denis fit entrer tout le monde, poussa le loquet de la porte afin que des voisins curieux ne viennent pas troubler la réunion familiale et se joignit à la conversation déjà bien engagée par Louise et Hortense. Anne, elle, tournait autour du coffre. Sans attendre l'invitation de Jean-Baptiste qui n'allait pas tarder à rassembler son monde pour faire admirer le talent du fils, elle regardait, agenouillée, les sculptures de Denis, en palpait les contours et finit par s'écrier : « Denis, c'est merveilleux, tu as fait un vrai chef-d'œuvre! » Elle ajouta en se relevant : « Venez tous voir le coffre de Denis! »

Tandis que toute la famille de Bercy s'extasiait et faisait aux cousins du Faubourg des compliments aussi gros que les biceps d'Hercule, Anne avait rejoint Denis qui se tenait discrètement à l'écart :

– C'est vrai que c'est beau Denis. Tu es un artiste, je suis fière de toi.

– Quel changement, hein, depuis le jour où tu es venue! Maintenant que c'est fini, je me rends compte de tous les défauts mais je suis tout de même content. Et si toi, tu me dis que c'est bien, alors je suis vraiment heureux. Mais pourquoi n'es-tu pas revenue? J'avais cru comprendre que mon travail t'intéressait et que tu n'étais pas insensible au charme du bois...

– Ce n'est pas l'envie qui m'en a manqué! J'ai pourtant résisté. Si tu veux tout savoir, ce n'est pas pour ton coffre que je voulais venir, c'était pour toi! Non, ne prends pas un air étonné. Tu sais très bien ce que j'éprouve. Si ce n'est pas de l'amour, je suis une bécasse idiote, mais je ne suis pas une bécasse et ne suis pas idiote. Donc, je t'aime et je suis la plus malheureuse des femmes. Et toi, le beau voyageur, le galant du tour de France, l'artiste audacieux qui ne craint pas de s'attaquer aux dieux des Anciens, est-ce que tu aimes un peu ta pauvre petite cousine?

La conversation en resta là car Hortense qui avait sûrement deviné le tour qu'elle prenait entre les deux jeunes gens vint chercher Denis pour le féliciter et lui poser une foule de questions sur la signification de ses sculptures. Un peu plus tard, après avoir bu deux verres de vespétro, la liqueur que fabriquait Louise avec de la coriandre, de l'angélique, du fenouil et du sucre, et porté une santé au héros du jour, les gens de Bercy prirent congé. Anne eut juste le temps de glisser à l'oreille de Denis en l'embrassant : « Je t'aime, ne bouge pas, je vais m'arranger pour qu'on puisse se revoir seuls, hors de portée du malicieux regard de grand-mère. »

Le lendemain, Jean-Baptiste et Denis, aidés par les Habermann, allèrent livrer le coffre au palais du cardinal qui touchait l'abbaye Saint-Germain-des-Prés. Ce ne fut pas une mince affaire de convoyer un tel monument dans les rues défoncées ou mal pavées de Paris. Enfin, après trois heures d'efforts, le précieux chargement, enveloppé dans des couvertures et des vieux manteaux, arriva à destination.

Non seulement le cardinal fut satisfait mais il exigea de payer plus que le prix convenu pour une si grande réussite. Il tint à voir l'artiste de son amie Marguerite de Vaudetar.

– Mon fils, vous venez de montrer que les Français sont d'aussi bons menuisiers-huchiers que les Italiens. Vous vous êtes, certes, inspiré du génie créatif de ces derniers mais vous avez su l'adapter à notre goût. C'est dans ce sens qu'il faut continuer de travailler. Puisque vous retournez à l'abbaye, je vous prie de remettre un pli à Mme de Vaudetar. Je vais maintenant m'absenter de France mais, dès mon retour, je vous promets une nouvelle commande.

Revenu à Saint-Antoine, le premier soin de Denis fut d'aller porter le message à l'abbesse et la remercier une nouvelle fois de lui avoir permis de réaliser une œuvre hors du commun. Marguerite le fit asseoir tandis qu'elle lisait la lettre de M. de Tournon, puis elle se tourna vers le jeune homme :

– Le cardinal me dit un tas de choses agréables. Vous avez fait sa conquête et c'est bon signe. M. de Tournon est en effet l'un des plus grands esprits de ce siècle. Grand érudit, amateur d'art, il est aussi un fin politique et a négocié pour notre roi François I$^{er}$ la plupart des traités. Hier encore, sa protection valait de l'or. Aujourd'hui, hélas, les Guise le trouvent encombrant et le cardinal me dit dans sa lettre qu'on vient de réussir à convaincre Henri II de l'éloigner en lui donnant l'ambassade de Rome. Combien de temps y restera-t-il? Personne ne le sait. Cette disgrâce est dommageable à la France!... Mais voilà que je vous raconte les secrets d'État! Comme si tous ces maquignonnages de cour pouvaient vous intéresser!

– Mais si, ma mère, cela m'intéresse. Pas seulement parce que le cardinal a eu des bontés pour moi mais parce qu'il me paraît normal qu'un Français, fût-il simple ouvrier mécanique, se sente concerné par les affaires du royaume.

L'abbesse Marguerite regarda Denis. Sa réponse à une remarque peut-être maladroite remettait en cause à ses yeux tout un système de valeurs et de compétence où chacun devait tenir un rôle, défini une fois pour toutes. Qu'un compagnon dont la tâche consistait à faire des meubles s'intéressât à la politique étonnait Marguerite :

– Ce langage n'est pas celui qu'on a l'habitude d'entendre mais vous avez raison. La politique du pays gagnerait peut-être à profiter de l'avis et de l'expérience de tous. Enfin, nous nous engageons là, monsieur le Compagnon, sur un terrain difficile. Profitez plutôt de votre succès, devenez un maître dans votre beau métier et ne vous mêlez pas des affaires des grands.

*Chapitre 5.*

# Le lit de Diane de Poitiers

En décembre 1547, un peu avant la Noël, un grave événement mit Paris en émoi. Tout le Faubourg se déplaça pour aller voir les conséquences d'un drame qui avait coûté la vie à plus d'une centaine de personnes. Vers dix heures du matin, le pont Saint-Michel s'était brusquement rompu par son milieu dans le sens de la longueur, entraînant dans la rivière, du côté du Châtelet, les passants et toutes les maisons construites sur le tablier. Le bruit que fit le pont en s'écroulant fut si considérable que les vitres des bâtiments voisins furent brisées, jusqu'à la rue Gît-le-Cœur où le nouvel hôtel d'Étampes, édifié pour abriter les amours de François Ier et de la belle Anne de Pisseleu, subit quelques dommages. Réaction curieuse : les Parisiens qui auraient trouvé plaisant d'aller voir griller cent de leurs concitoyens se lamentaient d'un désastre qui n'était pas le fait des hommes.

Plus que la chute du pont Saint-Michel, un édit royal ébranla le moral des compagnons de Saint-Antoine. Les gens de métier, enserrés dans les murailles de Paris et soumis de plus en plus aux exigences de la police des jurandes, commençaient à se répandre hors les murs et bâtissaient dans les faubourgs où ils s'assimilaient aux ouvriers des lieux privilégiés, échappant ainsi souvent aux lois des corporations. C'était le cas à Saint-Antoine où des compagnons de plus en plus nombreux s'établissaient entre la Bastille et l'abbaye. Henri II pressé par ses conseillers, eux-mêmes prévenus par les métiers, signa à la fin de 1548 un édit défendant « à qui que ce soit de rien bâtir de nouveau dans les faubourgs de Paris sous peine de confiscation des terrains et des maisons, celles-ci devant être incontinent démolies ». Les maçons, tailleurs de pierre, charpentiers et couvreurs ne pouvaient travailler dans les faubourgs que pour entretenir et réparer les édifices déjà bâtis.

Cet édit ne gênait guère les compagnons de l'abbaye qui demeuraient sous la protection de la Dame du Faubourg mais il constituait la première victoire des corporations dans un différend qui les opposait depuis près d'un siècle aux travailleurs libres. Ceux-ci appréhendaient d'autres mesures pouvant mettre en péril leurs privilèges. Comme toujours en pareil cas, Jean-Baptiste fut chargé par ses amis de faire part à l'abbesse de leurs craintes.

– Rassurez vos compagnons, dit Marguerite à Jean-Baptiste. Cet édit, comme beaucoup d'autres avant lui, sera peu observé. Où commencent et où finissent les réparations? Je vous garantis qu'un présent sérieux au voyer permettra de transformer sans histoire une bicoque à lapins en maison nouvelle.

C'est exactement comme cela que les choses se passèrent. Quant aux ateliers officiellement reconnus privilégiés, ils demeurèrent ce qu'ils étaient depuis Louis XI. L'abbesse Marguerite de Vaudetar n'avait pas mis longtemps à connaître les coutumes de ses ouvriers. Elle appréciait les qualités de cette communauté à la fois hétéroclite et pleinement solidaire, si différente de la seule classe sociale qu'elle avait jusque-là fréquentée, celle de la cour, des châteaux et de l'aristocratie ecclésiastique. A quarante ans à peine, elle ressemblait par l'intelligence et le caractère à Jeanne IV dont le souvenir et l'ombre bienveillante planaient toujours sur le monastère et les ateliers. Marguerite comprenait qu'elle avait un rôle important à jouer dans l'épanouissement du bouquet de la Renaissance dont Jeanne avait commencé de cultiver les premières fleurs. « Renaissance », c'était un mot superbe qu'on commençait à associer au grand mouvement des arts et des idées depuis que les Italiens chantaient leur *Rinascimento* sur les chantiers du Louvre et de Fontainebleau.

La nomination de Philibert Delorme à la surintendance des Bâtiments royaux favorisait les desseins de Marguerite. Elle avait connu autrefois le célèbre architecte à Rome où il étudiait tandis qu'elle accompagnait son père, alors en ambassade. L'abbesse pouvait facilement lui demander de recevoir et de conseiller Denis. Ainsi le jeune homme fut-il convié un jour à rencontrer le grand homme qui s'était arrêté à l'abbaye de Saint-Antoine.

Denis n'était pas timide. Son tour de France lui avait donné une aisance que certains esprits malintentionnés prenaient pour de la fatuité. Il était simplement direct dans les rapports humains et avait conscience de sa force de caractère et de ses qualités professionnelles. Il n'empêche que le jeune loup du Faubourg n'était pas fier en frappant à la porte du salon où se tenait habituellement Marguerite. Celle-ci devisait joyeusement avec M. Delorme. Sans s'arrêter, elle fit signe à Denis d'approcher.

– Eh bien, mon cher, vous pouvez vous vanter d'avoir de la chance. M. Delorme à qui j'avais demandé de vous recevoir au Louvre s'est tout bonnement arrêté chez nous pour vous rencontrer.

– Peut-être aussi pour vous revoir, chère Marguerite, coupa Delorme. Je n'ai pas oublié nos promenades au Gianicolo d'où l'on avait une si belle vue sur la ville, ni nos conversations devant le palais de la Farnésine, à peine terminé et que décorait Raphaël.

– Ce sont de vieux souvenirs mais de bons souvenirs! Voici le jeune sculpteur auquel je m'intéresse. Il a fait son tour de France et réalisé, depuis, un beau coffre dans les goûts actuels pour mon cousin le cardinal de Tournon. J'aimerais, à travers lui, aider les ouvriers libres qui travaillent dans le territoire de l'abbaye. Eux seuls, sous ma sauvegarde, pourront aller de l'avant, imaginer de nouveaux meubles, poursuivre cette Renaissance qu'ils ont déjà contribué à amorcer voilà près d'un siècle.

– Que puis-je faire pour ce jeune homme?

– Permettez-lui de voir travailler vos grands artistes italiens qui restaurent le Louvre, qui décorent Fontainebleau, qui bâtissent m'a-t-on dit un merveilleux château à Anet pour Diane de Poitiers.

– Tous ces travaux sont en effet en cours mais nous allons reconstruire la fontaine des Innocents avec Pierre Lescot et Jean Goujon. C'est tout près et notre ami pourra, mieux que dans un château, trouver dans ce monument élégant une source d'inspiration pour des meubles. Qu'il se présente à Goujon lorsque celui-ci sculptera les bas-reliefs. Il verra travailler la pierre. A lui d'imiter dans le bois le chef-d'œuvre du plus grand sculpteur français.

– Je vous remercie, monsieur, dit Denis, mais puis-je exprimer un souhait?

– Allez, jeune homme, parlez.

– Lorsque j'aurai fait encore des progrès, j'aimerais travailler pour le Louvre ou sculpter des boiseries pour l'un de vos châteaux.

– Pourquoi pas? Nous avons besoin de bons sculpteurs de bois et je ferai volontiers confiance aux compagnons de mon amie Mme de Vaudetar. En attendant, travaillez, lisez tous les livres que vous pourrez sur l'art grec et romain, inspirez-vous des Anciens, créez des formes neuves. Tenez, on fait maintenant des buffets à deux corps qui ne sont pas très élégants. Eh bien, affinez leurs formes, réduisez le corps du haut, séparez-le du bas par des tiroirs, inventez, inventez... Je vous propose de le dessiner, ce buffet. Si votre projet est bon, vous le construirez pour l'une des demeures royales. Cousin et Goujon ne peuvent pas tout faire!

Denis rentra à la maison ivre de joie. Il raconta son entrevue à Jean-Baptiste qui hocha la tête :

– Mais où vas-tu t'arrêter, mon garçon? Tu ne crois pas que tu vas trop vite?

– Non, père. C'est maintenant que je dois être ambitieux. Si d'autres réussissent, pourquoi pas moi? D'ailleurs, l'abbesse et M. Delorme avaient l'air contents de trouver un jeune dont le rêve est de se mesurer aux plus grands.

– Laisse faire, Jean-Baptiste, dit Louise, le petit ira plus loin que nous. Il sait ce qu'il veut et il réussira.

Il y avait autre chose que Denis voulait, plus encore que tout le reste : c'était Anne mais, là, sa volonté était en échec. Il pouvait se battre contre un bloc de noyer, passer des nuits entières à chercher la mouluration idéale d'un meuble ou à redessiner vingt fois l'ornementation d'une porte mais il ne pouvait rien contre la conjuration des tabous. L'art changeait, la mode évoluait, l'imprimerie bouleversait les idées d'un monde neuf mais l'Université, le Parlement et l'Église s'acharnaient à vouloir faire vivre les hommes comme au temps des premières cathédrales. On n'épousait pas sa cousine. C'était net, définitif. Et puis Anne était déjà mariée. C'était là un obstacle de plus, infranchissable lui aussi. Pourtant, Denis refusait de s'avouer vaincu. Son amour le forçait à nier l'évidence. Anne lui avait dit qu'elle l'aimait, il puisait dans cet aveu la force de pas désespérer.

Le travail, heureusement, lui ouvrait un chemin plus aisé. Quelques semaines après sa rencontre avec Philibert Delorme, l'abbesse le fit appeler :

– Mon garçon, le Bon Dieu ne vous lâche pas. Il exauce nos prières. Car j'ai prié pour votre réussite, savez-vous! M. Jean Goujon vous attend demain sur le chantier de la fontaine des Innocents. Il n'appartient qu'à vous, maintenant, de jouer votre chance ou plutôt de montrer votre talent.

– Comment vous remercier, mère? Je suis tellement content!

– Ne me remerciez pas, travaillez, apprenez et montrez-nous qu'un compagnon du Faubourg peut devenir un artiste.

Le lendemain, Denis se leva à l'aube. Louise avait sorti du coffre aux habits ses chausses neuves et son pourpoint aux revers galonnés. Lavé, vêtu en un clin d'œil, il partit une chanson aux lèvres. Le soleil commençait à peine à se frotter contre la flèche de Notre-Dame quand il passa la porte Saint-Antoine. Il avait retrouvé son pas long et ferme des grands chemins pour s'engager dans la grand-rue et enfiler peu après la rue Bouquetonne déjà bien encombrée, puis la rue de la Couvrerie. Enfin, il arriva en vue du chantier : une harmonieuse masse de marbre blanc corsetée d'un échafaudage sur lequel déjà des hommes s'affairaient. Denis s'adressa à un ouvrier occupé à charger du sable fin dans une brouette :

– Pouvez-vous me dire si le maître Jean Goujon est là?

– Non, mais il ne tardera guère. Il est toujours l'un des premiers arrivés et il ne quitte le chantier que lorsqu'il fait vraiment trop sombre pour travailler. Attendez-le ici. C'est sur cette échelle qu'il montera pour sculpter le bas-relief que vous apercevez d'ici.

Denis n'eut pas longtemps à patienter. Un homme jeune, d'une trentaine d'années, beau, à la barbe bien taillée, arriva peu après. Grand, mince habillé de droguet brun, brodequins solides aux pieds, il ressemblait plus à ses ouvriers qu'au maître célèbre qu'avait imaginé Denis et qu'on appelait à la cour « le Phidias français ». Cette simplicité parut de bon augure au jeune homme qui se présenta :

– Je suis Denis Thirion. M. Delorme a dû vous parler de moi. J'ai toutes les audaces depuis que j'ai terminé mon tour de compagnon menuisier-sculpteur. Je souhaiterai vous voir travailler et vous poser quelques questions.

Jean Goujon sourit et regarda avec curiosité ce jeune homme :

– Oui, on m'a parlé de toi. Il paraît que tu sculptes bien le bois. J'ai commencé aussi par là mais, en Italie, j'ai tellement étudié les monuments de l'Antiquité que j'ai eu envie de tâter du marbre. C'est autre chose mais ce n'est pas mieux. Quand je me suis battu pendant des jours contre la pierre et que je me retrouve les mains meurtries, il faut que je reprenne mes gouges et redécouvre la finesse et la douceur du bois. C'est ma récompense. Je te dis cela pour te montrer que la sculpture du bois n'est pas un genre mineur.

Denis écoutait fasciné cet homme jeune et déjà célèbre. Lui qui croyait avoir fait tellement de chemin depuis les débuts de son apprentissage se rendait compte soudain qu'il était peu de chose à côté de ce géant qui, sûrement, allait lier son nom à des chefs-d'œuvre qu'on admirerait encore dans cent ans.

– Merci, monsieur, de me dire cela, mais, maintenant, j'ai peur que votre immense talent me décourage. Je souhaitais vous imiter et je vois que c'est un rêve impossible.

– Mon cher, dis-toi bien qu'un véritable artiste n'imite jamais personne. Je peux te l'affirmer, moi qui m'inspire tellement des ouvrages grecs et romains. Je ne les imite pas mais le souvenir de leur ligne, de leur volume, m'enflamme, me détermine, guide mon ciseau. C'est comme cela qu'il faut voir les choses. Mets-toi bien dans la tête que si tu as du talent et de la volonté rien ne pourra t'empêcher de réussir. Mais tout cela n'avance pas mon travail. Tu veux me voir sculpter? Eh bien, monte avec moi. On continuera de bavarder là-haut. Ah! demain, ne mets pas tes habits du dimanche pour venir essuyer la poussière!

A trente pieds du sol, Denis passa une journée inoubliable. Sa spontanéité, sa soif d'apprendre et aussi ses connaissances, très vite appréciées par le maître, avaient d'emblée conquis Jean Goujon. Quand il descendit de l'échafaudage, à la tombée de la nuit, il était fourbu mais plus heureux qu'il ne l'avait été depuis longtemps.

Louise leva les bras au ciel lorsqu'il poussa la porte du logis où flottait une bonne odeur de soupe au potiron. Il était tout blanc, comme s'il venait de pétrir la farine durant des heures. C'était la poussière du marbre de Carrare que Jean Goujon avait fait voler depuis le matin pour dégager de la pierre le demi-relief d'une nymphe adorable.

– Je ne suis plus le même, dit-il, en s'asseyant le dos au feu. J'ai vu travailler un génie. Nous avons parlé. Goujon qui est un maître merveilleux m'a appris plus de choses en une journée qu'en dix ans d'atelier. Demain, il veut m'enseigner le maniement de la subbia. Tu te rends compte, père, j'aurai contribué, pas beaucoup mais tout de même un petit peu, à l'édification de la fontaine!

– Qu'est-ce que c'est donc que la subbia? demanda Jean-Baptiste.

– C'est un mot italien qui désigne une pointe affûtée de court. Elle sert à ébaucher la pierre, un peu comme notre fermoir pour le bois. Les figures dessinées sur le marbre par Jean Goujon lui-même sont d'une grâce, d'une finesse admirables. Sans le dessin le sculpteur n'est rien. Tu me l'as souvent répété tu avais raison.

– La pierre, la pierre, c'est bien, c'est peut-être distingué mais crois-tu qu'elle te permettra de gagner ta vie aussi bien que le bois? Ne dédaigne pas le meuble, fils! c'est notre métier depuis toujours.

– Mais il n'est pas question que j'abandonne l'établi. Jean Goujon lui-même est sculpteur de bois. Il a promis de me prendre avec lui lorsqu'il ira travailler au Louvre ou à Anet.

– Jean-Baptiste, dit Louise, je crois que notre fils n'a pas fini de nous surprendre. Il était sûr que le mélange des Cottion et des Thirion donnerait un oiseau rare! Dommage que les parents et surtout les grands-pères ne soient plus là!

– Il ne faut tout de même pas s'emballer, coupa le garçon que cet enthousiasme anticipé agaçait un peu. Je ne suis pas encore le sculpteur du roi. Sûrement, même, ne le serai-je jamais!

Cette nuit-là, Denis dormait mal. Il lui semblait entendre sans cesse la masse de Jean Goujon frapper l'acier du ciseau et sentir sur son visage le choc piquant des éclats de marbre. Quand la mitraille cessait, c'est le visage rieur d'Anne qui lui apparaissait à la place de celui de la nymphe. Cela ne l'empêcha pas d'être prêt au petit matin pour reprendre, auprès du maître, sa place d'élève studieux.

Au bout d'une semaine, après qu'il eut tâté de la masse et du ciseau, d'abord avec crainte et timidité tant il avait peur de gâcher le bloc de carrare puis avec plus d'assurance, Goujon lui conseilla de reprendre sa place à l'établi familial :

– Tu n'as plus grand-chose à apprendre ici. Il s'agit d'une œuvre trop élaborée par mon ami l'architecte Lescot et trop savante, au point de vue de la sculpture, pour que tu puisses t'y faire la main. Laisse donc la pierre et reviens au bois. Je te promets de t'appeler au Louvre dès que je vais mettre en train le nouvel ameublement. Là, tu pourras vraiment travailler!

Privé de la conversation passionnante de Jean Goujon, livré à ses seules pensées dans l'exercice routinier du métier, Denis repensa à Anne. Il avait une folle envie de la voir afin de lui raconter l'aventure extraordinaire qu'il venait de vivre. Anne, heureusement, savait, on ne sait comment, qu'il avait travaillé avec le célèbre Goujon. C'est elle qui débarqua un beau matin au Faubourg, tout excitée :

– Lécier est parti toute la journée acheter du drap à Elbeuf avec son père et j'ai pensé, cousine Louise, que tu m'inviterais de bon cœur à dîner. Et puis, pour ne rien te cacher, je veux tout connaître de la fontaine des Innocents et du nouveau métier de Denis qui se met comme ça, sans prévenir, à tailler le marbre!

– Oh! il n'a pas fait grand-chose. Je crois qu'il a surtout parlé avec le maître. En tout cas je pense qu'il ne sera pas mécontent de te raconter ses exploits. Mais tu as dû le voir en arrivant, il est à l'atelier.

– Non, l'apprenti m'a dit qu'il était sorti avec Jean-Baptiste livrer un meuble à l'abbaye.

– La surprise n'en sera que plus grande mais, ma petite, puisque nous sommes toutes les deux, je voudrais te parler. Denis fait la bête et refuse d'aborder franchement ce sujet : nous savons, Hortense et moi, qu'il demeure entre vous un parfum d'amourette dont l'odeur nous inquiète.

– C'est joli, ce que tu viens de dire, Louise!

– Joli ou pas, la seule chose qui compte est de savoir où cela peut vous mener. Si tu veux mon avis, à rien, ou plutôt au malheur. Je vous aime trop tous les deux pour vous laisser faire des bêtises.

– C'est vrai, Louise, nous nous aimons. Si fort que la raison ne peut rien contre notre passion. Je ne sais pas ce qu'il va en advenir dans l'immédiat mais je sais qu'un jour ou l'autre je serai à Denis. Mon vrai mari, c'est lui, ce n'est pas ce pauvre Lécier...

– Lécier, comme tu dis, n'est pas pauvre, coupa Louise. C'est même pour ça que tu l'as épousé.

Anne pâlit. Venant de la douce Louise, le reproche prenait l'allure d'une offense :

– Dis-moi, Louise, que tu ne penses pas vraiment ce que tu viens de dire. Si tu savais comme je me moque de l'argent et combien je préférerais vivre avec vous, ici, sans tapisseries, sans bijoux et sans riches toilettes!

– Bien sûr que non je ne le pense pas, mais cela ne résout pas votre problème. Pourquoi t'es-tu mariée? Il est bien vrai que tu ne pouvais épouser Denis mais avoue que ton mariage n'arrange pas les choses.

– J'ai peut-être fait une bêtise mais il y a des choses que je ne peux pas te dire aujourd'hui. Il faut laisser passer un peu de temps. Ah! J'entends Denis qui vient de rentrer, je cours.

La jeune femme, sans attendre, dévala l'escalier. Louise, pensive, entendit des cris de joie, des rires et puis plus rien. « S'ils ne sont pas en train de s'embrasser, je ne suis pas la petite-fille de Jean Du Pré », dit-elle en retirant du saloir un beau morceau de jambon qu'elle ajouta à la potée.

Anne et Denis s'étaient bien embrassés, longuement, passionnément mais, maintenant, la jeune femme était assise bien sagement sur le tabouret et écoutait Denis parler.

– Ainsi tu vas aller travailler au Louvre. Peut-être pourrai-je venir te voir?

– Et j'irai sans doute aussi à Anet où Jean Goujon doit sculpter le plafond de bois et les lambris de la chambre de Diane de Poitiers.

– C'est loin de Paris?

– Non. Une dizaine de lieues.

– Je viendrai t'y retrouver. Je ne sais pas comment mais je te jure que j'irai.

– Tu es folle, ma douce.

– Je ne suis pas douce du tout. Surtout quand il s'agit de défendre l'essentiel de ma vie. Pour sauver notre amour je suis capable de devenir tigresse.

– Tu as plutôt l'air d'une chatte recroquevillée sur le tabouret avec tes longs cils et tes yeux d'agate. Quel bonheur de t'avoir là, en face de moi. Pourquoi, pourquoi cette joie ne peut-elle pas être de tous les jours? Cela me révolte. Tu sais qu'un jour je t'enlèverai! Nous quitterons Paris et irons vivre en Italie. Goujon m'a dit qu'un artiste qui n'avait pas vu Rome et Florence ne connaissait que la moitié de son métier. Imagines-tu quel enchantement serait le nôtre de découvrir ensemble l'Italie! Il faut y croire, il faut se battre. C'est nous qui avons raison de vouloir vivre heureux!

– Tu serais vraiment capable de m'enlever?

– Je suis capable de faire n'importe quoi pour te garder près de moi. Mais toi tu quitterais sans regret ton confort, ton argent, Hortense, ta mère et... ton mari pour venir avec moi?

– Demain. Tout de suite. Quand tu veux!

– Hélas! ce n'est pas si simple mais, maintenant, je suis certain qu'un jour nous vivrons ensemble. Patience ma chérie et haut les cœurs!

Professionnellement, les choses s'arrangeaient avec plus de bonheur. Les bonnes nouvelles s'enchaînaient, chacune bouleversant un peu plus la vie paisible des Thirion. Une dizaine de jours après la visite d'Anne, Denis fut prévenu par l'abbesse que Jean Goujon désirait le voir le plus tôt possible au Louvre où, pour plus de commodité, il venait d'ouvrir un atelier volant dans les nouveaux bâtiments que construisait Pierre Lescot. Il s'agissait, avait dit l'abbesse, de finir les boiseries et le mobilier destiné au pavillon du roi et au château d'Anet. Henri II s'impatientait, paraît-il.

Denis partit donc pour le Louvre dès le lendemain accompagné par l'apprenti qui l'aidait à porter ses outils : deux trousses que sa mère avait cousues dans une toile solide pour y ranger les gouges, son étau de sculpteur et ses deux masses de bronze. Il espérait que Jean Goujon allait lui demander de sculpter et, pour forcer un peu le destin, il avait décidé de n'emporter aucun matériel de menuiserie. D'ailleurs, le Louvre n'était pas si près de l'abbaye et ils étaient déjà suffisamment chargés!

Goujon parut content de retrouver Denis :

– Tu voulais travailler pour le roi. Eh bien, tu vas être servi. Le lit de la duchese de Valentinois, ou de Diane de Poitiers si tu préfères, est prêt à être sculpté. Certains motifs sont même ébauchés. Voici les dessins des colonnes et du chevet. Les sculpteurs travaillent dans la grande salle au fond de la galerie. Vas-y, le maître d'œuvre te désignera un établi et te donnera ta tâche.

Ils étaient déjà cinq à se partager la décoration du lit fabuleux que le roi avait commandé pour sa favorite. Les menuisiers et les tourneurs avaient terminé leur travail. Les hauts piliers, les quatre traverses, le chevet et la corniche étaient entassés dans un coin et l'on avait peine à imaginer que ces morceaux de bois, une fois sculptés, cirés, montés, garnis de riches étoffes d'or, constitueraient le lit le plus beau jamais construit en France.

Les sculpteurs, qui rythmaient leurs chants sur le bruit régulier des massettes, étaient tous des compagnons chevronnés, de véritables artistes qui de Chenonceaux à Anet, de Blois à Fontainebleau, avaient suivi depuis des années les pacifiques armées de Pierre Lescot, du Primatice, de Philibert Delorme et de Jean Goujon sur les chemins de la Renaissance. Denis, habitué aux petits ateliers de la province et du Faubourg, était un peu intimidé dans cette énorme pièce où les établis se touchaient, où l'on travaillait en commun, demandant conseil à l'un, donnant son avis à un autre. Il était un peu comme le curé d'une petite église de campagne à qui on demanderait de dire la messe à Notre-Dame. Heureusement, il avait appris depuis longtemps à s'adapter. Reçu chaleureusement, gentiment moqué à cause de son âge, aidé pour installer ses outils, il n'était pas trop ému en calant dans les mâchoires de son étau la corniche de devant afin d'y dessiner d'abord puis d'y sculpter, d'après le modèle que le maître d'œuvre lui avait donné, une suite de godrons en éventail. Ce n'était pas un ouvrage très difficile et Denis se sentait tout à fait capable d'en venir à bout. Son cœur pourtant battait un peu vite. Il sentait que ses compagnons attendaient ses premières attaques de gouge pour le juger. Jean Goujon qui avait rejoint le maître d'œuvre, bien qu'il fasse mine de ne pas s'intéresser à lui, regardait son protégé du coin de l'œil. Il ne lui faudrait pas longtemps pour savoir s'il y avait du talent dans ces deux mains qui guidaient comme il le fallait, en douceur et en souplesse, l'une le ciseau-fermoir, l'autre le maillet d'or de Jean Cottion. Dès les premières entailles, Denis sentit que le bois était bon et qu'il avait retrouvé tous ses moyens. Plus personne ne fit attention à lui. Ce n'est qu'au moment de la brisure, lorsque chacun sortit de son sac le pain, le lard ou le fromage que le maître vint lui toucher l'épaule et lui dit : « Très bien, garçon. Tu es digne de travailler avec nous. »

Sans se soucier des règlements corporatifs, les compagnons du Louvre, depuis peu rassemblés à Paris, constituaient un groupe fraternel qui rappelait à Denis les cayennes de la province. Deux d'entre eux avaient accompli leur tour de France; ils redoublèrent d'attentions envers le petit du Faubourg lorsqu'ils surent que lui aussi avait fait le « noble voyage ».

Denis se trouva ainsi replongé dans le travail. Il n'avait pas oublié Anne, il y pensait un peu moins, voilà tout. Le soir seulement, lorsqu'il se retrouvait seul, avant de s'endormir, il songeait à sa cousine qui cherchait peut-être aussi le sommeil, allongée auprès de son mari. Alors il échafaudait les plans les plus fous et se voyait tenant Anne par la main sur les routes du Sud qui menaient à l'Italie. Tout cela n'était guère réaliste, il le savait bien. Et pourtant, que vaudrait la vie sans l'espoir d'être un jour réuni à celle qu'il aimait?

Depuis qu'il sculptait pour le roi, Denis n'avait revu Anne qu'une seule fois, un dimanche, chez Hortense. Ils n'avaient pu échapper au reste de la famille et ce n'est qu'au moment du départ, en lui disant au revoir, qu'elle put lui glisser dans un murmure : « Je t'aime. Je vais venir te voir au Louvre. » Elle arriva en effet un soir, alors que tout le monde avait rangé ses outils et s'apprêtait à partir. Sa beauté et son élégance ne risquaient pas de passer inaperçues de tous les hommes. Goujon lui-même montra le bout de son nez et Denis dut faire les présentations. Enfin, quand le dernier compagnon eut quitté l'atelier, les jeunes gens purent tomber dans les bras l'un de l'autre et s'embrasser longuement.

– Nous sommes seuls, dit Denis. C'est moi le plus jeune, j'ai la mission chaque soir de fermer la porte des ateliers et de remettre la clé au portier. Le Louvre est à nous. Viens, je vais te montrer ce qu'on fait.

Il lui fit admirer les dessins d'un certain Androuet, qu'on appelait du Cerceau à cause de l'enseigne qui pendait à sa maison. Architecte, créateur de meubles, on ne parlait que de lui dans le petit cercle des artistes royaux que dirigeait Philibert Delorme. La grâce de son trait n'avait pas d'égale, même en Italie et Jean Goujon disait que ce jeune homme discret qui était aussi un merveilleux graveur était tout simplement en train de créer un style nouveau en donnant l'agrément et la délicatesse françaises aux meubles baroques italiens.

– Les buffets à deux corps dessinés par du Cerceau sont magnifiques. Regarde ceux que nous sculptons pour Diane de Poitiers. Viens, je vais te faire voir notre chef-d'œuvre : le lit de la favorite qui vient d'être terminé et qu'on va transporter au château d'Anet.

Il emmena Anne dans un grand salon attenant à l'atelier et dans lequel étaient entreposés les meubles terminés. La jeune femme poussa un cri d'admiration devant tant de beauté accumulée : fauteuils de toutes sortes, armoires, buffets, tables et dressoirs, tous construits et décorés à la nouvelle mode, attendaient de prendre place dans les palais du roi, dans ce Louvre auquel les architectes ajoutaient sans cesse des ailes, des pavillons, des escaliers. Au centre du salon, détaché des autres meubles, le lit de Diane apparaissait triomphant comme le symbole d'une puissance devant laquelle la reine Catherine de Médicis et le connétable de Montmorency eux-mêmes devaient plier.

– Voilà donc le lit de Diane de Poitiers! dit Anne d'un drôle d'air.

– Oui. Il n'y manque que les tentures tissées à Gênes et qui seront posées sur place par le tapissier royal.

– Je veux voir ce qu'on ressent lorsqu'on est allongé dans le lit de la maîtresse du roi, s'écria soudain Anne en faisant valser ses souliers et en escaladant la couche haut perchée sur ses colonnes ouvragées.

– Tu es folle. Si quelqu'un te surprenait...

– Sommes-nous seuls oui ou non?

– Oui. C'est vrai, personne ne peut venir nous découvrir ici à cette heure.

– Alors, viens mon roi, s'écria Anne. Allonge-toi, prends-moi dans tes bras et écoute. Lorsque tu es revenu à Paris, tu m'as demandé pourquoi j'avais épousé mon drapier. Je t'ai dit alors qu'un jour je te répondrai. Je vais le faire aujourd'hui parce que nous avons échangé depuis des paroles graves qui nous lient plus que n'importe quel sacrement. Maintenant je suis sûre que tu m'aimes et presque sûre que tu me comprendras.

– Parle, mon amour.

– Ce n'est pas commode, tu sais, d'expliquer une folie par des propos raisonnables.

– Je ne peux te faire aucun reproche. Nous ne pouvions pas nous marier et je suis parti pendant deux ans. Tu étais donc libre d'épouser qui tu voulais. Ce que je n'ai jamais compris, c'est que lorsque je suis rentré, tu te sois jetée dans mes bras en me disant que Lécier t'était indifférent. Si tu avais fait un mariage d'amour, les choses auraient été claires, je me serais écarté de ton chemin, mais puisque tu m'aimais pourquoi t'es-tu mariée? Pourquoi ne m'as-tu pas attendu? Il est moins dangereux d'enlever une fille à sa mère qu'une femme à son mari!

– André n'est pas vraiment mon mari!

– Qu'est-ce que tu dis?

Anne prit la tête de Denis entre ses deux mains blanches et le regarda dans les yeux :

– Vas-tu me croire si je te dis que je suis vierge et que le premier homme qui me possédera sera toi?

Denis ne comprenait rien. Muet, il fixait Anne sans la voir, essayant vaguement de démêler l'écheveau d'idées qui devaient follement s'embrouiller derrière ce petit front têtu si proche du sien. Comme il se taisait, Anne répéta sa question. Alors, il put enfin articuler quelques mots :

– Tu me le dis, je te crois, mais explique...

– Chez moi, ma situation, sous des apparences confortables, me semblait irrémédiablement vouée au désespoir. Toi : inaccessible. Mes parents : ordinaires et ennuyeux. Mes amies : toutes mariées. Il me devenait de plus en plus difficile de repousser les prétendants alléchés par ma frimousse, les montagnes de bois de ma mère et les aulnes de drap de mon père, mais je trouvais ces héritiers de robins ou de marchands tous ridicules avec leur air d'attendre que le vair leur pousse sur le bonnet en même temps que la barbe du menton.

Anne parlait sans hargne mais ses mots piquaient comme des flèches. Denis sentait qu'ils venaient du tréfonds de son être, encore révolté d'avoir été contraint par des usages imbéciles. Il la serra un peu plus fort contre lui et dit doucement :

– Calme-toi, mon amour. Je veux que tu me racontes doucement les choses et gens qui t'ont fait si mal.

– Un jour on m'a mise quasiment en demeure d'accepter la demande d'André Lécier, fils d'un important mercier, qui constituait, comme on dit, un beau parti. Cette alliance avec notre famille devait, semble-t-il, faire gravir à mon père quelques échelons de plus vers son paradis terrestre planté de bannières et peuplé de fantômes en velours fourré.

– Et Hortense? Ta grand-mère, à ce que je sache, n'a pas de prédilection pour les marchands enrobés. Ne pouvait-elle pas t'aider?

– J'aurais peut-être pu, encore une fois, avec son appui, réussir à replonger dans son bocal cette nouvelle ablette pâle qu'on sortait de l'eau à mon intention. C'eût été reculer pour risquer de tomber plus mal. Et puis ce garçon n'était pas sans qualité. Un jour il me fit un aveu qui, après un vilain calcul de ma part, je l'avoue, m'a décidée à l'épouser. Il m'avait dit que sa conscience l'obligeait, contre l'ordre de ses parents, de me révéler qu'il n'était pas un homme capable de remplir ses devoirs – c'est comme ça que l'on dit – envers sa femme. Le pauvre pensait que cette confession allait ruiner son établissement. C'est le contraire qui arriva.

– Comment cela?

– D'abord assez horrifiée, j'ai réfléchi pendant deux jours et suis arrivée à cette conclusion évidente de sagesse qu'un mari qui ne me posséderait pas serait pour moi, sinon l'idéal, du moins le moindre mal, l'oiseau rare qu'il ne fallait pas laisser envoler. Je lui ai juré de ne pas dévoiler son secret et, ma foi, ce drôle de mariage a apporté un peu de nouveau dans ma vie. On a d'abord fait une belle fête et puis nous nous sommes installés dans la grande maison d'Hortense, ce qui m'a permis d'échapper à celle des beaux-parents. André a beaucoup d'égards pour moi, il fait tout ce que je veux, je crois qu'il m'aime à sa façon... Bref, ce n'était pas le paradis mais ce n'était pas non plus l'enfer. Surtout, mon chéri, je me gardais pour toi. Tu étais l'homme que je voulais, je le savais depuis longtemps... Et puis, tu es revenu. Voilà toute mon histoire. J'ai pris le risque de compliquer notre amour mais je me suis sauvée, dans mon cœur et dans ma chair. Si c'était à refaire je recommencerais. Pour toi et pour moi.

Denis avait écouté sa cousine sans rien dire. Maintenant elle le regardait, implorant les mots d'amour et de compréhension qui allaient la délivrer. Envahi par un immense élan de tendresse il sentit qu'il avait les yeux pleins de larmes. Anne approcha ses lèvres et les lui but sur les cils : « L'élixir de la passion », murmura-t-elle.

On était en été. Anne avait relégué le vertugadin encombrant. Elle portait sur une cotte légère une robe qui moulait son corps de jeune fille. Lui n'avait pas remis son pourpoint et l'échancrure de sa chemise laissait deviner des muscles souples et une peau hâlée. Anne y glissa l'une de ses mains douces et fines. De l'autre elle commença à défaire les boutons :

– Je ne sais pas ce que demain nous réserve, mon amour, mais, ce soir, je vais devenir ta femme sur le lit de Diane de Poitiers. J'ai souvent rêvé à ce moment mais jamais, même dans mes rêves les plus fous, je n'ai imaginé des noces aussi royales.

Bientôt ils furent nus sur le drap blanc qui protégeait la courte pointe semée de fleurettes d'or. Leur désir si longtemps retenu éclata comme l'orage dans un ciel d'été. Ils fondirent dans une longue étreinte.

André Lécier n'était pas sot. Le contact quotidien avec Anne dont la finesse et la dignité le touchaient, avait agrandi l'univers étroit où sa famille l'avait toujours enfermé. Il avait constaté chez sa femme des changements d'humeur et d'attitudes auxquels il était étranger, des absences qu'il avait la sagesse de ne pas remarquer, sachant que c'était le seul moyen de garder Anne près de lui en dépit de son infirmité.

Il n'était plus question d'enlèvement. Les deux amants se contentaient de rencontres passionnées dans une chambre que Denis avait louée à un ami, sculpteur du roi, qui possédait une petite maison rue de Cerisée, près de la Bastille, à mi-chemin entre Bercy et le Faubourg. Pensant que sa grand-mère s'apercevrait un jour ou l'autre de sa liaison, Anne lui avait tout raconté. Hortense avait levé les bras au ciel, s'était mise à éternuer comme chaque fois qu'elle voulait se donner un temps de réflexion avant de répondre à une question embarrassante puis avait pris sa petite-fille dans ses bras :

– Te voilà donc dans la situation que j'avais prévue. J'ai toujours su que tu ne sacrifierais pas ton Denis. Tout de même, tu es une sacrée petite bonne femme. J'ai osé beaucoup dans ma vie mais je ne crois pas que j'aurais eu le toupet de faire ce que tu as fait.

– Parce que tu n'étais pas amoureuse, grand-mère! La passion donne des idées.

– Tu as sûrement raison. Maintenant, en attendant... je ne sais quoi, tâchez d'être prudents et de ne pas ridiculiser André Lécier qui se montre finalement plus intelligent qu'on ne le pensait. Et Denis? Il accepte cet arrangement?

– Il est bien forcé. Et puis, il est sûr que je ne le trompe pas avec mon mari! ajouta Anne en souriant.

– Petit monstre! enfin si tu es un peu heureuse, je le suis moi aussi. A propos vous avez de l'argent pour payer votre nid d'amour?

– Denis a bien gagné sa vie ces derniers temps. Il n'en manque pas.

– Il travaille toujours au Louvre?

– Jusqu'à demain. Après, l'atelier se transporte à Anet. Goujon lui a proposé de venir mais Denis veut rentrer travailler au Faubourg pour fabriquer les fameux buffets à deux corps de Du Cerceau. Il dit que tous les gens riches vont en vouloir et que le moment est venu d'abandonner le roi pour ses sujets [1].

– Peut-être a-t-il pensé aussi que le moment était venu de ne pas t'abandonner! Sais-tu si Denis a fait des confidences à sa mère?

– Pas encore mais il a l'intention de le faire.

– Bon. Je verrai Louise. Je crois que vous n'aurez pas trop de deux femmes sensées et compréhensives pour veiller sur vous et vous empêcher de faire des bêtises.

– Comme tu es gentille, grand-mère. J'avoue que je craignais un peu ta réaction.

– Vous vous êtes fourrés dans un tel pétrin qu'il faut bien vous soutenir. Jusqu'à maintenant, le hasard ne vous a pas trop mal servi...

– Nous l'avons bien aidé!

– Oui, c'est vrai. Ah! ma petite Anne, dans le fond, je crois que je voudrais avoir vingt ans et être à ta place.

– Grand-mère tu n'as pas à te plaindre. Tu as eu une vie extraordinaire!

– Tu veux dire que j'ai porté la culotte et que j'ai réussi mieux

1. Les buffets de Du Cerceau deviendront trois siècles plus tard les « buffets Henri II » de nos arrière-grands-parents. Les ébénistes du Faubourg s'inspirant de quelques pièces de musées, œuvres de leurs ancêtres, fabriqueront des tonnes de salles à manger Renaissance entre 1850 et 1925 mais cela est une autre histoire.

qu'un homme dans mes entreprises mais, vois-tu, rien dans la vie ne remplace un grand amour. Tu as raison de te battre pour le défendre!

Denis avait repris avec une certaine volupté sa place devant l'établi du Faubourg. Il avait rapporté du Louvre, où le travail en communauté commençait à lui peser, une collection de gravures de Du Cerceau et avait décidé, avec Jean-Baptiste, de mettre en fabrication une série de trois armoires à deux corps. La perspective de créer entièrement un meuble, de choisir d'abord soigneusement les planches brutes de sciage dans la cour, de découvrir dès les premiers lancers de varlope la qualité et les défauts du bois, de renifler sa sciure, de discuter avec le père des meilleurs tracés, d'expliquer au tourneur comment il fallait bistourner les colonnes, d'essayer le montage pour voir si les assemblages ne jouaient pas et, enfin, de sculpter les vantaux, le fronton et les moulures, l'enchantait pleinement. Au Louvre, il avait beaucoup appris mais il n'avait ouvragé que des éléments de meubles qui lui demeuraient étrangers dans la mesure où il ne les avait pas enfantés. Au Faubourg, il redevenait son propre maître d'œuvre, le dieu d'une nature vierge qu'il pouvait planter et peupler à son gré avant de l'abandonner, comme un atome, de matière rare, dans l'univers de demeures inconnues. En refusant d'aller décorer à Anet les lambris de Diane de Poitiers, Denis n'avait pas rompu avec le maître Jean Goujon. Il l'avait assuré qu'il reprendrait volontiers plus tard une place sur l'un de ses chantiers mais qu'il lui fallait, pour le moment, respirer l'odeur des cours du libre territoire de Saint-Antoine. Goujon l'avait compris et lui avait offert un plein carton de gravures et de dessins. L'un d'eux représentait, avec tous les détails de ses sculptures, le lit de Diane. Denis l'avait encadré d'une belle moulure de rais de cœur et en avait fait cadeau à Anne qui l'avait aussitôt accroché dans sa chambre au-dessus de sa table à écrire. Seule, Hortense ne s'étonnait pas de cette parure insolite et disait, riant sous cape, que le lit d'une maîtresse royale ne saurait détonner dans la chambre d'une honorable bourgeoise.

Si les bruits de la cour ne parvenaient qu'assourdis au Faubourg, certains personnages y étaient connus et même célèbres. Diane y jouissait comme partout à Paris d'une renommée quasiment divine. Son nom lui concédait une sorte de vocation mystique dont elle jouait admirablement. On s'intéressa un moment à la haine qui l'opposait à la reine, puis on s'amusa de l'entente qui avait fini par s'établir entre

Catherine de Médicis et la concubine. La souveraine légitime attendait, la reine de cœur d'Henri commandait, comme si, l'engouement pour les Anciens aidant, le destin venait chez elle prendre ses ordres chaque matin.

On ignorait dans les ateliers que les troupes impériales étaient proches de Paris où personne ne portait plus attention aux innombrables processions décidées par le roi. En revanche, on savait que Diane, réincarnation de la Romaine Lucine, exigeait d'assister la reine dans les douleurs de l'enfantement, de choisir les nourrices et de régler tout ce qui concernait la santé des princes. On savait aussi comment le roi s'était montré plus religieux que le pape en une circonstance qui, il est vrai, touchait la vie de chacun. Jules III avait expédié à Paris une bulle par laquelle il permettait aux habitants de la région de manger du beurre, du fromage et des œufs durant le carême. Henri II jugeant scandaleuse cette tolérance crémière avait ordonné au garde des sceaux et au lieutenant criminel de faire « crier et publier, par les carrefours, défense à tous les libraires et imprimeurs de vendre cette bulle ». Par ordre du roi et du parlement, le message pontifical fut même brûlé en public le 7 février 1553, jour où Rabelais expirait dans sa maison de la rue des Jardins-Saint-Paul, à deux pas de la porte Saint-Antoine.

Comme à l'habitude, le Faubourg et ses huchiers, sculpteurs, menuisiers et tourneurs de bois supportaient sans trop de mal les disettes saisonnières, les résurgences de peste et les persécutions de luthériens. Les caisses royales étaient vides mais les architectes continuaient de bâtir, les sculpteurs d'idéaliser Diane, Catherine de Médicis d'italianiser la cour et les meubles nouveaux de se vendre aux bourgeois moins ruinés par les impôts qu'ils ne le prétendaient. Ils avaient encore, Dieu merci pour saint Antoine, les moyens de s'installer dans un confort jusque-là inconnu et même de sacrifier à la mode nouvelle. Ainsi imitaient-ils le roi et les gens de la cour qui s'affublaient d'énormes fraises plissées, tuyautées et amidonnées. Denis, qui se flattait d'être élégant refusa de porter, même le dimanche, cet accessoire encombrant qui ensevelissait le cou jusqu'au menton mais, comme les gens nés et la plupart des bourgeois, il s'était laissé pousser la barbe et les moustaches en pointe, ce qui faisait rire Louise mais plaisait bien à Anne.

Les amours d'Anne et de Denis allaient leur tour dans un accommodement auquel personne, soit par ignorance, soit par bon sens, n'avait jusqu'à présent trouvé à redire. La situation des jeunes gens n'était pourtant pas de celles dont on peut penser qu'elles sont sans risque. Eux-mêmes ne le croyaient pas mais il leur fallut quand même beaucoup de cran pour admettre que l'inévitable se produit parfois.

Ce jour-là, Denis avait quitté l'atelier plus tôt que d'habitude. Il était arrivé le premier dans la chambrette de la rue Cerisée qu'il avait agréablement meublée et qu'Anne s'était amusée à décorer d'étoffes chatoyantes, empruntées aux réserves de la maison Lécier. Dès qu'Anne eut poussé la porte, il s'aperçut qu'il s'était passé quelque chose de grave. Elle n'avait pas son air radieux des jours de rencontre. Emmitouflée dans son touret de nez qui lui couvrait le visage au-dessous des yeux, elle ne se précipita pas vers Denis comme à l'accoutumée. Sans même ôter son mantelet fourré, elle se laissa tomber dans le fauteuil à bras, regarda Denis et parla d'une voix entrecoupée de sanglots :

– Denis, je ne sais pas ce que l'on va faire : j'attends un enfant!

Il se précipita, tomba à ses pieds et enlaça ses jambes.

– Remets-toi, mon Anne chérie. Surtout ne pleure pas. Nous allons réfléchir et trouver une solution. D'abord, es-tu sûre d'être enceinte?

– Oui. J'ai attendu pour t'en parler mais, maintenant, cela ne fait pas de doute. J'ai un enfant de toi dans mon ventre. Je ne veux pas, je ne veux pas subir des traitements barbares pour me le faire enlever.

– Moi aussi je veux que notre enfant vive et je n'admettrai jamais qu'un charlatan ou une affreuse matrone te touche au risque de te faire mourir. Soyons calmes. Que pouvons-nous faire?

– Partir! Loin, très loin. Tu voulais m'enlever pour l'amour de moi. Enlève-moi pour l'amour de notre enfant.

– Je le ferai. Ma mère et Hortense nous donneront de l'argent. L'enfant naîtra dans cette Italie dont nous avons tant rêvé.

– Maintenant, il y a peut-être une autre solution qui ne nous plongera pas dans une aventure incertaine. J'y songe depuis trois jours, et tu sais que je ne manque pas d'imagination quand il s'agit de notre vie.

– Qu'as-tu pu encore inventer, ma douce?

– La chose la plus simple du monde : avouer la vérité à mon mari.

– Tu es folle! Il va nous poursuivre, nous faire arrêter, que sais-je...

– Le risque n'est pas grand. André est un garçon sensible et honnête. Il m'aime comme il peut m'aimer et je ne suis pas sûre qu'il me détestera si je lui apporte l'enfant qu'il ne peut pas avoir.

– Comment? Notre enfant! Tu comptes le lui donner? C'est lui qui l'élèverait?

– Et moi aussi, je pense! Et Hortense! Et ma mère! Et toi!

– Moi? Je n'existe plus dans cette histoire. Je verrai le marmot trois fois par an quand on voudra bien me le montrer. Il ne portera pas mon nom. Je serai pour lui un étranger. Toi-même, accaparée par lui, tu ne voudras plus me voir. Non, je préfère tout risquer, la prison, la mort mais t'emmener loin d'ici et de cette comédie que je ne pourrai plus supporter longtemps.

– Jusqu'à présent, tu t'en es assez bien accommodé de cette comédie. Toi, tu penses à toi. A moi aussi sans doute. Moi, je ne pense qu'à l'enfant et je ne veux pas courir les routes avec lui dans mon ventre si je peux faire autrement. Alors, je t'en prie, laisse-moi faire. D'ailleurs, tu vois, je ne pleure plus, je suis calme. Je viens de prendre ma décision. Nous ne partirons que si André refuse ma proposition.

– Non, je ne veux pas abandonner mon enfant à des étrangers.

– Tu ne l'abandonneras pas.

– Et que serai-je?

– Son parrain!

Denis regardait Anne qui s'était levée, avait enlevé sa fourrure et lui caressait les cheveux. Il retrouvait sur son visage l'inflexible volonté de Louise plus jeune et la résolution d'Hortense. Que pouvait-il faire d'autre que de la laisser mener à sa guise une affaire qu'il ne pouvait, lui, régler que par la force?

– Tu es bien une « Dame du Faubourg », dit-il. Et il ajouta : C'est un compliment que je te fais mon amour, car les abbesses de Saint-Antoine, comme toi, sont de fichues bonnes femmes!

Deux jours plus tard, Anne fit un tour au Faubourg, comme cela lui arrivait de temps en temps. Elle alla embrasser Louise et vint s'asseoir sur le tabouret de l'atelier :

– J'ai parlé à André, dit-elle simplement à Denis.

– Alors?

– Il a tout compris. Il est content d'avoir un enfant. Ses parents vont croire au miracle et remercier le ciel. Ma mère se réveillera un peu à cette annonce et Hortense trouvera une fois de plus que sa petite-fille n'est pas n'importe qui.

– Comme elle aura raison, ma chérie! Mais raconte-moi comment cela s'est passé avec ton mari.

– Non! C'est mon affaire et il m'est pesant d'en parler, même à toi. Il y a comme ça, dans la vie, des choses qu'on a envie d'oublier.

Denis n'insista pas. Il n'était pas, lui non plus, tellement fier du lâche soulagement qu'il avait éprouvé en abandonnant à Anne la charge de leurs soucis.

Les événements, une fois de plus, donnaient raison à la jeune femme dont l'habileté manœuvrière faisait l'admiration de son amant en même temps qu'elle le gênait. L'idée d'avoir un enfant portant son nom compensait la souffrance que causait à André sa situation équivoque. Il avait compris depuis longtemps qu'il devait payer de complaisance la vie apparemment normale que lui assurait la présence auprès de lui d'une femme jeune, jolie et intelligente. Que Denis, le petit cousin, le camarade d'enfance d'Anne, soit le père de celui qu'il considérait déjà comme son propre enfant lui paraissait plutôt rassurant. Il le connaissait et ne le haïssait pas. Avec Denis, la naissance de l'enfant demeurait une affaire de famille. Cet argument avancé par Anne avec quelque audace lui avait paru acceptable. Il avait réussi en tout cas à apaiser ses scrupules.

L'événement, naturellement, perturbait la vie des Thirion. Il avait fallu beaucoup de diplomatie et de tendresse à Louise pour le faire accepter à Jean-Baptiste. Quant à Denis, s'il s'absentait souvent l'après-midi, il regagnait le temps perdu en se levant très tôt, le matin, et en achevant parfois à la lueur des chandelles la sculpture d'un meuble qu'on devait livrer le lendemain. Le travail en effet ne manquait pas. Les buffets à la mode de Du Cerceau étaient vendus d'avance aux bourgeois et aux gens de robe qui venaient parfois de fort loin frapper à la porte de Jean-Baptiste. Jean Goujon et même Philibert Delorme qui, le premier, avait remarqué le talent de Denis, envoyaient des clients au Faubourg. Cela ravissait l'abbesse et l'irritait en même temps car elle avait du mal à faire assurer par ses ouvriers l'entretien de l'abbaye. La plupart du temps, Jean-Baptiste s'en chargeait. D'abord parce que cette tâche revenait de droit et d'usage à celui que tout le monde appelait le « pape du Faubourg », ensuite parce qu'il se faisait vieux – il allait sur ses soixante ans – et trouvait plus reposant de déambuler dans le parc de l'abbaye que de demeurer à l'établi. Cette occupation lui permettait aussi d'avoir de fréquentes conversations avec Marguerite de Vaudetar et de lui confier ses inquiétudes – toujours les mêmes – à propos des compagnons luthériens.

Jusqu'à présent, personne ne s'était soucié des protestants du Faubourg, bien tranquilles il est vrai à l'ombre de l'abbaye. Il n'en était pas de même, hélas! faubourg Saint-Marcel où la colonie allemande protestante, en effervescence, suscitait une répression souvent sauvage, ni faubourg Saint-Germain avec son foyer luthérien provincial, ni faubourg Saint-Jacques empli des presses neuves d'imprimeurs avides d'éditer des ouvrages considérés comme subversifs. Il aurait suffi d'une dénonciation pour transformer en brasier ce havre de paix où les huguenots servaient avec conscience l'abbaye et sa dame. Jean-Baptiste était toujours sur le qui-vive et ne manquait jamais l'occasion de tenir en alerte l'abbesse, seule capable de protéger les ateliers et leurs habitants.

A la fin de 1558, alors qu'Anne en était à son quatrième mois de grossesse et promenait avec entrain l'enfant de Denis entre Bercy et le Faubourg, le pays fut déclaré en paix. Les Parisiens ne s'en seraient sans doute pas aperçus si une procession n'avait célébré l'événement. L'esprit libre, Henri II put s'occuper de ses contemporains en tentant d'éclairer les rues de Paris avec des falots ardents et en s'irritant jusqu'à rager contre les hérétiques qui chantaient le soir, dans le pré aux Clercs, des psaumes traduits en vers français par Clément Marot. Il s'en prit aussi et c'était plus grave aux conseillers du parlement qui expliquaient l'audace extrême des hérétiques par le climat de débauche et de corruption qui régnait aussi bien à la cour de Rome que sous les lambris du Louvre. Le conseiller Anne du Bourg paya de sa vie son imprudence. Il fut « dans le feu gecté ars, brûlé et consummé » sur la place de Grève, selon la sentence signée du Thou. Les cendres du malheureux étaient à peine froides qu'Henri, à l'occasion du mariage de sa fille Elisabeth avec Philippe II d'Espagne, fit dépaver la grand-rue Saint-Antoine pour donner à la cour et à quelques privilégiés plusieurs divertissements dont un tournoi qui devait durer trois jours.

Les charpentiers, huchiers et menuisiers du Faubourg furent réquisitionnés pour construire entre la Bastille et le palais des Tournelles de grandes tribunes destinées aux invités. Grâce à l'abbesse qui leur avait obtenu une lettre de service pour le cas où une estrade se serait effondrée, Jean-Baptiste et Denis purent assister à la dernière journée des rencontres, la plus passionnante puisqu'il ne restait plus en lice que le roi, le duc de Guise, le prince de Ferrare et le duc de Nemours. Les Thirion avaient pu se faufiler jusqu'au palais des Tournelles et s'installer tout près de la tribune où se tenait la cour avec, naturellement, au premier rang, la reine Catherine de Médicis et Diane de Poitiers. En voyant le roi battre tous les princes et remporter les honneurs de la journée, Jean-Baptiste et Denis ne se doutaient pas qu'ils allaient, un peu plus tard, rapporter au Faubourg la nouvelle la plus stupéfiante qui se puisse imaginer : la blessure sans doute mortelle d'Henri II, victime d'un accident qui s'était déroulé sous leurs yeux.

– La passe d'armes avait cessé, raconta le soir Jean-Baptiste, quand le roi aperçut deux lances entières qu'on s'apprêtait à emporter. On le vit ordonner au comte Gabriel de Montgomery d'en prendre une et de jouter une dernière fois contre lui « pour l'amour des dames ». Montgomery commença à s'en défendre mais, devant l'insistance du roi, il prit une lance et réajusta son armure. Bientôt, les deux adversaires se choquèrent. Sans résultat. Le drame éclata à la seconde passe. Les deux lances se rompirent en même temps mais celle du comte passa à travers la visière du casque d'Henri II. Quand Montgomery put enfin retenir son bras, l'arme avait pénétré au-dessus de l'œil droit et projeté le roi à terre. Henri fut aussitôt transporté au palais des Tournelles. On le crut mort. Après un moment d'affolement, l'assistance se signa, les prêtres présents entamèrent des prières. Puis on annonça que le roi n'était qu'évanoui et que des messagers étaient déjà partis pour Bruxelles chercher André Vésale, le célèbre anatomiste.

On apprit le lendemain à l'abbaye qu'Ambroise Paré, le chirurgien de la cour, avait procédé peu après l'accident à la ligature des artères selon le procédé qu'il avait inventé. Cette opération avait arrêté l'hémorragie mais laissé le roi dans un état déplorable. Les cloches de toutes les églises et couvents cessèrent de sonner. André Vésale ne put que constater la gravité de la blessure et les chances minimes qu'avait le roi de survivre. Henri II expira en effet le 10 juillet dans des souffrances qui égalèrent sans doute celles subies par le conseiller du Bourg. C'est ce qu'affirmèrent certaines complaintes chantées aux carrefours de Paris.

Jean-Baptiste rapporta un peu plus tard une nouvelle qui fit frémir

Anne venue ce jour-là au Faubourg. Le roi était encore agonisant que Catherine de Médicis avait envoyé à Diane de Poitiers l'ordre de rendre les bijoux qui appartenaient à la couronne et de se retirer sans attendre dans l'un de ses châteaux.

« Comment s'écria Diane, le roi est mort?

– Non, mais il agonise.

– Tant qu'il lui restera un doigt de vie, répondit Diane avec hauteur, je veux que mes ennemis sachent que je ne les crains point et que je ne leur obéirai tant qu'il sera vivant! »

– Pauvre Diane, dit Anne. Ce que le roi Henri aura fait de mieux dans sa vie, c'est d'avoir suscité un amour aussi grand.

A sa mort, le roi avait quarante et un ans. Diane en avait soixante! Chassée par la souveraine en titre, la reine de cœur se retira dans son beau château d'Anet enfin terminé et la chronique populaire oublia l'altière favorite pour mieux s'intéresser aux amours du nouveau roi, marié à Marie Stuart, la jolie reine d'Écosse. Hélas! la romance grinçait sous la plume à cause du physique de François II aussi disgracieux, aussi malingre que les dix-huit printemps de sa femme éclataient de charme et de santé. Elle était aimée, il était ignoré. Elle mordait à la vie, il régnait pour la forme. Pas longtemps : un an plus tard, il mourait et était transporté de nuit, sans aucune cérémonie, dans le caveau de Saint-Denis. Les complaintes soulignèrent que le petit « roi sans vices et sans vertus » qui, toute sa vie, n'avait été qu'une apparence, s'était évanoui comme une ombre.

Le règne éclair de François II avait pourtant été marqué, au Faubourg, par un événement qui éclipsait les affaires royales. Anne, après une grossesse sans histoire, avait mis au monde un garçon appelé Paul. Un garçon chez les Bourdereuil et les Séguier où Hortense et Jacqueline n'avaient eu que des filles – constituait une sorte de miracle. « Il a fallu qu'on s'en mêle », dit un jour au souper Jean-Baptiste sous l'œil réprobateur de Louise. Perrine avait une fille et un garçon de Jeannot Habermann mais l'enfant de l'amour, celui que Denis ne pourrait jamais reconnaître, plongeait Jean-Baptiste dans le ravissement. Il se plaignait de ne pas voir assez souvent le gamin qui adorait venir dans l'atelier où « Parrain » lui fabriquait des jouets dans les tombées de bois. L'enfant vivait à Bercy. Hortense, hélas! ne l'avait pas connu bien longtemps. Elle était morte debout, à près de soixante-dix ans, dans son chantier, entre deux piles de bois des Indes dont elle vérifiait le séchage.

La disparition subite d'Hortense et la naissance de Paul avaient complètement bouleversé la vie de la grande maison des bords de Seine et, par incidence, les rapports entre Denis et Anne. Cette dernière avait décidé de reprendre en main le commerce de bois destiné plus tard à Paul. C'est ce qu'avait toujours souhaité Hortense qui savait sa fille Jacqueline incapable d'endosser une pareille responsabilité. Quant à Pierre Séguier, ses fonctions auprès du premier échevin le comblaient davantage que tous les négoces.

Entre son fils dont Jacqueline heureusement s'occupait beaucoup et le chantier, Anne avait moins de temps à consacrer à Denis. Leurs rencontres s'espaçaient. Ils ne se voyaient plus qu'une fois la semaine, en dehors des dimanches où l'on se réunissait en famille, soit à Bercy, soit au Faubourg et Denis ne cachait pas son amertume. Un jour où Anne était arrivée en retard rue Cerisée, il ne put maîtriser sa colère :

– En somme, tout le monde est satisfait de la situation. Sauf moi! J'ai un fils et une femme que je ne vois pas tandis qu'André Lécier joue les pères comblés. Si l'on considère le temps que tu daignes maintenant m'accorder, le cocu n'est pas lui : c'est moi. Il vit avec toi, il élève mon enfant. A moi il ne me reste pas grand-chose, bientôt il ne me restera rien! Comme j'ai eu tort d'entrer dans tes calculs! J'aurais dû laisser éclater le scandale. La vie n'aurait pas été facile mais, au moins, je t'aurais gardée!

– Pourquoi te mets-tu dans des états pareils, mon chéri? Tu sais bien que je t'aime comme au premier jour...

– En te passant de moi. Merci bien!

Anne savait qu'il avait raison. Elle l'aimait toujours, c'est vrai, mais entre lui et son fils, elle avait inconsciemment choisi. Dès le premier jour, lorsqu'elle avait échafaudé son plan dont la perversité ne lui échappait pas, elle avait voulu que son enfant grandisse dans cette maison de riches où elle-même avait vécu. La reprise du négoce de bois n'avait évidemment pas arrangé les choses mais quoi? Fallait-il abandonner une entreprise qui avait été à la source de leur réussite et qui assurerait plus tard une vie facile à Paul?

Elle réfléchissait en caressant les cheveux de Denis qui s'était un peu calmé mais qui, elle le savait, n'oublierait plus maintenant son humiliation. Car c'est de cela qu'il s'agissait : Denis, le fier compagnon du tour de France, le sculpteur remarqué par Jean Goujon, le descendant de Jean Cottion, avait courbé sous sa loi, la loi des bourgeois. Il en avait pris conscience et sa réaction faisait peur à Anne. Au Faubourg, on n'était pas de la race de ceux qui se prosternent. La dynastie des Cottion et des Thirion était une vérité et la noblesse du bois plus exigeante que celle de l'épée. Quant aux bourgeois et aux robins qui imitaient les grands, Anne savait ce qu'on en pensait de l'autre côté de la porte Saint-Antoine. Elle avait aimé Denis parce qu'il était un seigneur. Elle l'aimait toujours. Avait-elle le droit de le traiter comme elle le faisait? Et si elle le perdait? Cette simple idée la fit frémir. Elle décida de parler, d'exorciser le mal qui rongeait leur amour.

– Tu as raison, mon Denis. J'agis mal envers toi. Tu es un garçon merveilleux, je le sais depuis nos jeux d'enfants. Tu es un artiste, tu inventes le beau et si l'un de nous laisse son nom dans les livres, ce ne sera pas un marchand de bois ou de rubans, ce ne sera pas celui qui a porté le dais dans une procession. Ce sera toi parce que tu vas sculpter des chefs-d'œuvre dans les châteaux et dans les palais qu'on admirera encore des siècles après ta mort. Mais pourquoi je viens parler de ta mort alors que je te veux vivant, fort, amoureux de moi.

Anne criait presque. Elle avait les yeux humides et Denis l'écoutait. Pour un peu il aurait pleuré lui aussi. Il retrouvait d'un coup sa petite fiancée secrète, l'amoureuse du bois et de celui qui le travaillait, la jeune fille obstinée toujours prête à se battre pour défendre son amour, la femme d'allure fragile mais dure et opiniâtre, imprévisible, difficile à comprendre. Bref, il retrouvait son Anne, celle de l'atelier du Louvre qui s'était donnée à lui, pure et débordante d'amour.

– Enfin! s'écria Denis. Tu existes encore, je ne t'ai pas perdue tout à fait? Ce que je t'ai dit tout à l'heure, je le pensais vraiment. Je croyais que tu avais sacrifié tout notre passé, notre amour.

– Pardon, Denis. Je sais que je t'ai fait du mal, malgré moi, simplement en laissant aller la vie et sans prendre garde à ce que tu pouvais redouter. Or, la vie, Hortense le disait, il ne faut jamais la laisser aller. Il faut en rester maître, à chaque heure, à chaque minute. Sinon elle vous conduit au malheur et au désespoir. Cela a bien failli nous arriver Denis, mais maintenant nous allons veiller. Cela ne se reproduira jamais plus, je te le jure!

Ce jour-là ils s'aimèrent comme jamais encore ils ne s'étaient aimés. On vit moins Mme Lécier sur le chantier et André se demanda pourquoi Anne rentrait si tard et semblait plus belle.

*Chapitre 6.*

# L'âge des fous

Marguerite de Vaudetar vieillissait doucement dans l'abbaye qui avait sans doute perdu un peu de son éclat et de son influence. L'indifférence des derniers rois en était cause. Catherine de Médicis, après vingt-cinq ans d'attente et de vexations, gouvernait ses fils et le pays. Les abbayes parisiennes étaient le cadet de ses soucis. Cette désaffection de la cour ne causait nulle peine à l'abbesse qui n'aimait pas la reine mère et qui disait à Jean-Baptiste :

– Mieux vaut être oublié des grands qui ne sont que des petits. Cette Italienne est bien la femme la plus mauvaise, la plus fausse mais, hélas! aussi la plus rouée, la plus habile que j'aie connue. Je l'ai vue à la cour épouse effacée, mortifiée, doucereuse, attendant son heure avec une patience de serpent. Elle est aujourd'hui capable de tout pour assurer son autorité et neutraliser ses fils qui sont d'ailleurs la preuve vivante de la dégénérescence des Médicis.

Cette vigueur dans l'opprobre étonnait Jean-Baptiste. Bonne par nature, bienveillante, l'abbesse n'employait jamais des termes aussi violents. Il fallait vraiment que sa haine fût grande! Elle parlait à Jean-Baptiste en toute liberté; par son intermédiaire certaines nouvelles de la cour parvenaient ainsi au Faubourg. Depuis l'avènement de Charles IX les informations n'étaient pas rassurantes. Le connétable de Montmorency, le duc de Guise et le maréchal de Saint-André avaient décidé, en accord avec Catherine de Médicis, de se déclarer en guerre ouverte contre les calvinistes qu'ils appelaient les bousbots ou les chasse-crapauds. Pour la première fois, les protestants du Faubourg étaient menacés. L'abbesse, heureusement, avait pu prévenir à temps Jean-Baptiste :

– Vos protestants, ne se réunissent-ils pas rue de Charonne?

– Dans le quartier Popincourt, à deux pas d'ici mais ce ne sont pas des violents, ils ne susciteront aucun scandale.

– Eh bien, dites-leur de ne pas se rendre à leur lieu de réunion durant quelques jours. J'ai appris que le connétable méditait une action contre cette communauté où figurent beaucoup de nos gens.

Deux jours plus tard, Montmorency, à la tête d'une vingtaine de soudards, faisait irruption dans l'ancien atelier, où, depuis nombre d'années, se tenaient les prêches. La salle était vide. Il pesta et ordonna qu'on brûle en sa présence la chaire du prédicateur et tous les bancs destinés aux fidèles. Cette expédition peu glorieuse ne lui rapporta qu'un surnom : celui de « capitaine Brûle-bancs ». Ce fut la seule réponse des protestants du Faubourg à la provocation. Après quelques semaines d'inquiétude le calme revint dans les ateliers, les calvinistes trouvèrent un autre local et la vie reprit sur le volcan des fanatismes.

– Tout ce que nous avons vécu n'était qu'escarmouches, dit un jour l'abbesse à Jean-Baptiste. La guerre de religion, la vraie, a commencé hier à Vassy où les gens du duc de Guise ont tué soixante protestants et en ont blessé deux cents.

Guerre des princes, avec Condé et Coligny à la tête de l'armée huguenote, batailles en province, siège de Paris, assassinat du duc de Guise, paix d'Amboise, mort de Montmorency aux portes de la capitale, paix de Longjumeau, interdiction sous peine de mort, de l'exercice de la religion réformée... chaque mois apportait sa part de malheurs mais les rues de Paris, quand la ville n'était pas assiégée, gardaient l'aspect d'une activité tranquille. Le roi posait la première pierre du nouveau palais des Tuileries; il mariait sa sœur Marguerite au protestant Henri de Navarre; en réponse à ce geste apparemment bienveillant, les catholiques annonçaient que ce serait des « noces vermeilles », éclaboussées de sang; le roi lui-même épousait Elisabeth d'Autriche tandis que Catherine de Médicis tirait les ficelles d'une politique ondoyante et inquiétante.

Le Faubourg vivait mal dans le chaos. L'esprit créatif des dernières années était tari, le bouquet de la Renaissance fané et l'atelier des Thirion en veilleuse. On survivait dans les cours grâce aux travaux décidés par l'abbesse mais le royaume du bois avait perdu sa flamme. Il perdit aussi son âme le jour de 1570 où Jean-Baptiste disparut.

Thirion s'était profondément entaillé la main droite en affûtant un ciseau. L'os était atteint mais la blessure ne semblait pas grave. Louise fit un premier pansement et plaça un garrot pour arrêter le sang tandis que Denis courait chercher un maître barbier-chirurgien qui jouissait d'une bonne réputation dans le quartier de la Bastille.

Le bonhomme arriva à califourchon sur un vieux cheval dont la panse traînait par terre. Il décrocha de la selle un sac qui renfermait son matériel, visiblement sommaire, et monta à l'étage où Jean-Baptiste était assis dans son fauteuil, le plus grand, près du feu dont les flammes éclairaient son pansement rougi. Il plaisantait et ne paraissait aucunement alarmé par un accident assez banal dans un métier où les outils sont autant de dagues acérées. Le barbier défit le pansement, regarda l'entaille qui saignait abondamment et demanda des linges propres :

– Je vais sonder la plaie, dit-il, mais il ne faut pas s'inquiéter : les blessures reçues alors que la lune décroît ont un cours bénin.

– N'empêche qu'elle est profonde! coupa Denis en voyant le chirurgien enfoncer dans la plaie jusqu'à l'os, une sorte de grosse aiguille.

– J'ai un baume qui fait des miracles, conclut le barbier. Avec un bon pansement, l'hémorragie va s'arrêter et tout ira bien.

Le lendemain, tout n'allait pas bien. Le sang ne s'épanchait plus mais Jean-Baptiste souffrait. Un élancement insupportable partait de la paume, tout près du pouce, et remontait jusqu'à son épaule qui, à intervalles réguliers, frémissait comme traversée par un fluide maléfique.

– Cours chez l'apothicaire et rapporte de l'extrait de pavot, dit Louise. Cela va au moins le soulager. Si, dans quelques jours cela ne va pas mieux, nous appellerons un médecin. Mais pas n'importe quel charlatan. Nous avons les moyens de nous soigner convenablement.

Le pavot en effet se montra bénéfique. Jean-Baptiste souffrit moins et s'endormit sous l'effet de la drogue. Le lendemain il semblait aller mieux :

– Mon bras est devenu, semble-t-il, insensible mais je n'ai plus mal. Un peu plus tard, en changeant le pansement, Louise constata que la plaie n'était pas belle. Non seulement elle ne se refermait pas mais une humeur jaunâtre suintait sur les bords. Le cinquième jour on décida de faire appel au médecin. Denis alla voir Pierre Séguier à l'Hôtel-de-Ville et lui demanda d'alerter un docteur de la Faculté.

– Julien Le Paulmier et Jean de Gorris sont les meilleurs, dit Séguier. Nous allons aller chez eux munis d'une recommandation du premier échevin. Sûr d'être payé, si l'un d'eux est à Paris, il viendra.

Ces grands docteurs sont riches comme Crésus et encore plus avares. Comme dit la chanson : *les testons* [1] d'un « papau » et d'un huguenot ne se battent jamais dans l'escarcelle d'un médecin.

C'est Le Paulmier qui arriva dans sa robe de satin serrée à la taille par une ceinture moirée, large et tombante sur le côté. Docteur régent, il soignait les rois, les princes, les riches, et n'avait pas l'habitude de visiter les malades des faubourgs. Seule, la lettre de l'échevin l'avait décidé : il était huguenot et ce n'était pas le moment de s'aliéner les bonnes grâces de l'Hôtel-de-Ville [2].

Le docteur régent se montra d'ailleurs aimable. Il tâta le pouls du malade et inspecta la plaie avec beaucoup d'attention. Denis le vit faire une petite grimace, cela l'inquiéta. Le Paulmier demanda encore quel onguent on avait mis sur la plaie et haussa les épaules quand on lui dit que c'était une pommade annoncée miraculeuse par le barbier. Enfin, il attira loin du lit Louise et Denis, sembla réfléchir un moment et rendit son verdict :

– C'est très grave. La plaie est complètement infectée et la gangrène (il prononçait cangrène comme tous les médecins) s'est mise dans tout le membre. Comme l'a dit mon grand confrère Ambroise Paré, « la gangrène est une disposition qui tend à la mortification de la partie blessée puis de tout le corps ». Dans le cas de votre malade, si on l'amputait du bras, on aurait seulement une chance sur dix de le sauver car je crois bien que tout le sang est gagné. Je vous conseille de continuer de lui administrer du pavot pour qu'il ne souffre pas et de le laisser rendre son âme en paix. Vous me devez vingt écus pour la consultation.

Louise était pâle. Dès les premiers mots du médecin, elle avait compris que son Jean-Baptiste allait mourir. Elle avait tout de même attendu avec un peu d'espoir la fin du discours, et la condamnation était tombée comme l'épée du bourreau! Le regard fixe, absente, elle alla chercher dans la cachette du grand coffre le prix du malheur et s'effondra sur un coin de banc tandis que Denis raccompagnait le docteur régent jusqu'à son cheval.

Jean-Baptiste n'avait évidemment rien entendu. Fatigué par l'examen, assommé par la drogue, empoisonné par le sang vicié qui coulait dans ses veines, il s'était endormi. Son visage avait déjà la couleur de

1. Teston : ancienne monnaie.
2. Julien Le Paulmier laissa en mourant une fortune évaluée à 50 000 écus, ce qui était une somme considérable, gagnée surtout disait-on, en vendant des flacons de cidre dans lequel il infusait du séné.

la mort; seules, ses lèvres remuaient légèrement, comme pour tenter d'ouvrir cette bouche serrée qui respirait à peine. Remonté, Denis alla vers le lit, se pencha et prit la main du père. Il ne pleurait pas mais les larmes accumulées dans ses orbites, dans sa tête, dans sa mâchoire, lui faisaient mal. Il rejoignit sa mère sur le banc, lui entoura les épaules de ses bras et la serra très fort. Ils se regardèrent sans rien dire puis, soudain, ensemble, ils éclatèrent en sanglots.

– Il faut prévenir ta sœur et les Habermann, dit enfin Louise. Et aussi Anne. Tu sais combien elle aime ton père. Après tout, c'est ta femme, il est normal qu'elle soit près de nous.

– J'irai dès que Perrine sera là. Ne crois-tu pas, mère, qu'il faut aussi voir l'abbesse? Jean-Baptiste est peut-être son meilleur ami depuis qu'elle a abandonné la cour pour Saint-Antoine. Et puis, elle va nous dire pour le prêtre. Car je pense qu'il ne faut plus attendre...

– Va, Denis, fais ce qu'il faut faire mais, surtout, préviens Perrine avec ménagement. Et si l'abbesse Marguerite avait la bonté de venir me voir un moment, j'en serais apaisée.

L'abbesse essuya une larme quand Denis lui annonça que Jean-Baptiste n'avait plus que quelques heures à vivre :

– C'est un homme bon et juste, dit-elle. Je vais aller le voir et assister Louise dès que j'aurai fait chercher le curé de Saint-Paul. Dites donc, Denis, n'allez-vous pas prévenir votre cousine Anne? Elle considère Jean-Baptiste comme son second père et fait partie de notre Faubourg.

Denis la regarda, surpris :

– J'y vais maintenant. J'ai besoin d'elle...

– Je sais, je sais, ramenez-la vite!

Denis comprit que Marguerite était au courant de sa vie cachée. Qui lui avait fait des confidences? Jean-Baptiste? Peu probable! Louise? surprenant! Et si c'était Anne elle-même, se demanda Denis, qui s'était déchargée du poids de son secret? Elle a toujours aimé Marguerite... Moi aussi je l'aime cette Dame du Faubourg qui sait si bien nous comprendre et qui nous protège!

Denis ne mit pas longtemps à parcourir la rue de la Planchette sur toute sa longueur. Il trouva Anne chez elle avec Paul qui allait maintenant sur ses dix ans et qui sauta au cou de son parrain. André Lécier arriva peu après. Il serra la main de Denis et parut vraiment très triste quand il apprit la mauvaise nouvelle. Les deux hommes ne s'étaient jamais liés d'amitié, la situation l'empêchait, mais cela ne faisait pas obstacle à leur estime. C'est Lécier lui-même qui dit à Anne : « Je crois que ta place est au Faubourg. Accompagne Denis, je m'occuperai de Paul avec ta mère. »

Anne s'habilla rapidement et s'en alla avec Denis sur la route qui coupait à travers les champs et les vignes de l'abbaye. Elle ne l'avait pas vu depuis l'accident et se fit expliquer en détail le mal dont Jean-Baptiste se mourait :

– Vous êtes vraiment sûrs qu'il n'y a rien à faire? Les médecins ne connaissent rien et il faut tout tenter. Rappelle-toi comment Louise a sauvé Perrine de la peste!

– Louise est âgée aujourd'hui. Elle n'aurait plus la force de faire ce qu'elle a fait autrefois. Et puis, la gangrène ne guérit pas. Paulmier a bien parlé d'amputer le bras mais il est persuadé que cela ne servira à rien. Alors, avec la mère, on ne s'est même pas posé la question : Jean-Baptiste ne souffrira pas pour mourir amputé! On va seulement tout faire pour qu'il passe en paix, au milieu des siens. Tu en fais partie.

– Oui, je sais. C'est pourquoi je suis là.

– J'ai bien aimé que ce soit André qui te dise de venir. Tu as un bon mari, ajouta-t-il en souriant tristement.

– Oui, c'est un homme bien. Grâce à lui on aura tout de même pu sauver un petit morceau de bonheur... Mais il y a des moments, et c'est souvent, où je déteste la vie. Aujourd'hui, tiens! Vous étiez heureux, ou presque. Louise et ton père, en bonne santé, vieillissaient bien ensemble et crac! Jean-Baptiste se coupe comme il s'est coupé dix fois dans sa vie. Seulement cette fois c'est le désastre. Tout chavire... Denis serre-moi contre toi, je suis malheureuse, je vais pleurer. Tu vois, on se croit fort mais, dans le fond, on passe sa vie à se distraire de l'idée de la mort. On attend des tas de choses, une tétée, une caresse, un amoureux, un mari, un enfant, le médecin, un retour, un amour... et puis, brutalement, on se trouve en face de la seule, de l'authentique attente : la mort!

– Comme tu es triste, mon amour!

– Ce soir j'ai des raisons mais cela m'arrive souvent, sans prévenir. Un immense dégoût m'envahit, mon ventre se noue, je me mets à pleurer. Je ne sais pas s'il y a beaucoup de gens qui ressentent la même chose mais c'est terrible. Tiens, c'est la gangrène de l'âme! On n'en meurt pas forcément...

– Tu me désespères! Moi qui comptais sur toi pour m'aider!

– Oui, tu as raison. Cela va se passer mais, tu vois comme le tigre se transforme vite en un pauvre petit oiseau blessé. Je ne m'explique pas pourquoi mais la mort d'Hortense m'a moins touchée. Et pourtant je l'aimais bien, ma grand-mère!

– Comment toi, la femme forte, dont on dit qu'elle a hérité d'Hortense l'énergie qui permet de vaincre tous les obstacles, peux-tu devenir aussi impressionnable, te rendre malheureuse au point d'en pleurer?

– Je ne me rends pas malheureuse. Cela me tombe dessus brusquement, sans raison. Je me sens soudain enveloppée par un nuage de cendres, le ciel que je sais bleu me paraît gris, les larmes montent, irrésistiblement, comme les eaux boueuses d'une inondation. Mais ne parlons plus de cela. Je me sens mieux. Rassure-toi, je ne vais pas arriver en pleurs au chevet de Jean-Baptiste. C'est tout à l'heure, j'ai fondu quand tu m'as dit qu'on avait besoin de moi, j'ai été émue comme une gamine, c'est ridicule.

– Tu avais bien trop de volonté et de fierté pour t'émouvoir quand tu étais une gamine.

– C'est drôle comme tu me juges! Je crois surtout que je prends de l'âge. Je deviens une vieille femme...

– A trente-cinq ans? Tu es folle! Nous arrivons. C'est surtout Louise qu'il va falloir entourer. Pour elle, la mort de Jean-Baptiste va être un choc terrible. Songe qu'ils ne se sont jamais quittés depuis leurs dix-huit ans!

Le malade, inconscient, avait reçu l'absolution durant l'absence de Denis. L'abbesse Marguerite était près de Louise, à son chevet. On voyait à leurs lèvres qu'elles priaient mais aucun murmure ne troublait le silence. Seule Perrine qui épluchait des légumes sur un bout de table laissait parfois échapper un sanglot qu'elle étouffait pour ne pas réveiller le mourant.

Vers neuf heures, le soir, Jean-Baptiste s'éteignit doucement sans reprendre ses esprits. Comme Louise l'avait voulu. L'abbesse qui avait tenu à demeurer près de son ami aida les femmes à faire la toilette du mort, elle accepta même de partager avec la famille la potée du souper. La mort donne faim, tout le monde, même Louise, reprit deux fois de la soupe au lard et du fromage. Le chagrin s'accordait un répit : il restait tous les lendemains pour pleurer Jean-Baptiste. On s'organisa pour veiller le défunt; Anne dormit avec Denis à Saint-Antoine pour la première fois. Ils firent l'amour en silence, mêlant leurs corps et leur tendresse, comme pour promettre à Jean-Baptiste que la vie continuerait au Faubourg.

La communauté de l'abbaye et les corporations du bois offrirent pieusement à Jean-Baptiste un enterrement de roi. Comme lors des obsèques de son père, la messe fut dite dans l'abbatiale. Pour la cérémonie, Denis avait déposé sur le cercueil fabriqué de ses mains la canne de compagnon de Jean Cottion. Dehors, devant le portail de l'abbaye, les maîtres et les ouvriers des métiers faisaient la haie, portant haut les bandières et les bannières frappées de l'équerre et du compas : c'était comme une forêt fleurie qui s'inclinait pour dire adieu au compagnon du bois.

Et la vie continua, un an, deux ans encore durant lesquels catholiques et protestants ne cessèrent de s'entre-tuer, de se mesurer, de comploter. Une sombre catastrophe semblait inévitable. Elle ne fut pas évitée mais déclenchée le 23 août 1572 par ceux qui assistaient au conseil chez la reine mère : les ducs de Nevers et d'Anjou, les comtes de Tavannes et de Retz, le chancelier Birague.

– Les chefs huguenots sont neutralisés, dit Catherine de Médicis. Coligny est blessé [1], le roi de Navarre et le prince de Condé sont au Louvre sous bonne garde, nous avons, pour dix protestants, mille catholiques à leur opposer. Il ne faudra pas plus d'une heure pour exterminer toute la race huguenote. L'occasion est trop belle, ne la laissons pas passer!

Chacun approuva et l'on se mit d'accord pour épargner du massacre le roi de Navarre, beau-frère du roi et le prince de Condé en raison de son jeune âge. Obtenir l'agrément du roi fut un jeu pour la reine mère qui le manipulait comme un enfant. Les Guise, aussitôt, arrêtèrent les derniers détails d'un plan qu'ils avaient longuement médité. Il fut décidé que le massacre commencerait au premier coup du tocsin de minuit, à Saint-Germain-l'Auxerrois.

L'amiral de Coligny, tiré de son lit par une bande armée, fut assassiné à coups d'épieu et son corps mutilé jeté par la fenêtre aux pieds du duc de Guise qui attendait dans la cour. Petrucci, un valet du duc de Nevers, coupa la tête pour en faire présent à Charles IX. Ce qui restait du cadavre fut traîné à travers les rues jusqu'au gibet de Montfaucon.

Partout dans Paris, on commença à tuer, à égorger, à étrangler tous ceux qui étaient signalés comme hérétiques – et dont la maison avait été marquée à la craie d'une croix blanche.

1. L'amiral de Coligny avait été la veille grièvement blessé au cours d'une tentative d'assassinat.

Au Faubourg, on ne connaissait encore rien du carnage quand un compagnon menuisier arriva de la Bastille en criant : « Gardez-vous, on tue tous les protestants et même les autres! »

Il ne faisait aucun doute que le massacre allait s'étendre aux faubourgs et en particulier à Saint-Antoine. Réveillé, Denis ne fit qu'un bond jusqu'au portail de l'abbaye et tira la chaîne de la cloche comme un forcené. Si l'abbesse ne recueillait pas les ouvriers protestants, ceux-ci étaient condamnés. Enfin la porte s'entrebâilla et une sœur apeurée demanda ce qui se passait.

– Prévenez l'abbesse Marguerite tout de suite. Il y va de la vie d'une centaine d'innocents!

Pendant ce temps, on s'agitait, on hurlait, on réveillait ceux qui dormaient. Des ouvriers protestants et leurs familles se pressaient déjà devant l'abbaye et cognaient contre le lourd battant de chêne. Louise avait été tout de suite chercher les Habermann, Perrine, son mari et les enfants étaient prêts à se mettre à l'abri. Ils attendaient avec les autres devant la porte close quand les premières rumeurs d'une bande de forcenés remontant le Faubourg parvinrent à l'abbaye. Enfin, la clé tourna dans la serrure, l'abbesse apparut digne et calme dans sa robe blanche : « Entrez, entrez vite, nous allons refermer! » La grande majorité des huguenots était à l'abri quand les torches des furieux apparurent; les autres, arrivés trop tard ou qui n'avaient point cru au danger, furent sauvagement exécutés chez eux ou dans la rue.

Anne, ce soir-là, était restée coucher au Faubourg. Cela lui arrivait de temps en temps depuis que son « venin de l'âme », comme elle disait, lui taraudait la tête et le cœur. Près de Denis et de Louise qui, depuis la mort de Jean-Baptiste, vivait avec son pauvre sourire dans un rêve éthéré, elle se sentait mieux, oubliait son mal, retrouvait même son rire franc d'autrefois. Sa présence cette nuit-là fut une bénédiction. Libérée comme par miracle de l'angoisse qui la tenaillait, elle avait été arracher de leur couche une dizaine d'enfants luthériens et les avait sauvés d'une mort affreuse. Son absence de la maison de Bercy devait avoir une autre conséquence, dramatique celle-là. Le lendemain, alors que l'on continuait à assassiner dans les quartiers et que le Faubourg comptait ses morts, un paysan de la ferme de l'abbaye vint prévenir les Thirion qu'on venait de retrouver dans un fossé du chemin de la Planchette le cadavre d'un homme qui semblait être le mari de Mme Anne. Celle-ci poussa un cri :

– Pourquoi l'ont-ils tué?

– Ne t'affole pas, dit Denis. André n'avait aucune raison de se trouver dehors cette nuit. Il s'agit sûrement d'une erreur. Je vais tout de suite aller voir.

– Je t'accompagne, coupa Anne qui tremblait. Je ne vivrai pas en t'attendant. Je sais que ce n'est pas le moment de quitter les maisons mais je veux savoir. Et Paul? Et s'il t'arrivait malheur à toi aussi?

Le corps était bien celui d'André Lécier. Le mari d'Anne avait été égorgé et laissé sur le bas du chemin. Comme de nombreux catholiques pris pour des huguenots en fuite, il était mort sans comprendre, victime de la folie meurtrière qui s'était emparée de milliers de Parisiens, parmi lesquels se comptaient tous les larrons qui pullulaient dans la capitale et pouvaient, au nom du roi et de la sainte religion, piller, voler, massacrer et violer en toute impunité.

– Et Paul! s'exclama Anne. S'ils l'ont tué aussi, je ne survivrai pas. Vite, allons voir à Bercy!

Ils trouvèrent la maison calme. Jacqueline, la mère d'Anne, devenue impotente, apprenait à compter à Paul. L'enfant leur sauta au cou et demanda :

– Vous avez vu le père? Sachant ce qui se passait, il a eu peur pour toi ma mère, peur de te savoir dans un lieu plein de protestants. Il m'a dit qu'il allait te chercher pour te ramener à l'abri avec les Thirion.

Anne et Denis se regardèrent, accablés soudain de tristesse. Finalement, André était mort d'amour! Eux vivaient, mais un pan de leur vie tombait avec André qui avait joué jusqu'au bout, avec panache, le rôle pénible que la vie lui avait dévolu.

– Peut-être était-il très malheureux? dit Denis.

– J'ai toujours agi pour qu'il ne le soit pas. J'espère lui avoir fait, malgré tout, une vie agréable et qu'il a ressenti l'affection que je lui portais. Il aimait le petit Paul comme s'il avait été son fils.

– Je sais. Au début je l'ai presque haï. Il me volait ton amour. Et puis, le temps a passé, j'ai compris beaucoup de choses, j'ai apprécié sa dignité, son intelligence, sa délicatesse. Aujourd'hui, c'est un ami que je pleure. Te rends-tu compte, il venait nous sauver! Viens, nous allons voir l'abbesse et nous occuper de son enterrement. Il faut aussi prévenir son vieux père. Et envisager ce qu'on va faire avec nos protestants, les morts et les vivants.

– Et puis, il y a Paul. Il n'est pas question de le laisser avec ma mère et la servante dans cette maison. Que dirais-tu si l'on ramenait tout le monde au Faubourg lorsque le calme sera revenu? Je ne veux pas vivre à Bercy avec toi mais je crois que le moment est venu de nous rapprocher!

– Tu me demandes si je veux le bonheur? Je t'aime, je t'aime mon Anne chérie! Mais que va-t-on dire à Paul? Allons-nous lui dévoiler la vérité, lui expliquer que je suis son vrai père?

– Nous le ferons mais pas tout de suite. Cet enfant est bouleversé par le drame qui vient d'arriver, nous n'allons pas ajouter à son désarroi. Il aimait beaucoup André mais cela ne l'a jamais empêché d'avoir pour toi une sorte de vénération. C'est vers toi qu'il va maintenant se tourner. Il va te demander de la présence, de la tendresse, des conseils. Je pense que tu n'auras pas de mal à lui donner tout cela!

Paris et les faubourgs se réveillèrent moins traumatisés qu'on pouvait le craindre du cauchemar de la Saint-Barthélemy. La mort était depuis longtemps la voisine des Parisiens. Voisine indésirable, certes, mais que les bûchers, les tortures publiques, les exécutions rendaient presque familière. Cinq mille victimes, c'était beaucoup. Seuls pourtant, les milieux protestants avaient été touchés. Les autres n'eurent pas trop de peine à oublier un carnage que nombre d'entre eux trouvaient d'ailleurs raisonnable dans la mesure où il avait permis de se débarrasser d'hérétiques encombrants et dominateurs. Laissant à la reine mère et à Charles IX le soin de régler leurs derniers comptes avec les princes comploteurs, les Parisiens avaient repris une vie que les étrangers de passage trouvaient fort agréable. En vain, le roi signait des ordonnances condamnant le luxe des toilettes et les dépenses exagérées que ces excès entraînaient. Les habits étaient de plus en plus riches. On suivait la mode plutôt que les décrets. Le manteau court devint une cape pour les hommes et une berne en forme de casaque pour les femmes. Les robes à queue firent leur apparition mais la grande nouveauté demeura le corps piqué, autrement dit le corset qui, s'il ne faisait pas mourir les femmes comme l'écrivait Montaigne, les condamnait à de réelles souffrances.

Avant de se soucier d'élégance, Anne devait se conformer aux règles du veuvage, c'est-à-dire qu'elle était contrainte de se cacher les cheveux et de sortir voilée pendant deux ans. Cela l'agaçait et elle fit part de son exaspération à Marguerite de Vaudetar un jour où elle s'était rendue à l'abbaye afin d'obtenir quelque aumône pour des familles dans la détresse. Beaucoup de protestants provinciaux et étrangers avaient quitté le Faubourg où ils ne trouvaient plus de travail ni de sécurité, mais il demeurait quelques malheureux qu'il fallait bien aider.

– Est-ce le veuvage qui vous pèse, Anne, ou bien le fait de cacher vos beaux cheveux bruns? Vous ne croyez pas qu'il serait mieux de vous marier? Je ne pense pas que mon artiste, le fier Denis, trouve quelque chose à redire à cette idée!

– Mais, mère, vous savez bien qu'il est mon cousin et que ce mariage est impossible. Sinon, je l'aurais épousé il y a vingt ans!

– Il y a vingt ans cela aurait peut-être été difficile mais aujourd'hui il ne me paraît pas impossible d'obtenir une dispense de l'archevêque ou plutôt du légat. Les papes ont toujours favorisé notre abbaye et l'on vient de me faire tenir une bulle qui est une confirmation générale de nos privilèges. Alors laissez-moi faire. Je me sens très fatiguée et vais bientôt comparaître devant Dieu. Ne vous récriez pas, je sais que je ne vais pas tarder à mourir. Avant, j'aimerais bien rendre un dernier service à mes amis du Faubourg. Je quitterai mon abbaye plus tranquille quand je vous aurai mariés tous les deux.

Anne crut rêver en entendant l'abbesse considérer comme chose entendue la délivrance d'un fardeau qui avait pesé sur toute sa vie.

– Vraiment, nous pouvons espérer...

– Oui, si Dieu le permet. Me le permet...

Denis crut que Anne était devenue folle quand elle lui raconta son entrevue avec l'abbesse. Elle-même se refusait à admettre l'impossible. Comment Marguerite qui venait d'avoir de sérieux démêlés avec la cour et l'archevêché à la suite de son attitude généreuse envers les luthériens pouvait envisager l'obtention d'une dispense?

Anne et Denis avaient tort de douter. L'abbesse eut assez rapidement gain de cause. Elle leur demanda un matin de juillet de passer la voir dans son parloir où elle demeurait maintenant allongée presque tout le jour. Elle était amaigrie, pâle mais souriante.

– Asseyez-vous, mes enfants. Nous n'aurons sans doute plus souvent l'occasion de bavarder ensemble. Je veux vous dire que j'ai été heureuse de partager pendant trente années les espoirs, les joies des compagnons du bois que Dieu m'a donnés en charge. J'ai fait de mon mieux, avec Jean-Baptiste et Louise puis avec vous, Denis. Mais vous n'avez rien d'un chef. Vous ne serez jamais le « pape du Faubourg » comme on appelait votre père et d'autres avant lui. Vous êtes un artiste, et c'est ainsi qu'il faut vous affirmer. Pour le moment, les créateurs sont mis en veilleuse. Les luttes religieuses ont tari les sources de la Renaissance mais le courant reprendra. Vous ferez encore de beaux meubles et de belles boiseries, Denis! En attendant rien ne vous empêche maintenant de donner un petit frère ou une petite sœur à Paul. Tenez, j'ai tenu ma promesse : voilà votre dispense avec le sceau du légat. Vous pouvez vous marier quand vous le voudrez.

– Merci, merci, mère. Vous nous sauvez!

– Que Dieu vous garde près de nous encore longtemps.

Anne et Denis bégayaient et pleuraient à la fois de bonheur.

– Maintenant, laissez-moi, dit l'abbesse, j'ai besoin de me reposer. Un autre jour amenez-moi le petit Paul. Il y a bien longtemps que je ne l'ai vu. Et dites à Louise que j'ai un tas de choses à lui dire.

Denis refermait la porte quand l'abbesse le rappela :

– Si c'est une fille, appelez-la Marguerite, en souvenir de moi.

– Et si c'est un garçon, mère?

– Pourquoi pas Antoine?

Le dimanche 31 août de 1572, les cloches de Saint-Antoine-des-Champs ne sonnèrent pas l'angélus de midi. L'abbesse Marguerite de Vaudetar, après trente années de gouvernement, venait de quitter le monde. Les gens du bois se mirent en deuil et se cotisèrent afin de faire dire des messes à Saint-Paul pour le repos de l'âme d'une des plus grandes dames que le Faubourg ait connues. Elle fut inhumée le lendemain dans le chœur de l'abbatiale où l'archevêque de Paris dit la messe des morts en présence du légat. Anne et Denis ne purent naturellement assister à la cérémonie mais ils allèrent prier, pendant son déroulement, dans la chapelle Saint-Pierre attenante à l'abbaye, là où, trois jours auparavant, le prieur des bénédictins de la rue de Charonne, un ami de Marguerite, les avait mariés.

Un peu plus tard, la sœur trésorière qui assurait le remplacement de Marguerite en attendant qu'une nouvelle abbesse fût nommée, pria Denis de passer la voir :

– Voulez-vous vous charger de graver dans le marbre blanc de son tombeau l'épitaphe de notre abbesse? Au ciel, elle sera heureuse de savoir que c'est vous que nous avons choisi.

– Je ne suis pas sculpteur de pierre, ma sœur, mais je le ferai. En mémoire de votre abbesse à qui je dois tant.

Durant trois jours on entendit résonner sous les voûtes de l'abbatiale le maillet de Denis frappant la tête du ciseau. A genoux sur la dalle, il maniait l'outil comme Jean Goujon le lui avait appris, suivant avec méticulosité le tracé des lettres qui devaient rappeler aux religieuses de demain que Marguerite avait été une abbesse exemplaire :

*Ci-gît Marguerite IV de Vaudetar, de la famille des seigneurs de Persan...*

Denis grava encore, *Abbesse de l'abbaye de Saint-Antoine-des-Champs...* Là il s'arrêta. « Il manque quelque chose », dit-il tout haut. Il posa ses outils et alla trouver la sœur trésorière :

– Je vous demande, ma sœur, la permission d'ajouter aux titres et qualités de l'abbesse Marguerite ces quatre mots : *et Dame du Faubourg.*

La religieuse hésita un moment et dit :

– Ce texte a été écrit par le prieur principal de l'ordre de Cîteaux. Je ne peux vous donner l'autorisation de le modifier mais je ne peux pas non plus vous empêcher de le faire. Alors, gravez votre *Dame du Faubourg.* L'abbesse aimait beaucoup ce titre que ses ouvriers lui donnaient. Elle serait sensible au fait que vous le rappeliez. Et puis, qui d'autre que nous s'en apercevra?

La dalle de marbre blanc gravée par Denis devenait l'adieu des compagnons à leur abbesse. De l'épitaphe banale du prieur il avait fait un acte de ferveur. Il en était heureux. Lorsque le dernier éclat de pierre vola dans la lumière douce des vitraux, il lui sembla avoir payé un peu de sa dette envers Marguerite de Vaudetar.

– Depuis le coffre du cardinal, c'est la tâche qui m'a le plus comblé, dit-il à Anne. Nous lui devons tant!

Malgré la difficulté des temps, Denis ne manquait pas de travail. Sa réputation était grande et ses amis du Louvre lui envoyaient de riches clients, amateurs de beaux meubles. La salle à manger avait maintenant droit de cité dans les demeures les plus riches. Buffets et armoires à deux corps ne suffisaient plus, il fallait des tables. Là encore, l'exemple italien était suivi aussi bien pour la forme que pour la décoration savante où Denis excellait. Il utilisait en général le noyer qui, bien ciré, faisait ressembler la table à un grand miroir posé au milieu de la pièce. Parfois il essayait un bois plus original et le célèbre astrologue Cosme Ruggieri [1] s'était montré particulièrement satisfait d'une table en cyprès qu'avait fabriquée Denis. « A cause de l'odeur agréable de ce bois », disait-il. Venant d'un Florentin, le compliment était appréciable.

Si Denis était un maître menuisier aisé, sa femme Anne était fortunée. Le commerce du bois dont elle ne s'occupait pratiquement plus continuait, géré par un cousin, de rapporter de bons bénéfices – et elle avait hérité d'André Lécier une somme d'argent importante. Anne savait l'attachement quasi superstitieux qu'avait son mari pour la maison du Faubourg qui avait été autrefois celle de Paul Thirion. Devenue propriété de la famille grâce à la générosité de Jeanne Thibout, elle avait été agrandie, transformée mais demeurait pour Denis le symbole de la continuité. Anne hésita donc à confier à Denis un projet qui depuis longtemps lui trottait dans la tête. Un jour elle s'y décida :

– Nous possédons à Bercy une grande maison qui ne sert à rien. Pourquoi ne pas la vendre et acheter non loin d'ici une demeure plus vaste et plus agréable? Il n'est pas question de quitter le Faubourg que j'aime autant que toi mais de s'y installer plus confortablement. Ton atelier...

– Mon atelier ne bougera pas d'ici! Mon père, mon grand-père et mon arrière-grand-père y ont travaillé, y ont peiné, y ont eu aussi des joies qu'il me semble ressentir moi-même lorsque je suis content de ce que j'ai fait. Les murs sont tout imprégnés de leur sueur, du parfum des copeaux jaillis de leurs outils et de l'odeur de la colle qui bout depuis plus d'un siècle entre ces quatre pauvres murs. Tu me vois quitter tout cela?

– Non, mon chéri. Je suis une idiote. Ce que tu ressens, je le ressens comme toi et je n'oublie pas que c'est en te voyant travailler sur cet établi, assise sur ce tabouret que je suis tombée amoureuse de toi. Tu as raison : il ne faut pas jouer avec les souvenirs.

– Je parlais de l'atelier. On pourra sûrement, un jour, vivre ailleurs près de l'abbaye. Seulement il y a la mère! Louise est encore valide mais elle a plus de soixante-dix ans! Lui faire quitter sa maison serait la condamner. On ne dépote pas les vieilles plantes qui donnent leurs dernières fleurs. Je crois qu'il faudra reparler de cela plus tard.

1. Protégé par la reine mère et de hauts personnages de la cour, Cosme Ruggieri ne jouissait pas d'une bonne réputation. S'il savait lire dans les astres, il passait aussi pour un habile empoisonneur. Condamné aux galères, il fut sauvé par Catherine de Médicis.

– Le plus tard possible, Denis, le plus tard possible!

Anne et Denis vivaient heureux avec le garçon et les deux grand-mères. Leur mariage discret avait surpris. Beaucoup de gens n'ignoraient rien de leur liaison mais le fait qu'ils aient pu obtenir une dispense montrait combien les vieilles coutumes du Moyen Age tombaient en désuétude.

Le Faubourg qui avait perdu un bon tiers de ses habitants somnolait. C'est avec indifférence qu'il apprit qu'une nouvelle abbesse venait d'être nommée par brevet royal en remplacement de Marguerite de Vaudetar. Il s'agissait d'Anne de Thou, fille d'Auguste de Bonoeil, président à mortier au parlement de Paris et nièce du cardinal de Chartres. Elle nourrissait, disait-on, de grandes ambitions pour son abbaye.

Denis s'était contenté de lui faire tenir, au nom des compagnons libres de l'abbaye, une adresse de félicitations et d'allégeance. Il attendait qu'elle se manifestât, peu pressé de reprendre, en des temps aussi troublés, le rôle d'intermédiaire qu'il avait joué après la mort de son père, entre les ateliers et le couvent. Enfin, quinze jours après son arrivée à Saint-Antoine-des-Champs, la nouvelle abbesse fit mander Denis Thirion et le reçut avec une courtoisie qu'il jugea un peu pompeuse.

– Il est difficile, monsieur Thirion, de prendre en charge une maison aussi importante que la nôtre. Je vous inclus dans ce terme possessif car je sais la part que vous, votre famille et tous les ouvriers libres ont prise à son développement. Je n'ai pas connu Mme de Vaudetar mais je sais ses mérites. Vous avez, on me l'a dit, entretenu avec elle d'excellents rapports. Voulez-vous continuer? Vous connaissez l'abbaye mieux que moi et, pour jouer mon rôle de protectrice des ouvriers libres, ainsi que le brevet royal me l'ordonne, j'aurai besoin de vous. Vous êtes, je suis bien renseigné, un artiste. Vous avez travaillé avec Jean Goujon et sculpté de très belles choses. J'aimerais que vous continuiez à entretenir la foi sacrée de l'art dans nos ateliers et que leur renom fasse honneur à l'abbaye.

– Mère, je vous remercie de toutes ces bonnes paroles mais je dois vous révéler que la situation de notre Faubourg, comme nous disons, n'est guère florissante. Nous comptions nombre de protestants parmi nos meilleurs ouvriers et la plupart d'entre eux sont partis. Certains ont été tués dans la nuit du 24 août. Enfin, beaucoup de compagnons manquent de travail. Après une période glorieuse, notre communauté s'asphyxie. La première chose à faire est de lui trouver de l'ouvrage.

– Je vais m'en occuper. Il y a d'abord des travaux à envisager dans l'abbaye. Je pense que toutes les abbesses ont fait comme moi : quand on arrive on veut bâtir, on veut réparer, on veut meubler. Ce n'est peut-être pas toujours indispensable mais, cette fois, je crois que mon appétence constructive servira à quelque chose. Enfin, je connais, et ma famille connaît, beaucoup de monde à Paris. Il faut que ces gens, prompts à quémander des services, deviennent nos clients. Est-ce cela que vous attendez de moi?

– Tout à fait, mère. Quant à moi, je vous aiderai aussi de mon mieux mais je ne souhaite pas assumer seul la responsabilité des relations entre l'abbaye et les ateliers. Avec votre accord, je chercherai un compagnon pour m'aider et me remplacer si c'est nécessaire.

– Très bien, monsieur Thirion. Je pense que nous allons nous entendre et faire ensemble du bon travail. Vous êtes marié depuis peu m'a-t-on dit?

– Oui. Je viens d'épouser mon arrière-petite-cousine dont le mari, homme généreux et bon catholique, a été assassiné la nuit de la Saint-Barthélemy.

– Quelle horreur! Je sais ce qu'a fait ce jour-là Marguerite de Vaudetar et j'espère que j'aurais eu le courage d'agir comme elle.

Ainsi commença le règne d'Anne de Thou. Comme dans un refrain de ritournelle, les mêmes questions se posaient, les mêmes mots y répondaient. Seuls changeaient les acteurs. En rentrant à la maison Denis dit à Anne :

– La nouvelle abbesse a l'air très bien. Je pense qu'elle va faire travailler les compagnons. Elle savait que nous venions de nous marier. Elle semble d'ailleurs être au courant de tout.

– Elle est belle? Elle est jeune?

– Elle est assez belle. Elle doit avoir de trente à trente-cinq ans.

– Ainsi, elle est plus jeune que moi...

– Oui, ma chérie. Et elle s'appelle Anne! conclut Denis amusé en prenant sa femme dans ses bras et en l'embrassant.

Si le Faubourg sommeillait à l'ombre de Saint-Antoine, le Louvre continuait de bouillonner, laissant échapper des odeurs de complots, des bruits plus ou moins fondés d'empoisonnements, des rumeurs d'enlèvements. La mort du roi mit provisoirement fin à l'effervescence de la cour qui se rendit en grande pompe à l'abbaye Saint-Antoine-des-Champs où l'on avait transporté le corps et l'effigie du défunt. L'abbesse Anne inaugurait son gouvernement par une macabre mise en scène dont elle se serait bien passée. Ce fut tout de même l'occasion pour elle de faire la connaissance de quelques-uns de ses ouvriers venus installer estrades, dais, catafalque et autres accessoires indispensables à des obsèques royales. Et l'on vit, une fois de plus, défiler dans les ornières de la chaussée Saint-Antoine les archers et les arquebusiers de la ville, chaperon de deuil sur les épaules, les onze capucins de Picpus, venus en voisins avec leur croix de bois rouge large d'un pied, les élus vêtus de deuil; les généraux de la monnaie et de la justice, neuf archevêques chapés de noir et mitrés, les uns de satin noir, les autres de velours blanc. Et les ducs, les princes, Condé, Longueville, Charles de Bourbon, Henri le roi de Navarre... Une belle compagnie pour faire la conduite à Charles IX que ne pleurait vraiment qu'une femme dans sa chambre du Louvre : la belle Marie Touchet que le roi avait connue à Orléans en 1566 et qui l'avait aimé sans jamais se préoccuper de faire sa fortune ou de jouer un quelconque rôle politique.

L'œil sec, Catherine de Médicis calculait déjà comment elle allait gouverner au côté de son second fils, le duc d'Anjou, qui venait d'être déclaré roi de Pologne mais qui préférait de beaucoup le royaume de France au trône de Sigismond II. Déjà Henri III était sur les routes, passait la Vistule glacée et venait au rendez-vous que l'Histoire de France lui avait fixé à l'abbaye Saint-Antoine. Dans le jardin de l'abbesse où naguère François Ier avait reçu Charles Quint, les compagnons huchiers et menuisiers du Faubourg bâtissaient une nouvelle salle de réception en bois de douze toises de long et quatre de large éclairée de vitres blanches et décorée de draperies d'or. C'est là, sous le regard lointain de l'abbesse et l'œil amusé de Paul dissimulé sous l'estrade, que les états de la Ville, à cheval sur leurs montures caparaçonnées de rouge, vinrent le 27 février 1575 chercher le nouveau roi pour le conduire à Notre-Dame puis au Louvre où l'attendait sa mère que les pamphlétaires, dans leurs feuilles vendues sous le manteau, appelaient « la grande bordelière de la cour ». Elle avait eu le temps, durant l'interrègne, de faire juger Montmorency, Cossé et Montgomery enfermés depuis la Saint-Barthélemy. Elle n'osa pas exiger la mort des deux premiers mais Montgomery fut supplicié en place de Grève comme rebelle et complice de la conspiration de l'amiral de Coligny.

Le feu de la guerre ainsi ranimé, Henri III découvrait une cour pleine de religionnaires et de mécontents, dont Henri de Navarre et le duc d'Alençon toujours retenus prisonniers au Louvre. Les massacres n'avaient pas plus ruiné les espérances des huguenots que l'entrée du roi à Paris n'avait apaisé les factions.

L'abbesse Anne de Thou avait tenu parole. Des travaux importants de menuiserie et de sculpture avaient été entrepris dans l'abbaye, donnant du travail aux ateliers encore ouverts. De plus, les commandes des particuliers, freinées par la guerre civile, reprenaient petit à petit et réveillaient le Faubourg de sa léthargie.

Contrairement au vœu de l'abbesse Marguerite, Anne et Denis n'avaient pas eu d'autre enfant que Paul. Très tôt le sculpteur avait essayé d'initier son fils au travail au bois mais l'adolescent, pas plus que l'enfant n'avait de goût pour le métier dans lequel son père et ses aïeux s'étaient illustrés. Denis en était désolé :

– Le bois ne le fait pas bander! disait-il à Anne. Qu'allons-nous en faire?

– Il n'y a tout de même pas qu'un métier au monde. Ce qu'il aime, c'est lire, c'est apprendre, c'est parler avec sa grand-mère Louise, qui malgré son âge, n'a rien oublié des leçons de Jean Du Pré.

– Tu as raison, on ne peut obliger personne à faire ce qu'il déteste.

– Paul ne déteste pas ton métier. Il admire ce que tu fais mais il sait qu'il ne possède ni l'adresse ni le goût nécessaires pour t'égaler. Il s'ennuierait devant un établi et ferait donc un mauvais artisan.

– Tout ce que tu dis est vrai. Cela ne m'empêche pas d'éprouver un pincement de cœur lorsque je pense qu'après moi il n'existera plus un Thirion, plus un Cottion dans les ateliers du Faubourg. Je suis le dernier de la race, il faut se faire une raison! L'autre jour je regardais ma canne de compagnon du tour de France, toujours pendue dans la chambre, et je me disais que j'aurais bien aimé qu'elle fasse encore quelques voyages sur l'épaule d'un Thirion.

– Il reste les fils de Perrine. Les Habermann font partie de la famille!

Ce genre de conversation, il y en avait eu dix, vingt entre Denis et Anne. Jusqu'au jour où Paul affirma sa volonté d'apprendre à fond le latin dont il ne possédait que quelques lueurs et de devenir médecin. C'est ainsi qu'à vingt-deux ans, le jeune homme avait suivi tous les cours de l'École de Médecine de la rue de la Bûcherie et s'apprêtait à recevoir le titre de docteur.

Il avait passé brillamment tous les examens. D'abord le brevet d'aptitude, ou baccalauréat, qui lui avait permis de faire de nouvelles et longues études avant de devenir licencié, grade que l'évêque, chef suprême de l'école, lui avait décerné. Ce titre lui avait donné le droit d'exercer en accompagnant et en aidant un docteur dans ses visites et ses consultations. Aujourd'hui, il allait monter en chaire et donner une leçon publique avant de recevoir le diplôme de doctorat.

Anne et Denis avaient pris place sur un banc latéral de l'amphithéâtre. Elle était belle et élégante. Son corps piqué la gênait un peu mais mettait ses formes en valeur sous un pourpoint brodé d'or auquel s'attachaient des chausses. Les femmes à la mode venaient en effet de s'approprier cet attribut viril. Anne portait sur ses cheveux, toujours aussi bruns, un escofion, coiffe de réseau en ruban de soie ornée d'une broche de pierreries. Denis, lui, avait endossé son pourpoint de velours noir. Ses bas longs étaient noués aux chausses à l'italienne par des aiguillettes. Il se disait en regardant sa femme qu'ils formaient encore, à plus de quarante ans, un couple parfait.

Entouré de tous les régents, Paul prêta serment. Il n'était pas mal, lui non plus, dans sa robe de laine noire, fermée devant comme une soutane, froncée dans le haut et flottante autour de la taille. Anne serra très fort la main de Denis avant d'essuyer une larme.

– Tu vois, lui glissa-t-elle, il n'est pas sculpteur mais il a réussi ce qu'il voulait.

Il restait au nouveau médecin une épreuve à affronter avant de devenir officiellement docteur de la faculté : monter en chaire et faire un cours devant les régents et le recteur installé avec ses massiers dans une stalle, au milieu de la salle. Comme Rabelais cinquante ans avant, à Montpellier, le sort l'avait fait tomber sur « les aphorismes d'Hippocrate », un sujet qu'affectionnaient les professeurs puisqu'il constituait le fondement de tout leur enseignement. Denis s'en tira le mieux du monde. C'est du moins ce que pensèrent le père et la mère qui n'avaient pas compris grand-chose à un jargon qui allait devenir le parler courant de leur fils.

Il en coûtait très cher d'obtenir le doctorat en médecine. L'héritage d'André Lécier n'avait pas suffi à payer les études de Denis et les Thirion avaient dû vendre la maison de Bercy :

– Cela n'a pas d'importance, avait dit Anne. Nous ne changerons pas de maison, voilà tout. D'ailleurs, je vais te dire, Denis : je me sens chez moi au Faubourg. Maintenant que les grand-mères ne sont plus là, nous avons bien assez de place pour vieillir ensemble entre tes murs qui embaument le passé!

Comme jadis Gabrielle et Charlotte, Louise et Jacqueline, la mère d'Anne, étaient mortes presque en même temps. Elles étaient très vieilles. Avec elles s'était éteinte la dernière génération des pionniers du Faubourg.

Paul avait changé de vie. Son diplôme lui avait ouvert un chemin qui ne passait plus par l'abbaye. Il allait épouser la fille cadette d'Albert Le Febvre l'un des docteurs régents les plus célèbres de Paris et s'installer dans une nouvelle maison construite rue Saint-Antoine, près de l'hôtel d'Anville où les jésuites venaient d'établir leur maison professe.

A la fois fiers de la réussite de leur fils et tristes de le voir s'engager dans un monde qui n'était pas le leur, Denis et Anne essayaient de se reconstruire une vie à deux où la passion laissait chaque jour un peu plus la place à la tendresse. Ce n'était pas si facile. Le départ du fils avait replongé Anne dans cet état de tristesse profonde qui l'avait tant affectée jadis et qui usait les nerfs de Denis. Paul, heureusement, lui avait ordonné un traitement botanique qui la soulageait : des graines de coquelicot pilées dans du miel et des infusions d'aspérule. Denis lui aussi traversait une passe difficile : sculpter et resculpter les motifs de Du Cerceau sur les mêmes buffets à deux corps ne l'amusait plus. L'artiste, en lui, était frustré. L'envie de créer, d'affronter une matière nouvelle, de sortir de sa tête et de ses doigts une beauté qui n'appartiendrait qu'à lui le tenaillait. Il en parlait à Anne qui l'écoutait patiemment et l'encourageait :

– Sculpte la pierre! Cela t'a toujours tenté.

– Je peux faire dans la pierre ce que je fais dans le bois : des entrelacs, des guirlandes, des motifs décoratifs mais cela ne me satisfait pas. D'ailleurs, je n'ai nulle envie de te laisser pour aller courir les châteaux au long de la Loire. Non, ce que je voudrais faire, ce sont des statues mais, là, je ne me sens pas capable de créer dans la pierre ou le marbre. Plus tard peut-être...

– Alors sculpte une statue de bois. Fais comme Nicolas dont le saint Antoine trône dans l'abbatiale. Je suis sûre que tu peux faire aussi bien!

– Tu as sans doute raison. J'en parlerai à l'abbesse.

– Tiens, j'ai une meilleure idée : si nous faisions ce fameux voyage en Italie dont tu rêvais? Nous sommes encore jeunes, nous avons un peu d'argent et personne ne nous retient au Faubourg. Tu as toujours aimé l'aventure, moi j'en ai rêvé. Alors, partons pour un an, deux ans, peut-être trois. Faisons à deux un tour de compagnons qui nous mènera à Rome et à Florence. Nous n'emporterons qu'un petit bagage, des vêtements et tes outils. Tu travailleras au hasard des étapes, tu rencontreras les grands artistes italiens et quand nous reviendrons, le roi et la cour se disputeront ton talent!

Denis avait écouté Anne parler avec sa véhémence des bons jours. Si elle rêvait tout haut de choses gaies, si elle faisait des projets, c'est que cela allait mieux. Et voilà que ses pensées, à lui aussi, battaient des ailes. Il s'imaginait avec Anne trouvant abri dans une grange ou prenant pension chez un bon maître de la province qui, c'était sûr, lui en apprendrait encore sur ce sacré métier! Et s'ils transformaient le rêve un peu fou en réalité?

– Eh bien, tu restes muet? Tu trouves que je dis des sottises?

– Je pense que tu dis des choses merveilleuses. Parce que tu es merveilleuse. C'est pour ça que je t'aime. Tu viens, avec ton idée, de nous rajeunir de vingt ans!

– Tu crois vraiment que ce voyage est une chose possible? Moi qui n'ai jamais quitté paris, je ne me rends pas compte.

– Écoute. Nous n'allons pas partir demain. Un voyage comme celui-là, ça se prépare. Nous allons en parler, je vais voir des amis qui connaissent l'Italie, Jean Goujon est mort, malheureusement, mais il y en a d'autres. Et puis, surtout, je vais te raconter ce qu'est un tel voyage, tous les incidents qui peuvent survenir, les joies et les dangers de la route, l'inconfort des étapes. Après, tu me diras si tu te sens le courage de partir et si je peux décrocher ma canne du tour de France. Car je l'emporte, bien sûr.

– Tu vois, tu parles au présent comme si, déjà, nous avions décidé.

– Peut-être éviterions-nous ainsi une nouvelle Saint-Barthélemy. Car cela va mal du côté du Louvre. Sais-tu que le roi de Navarre vient de s'enfuir, après le duc d'Alençon qui a déjà faussé compagnie à ses gardiens? Le roi est paraît-il furieux.

– Henri III et ses mignons n'ont qu'à se taire!

– Tiens, toi aussi tu appelles « mignons » les favoris du roi?

– Tout le monde les nomme ainsi. Tu n'as qu'à écouter les gens parler dans la rue ou au marché. Ces personnages sont paraît-il odieux, méprisent les autres et s'accoutrent de vêtements efféminés. On m'a raconté ce matin qu'ils portaient des cheveux frisés et refrisés, remontant par-dessus leurs petits bonnets de velours, comme chez les femmes. Leurs fraises de chemise sont empesées et longues d'un demi-pied.

– Comment veux-tu qu'un roi gouverne, entouré d'une pareille basse-cour!

– Et ils reçoivent paraît-il des dons considérables qui sont autant d'insultes aux pauvres gens et à tous ceux qu'on accable d'impôts.

– Cela ne durera pas toujours.

Ces éphèbes au goût incertain que les belles dames de la cour chipaient parfois aux messieurs, ces gandins poudrés, oints et parfumés, ne manquaient pourtant pas de courage. Bretteurs redoutables, ils tiraient l'épée dès que l'honneur du roi était mis en cause. Trois d'entre eux, les plus braves et les plus beaux, moururent ainsi en duel. Jacques de Quélus expira dans les bras du roi après avoir langui trente-neuf jours. Henri III, en larmes, lui ôta les pendants d'oreilles qu'il lui avait offerts, le baisa au visage, lui fit tondre la tête et enferma pieusement ses cheveux avec ceux de Maugiron tué raide à dix-huit ans au cours du même assaut. On eut connaissance au Faubourg de ces nouvelles lamentables par le Dr Thirion venu voir ses parents. Le duel s'était déroulé sous ses fenêtres, derrière le parc des Tournelles, à deux pas de la Bastille. Il s'était le premier porté au secours des blessés.

*Chapitre 7.*

## Le rêve italien

L'idée du voyage en Italie, lancée par Anne un de ces jours où l'excitation de l'esprit succède à un abattement profond, avait fait son chemin. Le couple ne parlait que de cela; Anne dressait des listes pour le bagage, Denis courait Paris à la recherche d'artistes ayant vécu outre-monts. Jacques Androuet du Cerceau qui était maintenant un vieux monsieur, se contentait de suivre de sa fenêtre les travaux de construction du Pont-Neuf dont il avait dressé le plan. Il reçut Denis avec beaucoup de courtoisie :

– Je me rappelle vous avoir vu au Louvre. Mon amie Marguerite de Vaudetar m'avait chaudement recommandé le jeune homme que vous étiez alors. Avez-vous fait depuis votre chemin? En quoi puis-je vous être utile?

– Grâce au maître, Philibert Delorme, j'ai connu Jean Goujon et j'ai même pu travailler avec lui. J'ai sculpté dans les ateliers du roi, j'ai suivi, en m'inspirant de vos ouvrages, l'évolution de l'art et des techniques du bois. Aujourd'hui, mon fils est établi docteur à Paris et j'envisage de faire avec ma femme le voyage d'Italie auquel je rêve depuis toujours. J'ai été autrefois compagnon du tour de France et cette deuxième longue marche que je souhaite entreprendre est pour moi un défi aux années. M. Goujon m'avait dit qu'un sculpteur qui n'avait pas connu l'Italie n'était pas un véritable artiste. Il est temps pour moi de combler cette lacune. Serait-ce abuser de votre bonté que de vous demander quelques lettres de recommandation et des conseils?

– J'aime votre enthousiasme. Il faut savoir vieillir en jeunesse. Vous avez encore le temps de réaliser de belles œuvres. La connaissance des chefs-d'œuvre italiens ainsi que les contacts avec les artistes de là-bas vous ouvriront des horizons nouveaux. Il est dommage que mon ami, le grand Giorgio Vasari soit mort l'an dernier. Outre sa peinture, qui est excellente, et ses travaux d'architecture, ce diable d'homme, qui a vécu trois vies en une, a écrit un livre magnifique à la demande du cardinal Farnèse. C'est l'histoire de tous les grands artistes depuis Cimabue. Vous trouverez à Rome ou à Florence ce gros *Plutarque des arts*. Achetez-le et parcourez en sa compagnie les chemins de la beauté. Cela dit, vous aurez vos recommandations. Je vous souhaite bonne chance. Quand vous reviendrez, passez voir si je suis toujours en vie. Votre voyage m'intéresse comme si c'était moi qui allais partir!

Le Dr Paul Thirion essaya de dissuader ses parents :

– Il est insensé, à votre âge, d'entreprendre un pareil voyage! Au moment où vous pouvez enfin vivre en paix, vous allez vous lancer dans une aventure que pas un jeune homme sur dix n'accepterait de tenter. Père, tu n'as plus la force de tes dix-huit ans! Quand tu es parti pour faire ton tour de France...

– J'étais plus jeune, c'est vrai, mais je n'étais pas tellement plus fort qu'aujourd'hui. Et aujourd'hui j'ai de l'argent et, surtout, de l'expérience!

– Et mère? Crois-tu qu'il est raisonnable de l'emmener sur les routes?

– Si nous n'avions fait, Anne et moi, que des choses raisonnables, tu ne serais pas là à nous donner des conseils de médecin!

– Ce ne sont pas des conseils de médecin mais les sages propos d'un fils qui aime ses parents et qui n'a pas envie d'apprendre un jour qu'ils ont été étripés par des brigands sur une route de campagne!

– Ne te fais donc pas de soucis! Tes craintes t'honorent, elles montrent que tu es un bon fils mais elles sont exagérées. Il y a tout de même beaucoup de gens qui voyagent et qui arrivent à bon port. Quant à ta mère, c'est elle qui a eu l'idée de ce voyage. En tout cas, sois tranquille, nous ne nous déplacerons que le jour et, si possible, de conserve avec d'autres voyageurs.

On discuta longtemps le soir, devant l'âtre, avec Perrine et Jeannot Habermann, pour considérer la meilleure façon de courir les routes : à cheval, à dos de mule ou dans l'un de ces petits coches qu'on voyait maintenant circuler dans Paris et que Denis pourrait aménager? Un tel équipage coûtait cher mais d'autre part, Anne et Denis étaient de piètres cavaliers qui n'avaient pas envie de tomber, au hasard des étapes et des changements de monture sur une haridelle hargneuse ou un mulet sournois. Finalement on opta pour une solution pratique au départ mais qui laissait place à l'imprévu pour la suite du voyage. Il existait depuis peu des voitures publiques qui assuraient le transport des marchandises et des voyageurs de Paris à Amiens, Rouen, Orléans et Dijon. De Dijon à Lyon, le même service était paraît-il assuré. Après on verrait!

C'est ainsi qu'un matin de printemps de 1575, les Thirion partirent pour l'aventure. Anne avait oublié sa mélancolie et retrouvé l'allant de sa jeunesse, Denis revivait les émotions de son premier départ et l'abbesse Anne de Thou qui avait fait ouvrir pour la circonstance le grand portail, agitait son mouchoir de dentelle. Le coche partait de la porte Saint-Antoine, pour ainsi dire à deux pas de l'abbaye. Paul, naturellement, était venu dire au revoir à ses parents et de nombreux voisins s'étaient joints à lui et aux Habermann pour faire la conduite aux Thirion et porter leurs sacs de grosse toile jusqu'à la voiture. Celle-ci, tirée par quatre percherons, s'ébranla une demi-heure plus tard pour s'engager sur la chaussée Saint-Antoine. Anne et Denis guettaient le moment où le coche passerait devant l'abbaye et, tout de suite après, sur la gauche, devant leur maison. Ils sourirent vaillamment à tous les compagnons et amis sortis sur le pas de leur porte et qui leur faisaient de grands signes.

– Tu as le cœur serré, dit Denis. Moi aussi. Mais nous avons raison de partir. Si nous étions restés, notre vie serait devenue triste, monotone, nous nous serions étiolés. Déjà mon travail ne m'intéressait plus. Certains jours, il me semblait n'exister que pour user mes forces. Et toi, tu sombrais dans la mélancolie! Aujourd'hui, au contraire, nous entamons une nouvelle existence, une existence qui, enfin, n'appartient qu'à nous.

A ce moment une énorme secousse projeta Anne contre Denis. Une roue du coche venait de franchir une fondrière. Il garda un instant sa femme dans ses bras et lui baisa les lèvres.

– D'ici à Rome, dit-il, j'ai l'impression qu'on va souvent se retrouver dans les bras l'un de l'autre!

– Si tu oses me dire que cela te chagrine, je fais arrêter le coche et je descends tout de suite!

Tandis que les Thirion vivaient leur seconde jeunesse en Bourgogne, dans un château voisin de Vézelay où Denis avait été engagé pour sculpter les boiseries d'un salon en attendant de repartir vers le sud, Paris rêvait de paix mais trouvait scandaleuse, parce que trop favorable aux calvinistes, celle que Catherine de Médicis avait conclue avec son fils le duc d'Alençon, Condé et le roi de Navarre. Comme s'ils n'avaient pas assez pâti de la guerre civile, les Parisiens, dans leur grande majorité, rejoignaient deux excités, Pierre Labruyère et son fils Mathieu, parfumeurs à la Bastille, qui s'étaient fait les apôtres d'une puissante association dirigée par Henri de Lorraine, duc de Guise. Ces fanatiques qui rêvaient d'en découdre avec les protestants, prétendaient renverser le roi légitime afin de le remplacer par le duc de Guise. C'étaient les prémices d'un des imbroglios les plus invraisemblables de l'Histoire : la guerre des trois Henri.

Les gens du Faubourg savaient qu'ils n'avaient rien de bon à attendre du choc qui s'annonçait. Déjà, l'incertitude des temps avait enrayé la reprise amorcée dans les ateliers. Le travail manquait à nouveau, l'abbaye ne suffisant pas à employer tous les ouvriers. D'autre part, la crainte de nouveaux troubles sanglants plongeait le quartier, naguère prospère, dans une angoisse qu'accentuait la pauvreté générale. La mort de Louise, puis le départ de Denis et d'Anne laissaient un vide dans la communauté. L'odeur des cours elle-même avait changé. Les piles de bois n'encombraient plus les entrées, répandant ces puissants effluves de sève et de résine qui distinguaient l'îlot Saint-Antoine de tout le reste de l'archipel parisien. Le parfum fade et pénétrant de la colle chaude ne prenait plus à la gorge les étrangers surpris. Enfin, le concert des scies et des riflards autrefois si joyeux avait perdu tout entrain. C'était triste, surtout pour les jeunes qui avaient tellement entendu leurs aînés magnifier l'âge d'or de la Renaissance, quand les meubles nouveaux sortaient des ateliers comme les grains de la main du semeur, faisant éclore autour de l'abbaye les fleurs de l'abondance et du bien-être.

Las de cette inaction, Christophe, le fils cadet de Perrine et de Jeannot Habermann décida de partir faire son tour de France.

– Puisque le Faubourg nous abandonne, je vais aller ailleurs découvrir d'autres clochers et d'autres ateliers, dit-il un soir à ses parents. Quand je reviendrai, tout sera redevenu normal et je serai prêt à participer au réveil du Faubourg. Et puis, il y a cette canne de compagnon que l'oncle Denis nous a laissée en garde en me disant : « C'est à toi de le faire voyager ce bâton qui porte bonheur à ceux qui y attachent un temps, bagage de leur jeunesse! »

Denis aurait aimé entendre son neveu. Il avait hésité à emporter sa canne-fétiche sur les chemins d'Italie. Finalement il y avait renoncé, pensant que le voyage se ferait plus souvent à cheval ou en voiture qu'à pied. Denis avait alors songé à la donner à Paul qui l'eût pieusement conservée mais il s'était dit qu'une canne de compagnon n'était pas faite pour orner la salle d'un docteur et il l'avait confiée à son beau-frère avec le secret espoir que l'un des fils Habermann, tous deux apprentis du bois, l'empoignerait un matin avant de prendre la route du tour de France.

Le jour où Christophe partit seul sur la chaussée de l'Est, Denis et Anne étaient à Nice, s'émerveillant de la beauté extraordinaire d'un site qui suscitait tant de convoitises que les Niçois eux-mêmes ne savaient plus s'ils étaient savoyards ou espagnols. Gais, hospitaliers, ils s'en moquaient, disant que personne ne leur prendrait jamais le soleil et la mer, les seules richesses auxquelles ils tenaient. Les deux voyageurs s'attardèrent quelques semaines dans ce paradis terrestre où les artistes étaient considérés. Apprenant la présence dans la ville d'un sculpteur parisien, un riche marchand avait confié à Denis l'ornementation de la salle d'honneur du palais qu'il faisait bâtir sur les hauteurs de Cimiez. L'étape niçoise permit ainsi à Anne et à Denis de se reposer à mi-parcours et de regarnir leur bourse. Le voyage, mis à part quelques incidents vite oubliés, se déroulait mieux que prévu. Les deux pèlerins se portaient bien, ils avaient réussi à se détourner de régions où la peste sévissait et pouvaient maintenant espérer arriver à Rome sans encombre.

La découverte des villes italiennes fut pour Denis un enchantement. La Renaissance, parvenue à son automne, étalait sa gloire et ses lumières jusque dans les plus modestes cités. Anne elle-même, qui appréciait l'art moins que Denis s'extasiait à chaque arrêt :

– Que c'est beau! Quelle chance nous avons de pouvoir admirer tous ces chefs-d'œuvre semés tout au long de notre route. Merci, mon Denis, de m'avoir emmenée.

– C'est toi qui as eu l'idée de ce voyage à un moment où j'y avais sottement renoncé. Mais j'ai hâte d'arriver à Florence! J'espère que Jean de Bologne qui va d'une ville à l'autre, appelé par les rois, les princes ou le pape sera dans sa ville préférée. J'ai pour lui une lettre de recommandation que m'a donnée Du Cerceau. Il l'avait connu en Italie alors qu'il n'était qu'un jeune artiste débutant.

– Quel âge a-t-il, ce Jean de Bologne? demanda Anne en souriant. J'espère qu'il est jeune et beau. Dans l'ensemble, je ne sais pas si tu l'as remarqué, les Italiens sont plutôt jolis garçons!

– Beau, je ne sais pas mais il a à peu près mon âge. Si tu veux faire sa conquête, ne te gêne pas. Il n'en sera que mieux disposé à mon égard!

– Si je pouvais lâcher la bride sans choir de ma mule, je te giflerais, s'écria Anne en éclatant de rire.

Ils avaient changé plusieurs fois de moyen de locomotion au hasard du chemin, utilisant le coche quand il y en avait un, le coche d'eau quelquefois, mais plus souvent le cheval ou le mulet qu'on pouvait revendre ou échanger aux étapes sans grande perte. Pour l'instant, ils disposaient chacun d'une mule et pouvaient bavarder gaiement en trottant dans une descente.

– Que sais-tu encore de ce Jean de Bologne? Puisque nous devons le rencontrer autant que je connaisse quelque chose de lui.

– C'est un très grand sculpteur. Peut-être le meilleur de son époque. Il a eu la chance d'être l'élève de Michel-Ange et a su tirer de ses conseils. Ah! il parle paraît-il très bien français.

– Bologne n'est pas une ville italienne?

– Si. Mais il est né à Douai, dans la Flandre française et est venu très jeune en Italie. Il sculpte aussi bien le bois et l'ivoire que le marbre. C'est te dire combien il m'intéresse!

Un mois plus tard – ils ne parcouraient guère plus de cinq ou six lieues par jour – Anne et Denis, après avoir un moment longé l'Arno, entraient dans Florence. Ils trouvèrent sans trop de peine une auberge aux portes de la ville et réussirent à vendre leurs montures à bon prix. Le séjour florentin commençait d'autant mieux qu'il faisait beau et que leur hôte les avait régalés d'un énorme plat de pasta, plus précisément de macaroni à la mode du pays. L'homme leur avait expliqué dans le détail comment il fabriquait ces tubes de pâte avec de la semoule provenant de petits grains serrés et comment il convenait de les faire cuire d'abord aux trois quarts de manière qu'ils grossissent dans le corps : *Che cresca in corpo! Che cresca in corpo!* criait-il dans la salle d'auberge comme s'il s'agissait d'une de ces *sentènze* dont raffolent les Italiens.

– Nous allons d'abord faire connaissance avec la ville, nous promener, respirer l'air qui vient de la fameuse colline de Fiesole que tu aperçois là-bas, toute verdoyante, et grimper jusqu'à l'église San Miniato al Monte d'où l'on a, m'a dit notre hôtelier, une vue extraordinaire sur toute la cité.

– Denis, coupa Anne, te rends-tu compte de notre changement d'existence? Nous avons vécu quarante ans entre la Bastille et l'abbaye et nous voilà dans un autre monde, complètement coupés de notre ancienne vie! C'est à peine si je pense de temps en temps que nous avons là-bas une maison, un fils, des parents, des amis!

Au détour d'une rue, ils débouchèrent sur une grande place dominée par un palais pavoisé d'immenses drapeaux rouge et blanc aux armes de la ville. Un ouvrier qui remplaçait l'une des bornes du grand portail leur expliqua qu'ils étaient piazza della Signoria, que le château aux murs crénelés était le Palazzo Vecchio et qu'ils devraient bien aller admirer la loggia dei Lanzi, en face, où l'on avait installé les plus belles statues du monde. Enfin, il leur dit que le maître Jean de Bologne, qui était d'ailleurs l'auteur d'une des statues, devait travailler dans les jardins de Boboli.

C'était assez pour une première journée. Ils décidèrent de n'aller que le lendemain voir ces fameux jardins et y chercher Jean de Bologne. Leur tête était pleine de soleil et de beauté, ils éprouvaient l'envie de se retrouver seuls, de se tenir la main comme jadis sous les chênes de Vincennes, de parler ou de se taire, de jouir de cette douce complicité que Dieu, quelquefois, se plaît à établir entre deux êtres qui s'aiment.

Anne et Denis se demandaient à quoi pouvait bien ressembler ce jardin de Boboli dont tout le monde, à Florence, parlait avec une sorte de respect admiratif. Et qu'y faisait donc le plus célèbre sculpteur du monde? Pas des bouquets tout de même!

Au sud de la ville, ils trouvèrent sans mal le Palazzo Pitti et ne purent s'empêcher d'esquisser un geste d'aversion quand on leur dit que c'était la résidence des Médicis. L'ombre maléfique de la reine mère de France collait aux murs du palais dont Anne trouva la forme massive et sans grâce. Les jardins étaient derrière et ressemblaient plus à un chantier qu'à un eldorado toscan. Les hommes y fourmillaient, transportant qui de la terre, qui des blocs de marbre, qui des arbres à replanter.

Un jardinier leur expliqua avec force gestes, dans un jargon où Anne reconnut quelques mots de latin, que Jean de Bologne devait se trouver plus haut, au bassin de Neptune et qu'il fallait pour le rejoindre prendre l'allée Viottolone, celle qui était bordée de jeunes cyprès et de statues. Au milieu de l'eau, sur un petit îlot relié au bord par un pont de planches, des hommes s'affairaient autour d'un échafaudage d'où émergeait une fontaine entourée de statues. Jean de Bologne était vêtu d'une sorte de chasuble de toile blanche qui le distinguait des autres. Sa masse à la main, il s'était un peu écarté de la sculpture qu'il était en train de dégrossir à la subbia quand Denis, sa lettre de recommandation à la main, se présenta :

– Maître, je vous rappelle le souvenir et l'amitié de Jacques Androuet du Cerceau et vous porte de sa part une lettre qui me concerne. Voici ma femme, Anne, qui arrive avec moi de Paris.

Le maître regarda une seconde Denis, un peu plus longtemps Anne, et ouvrit ses bras à la mode du pays :

– Des Français de Paris, quel plaisir! Montrez-moi la lettre de mon ami Androuet mais permettez-moi tout de suite de vous dire mon étonnement et mon admiration devant ce long et périlleux voyage que vous n'avez pas craint d'entreprendre pour voir de près l'art italien. Moi, quand je suis arrivé à Bologne, je n'avais pas vingt ans et j'ai connu le Rinascimento à son apogée. J'ai vu travailler Michel-Ange, j'ai reçu ses conseils. Vous arrivez peut-être un peu tard pour butiner le nectar des fleurons romains et florentins.

– Je réalise un rêve. C'est suffisant pour justifier la folie d'un homme mûr. Et je ne suis pas seul...

Denis lança vers sa femme un regard affectueux et reconnaissant.

– Vous avez eu raison de venir. Hélas! Je ne suis pas Michel-Ange, ni Donatello, ni Brunelleschi, ni même Pisano. Enfin, je pourrai vous montrer ce qu'ont fait ces géants. Et aussi, peut-être, vous faire profiter de leurs leçons. En ce moment, je sculpte *La Fontaine de l'Océan.* Voici la statue de l'Abondance. Cela ne sera pas mal mais je vous montrerai dans la loggia dei Lanzi mon *Enlèvement des Sabines.* C'est ce que j'ai fait de mieux et je suis fier que cette sculpture soit placée à côté du *Persée* de Benvenuto Cellini. C'est son chef-d'œuvre!

Denis et Anne écoutaient le dernier grand sculpteur de la Renaissance parler de son art avec la modestie d'un apprenti du Faubourg. Bologne, ravi de parler français les accueillait comme des parents. Grâce à lui les aléas du séjour en Italie allaient s'effacer, Denis pourrait travailler, regarder, apprendre, sans se soucier des nuages qui là-bas, très loin, s'amoncelaient dans le ciel de Paris.

Jean de Bologne était fortuné. Il avait plus de commandes qu'il n'en pouvait honorer, lui et ses aides. Il habitait à Florence un petit palais, via Santa Croe, tout près de l'église Santa Maria dei Fiori. Son atelier occupait tout le rez-de-chaussée et ses appartements le premier étage. Dès le lendemain de leur arrivée, quand il sut où Denis et Anne étaient logés, il leur proposa de venir habiter chez lui où le second étage était libre :

– Vous serez bien mieux installés, cela ne vous coûtera rien et puisque Denis souhaite travailler avec moi, il sera à pied d'œuvre.

Bologne était un solitaire. Il ne s'était pas marié afin de se consacrer à son art qui représentait tout pour lui. Rien ne l'obligeait à héberger Denis et Anne, à rompre ainsi son cher isolement. Il l'avait proposé avec une spontanéité qui l'étonnait lui-même. Le couple lui avait été tout de suite sympathique, l'entente entre Denis et Anne était si criante qu'il la considérait comme une sorte de chef-d'œuvre qui méritait l'intérêt au même titre qu'un beau tableau ou une statue particulièrement réussie. Bologne, qui n'avait jusque-là prêté attention aux femmes que dans les limites qu'il avait lui-même fixées, était séduit par la personnalité d'Anne. Le fait qu'elle ait accompli le voyage d'Italie l'étonnait, comme son intelligence et la finesse de son esprit. Elle s'amusait de l'air surpris qu'il avait parfois en l'écoutant :

– Vous en êtes encore à partager les idées des pères de l'Église qui assuraient que les femmes n'ont pas d'âme! Pour vous elles ne sont que statues de chair moins bien faites que celles que vous sculptez. Les femmes, cher Jean, vous ne les connaissez pas et, entre nous, vous ne savez pas ce que vous perdez!

– Si, j'en ai connu des tas mais je n'ai jamais réussi à en supporter une seule bien longtemps. Vous, Anne, vous êtes l'exception qui confirme la règle. Mais on ne tombe pas tous les jours sur une exception!

– L'exception est flattée mais elle vous assure que vous vous trompez. Quand je fais le compte de toutes les femmes extraordinaires qu'a connues notre famille je pense qu'elles ont été au moins les égales des hommes. Ah! si vous aviez connu ma grand-mère Hortense qui engageait des équipages de matelots pour aller chercher des bois rares aux Indes et en Afrique. Et mon grand-père qui la regardait faire, éberlué, comme vous aujourd'hui parce que je peux tenir cinq lieues sur le dos d'une mule sans tomber en pâmoison. Cherchez bien et vous trouverez celle qui partagera tout avec vous, les rires comme les larmes. Et, qui plus est, vous aidera dans votre travail sans même que vous vous en rendiez compte!

– Jean est marié avec ses statues, il n'a pas besoin d'une femme à la maison, lança Denis, pour dire quelque chose.

– Mon cher, une seule femme pourrait faire mon bonheur et c'est la vôtre. Vous avez raison d'y tenir!

– Oui, j'y tiens. Savez-vous pourtant que ce bonheur à deux qui semble couler de source, nous avons dû lutter longtemps pour le gagner? Un jour nous vous raconterons notre histoire. Vous verrez ce qu'une femme peut faire quand elle veut vraiment quelque chose! J'y ai mis du mien mais, quand même, sans Anne...

Jean de Bologne avait enrôlé Denis dans son atelier. Chaque matin, ils gagnaient ensemble Boboli par le Ponte Vecchio et empoignaient leur masse avec cet air de jubilation qu'ont les bons ouvriers avant d'attaquer leur journée. Jean montrait à Denis comment on agrandissait dans le marbre un modèle pétri dans la glaise. « La mesure, toujours la mesure! » répétait Bologne qui ajoutait : « Si les mesures sont bien respectées, la tête sortira à sa place, puis les bras. Les jambes, enfin, auront le même écartement que sur le modèle. »

Denis ne manquait pas d'adresse. Son coup de ciseau était précis, toujours en deçà du contour afin de garder « la matière », cette mince réserve de marbre qui sauterait au finissage sous les coups secs et délicats de la gradine [1]. Le maître ébauchait lui-même presque toutes ses sculptures. C'était le travail le plus difficile, la phase essentielle de la création. Les aides venaient après, accentuaient les rondeurs, creusaient les méplats, puis le maître reprenait l'ensemble, épurait les détails importants et donnait ses directives pour la finition dont il surveillait tous les stades, jusqu'au brossage à la poudre de Tripoli qui donne au marbre des statues ce merveilleux poli, cette douceur duveteuse si appréciée des amateurs. Denis était un très bon finisseur. Il savait donner aux muscles et aux plis des draperies la force ou la délicatesse qui marquent les œuvres de qualité.

Souvent, Anne venait au chantier. Bologne qui avait d'abord vu d'un mauvais œil cette intrusion féminine dans l'enclos viril des tailleurs de marbre, acceptait maintenant sans déplaisir un brin de conversation entre deux ouvrages. Il lui arrivait même de demander à Anne ce qu'elle pensait d'un geste, d'un sourire, d'un port de tête dont il était particulièrement satisfait. Fine mouche, elle savait répondre ce qui convenait pour apprivoiser celui qu'elle nommait « l'ours de Boboli ».

Les mois avaient ainsi passé dans une agréable camaraderie et les travaux des jardins de Boboli tiraient à leur fin. Jean de Bologne avait décidé de regagner le plus tôt possible son atelier de Rome, en compagnie de ses deux amis qui avaient hâte, maintenant, de toucher au but de leur voyage, d'admirer ces fameuses sculptures de la Rome

1. Ciseau fin à deux entailles qui sert pour la finition.

antique dont les entrelacs et les volutes avaient bourgeonné jusque dans les ateliers du Faubourg. Deux commandes retardèrent le départ. Les Médicis voulurent, avant que le maître ne s'envole, une Vénus de marbre pour la grotte construite par Buontalenti et un saint Roch en bois destiné à l'église de la SS. Annunciata, sanctuaire florentin le plus vénéré.

– Le saint Roch sculpté dans le bois, c'est votre affaire, dit Jean de Bologne à Denis. Je me charge de Vénus. Installez-vous dans l'atelier et sculptez tranquillement la première œuvre française destinée à une église italienne. Il y a trop longtemps que je n'ai travaillé le bois. Vous ferez cela mieux que moi.

– Beaucoup moins bien, mais j'accepte de grand cœur. A la condition toutefois que chaque soir vous m'éclairiez de vos conseils. J'aime bien travailler le tilleul et je pense que ce bois conviendra si nous voulons une œuvre fouillée pleine de finesse et de détails.

– Va pour le tilleul. C'est un beau bois agréable à travailler. Vous irez demain avec Amaseo en quérir une bille au chantier de l'Arno. Veillez surtout à ce qu'il soit sec mais encore souple. Enfin, vous connaissez les bois mieux que moi, ça j'en suis sûr!

Anne fut aussi heureuse que son mari de cette offre inespérée.

– Quelle chance nous avons eue de rencontrer Jean! Nous devons une fière chandelle à Du Cerceau! Toi, Denis Thirion, tu vas sculpter pour une église de Florence! Te rends-tu compte de ce que cela représente? Qui le croira quand nous raconterons cela au Faubourg?

– Le Faubourg... il est bien loin. Nous en parlons de moins en moins souvent, comme de notre fils d'ailleurs. Enfin, ne nous attendrissons pas : saint Roch m'attend. Et Rome! Ensuite il faudra peut-être songer à prendre la route du retour.

Tandis que Vénus, libérée par le ciseau de Bologne, émergeait chaque jour un peu plus de la pierre, Denis, copeau après copeau, atteignait à la gouge le cœur du bois où se dissimulait encore son saint Roch. Il avait modelé dans la cire, à coups de pouce et d'ébauchoir, la miniature de sa statue. Il lui restait à l'agrandir en respectant les proportions et, surtout, en veillant à ce que le tranchant de l'outil ne dépasse pas la frontière qui dans toute œuvre d'art sépare la réussite de l'échec. En choisissant le tilleul, Denis n'avait pas opté pour la facilité. C'est un bois si souple, si docile, que la lame y pénètre comme dans du beurre. En revanche, l'artiste habile et prudent trouve sa récompense dans la douceur laiteuse des formes qu'il met au jour. Denis était patient, il savait retenir l'outil et saint Roch se présentait bien, de l'avis même du maître qui répétait chaque soir à son élève :

– Surtout prends ton temps. Ne gâche pas ton travail pour gagner quelques secondes. Tant qu'une œuvre n'est pas achevée, elle risque d'être inexorablement perdue à cause d'une simple maladresse ou d'un instant d'inattention. Je ne fais que te dire ce que m'a tant de fois répété Michel-Ange qui ajoutait : « Plus on arrive près du but, plus la faute se paie cher! »

Denis ne commit pas d'erreur fatale. Saint Roch se tira de ses mains comme il s'était sorti de la peste : en vainqueur. Le sculpteur savoura les dernières heures passées avec son œuvre, celles où il ne reste plus qu'à la polir au verre tranchant, à la poncer, à la caresser. Anne vint l'aider à préparer la cire chaude qui donne au bois de tilleul cette inimitable couleur de miel que les sculpteurs de la fin de la Renaissance préféraient au bariolage des artistes du passé.

Le jour de l'inauguration, Jean de Bologne avait voulu que Denis et Anne fussent auprès de lui dans le chœur de l'église de l'Annunciata lorsque l'archevêque de Florence, après une messe solennelle, vint exalter l'esprit de sacrifice de saint Roch, glorifier la générosité des Médicis et rendre hommage aux artistes qui mettent leur talent au service de la religion. Le maître souligna que la statue était essentiellement l'œuvre de son élève, un Français, venu faire un pèlerinage aux sources de l'art italien.

Anne et Denis furent admis à baiser l'anneau du prélat qui leur dit quelques mots aimables auxquels ils répondirent de leur mieux malgré l'émotion. Anne, qui savait un peu de latin, avait très vite appris à parler l'italien et Denis commençait à se débrouiller. Ils furent contents, les jours suivants, de comprendre que les fidèles appréciaient l'œuvre de Denis. Ils ne manquaient jamais en effet, quitte à faire un détour, de venir voir la statue[1].

Bologne, lui, n'avait pas encore complètement terminé sa Vénus. Voulant se surpasser, il s'était plongé dans des complications techniques dont il avait quelque mal à se sortir. Quelquefois il enrageait :

– Personne ne me le demandait et j'ai cherché la difficulté, comme ça, pour le plaisir. Je suis un imbécile!

1. Il existe encore dans l'église de l'Annunciata, sous l'orgue, une statue de saint Roch, presque aussi grande que nature, pleine de finesse et de fouillé qu'on présente comme étant l'œuvre d'un artiste français du XVI<sup>e</sup> siècle.

– Mais non, Jean, assurait Anne. Vous n'êtes pas un marchand de pasta, vous êtes un artiste et il est normal qu'un artiste se batte pour son art, contre lui-même. Le jour où vous vous contenterez d'exploiter votre talent contre de l'argent, vous ne serez plus le grand Jean de Bologne que tout le monde admire.

Libéré de son saint Roch, Denis retournait chaque jour à Boboli où il aidait de son mieux celui qui lui avait permis d'aller au-delà de ses rêves. Avec le secours de ses élèves, Pierre Tacca, Cinelli et Mora, Jean de Bologne arrivait enfin au bout de ses peines. L'équilibre des masses qui faisait défaut à sa statue était rétabli, Vénus allait être, tout le monde était d'accord sur ce point, l'un des chefs-d'œuvre du maître.

On en était à la finition. Tandis que Bologne rectifiait quelques derniers détails dont lui seul distinguait l'importance, l'atelier tout entier limait, ponçait, adoucissait le marbre. C'est pendant cette période qui aurait dû demeurer jusqu'au terme un moment de détente, de joie tranquille après l'effort, que le drame se produisit. Denis travaillait au sommet de l'échafaudage. Il débrutissait la tête, s'attardant sur la coiffure que Bologne voulait plus nette. La gradine d'une main, la masse de l'autre, il travaillait à petits coups les nattes de la déesse, le dos calé contre un montant de bois. Soudain, on entendit un cri, un craquement du bâti, le bruit sonore de la masse lâchée par Denis et qui rebondissait sur la cuisse de Vénus. Tous les regards se levèrent. En une fraction de seconde Bologne et ses élèves virent Denis essayer de se retenir à un bras de la statue puis, entraîné par l'échafaudage disloqué s'écraser sur le sol. On se précipita. Le sculpteur respirait mais sa tête avait cogné contre l'angle du socle et il perdait du sang en abondance. Bologne souleva son buste inerte et le tint un moment dans ses bras aidé par Piero Tacca puis reposa la tête blessée sur un oreiller de paille préparé par l'un des aides. Il se releva, décomposé, le regard perdu :

– Denis va mourir, Denis va mourir..., répétait-il.

Il voyait juste. Denis mourut quelques minutes plus tard sans avoir repris connaissance, au pied d'Aphrodite, dans ces jardins de Boboli où il avait vécu les plus belles heures de sa vie d'artiste.

– Il n'aura pas vu Rome! dit Jean de Bologne en essuyant les larmes qui creusaient de larges sillons sur son visage couvert de poudre de marbre. Tous les compagnons étaient autour de Denis dont le regard à jamais vide semblait fixer, là-haut, celui de Vénus. Bologne se pencha, fit un signe de croix, s'agenouilla et abaissa avec son pouce et son majeur les paupières de l'ami.

– Je dois maintenant aller prévenir Anne, dit-il. Vous, occupez-vous du corps. Allez au château où l'on vous donnera un drap et une voiture. Cinelli, c'est toi qui achèveras la statue. Je ne sculpterai plus à Boboli.

Comment annoncer à Anne qu'elle ne verrait plus jamais Denis vivant, qu'elle était amputée d'une moitié d'elle-même, qu'elle se retrouvait seule loin de son pays, loin des siens? Bologne, en marchant comme un somnambule vers la maison de la via Santa Crocce, se posait l'affreuse question sans trouver les mots qui, peut-être, auraient pu atténuer la douleur de celle qu'il allait plonger dans le désespoir.

Ces mots, il n'eût pas à les prononcer. Quand Anne le vit arriver seul, en larmes, sa chasuble blanche tachée de sang, elle blêmit et s'écria :

– Il est arrivé quelque chose à Denis! Il est blessé. Non, il est mort, je le vois à votre visage! Mais parlez! Parlez donc!

– Oui. Un accident. C'est horrible.

Il ouvrit les bras et Anne vint s'y jeter, tremblante, secouée dans tout son être par une douleur qui lui tordait les viscères, lui serrait les tempes comme un étau, bloquait sa respiration qui se muait en râles insoutenables. Jean de Bologne, se sentait pris soudain d'une grande tendresse pour cette femme qui s'accrochait à lui comme un naufragé à sa bouée. Elle ne pouvait compter que sur lui. Sans même en avoir conscience, elle lui demandait de partager sa douleur, de mêler ses larmes aux siennes. Alors, l'amant des statues, le vieux loup qui s'était juré depuis la mort de son épouse, il y avait bien longtemps, de ne jamais se laisser attendrir par une femme, attira contre le sien le visage d'Anne et le baisa doucement, berçant comme une enfant celle qui, sans lui, allait peut-être mourir d'amour.

Les amis avaient ramené Denis dans sa maison. Il reposait maintenant calme, presque souriant, sur le lit blanc que la servante avait préparé. Anne ne criait plus, ne pleurait plus. Comme absente, elle écoutait Jean qui parlait, qui parlait pour ne pas laisser s'instaurer un silence qui eût été insupportable :

– Demain, je vais aller voir les Médicis. Eux seuls peuvent obtenir que Denis soit inhumé dans l'église de l'Annunciata. Je veux qu'il le soit! D'abord parce qu'il a sculpté la statue de saint Roch. Ensuite parce que c'est là que j'aurai moi-même mon tombeau. J'ai assez travaillé dans cette église pour qu'on m'accorde le droit d'y enterrer mon ami.

– Merci Jean. Merci Jean.

Il se demandait si Anne comprenait ce qu'il disait. Cela n'avait d'ailleurs pas d'importance. Elle prendrait bien assez vite conscience du vide où elle allait désormais devoir vivre. Et puis, cela lui faisait du bien, à lui, de parler des lendemains; même si c'étaient des lendemains de deuil. Sans s'en rendre compte, il engageait sa vie. La mort de Denis lui faisait prendre des décisions qui modifiaient tous ses projets :

– Vous savez, Anne, j'ai décidé que je ne sculpterais plus jamais à Boboli. C'est Cinelli qui achèvera la statue. Et puis, je n'irai pas à Rome. Nous avions tellement parlé de ce voyage avec Denis que je l'imaginerais toujours à nos côtés.

Il s'aperçut qu'il avait dit « nos côtés », comme s'il était évident qu'Anne l'accompagnerait. Que pouvait-elle faire d'autre? Et lui n'allait pas l'abandonner. Il continua :

– Nous irons plutôt à Venise où le Tintoret nous accueillera. Le maître se fait vieux et je tiens à le revoir au moins une fois. Vous verrez, Anne, l'un des plus grands artistes de l'Histoire! Et vous verrez Venise. Ce n'est pas tellement la ville des sculpteurs mais les peintres de génie l'ont bourrée de chefs-d'œuvre.

– Vous avez raison, Jean, je ne veux pas non plus aller à Rome. Venise peut-être..., dit Anne en semblant sortir du creux de sa douleur.

L'archevêque donna finalement son accord et Denis, dont le cercueil était porté par tous les artistes de l'atelier, fut inhumé dans l'église de l'Annunciata, non loin de son saint Roch, près du crucifix grandeur nature que Jean de Bologne avait sculpté deux ans auparavant.

Durant toute la cérémonie, Jean n'avait pas quitté Anne, la soutenant d'une légère pression de main chaque fois qu'il la sentait près de défaillir. Le soir ils se retrouvèrent seuls, à l'étage, dans l'appartement où quarante-huit heures avant Denis faisait des projets. Ils parlèrent peu, assommés par la fatigue et un chagrin dont ils ne cernaient encore pas très bien les limites. Quand l'heure fut venue de se coucher, Jean dit :

– Anne, vous ne pouvez pas rester seule ici ce soir.

– Non, Jean, je vais descendre avec vous mais, aidez-moi, je ne tiens plus debout.

Jean ne répondit pas et la prit dans ses bras. Au bas de l'escalier il lui demanda dans quelle chambre elle voulait dormir.

– Dans la vôtre, répondit-elle simplement. Je veux rester près de vous. J'ai besoin de votre tendresse.

Ils firent l'amour tout naturellement, sans fausse honte, comme un défi à la mort qui venait de leur enlever une part d'eux-mêmes, celle de la passion et celle de l'amitié.

– Tu vois, Jean, lui glissa-t-elle à l'oreille le lendemain matin lorsqu'ils se réveillèrent, si nous n'avions pas couché ensemble cette nuit, je crois que nous ne l'aurions jamais fait. Surtout ne nous sentons pas coupables. Je n'ai jamais trompé Denis et je n'ai pas du tout le sentiment de le trahir en rapprochant nos deux chagrins. Je suis seule, veux-tu faire un bout de route avec moi?

– Tu as bien fait de me parler comme tu viens de le faire. Denis ne sera pas oublié. Un jour je le rejoindrai. Les gens qui viendront regarder nos statues marcheront au-dessus de nous. J'espère qu'on entendra leurs compliments.

Jean de Bologne parlait bas, par petites phrases, comme s'il avait peur de réveiller de forces mystérieuses : l'au-delà, la religion, le péché, les tabous du deuil... Il fallait à tout prix empêcher Anne d'entrer dans le cercle fatal des rites et des habitudes macabres. Jean était croyant, toute son œuvre en témoignait, mais il pensait que les vivants ne devaient aux morts que le souvenir. Il convenait donc de quitter au plus vite cette ville qui, après l'avoir adopté, fait sa gloire et sa fortune, avait appelé sur lui le malheur.

– Nous allons abandonner Florence dès demain, décida-t-il. Comme je te l'ai dit nous irons à Venise. A Genève aussi peut-être : j'y ai orné la chapelle que Luc de Grimaldi a consacrée à la sainte croix dans l'église del Castellato. J'aimerais revoir cette œuvre ancienne.

– Tu es certain de vouloir quitter Florence, de ne pas souhaiter aller à Rome où l'on t'attend?

– On attendra. Pour l'instant, je dois à Denis qui est mort en travaillant pour moi de t'aider à survivre. Je ne t'abandonnerai pas avant que tu sois en état de rentrer à Paris.

– Tu n'as pas envie de revoir ton pays, cette ville de Douai où tu es né?

– Non! Je suis trop habitué à l'Italie, trop attaché à cette Florence que je hais aujourd'hui mais dont je ne saurais pas me passer longtemps.

Ils partirent à cheval, deux jours plus tard, escortés par Pierre Tacca, le plus jeune des élèves de Jean, le plus fort aussi qui avait à charge la conduite de deux mules porteuses des bagages. Bologne avait pris soin de ne pas choisir la route du Nord empruntée à l'aller par Anne et Denis. Leur première grande étape serait Bologne, la ville qui l'avait d'abord accueilli et que ses maîtres lui avaient donné pour nom, trouvant que Giambologna sonnait mieux que Jean Maré aux oreilles italiennes.

Le voyage s'effectuait dans de bonnes conditions matérielles. Jean avait de l'argent et son renom lui ouvrait toutes les portes. Pas une seule fois ils ne durent s'arrêter dans une auberge. Partout où ils devaient coucher, la demeure d'un seigneur ou d'un prélat leur ouvrait ses portes. Anne n'avait jamais vu autant de palais et, surtout, n'avait été reçue avec de pareils égards. Elle aurait sûrement été la plus heureuse des femmes si elle avait senti la mule de son Denis trotter derrière elle. L'absence de l'être aimé que son subconscient refusait encore d'admettre l'obsédait. Il lui arrivait d'appeler Denis, de lui parler. Avec une grande délicatesse, Bologne laissait faire puis venait lui prendre la main, doucement, pour adoucir le choc de son retour au réel. A Bologne, « sa ville » comme il disait, Jean lui avait réservé une surprise. Il avait envoyé Tacca en avant-garde, afin de prévenir le seigneur de Bevilacqua de leur arrivée. Le duc possédait le plus beau palais de Bologne, un palais tout blanc qu'il venait de faire construire par des architectes florentins et dont les fresques de la grande salle, peintes par Ludovic Carrache, étaient à peine sèches.

Anne qui s'attendait ce soir-là à dormir dans l'inconfort car Jean lui avait dit qu'il ne connaissait plus personne à Bologne, fut éblouie en arrivant devant la façade à bossages qui était l'une des plus somptueuses qui se puissent imaginer.

– Voilà, princesse, votre toit pour ce soir. Cette façade a l'air de vous plaire et j'en suis bien aise puisque c'est moi qui l'ai dessinée. Je ne l'avais pas encore vue et, ma foi, je la trouve plutôt réussie. Le duc voudrait que je vienne lui orner sa cour de quelques sculptures mais je n'en ai nulle envie. Au moins va-t-il nous recevoir comme des princes pour tenter de m'arracher une promesse.

– Ma surprise et mon plaisir sont aussi grands l'un que l'autre! s'exclama le duc en ouvrant ses bras à Jean. Vous venez inaugurer votre œuvre et c'est pour nous un honneur. La duchesse organise pour vous une soirée comme elle seule sait les réussir.

– C'est que, monsieur, nous voyageons. Je n'ai aucune toilette digne de figurer à votre soirée, hasarda Anne.

– Vous avez à peu près la taille de mon épouse et celle-ci a déjà prévu de vous prêter l'une de ses robes.

– Vous devrez vous contenter de mes chausses de drap et de mon pourpoint de voyage, dit Jean. Je ne me vois pas porter vos habits, ajouta-t-il en riant.

Bevilacqua était un gaillard de deux mètres au moins tandis que Bologne ne mesurait pas plus d'un mètre soixante-dix. « C'est le plus petit des géants de la sculpture! » avait dit Giorgio Vasari en le présentant au pape.

La duchesse était aussi menue que son mari était grand mais elle assura Anne que plusieurs de ses toilettes lui iraient.

– D'ailleurs, je vous emmène avec moi, dit-elle. Le duc a certainement besoin de parler de marbre et de statues avec votre mari.

– Giambologno n'est pas mon mari, madame. Mon mari qui était un sculpteur de l'atelier vient de mourir dans un accident à Boboli. Heureusement, Jean est un ami merveilleux. Comme vous vous en rendez compte je suis française et un peu perdue dans votre beau pays...

Anne ne put continuer et se mit à sangloter. Avec beaucoup de bonté et des paroles apaisantes en français, Mme de Bevilacqua l'entraîna :

– Je ne savais pas. Pardonnez-moi et venez tout de suite sécher vos larmes.

La soirée fut réussie. Les Bevilacqua avaient invité quelques parents et voisins, tous titrés et tous contents de faire la connaissance de ce fameux sculpteur florentin qui portait le nom de leur ville et qui était l'auteur du « Géant ». C'est ainsi que les Bolognais appelaient le bronze qui ornait la fontaine de la piazza del Nettuno. Jean de Bologne avait sculpté naguère ce Neptune au trident qui était devenu l'emblème de la ville.

On dîna aux chandelles sous le plafond du Carrache. La duchesse avait trouvé pour Anne dans sa garde-robe une tunique très simple en soie de Venise blanc et noir qui convenait à son veuvage. Un voile de fine dentelle couvrait l'arrière de sa coiffure où quelques fils blancs apparaissaient dans ses beaux cheveux bruns. Anne était belle. Les larmes avaient laissé dans ses yeux des traces estompées de tristesse qui ajoutaient à son charme. « Il n'y a pas ici un homme qui ne voudrait vous consoler et vous protéger », lui glissa Bologne.

Anne lui rendit son sourire. La table était bonne, les vins de

Toscane chaleureux et Jean devait répondre aux questions qui fusaient. Chacun l'interrogeait sur son art, sur les sculptures qu'il avait faites, sur celles qui allait entreprendre. Il aurait pu, s'il l'avait voulu, prendre des commandes pour dix ans. Anne se rendait compte, à travers la considération dont on entourait Bologne de l'importance prise par les artistes dans l'Italie de la Renaissance. Le luxe des meubles et des tapisseries, le faste des toilettes surchargées de pierreries, la fascinaient. Elle se demandait par quel miracle elle se trouvait assise, portant une robe qui ne lui appartenait pas, entre un duc et le fils aîné des Bentivoglio, maîtres de Bologne depuis plus d'un siècle. Le miracle avait un nom : c'était le talent de Giambologna qui élevait pour un soir la petite-bourgeoise du Faubourg au rang des princesses. Elle avait eu très peur, au début, de commettre un impair mais l'imprécision de son italien aidant, elle s'était dit qu'en parlant peu elle ne ferait pas mauvaise figure et pourrait mieux observer l'envoûtant spectacle qui lui était offert.

La soirée s'acheva par la visite du nouveau palais dont le duc pouvait à juste titre s'enorgueillir. La cour en particulier était un chef-d'œuvre de mesure et d'harmonie. Éclairés par une centaine de flambeaux, la double loggia et les ferronneries de la balustrade faisaient penser à un fabuleux décor de théâtre.

– Un théâtre d'ombres, dit Anne à Jean qui l'avait rejointe. Je n'ai jamais eu autant que ce soir l'impression que nous ne sommes que des ombres dans cette vie qui nous échappe sans cesse.

– Une ombre belle comme...

– Une ombre fatiguée, malheureuse, égarée qui se laisse ballotter à dos de mulet sur les routes d'Emilie et qui se déguise pour gagner son souper.

– Oui, mais aussi une ombre qui n'a pas le temps de sombrer dans la peine et qui commence même à esquisser des sourires. Je n'ai pas dit une ombre qui oublie... Je t'ai arrachée à Florence pour t'éloigner de la mort. Je crois que j'ai bien fait.

– Oui, Jean, tu es très bon, mais c'est difficile tu sais!

Ils reprirent la route le lendemain et gagnèrent Ferrare en trois étapes. Là, ils s'arrêtèrent à la casa Romei, une belle demeure du siècle passé où, Dieu merci, le maître étant absent, on n'organisa pas de fête en l'honneur de Jean. Un matin, alors qu'ils cheminaient à l'ombre d'une double haie de cyprès, Bologne s'écria : « Je crois que nous sommes dans le Veneto. Padoue n'est pas loin, Venise seulement à quelques journées. »

Jean décida de rester trois jours à Padoue. D'abord pour se reposer; ensuite parce qu'il voulait montrer les richesses de la ville à Anne.

– Nous sommes dans l'une des cités les plus prodigieuses d'Italie. Songe que Dante, Pétrarque et le Tasse ont étudié à l'université de Padoue. Mantegna, le grand Mantegna dont l'habileté n'a pas d'exemple dans tout le pays, a appris à peindre ici avant d'enseigner. Mais, surtout, Padoue, c'est la ville où Giotto a peint ses plus belles fresques. Ce serait un crime de ne pas te montrer la chapelle des Scrovegni : tant que la peinture tiendra aux murs ce lieu demeurera habité par le génie.

Enfin, au bout d'une route, ils aperçurent les eaux plates de la lagune. La ville des Doges était là, derrière le rideau de brume qui rapprochait l'horizon. Il était temps de se défaire des bonnes bêtes qui les avaient amenés jusque-là et de louer une barque ou plutôt l'un de ces bateaux à fond plat de forme asymétrique inventés par les Vénètes en même temps que Venise. Ils en trouvèrent une. C'est en regardant pleurer la rame du gondolier qu'Anne découvrit les couleurs de Venise, ses maisons taillées dans « une pâte de rêve », son ciel où les nuages broyaient du bleu, du vert et du minium comme sur la palette du Tintoret qui les attendait, plus loin, dans son atelier du Rialto.

On ne parle pas quand on arrive à Venise pour la première fois, on regarde, fasciné. Anne se taisait. Le balancement de la gondole la plongeait dans une sorte d'étourdissement ébloui. C'est Jean qui rompit le silence :

– C'est beau, n'est-ce pas? Tu vas voir, c'est une ville magique où tout s'oublie, même la douleur.

Ils n'eurent pas de mal à trouver le petit palais, tout près du pont du Rialto, où Jacopo Robusti, connu seulement des Vénitiens sous le nom de Il Tintoretto, possédait son atelier. Le maître avait conservé, à plus de soixante-dix ans, une agilité de jeune homme. Il sauta littéralement sur place en voyant Bologne et l'embrassa. Il connaissait Tacca mais la présence d'Anne l'intriguait. Jean lui expliqua pourquoi il l'avait amenée. Le Tintoret hocha la tête, regarda Anne un moment et dit : « Vous verrez, il est plus facile d'être triste à Venise qu'ailleurs. La lumière dresse ici dans le ciel une sorte de paravent qui arrête le chagrin. Voudrez-vous poser pour moi? Vous avez un beau visage qui servirait ma peinture. »

Très touchée, Anne lui tendit les mains qu'il embrassa :

– Bien sûr, Maître. Je poserai pour vous mais si j'ai été belle autrefois je ne le suis plus. Le malheur a achevé le travail des ans.

Depuis longtemps, le Tintoret avait pris Jean, son cadet de vingt années, en affection. Tous deux avaient vénéré Michel-Ange mais Jean ne peignait pas et Tintoret ne savait pas sculpter. « A nous deux, nous n'atteignons pas la cheville du maître mais nous nous complétons », disait le peintre. Chez lui, Anne retrouvait une certaine sérénité. L'atmosphère ouatée de l'atelier où s'activaient en silence les apprentis et les élèves convenait mieux à sa sensibilité exacerbée que le bruit de la masse des sculpteurs qu'elle n'aurait pu supporter.

Anne aimait les odeurs. Elle aurait reconnu entre mille celle du bois et celle, plus subtile, de la poussière de marbre. Elle commençait à apprécier l'odeur de la peinture qui s'infiltrait partout, jusque dans les chambres. L'huile de lin ou de noix, la céruse, l'enduit de dessication, distillaient un parfum un peu enivrant qu'elle associait à l'affection que le Tintoret lui portait. Avec Jean, elle accompagnait le maître quand il allait peindre à la Scuola di San Rocco les grandes scènes de la vie du Christ. C'était une vraie bataille qu'il livrait avec son long pinceau, imprimant aux images, nées dans la spontanéité, un mouvement vertigineux, une action dramatique étincelante, une lumière de visionnaire. Anne, quelquefois, prêtait son visage à la Vierge, à sainte Marie-Madeleine où à sainte Marie l'Égyptienne et le temps passait à Venise, entre deux spectacles aussi captivants l'un que l'autre : la peinture d'ombre et de lumière des tableaux et le ciel sans cesse recomposé au-dessus des palais par les pinceaux naturels de quelque génie de l'air.

Jean, lui, commençait à s'ennuyer. Il aurait pu trouver facilement des commandes et s'installer sur le Grand Canal mais Venise convenait mal à la sculpture. « On ne peut pas sculpter sur une île de castors », disait-il. Anne sentait qu'il ne pensait qu'à retourner à Florence. Elle-même rêvait de Paris. Elle avait de plus en plus souvent envie de retrouver le Faubourg, d'embrasser son fils et peut-être ses petits-enfants, de renouer avec le passé et, qui sait, d'oublier cet étrange voyage où elle avait à la fois vécu intensément et laissé une partie d'elle-même. C'est elle qui un jour dit à Bologne :

– Jean, il faut que tu retournes à Florence et moi à Paris. Je n'oublierai jamais ce que tu as fait pour moi. Tu as rendu l'inacceptable supportable mais pour moi, l'Italie c'est fini! Je vieillis, je veux me retrouver parmi les miens et finir ma vie dans ce quartier de Bercy et de Saint-Antoine où vivent encore mes souvenirs.

– Cela va être difficile de vivre sans toi. Nous avons passé ensemble un moment douloureux, nous sommes attachés l'un à l'autre plus que nous ne le croyons nous-mêmes. Pourtant tu as raison, il faut nous séparer. Je vais voir avec le Tintoret qui connaît tout le monde à Venise comment on peut arranger ton départ, avec une ambassade rejoignant un pays du Nord ou l'une de ces petites armées de commissionnaires qui sillonnent l'Europe. Les Vénitiens sont toujours en *radaza,* comme ils disent. Ils voyagent beaucoup et c'est bien le diable si on ne trouve pas une escorte convenable.

Un mois plus tard, les conditions du départ de Mme Anne Thirion étaient réglées. Grâce à l'intervention d'un procurateur de Saint-Marc qui vouait une admiration sans borne au Tintoret, il fut entendu qu'Anne se joindrait à une *ambasciata* de la Sérénissime qui devait se rendre à Amsterdam en passant par Paris. Le 15 mai 1580, Jean de Bologne accompagna Anne jusqu'à Malcontenta où avait été fixé le rassemblement des voyageurs. Après avoir traversé la lagune, la gondole suivait maintenant le canal de Brenta. Anne et Jean, main dans la main, regardaient défiler les villas blanches que Palladio venait de construire pour les grandes familles vénitiennes. Au moment de se quitter pour toujours, ils se taisaient, craignant de ne pouvoir maîtriser leur émotion ou, alors, ils échangeaient des propos insignifiants : « Aucune villa du Palladio ne ressemble à une autre mais on sent que c'est le même architecte qui les a dessinées. Le Tintoret a été très gentil de nous prêter sa gondole. » En fait, les adieux au vieux maître avaient été bouleversants. La sensibilité du peintre n'avait pas résisté aux larmes qui coulaient sur les joues d'Anne tandis qu'elle l'embrassait. Lui aussi avait pleuré, et puis il avait dit :

– Il faut que je te paye tes séances de pose. Tu as été pour moi Vénus et la pécheresse repentie, tu as été, surtout, le temps d'un hiver, une adorable confidente. Peindre en t'écoutant raconter ta vie et celle des bonnes gens de ton faubourg a été pour moi une joie que je n'avais pas connue depuis longtemps. Tu laisses ton visage sur les murs de San Rocco mais je veux que tu emportes à Paris un souvenir de ton vieil ami. Tiens, voici ton portrait. Tu penseras à moi en le regardant de temps en temps.

Le Tintoret retourna à l'endroit, sur son chevalet, une petite toile qu'il avait terminée en cachette la semaine précédente afin qu'elle fût sèche le jour du départ. Anne y était représentée en buste, vêtue comme une noble Vénitienne. On était loin des scènes tourmentées et des drames apocalyptiques de la Scuola. Anne, très belle, souriait simplement, nimbée dans une lumière de bonheur.

– Je t'ai peinte heureuse, dit le maître. Heureuse comme j'aurais voulu que tu sois, comme tu seras lorsque le temps aura effacé les pensées tristes qui rôdent encore dans ta tête.

Anne emportait son trésor. Il était là, devant elle, emballé dans une vieille couverture, posé sur le coussin de la gondole qui, après avoir glissé un moment sur sa lancée, s'immobilisait maintenant comme un soupir le long d'un ponton.

– Nous sommes arrivés, dit Jean d'une voix cassée. Voici la villa Foscari. Le fils aîné de la maison est l'ambassadeur du Conseil des dix. Il est jeune et beau, ne succombe pas à ses charmes!

Bologne sauta à terre, confia les bagages au domestique qui avait aidé à l'abordage et tendit sa main à Anne, toute pâle dans le voile noir qui lui enserrait la chevelure. Lorsqu'elle eut pris pied sur le quai, il la prit dans ses bras et serra son corps contre le sien.

– On ne peut plus se dire grand-chose, lui glissa-t-il à l'oreille, mais il y a une chose que je veux que tu saches avant de partir : je t'aime tendrement, je t'ai aimée à l'instant même où tu es entrée dans ma vie avec Denis. Sois heureuse mon amour et si quelque chose ne va pas, pense à ton vieil ami en train de se battre, quelque part en Toscane, contre la pierre ou le marbre.

Ce furent ses derniers mots. Il n'entendit pas la phrase qu'Anne bredouillait en retenant ses larmes. Déjà il était dans la gondole et commandait : « A San Marco, tout de suite! »

*Chapitre 8.*

# L'abbesse diaphane

Le voyage se passa sans histoire dans les meilleures conditions possibles. La République de Venise s'était mal remise de sa guerre contre les Turcs et, malgré sa victoire navale à Lépante, n'était plus la reine incontestée du bassin méditerranéen. Elle était pourtant encore une très grande puissance dont on respectait les représentants. Foscari, heureusement, était pressé et la mission ne perdit pas de temps en réceptions et autres manifestations que partout on voulait organiser en son honneur.

A mesure qu'on se rapprochait de Paris, Anne retrouvait son entrain. Son deuil récent l'avait mise à l'abri des roucoulades et des déclarations enflammées où les Vénitiens excellent. Chacun au contraire s'était montré aimable et obligeant pour l'infortunée Parisienne qui regagnait seule son pays.

C'est ainsi qu'un jour la troupe fit halte devant l'abbaye Saint-Antoine, entourée aussitôt d'enfants et de voisins qui avaient reconnu Anne, qui se pressaient pour l'embrasser et lui poser une foule de questions auxquelles elle n'avait pas envie de répondre pour l'instant. Ses bagages débridés du bât d'un solide mulet de charge, sous le bras son portrait qu'elle avait protégé comme sainte relique durant tout le voyage, Anne prit congé de ses compagnons de voyage. Le comte Foscari lui fit promettre de lui rendre visite si elle revenait un jour à Venise, ce qui la fit sourire. L'ambassade, enfin, se remit en route vers la porte Saint-Antoine et Anne se retrouva désemparée, seule parmi ces femmes et ces enfants qu'elle reconnaissait à peine, hésitante entre deux portes closes, celle de sa maison et celle de l'abbaye. Finalement c'est vers cette dernière qu'elle se dirigea. Qui, mieux que la Dame du Faubourg pouvait accueillir la voyageuse fatiguée dont l'âme meurtrie aspirait, après tant de bouleversements, au calme, à la paix et à la vie toute simple dans la communauté retrouvée?

Une crainte la saisit tandis qu'elle tirait la corde de la cloche d'entrée : Et si l'abbesse avait changé? Si Anne de Thou n'était plus là? La bonne figure de la tourière s'encadra dans le portail.

– Mais c'est Anne Thirion! Entrez, entrez! Prenez tous vos bagages, ne les laissez pas sur la chaussée. Je vais prévenir l'abbesse. Ce qu'elle va être heureuse de vous revoir!

La sœur s'envola dans un bruit de voiles et de clés. Donc, Anne de Thou était toujours là! Anne en fut rassérénée. Il ne lui restait plus qu'à avoir des nouvelles de son fils et des Habermann pour retrouver ses points d'ancrage et essayer de continuer à vivre.

Anne de Thou, elle-même, vint à sa rencontre sous le porche de l'entrée. Elle embrassa Anne, la prit par la main et la conduisit dans son appartement :

– Alors, ma pauvre Anne, nous avons appris par votre lettre qui ne nous est parvenue que la semaine dernière par un bénédictin que votre mari était mort en Italie. Toute notre communauté est encore remuée par cette nouvelle. Racontez-moi comment une chose aussi horrible a pu arriver...

– Avant, ma mère, dites-moi comment va Paul. Est-il prévenu de la mort de son père?

– Naturellement. Je lui ai fait mander de passer à l'abbaye et je lui ai donné à lire votre lettre après l'avoir préparé le mieux que j'ai pu au malheur qui le frappait. Il a été très touché mais il a supporté le choc avec courage. C'est un médecin et il est, hélas! habitué à fréquenter la mort. Il va bien, son seul souci est de vous retrouver. J'envoie tout de suite une sœur le prévenir que vous êtes rentrée saine et sauve. Avez-vous pu, si loin de chez nous, donner à Denis une sépulture convenable?

– Il a été inhumé près du chœur d'une des plus belles églises de Florence, tout près de son chef-d'œuvre, une magnifique statue de saint Roch qui fait l'admiration de tout le monde. Pourtant les Italiens ne manquent pas d'artistes!

– Il devait aussi, rappelez-vous, sculpter une statue pour notre abbatiale. Dieu en a décidé autrement. Qu'allez-vous faire maintenant, Anne? Allez-vous revenir habiter votre maison ou vivre avec votre fils?

– Je ne sais pas encore. Il faut que je me repose, que je réfléchisse. Il n'est pas impossible, mère, que je demande à vous rejoindre dans ces murs pour un temps ou pour toujours. Ma vie a été une telle suite d'événements, elle m'a tellement contrainte à lutter que j'aspire aujourd'hui à une paix que seul Dieu, peut-être, m'offrira.

– Ce serait, vous le savez, une grande joie pour moi de vous accueillir mais il s'agit d'une décision grave à laquelle il faut longuement penser. Nous reparlerons de cela un peu plus tard. Pour l'instant, je vous conseille de vivre dans votre maison, de retrouver votre belle-sœur, ses enfants et Paul à qui vous devez, en premier, le récit de vos aventures et l'histoire de la fin tragique de son père.

Une heure plus tard, Paul qu'on avait fait prévenir chez un malade arrivait sur sa mule exténuée par le trot d'enfer qu'il lui avait fait mener. Il se jeta dans les bras de sa mère et l'aida à s'installer dans la maison que Perrine avait entretenue avec soin durant l'absence de Denis et d'Anne. Celle-ci faillit s'évanouir en entrant dans l'atelier où flottait encore le parfum des derniers bois travaillés par son mari. Paul lui fit aussitôt respirer un flacon d'essences très fortes et elle reprit ses esprits.

– Je suis tellement lasse! dit-elle. Revoir les outils de Denis bien rangés sur l'établi, comme s'il allait les reprendre dans sa main, m'a bouleversée. Tu sais, j'ai rapporté la masse qu'il a lâchée quelques instants avant de mourir. Je te la donnerai, tu la garderas en souvenir de ton père qui était si fier de toi!

Le soir, tout le monde se retrouva autour de la table des Habermann. Paul était retourné chercher sa femme qu'Anne connaissait à peine. Elle fut surprise et heureuse de constater que sa belle-fille était sensible à l'atmosphère familiale d'un monde qui n'était pas le sien. Nicole Le Febvre n'était pas très belle mais avait du charme. Elle était visiblement très amoureuse de son mari et ne cachait pas sa curiosité et son admiration pour Anne dont Paul lui avait raconté l'histoire et que son voyage à la fois tragique et merveilleux rendait encore plus intéressante.

Perrine et Jeannot, eux, étaient inquiets. Depuis longtemps, ils étaient sans nouvelles de leur fils Christophe parti faire son tour de France peu après qu'Anne et Denis eurent pris la route d'Italie. Anne les rassura :

– Voyager est beaucoup moins pénible qu'on ne le croit. On s'imagine les routes et les chemins déserts avec des brigands cachés derrière tous les arbres. En réalité on y croise tout le temps du monde, et l'on trouve toujours quelque voyageur intéressant pour faire un bout de chemin avec vous. Avant notre départ, on n'a cessé de nous dire que les routes étaient dangereuses. Et mon pauvre Denis est mort dans un banal accident de chantier qui aurait aussi bien pu survenir quand il travaillait à la fontaine des Innocents! Et puis,

Christophe a la canne de Jean Cottion. C'est, vous le savez, un talisman. Denis a beaucoup hésité, finalement il ne l'a pas emportée...

Les larmes lui vinrent aux yeux, comme cela lui arrivait parfois lorsqu'on venait à parler d'un détail apparemment sans importance mais qui évoquait instantanément des souvenirs dont la précision lui devenait insupportable. Quand le chagrin sent qu'il a moins de prise sur le cœur, il s'embusque à fleur de peau, prêt à resurgir quand on ne l'attend plus, comme pour rappeler qu'il n'est pas si facile d'oublier ceux qu'on a aimés.

Un silence se fit, silence de la compassion et de l'impuissance. Anne en profita pour quitter la table un moment, s'essuyer les yeux et revenir avec son portrait. Elle raconta comment le vieux maître lui en avait fait cadeau, et comment elle avait prêté son visage à la Vierge sur une toile gigantesque qui ornait la scuola San Rocco. Personne ne connaissait le nom du Tintoret mais chacun reconnut que le portrait d'Anne était l'œuvre d'un grand peintre. Quand on se sépara, Nicole entraîna sa belle-mère un peu à l'écart :

– Mère, j'ai quelque chose à vous demander. Ma famille connaît un peintre qui fait de remarquables copies. Si vous consentez à me prêter votre portrait, j'en ferai faire un double pour l'offrir à Paul. Je suis sûre que c'est le plus beau présent que je puisse lui faire.

Ce soir-là, Lucie, l'une de ses nièces, coucha avec Anne afin qu'elle ne se retrouve pas seule dans le grand lit où la place de Denis demeurait encore marquée. La jeune fille avait mille questions à poser à sa tante qui la questionna à son tour sur elle, ses frères et ses sœurs. Lucie n'était pas sotte. Elles bavardèrent longtemps et Anne s'aperçut qu'elle éprouvait du plaisir à approcher quelqu'un de jeune. Elle ne s'était finalement guère occupée de son fils et n'avait, depuis sa propre enfance, fréquenté que des adultes. Elle s'endormit en se disant que Paul et Nicole ne semblaient pas pressés de lui faire des petits-enfants.

Anne avait changé en même temps que sa vie. « J'ai brûlé mon existence pendant cinquante ans, maintenant je la consume », disait-elle. C'était vrai. La tigresse qui jadis faisait un peu peur à Denis ressemblait plus aujourd'hui à une chatte égarée qu'à un fauve. Ce qu'elle avait dit à l'abbesse en retrouvant le Faubourg n'était pas des paroles en l'air. Tout en ayant repris ce qu'elle appelait « un morceau de sa vie d'avant », elle songeait de plus en plus souvent que sa place n'était peut-être plus de ce côté de la chaussée mais en face, derrière les gros murs où une autre famille et, qui sait, Dieu lui-même, la prendraient en charge. Il ne s'agissait pas d'une vocation irrésistible. Anne était croyante mais n'avait pas jusque-là attaché une grande importance aux manifestations extérieures de la religion. Sa dévotion s'arrêtait aux frontières de ce qu'elle considérait être la superstition. Il lui arrivait pourtant maintenant de penser qu'il existe une période de la vie faite pour le calme et le recueillement et que la prière, après tout, était un bon moyen de faire le ménage dans une tête qui avait pris sa part de risques et de coups. Elle rendait souvent visite à Anne de Thou. L'abbesse l'accueillait avec amitié et aimait bavarder avec celle qu'elle aurait pu devenir si elle n'avait pas mis toute son énergie au service de cette abbaye qui, elle s'en rendait compte, l'avait plus accaparée que le Bon Dieu. Anne de Thou se gardait bien de tout prosélytisme, elle parlait plutôt à Anne des difficultés que traversait la communauté du bois depuis le début des luttes religieuses. Si la misère était encore tolérable, c'était parce que de nombreux ouvriers étrangers et provinciaux avaient quitté le Faubourg. Ceux qui restaient étaient pourtant encore trop nombreux pour le peu de travail qu'ils avaient à se partager.

Le climat de guerre civile qui régnait en France, surtout à Paris, avait brisé le Faubourg où l'on parlait du temps de la Renaissance comme d'un âge d'or dont on ne guettait même plus le retour. La situation politique et religieuse était si compliquée qu'on n'y comprenait rien. L'abbesse Anne qui suivait de très près les événements expliquait à Anne pourquoi elle était inquiète :

– Le roi panache ses plaisirs de dévotion. Il pense se mettre en règle avec Dieu et avec lui-même en multipliant les processions. Le voilà qui a créé une confrérie de pénitents qui défilent dans les rues avec un sac percé de deux trous sur la tête. Les gens de la cour suivent pour faire comme le roi. Les bourgeois et même le peuple vont leur emboîter le pas. Déjà les moines de certains monastères participent à ces mascarades qui tiennent plus du carnaval que de la piété. Mais ce n'est pas le plus grave. Ce sont les ligueurs qui me font peur. Ces forcenés en veulent au roi qui, selon eux, se montre trop clément envers les huguenots!

Anne écoutait et réfléchissait. Sa vie dans un Faubourg inactif et découragé n'avait plus d'intérêt. Elle ne s'habituait pas à la solitude, et son ennui augmentait chaque jour un peu plus. Les Habermann étaient très gentils avec elle mais une belle-sœur n'a jamais remplacé un mari. Quant à Paul, son travail l'occupait tellement qu'il ne pouvait pas consacrer beaucoup plus de temps à sa femme qu'à sa mère. Son beau-père le docteur régent Le Febvre, connu comme hérétique, avait préféré prendre du large et gagner Rouen, en lui confiant sa clientèle.

Anne faillit répondre à l'abbesse qu'elle était prête à revêtir la coule blanche aux larges manches des religieuses de Saint-Antoine. Elle ouvrait déjà la bouche quand, soudain, elle eut conscience de l'importance de son choix. Sa vie avait été une suite d'événements subis sans faiblesse mais qu'elle n'avait pas provoqués. Là, elle était maîtresse de sa destinée et se devait de réfléchir encore, de parler à Paul avant de prendre une décision qu'elle savait irrévocable. En fait, ce qui l'attirait à l'abbaye, c'était moins la paix de l'âme qu'elle cherchait au début que la perspective de reprendre une vie active aux côtés de l'abbesse Jeanne. Elle n'était pas faite pour se morfondre au-dessus d'un atelier vide. Maintenant qu'elle allait mieux, elle retrouvait son goût du risque calculé, son attrait pour l'imprévu, son amour de la vie, quoi! L'idée que les temps s'annonçaient difficiles pour l'abbaye n'était pas pour la décourager. S'il fallait se battre, elle se battrait, elle aiderait l'abbesse, son amie, elle se ferait soldat! Et même s'il n'y avait pas la guerre, il restait l'immense domaine agricole de l'abbaye à administrer, à développer. C'était aussi intéressant que de s'occuper du chantier de bois de Bercy. Surtout, c'était nouveau et Anne savait bien qu'elle ne pouvait pas vivre longtemps sans nouveauté!

Sa décision était arrêtée. Pour la forme, elle demanda l'avis de son fils qui ouvrit de grands yeux. Sa mère l'avait habitué aux initiatives hardies mais là, tout de même, il fut étonné. Comme avant de faire un diagnostic difficile, il se prit la tête entre les mains et parut réfléchir. Enfin, il dit :

– Personne, mère, ne t'a empêchée de faire ce dont tu avais envie. Donc un conseil de ma part n'a pas d'intérêt. Cela dit, l'effet de surprise passé, tu n'as peut-être pas tort. Le voile va te rajeunir. Tu sais que tu feras une bien jolie nonne! La seule chose qui compte, pour moi, c'est de te savoir vivante et de te voir le plus souvent possible. Alors, quand prononces-tu tes vœux?

– Attends un peu. Il faut déjà que je prévienne l'abbesse!

Six mois plus tard, Anne Séguier, veuve de Denis Thirion, faisait don d'une partie de sa fortune à l'abbaye Saint-Antoine, acceptait de servir Dieu selon la règle de Cîteaux et prenait le voile au milieu de l'allégresse de tout le couvent. Anne de Thou était ravie et remerciait le Seigneur de lui avoir envoyé une sœur qui racontait si bien les histoires extraordinaires qui lui étaient arrivées, qui savait tenir un registre de comptes et qui allait être une compagne utile et agréable. On grogna bien un peu dans les stalles quand, quelques mois après son entrée, Anne fut nommée trésorière de l'abbaye. C'était le poste le plus important au côté de l'abbesse et certaines trouvèrent la promotion un peu rapide mais Anne était populaire et, bientôt, personne ne pensa qu'elle n'avait pas toujours occupé cette fonction.

Malgré quelques épidémies, une disette, les folies du roi et les incartades de la Ligue qui remuaient Paris, la vie demeura calme à l'abbaye durant les premières années qui suivirent l'arrivée d'Anne. Contrairement à ce qu'elle avait cru, les nouvelles arrivaient très vite à Saint-Antoine. Des moines-messagers assuraient avec une rapidité et une ponctualité que n'auraient pas désavouées Mercure la liaison entre les maisons religieuses parisiennes. C'est ainsi qu'on apprit un matin la nouvelle de l'exécution de Marie Stuart, veuve de François II, reine très aimée des Français, à laquelle Elizabeth d'Angleterre venait de faire couper la tête.

Un an plus tard, le 24 décembre 1588, alors que l'abbaye en fête s'apprêtait à célébrer Noël, une nouvelle beaucoup plus grave parvint dans l'après-midi à l'abbesse Anne. La veille au soir, le roi avait fait assassiner le duc de Guise au château de Blois où les états étaient assemblés. Passant de la faiblesse à l'excès, il avait aussi fait emprisonner les principaux chefs de la Ligue qui se trouvaient logés dans le château.

– Ce que je craignais, depuis longtemps est arrivé! dit l'abbesse à Anne. Nous allons entrer maintenant dans une vraie guerre civile dont personne ne peut prévoir les conséquences.

La rupture entre le roi et les ligueurs était consommée. Henri III ne pouvait plus rentrer dans Paris soulevé contre lui par la plupart des curés qui prêchaient une sorte de guerre sainte. L'abbesse et celle qu'il convenait maintenant d'appeler sœur Anne avaient l'habitude de souper ensemble, le soir venu, dans l'appartement de Jeanne. Celle-ci n'avait pas apporté de grandes transformations à l'installation de Marguerite de Vaudetar. Elle avait simplement aménagé un bureau ou plutôt une table, construite par Jeannot Habermann, afin qu'Anne puisse travailler. Ce n'était pas une mince affaire d'administrer le domaine en ces temps difficiles où la misère s'étendait dans les corporations et où les classes les plus aisées étaient depuis des années pressurées d'impôts. L'abbaye demeurait pourtant, dans le chaos qu'était devenu le royaume, un petit paradis capable de vivre en autarcie, un îlot de bien-être isolé dans la pauvreté. Combien de temps encore cet état de grâce allait-il durer? C'est la question que se posaient chaque jour les deux femmes qui craignaient autant pour l'abbaye elle-même que pour la communauté ouvrière du Faubourg qu'elle aidait à survivre.

La présence d'Anne chez les sœurs de Saint-Antoine était une bénédiction pour les ouvriers libres et leurs familles. Jamais, même au temps de Jean Cottion ou de Jean-Baptiste, la communication n'avait été aussi intense entre les deux communautés. Anne s'était parfaitement adaptée à sa nouvelle vie. Elle avait repris l'appartement occupé durant douze ans par Mme de Monchy qui avait, en mourant, légué ses meubles à l'abbaye. Anne n'avait eu qu'à accrocher au mur, en face de son lit, le portrait du Tintoret et à disposer quelques meubles personnels auxquels elle tenait. La règle, on le sait, était fort libérale : Anne pouvait recevoir à son gré mais seuls ses enfants – Paul venait d'être nommé médecin de l'abbaye –, et les Habermann venaient lui rendre régulièrement visite. Sans s'être officiellement convertis au catholicisme, les Habermann avaient cessé toute pratique réformiste. Jeannot et ses fils continuaient d'assurer, fidèles à la tradition familiale, l'entretien des meubles et des bâtiments de l'abbaye.

Le retour de Christophe anima le printemps maussade de 1589. Il arriva un soir, d'Amiens où il avait terminé son tour de France. La nouvelle de la mort tragique de Denis qu'il admirait le toucha beaucoup. Quant à Anne, sa mère eut beaucoup de peine à le convaincre qu'elle était maintenant religieuse à Saint-Antoine-des-Champs. Christophe, un peu intimidé, vint rendre visite à sa tante dès le lendemain. Il trouva qu'elle portait bien la longue robe blanche de l'ordre et qu'à plus de cinquante ans elle était encore belle. Anne l'accueillit avec émotion. Ce revenant de la longue route que trois années de marche et de travail avaient aminci mais qu'on devinait fort sous la chemise de grosse toile, lui rappelait Denis surgissant dans sa vie un dimanche à Bercy. Même carrure, même regard flambant de crânerie, Christophe remuait sans s'en douter bien des souvenirs chez Anne qui cachait mal son trouble.

– J'ai beaucoup de chagrin pour Denis, dit Christophe. Je l'aimais comme mon père et j'avais hâte de rentrer afin qu'il me raconte Rome et l'Italie. Je voudrais bien devenir un artiste comme lui!

– Lui aussi t'aimait. Il était curieux de savoir si tu profitais de ton voyage, si tu apprenais beaucoup de choses nouvelles, il voulait t'aider à devenir un homme du bois, un grand sculpteur. Eh bien, Christophe, il faudra te passer de lui et réussir ce qu'il souhaitait pour toi. Au fait, as-tu conservé la canne de Jean Cottion?

– Oui, elle ne m'a pas quitté. Un jour, on a voulu me la dérober. Je l'ai retrouvée et je te promets que le voleur a pu juger du bois dont elle était faite. Je vais te la rapporter mais j'aimerais y graver mon nom.

– Je n'ai pas à permettre, tu dois graver ton nom! Et puis, tu ne me la rendras pas. Cette canne t'appartient. Elle est témoin de l'amour qu'ont toujours porté au bois ceux de notre famille. Le Faubourg a une histoire. Cinq générations de compagnons en ont écrit la préface dans le chêne et le noyer. La paix va bien revenir un jour et avec elle la création et le développement de notre communauté. Tu vas avoir ton rôle à jouer dans ce mouvement qui sera aussi important que la Renaissance. Dis-toi que Denis te regarde peut-être de là-haut et qu'il doit être fier de toi!

– Merci de toutes ces bontés. J'essaierai de te faire honneur ainsi qu'à Denis.

– Ce n'est pas tout. L'atelier de Denis est vide et je n'ai plus besoin de la chambre. Tu n'as qu'à t'y installer. Partage les outils avec tes deux frères. Certains ciseaux portent encore la marque de Jean Cottion, d'autres celles de Nicolas et de Jean-Baptiste. Ils vont se trouver mêlés sur ton établi aux gouges que va te léguer ton père, car je ne pense pas que Jeannot puisse retravailler. Il est bien malade! Vois-tu, ces outils saisis des milliers et des milliers de fois se retrouvent mariés comme les familles, utilisés à chaque nouvelle génération par des mains plus jeunes qui essaient de retrouver les gestes anciens qui ont fait de si beaux ouvrages. Denis me disait qu'il ne travaillait pas avec un outil ayant appartenu à son père sans avoir une pensée pour lui.

– J'aime que tu me parles ainsi. Cela m'émeut et me donne du courage. Mais comment te remercier pour l'atelier?

– En sculptant un jour la statue que Denis n'a pas pu faire pour l'abbaye!

Un autre jour, l'abbesse demanda à voir Christophe. Elle voulait le questionner sur son expérience et essayer d'apprendre à travers lui des nouvelles de la France intérieure. Le jeune homme fut donc invité à boire un verre de la liqueur d'ambre que distillait dans une cave de l'abbaye la sœur Madeleine après chaque récolte de framboises. C'était l'époque, disait-on, où l'on riait très fort, le soir, dans le dortoir des converses. Après, les flacons bouchés et cachetés étaient placés sous la garde de l'abbesse qui en faisait cadeau aux hôtes de passage, non sans penser à son usage personnel et à la goutte qu'elle offrait aux sœurs à l'occasion de certaines fêtes.

Christophe parla avec intelligence de la guerre de religion qui divisait certaines contrées et quelques grandes cités.

– Je les ai évitées comme la peste! affirma-t-il. Il faut dire que, dans l'ensemble, les compagnons menuisiers partagés en « dévorants » pour les catholiques et en « gavots » pour les réformés, ne se haïssent point. Les menuisiers dévorants considèrent toujours comme frères les Enfants de Salomon, compagnons menuisiers gavots. Moi, comme mon père et ma mère ont été mariés deux fois, à l'église et au temple, j'ai toujours pensé qu'il était raisonnable d'être catholique chez les dévorants et protestant chez les gavots.

Tandis que dans chaque atelier, faute d'un travail suivi, on discutait à n'en plus finir sur la meilleure façon de réussir un placage d'ébène sur du bois ordinaire, les événements politiques se précipitaient à Paris. La capitale était toujours au pouvoir des ligueurs avec l'approbation quasi unanime de ses habitants, mais on apprenait qu'Henri III s'unissait au roi de Navarre pour tenter de regagner sa ville. Le 14 février 1589, le roi déclarait Paris rebelle, déchu de tous ses privilèges et, en mai, ville criminelle de lèse-majesté. Le duc de Mayenne nommé lieutenant-général par la Ligue défendait la ville qui faillit être prise plusieurs fois par l'armée royale. La misère augmentait dans Paris assiégé par son roi, et la capitale se serait rendue si un événement considérable n'était survenu : le meurtre d'Henri III par un moine du couvent des jacobins!

– Cette fois, nous voilà au bord du gouffre, dit l'abbesse. On va se battre à toutes les portes de Paris et l'abbaye ne sera pas épargnée. Je viens d'apprendre que le roi de Navarre vient d'être proclamé sous le nom de Henri IV par l'armée royale. Le trône lui revient de droit mais il est protestant et la moitié de la France ne veut pas d'un roi protestant.

Situés hors les murs, l'abbaye et ses protégés souffraient moins que dans la ville où, après avoir mangé les chiens, les chats et les rats, on se nourrissait d'herbe et de son d'avoine. Anne et l'abbesse étaient prêtes à penser que leur maison bénéficiait de la protection divine quand, le 7 mai, une partie des troupes royales demanda l'ouverture des portes et s'installa pour camper dans le parc tandis que les officiers prenaient leurs quartiers dans les chambres vacantes de l'abbaye.

Anne qui disait volontiers aimer les émotions fortes était servie. Elle ne quittait pas l'abbesse qui regardait les soldats huguenots comme des diables surgis de l'enfer. A vrai dire Anne de Thou avait peur car on venait de lui rapporter que le Vert Galant, qui avait passé une journée et une nuit dans l'abbaye de Montmartre avec Rosny, son médecin le Dr Alibour et deux secrétaires, avait profité de son séjour pour séduire la belle abbesse Claudine de Beauvilliers. Anne ne pouvait s'empêcher de penser, avec raison que le roi venant à Saint-Antoine l'aurait plutôt choisie elle que l'abbesse qui avait son âge mais en paraissait dix de plus.

Les troupes royales se conduisaient pourtant avec courtoisie. Elles mangeaient et buvaient naturellement sur les réserves de l'abbaye mais aucune religieuse n'avait à se plaindre de leur conduite. Les soldats respectaient l'église abbatiale dans laquelle ils évitaient d'entrer. Anne, qui n'avait pas l'aversion de l'abbesse pour les huguenots, servait d'intermédiaire entre eux et la communauté religieuse. Elle entretenait même des relations polies avec le colonel auquel elle trouvait une certaine ressemblance avec Denis.

Une semaine exactement après l'arrivée des troupes royales, la situation se modifia radicalement. L'abbaye se réveilla au petit matin cernée par une troupe de ligueurs bien plus nombreuse que celle des occupants. Ceux-ci, après une brève défense, préférèrent battre en retraite et laisser la place à l'ennemi. Anne fut contente de constater que le colonel avait tenu parole. Elle avait su le convaincre de ne pas brûler le moulin de l'abbaye, demeuré seul debout dans toute la région est de Paris.

A leur tour, les bretteurs de la Ligue prirent possession de Saint-Antoine-des-Champs. L'abbesse crut qu'elle pouvait respirer maintenant que sa maison était aux mains des défenseurs de l'ordre catholique. Elle avait tort. Contre toute attente, les ligueurs, commandés par le chevalier d'Aumale, n'eurent ni la politesse ni la délicatesse des protestants. Leur chef dont la bravoure n'avait d'égale que sa mauvaise réputation, les laissa mettre à sac l'abbatiale qu'avaient respectée les fauteurs d'hérésie et piller les dépendances de l'abbaye. Quand ils partirent à leur tour, l'abbesse désespérée constata que les vases sacrés, les chandeliers d'argent, un crucifix en vermeil et la statue de saint Antoine autrefois sculptée par Nicolas avaient été volés. Anne, heureusement, avait eu le temps de cacher son portrait dans les combles, sinon il eût disparu avec les objets du culte. Les ligueurs laissaient l'abbaye dans un état déplorable. Stalles brisées, statues en morceaux, vitres cassées, meubles brûlés, on avait peine à croire que ces dégâts étaient l'œuvre de ceux qui prétendaient défendre la cause du catholicisme.

L'abbesse et Anne décidèrent de remettre sans attendre le domaine en état. Les ouvriers du Faubourg se mirent de bon cœur au travail mais il fut impossible de réparer certaines déprédations, les vitraux en particulier qu'on remplaça provisoirement par des planches de bois. Un matin, on eut tout de même une bonne surprise. Un jardinier de la ferme rapporta la statue de saint Antoine retrouvée dans un champ où les forcenés l'avaient abandonnée, la trouvant sans doute trop lourde.

Anne vit dans le retour du saint sur son piédestal un heureux présage. Rien n'engageait pourtant à l'optimisme. Paris succombait lentement à la faim et les bourgeois comme le peuple commençaient à se demander s'il était raisonnable de mourir pour les beaux yeux du duc de Mayenne qui rêvait d'être désigné roi de France à la place du Béarnais.

L'abbaye pansait encore ses plaies quand l'abbesse fut prévenue que sa maison, après avoir servi de champ de bataille, allait devenir lieu de négociation. Le roi arriva en effet peu après avec son ami le baron de Rosny [1] et sa garde personnelle. Il salua respectueusement l'abbesse, eut un regard intéressé pour Anne et dit qu'il était navré des suites qu'avait eues l'occupation temporaire de l'abbaye par ses troupes, contraintes de laisser la place aux coupe-jarrets de la Ligue. C'était souligner de façon adroite la correction de sa propre armée.

Les deux femmes regardaient le roi Henri avec un intérêt qu'elles n'essayaient pas de cacher. Ainsi, elles avaient là, devant elles, ce Français rustique dont l'accent gascon étonnait, le neveu de la reine Marguerite, le fils de Jeanne d'Albret, le mari de la reine Margot, le rescapé de la Saint-Barthélemy, celui que Henri III, avant de trépasser, avait désigné comme son successeur légitime!

Le roi parlait avec Rosny. L'abbesse et Anne n'entendaient pas ce qu'ils disaient mais elles avaient le temps d'examiner en détail l'homme qui, venu de sa petite cour du Midi pour conquérir le trône

1. Plus tard duc de Sully.

de France, butait sur les murailles de Paris. La fraise empesée n'est pas un accessoire de guerrier. Celle du roi était sale et froissée, comme sa chemise qui dépassait des manches de son pourpoint. La vie qu'il menait se prêtait mal aux élégances mais tel qu'il était, négligé avec encore un soupçon de distinction, il produisait sur Anne une impression qu'elle savait depuis longtemps reconnaître lorsque le hasard lui faisait rencontrer un certain type d'hommes. C'est son sourire surtout qui la frappait : « Avec un charme pareil, pensa-t-elle, il lui suffira d'entrer dans Paris pour que toutes les femmes crient Vive le Roi. »

Henri n'était cependant pas venu à Saint-Antoine-des-Champs pour se faire dévisager par les religieuses. Bientôt, un carrosse fit son entrée dans le parc et deux prélats en descendirent, non sans efforts. L'abbesse glissa à l'oreille d'Anne : « C'est l'archevêque de Paris et celui de Lyon que le conseil des Seize [1] a sûrement députés auprès du roi. S'agirait-il enfin de parler de paix? »

Les deux femmes sortirent discrètement du grand parloir où Henri IV s'était installé. Anne, cependant, était trop curieuse pour laisser passer une aussi bonne occasion d'en savoir un peu plus sur la situation. Une seconde porte, cachée par une lourde tapisserie des Flandres, s'ouvrait non loin de l'endroit où se trouvaient le roi et Rosny. Il suffisait de l'entrouvrir pour pouvoir entendre, en prêtant l'oreille, la conversation la plus confidentielle qui se soit jamais échangée dans l'abbaye.

– Sire, commença l'archevêque de Paris, nous sommes chargés de vous dire l'état de nécessité extrême dans lequel se trouve Paris et le bien que causerait au royaume la paix universelle. Accordez-nous un sauf-conduit pour nous rendre auprès du duc de Mayenne. Si dans quatre jours nous ne l'avons pas amené à traiter, nous promettons d'ouvrir des négociations pour la seule ville de Paris.

Le roi avait accueilli assez froidement les deux archevêques qu'il savait acquis au pape et à l'Espagne; il répondit sans attendre :

– Je ne suis point dissimulé; je dis rondement ce que je pense. Je veux la paix générale, je la désire. Pour avoir une bataille je donnerais un doigt et pour la paix générale deux! J'aime ma ville de Paris, c'est ma fille aînée, j'en suis jaloux; je veux lui faire plus de bien, plus de grâces, plus de miséricorde qu'elle n'en demande; mais

1. Comité de ligueurs représentant les seize quartiers de Paris et qui faisait régner la terreur.

je veux qu'elle m'en sache gré et non à Mayenne ou au roi d'Espagne. Il faut que les Parisiens méritent le pardon que je suis disposé à leur accorder par une prompte soumission. Ils n'ont pas à aller trouver le duc de Mayenne!

Les ambassadeurs, la mine longue, remontèrent dans leur carrosse. Peu après, le roi et sa garde enfourchaient leur cheval; saint Antoine n'avait pas décidé de la paix. Les Parisiens, conduits par des fanatiques et des prédicateurs excités, devraient encore attendre pour manger à leur faim et vivre en paix.

C'est pourtant dans un autre lieu du Faubourg que la réconciliation des Français s'ébaucha par une trêve de trois mois négociée à la Roquette. Parmi les députés du roi il y avait Renard de Baune, archevêque de Bourges, et Emeri de Thou, un cousin de l'abbesse. Par lui, on apprit à l'abbaye, un jour de juillet 1593, qu'Henri IV était prêt à changer de religion. « Henri, mon frère [1], avait-il dit, m'affirmait qu'il me faudrait embrasser la religion du royaume avec le royaume, ou bien choisir les misères d'un roi de Navarre. Eh bien, j'ai choisi le bonheur de mes sujets. Je suis donc décidé à m'instruire en la compagnie de doctes personnes qui m'ont déjà persuadé que le catholicisme était la vraie religion. »

Il restait à définir les conditions protocolaires de la conversion royale et de l'entrée du roi à Paris où sévissaient toujours les Seize et quelques bandes de mercenaires recrutés dans la lie de la population et que commandait un prêtre-soldat nommé Hamilton, curé de Saint-Cosme qui disait la messe avec sa cuirasse sur le dos. Pour cette ultime négociation, le calme et la situation discrète de l'abbaye Saint-Antoine s'imposaient. C'est encore dans le grand parloir aux tapisseries qu'elle se tint.

Sous le prétexte d'une affaire de famille à régler, François d'Épinay-Saint-Luc, grand maître de l'artillerie royale vint le 14 mars 1594 retrouver son cousin Cossé-Brissac, le gouverneur de Paris, qui œuvrait en secret pour la paix. La réunion dura si tard qu'Anne leur fit proposer un en-cas sans interrompre leur conférence, ce qu'ils acceptèrent de grand cœur. Les deux négociateurs parlaient bas et Anne, cachée derrière sa tapisserie, ne comprenait pas tout ce qui se disait. Elle entendit tout de même qu'ils parlaient de la reddition de la ville et que le comte de Brissac était convenu d'introduire le roi dans Paris le 22 avec l'aide du

1. Henri III.

président Le Maistre, le prévôt des marchands Lhuillier, deux échevins, des conseillers et plusieurs officiers. Le plus comique, c'est que les deux cousins se séparèrent devant la porte en affectant d'être au plus mal et en se disputant afin que personne ne soupçonnât l'accord qu'ils venaient de conclure. Anne et l'abbesse attendirent l'heure du souper pour en rire et pour fêter avant tout le monde, d'un verre de liqueur d'ambre, la prochaine entrée du Vert Galant dans sa capitale. L'élixir de sœur Madeleine devait avoir des vertus de réminiscence car Anne se souvint curieusement alors que François d'Épinay avait dit à Brissac :

« La pauvreté du roi est extrême, je l'ai entendu l'autre jour demander à un sien valet de chambre combien il avait de chemises. " Une douzaine, lui a-t-il répondu, encore y en a-t-il de déchirées. – Et de mouchoirs, n'est-ce pas huit que j'ai? – Non, Sire, cinq seulement. " »

Le Dr Thirion soignait depuis plusieurs mois l'abbesse Anne de Thou victime d'un étrange mal qui la faisait enfler à certains moments et lui causait de grandes douleurs. Les médications qu'il avait ordonnées n'avaient eu aucun effet et le cœur donnait maintenant des signes de faiblesse. Anne demeurait le plus souvent possible au chevet de son amie qui ne se levait plus guère et s'intéressait à peine à la marche de l'abbaye. Paul avait prévenu sa mère que la mort pouvait survenir à n'importe quel moment. Un soir où l'abbesse allait particulièrement mal, Anne fit appeler le vicaire de l'abbaye. C'était un brave homme qui attendit le dernier moment pour administrer les saintes huiles à Anne de Thou et la confesser alors qu'elle était déjà à demi inconsciente : « Avec l'abbesse, il n'y a pas à se faire de soucis, elle n'a fait que du bien et elle ira directement au paradis. »

Elle attendit le jour de l'Ascension pour faire ce dernier voyage et Anne eut beaucoup de chagrin. Grâce à l'abbesse, elle avait vécu dans un cocon la partie la plus douloureuse de sa vie. Elle pleurait une amie et s'inquiétait en même temps des incidences que l'arrivée d'une nouvelle abbesse ne manquerait d'avoir sur sa propre existence.

Anne de Thou avait régné vingt-deux ans dans des circonstances difficiles, elle laissait un grand souvenir dans la communauté et fut inhumée devant toutes les religieuses réunies dans le chœur. Henri IV – peut-être se souvenait-il du rôle joué par l'abbaye royale dans sa longue marche vers le pouvoir – envoya un seigneur de sa maison pour le représenter aux obsèques. Une page de l'histoire de Saint-Antoine-des-Champs était tournée qui appartenait en même temps à celle de l'histoire de la France.

La longue léthargie dans laquelle les guerres de religion avaient plongé la corporation du bois, aussi bien chez les maîtres de Paris que chez les artisans de l'abbaye, rendait difficile un réveil auquel les jeunes étaient peu préparés. Le feu sacré des anciens s'était éteint. A peu près seul au Faubourg, Christophe, encore tout enfiévré par son tour de France, brûlait du désir de montrer ce qu'il était capable de faire, rêvait de mettre en pratique les nouvelles techniques et d'inventer des meubles nouveaux. Encouragé par Anne, il se sentait investi d'une mission quasi sacrée : perpétuer la lignée des menuisiers-huchiers qui avait fondé le faubourg du bois et dont il était le dernier descendant.

Durant toutes les années de troubles, les nobles avaient souvent vécu en nomades, quittant un château pour un autre, abandonnant Paris pour regagner leurs terres, revenant dans la capitale dès que la vie y redevenait possible. Personne, dans de pareilles conditions, n'avait acheté de meubles, mais, la paix revenue, nobles et bourgeois éprouvaient la même envie de reprendre une existence normale. Un certain goût de luxe se manifestait à Paris, suite logique d'une ère de restrictions. La misère de la France déchirée laissait la part belle à ses voisins. En Flandre, en Espagne et naturellement en Italie, les gens aisés vivaient dans l'opulence. On y fabriquait des meubles dont la richesse n'avait pas d'équivalent en France et les Parisiens les plus riches allaient s'approvisionner à Milan ou à Florence en tables à piètements tournés, en sièges richement tapissés et en cabinets plaqués d'ébène qui étaient de véritables œuvres d'art.

Christophe n'était pas doué comme Denis mais il avait d'autres qualités. A une solide pratique de son métier, il joignait un sens de la réflexion et de la prévision qui font la fortune de ceux qui les possèdent dans les périodes charnières de l'Histoire. Ainsi avait-il remarqué le goût grandissant des Français pour les meubles d'inspiration espagnole et flamande, en particulier ces sièges imposants d'où la sculpture avait pratiquement disparu mais qui apparaissaient comme un assemblage de pièces habilement tournées : « La résurrection du Faubourg tourne autour des pieds de chaises », pensait-il. Christophe résolut de faire part à Anne de ses idées.

– Tu as raison, mon garçon, lui dit-elle. Pour relancer le Faubourg, il faut fabriquer des meubles à la mode. Comme d'habitude, les corporations mettront des mois, même des années avant de modifier leur façon de travailler. C'est par nous que doit passer le changement si tu crois qu'il y aura un changement.

– Il existe déjà. J'ai heureusement pu visiter quelques ateliers dans les Flandres françaises, à la fin de mon voyage, et j'ai constaté qu'on y fabrique déjà les premiers sièges à la façon d'Amsterdam ou de Madrid. Je sais que le roi Henri en fait venir pour remeubler les chambres du Louvre qu'il a trouvées à peu près vides. Il faudrait que je puisse voir ces meubles, les mesurer, les dessiner...

– Tu veux aller au Louvre? J'en ai connu un autre qui a eu, il y a trente ans la même idée. C'était Denis, il y est arrivé.

Elle eut un sourire triste en repensant aux heures dorées de l'atelier de Jean Goujon, au lit sculpté de la belle Diane, à la chambre d'amour de la rue Cerisée... Tout cela lui apparaissait maintenant idéalisé, mais que la vie avait été difficile!

– A quoi penses-tu? demanda Christophe. Soudain tu deviens grave...

– Ce n'est rien. Tu sais, on croit avoir oublié un tas de choses, on vit le moment présent, et puis, crac! le passé vous tombe dessus au moment où l'on s'y attend le moins, comme une bourrasque d'orage ou bien comme les gouttes glacées d'une guilée. Celles-là sont les plus redoutables : elles vous harcèlent insidieusement... Mais qu'est-ce que je vais te raconter là! Ce que tu veux, c'est voir ces meubles, là où ils sont. Je vais questionner la nouvelle abbesse. Peut-être connaît-elle quelque seigneur qui en possède.

– A propos, comment est-elle notre abbesse? Jeune? Vieille? Jolie?

– Elle a vingt-deux ans. Elle porte le beau nom de Jeanne Camus de Pontcarré. Attends-toi à tomber amoureux d'elle la première fois où tu la verras C'est étrange, il y a toujours eu dans la famille un jeune compagnon du bois amoureux de l'abbesse. Denis lui-même a eu un faible pour Anne de Thou dans sa jeunesse!

– S'intéresse-t-elle à ses ouvriers?

– J'essaye de l'y intéresser, mais elle ne sait pas ce qu'est un ouvrier.

– Laisse-moi le lui expliquer. Mais comment peut-on nommer à une charge aussi importante une femme aussi jeune et sans expérience?

– C'est vrai qu'il demeure du huguenot chez toi et qu'un pareil choix a de quoi t'étonner. Jeanne VI a été nommée par acte royal confirmé par un vote des religieuses de l'abbaye. Normalement c'est le contraire qui aurait dû se produire mais la règle n'est jamais appliquée ni à Paris ni ailleurs. Comme aucun monastère n'ose se prononcer contre la décision royale, l'élection des abbés et des abbesses n'est qu'une cérémonie de pure forme.

– Et l'âge? Ne trouves-tu pas que c'est un peu jeune, vingt-deux ans?

– L'expérience montre que les abbesses nommées jeunes dirigent très vite et très bien leur maison. Tiens, tais-toi, la voici.

A un siècle de distance, à peu près au même endroit, et sans le savoir, Christophe subissait le même choc que Jean-Baptiste mis en présence de Jeanne V de Longuejoue. Mlle de Pontcarré semblait dotée de tous les attraits que la nature peut accorder à une femme. Sa coule blanche ne révélait rien de ses formes qu'on pouvait imaginer parfaites. Dans les plis amidonnés de la guimpe, son beau visage apparaissait, ovale accompli où les yeux brillaient comme des lumières dorées flottant sur l'eau laiteuse d'un lac de montagne. Anne, amusée, considérait Christophe, statufié devant la beauté. La jeune abbesse, elle, ne paraissait pas gênée; habituée aux regards éblouis des hommes, sachant lire entre les cils, elle n'en retenait que ce qu'ils ne montraient pas. Son jugement sur Christophe dut être favorable car elle sourit et demanda à Anne :

– Monsieur n'est-il pas votre neveu, celui sur lequel vous comptez pour remettre sur la bonne voie nos pauvres ateliers?

– Si, mère. C'est Christophe Habermann. Il est plein d'idées et vous auriez, je crois, grand avantage à l'écouter.

– Eh bien, asseyez-vous, monsieur, et parlez. Votre conversation va nous reposer des assommantes questions de baux et de fermages dont sœur Anne m'entretient depuis ce matin.

Christophe avala sa salive et expliqua, le plus clairement qu'il put, comment les ouvriers libres du Faubourg avaient toujours construit les meubles de leur époque quand ils n'avaient pas précédé la mode.

– Aujourd'hui, ces meubles nouveaux qu'il faut produire sont à nos portes, en Flandre. Nous avons une partie à jouer. Nous la gagnerons si vous avez la bonté de nous aider, conclut-il, heureux d'en avoir terminé.

– Quelqu'un possède ces meubles dont vous parlez. C'est

Gabrielle d'Estrée, la duchesse de Beaufort si vous préférez. Je vais faire en sorte que vous puissiez visiter l'hôtel du Bouchage qui est sa résidence.

– Merci, mère. Je vous tiendrai au courant par ma tante de mes projets, dès que je serai prêt.

– Et pourquoi donc ne viendriez-vous pas me les présenter vous-même, monsieur le Compagnon? Cette question est importante et j'entends la régler directement avec vous.

Christophe salua gauchement et se retira, éberlué d'avoir rencontré dans une abbaye la femme la plus belle qu'il eût jamais vue. Le soir, avant de s'endormir, il ne put s'empêcher de se remémorer les histoires de famille sur les relations scabreuses plus ou moins authentiques qu'avaient entretenues les Cottion et les Thirion avec les abbesses du passé, histoires que la légende enrichissait de détails nouveaux à chaque génération.

Une semaine plus tard, muni d'un sauf-conduit signé de l'abbesse et du capitaine des gardes chargé de veiller sur la belle Gabrielle, maîtresse officielle du roi, Christophe fut admis à pénétrer dans l'hôtel du Bouchage. La duchesse était à Fontainebleau avec le roi et le jeune homme put en toute quiétude relever les plans des meubles qui l'intéressaient. Leur fabrication ne semblait pas poser de problème, mis à part le tournage des pieds et des colonnes.

Il y avait bien depuis 1467 une communauté du métier de tourneur de bois à Paris mais les maîtres étaient peu nombreux, il n'en existait pas parmi les ouvriers libres du Faubourg et il ne pouvait être question de mêler une corporation à la production des lieux privilégiés. Christophe en était donc arrivé à la conclusion qu'il fallait créer des ateliers de tournage sur le territoire de l'abbaye. Il en fit part à Anne qui lui conseilla d'aller voir l'abbesse Jeanne et de lui parler de son projet : « Crois-moi, elle sera ravie de te revoir, elle me demande souvent de tes nouvelles », ajouta-t-elle avec un petit sourire.

Christophe revit donc Jeanne qui lui parut toujours aussi belle mais très pâle. Son teint s'anima lorsqu'elle vit le jeune homme :

– Je suis contente que vous soyez venu. Vous m'apportez un peu d'air frais. Alors où en êtes-vous?

Il lui parla des tourneurs, des colonnes torses que personne à Paris n'était capable de faire, des colonnes en chapelets et d'autres choses encore auxquelles l'abbesse ne comprenait rien. Enfin, il dit qu'il n'existait qu'une solution : faire venir au Faubourg des ouvriers flamands qui formeraient ensuite des apprentis.

– Avec votre accord, je me rendrai en Flandre et embaucherai les meilleurs tourneurs de bois que je pourrai trouver.

– Je suis de votre avis, partez quand vous le voudrez mais une question : y a-t-il des ateliers et des logements pour abriter ces nouveaux ouvriers?

– Oui. De nombreux compagnons ont hélas! abandonné le Faubourg durant ces dernières années et vous pourrez loger vos tourneurs.

– Cette question réglée, peut-être pourriez-vous, monsieur Christophe me parler d'autre chose. Vous avez vécu des aventures pendant votre voyage en France, cela doit être passionnant.

– Ce n'est rien à côté de l'histoire de sœur Anne. Ma tante vous a-t-elle raconté sa vie?

– Oui, mais il y a des choses dont elle n'aime pas parler, je la comprends. C'est étrange de voir des gens vivre aussi intensément leur vie et d'autres la traverser comme s'ils étaient une mouche ou un pied de plantain perdu dans une prairie. Vous, vous vivrez votre vie, vous êtes de la race de ceux qui aiment se battre.

Christophe écoutait Jeanne qui n'était plus à ce moment l'abbesse un peu hautaine qui l'avait impressionné le premier jour. Il avait devant lui une jeune femme triste, comme traquée, prête, il le sentait, à se confier à celui qui avait son âge, qui était fort, qui était libre. Alors, il s'enhardit :

– Et vous, madame, vous n'aimez pas vous battre?

– Pas comme vous l'entendez. Un jour vous comprendrez et peut-être me plaindrez-vous.

– Pourquoi êtes-vous là? coupa-t-il d'un ton brusque qui l'étonna lui-même.

– Vous aussi, cela vous surprend? Je vous le dirai un jour quand nous nous connaîtrons mieux car j'aimerais que nous nous connaissions mieux. Vous pouvez beaucoup pour moi, alors, si cela ne vous ennuie pas trop, venez de temps en temps me tendre une main secourable. En attendant, préparez votre voyage et ramenez-nous ces tourneurs sans lesquels notre petit monde s'arrêterait.

Elle lui tendit sa main, une main blanche et fine qui tremblait. Sans réfléchir il la prit et la porta à ses lèvres. Jeanne ne fit rien pour la retirer. Elle lui dit seulement d'une voix douce :

– Allez! Et ne commettez pas d'imprudence!

Depuis la mort de l'abbesse de Thou, Anne était devenue par la force des choses la vraie patronne de l'abbaye. Elle n'avait pas de titre, ne souhaitait pas en avoir et ne gênait personne. Comme elle était la seule à bien connaître les arcanes administratives de la maison, qu'elle entretenait de bons rapports avec toutes les sœurs et que la jeune abbesse lui faisait confiance, personne n'enviait de lui ravir les responsabilités que les hasards de la vie lui avaient fait endosser. Largement quinquagénaire, elle était heureusement encore solide et disait que lorsqu'elle se sentirait fatiguée, elle lâcherait tout pour prier. Dans l'instant, elle laissait ce soin aux autres sœurs, le temporel occupant tout son temps : « Elles disent leur chapelet, je compte les boisseaux, tout est pour le Bon Dieu! » Elle savait, en fait, que lorsqu'elle s'arrêterait de courir la campagne, de visiter les chais et de surveiller l'intendance de l'abbaye, elle ne serait plus loin de la mort. Cette échéance ne lui faisait pas peur, elle souhaitait seulement ne pas quitter le monde avant d'avoir assisté au réveil du Faubourg dont la résurrection l'inquiétait plus que la vie éternelle.

Heureusement, il y avait Christophe dont le charme, l'efficacité et la volonté permettaient de croire à la réussite. Avant de prendre le coche pour Amiens où il pourrait trouver un cheval au relais de poste, le jeune homme alla rendre visite à sa tante afin de régler les détails de son voyage et de l'engagement des ouvriers flamands. Il en profita évidemment pour lui parler de la diaphane Jeanne VI dont le comportement occupait maintenant son esprit. Il avait d'abord pensé ne rien dire du tour curieux qu'avait pris son entretien avec l'abbesse mais quelques adroites questions d'Anne l'avaient poussé à tout lui raconter.

Anne ne s'étonnait de rien. Elle marqua pourtant quelque surprise en écoutant le récit de Christophe.

– Eh bien, mon cher, te voilà engagé dans une bien curieuse affaire. Malgré tout ce qu'on raconte depuis cent ans, je suis sûre qu'aucune abbesse n'a été la maîtresse d'un compagnon du Faubourg. Il y a peut-être eu des sentiments... mais cela n'a pas été plus loin. Seras-tu le premier à partager le lit de l'abbesse? La situation commence à m'intéresser!

– Que sais-tu exactement d'elle?

– Pas grand-chose. Jeanne t'en a dit plus en cinq minutes qu'à moi depuis un mois. Tout ce que je sais, c'est que sa famille qui était ligueuse a pris le parti du roi et jouit maintenant des privilèges qu'on accorde en général plus facilement aux repentis qu'aux fidèles de longue date.

Christophe remplit sa mission avec un plein succès. Il n'eut pas à rechercher longtemps des ouvriers volontaires pour venir s'installer à Paris dans des ateliers privilégiés. En plus des trois tourneurs de bois qu'il souhaitait faire venir, il découvrit, aux frontières de la Hollande, un jeune homme qui travaillait le bois de placage avec une habileté stupéfiante. A la seule vue d'un cabinet d'ébène qu'il venait de terminer pour un marchand d'Amsterdam, Christophe fut persuadé que Laurent Stabre était un grand artiste et que sa venue dans les ateliers de l'abbaye serait d'autant plus enrichissante que le Faubourg manquait d'artisans de génie capables d'innover dans une spécialité qui allait devenir, il le sentait, le fer de lance de la mode nouvelle.

Les menuisiers parisiens n'ignoraient pas la marqueterie, utilisée par les Italiens de la Renaissance. Son existence avait même été officiellement reconnue par les ordonnances d'Henri III, en 1580. Peu de maîtres étaient cependant capables d'utiliser cette technique nouvelle dans laquelle les Flamands excellaient. Il fut convenu que le premier cabinet d'ébène sculpté et marqueté, fabriqué par le nouvel arrivant et Christophe, serait destiné à l'abbaye, laquelle avait bien besoin de rajeunir son ameublement après le passage du chevalier d'Aumale.

Les tourneurs eux aussi s'installèrent et montrèrent comment, à l'aide d'un simple ciseau, on peut tordre ou natter à trois cordons une bille de chêne, de noyer ou d'ébène pour en faire des pieds de fauteuils ou de tables. Là encore, les tourneurs parisiens érigés en communauté de métier, habitués à fournir des jattes, des auges à maçon, des pelles, des battoirs, des échelles, des mortiers, des pilons, des manches de battoirs pour le jeu de paume, n'étaient pas prêts au changement [1].

La remise en marche des ateliers du Faubourg bénéficiait d'un courant général de renouveau animé par le roi. Dans tous les domaines, aidé par son fidèle Rosny qui ne portait pas encore le titre de duc de Sully, Henri IV réparait les pots cassés par les guerres de religion. Le fait que la France dépendait par nécessité de l'étranger pour les industries de luxe, l'ameublement, le textile, agaçait prodigieusement le Béarnais qui essayait par tous les moyens de ranimer ces métiers où la France excellait par tradition.

1. L'avenir proche allait obliger ces anciens écuelliers à ajouter aux fabrications dont ils avaient le privilège celle d'objets nouveaux : manches de parasols, billes de billard, boules de pall-mail. (Ordonnance de 1600.)

Ainsi, peu à peu, le Faubourg retrouvait son visage des jours heureux. A nouveau les piles de bois encombraient les entrées, les scies chantaient et les tours, actionnés par les apprentis, crachaient leurs copeaux en ronronnant. Les anciens clients étaient morts pour la plupart mais, à Paris, les nouvelles vont vite et l'on sut bientôt dans les hôtels nobles et dans les boutiques bourgeoises que les gens du Faubourg fabriquaient à nouveau des meubles qu'on ne trouvait nulle part ailleurs, ni chez les maîtres de la rue de Cléry, ni chez les marchands merciers du palais. Comme au beau temps de Jean-Baptiste, les commandes affluèrent, les rires fusèrent à nouveau dans les cours et les cabarets champêtres qu'on appelait « jardins à vins », se réveillèrent le dimanche au son des luths et des épinettes.

La livraison du cabinet donna lieu à une petite fête, l'abbesse ayant voulu marquer un événement qui symbolisait le retour à la paix et les liens centenaires unissant les ateliers privilégiés à l'abbaye. Avec mille précautions, Christophe et Laurent Stabre, aidés par leurs compagnons, portèrent le meuble enveloppé dans une couverture jusqu'au porche de l'abbaye. Fait de chêne et d'ébène il était lourd, Christophe trébucha dans une ornière et faillit le lâcher au milieu de la chaussée. Enfin installé, bien calé devant une verdure de Bruxelles, il apparut dans toute la splendeur de bois précieux savamment encastrés pour former des motifs floraux, tous différents, sur les tiroirs et la niche centrale dont la porte, ornée d'une statuette de bronze doré, s'ouvrait sur un petit théâtre décoré de miroirs et d'incrustations de pierres dures travaillées en médaillons. C'était un chef-d'œuvre et quand l'abbesse entra en compagnie d'Anne et de quelques religieuses, elle ne put cacher son émotion et son émerveillement :

– Messieurs, vous avez réalisé une œuvre incomparable qui fait honneur à nos ateliers et à l'abbaye. Je vais la montrer à mes parents et amis et je suis sûre que vous aurez beaucoup de commandes.

Elle se fit présenter Laurent Stabre et lui dit des mots gentils que ce grand diable de Flamand ne comprit pas. Il remercia tout de même en mélangeant drôlement les quelques paroles de français qu'il connaissait mais ses yeux parlaient pour lui, trahissaient son admiration pour la jeune abbesse. Comprendrait-il un jour ces fantasques Français, capables de se battre durant des années au nom du catholicisme pour, finalement, faire fabriquer des cabinets d'ébène par des protestants flamands et les offrir à la plus belle de leurs filles enfermée dans un couvent? Pour l'instant, il y renonça et avala d'un trait le verre de liqueur d'ambre que sœur Marie-Madeleine venait de lui servir.

Au moment où les menuisiers en ébène – on commençait à les appeler ainsi – s'apprêtaient à prendre congé, Jeanne fit signe à Christophe de rester :

– Demeurez un moment, monsieur Habermann. Il semblerait que ma compagnie vous déplaise, vous n'êtes pas venu me voir depuis bien longtemps. Vous m'aviez pourtant promis de me tenir au courant de la marche de nos ateliers. Êtes-vous content?

– Tout marche comme je l'espérais. Les nouvelles recrues donnent le coup de fouet escompté à ceux de nos compagnons qui avaient perdu la foi, je veux parler naturellement de la foi en leur métier...

– J'avais bien compris. Je suis heureuse pour Anne qui attendait ce moment depuis longtemps, je suis aussi heureuse pour vous, Christophe...

– Et vous, êtes-vous heureuse?

– Oh, moi. Enfin oui, je suis contente que nos ouvriers retrouvent leur activité. Mais venez près de moi, asseyez-vous sur ce banc et parlez-moi de vous. Savez-vous que vous m'intéressez? Je croyais vous l'avoir fait comprendre.

– C'est que... Je ne suis pas trop maladroit avec les femmes dans la vie mais vous m'intimidez. Vous êtes l'abbesse de Saint-Antoine-des-Champs! Qu'attendez-vous de moi? Que je vous parle des tourneurs ou que je vous dise des vers?

– Pourquoi pas des vers? Vous en connaissez?

– Quelques-uns. Je ne sais pas grand-chose mais j'ai beaucoup lu pendant mon tour de France. Ronsard, Villon, Clément Marot qui, s'il était à ma place, vous trousserait une épigramme gracieuse. Hélas! je ne sais faire rimer que les bois riches dans les panneaux de marqueterie : l'ébène et l'amarante, l'amboine et le citrin rouge, le cèdre et le sappan.

– Mais c'est encore de la poésie. Vous me rendez le sourire! J'aime vos rimes, Christophe, et je crois que j'aime autre chose...

– Quoi?

– Vous!

– Comment? Comment pouvez-vous me dire cela sans ciller? Que puis-je vous répondre? Que je vous trouve belle? Tout le monde vous trouve belle. Que vous me plaisez? Quel homme résisterait à vos charmes?

– Christophe, j'ai envie que vous m'embrassiez. Ne craignez rien. Personne ne va venir maintenant.

Elle se rapprocha et tendit sa bouche à Christophe. Il l'embrassa longuement et la regarda, ne réalisant pas ce qui arrivait. Enfin, il murmura :

– Pourquoi moi? Pourquoi vous jetez-vous à mon cou?

– Parce que je vais bientôt mourir, Christophe. Et que je veux goûter encore quelques joies sur cette terre. Dieu me comprend.

– Que me racontez-vous là? Vous êtes folle. On ne meurt pas à vingt-cinq ans! Vous n'avez pas la peste que diable!

– La peste, on peut en réchapper, ma maladie ne se soigne pas. Avant un an je n'aurai plus une goutte de bon sang dans les veines. N'avez-vous jamais remarqué la pâleur qui me gagne à certains moments?

Il la reprit dans ses bras et retira la guimpe qui lui enserrait les cheveux. Dieu merci, elle avait conservé sa magnifique chevelure blonde. Il regardait maintenant Jeanne dans les yeux, avec une infinie tendresse. Il ne lui venait pas à l'idée qu'elle puisse ne pas dire la vérité, il savait qu'il l'aimait et il savait qu'il ferait ce qu'elle voudrait.

– Je ne vous fais pas horreur? demanda-t-elle, tremblante. Pouvez-vous encore m'aimer après ce que je viens de vous dire? J'aurais pu me taire mais cela n'aurait pas été bien. Je vous devais la vérité. Maintenant rentrez chez vous et si vous voulez que nous nous revoyions, soyez ici demain à six heures. Vous m'avez demandé : pourquoi moi? Je ne peux vous faire qu'une réponse : c'est parce que c'est vous et que je vous aime. J'ai connu d'autres hommes dans ma courte vie. Pas beaucoup mais enfin plusieurs. Jamais je n'ai ressenti un tel bonheur en vous regardant, en vous écoutant, en vous parlant. Si Dieu m'offre l'amour, c'est pour que je le prenne. Veux-tu me le donner?

Christophe passa une très mauvaise nuit. Toute la journée du lendemain, il fut sombre, incapable de s'appliquer à un travail délicat. Finalement, dès quatre heures il posa ses outils, monta à l'étage et s'allongea sur son lit pour réfléchir. Il ne se posait pas la question de savoir s'il irait à l'abbaye le soir. Il savait qu'il irait. Mais il essayait de comprendre, de savoir comment et pourquoi, lui, Christophe Habermann, se trouvait placé dans une situation aussi singulière. Comme s'il y avait une réponse à ce genre de question!

Aux six coups sonnés au clocher de l'abbatiale, il poussa la porte du grand parloir. C'était l'heure de l'office, personne ne l'avait vu entrer. Jeanne l'attendait au fond de la salle, cheveux dénoués, près de la porte qui menait à sa chambre.

Christophe et Jeanne s'aimèrent pendant dix-huit mois d'un amour fou dans lequel elle voyait un miracle et lui la passion de sa vie qu'il savait mesurée dans le temps par un impitoyable destin. Il avait cru, au début, que la prédiction de Jeanne sur sa mort prochaine n'était qu'un fantasme parmi ceux qui habitaient la jeune femme. Leurs rencontres fréquentes semblaient l'exalter, la libérer de son angoisse, rendre à ses joues pâles les nuances rosées du bien-être. Et puis, il sentit qu'imperceptiblement les forces de Jeanne diminuaient, que la vie quittait chaque jour un peu plus le corps superbe qu'il étreignait avec désespoir. Paul, appelé en consultation, avait prescrit du sirop de fumeterre et du vin de genévrier pour rendre au sang, dont il avait longuement étudié la couleur et la coagulation, les éléments vitaux qui se raréfiaient. Il tenta de rassurer Jeanne qui hocha la tête comme pour montrer qu'elle ne le croyait pas.

Jeanne s'éteignit sans souffrir dans la nuit du 17 juin 1596. Personne ne remarqua les larmes et la douleur de Christophe car tout le monde pleurait quand le vicaire de l'abbaye dit la messe des morts devant le cercueil que le compagnon avait fabriqué dans la nuit avec l'aide de son ami Laurent Stabre et que les sœurs avaient recouvert de lis blancs. L'abbesse Jeanne VI Camus de Pontcarré, morte à vingt-six ans après trois ans de règne, fut inhumée dans le chœur de l'abbatiale à côté de Marguerite de Vaudetar. Sa liaison avec Christophe demeura inconnue de tout le monde ou du moins ne suscita pas la moindre remarque. Sœur Anne avait veillé sur cet amour singulier et protégé les deux jeunes gens avec la conviction qu'elle n'offensait pas Dieu.

– Elle est morte heureuse, dit-elle simplement à Christophe en l'embrassant. Maintenant, toi, tu restes. A trente ans, tu commences ton existence et tu as beaucoup à faire pour les ateliers. Alors, sois fort. Dis-toi que la vie doit gagner!

– Et toi, tante Anne, que vas-tu faire? Une nouvelle abbesse va venir. Te sens-tu la force de continuer?

– Non! Je voulais tenir tant que Jeanne était là. Qu'auriez-vous fait sans moi mes pauvres enfants? Maintenant j'aperçois les pentes du couchant. Je vais tranquillement attendre la mort dans ma chambre et dans ce beau jardin en pensant à Denis. Qu'ai-je à regretter? Il s'est passé tellement de choses dans ma vie que j'ai de la peine à les compter. Il y a eu des moments terribles mais, ça non! je ne me suis pas ennuyée!

Bercy, le Faubourg, Boboli, Venise, l'abbaye... Anne cessa d'agiter l'éventail de ses souvenirs une année plus tard. Son fils Paul, Christophe, les ouvriers du Faubourg et ses sœurs en religion l'enterrèrent dans le cimetière de la communauté après une belle messe chantée. C'était le printemps, personne n'était vraiment triste. Où aurait pu aller la voyageuse du Faubourg ailleurs qu'au paradis?

Christophe avait passé une année difficile. Jeanne la diaphane lui manquait. Il s'apercevait chaque jour davantage de la place qu'avait occupée dans sa vie cette beauté étrange qui s'était fanée dans ses bras et qui reposait maintenant, de l'autre côté de la chaussée sous une dalle de marbre blanc. Le temps et le travail heureusement aidaient à panser la plaie. Lorsque Jeanne revenait lui sourire dans ses nuits d'insomnie, les larmes ne lui venaient plus aux yeux. Il découvrait au contraire dans les souvenirs de son bonheur une sorte de paix intérieure.

Les ateliers du Faubourg travaillaient. De nouveaux ouvriers étaient venus des Pays-Bas avec leurs femmes toutes roses, leurs bébés joufflus et leur sac d'outils. Des maisons nouvelles commençaient à fumer entre l'abbaye et la porte Saint-Antoine malgré l'ordonnance d'Henri II toujours en vigueur, ordonnance dont il faut bien le dire on ne s'était jamais beaucoup soucié. Comme de celle que le roi Henri venait de signer pour enjoindre à tous les ouvriers des faubourgs et des lieux privilégiés de rejoindre les corporations. L'application de cette loi aurait ruiné les efforts entrepris depuis trois ans pour faire revivre Saint-Antoine. On l'ignora donc malgré les menaces des jurandes. On eut bien raison puisque l'année suivante, en 1598, le roi dispensait l'abbaye Saint-Antoine de la nécessité de représenter les titres de ses privilèges pillés durant la guerre. Ces privilèges étaient donc bien maintenus et la contradiction n'était qu'apparente entre les deux édits : par le premier, il conservait les statuts corporatifs qui garantissaient la qualité et, par le second, il accordait à une minorité d'ouvriers la liberté d'innover.

L'émulation qui régnait maintenant au Faubourg et l'originalité des meubles qu'on y fabriquait n'étaient pas ignorées du gouvernement. Le roi lui-même, Sully et le corps des ingénieurs nouvellement créé suivaient de près les activités créatrices de l'art et le développement des entreprises. Le Faubourg, si longtemps critiqué et combattu par les corporations, devenait un exemple, l'idée de Christophe d'utiliser les meilleurs ouvriers hollandais pour relancer l'art du meuble un précédent digne d'intéresser le roi.

La surprise de Christophe fut grande lorsqu'un matin la nouvelle abbesse Jeanne VII du Pay, qui ne s'intéressait que de fort loin aux travaux des ateliers, lui fit savoir qu'Henri IV avait décidé de loger dans la galerie du Louvre un certain nombre d'ouvriers d'art français et étrangers qui travailleraient pour le mobilier royal mais aussi pour les particuliers.

– Voilà le roi qui copie le Faubourg! dit Christophe en riant. J'en suis fier.

– Il veut si bien le copier que Gilles de Maupéou, du cabinet royal, doit venir demain à l'abbaye. Comme je ne connais rien à cette question et que j'en ai tellement d'autres à régler, voulez-vous, monsieur Christophe, que nous le recevions ensemble? Peut-être voudra-t-il visiter quelques-uns de nos ateliers.

– Je suis à vos ordres, ma mère.

– Très bien. Soyez là à dix heures.

L'abbesse Jeanne du Pay n'avait que le prénom de commun avec celle qui l'avait précédée. C'était une femme d'une quarantaine d'années, d'allure sévère et plutôt laide. Elle faisait partie de la famille des seigneurs de Vatan ralliée au roi dès la mort d'Henri III. Cela expliquait sans doute le choix du roi encore que la nomination aux charges d'abbés et d'abbesses relevât en général d'obscures machinations où l'argent jouait un grand rôle. La nouvelle Jeanne était plutôt aimable avec Christophe mais, débordée par l'administration de l'abbaye où l'active et débrouillarde sœur Anne n'avait pas été remplacée, elle le laissait mener à sa guise les ateliers qui, d'ailleurs, avaient de moins en moins besoin d'aide et de conseils. Christophe passait donc rarement le portail de l'abbaye à laquelle trop de souvenirs l'attachaient, mais, cette fois, il s'y rendit sans regrets tellement il était curieux de connaître les détails du projet royal.

Le comte Gilles de Maupéou était un grand gaillard simple et sympathique qu'on devinait plus à l'aise sur un champ de bataille que dans le parloir d'une abbaye. Il avait combattu à Arques et à Ivry, avait été blessé à Saint-Denis et faisait partie de ce groupe d'exécution qui prenait les affaires en main quand elles avaient été décidées par le cabinet.

L'abbesse présenta Christophe comme étant l'âme des ateliers libres du Faubourg, celui qui leur avait rendu la prospérité.

– Parfait, monsieur Habermann. C'est de vous dont j'ai besoin. Votre expérience va nous être précieuse. Quel genre de meubles fabriquent les ouvriers libres?

– Ceci, monsieur. Et bien d'autres choses.

Christophe désigna du doigt le cabinet qu'il avait construit avec Laurent Stabre et auquel un rayon de soleil complice donnait une allure somptueuse.

– Ce chef-d'œuvre ne vient pas des Pays-Bas? Il a vraiment été fabriqué en France?

– En France et en face, monsieur le Comte, répondit Christophe, pas mécontent de sa repartie.

– L'ouvrier qui l'a fait est encore là?

– Il est devant vous. Pour une petite moitié car je dois vous avouer que je n'aurais jamais réussi un tel meuble sans le talent d'un merveilleux ouvrier en ébène que j'ai été chercher dans les Flandres.

– Nous irons voir cet artiste. Une question, monsieur Habermann : accepteriez-vous de venir vous installer avec votre ami flamand dans l'un des ateliers royaux que nous allons ouvrir dans la galerie du Louvre?

– Moi, non, monsieur le Comte. Je crois hélas que ma présence est encore indispensable au Faubourg. Mais je pense que Laurent Stabre sera flatté de votre proposition. Il nous manquera, c'est certain, mais les volontés du roi doivent être satisfaites.

– Soit, demeurez dans votre Faubourg mais je vous charge, au nom du roi, de trouver une dizaine de menuisiers de talent pour occuper nos ateliers. Tous les meubles de luxe, certains coûtent des fortunes, sont achetés à l'étranger. C'est une perte énorme pour le royaume. Le roi veut qu'on les fabrique désormais en France et qu'on les y vende moins cher que ceux des Pays-Bas.

– Je ne pourrai pas recruter dix artistes comme Stabre à Paris. Si vous les voulez, il faudra aller les chercher sur place. Je peux partir pour la Hollande avec mon ami. Il connaît naturellement la langue du pays et les bons ouvriers.

– Vous me plaisez, monsieur Habermann. Vous êtes direct, efficace. Nous avons besoin de gens comme vous pour refaire la France. Passez demain au cabinet du roi, demandez-moi, je vous remettrai vos passeports et un peu d'argent pour vos frais. Pas beaucoup car nous sommes pauvres! Allons voir maintenant vos fameux ateliers.

Pour la première fois depuis plus d'un siècle qu'ils habitaient ces maisons lézardées par le vent et la pluie, les ouvriers libres du Faubourg voyaient un envoyé du roi entrer chez eux, s'intéresser à leur travail, poser des questions. Ils étaient un peu étonnés mais pas intimidés, ni serviles, car compagnons du bois ils étaient fiers de leur métier et se considéraient nobles dans leur genre. Ils regardaient Maupéou du coin de l'œil lorsqu'il approchait du pot à colle, pour voir s'il en supporterait l'odeur âcre à laquelle il était difficile de résister quand on n'y était pas habitué. Le comte ne fit pas la grimace. Il tourna même un moment le bâton qui trempait dans le « brouet du diable » où de grosses cloques visqueuses venaient crever en bouillonnant.

– Cela ne sent pas la rose, dit-il en souriant, mais à côté des morts qu'on vient ramasser sur le terrain trois jours après la bataille, c'est un parfum presque suave.

Les artisans apprécièrent la remarque, trouvèrent que le ministre du roi n'était pas fier et avait de la gueule. Quand il partit, après avoir longuement regardé Laurent Stabre composer un bouquet de marqueterie sur un panneau, tous étaient prêts à le suivre dans la galerie du Louvre. Christophe Habermann n'en laissa partir que deux avec Stabre. Il ne voulait pas appauvrir son Faubourg et jugeait plus sage d'aller chercher les artistes du roi dans le plat pays. Il ne se séparait de Laurent que pour avoir un œil complice dans cette galerie où les meilleurs ouvriers allaient concevoir un nouvel art de vivre. Dans l'esprit de Christophe il n'était pas question de séparer le Faubourg de ce collège royal dont il devait être, au contraire, le complément naturel.

Onze compagnons recrutés en Flandre s'installèrent donc un mois plus tard au Palais-Royal. Laurent Stabre et son compatriote Equeman devaient y devenir célèbres tandis qu'au Faubourg, les menuisiers en ébène qu'on appelait parfois simplement ébénistes, commençaient à maîtriser l'art difficile de la marqueterie. Les menuisiers tout court, eux, continuaient de fabriquer les sièges et les tables à pieds tournés dont la forme ne devait pas changer durant plusieurs décennies [1].

1. On continuera de monter ces meubles en série durant tout le règne de Louis XIII qui laissera finalement son nom attaché à un style créé sous Henri IV.

Christophe avait vécu intensément toutes ces années qui avaient suivi son tour de France. La tutelle affectueuse d'Anne, sa belle et triste aventure avec Jeanne, les responsabilités qu'il avait dû assumer dans la renaissance de la libre communauté de l'abbaye l'avaient profondément marqué et mûri. A trente ans passés, il s'apercevait qu'il ne s'était pas beaucoup occupé de lui-même et que la vie risquait de lui passer devant le nez s'il attendait encore pour se marier. En réalité, s'il pensait à ces choses du lendemain, qui ne l'avaient pas effleuré jusqu'ici, c'est parce qu'une jeune personne retenait depuis un moment son attention. C'était la fille d'un ébéniste flamand arrivé depuis peu au Faubourg. Elle s'appelait Béatrice, elle était jolie et elle ne connaissait pas dix mots de français. C'était peu pour répondre à un discours amoureux mais c'était une raison de lui proposer d'en apprendre davantage. Christophe devint donc son maître d'école et sut lui enseigner, en même temps que l'alphabet, le b a ba plus troublant des premières caresses. Il épousa Béatrice juste avant qu'il n'ait plus rien à lui apprendre sur ce sujet et, le jour de la noce, ses deux frères et sa sœur Lucie, la seule famille qui lui restait, se trouvèrent mêlés à la pittoresque colonie hollandaise du Faubourg et du Louvre qui avait reconstitué, dans une cour, une véritable cité flamande avec sa chapelle, ses métiers et même sa brasserie. « Il ne manque que les moulins », dit Christophe en riant.

Sa fiancée portait comme toutes les femmes le tablier de dentelle blanche et le bonnet à cornettes. Les hommes, eux, avaient revêtu le gilet national de velours noir. Quant à Christophe, il s'était fait tailler un pourpoint à la mode en quatre taffetas et des chausses bouffantes qu'on appelait maintenant des grèges, les deux pièces étant réunies à la taille par un lodier de bel effet. Il avait longuement hésité au moment de choisir un chapeau. Il en existait au moins de cinquante formes différentes chez Nicolas Houdar qui affichait sur sa boutique : *Chapelier extraordinaire du Roi.* Finalement il s'était décidé pour une sorte de pain de sucre tronqué à petit rabat en caudebec, ce feutre composé de laine d'agneau, de duvet d'autruche et de poils de chèvre qu'on fabriquait en Normandie.

Christophe aurait bien aimé se marier à la mode de Paris, avec un festin savouré entre amis dans une auberge de Montreuil ou de Vincennes mais Béatrice avait tenu à rester, ce jour-là encore, une vraie fille des Pays-Bas : « Après, avait-elle dit à Christophe, dans son jargon chantant, tu feras de moi une Parisienne mais je veux me marier parmi les miens. »

La fête y avait gagné en originalité et en gaieté. C'était le premier mariage que la colonie hollandaise célébrait en exil et chacun avait fait en sorte que la kermesse nuptiale fût réussie. Christophe emmena Béatrice bien avant que les derniers tonneaux de bière fussent mis en perce. De leur lit, celui d'Anne et de Denis que Christophe avait conservé comme un gage d'amour réussi, ils entendirent longtemps dans la nuit la petite Hollande du Faubourg reprendre en chœur les vieilles chansons de l'Utrecht, de la Zélande et de la Frise.

Béatrice découvrit l'amour comme une fête longtemps espérée puis elle s'endormit, le visage enfoui dans ses cheveux blonds. La chandelle, restée allumée sur une escabelle qui devait bien dater du temps de Paul Thirion, éclairait vaguement les formes de la jeune femme que Christophe contemplait avec émotion. Il ne pouvait pas s'empêcher de penser à Jeanne, à son corps délicat, à sa pâleur, à ses élans passionnés aussi. La femme qu'il avait choisie pour la vie était l'antilogie formelle de celle qui avait survécu une année dans ses bras. L'une avait la teinte du lis blanc, l'autre la couleur triomphante des roses; la première était mince et fragile comme un jeune scion brisé, la seconde bien en chair, éclatante de santé; Jeanne ne pensait qu'à sa mort, Béatrice ne songeait qu'à vivre. Et lui aussi, bon Dieu! voulait vivre! Doucement, il ramena le drap sur les seins nus de sa Vénus flamande, souffla la chandelle à souvenirs et s'endormit, serré contre le corps de celle qui, désormais, partagerait ses nuits, ses joies et ses soucis.

Mise en sommeil par la guerre civile, l'Histoire, la vraie, celle qui se bâtit de pierres, de routes et de lois justes, l'Histoire s'emballait dans la France ressuscitée. On aurait dit que le roi sentait qu'il devait faire vite la tâche écrasante qu'il s'était fixée. Les grands chemins à moitié effacés étaient empierrés, les canaux recreusés, des ponts lancés sur les fleuves et des bâtiments partout entrepris. Jamais on n'avait construit autant et aussi vite. Henri IV avait décidé de finir d'abord les travaux commencés puis abandonnés par ses prédécesseurs. Le grand Chambord de François Ier, la cour du Louvre, les Tuileries, Fontainebleau : autant de chantiers que le roi, Sully et leurs corps d'ingénieurs reprenaient dans la fièvre et achevaient les uns après les autres. Artisans du bois, menuisiers d'assemblage et menuisiers d'ébène tenaient leur place dans cette fringale de construction. Les ateliers des galeries du Louvre sortaient leurs premières créations, le roi et la cour se meublaient maintenant en France; quant au Faubourg, il croulait sous les commandes des bourgeois et des nobles qui voulaient tous remplacer leurs vieux fauteuils à haut dossier et leurs chaises à bras inconfortables par des sièges à pieds tournés. Le prix de revient de ces nouveaux meubles, construits en série, n'était pas très élevé, la classe la plus aisée du peuple pouvait même elle aussi prétendre à les acheter.

Le jeune ménage Habermann profitait pleinement de cette euphorie industrielle et commerciale qui allait de pair avec le réveil de l'abbaye. Jeanne VII du Pay avait finalement réussi à relever l'exploitation agricole de la communauté et à rétablir le prestige moral de Saint-Antoine-des-Champs discrédité comme toutes les abbayes parisiennes. Hélas! après être demeurée trois ans abbesse du Faubourg, elle venait d'abdiquer pour devenir patronne de l'abbaye de Gercy-en-Brie, dont la charge était plus légère et les revenus plus importants.

Cette succession de reines sur le trône de Saint-Antoine n'était pas du goût de Christophe qui aurait préféré un gouvernement stable, prêt à défendre les ateliers libres. L'arrivée de Renée de la Salle le rassura : la quarantaine sérieuse, grande, forte et sans charme, elle lui semblait faite pour durer. La règle, bien oubliée durant toutes ces années, fut remise en vigueur, tout au moins pour l'essentiel. L'abbesse crut bon, sur sa lancée, de rappeler à Christophe qu'elle était la protectrice mais aussi la maîtresse des ateliers de l'abbaye. Cette phrase était de trop. Habermann le lui fit comprendre :

– Je le sais bien, ma mère! Vous avez également droit de haute et basse justice sur les ouvriers libres. Sachez pourtant que si je n'avais pas pris certaines décisions au bon moment, vos ateliers n'existeraient plus. Je serais moi-même logé à la galerie du Louvre et travaillerais pour le roi ainsi que nos meilleurs compagnons. Il est d'ailleurs possible que je décide de m'y installer si ma présence vous paraît déplacée dans ce lieu que je défends pour vous depuis près de vingt ans.

L'abbesse nia les pensées qu'il lui prêtait : elle savait tout ce qu'avait fait Christophe et voulait simplement lui faire comprendre qu'il pouvait compter sur son aide... L'incident clos, on se sépara bons amis, la passe d'armes ayant montré à chacun que l'autre ne manquait pas de caractère. Renée de la Salle s'aperçut vite d'ailleurs que la prospérité des ateliers servait celle de l'abbaye et augmentait son crédit. Elle laissa donc vivre en paix les ouvriers libres dont le nombre ne cessait de croître, réservant ses mesures d'autorité et d'austérité aux religieuses qu'elle menaçait de clôturer à chaque incartade. On ne circulait plus dans l'abbaye comme dans un moulin; les ouvriers chargés de l'entretien des meubles et des bâtiments devaient montrer patte blanche pour se faire ouvrir le portail. On était loin des familiarités de Jeanne Thibout ou de Marguerite de Vaudetar. La pieuse et distante abbesse Renée serait morte d'effroi si elle avait su que le lit sur lequel elle se reposait avait servi aux étreintes passionnées de Jeanne VI et de ce menuisier huguenot dont elle reconnaissait les mérites mais qui en prenait bien à son aise avec les marques extérieures de respect.

Christophe aurait dû être l'image même du bonheur. Il aimait sa femme gentille et douce qui faisait les enfants (elle attendait le troisième pour la fin de l'été) aussi facilement que ces fromages ronds et blonds qu'on laissait mûrir à la cave; il avait tellement de travail qu'il était obligé d'en sous-traiter une partie aux ouvriers nouvellement arrivés. Il gagnait de l'argent et avait pu restaurer la vieille maison des Thirion qui repeinte, agrandie, garnie de meubles tournés et même d'une superbe tapisserie que son ami Laurent Stabre lui avait rapportée de son pays, ressemblait à celle d'un bourgeois. Et pourtant, il manquait quelque chose à cet époux comblé, à ce père heureux, à ce maître que les envoyés de Sully ou de Maupéou venaient parfois consulter. Il prenait conscience de ce manque chaque fois qu'il rendait visite aux ébénistes du roi sous les galeries du Louvre. Stabre et Equeman travaillaient de conserve dans le plus grand des ateliers qui leur avait été réservé. Ils étaient de loin les meilleurs ébénistes du Louvre et les hauts dignitaires de la cour se disputaient leurs services pour posséder avant les autres ces fameux cabinets que les deux Hollandais étaient seuls à pouvoir construire avec autant d'invention et de fantaisie. Chaque pièce était unique, elle se différenciait des autres par le décor, le nombre de tiroirs, le bois utilisé, la ciselure des bronzes, la complexité des secrets et des caches dissimulés au fond des niches. C'était à qui posséderait le meuble le plus original et cet engouement amusait Laurent Stabre :

– Deux duchesses sont paraît-il fâchées à mort parce que l'une a eu plus de chance que l'autre et a bénéficié d'une invention nouvelle d'Equeman pour fermer d'un tour de clé tous les tiroirs de son cabinet. D'autres se dépouillent de leurs bijoux pour faire incruster les pierres précieuses dans les décors de marqueterie. C'est d'autant plus drôle que ces meubles à tiroirs ne servent pratiquement à rien.

– Oui, mais ils sont superbes! répondait Christophe, et vous avez de la chance de fabriquer d'aussi belles choses. Vous êtes des artistes, à côté de vous je ne suis qu'un modeste tâcheron. Le Faubourg qui a jadis révélé d'authentiques menuisiers sculpteurs de bois m'a dévoré. Je ne tiens plus guère l'outil, je fais travailler les autres et veille à ce que les tourneurs livrent bien à temps les pièces que je leur ai commandées. Les compagnons entraînés montent chaises et fauteuils de plus en plus rapidement. Ils gagnent bien leur vie et moi encore mieux mais il n'y a plus d'invention, plus de création dans ce métier que j'exerce sans le plaisir de jadis. La sculpture des meubles fabuleux de la Renaissance a disparu. Elle se réduit aujourd'hui aux cabochons d'accotoirs des fauteuils, mon seul plaisir est de prendre la gouge et de figurer quelque buste féminin en costume de cour ou un personnage en pied. C'est maigre comme inspiration!

– Laisse donc ton bois tourné et viens travailler avec nous. Tu sais très bien que tu peux faire aussi bien que nous ces fameux cabinets.

– Non, je n'en suis pas sûr du tout. Je ne suis plus un vrai ébéniste, je suis un organisateur, une sorte de marchand et cela ne me plaît pas. J'aurais voulu sculpter le bois et la pierre comme Denis dont je vous ai souvent parlé, j'aurais voulu connaître comme lui les grands artistes de mon temps, travailler avec eux, être reconnu comme l'un des leurs.

– Mais nous ne sommes pas plus que toi des artistes! De bons ouvriers tout au plus qui avons la chance de fabriquer des meubles qui plaisent aux riches de notre époque.

– Vos cabinets resteront des chefs-d'œuvre qu'on se transmettra de génération en génération tandis que mes chaises et mes fauteuils aux pieds tourmentés comme des vieux ceps, qui en voudra encore dans dix ans [1]?

– Tu nous ennuies, viens travailler avec nous et fais de la marqueterie si cela t'amuse.

1. Christophe avait tort. Ses sièges seront il est vrai abandonnés cinquante ans plus tard mais ceux qui survivront aux intempéries, aux pillages et aux modes nouvelles dans les caves et les greniers vaudront un jour des fortunes.

– Non. Ma vie est au Faubourg mais ce sont mes enfants qui viendront au Louvre. Vous leur apprendrez tout ce qu'on peut faire avec des feuilles de bois découpées et collées. Fils du Faubourg et de la Hollande, ils devraient faire de bons ébénistes!

– Dis donc, toi aussi tu emploies ce nouveau mot d'ébéniste? On ne travaille pourtant pas que l'ébène. On pourrait aussi bien nous appeler amboinistes ou citronistes.

– Oui, mais l'ébène est venue la première des îles lointaines et puis, elle demeure quand même la base de tous vos meubles. C'est elle que vous plaquez en premier sur nos bâtis de chêne ou de peuplier. En plus, je trouve qu'ébène est un mot qui sonne bien aux oreilles. Je crois qu'il aura longtemps sa place dans notre jargon.

Christophe revenait du Louvre ragaillardi. Il pensait à ses trois têtes blondes de quatre, cinq et six ans. Il avait insisté pour qu'on leur donnât des prénoms français puisqu'on était en France. Ils s'appelaient Jacques, Philippe et Étienne :

– Tu vois, disait-il à Béatrice, nos fils appartiennent à une génération qui devrait faire les meilleurs menuisiers ou ébénistes du monde. Mon père est né en Allemagne, ma mère à Paris et toi dans les Pays-Bas. Il ne manque qu'un peu de sang italien pour faire l'ouvrier du bois idéal, l'artiste qui rassemblerait les qualités des quatre pays...

– Ou leurs défauts! coupa Béatrice en éclatant de rire. Ne trouves-tu pas qu'il est un peu tôt pour marier tes fils? Même à une Italienne?

Le Faubourg, comme Paris et tout le pays, vivait une période de détente. On n'y vivait plus au jour le jour, on recommençait à y parler d'avenir, on y construisait des maisons nouvelles sur des terres qui n'appartenaient plus, du côté de la Bastille, au domaine abbatial. Cela n'empêchait pas les nouveaux arrivants, venus presque tous de Flandre ou d'Allemagne, de revendiquer les privilèges des ouvriers libres. Les jurandes criaient naturellement au scandale et mettaient dans le même sac les vieux artisans du Faubourg, les ouvriers du séminaire d'Henri IV au Louvre et les arrivés de fraîche date. Enfin, la paix régnait, les récoltes de vin étaient bonnes, les greniers approvisionnés en blé et le travail ne manquait pas. Catholiques et protestants rendaient grâces au bon roi Henri qui rêvait de remplacer l'odeur des bûchers par le fumet de la poule au pot.

Autour de l'abbaye, les conversations avaient changé. On ne parlait plus des Seize et des ligueurs, on avait oublié les prêches délirants et l'abbé Pelletier, curé de Saint-Jacques de la Boucherie qui excommuniait en pleine chaire, de son autorité privée, ceux qui étaient prêts à recevoir « le Béarnais revenant de la messe ». Il n'était question que d'une jeune Italienne de treize ans qui dansait à la Bastille, à la cadence des violons, sur une corde raide, à dix pieds de hauteur et d'un autre Italien, Hieronismo di Bologna, qui guérissait toutes les blessures, en la basse-cour du Palais, à l'aide d'une huile de son invention. Pour convaincre les incrédules, il s'était donné un coup d'épée dans le corps, et avait frotté la plaie sanglante de son huile. Le lendemain il avait montré que son corps ne conservait aucune trace de la blessure de la veille. Pour vingt-cinq sous, il vendait tout un assortiment de pierres magiques, d'huiles et d'onguents capables selon lui de guérir tous les maux. C'étaient là des entretiens bien innocents à côté de ceux qu'on avait connus depuis quarante ans.

Le 17 septembre 1601, la nouvelle fit le tour de Paris et des faubourgs en quelques heures : à Fontainebleau, la reine Marie de Médicis était accouchée d'un fils, la veille, à onze heures du soir. A deux heures de l'après-midi la grosse cloche du Palais commença à carillonner, bientôt reprise par celle de Notre-Dame et de toutes les églises. La cloche de l'abbatiale prit part elle aussi au concert et un *Te Deum* fut chanté le soir par toutes les sœurs de Saint-Antoine. Beaucoup de gens du Faubourg se rendirent à la Grève pour voir crépiter un gigantesque feu de joie. Ceux qui étaient restés sortirent des ateliers tous les copeaux et les chutes de bois qu'ils purent trouver et allumèrent un feu en pleine chaussée, devant l'abbaye. L'abbesse Renée qu'on voyait rarement dehors sortit pour montrer qu'elle participait à la joie populaire et demanda aux sœurs d'apporter deux gros fagots et de les jeter dans le brasier.

Le roi était gourmand de nouveautés; les inventeurs de toutes sortes le savaient qui soumettaient à son cabinet des projets plus ou moins saugrenus. L'une de ces idées intéressa tout de suite le roi : un Flamand nommé Jean Lintlaër proposait de construire à la hauteur du Pont-Neuf une machine de son invention destinée à élever les eaux de la Seine à une hauteur suffisante pour que, de là, elles pussent être conduites où on le souhaitait. Le roi voulait surtout que cette eau arrivât au Louvre et aux Tuileries que seule la fontaine du Trahoir alimentait avec parcimonie. Lintlaër mit trois ans à construire la pompe monumentale qu'on appelait la Samaritaine et qui commença de fonctionner en 1608 au grand émerveillement des Parisiens. Christophe fut l'un des premiers à emmener ses trois fils voir cette merveille de la science qui, non contente de pomper l'eau, faisait admirer aux badauds une extraordinaire horloge qui sonnait les heures et montrait le chemin du soleil et de la lune sur l'horizon.

Les astres lui semblaient favorables lorsque le roi décida, au début de 1610, de s'occuper du sacre de la reine. La cérémonie se déroula sans incident le 13 mai dans la basilique de Saint-Denis. Il était convenu que Marie de Médicis ferait son entrée solennelle dans sa bonne ville de Paris le dimanche suivant. C'était sans compter sur le destin qui, brutalement, allait faire tourner la chance.

Le vendredi 13 mai, Christophe se trouvait par hasard rue de la Ferronnerie où il avait été chercher des pièces de bronze chez un ciseleur. Il flânait entre les échoppes avant de regagner le Faubourg lorsqu'il perçut un cri qu'on entendait souvent dans la rue : « Vive le Roi! Vive le Roi! » Pour être banal, le passage du roi constituait toujours un petit événement qu'on ne manquait pas. Christophe s'arrêta donc et attendit que le carrosse, engagé dans la rue, passât devant lui pour ajouter son acclamation à celles des boutiquiers et des chalands. Il vit alors la voiture s'arrêter à une vingtaine de mètres dans un encombrement et, tout de suite, il entendit de grands cris venant de la foule qui se précipitait vers le carrosse. Il courut aussitôt jusqu'à l'attroupement et aperçut, entre deux têtes, le roi ensanglanté que trois seigneurs de sa suite tentaient de secourir tandis que deux autres, dont le duc d'Épernon, le seul qu'il reconnût, empêchaient le peuple de mettre en pièces une sorte d'halluciné qui brandissait le couteau avec lequel il venait de frapper le roi.

– Le roi est mort!

Cette parole terrible venait du carrosse. Elle causa aussitôt un tumulte indescriptible dans la foule. Les femmes hurlaient et se précipitaient à l'intérieur des boutiques comme pour échapper à un danger inconnu, les hommes s'agitaient, échangeaient des paroles incohérentes. Enfin, le duc d'Épernon, pour calmer l'effervescence, cria que le roi Henri n'était que blessé et le carrosse s'éloigna vers le Louvre tandis que Saint-Michel, l'un des gentilshommes ordinaires du roi qui suivait le carrosse s'emparait de l'assassin et le conduisait en lieu sûr, le poussant devant à la pointe de l'épée.

Christophe rentra en courant pour mettre l'abbesse et le Faubourg au courant du drame. Pour lui, le roi était bien mort. Il avait vu le sang couler de sa bouche sur son visage blême.

Tout le monde fut atterré. Le roi était aimé du petit peuple du Faubourg qui attribuait, non sans raison, la prospérité retrouvée à la sagesse de son gouvernement. L'abbesse Renée qui n'avait pas pour habitude de laisser percer son émotion manifesta sa peine et ses craintes :

– Si le roi est mort, le geste de cet insensé va peser lourd dans l'avenir du royaume. Le dauphin n'a que neuf ans. Qui va diriger la France? Notre pauvre pays va être encore ballotté pendant des années entre un pouvoir incertain et des voisins pleins de convoitises.

Jamais Renée de la Salle n'avait parlé à Christophe d'affaires autres que celles intéressant l'abbaye ou les ateliers. Il fallait vraiment qu'elle fût troublée pour donner ainsi libre cours à ses sentiments.

– Nos ouvriers, les premiers, vont avoir peur, ma mère. Ils ne vous connaissent pas et ne savent pas s'ils peuvent compter sur vous pour les défendre en cas de besoin. Il en a toujours été ainsi depuis que ces ateliers existent. Puis-je me permettre de vous suggérer de les rassurer? Une simple déclaration d'intention suffirait pour aider ces braves gens à supporter une situation qui risque d'être difficile.

– Soyez tranquille, monsieur Habermann. Dès que nous serons fixés sur l'état du roi, j'irai moi-même visiter les compagnons de votre Faubourg. Il y a un moment que je veux leur montrer que j'existe et suis prête à les aider; les événements, hélas! m'en donnent l'occasion.

– Merci, mère, vous me soulagez d'un grand poids.

– Vous ne pensiez pas, j'espère, que je me désintéressais des ouvriers qui travaillent sur le territoire de l'abbaye? Je sais tout sur eux après avoir lu les mémoires des différentes abbesses qui se sont succédé à Saint-Antoine-des-Champs. Mais j'ai beaucoup à faire et n'aime pas parler pour ne rien dire. Vous verrez, lorsque vous me connaîtrez mieux, que je sais prendre mes responsabilités quand il le faut.

« Quelle femme! pensa Christophe en regagnant sa maison. Je suis sûr que derrière son masque hautain elle cache une âme sensible mais elle a peur des autres plus que de Dieu et préfère se réfugier dans sa solitude. »

Il fut heureux de retrouver sa Béatrice calme et heureuse qui remuait en chantant la soupe du soir, fumante sur les braises de la cheminée tandis que les enfants jouaient en se chamaillant un peu plus loin. Il eut un sourire, hocha la tête et se dit qu'il était vraiment absurde qu'un tel bonheur et celui de beaucoup d'autres, dépendissent d'un seul geste de fou.

Il ne s'agissait pas d'un fou, plutôt d'une sorte d'illuminé, ancien valet de chambre et maître d'école, sans cesse hanté par des visions et qui depuis longtemps voulait tuer le roi pour l'empêcher de faire la guerre au pape! On apprit aussi son nom, Ravaillac, par la harangue d'une troupe de seigneurs de la cour qui parcourait Paris, avec plusieurs autres compagnies de nobles, afin de calmer le peuple qui, dans certains quartiers, se livrait à de véritables manifestations hystériques.

Avant d'enterrer le roi, on s'occupa du régicide. Ni Christophe ni les siens n'allèrent place de Grève voir mourir le misérable écartelé par quatre chevaux devant une foule innombrable. Mais, le lendemain, on vendit au Faubourg, comme partout à Paris, le récit imprimé des supplices qu'avait endurés Ravaillac.

En revanche, les obsèques royales étaient un spectacle à ne pas manquer. Elles n'eurent lieu que le 29 juin, quarante-cinq jours après la mort du roi. Dès six heures du matin, la famille Habermann était en place sur le pont Notre-Dame pour voir passer le cortège formé devant le Louvre et qui rassemblait les paroisses, les ordres religieux, les collégiales, les corps constitués, les officiers, les prélats, les cardinaux et bien d'autres grands personnages que Christophe tentait d'identifier pour les nommer aux enfants. Tout au long du parcours les rues étaient tendues de noir ainsi que l'église cathédrale parée aux armes de France et de Navarre.

Les enfants rentrèrent fourbus et pas tellement contents d'un défilé qu'ils avaient imaginé plus grandiose et plus coloré. Ils auraient bien voulu, trois mois plus tard assister à Reims au sacre de Louis XIII, à peine plus âgé qu'eux mais ils ne furent pas conviés! La reine n'avait voulu aucune cérémonie pour l'entrée de son fils à Paris le 30 octobre, à cause du deuil de la famille. Sully avait tout de même organisé une petite réception à la porte Saint-Antoine. Le gouverneur, le prévôt des marchands et les échevins saluèrent le roi descendu un moment de son carrosse tandis que quatre-vingt-neuf pièces de canon, disposées sur les remparts, lâchaient leur salve. Le peuple acclamait l'enfant-roi qui succédait à Henri.

*Chapitre 9.*

# Jeanne et Jacques

La vie demeurait heureuse et douce à Paris durant les premières années du règne de Louis XIII. Pour la famille Habermann qui était aisée et celle de Laurent Stabre qui bénéficiait des libéralités royales, elle était même plutôt agréable. Stabre était célèbre. Toute la cour connaissait ce grand Flamand dont les longs cheveux avaient la couleur de l'écaille qui décore certains de ses meubles. Il avait sept ou huit ans de moins que Christophe et semblait décidé à demeurer célibataire. Bien des filles du Faubourg et de la colonie hollandaise avaient espéré passer, entre ses bras, du rôle d'amoureuse à celui d'épouse mais aucune n'avait réussi à ferrer ce mulet des mers du Nord qui savait fuir l'hameçon du mariage, même enrobé d'appâts aguichants. Souvent, il délaissait son logement du Louvre où il s'ennuyait et venait souper chez les Habermann. Il en profitait pour conseiller et aider Christophe qui se faisait plaisir en construisant un cabinet hollandais destiné à Béatrice.

Trois ou quatre fois dans l'année, le Dr Paul Thirion-Séguier, comme il se faisait appeler, venait souper chez les Habermann. Paul aimait retrouver la maison où il avait été élevé et sa femme Nicole l'atmosphère chaude et amicale que Béatrice avait ajoutée aux traditions d'hospitalité du Faubourg. Ce soir-là, Laurent était aussi invité et il était gêné, car depuis des années, Nicole lui faisait promettre un cabinet d'ébène qu'il n'avait jamais eu le temps de commencer.

Les Thirion avaient amené leur fille aînée, Antoinette, qui avait vingt ans et était fort bien tournée. Elle proposa d'aider Béatrice mais celle-ci s'était fait seconder par ses nièces, deux jolies pommes rouges du Vriesland encapuchonnées de dentelle qui servaient avec beaucoup de grâce. Béatrice avait dressé une belle nappe damassée sur la table ronde à pied central que Christophe venait de construire pour la nouvelle salle à manger. Chez les Habermann comme chez les nobles et les grands bourgeois, on ne mangeait plus, sauf quand il faisait très froid, dans la pièce à feu. L'agrandissement de la maison avait permis à Christophe d'aménager une pièce pour prendre les repas. Tendue d'une étoffe tissée à Amiens qui imitait les motifs des cuirs de Cordoue, les entre-poutres garnies de caissons à moulures fabriqués dans l'atelier, la salle reflétait le nouvel art de vivre qui rompait avec la rusticité sombre du Moyen Âge. Le souffle de la Renaissance n'avait fait qu'effleurer les riches demeures mais elle avait ouvert la porte à un grand courant qui balayait, bien des années après, les habitudes désuètes, le gothique charbonneux et les meubles sans confort des maisons bourgeoises. Celle des Habermann était tout de même une exception dans le Faubourg. L'habileté de Christophe, les facilités que lui offraient son métier et le goût inné de Béatrice pour les demeures nettes et brillantes leur avaient permis de s'installer à la façon des riches. Aussi n'étaient-ils pas peu fiers de faire les honneurs de leur salle à manger au savant cousin qui venait d'être nommé premier docteur régent, titre qui asseyait encore sa notoriété.

Les jeunes serveuses passèrent d'abord le bassinet et la cuvette de cuivre étincelant afin que chacun puisse se rincer les mains à l'eau tiède et parfumée avant de nouer sa serviette. Seul, Paul portait encore une fraise, ornement qui tendait de plus en plus à disparaître. On avait conservé de cette mode inconfortable l'habitude d'attacher les serviettes derrière le cou pour protéger les plis et les surplis des taches de sauce et de vin. Paul eut du mal à nouer la sienne et Béatrice obtint son petit succès en lançant avec son drôle d'accent l'expression à la mode : « C'est difficile, hein, cousin, de joindre les deux bouts [1]! »

Mme Habermann avait bien fait les choses. Un menu excellent (pâté de filet de bœuf à la ciboulette, aloyau rôti, beignets de cervelle marinée au jus de bigarades, confitures de toutes sortes) fut servi dans de la vaisselle blanche fabriquée maintenant à Paris. Les verres en cristal de roche, fondus et taillés à Lyon, valaient une petite fortune. C'était un cadeau de Laurent Stabre et chacun fit grande attention de ne les point briser en dégustant l'excellent vin de Ménilmontant que Christophe servait lui-même dans une buire [2] élégante.

1. L'expression « Joindre les deux bouts » a en effet pour origine la serviette pas toujours commode à nouer à cause de la fraise.
2. Cruche qui possédait sur la panse un goulot verseur.

Quand, après les vins de dessert, on arriva à la fin du souper, Laurent, encore plus rouge qu'à l'habitude, s'aperçut qu'il n'avait parlé qu'à sa seule voisine de droite, la jolie Antoinette. Elle-même n'avait pas dû trouver la conversation ennuyeuse puisqu'elle n'avait pas échangé deux mots avec les autres convives. Cette complicité n'avait naturellement échappé à personne et chacun y alla de sa plaisanterie quand Laurent, soucieux de faire oublier par une amabilité l'intérêt trop appuyé qu'il avait porté à Antoinette, se tourna vers Nicole Thirion.

– Ne m'aviez-vous pas dit, madame, que vous souhaitiez acquérir un cabinet? Venez donc à mon atelier du Louvre, je vous montrerai ceux que nous fabriquons en ce moment, mon ami Equeman et moi.

Nicole éclata de rire :

– Cela fait bien trois ou quatre ans que je vous ai exprimé ce souhait. Voulez-vous m'expliquer votre subit empressement? Je vous avoue que je n'y comptais plus.

Laurent bredouilla quelque excuse et s'aperçut qu'il était le seul à ne pas s'amuser de la situation. Nicole reprit :

– Ne pensez-vous pas qu'en demandant à Antoinette de m'accompagner à la galerie du Louvre, j'augmenterais mes chances de posséder enfin ce meuble précieux?

– Il faut se méfier de cette maison, conclut Christophe. Je me rappelle avoir jadis entendu ma grand-mère Louise dire qu'il existait à l'entrée, sur le pas de la porte, une pierre miraculeuse qui rendait amoureux ceux qui y posaient le pied. Il est bien vrai que de nombreuses amours sont nées sous ce toit et qu'il en naîtra encore bien d'autres. Mais je crois que le bois n'est pas étranger à l'affaire. Le bois aussi rend amoureux. Sentez donc cette odeur qui traverse le plancher!

Nicole eut son cabinet, le plus beau qui soit jamais sorti des ateliers du Louvre et Laurent Stabre eut Antoinette. Contrairement à ce qu'avaient pu craindre les Habermann, ni le docteur régent ni sa femme ne mirent obstacle au mariage. Pour la première fois, un ouvrier du bois, un « homme mécanique » comme on disait encore quelquefois, était reconnu comme un artiste authentique à qui la renommée, la célébrité, ouvraient des portes jusque-là jalousement gardées :

– Que veux-tu, dit un jour Paul à son cousin Christophe, moi qui suis né au Faubourg, je ne pouvais pas refuser à ma fille d'épouser le plus grand ébéniste de son époque. On ne parlera plus de moi un mois après ma mort mais les meubles que fabrique Laurent Stabre dureront peut-être des décennies, même des siècles. Antoinette sera plus heureuse avec son génial marqueteur que près d'un médecin obligé d'enfourcher sa mule en pleine nuit pour aller soigner ses malades. Je me rends compte de la vie que je fais mener à ma pauvre Nicole! Tu vois Christophe, il faut se voir plus souvent. Plus je vieillis et plus j'ai besoin de me retremper dans l'atmosphère de ce Faubourg où je suis né, d'où mon père est parti heureux pour l'Italie et où ma mère a fermé le rideau de sa vie sur l'un de ces coups de théâtre dont elle avait le secret. J'ai eu l'air de m'éloigner de vous en devenant docteur mais je reste l'un des vôtres!

Tandis qu'Antoinette s'installait au Louvre et vivait une lune de miel parfumée des essences d'arbres les plus rares, les enfants Habermann grandissaient. Déjà l'aîné, Jacques, qui avait eu onze ans à Noël, disait qu'il voulait apprendre le métier d'ébéniste.

– Laurent te prendra au Louvre comme apprenti mais avant il faut t'instruire. Tu dois savoir lire parfaitement, écrire, comprendre un peu de latin. Alors seulement tu apprendras à travailler.

C'est ainsi que l'enfant fut placé chez les oratoriens du faubourg Saint-Jacques, une congrégation nouvelle qu'avait créée Pierre de Bérulle, fils du conseiller et de Louise Séguier, l'une des filles de Pierre Séguier. Il était très difficile de faire entrer un enfant chez les oratoriens, Jacques avait donc eu une grande chance d'y être accepté comme pensionnaire. C'est du moins ce que pensaient ses parents. Lui regrettait la liberté des enfants du Faubourg, les jeux avec ses frères et les promenades familiales qui aboutissaient presque toujours au Louvre chez les Stabre. Enfin il n'y avait pas à discuter, Christophe tout en étant un père libéral entendait être obéi. Durant quatre ans, le garçon apprit ce qu'on attendait de lui puis pendant un an il travailla avec son père qui lui enseigna les rudiments du métier. Lorsqu'il entra au Louvre comme apprenti chez Stabre, il savait se servir d'une scie et d'une varlope. Il réussissait même à sculpter dans le bois des motifs simples, avec le jeu de gouges que son père lui avait données et qu'il avait choisies exprès parmi les plus anciennes, celles qui portaient la marque déjà à demi effacée de Pierre Thirion et de Jean Cottion. On peut appeler cela superstition ou naïveté, on peut aussi y voir la continuité d'une certaine noblesse :

– Tous deux seraient contents, dit Christophe, de savoir que leurs outils sont entre tes mains dans les ateliers du roi.

Jacques connaissait Laurent depuis sa plus tendre enfance, le géant roux aimait ce garçon gentil qui aimait rire et s'amuser mais qui ne rechignait pas au travail.

– Ici, lui dit Laurent, tu vas faire les carcasses des meubles. Il ne faut tout de même pas oublier qu'un cabinet, si riche soit-il quand il est fini, est d'abord une caisse posée sur quatre pieds. Avec ce que ton père t'a appris et les conseils de mon compagnon, tu vas vite savoir faire cela. Mais, en même temps, tu vas t'initier à la marqueterie. Ce n'est pas plus difficile qu'autre chose et c'est la mode. Il faut seulement savoir dessiner, être méticuleux, avoir des idées. Comme nous ne sommes pas nombreux, on nous considère comme des artistes. C'est une chance! Apprenti du Louvre, tu passeras maître sans difficulté, tu auras ton propre atelier et ton logement ici ou aux Gobelins. Voilà : tu as ton avenir entre tes mains, à toi d'en profiter!

Laurent fit faire à l'apprenti le tour des ateliers. Le jeune homme connaissait bien Equeman qui était un familier du Faubourg et qui l'accueillit comme son jeune frère. On lui présenta un autre ébéniste dont la notoriété avait depuis longtemps franchi le porche des galeries. Il s'appelait Jean Racey et était considéré comme le meilleur sculpteur de bois du moment.

– Si Stabre te laisse un peu de temps, lui dit-il, viens me voir, je te donnerai des leçons de sculpture. Ainsi tu es le fils d'Habermann! Un fameux maître qui s'est rudement bien débrouillé dans son Faubourg. Tu lui diras mon amitié.

Jacques était serviable et sympathique. Il fut d'emblée adopté et se sentit chez lui dans cette pépinière royale où les meilleurs artisans, non seulement meublaient le roi, mais enseignaient les jeunes qui prendraient un jour leur relève.

Les deux autres fils Habermann suivirent l'exemple de Jacques et furent mis en pension chez les oratoriens, vite reconnus comme les meilleurs pédagogues. Grâce à leur zèle, les lettres refleurissaient et les sciences se réveillaient, les collèges qu'ils ouvraient un peu partout en France devenaient tout de suite célèbres.

Était-ce une conséquence des guerres de religion? Paris se couvrait de monastères, des ordres nouveaux naissaient un peu partout qui n'avaient pas tous le succès et la renommée des oratoriens. Le couvent des carmes déchaussés devint pourtant célèbre, d'abord parce que ses moines avaient bonne réputation, ensuite parce qu'ils ne négligeaient rien pour assurer le développement de leur ordre. Les oratoriens vendaient l'instruction, eux le « blanc des carmes », inventé par deux pères et qui était d'un excellent rapport [1].

Le Faubourg se voyait lui-même doté d'une nouvelle maison religieuse, celle des filles de la Trinité que tout le monde appelait les « mathurines ». Elles s'étaient installées rue de Reuilly, aux frontières de l'abbaye et n'entretenaient pas des rapports d'amitié avec les sœurs de Saint-Antoine qui n'entendaient pas partager les ressources du domaine avec les nouvelles venues.

Un soir d'avril, en 1613, en rentrant souper au Faubourg, Jacques rapporta du Louvre une étrange nouvelle. Un certain Razilly, accompagné d'un capucin, amenait à Paris un groupe de six sauvages, nommés Tupinambas qui appartenaient à une tribu indienne du Brésil. On savait que ces pays lointains, explorés plus d'un siècle auparavant par Amerigo Vespucci, étaient habités par des hommes de couleur brique qui vivaient à peu près nus dans les forêts mais on n'en avait jamais vu. Cette arrivée laissait Christophe assez froid mais Béatrice, fille d'un pays de marins, qui avait assisté à Anvers au retour des caravelles aux voiles déchirées par les tempêtes, voulait voir ces êtres extraordinaires venus des rivages lointains. Elle décida donc de se rendre de bonne heure avec une voisine à l'église des capucins du faubourg Saint-Honoré où les sauvages devaient être reçus avant d'être solennellement convertis à la religion catholique. La foule était énorme. Des dames de la cour, des princesses se trouvaient mêlées aux marchands, aux bourgeois et au peuple dans l'église trop petite pour contenir autant de monde. On attendit bien deux heures que les cent vingt capucins partis à la rencontre de leurs sauvages les ramenassent dans la chapelle où un *Te Deum* fut chanté. Les Tupinambas étaient vêtus d'habits de plumages et avaient en main leur maraca, sorte de fruit creusé et muni d'un manche dont ils accompagnaient le cantique. Après cette action de grâce très particulière, les six Indiens furent conduits au couvent des capucins où ils étaient logés et où les dames de qualité purent aller les admirer hors de la cohue. Béatrice s'en tint là de sa curiosité mais on apprit un peu plus tard par des feuilles imprimées vendues par des colporteurs que le sieur de Razilly, et ses six Tupinambas avaient été introduits devant le roi et la reine sa mère qui les avaient reçus avec beaucoup de bonté. Le 24 juin, jour de la saint Jean, trois de ces bons

1. Un peu plus tard, les moines de la rue de Vaugirard produiront la fameuse eau de mélisse, liqueur de santé qui aura un succès prodigieux.

sauvages avaient été baptisés par l'évêque de Paris en présence du roi et de la reine dans l'église des capucins richement parée pour cette cérémonie agrémentée de chœurs séraphiques. La feuille précisait qu'on les avait revêtus de longues robes de taffetas blanc, ouvertes devant et derrière avec des boutons jusqu'à la ceinture pour leur appliquer les saintes huiles. Les trois autres Tupinambas étaient morts durant les préparatifs de cette solennité. On avait juste eu le temps de leur donner le baptême et d'assurer leur salut.

Jacques, au contact des meilleurs ouvriers de France, faisait de grands progrès. Laurent Stabre lui avait enseigné très rapidement la technique de la marqueterie et son crayon était assez habile pour imaginer des motifs originaux. Il excellait surtout dans les fleurs qu'il composait en bouquets d'amboine, de cèdre et de caliatour sur les portes et les tiroirs des cabinets que les gens de qualité se disputaient dans l'atelier de Stabre. Jean Racey, chaque soir, lui enseignait le dessin et la sculpture. Lorsqu'ils avaient travaillé un peu tard, le maître l'invitait à souper et à dormir sur une paillasse au fond de l'atelier : « Il est trop tard pour rentrer au Faubourg, reste avec nous! »

Béatrice n'aimait pas ces jours où il couchait au Louvre. Paris n'était pas sûr le soir venu et elle craignait toujours qu'il ne lui soit arrivé quelque malheur. Jacques, lui, trouvait très agréables les soirées chez les Racey. Le sculpteur avait perdu sa femme quelques années auparavant et il vivait avec ses deux filles. Claude, l'aînée, tenait son ménage; Jeanne la plus jeune, plaisait bien à Jacques. Elle avait quinze ans, lui dix-huit. Jeanne était jolie et avait de bonnes manières, celles que lui apprenaient les sœurs ursulines qui n'enseignaient en principe que les jeunes filles de condition mais qui avaient fait exception pour la fille du maître des ateliers du Louvre qui venait de sculpter un magnifique lutrin pour le chœur de la chapelle du couvent. Les jeunes gens s'entendaient bien, ils aimaient converser, pas forcément de choses frivoles. Il l'appelait Arthénice, nom que ses familiers donnaient à Mme de Rambouillet. Aussi surprenant que cela paraisse, Jacques connaissait la marquise qui lui témoignait de l'amitié chaque fois qu'elle rencontrait le jeune garçon sur le chantier de l'ancien hôtel Pisani qu'elle était en train de transformer pour en faire la maison de ses rêves : celle des lettres, de l'esprit et de la conversation.

La première, elle avait pensé à substituer aux immenses pièces des anciens hôtels une suite de salons dont la taille se prêtait mieux à la vie privée, aux réceptions intimes et à la conversation. Pour la chambre bleue [1] qu'elle était en train de faire décorer, elle avait demandé à Laurent Stabre des panneaux de marqueterie auxquels Jacques avait travaillé et qu'il terminait sur place, au rez-de-chaussée de la rue Saint-Thomas du Louvre. Cette chambre bleue, en réalité un vaste salon, donnait sur le jardin par des fenêtres ouvertes dans toute la hauteur. L'ameublement, composé essentiellement de sièges aux pieds tournés, était recouvert de velours bleu rehaussé d'or et d'argent. De grands paravents pouvaient être déployés pour diminuer le volume de la pièce lorsque l'assistance était peu nombreuse.

Ce soir-là justement, Jacques avait posé le dernier panneau, mettant le point final à la cathédrale de l'esprit dont la grande prêtresse, Catherine de Vivonne, marquise de Rambouillet, allait faire don à l'histoire littéraire.

La marquise, enchantée de la réussite de son entreprise, avait tenu à remercier Jacques, comme s'il en avait été seul responsable. La jeunesse et la prestance du jeune homme l'émouvait. Peut-être pensait-elle à son fils, le marquis de Pisani, bossu mais heureusement fort spirituel. Jacques l'avait aperçu un jour en compagnie de sa sœur Julie et tous deux avaient posé au marqueteur une foule de questions sur son métier. Parler, dans la famille, était considéré comme un acte essentiel, aussi nécessaire que le boire et le manger. A son tour Mme de Rambouillet, curieuse, avait prié le jeune homme de s'asseoir un instant avant qu'il ne prenne congé, pour essayer de deviner ce qu'il pouvait bien y avoir dans la tête de ce « mécanique » pas comme les autres qui avait des allures de chevalier.

Les questions, à nouveau, avaient fusé, sur la famille, sur le métier, sur le maître Stabre, sur les ateliers du Louvre. Jacques s'exprimait bien et n'était pas timide. Il avait répondu avec précision, mêlant l'anecdote au technique. Suprême malice, il avait glissé dans son récit que « sur dix choses qu'il savait, il en avait appris neuf par la conversation ». Rien ne pouvait faire plus plaisir à Mme de Rambouillet. Elle avait donc poussé un peu plus loin son interrogatoire et été très étonnée d'apprendre que Jacques savait beaucoup de choses et comprenait même un peu de latin. Pour un peu, elle l'aurait invité à sa réunion du soir avec les Arnauld, Chapelain, Voiture et Ménage,

1. La fameuse « chambre bleue d'Arthénice » (anagramme de Catherine).

ses interlocuteurs favoris. Elle s'était contentée de dire à Jacques qu'il était intelligent et qu'elle l'aiderait si l'occasion se présentait.

– Vous allez très bien réussir seul mais si je peux vous être utile, n'hésitez pas. Ma chambre bleue que vous avez si bien enjolivée vous est ouverte et mes amis vous sont acquis.

Jacques n'attachait pas trop d'importance à ces discours de circonstance mais il les répétait à son amie Jeanne qui l'écoutait bouche bée. Le salon d'Arthénice ne disait pas grand-chose à la jeune fille mais elle pensait que Jacques devait être un grand artiste pour qu'une dame aussi importante que la marquise de Rambouillet lui tienne de tels propos. Elle s'aperçut que cela lui était agréable. « C'est peut-être cela l'amour », se dit-elle en regardant Jacques comme elle ne l'avait encore jamais fait.

Philippe et Étienne, les deux frères de Jacques n'avaient ni son ouverture d'esprit ni son talent. Après leur passage chez les oratoriens, il avait été décidé qu'ils n'iraient pas à la galerie du Louvre et travailleraient dans l'atelier familial où, d'ailleurs, Christophe avait besoin d'aide. L'ancien compagnon du tour de France s'était fait à l'idée qu'il ne serait jamais un grand artiste mais qu'il restait l'un des meilleurs maîtres ébénistes du Faubourg. Pour l'orgueil et le panache des Habermann, il y avait Jacques. Stabre et Racey avaient dit qu'il irait loin.

Les rumeurs de la cour, les bruits détestables qui couraient sur Concini, le favori tout-puissant que Paris haïssait, les échos sur la lune de miel du roi qui venait d'épouser Anne d'Autriche arrivaient avec retard au Faubourg depuis que l'abbesse Renée de la Salle avait réduit au strict minimum les relations du couvent avec le monde extérieur. Elle venait d'instituer la clôture, ce qui ne s'était pas produit depuis plus d'un siècle. Renée de la Salle n'était décidément pas une abbesse comme les autres. Christophe disait qu'il s'en était aperçu dès le premier jour et que ce n'était pas fini : elle avait une santé de fer et semblait faite pour vivre cent ans.

Heureusement, les ateliers royaux jouxtaient le Louvre et l'on y apprenait les nouvelles souvent plus tôt qu'à l'intérieur du palais. Jacques rentrait donc le soir avec sa manne d'informations dont certaines paraissaient absurdes, d'autres ridicules et infantiles aux gens du bois. Par exemple la fâcherie entre Louis XIII et la reine mère qui avait failli dégénérer en bataille entre leurs armées respectives ou l'incident de la serviette qui fit le tour de Paris tellement il était comique. Jacques en tenait le récit d'un domestique :

– Le prince de Condé avait voulu, à l'heure du dîner, présenter la serviette au roi. Le comte de Soissons s'en saisit, disant que cet honneur lui appartenait puisqu'il était grand maître de la maison du roi. Condé n'avait pas lâché le linge que Soissons tirait par l'autre bout. Le roi qui voulait s'essuyer les mains trancha le différend en demandant au duc d'Anjou de lui apporter une autre serviette.

L'affaire eût pu en rester là mais les deux gentilshommes s'apostrophèrent, se menacèrent, s'insultèrent et trouvèrent finalement en quittant le Louvre de nombreux seigneurs qui leur offrirent leurs services pour venger l'affront que chacun des deux prétendait avoir reçu de l'autre. La cour se partagea en deux camps. Guise, Luynes et leurs amis se déclarèrent pour Condé, Mayenne et Longueville pour Soissons. Comme chacun de ces hauts personnages avait sa maison militaire on vit tout à coup deux véritables petites armées prêtes à livrer bataille. Enfin, des négociations s'engagèrent, on parlementa, la guerre de la serviette fut évitée de justesse.

Jean Racey n'était pas seulement un sculpteur de talent. C'était un homme instruit, plein d'esprit, philosophe, qui essayait de transmettre à ses filles sa façon de penser et de vivre qu'il considérait comme la vraie sagesse. Encore qu'il ne fût pas dévot, il n'était pas contre la religion et trouvait parfaite l'éducation que dispensaient les ursulines à sa petite Jeanne, à condition de la tempérer d'une philosophie tranquille équilibrant les désirs et le plaisir. Claude répondait mal à cette éthique d'un bonheur partagé entre la sensualité et les joies de l'esprit. Marquée par sa mère pénétrée de piété, elle n'avait pas l'intelligence de sa sœur ni sa culture et ne pouvait trouver sa voie que dans le droit fil d'une vie familiale sereine et traditionnelle. Jean Racey le savait, il réservait ses conseils à Jeanne qui, elle, mordait franchement à l'hameçon du plaisir raisonné. A treize ans, elle avait déjà dévoré Montaigne et Charron son grave imitateur. A quinze, elle lisait le latin, le grec et parlait espagnol. Elle avait le teint blanc, de grands yeux noirs qui parlaient quand sa bouche admirable se taisait, la taille élégante, un port de tête fier mais sans orgueil, des mains fines et un adorable timbre de voix.

Voilà le petit chef-d'œuvre à qui Jacques parlait de Mme de Rambouillet. Comment Jeanne aurait-elle pu ne pas être captivée? Le jeune homme prenait à ses yeux un intérêt nouveau. Il lui ouvrait, par la pensée, les portes d'un monde merveilleux où la volupté de l'esprit le disputait à la fortune de l'amour. Et puis, Jacques n'était pas n'importe qui. Il lui ressemblait par bien des points. Il était beau, ce qui lui paraissait essentiel, il avait l'esprit ouvert, aimait parler et savait beaucoup plus de choses que tous les garçons qu'elle avait rencontrés jusque-là. Enfin, comme elle, il était né au-dessus d'un atelier d'ébéniste où l'air, chargé de l'impalpable poussière du bois, se respirait comme une drogue douce. C'était beaucoup d'atouts dans le jeu de Jacques qui ne savait pas que sa jolie partenaire l'avait déjà choisi pour être, un jour, celui qui l'initierait au commerce des sens et de la tendresse.

En attendant, Jacques travaillait dur. Laurent Stabre avait écourté la durée de son apprentissage et le payait au tarif des compagnons. Souvent même, il ajoutait une belle somme à son salaire lorsqu'il avait entièrement marqueté un meuble vendu un bon prix. L'argent intéressait peu le jeune homme qui était logé et nourri au Faubourg ou au Louvre. Il voulait seulement en avoir assez pour se vêtir avec élégance et payer ses sorties du dimanche à *La Maison Rouge*, quai de Chaillot ou au cabaret de la Durier à Saint-Cloud. La Durier était une ancienne vivandière, maîtresse d'un beau capitaine qui avait été décapité pour concussion. Elle avait reçu la tête de son amant dans son tablier et racontait volontiers cette plaisante aventure dans le cabaret qu'elle avait créé peu après et où toutes les classes de la société se mêlaient sans façon aux beaux jours.

Tout un été, Jacques était sorti avec une brunette employée chez un mercier de la rue du Coq. Maintenant, c'est Jeanne qu'il emmenait le dimanche à la campagne boire de la rosette et du romény en mangeant du jambon et des pâtés d'échaudés. Jeanne se laissait embrasser et un peu caresser dans les bosquets mais elle voulait toujours que ces jeux amoureux fussent assortis, avant et après, de conversations où l'esprit avait sa part. Les leçons du père avaient porté :

– Il faut, disait-elle très sérieusement à Jacques, par un esprit vif et une conversation brillante sauver l'amour de l'ennui qui est son pire ennemi. Souviens-toi de cela si tu séduis un jour l'une des amies de la Marquise.

– Je n'ai pas encore eu tellement l'occasion de m'ennuyer en t'aimant!

– Non, mais il faut prendre les devants!

Ils éclataient de rire et ils s'embrassaient.

Jacques était fier de promener Jeanne à son bras. On se retournait sur eux. Les femmes regardaient la jeune fille avec un intérêt teinté d'hostilité inconsciente. Cet hommage de rivales en puissance amusait plus Jeanne que les œillades gourmandes des hommes.

– Si tu veux mettre en application ta philosophie du plaisir, tu n'auras pas trop à chercher tes amoureux, dit Jacques un jour où un homme vêtu de chausses plissées et d'un pourpoint de soie s'était arrêté devant Jeanne et l'avait saluée comme une princesse.

– Je sais mais comme je commencerai par toi, j'aurai encore moins de mal. A moins que tu ne veuilles pas de moi?

– Pourquoi pas si tu me récites quelque élégie ou des stances bien alertes pour me mettre en appétit?

– Tu veux que je t'écrive des vers? Tu auras droit à une épigramme!

Joyeux, les jeunes gens rentraient bras dessus, bras dessous en bavardant. Quand ils avaient été déjeuner à Vincennes à *La Pissotte*, ils s'arrêtaient en revenant au Faubourg et Jeanne entamait avec Christophe une longue conversation sur le tour de France. Comme toutes les femmes, elle était fascinée par cette aventure qui marquait à jamais ceux qui l'avaient vécue.

– Écrivez donc un livre sur le compagnonnage! lui disait-elle. Il n'en existe pas et c'est bien dommage.

– Tu veux que j'écrive un livre? Tu es folle ma fille. J'en serais bien incapable.

C'est vrai, Jeanne était un peu folle, gentiment folle, comme un oiseau qui commence à voler. Ce grain de fantaisie ajoutait encore à son charme et lorsqu'elle partait avec Jacques qui la raccompagnait au Louvre, Christophe disait à Béatrice :

– Cette fille, c'est le diable et le Bon Dieu. Elle est plus savante que l'abbesse, elle est plus belle que la plus belle des princesses, elle est plus maligne que toutes les femmes que j'ai connues et elle exerce sur les hommes une influence qui en rendra plus d'un malheureux!

– Tu crois que Jacques va l'épouser?

– Je n'en sais rien mais elle est trop belle et trop intelligente pour faire une bonne épouse!

– Voilà qui est gentil pour les bonnes épouses!

Les Racey étaient originaires d'Évreux. Il avait été convenu, depuis longtemps, que la sœur de Jeanne y épouserait un maître menuisier. Afin de régler les détails du mariage, Jean dut se rendre, au début de juin dans sa ville natale avec sa fille aînée.

Depuis longtemps il n'avait fait aussi chaud à Paris qu'en cet été de 1623. Les rues de la capitale, accablées de soleil, étaient presque vides, sauf près des fontaines où l'on faisait la queue. Dans leur atelier du Louvre, Laurent Stabre et Jacques travaillaient torse nu. Le poêle à sciure qu'on ne pouvait laisser s'éteindre à cause de la colle, augmentait encore la température mais il fallait finir un cabinet de poirier teinté incrusté d'écaille rouge que Cyprien Perrot, un célèbre conseiller au parlement attendait depuis des mois. Jeanne, vêtue d'un simple corselet de toile qui laissait voir qu'elle était moins frêle qu'on aurait pu le penser, apporta un peu d'air frais en entrant dans la fournaise de l'atelier. Elle dit gentiment bonjour à Laurent qu'elle appelait « mon oncle » depuis qu'elle savait parler et se rendit près de l'établi de Jacques installé dans le fond.

– Je suis votre humble servante, dit-elle à son ami en esquissant une révérence.

– Bonjour. C'est gentil de venir me voir. Que puis-je faire, comtesse, pour vous rendre heureuse?

– Beaucoup de choses, j'espère, monsieur le Marquis. Veuillez prendre connaissance de ce billet que la duchesse de Racey m'a priée de vous porter. Elle m'a dit que vous aviez fait sa connaissance l'autre jour chez Mme de Rambouillet.

Une nouvelle révérence, la pression d'une paume douce et fraîche – la mâtine avait dû se tremper les mains dans de l'eau glacée – sur l'épaule brûlante de Jacques et Jeanne s'envola dans un rire après avoir glissé une feuille de papier pliée en quatre dans l'un des tiroirs du cabinet. Jacques était habitué aux jeux de la jeune fille. Il sourit, ouvrit le billet et lut :

*Je ne suis plus oiseau des champs*
*Mais de ces oiseaux des Tournelles*
*Qui parlent d'amour au printemps.*
*Si vous aimez ma ritournelle*
*Venez ce soir dans ma maison*
*Pour y souper et y goûter*
*Les fruits promis de la saison*
*Que je vous offre à satiété.*

Jacques comprit tout de suite qu'en ce début de juin, l'important n'était pas que le cardinal de Richelieu devînt ministre d'État mais que Jeanne eût écrit ces vers pour lui dire qu'elle avait décidé de se donner à lui.

Laurent ne fut pas trop étonné quand son compagnon lui dit en s'excusant, le soir venu, qu'il partait un peu plus tôt que d'habitude. Il avait assisté à la scène, de loin, et dit simplement d'un sourire que Jacques devina complice : « Bonne soirée, mon gars, mais n'oublie pas que nous commençons à six heures demain! »

Jacques passa par la cour des galeries où une petite fontaine laissait couler un mince filet qui venait par l'aqueduc des sources de Rungis. Il se rafraîchit les bras et le buste, s'aspergea la tête et, sans remettre sa chemise, grimpa chez les Racey. Jeanne tranchait gaillardement dans un jambon du Morvan leur souper d'amoureux. Elle laissa tomber le couteau en apercevant Jacques et, sans même essuyer ses mains qui sentaient le sel et le fumé, elle se jeta contre lui et lui offrit sa bouche. Enfin elle lâcha prise et, regardant Jacques encore surpris par cet accueil passionné, elle s'écria :

– Tu as été content de lire mes vers? Tu vois, j'ai tenu parole.

– J'ai trouvé ton poème bien venu encore que la dernière rime m'ait semblé un peu faible...

– Tu en trouveras des amoureuses qui écrivent des vers à un « mécanique »! Mais la poésie n'est qu'une partie de notre philosophie de l'amour. Le moment que nous allons vivre, monsieur, est très important. J'entends le célébrer comme un acte divin. D'abord, nous allons nous laver, nous enduire de baume comme les anciens Grecs et nous parfumer d'origan. Ensuite nous choisirons le goût de nos baisers. J'ai préparé pour cela trois sortes de miel, des gelées de fruits, des confitures. Nous commencerons si tu veux par un baiser au cassis. Le cassis n'est ni trop sucré, ni trop amer et il a de la couleur...

– Je te trouve merveilleuse. Avec toi la vie éclate. Tu apparais, tu parles, tu agis et tout se transforme. Mais ne crains-tu pas qu'à vouloir trop bien faire, tout risque de se passer dans la tête? Moi je t'aime, je te désire, j'ai envie de toi. Simplement...

– Moi aussi j'ai envie de toi mais ça ne m'empêche pas de penser qu'il vaut mieux, surtout la première fois, ne pas faire l'amour comme des bêtes mais en artistes. Ne te fais pas de souci pour la tête, le reste marchera aussi très bien. Maintenant allons nous préparer. Naturellement nous souperons plus tard. Je veux des baisers à la confiture de roses, pas au jambon fumé.

Ils gagnèrent la grande chambre où Jeanne avait préparé un baquet plein d'eau. En un clin d'œil elle enleva sa chemise et fit tomber la friponne [1] légère qui constituait son seul vêtement. Jacques ne l'avait jamais vue nue. Elle lui apparut plus belle encore qu'il l'avait imaginée. Ce n'était plus une enfant, ce n'était pas encore tout à fait une femme, en tout cas sûrement pas une femme comme les peintres du moment les représentaient sur les fresques que la reine leur commandait pour le Louvre et Fontainebleau, grasses, roses, bien en chair. Jeanne était mince sans être maigre, ses seins étaient petits mais bien faits, bref, Jacques la trouvait belle. Il fit un geste pour la toucher mais elle le repoussa :

– Non! Enlève d'abord tous ces chiffons et saute dans le bain, je vais te frotter. Je ne veux pas dans mon lit un homme qui sente la colle de poisson!

Elle passa et repassa le morceau de savon sur le corps mouillé de Jacques et commença de frictionner ses épaules. Elle descendit jusqu'à la ceinture, lui dit de se tourner et couvrit de mousse la légère toison de sa poitrine. Elle semblait appliquée à ce qu'elle faisait et évitait le regard de Jacques, en laissant furtivement ses petites mains s'égarer sur son corps. C'était un jeu terriblement excitant que Jeanne décida d'arrêter après avoir contemplé quelques secondes, sans dire un mot, le sexe dressé de Jacques. Elle s'écarta un peu et tendit un linge blanc en murmurant d'une voix un peu rauque :

– Tiens, essuie-toi!

Ils se retrouvèrent allongés l'un près de l'autre sur le grand lit, celui de Jean Racey dont elle avait changé les draps. Jeanne avait tellement pensé à cet instant, l'avait tellement préparé dans sa tête trop pensante, trop pleine de lectures et de rêves qu'elle demeurait maintenant incapable de bouger, de parler, même de sourire. A côté d'elle, Jacques lui aussi était intimidé. Jusque-là, c'est Jeanne qui avait pris toutes les initiatives, il n'avait fait que l'écouter et que suivre les règles du jeu qu'elle avait inventées au fil de leurs rencontres et de son imagination. Maintenant, c'était à lui d'oser mais il se sentait retenu par la crainte de rompre le charme subtil qu'elle avait distillé dans leurs veines depuis des mois. Il savait que jamais il ne revivrait avec une telle intensité, une telle ferveur, le mystère de la possession. Il devait à Jeanne, qui était neuve, de ne pas transformer son désir d'homme en une rencontre bestiale et laide. Puisqu'elle abandonnait, il allait, lui, reprendre le jeu et le mener doucement à son terme.

1. Nom donné alors à une sorte de long casaquin descendant à mi-jambes.

– Jeanne, murmura-t-il, aurais-tu oublié ton baiser à la rose? Nous essaierons plus tard les autres parfums.

– Non, viens! Je veux sentir ta vraie odeur. Mais sois généreux, sois doux. Essayons de faire de ce geste vieux comme le monde quelque chose d'exceptionnel. Viens mon Jacques!

Il s'approcha, caressa ses seins, posa ses lèvres sur son ventre et la sentit tressaillir. Alors il remonta jusqu'à ses lèvres et l'enlaça. Il sentit ses jambes qui se desserraient. C'est elle qui l'attira. Jacques l'avait à peine pénétrée qu'un long cri, une sorte de vagissement d'enfant, sortit du plus profond d'elle-même. Jacques lui aussi cria son bonheur, puis, ensemble, leurs corps se détendirent dans un merveilleux bien-être.

– C'est donc cela l'amour, murmura-t-elle. Je ne suis pas déçue et tu as été merveilleux. Je voulais tellement que mes noces soient réussies. Cela n'arrive qu'une fois dans la vie, tu sais!

Prudent, subtil, habile dans l'art de dissimuler, brutal aussi quand la force le servait, Richelieu gouvernait la France tandis que le roi inaugurait des fontaines maintenant presque aussi nombreuses à Paris que les couvents. Le Faubourg, lui, continuait de prospérer. Le meuble n'était plus seulement un objet utile et pratique. Il était devenu dans les châteaux, dans les logements bourgeois et même chez certains artisans aisés, une parure de la vie quotidienne, un objet d'art spécifique qu'on avait plaisir à montrer et à utiliser.

Jacques, comme il l'avait souhaité, assurait entre les ateliers du Louvre et ceux du Faubourg une très utile liaison. D'abord, il renvoyait chez son père et les autres menuisiers de Saint-Antoine les clients que les maîtres des galeries du Louvre ne pouvaient satisfaire. Ensuite, il tenait au courant les ouvriers de l'abbaye des modes, des nouvelles créations, apportant au besoin les dessins qui permettaient de les reproduire avec exactitude. Il avait même mis au point avec ses frères et son père une production de cabinets qui n'étaient certes pas aussi somptueux que ceux fabriqués au Louvre mais qui coûtaient beaucoup moins cher. Le poirier noirci remplaçait souvent l'ébène et la marqueterie était simplifiée mais ces pièces avaient de l'allure et permettaient à d'autres gens que les nobles fortunés de posséder chez eux le meuble à la mode. Cette spécialité donnait aux Habermann une aisance appréciable. Ils commençaient d'ailleurs à se plaindre de payer trop d'impôts, ce qui, c'est bien connu, est la première manifestation de la richesse.

Jean Racey avait marié sa fille Claude et Jacques habitait maintenant pratiquement chez lui avec Jeanne. Cette situation ne gênait pas Jean, philosophe libertin qui regardait avec une certaine fierté sa petite fille s'épanouir dans les bras de Jacques et dans la lecture de livres savants qu'elle allait acheter chez les libraires de la rue Saint-Jacques ou choisir dans le fatras des bouquinistes du Pont-Neuf. Béatrice, en revanche, trouvait la cohabitation de son fils et de Jeanne déplaisante. Elle n'avait, il est vrai, pas grand-chose à dire à celle qu'elle était bien obligée de considérer comme sa bru bien qu'aucun prêtre n'eût consacré l'union. Béatrice en voulait aussi à Jeanne d'entraîner Jacques dans des spéculations intellectuelles qui, disait-elle, l'éloignent de sa mère, « pauvre laitière du bas pays égarée au Faubourg ». Ces reproches n'allaient pas plus loin, Christophe d'ailleurs y veillait qui vouait à la jeune fille une admiration évidente.

Le jeune couple se moquait de ce que pensaient les autres. Jeanne et Jacques continuaient de mêler aux jeux de l'amour les plaisirs de l'esprit. Ils avaient fait la connaissance un dimanche, *Au Petit-Maure*, une auberge de Vaugirard célèbre pour ses petits pois et ses fraises, d'un bachelier en théologie de la Sorbonne. C'était un garçon d'une trentaine d'années, peu argenté mais que sa famille, d'une petite noblesse des collines du Perche, ne laissait pas sans ressources. Sa culture était immense, il avait tout lu, les anciens et les modernes, il troussait gentiment le madrigal et était d'un commerce agréable. Jeanne n'avait pas laissé passer une pareille occasion d'échanger des idées et de disserter sur tout et sur rien. Elle l'avait invité au Louvre et formait chaque semaine avec lui, son père et Jacques un salon littéraire miniature qu'elle appelait « l'atelier bleu » pour se moquer de la marquise de Rambouillet. On y discutait, comme chez Arthénice, des derniers livres parus, on y lisait un poème, griffonné la veille et qui valait bien ceux de M. de Chaudebonne ou de Voiture. On y échangeait aussi dans la bonne humeur les potins de Paris. Hugues de Tansin, c'était le nom du bachelier, rapportait les nouvelles de l'Université, toujours en ébullition, et puis, on vivait dans la galerie du Louvre où les langues allaient bon train et où la vie des grands était chaque jour disséquée et commentée.

Heureux, Jacques ne demandait rien d'autre à la vie que son travail, ses parents, ses amis. Et Jeanne dans son lit. Ils s'aimaient toujours autant mais Jacques savait qu'il ne la garderait pas éternellement. Elle lui avait dit dès leurs premières rencontres qu'elle n'était pas la femme d'un seul homme :

– Je ne connais rien de honteux dans le commerce de la tendresse que le mensonge. Quand un homme aura cessé de me plaire, je le lui dirai. J'espère que je l'aurai choisi assez intelligent pour que nous restions liés d'amitié.

C'était avant que leur liaison prît un tour charnel. Il lui avait demandé :

– Et si c'est toi qui cesses de plaire, accepteras-tu l'amitié qu'il te proposera?

– Naturellement!

Depuis, Jeanne avait toujours tenu le même langage et il s'était habitué à l'idée qu'un jour elle lui dirait qu'un autre avait pris sa place dans son cœur. Il imaginait qu'alors il souffrirait mais que ce ne serait ni très grave ni très long. Ce dont il était sûr, c'est que cette rupture n'altérerait pas la complicité affectueuse qui les liait et dont elle avait besoin autant que lui. Quand il analysait ainsi sereinement leur comportement, il s'étonnait lui-même de son propre détachement en face d'un événement qu'elle lui avait appris, avec une sagesse accomplie, à considérer comme aussi inévitable que l'accident, la maladie ou la mort. Jacques se disait alors qu'il avait eu beaucoup de chance de rencontrer Jeanne. Elle lui avait tout appris, l'amour, les livres, la relativité des choses et des événements. La vie quoi! Tout simplement.

Et la vie continuait. Avec Jeanne, heureuse de réunir tout son petit monde chaque dimanche, quelquefois deux jours par semaine, autour de son père, le sculpteur, qui vieillissait sereinement en continuant de philosopher et en admirant son œuvre la plus réussie, sa fille. Quelquefois, Hugues de Tansin amenait un ami qu'on intégrait s'il était de bonne souche et s'il pouvait apporter de l'imprévu dans une conversation jamais close qui se continuait au long des jours et des mois.

Un jour, Hugues arriva accompagné d'une très belle jeune fille. Elle était de quelques années plus jeune que Jeanne, bien habillée sans excès d'ors et de rubans, souriante, à l'aise chez le maître Racey comme elle devait l'être dans les salons. Jeanne ne lui fit pas un accueil chaleureux. Elle ne comprenait pas pourquoi Tansin avait amené cette péronnelle dont la beauté éclipsait la sienne et que Jacques regardait avec les yeux bêtes qu'elle lui avait connus quand il ne voyait en elle qu'un visage agréable et des formes tentantes, avant qu'elle « ne le rende intelligent », comme elle disait, en lui apprenant ce superflu qui fait le vrai bonheur. Hugues, pourtant, avait l'air sûr de lui. Cette fille ne devait pas être n'importe qui. Il la présenta en esquissant son sourire un peu moqueur que Jeanne connaissait bien :

– Mlle Marie de Lon de l'Orme qu'on appelle plus simplement Marion Delorme. Son père est marchand mercier mais elle ne vient pas ici pour vous vendre de la filoselle. Marion connaît les poètes et la poésie, elle a comme nous lu Montaigne et a de l'esprit. Bref, elle te ressemble, Jeanne, et logiquement, vous devriez très vite vous aimer... Ou vous haïr! ajouta-t-il en riant.

Ce discours détendit l'atmosphère et Jeanne offrit à Marion le meilleur fauteuil de la maison, celui qu'elle avait fait recouvrir de velours bleu par le tapissier du Louvre, pour s'amuser. Jeanne, pourtant, ne s'était pas encore rendue. Elle allait, tout le monde s'en réjouissait à l'avance faire passer un sérieux examen d'entrée à la nouvelle arrivée! Tout en lui faisant des grâces, elle avait déjà préparé ses questions :

– Alors, mademoiselle, commença-t-elle, vous connaissez des poètes? Vous goûtez la poésie? C'est très intéressant. Nous-mêmes nous rimons quelquefois mais sans prétention.

– Appelez-moi Marion, comme tout le monde. Pour les poètes, j'en connais au moins un, Desbarreaux. Elle laissa passer quelques secondes et ajouta de la même voix tranquille : C'est mon amant!

Il y eut un silence. Tansin s'amusait bien. Finalement, Jeanne éclata de rire. Elle rengaina ses questions perfides et la conversation s'engagea, montrant que Marion avait de la repartie, était capable de tenir son rôle dans la pièce et même, quand elle s'appliquait, d'emporter la scène. On se sépara bons amis et la belle pria gentiment tout le monde à l'une de ses réunions, dans sa maison de Picpus, au faubourg Saint-Antoine.

Cette rencontre ne fut peut-être pas tout à fait étrangère à la séparation de Jeanne et de Jacques, bien que celle-ci ne survînt que quelques années plus tard. Jacques le pensa, bien qu'elle s'en fût toujours défendue. Il n'avait pas oublié que Jeanne lui avait dit, le soir où ils avaient connu Marion : « Si elle l'aime, il n'y a rien à redire qu'elle ait un amant riche! »

Jacques savait que Jeanne ne le quitterait pas tant que Racey vivrait. Jamais elle n'abandonnerait son père, jamais non plus elle ne lui imposerait le choc d'une rupture qui risquait d'attrister ses vieux jours : il aimait Jacques comme son fils. Mais Jean Racey qui avait sculpté une bonne moitié des lambris du nouveau Louvre, mourut un soir de 1636. Il était malade depuis longtemps et son état ne laissait plus d'espoir à ceux qui l'entouraient. Lorsqu'il sentit ses forces l'abandonner, il appela Jeanne auprès de lui et se montra aussi philosophe devant la mort qu'il avait essayé de l'être durant sa vie :

– Tu vois ma petite Jeanne, tout ce qui me reste aujourd'hui, c'est le souvenir des plaisirs qui me quittent. Finalement, leur durée a été bien courte! Mais c'est là un regret bien vain. Toi et Jacques qui allez me survivre, profitez du temps qui s'échappe si vite. Ne soyez pas scrupuleux sur le nombre mais sur le choix de vos plaisirs!

Jeanne lui offrit un dernier sourire mêlé de larmes et il expira.

– Père est mort comme un sage, dit-elle. Il faut non pas le pleurer mais se souvenir de lui en philosophe.

C'étaient là des mots que seul Jacques pouvait comprendre. Il la prit dans ses bras et lui murmura à l'oreille : « Jean Racey était un grand monsieur, montre que tu es une grande dame. »

Ils demeurèrent encore un an ensemble. A la disparition de Jean Racey, Jacques avait été reçu maître de la galerie du Louvre et le roi avait signé une lettre patente lui attribuant l'atelier du vieux sculpteur. Tout aurait donc pu continuer mais le charme était rompu. Sans se le dire, afin de ne pas attrister l'autre, ils savaient qu'ils vivaient leurs derniers moments de bonheur à deux. Un peu plus tard, ils se séparèrent en pleurant autant sur leur jeunesse évanouie que sur leur amour perdu. Jeanne, avec l'héritage de son père, avait acheté une petite maison rue de Picpus, non loin de celle qu'habitait Marion. Chez son amie, elle avait rencontré le chevalier d'Albret qui était beau, jeune, élégant. Il était aussi amoureux fou de Jeanne qui s'était assez vite laissé convaincre. Elle l'expliqua à Jacques sans faux-fuyant :

– L'amour devenait ennuyeux entre nous. La sagesse commandait d'y mettre fin pour garder intacte l'amitié et l'estime que nous nous portons. J'aime assez d'Albret pour que sa présence ne me fasse pas te regretter. Quand je me suis donnée à toi, je ne pensais pas que nous ferions un aussi long bout de chemin ensemble! Mais il n'est pas question de ne plus se voir. Crois-tu que je pourrais vivre sans nos bavardages? Passez me voir quand vous voudrez, monsieur le maître Habermann. Moi, je crois que je viendrai souvent retrouver mon fauteuil bleu. Je te le laisse en gage mais ne permets pas à n'importe quelle idiote de s'y asseoir! Choisis bien celle qui me remplacera. Ne fais pas comme moi. Avec d'Albret ma philosophie n'a servi de rien : j'ai laissé faire mon impulsion et j'ai peut-être fait une sottise. Tu vois, dans les choses de l'amour, le plus difficile est de résister au premier mouvement. Là est le danger mais quelle femme, ou quel homme, peut s'en défendre? Heureusement, chez moi, la faiblesse ne dure pas. Voilà pourquoi je peux te dire que le chevalier ne restera pas très longtemps dans mon cœur.

– Mais moi, tu m'as bien choisi...

– C'est la preuve que j'étais plus intelligente quand j'avais quinze ans! Toi, tu resteras toujours un homme à part dans ma vie. L'amant le plus aimable n'aura jamais le droit scandaleux de me posséder tout entière. Une part de moi, la plus estimable, reste tienne.

Le départ de Jeanne marqua Jacques plus qu'il ne l'avait prévu. Elle était de ces créatures qui occupent tant de place que leur absence demeure longtemps insupportable à ceux qui se trouvent soudain, non pas seuls, mais en face d'un vide tragique. Le logement du Louvre, privé de Jeanne, lui semblait être une sorte de trou noir où il s'égarait. La nuit, son pied cherchait la douce fraîcheur de celui de Jeanne endormie mais ne rencontrait que le désert du drap. Ce n'était pas tellement l'amante qui lui manquait, plutôt une sorte d'abstraction faite de jours, d'habitudes, de connivences, de gestes... Heureusement, il y avait le travail.

Laurent Stabre l'avait vu quitter son atelier sans plaisir. Jamais le compagnon qui l'aidait ni le nouvel apprenti qu'il formait ne remplaceraient Jacques, son habileté, son talent, son goût de la création. Enfin, le départ de Jacques était dans la nature des choses et, puisqu'il ne pouvait plus exécuter toutes les commandes de la cour et des particuliers, il envoyait les clients chez son ancien compagnon qui, lui aussi, se trouvait maintenant débordé. C'était tant mieux car le nouveau maître, installé à l'établi où Jean Racey avait sculpté tant de merveilles, trouvait dans son métier de nouvelles raisons de vivre. Une idée surtout le poursuivait qu'il voulait exploiter, maintenant qu'il ne dépendait que de lui-même. Il avait remarqué jadis chez la marquise de Rambouillet une petite table venue d'Italie qui était décorée d'une façon tout à fait originale. Le plateau, au lieu d'être marqueté ou garni de pierres dures, était incrusté de minces filets de métal dessinant des arabesques. Plus que le résultat, d'ailleurs médiocre, c'est le procédé utilisé qui avait frappé le jeune homme. Il s'était dit qu'un jour il essayerait d'en tirer parti. Le moment semblait aujourd'hui propice à une telle expérience. Personne ne l'attendait, il était libre et il avait besoin de se passionner pour quelque chose. Jacques entreprit donc d'orner un petit panneau d'ébène à titre d'essai. Il dessina d'abord un motif vermiculé simple et demanda au maître serrurier des ateliers royaux de lui préparer des bandes d'étain très minces et très étroites. Ensuite il incisa le bois en suivant le tracé de son dessin et y incrusta l'étain. Il lui fallut alors polir la surface décorée en ébarbant les saillies de métal. Ce ne fut pas le plus aisé car il ne disposait pas des outils nécessaires. Enfin, le résultat lui parut acceptable : le métal brillant ressortait bien sur l'ébène cirée. Le procédé méritait d'être étudié, perfectionné et utilisé. Il lui tardait d'avoir l'avis de Laurent Stabre et, bien qu'il fût un peu tard, il alla frapper à la porte, son panneau sous le bras. Antoinette lui ouvrit et l'embrassa :

– Quelle bonne surprise, mon cousin! Tu travailles encore à cette heure? Laurent allait se coucher. Entre, je vais le chercher.

Ces deux-là semblaient bien s'entendre maintenant que deux beaux enfants accaparaient Antoinette qui avait eu un peu de mal, au début, à se faire à sa nouvelle vie. Laurent arriva à moitié déshabillé :

– Qu'est-ce qui se passe? Il y a le feu à l'atelier?

– Non, regarde. J'ai fait quelque chose de nouveau et je veux savoir ce que tu en penses.

Stabre prit le panneau, le regarda d'un peu loin puis le rapprocha de ses yeux. A son air, Jacques sentit que le maître trouvait l'idée intéressante.

– C'est très bien, dit-il enfin. C'est toi qui as imaginé cette incrustation d'étain?

– Oui et non. J'avais vu il y a longtemps une table italienne ancienne décorée selon ce procédé mais c'était mal fait, le métal s'en allait de partout et le dessin était sans intérêt. Je m'étais dit qu'un jour... Et puis j'ai oublié. J'y ai seulement repensé il y a quelques semaines et comme j'ai besoin de m'occuper l'esprit j'ai fait cet essai. Vraiment, tu trouves cela intéressant? Tu crois qu'on peut tenter de décorer un meuble?

– Oui, mais tout dépend du temps que tu mettras. Si tu es obligé de doubler le prix d'un cabinet décoré de cette façon, tu peux tout de suite renoncer.

– Je crois qu'avec un peu d'habitude on doit faire ça plus vite que de la marqueterie. Une fois que ton incision est faite, c'est un jeu d'enfant de placer la bande d'étain qui prend la forme que l'on veut.

– Alors, il faut essayer. A ta place, je ne commencerais pas par un cabinet. Je prendrais plutôt une table ou un bureau. Oui, cela irait très bien pour un bureau. C'est un meuble nouveau et il faut réserver les innovations aux objets dont les gens n'ont pas l'habitude. Quand un pli est pris, il est dur à effacer. J'y pense, on m'a commandé un bureau à tiroirs pour le maréchal de Créqui. Je vais te repasser la commande mais il faudrait tout de même lui demander son avis...

– Non! S'il n'en veut pas je le garderai. J'ai trop envie d'essayer.

Dès le lendemain, Jacques se mettait à l'ouvrage. Il avait retrouvé l'allant de ses quinze ans quand il débutait au Louvre. Il se surprit même à siffloter. « Allons, pensa-t-il, je vais mieux. Je n'ai presque plus mal à Jeanne. Je crois qu'on va pouvoir bientôt se revoir et reprendre nos discussions! »

Le bureau de bois noir incrusté de filets d'étain fut une assez belle réussite. Le valeureux soldat le trouva original et s'en servit pour écrire ses Mémoires. Jacques en fabriqua deux autres et fit plusieurs cabinets du même genre mais c'était trop peu pour imposer une mode : les amateurs préféraient la marqueterie, l'ivoire et l'écaille rouge. Jacques le premier, oublia le bureau du maréchal [1]!

Depuis qu'il était seul, Jacques revenait souvent souper et coucher au Faubourg. Sa mère n'avait pas été chagrinée par le départ de Jeanne, elle voyait avec joie son aîné retrouver le chemin de la maison et reprendre sa place à la table de la famille. Philippe, le plus âgé des frères de Jacques, venait de se marier et habitait avec sa jeune femme une pièce du deuxième étage en attendant qu'une maison soit libre dans le domaine privilégié de l'abbaye. Il avait épousé Françoise, la fille d'un tourneur et le jeune couple paraissait heureux. Le troisième fils, Étienne, disait qu'il était très bien comme il était et qu'il ne voulait pas se marier. Il était le moins habile à l'établi mais possédait en revanche le don de l'organisation. Christophe, qui commençait à être fatigué, s'en remettait à lui pour

1. Prototype d'une technique qui connaîtra plus tard un prodigieux succès avec André-Charles Boulle, un bureau de bois noir incrusté de filets d'étain et marqué des armes du maréchal de Créqui est exposé au musée de Cluny.

commander le bois, distribuer le travail aux tourneurs et aux ouvriers extérieurs. Étienne était un bon vendeur et savait recevoir les clients avec la déférence appropriée à leur rang. Il disait qu'un jour viendrait où le négoce des meubles se dissocierait de la fabrication et que la famille devait se préparer à cette mutation :

– Il faut qu'une branche produise et que l'autre vende. Si les Habermann réussissent cela, de beaux jours leur sont promis.

Un soir, il avait ajouté en se tournant vers Jacques :

– Moi je pourrai vendre mais Philippe ne suffira pas à l'atelier. Pourquoi ne reviens-tu pas au Faubourg? Avec ton habileté et ton renom d'ébéniste du Louvre, on ferait des merveilles, on deviendrait riches!

Jacques regarda son frère étonné :

– Tu parles sérieusement Étienne? Je n'ai nulle envie de quitter le Louvre. C'est là que tout se passe : les changements de mode, les techniques nouvelles, les contacts entre les meilleurs ouvriers de toutes les professions. Le titre présente aussi de sérieux avantages : comme dit Stabre nous ne sommes plus des « mécaniques », on daigne même nous reconnaître la qualité d'artistes. Et puis, je vais te dire, Étienne, il est bon pour la famille et pour le Faubourg tout entier que l'un de nous soit aux galeries royales. Vous n'auriez jamais fabriqué de cabinets en marqueterie si je n'avais pas rapporté des dessins et ne vous avais pas montré le tour de main indispensable. Crois-moi, je suis plus utile là-bas!

Il avait fallu près de six mois à Jacques pour s'habituer à sa nouvelle vie et oublier que le départ de Jeanne l'avait rendu un peu malheureux. Maintenant, il pensait qu'il pouvait revoir la jeune femme sans dommage pour son équilibre sentimental. Ils étaient convenus de se rencontrer quand Jacques en exprimerait le désir. Quelques vers alertes, se dit-il, feraient l'affaire mieux qu'une lettre pour dire à Jeanne que sa conversation et son esprit lui manquaient. Mais savait-il encore rimer? Le soir, après avoir soupé chez les Stabre où son couvert était mis quand il le désirait, il regagna son logement, s'installa dans le fauteuil bleu et griffonna sans trop de peine une petite poésie qu'il recopia soigneusement à la plume sur un joli papier :

*Étais sans voix, étais sans luth,*
*Mon cœur blessé cherchait son* ut.
*Je l'ai retrouvé sans manière*

*Et te revoir me chaut séant.*
*Adieu regrets, finie la guerre,*
*Philosophons et tout et tant*
*Et oublions que fille trop belle*
*N'engendre jamais que querelle.*
*Mais mandez bien à vos œillades*
*De faire un peu moins de malades.*

Il se relut tout haut et pensa que ce n'était pas si mal. Mais qu'en dirait Jeanne qui fréquentait maintenant les beaux esprits? Bah! On verrait bien. Il ferait porter demain ses méchants vers à Picpus par l'apprenti mais ne doutait pas qu'ils seraient reçus avec l'indulgence de l'amitié.

Jacques avait raison. La dame au fauteuil bleu sauta de joie en recevant le pli. Le silence de Jacques qu'elle comprenait mais ne voulait prendre l'initiative de rompre commençait à l'inquiéter. Et s'il était vraiment malheureux? S'il rongeait son âme blessée pendant qu'elle égarait la sienne? S'il était malade?

La lettre arriva au bon moment pour la rassurer et lui montrer que son Jacques devait en avoir fini avec sa maladie de langueur. Elle avait soudain envie de retrouver tout de suite son « homme de connivence » comme elle l'appelait naguère et de reprendre le fil d'une conversation qui ne s'achèverait, elle en était sûre, qu'avec la mort de l'un ou de l'autre.

Elle prit une feuille de papier et commença d'écrire puis elle la déchira. Sa décision était prise : elle irait au Louvre. La galerie aussi lui manquait avec ses bruits, ses cris, son odeur. Elle y avait vécu toute sa jeunesse et y avait été heureuse. Justement, le chevalier d'Albret arrivait dans le carrosse qu'il avait emprunté à sa mère pour emmener Jeanne à la promenade, place Royale :

– Ah! chevalier, vous tombez bien, vous me demandez toujours ce que vous pouvez faire pour moi. Eh bien, vous allez me conduire où je dois me rendre toute affaire cessante.

– Mais nous allons ensemble à la promenade! J'ai eu assez de mal à obtenir de ma mère qu'elle consente à me prêter sa voiture.

– Nous allons ensemble mais pas à la promenade. Vous allez me déposer aux galeries du Louvre. Après, vous irez rendre bien gentiment son carrosse à Madame votre mère.

– Bien, ma chère. Mais nous avons je pense un moment avant de partir. Il y a bien longtemps que je vous ai vue seule...

– Non, nous partons tout de suite!

Le chevalier eut le bon goût de ne pas montrer son désappointement. Déjà, Jeanne était habillée et prête à escalader la marche de la voiture.

Jacques terminait un collage délicat. A petits coups de maillet sur une cale de bois, il fixait pour des siècles les pétales d'une rose d'amboine sur le panneau de côté d'un cabinet. Toute son attention était fixée sur son travail. Il n'avait pas entendu entrer Jeanne qui le regardait, émue, à l'entrée de l'atelier. Elle attendait qu'il eût fini pour s'approcher mais c'est lui qui l'aperçut en relevant la tête. Il jeta son maillet sur l'établi et courut vers elle :

– Jeanne, ma Jeanne, te voilà! Tu es toujours aussi belle.

Lui aussi était ému. Tout aurait pu se passer à ce moment-là s'il avait pris Jeanne dans ses bras mais, en une seconde, il avait revécu la rupture et la détermination de la jeune fille. Une sorte d'instinct de conservation retint son geste, il prit les deux mains de Jeanne, les embrassa et se tira par une pirouette d'une situation qui les mettait tous deux mal à l'aise :

– Oui, tu es toujours aussi belle et je vais te dire, si nous ne nous étions jamais rencontrés, je serais tout de suite tombé amoureux de toi. Enfin, il ne faut pas rallumer les incendies éteints, je crois que notre amitié ne supporterait pas la moindre étincelle. Viens maintenant que je t'embrasse ma petite sœur et montons à l'étage : le fauteuil bleu t'y attend et je crois que nous avons beaucoup de choses à nous dire.

– Comme tu es sage, Jacques! J'aurais peut-être préféré que tu le sois moins mais tu as raison.

– C'est toi qui m'as appris la sagesse. D'abord avec ta philosophie de petite fille, ensuite, en partant vivre une autre vie. Allez, assez parlé de nos états d'âme, viens...

Elle regarda la pièce qui avait été si longtemps la sienne avec une grande attention. Elle eut un regard pour le grand lit dont les rideaux étaient ouverts, fit sauter ses deux chaussures fines et se recroquevilla dans un fauteuil comme une chatte qui retrouve ses habitudes.

– Je vois que rien n'a changé. Je ne sais pas pourquoi mais cela me fait plaisir. Dis donc, merci pour les vers. Ils sont très beaux, tu sais, ce sont les meilleurs qu'on m'ait jamais adressés. Je te montrerai les fadaises que m'envoient Scarron et Voiture. Ils débitent cela à longueur de journée comme un charcutier la saucisse.

– Tu n'es pas forcée de me répondre mais je te pose tout de même la question qui est importante pour moi : es-tu heureuse?

– Oui! Mais il s'agit d'un bonheur tout autre que celui que nous avons connu. J'ai aimé le chevalier, je l'ai eu...

– Si je comprends bien, cela veut dire que tu ne l'aimes plus?

– Plus tellement. Il m'ennuie.

– Le pauvre! Je crois que je devine ce qui va lui arriver!

– Il ne lui arrivera rien avant que j'aie choisi son remplaçant.

– Qui vois-tu maintenant? Quels sont tes nouveaux amis? Je ne sais plus rien de toi, c'est agaçant.

– Si tu veux venir chez moi, tu les verras. Je ne suis pas aussi rigoureuse qu'au temps de notre atelier bleu mais j'essaye de ne retenir que les gens qui ont quelque chose à dire. Tu vois, je crois que ce qui m'amuse le plus, c'est de voir tout le beau monde tenter de forcer ma porte. Il y a des gens qui fréquentent chez Mme de Rambouillet, il y a des messieurs de la cour qui trouvent qu'on s'amuse plus chez moi qu'au jeu de la reine, il y a des poètes qui viennent tenter leur chance et des écrivains connus qui ont envie de dire du mal des confrères absents. Tout cela fait un drôle de ragoût. Et puis, il y a Marion. Elle tu la connais. Elle a tous les gentilshommes de la cour à ses trousses. C'est une femme intelligente et passionnante. Elle est très cultivée...

– Plus que toi?

– Je dirai autant. Je vais peut-être t'étonner mais elle me parle souvent de toi. J'ai dû faire trop bien et trop souvent ton éloge : tu l'intrigues, tu es celui que j'ai aimé très longtemps et je crois qu'elle voudrait savoir pourquoi. Viens rue Picpus, elle habite à côté de chez moi et il faut que tu la rencontres. Je te préviens, tu vas tomber amoureux!

– Je ne sais pas si j'ai envie de connaître tous ces gens. J'ai peur qu'ils ne ternissent l'image que j'ai de toi.

– Ne dis pas de bêtises. Je ne t'ai pas appris tout ce que tu sais, mon cher élève, pour que tu bornes ton univers à la marqueterie et aux discussions du Faubourg. Est-ce que tu lis, au moins?

– Non. Lorsque tu es partie, j'étais désemparé et je me suis jeté dans le travail. La marqueterie dont tu parles maintenant avec un peu de mépris m'a sauvé. Elle me fait vivre aussi. C'est un détail qui a son importance!

– Ne te vexe pas comme cela! Tu sais que je dis un peu n'importe quoi. La seule chose dont tu dois être sûr, c'est que tu es l'être auquel je tiens le plus au monde. Je ne supporterai jamais qu'on te fasse du mal ou qu'on dise des choses méchantes sur toi. Alors, viens en toute tranquillité. Ceux qui se permettraient la moindre moquerie à ton égard ne passeraient plus jamais le pas de ma porte. Et puis, ma maison est dans le faubourg Saint-Antoine, tu devrais tout de même apprécier!

– Bien, petite sœur, je viendrai. Et pas seulement pour Marion. Encore que...

Jacques prit donc ses habitudes dans la maison de Picpus que Jeanne avait arrangée avec goût. Qui allait chez Marion allait chez Jeanne et la petite rue de campagne qui menait de la chaussée Saint-Antoine au village de Picpus était devenue l'une des voies les mieux fréquentées de Paris et de ses environs. Les jours où l'une de ces dames recevait, plusieurs carrosses attendaient devant la porte. Ce chemin était d'ailleurs connu du monde de la cour pour des raisons moins profanes. Les « religieux de Picpus » qui dépendaient du tiers-ordre de Saint-François y avaient leur couvent. La règle y était fort sévère mais la maison possédait quelques appartements somptueux où étaient reçus les ambassadeurs des puissances catholiques qui faisaient leur entrée à Paris par le faubourg et la porte Saint-Antoine. Ils y recevaient l'hommage des princes du sang puis un maréchal de France venait les chercher pour les conduire au Louvre dans un carrosse du roi. Ce voisinage ne manquait pas d'alimenter quelques plaisants bavardages : quand les gens de qualité se rencontraient rue Picpus, il y en avait toujours un qui demandait à l'autre s'il se rendait chez les pénitents réformés ou chez Marion Delorme.

Jacques venait en voisin du Faubourg tout proche. Contrairement à ses craintes, il ne fut ni moqué ni humilié dans ces assemblées choisies, souvent illustres où l'on tenait école de l'épicurisme le plus délicat et le plus raisonnable. Tous ceux qui comptaient à Paris dans les lettres et dans l'art de la conversation rêvaient d'être admis chez les deux dames du Faubourg, comme on les appelait. Le seul fait que Jacques soit là témoignait de ses mérites. En poussant la porte de l'une ou l'autre maison, on savait que les quartiers de noblesse cessaient d'avoir cours et que le seul mérite reconnu était celui de l'esprit. Sur ce point, Jacques était sûr qu'il en valait bien d'autres. L'école de l'atelier bleu s'affirmait plus subtile que celle de la cour et plus naturelle que celle de l'hôtel de Rambouillet. Bref, l'ébéniste du Louvre ne se sentait pas déplacé. Au contraire, sa situation singulière et les attentions que ne cessaient de lui accorder les deux prêtresses ne manquaient pas d'éveiller l'intérêt de personnages importants. Parmi eux il avait même reconnu certains clients de Stabre et le chevalier de Créquy qui venait d'hériter le bureau de son oncle, le maréchal. Enfin, le fait d'avoir été le premier amant de Jeanne, ce que personne n'ignorait, lui conférait un indéniable prestige auprès des habitués de la rue Picpus, tous prétendants plus ou moins déclarés aux faveurs de l'irrésistible fille de Jean Racey.

Les relations entre Jeanne et Jacques étaient devenues tout naturellement celles de tendres amis unis par une affection qu'on devinait plus forte que l'amour. Il en allait autrement avec Marion que des liens plus troubles attachaient un peu plus chaque jour à Jacques. Marion n'était pas femme à résister longtemps à une inclination violente mais elle hésitait à succomber au désir qui la poussait vers l'ancien amant de Jeanne. Elle savait que seule l'amitié attachait maintenant ses amis l'un à l'autre. Pourtant, se rendre à Jacques lui paraissait une sorte de trahison. Le hasard, comme souvent, arrangea les choses et fit taire ses scrupules : il pleuvait tellement, un soir, que Jacques, demeuré le dernier, ne pouvait pas raisonnablement rentrer à pied au Faubourg. Marion bonne âme lui proposa sa maison, sa chambre et puis son lit où il succédait au chevalier de Gramont qui avait cessé de plaire. Cette liaison dura une année. Jeanne parut s'en amuser et la gloire de Jacques grandit encore dans le cercle de la rue Picpus où personne n'avait encore réussi le doublé : tirer le rideau des deux lits les plus convoités de Paris.

La sage administration de Richelieu continuait d'être profitable au développement du Faubourg. Entre l'abbaye et la Bastille, les vides se comblaient. Chaque année, une dizaine de nouvelles maisons presque toutes occupées par des maîtres et des compagnons du bois s'ajoutaient aux anciennes. Les meubles à pieds tournés constituaient toujours l'essentiel de la production artisanale. Ce travail en série n'était pas grisant mais il assurait la subsistance d'une communauté de plus en plus nombreuse qui, depuis longtemps, avait dépassé les frontières de l'abbaye. La vieille abbesse Renée maintenait avec obstination une clôture rigoureuse et se désintéressait de plus en plus des ouvriers. Par chance, ceux-ci n'avaient pas besoin d'aide en une période prospère.

C'est le glas sonné au clocher de l'abbatiale, le 5 mars 1636, qui apprit au peuple du Faubourg la mort de Renée de la Salle. Elle avait atteint l'âge de soixante-dix-sept ans et gouverné pendant trente-six ans. Cette longévité n'ajouta rien à sa gloire. Peu regrettée, elle fut inhumée dans l'indifférence générale. Les plus bienveillants dirent qu'elle était très pieuse mais qu'elle n'avait pas réussi à être une vraie « Dame du Faubourg ». Elle n'avait jamais compris les gens du bois et n'avait pas réussi à se faire aimer d'eux.

Richelieu qui savait gouverner et prévoir avait depuis longtemps préparé la succession de Renée de la Salle. Dès le lendemain de l'inhumation, une nouvelle abbesse prenait possession de l'abbaye en vertu d'un brevet royal assorti d'une bulle du pape Urbain VIII. Elle s'appelait Marie II de Bouthiller et déclara d'emblée qu'elle continuerait de faire observer la clôture sans pour autant se désintéresser des ouvriers libres dont elle allait avoir grand besoin pour réédifier l'abbaye. Âgée de quarante ans, c'était une femme à poigne qui savait ce qu'elle voulait. Une fois de plus un descendant des Cottion et des Thirion fut appelé en consultation. A son corps défendant, Christophe fut prié d'assumer la représentation des compagnons de Saint-Antoine-des-Champs, de devenir leur porte-parole auprès de Marie de Bouthiller.

Les projets de la nouvelle abbesse ne manquaient pas d'envergure. Elle entendait reconstruire les bâtiments branlants dont certains dataient de plusieurs siècles, restaurer l'abbatiale, bâtir une infirmerie pour les religieuses âgées et remettre en état l'exploitation agricole dont les bénéfices n'avaient cessé de baisser sous le règne de Renée.

– Eh bien, dit Christophe en rentrant, nous n'allons pas manquer de travail! Heureusement, de nouveaux ouvriers doivent arriver bientôt d'Allemagne. Ils travailleront pour l'abbaye avant de faire des meubles.

– Et comment est-elle notre nouvelle abbesse? demanda Béatrice, comme l'avaient fait avant elles les femmes de la maison.

– C'est une femme de tête avec tout ce que cela comporte de bon et de mauvais. Avec elle l'ordre régnera à Saint-Antoine, croyez-moi!

– Je ne veux pas que tu t'épuises pour l'abbaye. Tu vas bientôt avoir soixante-dix ans, il n'est pas question que tu prennes en main ces travaux considérables. Dis à ton abbesse qu'Étienne te remplacera. Il se débrouillera d'ailleurs mieux que toi et ne se laissera pas tondre la laine sur le dos!

– Mais qu'est-ce qui te prend? Pourquoi te mets-tu en colère? C'est plutôt bon que les nouveaux arrivants aient du travail assuré!

– Je sais ce que je dis. Laisse faire Étienne, il sait parler, il adore organiser et il plaira beaucoup à l'abbesse.

Christophe bougonna un peu et s'inclina. Il savait que Béatrice avait raison, qu'il était vieux bien qu'il ne parût pas son âge et que la vie serait plus agréable à traîner dans l'atelier et à bricoler un meuble de temps en temps qu'à aller discuter avec l'abbesse. Étienne fut d'ailleurs tout de suite agréé comme interlocuteur. A dire vrai, cela ne lui déplaisait pas de jouer les ambassades dans un pays que sa reine avait coupé du monde durant trente-six ans et dont il ignorait à peu près tout. En quelques mois, il sut se rendre indispensable et, bientôt, Marie de Bouthiller, pas si terrible qu'elle l'avait laissé croire à son arrivée, ne jurait que par lui.

Cette situation amusait Jacques, le libertin, qui se moquait de son frère :

– Alors, le vieux garçon, tu entres dans les ordres ou tu deviens l'amant de cœur de l'abbesse? La dernière solution me paraît la meilleure. Il est temps de renouer avec les traditions. Est-elle belle au moins?

– Pas si mal! répondait Étienne qui jouait le jeu au grand dam de Béatrice. Au fait comment vont tes amours de la rue Picpus? Tu sais qu'on ne parle que de cela au Faubourg et j'ai peur que tes turpitudes ne finissent par ternir l'image dévote qu'on a de moi à l'abbaye!

Entre l'atelier du Louvre où il régnait maintenant sur trois compagnons et les salons de ses amies, Jacques menait une vie que Jeanne qualifiait d'idéale et en tout point conforme à leur commune règle de vie. Elle-même, à trente ans, était toujours aussi belle. Elle régnait sur son petit monde avec un despotisme dont les hommes raffolaient et ne changeait jamais d'amant sans demander l'avis de Jacques. Depuis quelque temps, elle s'intéressait à une jeune créature qui venait souvent rejoindre les familiers de la rue Picpus. Jeanne avait découvert en cette fille d'un gentilhomme de Touraine l'élève la plus douée et la plus ravissante qu'on puisse imaginer. Mieux vaudrait d'ailleurs parler de sœur que d'élève car Ninon de Lenclos n'avait pas grand-chose à apprendre de Jeanne dont elle partageait les idées, après avoir eu, comme elle, un père de bon goût qui lui avait enseigné l'art de vivre de politesse, de probité et de plaisirs sagement mesurés. Jeanne se retrouvait dans Ninon avec dix ans de moins et admirait l'adresse avec laquelle elle savait choisir ses amis. C'était la fête, rue Picpus, lorsqu'elle amenait un jeune lieutenant des gardes qui ne concevait pas l'épée sans la philosophie et qui approfondissait avec esprit les règles de l'épicurisme. Il se nommait Charles de Marguetel de Saint-Denys, seigneur de Saint-Evremont, appelait Ninon « ma sœur » et jouait auprès d'elle un peu le rôle de Jacques envers Jeanne. Souvent, la société du Faubourg était conviée au Marais, rue des Tournelles. Ninon qui avait quelque fortune y possédait un hôtel aménagé avec un goût exquis. Jeanne, Marion et Jacques qu'on appelait la sainte trinité, se mêlaient aux hôtes habituels de la maison et écoutaient discourir Scarron dont les mots faisaient la joie de tous.

Un soir d'été, après un échange d'idées particulièrement brillant, Jacques raccompagnait Jeanne jusqu'à sa maison de Picpus. Il faisait chaud, un peu fatiguée, elle s'appuyait sur son bras :

– Si tu le veux bien on ne s'arrêtera pas chez toi en passant. J'ai hâte d'être rentrée, j'ai à te parler sérieusement.

– Mais qu'avons-nous fait depuis deux heures?

– Ne dis pas de bêtises. Si Evremont ne nous avait pas charmés, comme à l'habitude, avec ses apologues épicuriens et sa théorie sur l'art de ménager ses plaisirs à table comme au lit pour ne pas compromettre ceux du lendemain, nous nous serions assommés. Mais nous parlerons de tout cela chez moi. Viens!

Elle se serra un peu plus contre Jacques qui la regarda de côté en se demandant quelle mouche l'avait piquée.

Ils passèrent vite devant le porche de l'abbaye afin de n'être pas aperçus de l'autre côté de la chaussée par Béatrice qui en aurait voulu à son fils de ne s'être pas arrêté. Passé le carrefour de Reuilly, ils furent contents de retrouver la campagne. Une odeur d'herbe fraîchement coupée flottait dans l'air du soir, ils se taisaient pour mieux savourer l'extrême douceur que distille parfois le ciel d'Ile-de-France à l'heure du crépuscule. Ils prirent un peu plus loin, sur la droite, la rue de Picpus qui n'était qu'un chemin caillouteux où plus d'une belle avait laissé le fin talon de sa chaussure et arrivèrent chez Jeanne.

– Ouf! Viens t'asseoir, mon grand, reposons-nous un peu. J'ai beaucoup de choses à te dire.

– Qu'est-ce qui t'arrive? Tu es malade? Tu viens d'hériter? Tu as un nouvel amant? Parle, je suis curieux.

Ils s'installèrent dans les deux fauteuils les plus confortables du salon, Jeanne regarda un moment Jacques sans rien dire, enfin elle prononça les mots que, certes, il attendait le moins :

– Jacques, cette vie m'ennuie!

– Tu l'as choisie. Et depuis longtemps!

– Oui, je l'ai choisie et ne regrette rien. La vie m'a donné tout ce que je cherchais, souvent même plus mais, aujourd'hui, j'en ai assez. Elle ne m'amuse plus!

– Et alors? Tu te crois assez forte pour changer tes habitudes, abandonner tes amis? Fais tout de même attention, cela peut avoir des conséquences graves. Je crois que les choses sont plus simples : tu aimes quelqu'un, tu as envie de partir avec lui...

– Voilà! Tu as trouvé!

– Tu peux me dire qui c'est?

– Oui, toi!

– Écoute, Jeanne, je suis capable de plaisanter sur tous les sujets, sauf un : celui de nos relations. Alors, je t'en prie... Si tu ne veux pas me dire de qui il s'agit, garde ton secret et tes états d'âme!

– Jacques, regarde-moi bien dans les yeux. Comment peux-tu penser que je sois capable de te dire une chose pareille si elle n'était pas vraie? Est-ce que je t'ai menti une seule fois sur les sentiments que je te porte?

Il se taisait, la regardait, essayait de comprendre pourquoi cette mécanique dont il connaissait tous les rouages, tous les ressorts, venait soudain de s'emballer derrière le front lisse et blanc de son amie. Contrôlait-elle ses pensées? Un dépit amoureux ne l'entraînait-elle pas à dire n'importe quoi?

– Jeanne, explique-moi ce qui t'arrive, finit-il par dire. Pour la première fois depuis que je te connais je ne te comprends pas. Ce que tu me dis va à l'encontre de toutes les théories et de nos conventions. Dis-moi ce que tu attends de moi.

– Un enfant!

– Quoi?

– Oui, tu as bien entendu, je veux un enfant. C'est naturel pour une femme, non?

Et tu veux que j'en sois le père?

Qui d'autre que toi pourrait être le père de mon enfant?

– Quand t'est venue cette idée plaisante?

Il y a un moment que j'y songe. Je trouve que ma vie n'a plus de sens. Tous ces gens qui tournent autour de Ninon, de Marion et de moi m'insupportent. J'ai envie de te retrouver, j'ai besoin de ta chaleur. Jacques, je te demande en mariage. Veux-tu de moï pour épouse? Je te jure amour et fidélité.

– Tu es folle, ma pauvre Jeanne! Toi mariée, toi fidèle... Comment veux-tu que je te croie! Et puis, il y a une question que tu ne poses pas : ai-je envie de revivre avec toi? Lorsque tu es partie et que je me suis retrouvé seul dans la grande chambre du Louvre, j'ai été malheureux, très malheureux. Il m'a fallu de longs mois, non pas pour t'oublier mais pour m'habituer à vivre sans toi. Pourquoi veux-tu qu'aujourd'hui je me prête à ton caprice et coure le risque d'être à nouveau abandonné? Tant que tes foucades ne concernent que toi, tu es libre de faire ce qui te plaît. Il en va autrement lorsqu'elles engagent les autres. Moi en particulier.

– Tu as raison. Je suis une idiote, je n'aurais jamais dû te dire les choses comme cela mais avec toi je suis toujours si franche, si directe que je suis incapable de mesurer mes paroles, de calculer ce qui est bon à dire et ce qu'il vaut mieux taire. Je te comprends. Je sais ce que tu penses : cette folle de Jeanne va encore m'entraîner dans une aventure dont je ne sortirai pas intact.

– Tu admets que j'aie quelques raisons de me méfier?

– Te méfier? Retire ce mot affreux. Il me fait mal. Tu as le droit de me juger mais pas de te méfier de moi!

Elle éclata soudain en sanglots, s'agenouilla aux pieds de Jacques et posa sa tête sur ses genoux. Elle était redevenue la petite Jeanne qui, à seize ans, regardait Jacques craintivement et puis, soudain, cachait son désarroi sous une morale provocante. Aujourd'hui pourtant, c'en était fait de la philosophie libertine et des tirades épicuriennes. Jeanne se demandait simplement si elle n'avait pas irrémédiablement perdu le seul être qu'elle aimait.

Jacques n'avait pas vu pleurer Jeanne depuis bien longtemps. Il était ému, il la sentait sincère mais il s'empêchait de succomber trop vite à son émotion. Il la laissa un moment sangloter puis commença de caresser ses longues boucles en lui chuchotant à l'oreille des paroles douces, apaisantes, comme jadis lorsqu'elle se laissait emporter dans ses impétueuses spéculations, avant de s'effondrer, accablée par ses contradictions.

– Calme-toi, petite fille. Tu t'es crue forte, tu as joué avec la vie mais la vie n'aime pas tellement qu'on ne la prenne pas au sérieux, elle prend sa revanche quand on s'y attend le moins.

Jeanne releva la tête. Elle avait les yeux rouges, ses cheveux en désordre collaient à ses joues. Elle s'imaginait laide et le dit en reniflant. Elle était superbe, plus femme que jamais dans son déchirement. Aucun homme n'aurait résisté au désir de la consoler. Jacques plongea son visage dans sa chevelure défaite et la tint longtemps enlacée, enfin il la releva :

– Nous reparlerons de tout cela demain. Maintenant tu es épuisée et il faut que tu dormes. Viens, je vais te coucher.

Elle se laissa presque porter jusqu'à son lit. Jacques défit d'abord les nœuds de rubans qui fermaient les manches de la robe au milieu des bras. Un à un il fit sauter les boutons recouverts de soie qui partaient du bas du décolleté. Il eut la tentation de caresser les deux seins qui lui rappelaient tant de moments passionnés mais il se retint. La robe de taffetas zinzolin enlevée il coucha Jeanne, lui embrassa le front et rabattit le drap. Déjà elle fermait les yeux. Avant de sombrer dans le sommeil elle le regarda et murmura : « Jacques, je t'aime. Surtout ne me laisse pas seule cette nuit! »

Quand elle se réveilla le lendemain matin, elle trouva sur l'oreiller un billet plié en quatre : *Tu as dormi comme un ange. J'ai veillé sur toi. Je ne t'ai pas réveillée en partant pour le Louvre. Si tu crois avoir encore des choses à me dire, viens ce soir. Ton fauteuil bleu t'attend. Je passerai par la place Royale pour acheter des confitures de roses.*

Jeanne sourit, embrassa le billet et s'écria : « Merci, mon Dieu, ma vie commence! »

## *Chapitre 10.*

# Le sacre du Faubourg

Malgré les nouvelles maisons qui se construisaient le long de la chaussée et qui avaient, depuis le début du siècle, métamorphosé la vieille route de l'Est, le Faubourg sentait encore la campagne. En regagnant le Louvre au petit matin, Jacques respirait à pleins poumons l'air frais, parfumé, qui venait des vergers en fleurs et des haies dont les premiers bourgeons éclataient en petites flammes vert tendre. Un grand coup de printemps balayait le chemin devant le maître des ateliers royaux comme pour lui dire qu'il n'y avait pas qu'une saison dans la vie et qu'il convenait quelquefois de laisser faire le temps qui passe.

Il savait bien que sa décision était prise, qu'il ne repousserait pas celle qu'il aimait encore comme aux premiers jours. Il essayait simplement de comprendre le revirement de Jeanne, son désir subit de vivre comme tout le monde, elle qui n'avait cessé de professer et de mettre en pratique des idées singulières. Était-il sage de lui faire crédit, de bouleverser sa vie pour ce qui n'était peut-être qu'une de ces lubies qu'il avait toujours accueillies avec une complaisance un peu coupable?

Jacques n'était pas un homme compliqué. Il s'adaptait facilement aux circonstances. Il se dit une fois de plus qu'il est inutile de combattre ses penchants quand ceux-ci ne lèsent personne. Les questions qu'il se posait, c'était à Jeanne d'y répondre! En attendant, il se sentait heureux, rajeuni, plein de vie. « Quarante ans, pensa-t-il en souriant, c'est le bon âge pour faire un enfant! »

Ce matin-là, il entreprit son travail avec un entrain qu'il ne connaissait plus depuis longtemps. Il eut même une idée à laquelle il s'étonna de ne pas avoir pensé plus tôt : si pour exécuter un motif de marqueterie, il superposait les différentes feuilles de bois et les découpait d'un seul trait de scie ou de ciseau, il gagnerait beaucoup de temps et serait sûr que les morceaux s'encastreraient très précisément l'un dans l'autre. Aussitôt dit, aussitôt fait : l'essai donna d'excellents résultats.

A onze heures, il décida d'aller dîner chez les parents afin de faire part à Christophe et à ses frères de sa trouvaille. Sans se l'avouer, il savait qu'il profiterait de cette visite pour pousser jusqu'à Picpus voir si Jeanne n'avait pas changé d'avis. Cela faisait un bon bout de chemin à parcourir au milieu de la journée mais Jacques était bon marcheur et la route lui était si familière qu'elle lui parut courte. Il trouva Béatrice vaillante. Toujours rose et soignée, elle ouvrit ses bras à l'aîné qui avait toujours été son préféré et qui jouissait des vertus de l'éloignement. Christophe, lui, parut à Jacques bien fatigué. Le vieux compagnon écouta distraitement son fils lui expliquer son invention, comme s'il s'agissait d'une chose banale. Cela inquiéta Jacques qui demanda peu après à Béatrice si le père n'était pas malade :

– Il est seulement malade de sa vieillesse, mon pauvre jacques! Christophe a plus de soixante-dix ans et je le vois baisser un peu plus chaque jour. Je crois qu'il faut se faire à l'idée de le perdre bientôt.

Elle essuya ses yeux avec le mouchoir de fine dentelle qui était sa coquetterie et ajouta :

– Il m'a rendue heureuse, tu sais! Et toi, ne songes-tu pas à te marier? Tu n'as pas envie d'avoir des enfants? Jeanne qui ne t'est plus rien depuis longtemps ne va tout de même pas t'empêcher de vivre? Cette fille belle et intelligente, vois-tu, aura fait ton malheur!

Jacques sourit et se pencha vers sa mère :

– Je vais te faire une confidence mais n'en parle à personne : oui, j'ai envie d'avoir un enfant, tu seras peut-être grand-mère!

– Tu connais quelqu'un? Tu vas te marier? Mon Dieu, si cela pouvait être vrai!

– Oui, je connais quelqu'un, mais c'est un secret. Sois tranquille, je ne me marierai pas sans te le faire savoir.

Dix minutes plus tard, il poussait la porte de la maison de Jeanne. La jeune femme s'affairait devant un coffre où elle empilait des robes et du linge. Quand elle aperçut Jacques, elle se précipita dans ses bras :

– Je savais que tu viendrais. Je suis heureuse!

– Et comment, Madame, allez-vous transporter ce bagage au Louvre? Le roi vous envoie peut-être son carrosse?

– Le roi non, mais le petit Longueville sûrement. Ninon que j'ai mise au courant de mon départ a décidé que le laquais de

Longueville me conduirait et tu sais que quand elle veut quelque chose elle l'obtient. D'ailleurs, je n'emporte pas tellement d'affaires. Je n'aurai pas besoin de brocarts d'or dans ma nouvelle existence!

– Non, mais je tiens tout de même à ce que tu sois élégante. Je ne veux pas d'une pauvresse dans mon atelier du Louvre!

– Dis donc, c'est tout de même encore un peu le mien. J'y suis presque née.

– Tu es contente d'y revenir?

– Oui, tu ne peux pas savoir!

Elle chercha les lèvres de Jacques et ils s'étreignirent longuement, si longuement qu'il l'entraîna vers la chambre. Jeanne commença par le laisser faire puis, brusquement, elle se dégagea :

– Non! Pas ici, je ne veux pas. Ce soir, nous nous aimerons chez nous. Que dirais-tu d'un bon bain chaud? J'espère que tu as toujours le grand chaudron?

– Non, mais j'en ai un tout neuf...

– Dis donc, pour ce qui est de la confiture je préfère la mûre, ou à la rigueur la groseille!

Jacques refit encore une fois le chemin en sifflotant. Son regard s'attrista en passant devant l'atelier où son père, le vieux compagnon du tour de France, vivait peut-être ses derniers jours. Partout, près des portes et dans les cours, des tas de planches soigneusement empilées sur des cales pour que l'air circule, attestaient de la bonne santé du Faubourg. Un moment, il eut comme un regret : ce Faubourg, c'était la vie de tous les siens, c'était sa jeunesse, c'était là qu'il avait appris à travailler. En l'abandonnant pour le Louvre, ne s'était-il pas rendu coupable d'une sorte de désertion? Il s'était souvent posé la question. Comme chaque fois, la même réponse lui vint à l'esprit : il était bien que les gens du Faubourg fussent présents au Louvre. Le même esprit de liberté dans la création animait les deux communautés et leur mariage ne pouvait qu'être fécond.

Sitôt arrivé dans son atelier, Jacques essaya de reprendre le panneau qu'il avait commencé mais il avait l'esprit ailleurs. La colle n'était pas assez chaude, il avait brisé la feuille d'une rose en la glissant dans son alvéole, il s'était même légèrement entaillé le pouce en saisissant maladroitement une gouge sur l'établi. Il décida de cesser le travail et de mettre un peu d'ordre dans le logement du premier étage avant l'arrivée de Jeanne. Certains meubles et bien des objets avaient changé de place depuis le départ de la petite philosophe. Il rassembla ses souvenirs et rétablit tant bien que mal le décor de jadis, veillant surtout à ce que le fauteuil bleu retrouve sa place près de la fenêtre qui s'ouvrait aujourd'hui sur les marronniers en fleur de la cour intérieure du palais. Ce fauteuil, témoin de tant de bonheur, était pour lui plus qu'un souvenir. C'était un talisman dont il avait entretenu la magie en le restaurant chaque fois qu'un pied se décollait où que le velours perdait de son éclat. L'un des tapissiers du roi, un ami, venait justement de le lui rapporter pimpant et accueillant. Il vit dans ce hasard un signe de la providence. Jacques avait raison : la première chose que fit Jeanne en entrant un peu plus tard dans la pièce fut de se précipiter vers le siège et de s'y pelotonner en criant joyeusement : « Mon fauteuil est toujours là et il est toujours aussi douillet. Je suis heureuse! »

La séparation avait été trop longue pour que la vie reprît comme avant, sans gêne et sans heurt. Les engrenages compliqués de l'existence commune étaient là, prêts à s'enclencher, mais il fallait les huiler, remettre en route doucement, avec d'infinies précautions, la délicate machine du bonheur à deux. Ni l'un ni l'autre n'en parlèrent, la sensibilité de Jacques et la finesse de Jeanne jouèrent mieux que de longs discours en faveur de la reconquête. Le soir, après des préliminaires auxquels Jeanne apporta tous les soins de son esprit méthodique et de son imagination, l'amour tout court fit le reste. Les amants du printemps se retrouvèrent au cœur de leur été, scellant dans la volupté l'engagement de leur vie d'adultes.

La conversation sérieuse que Jacques s'était proposé d'avoir avec Jeanne pour comprendre son retournement soudain n'eut en vérité jamais lieu. Les confidences venaient naturellement, le soir, quand ils se retrouvaient heureux et détendus, elle lovée dans son fauteuil, lui assis à ses pieds sur un tabouret bas qu'il venait de construire et qu'il appelait son « Platon » parce que c'était l'accessoire du dialogue. Ce genre d'allusions comblait d'aise la jeune femme qui insistait toujours pour que leurs conversations ne sombrent pas dans la banalité quotidienne :

– Ce n'est pas parce que nous ne fréquentons plus la ruelle de Ninon que nous devons devenir idiots. Si nous avons un enfant, autant qu'il ait des parents intelligents!

L'enfant, Jeanne en parlait de plus en plus, comme si cela devait le faire venir plus vite. Jacques en était un peu agacé :

– J'ai l'impression que je ne compte pas tellement dans nos retrouvailles. Est-ce seulement pour avoir un marmot que tu es revenue?

Elle riait et répondait :

– Décidément, tu ne comprendras jamais rien. Tu ne vois pas que toi et l'enfant qui naîtra bien un jour – avoue que nous faisons ce qu'il faut pour cela – ne font qu'un dans mon esprit? Si j'avais voulu un fils ou une fille d'un autre, je n'avais que l'embarras du choix. J'aurais fait un bâtard que son père aurait sans doute titré à sa dixième année, je serais peut-être moi-même devenue une madame de... Ne joue pas au martyr maître Jacques Habermann. Je ne t'ai jamais choisi, je t'ai aimé. C'est simple, non?

Et l'enfant arriva. Jeanne l'annonça un soir, tout naturellement, comme s'il s'agissait d'une chose banale, en resservant du potage :

– A propos, tu vas être père! J'ai attendu pour te le dire d'être sûre de moi. Maintenant je le suis. Es-tu heureux?

Jacques ne répondit pas à la question : il s'étrangla et renversa la moitié de son assiette sur la table. Elle sourit, indulgente, se leva,vint lui caresser le dos et calmer sa toux en glissant sa main entre la chemise et la peau :

– Là... Là... doucement... Remets-toi... Quelle émotion, dis donc!

– Tu ne pouvais pas m'annoncer une nouvelle aussi importante, la plus importante de ma vie sans doute, d'une autre façon? Bien sûr que je suis content! Viens que je t'embrasse!

Depuis qu'ils s'étaient retrouvés, ils n'avaient jamais parlé de mariage. L'enfant qui allait naître changeait tout. C'était le signal qu'ils attendaient, tous deux, sans le savoir, pour donner forme officielle à une union qui, dès l'origine, n'avait guère été marquée par le conformisme. Contrairement à ce qu'on aurait pu penser, Jeanne, la première, prononça le mot qui allait la plonger dans la normalité.

– Jacques, dit-elle quand il fut remis de sa surprise, ne crois-tu pas que tu devrais m'épouser? Cela se fait assez couramment!

Elle éclata de rire et poursuivit :

– Je ne sais pas si cette idée fera plaisir à ta mère qui m'a toujours prise pour une créature un peu folle qui gâchait la vie de son aîné mais...

– Mais la mère sautera de joie quand tu lui diras que tu attends un enfant et que tu épouses le père.

– Parce que c'est moi qui lui dirai?

– Nous le lui dirons ensemble, dès demain. Si Christophe pouvait vivre assez longtemps...

Béatrice ne dit qu'un mot lorsqu'elle apprit la double nouvelle : « Enfin! » Et elle embrassa Jeanne :

– Tout de même, tu te décides à entrer vraiment dans la famille! Vous me soulagez d'un grand poids tous les deux, savez-vous!

– Mais j'ai toujours fait partie de la famille, mère! dit Jeanne d'un ton où seul Jacques discerna la petite touche moqueuse qu'elle aimait poser sur les tableaux les plus sérieux de la vie.

Christophe, lui, ne chercha pas à dissimuler les larmes qui lui venaient aux yeux.

– C'est bien! Je suis content. Jacques il faut que je te dise quelque chose. Viens, cela ne regarde pas les femmes. On leur dira après.

Jacques s'approcha du père qui ne quittait plus guère son fauteuil qu'on déplaçait de l'âtre à la fenêtre, selon le temps.

– Je ne suis pas aussi instruit que toi et encore moins que Jeanne mais je sais que la vie est un éternel recommencement. Pour qu'elle recommence, il faut que les vieux meurent. Cela sera bientôt mon tour. C'est normal et sans importance puisque votre enfant va arriver pour combler le vide... Mais ce n'est pas de cela dont je veux te parler. Tu es l'aîné, alors je vais te donner ma canne de compagnon du tour de France. Tu connais son histoire, je te l'ai racontée vingt fois. Je sais que tu n'as pas accompli la boucle des compagnons mais ton fils ou ton petit-fils partiront peut-être un jour. Toi, tu as fait mieux, tu as fait entrer la famille dans le saint des saints des artisans du meuble : l'atelier royal. Alors je veux que tu graves ton nom à la suite du mien, après ceux de Cottion et de Thirion. Je voulais le faire moi-même mais j'ai trop attendu et, aujourd'hui, je n'ai plus la force. Va chercher la canne, tu sais où elle est accrochée. Ce soir, tu raconteras tout cela à Jeanne. Ce sont des choses qu'elle comprendra. Ce n'est pas la peine d'en parler devant Béatrice, cela la ferait pleurer.

Jacques était ému plus qu'il ne le laissait paraître. Cette cérémonie, prélude de la mort, revêtait une sorte de caractère sacré où se trouvaient impliquées ses racines les plus profondes : le métier, le rituel du groupe, la fraternité, la famille.

– C'est bien, père. Puisque tu le souhaites, j'écrirai mon nom sur la canne et, dessous, « ouvrier du Louvre ». Je la transmettrai à mon fils ou à mon gendre. Tiens, cela me fait tout drôle de dire cela... Tu vois, je trouve ça très beau ce passage d'un objet aussi symbolique d'une génération à l'autre. Durera-t-il encore longtemps? Cent, deux cents ans peut-être. Les outils, eux, s'usent en travaillant. Il ne me reste plus qu'une gouge ayant appartenu à Jean Cottion. On voit à peine encore son nom gravé sur le manche et la lame n'est plus qu'un petit morceau d'acier. Le reste a disparu dans la frisure des copeaux et sur la pierre à affûter. La canne, elle, est plus solide que le fer. Elle peut encore facilement faire un ou deux tours de France!

Le prochain mariage de Jacques avec cette Jeanne qu'il n'avait pas toujours comprise mais que son intelligence et sa culture avaient toujours subjugué, la promesse de l'enfant, la réaction du fils lorsqu'il lui avait transmis son sceptre de voyageur, soulagèrent un moment Christophe qui retrouva même assez de forces pour descendre à l'atelier et s'intéresser aux travaux que Philippe dirigeait avec compétence. Puis, la fatigue de l'âge le submergea à nouveau. Il dut s'aliter et s'éteignit une nuit durant son sommeil. Béatrice le trouva sans vie à son réveil. Elle fut courageuse et ne pleura pas durant les obsèques qui furent à la fois simples et émouvantes comme l'avaient été celles de tous les maîtres du Faubourg, en présence de la communauté unie dans le même chagrin. Christophe, qui avait connu l'horreur des guerres de religion n'avait jamais abjuré la foi de ses ancêtres mais, en fait, il ne se sentait pas plus protestant que catholique. Il croyait en un Dieu bon, généreux et tolérant. Béatrice laissa faire quand l'abbesse Marie de Bouthillier, qui avait toujours témoigné de l'amitié à son mari, lui proposa de faire bénir le corps par le curé de Sainte-Marguerite, la nouvelle paroisse fondée en plein Faubourg, rue Saint-Bernard, pour desservir le quartier qui ne cessait de s'étendre. Personne sauf quelques fanatiques ne trouva à redire à ce geste qui scellait un peu plus l'unité de la communauté du meuble.

Pour des raisons évidentes, le mariage de Jacques et de Jeanne fut célébré discrètement. Jeanne était catholique sans être dévote, Jacques ne croyait pas à grand-chose, « le curé des menuisiers », comme il se nommait lui-même était un brave homme : il maria les enfants comme il avait enterré le père, le plus simplement et le plus honnêtement du monde. C'est lui aussi qui, huit mois plus tard, baptisa la petite Rosine Habermann, venue au monde le 17 février dans la maison du Faubourg, plus confortable pour l'accouchement que le logement du Louvre.

Jeanne aurait préféré un fils, Jacques souhaitait une fille. Rosine était un si beau bébé qu'elle fit l'unanimité :

– Elle te ressemble, dit Jacques à sa femme. Tant mieux! Et il ajouta : C'est bien la première fois que tu ne me fais pas faire ce que tu veux!

Quand la maman revint au Louvre avec son poupon, une surprise l'attendait. Les maîtres et les compagnons de l'atelier royal adoraient tous Jeanne. Beaucoup l'avaient connue gamine. Ils avaient construit pour Rosine un berceau de princesse. Jean Marot, un jeune architecte qui fréquentait beaucoup les maîtres du Louvre, l'avait dessiné, Louis Sommer, le meilleur artiste du moment avait sculpté le bois préparé par Jacques et l'on avait fait appel à un ami lissier des ateliers royaux du faubourg Saint-Marcel pour garnir le petit lit d'une fine brocatelle tramée de soie sur un fil de lin.

Jeanne, émue, alla remercier tous ceux qui avaient participé à la construction du chef-d'œuvre et les invita un peu plus tard à venir admirer Rosine dans son nid douillet. Pour la circonstance, Jacques avait fait venir un petit tonneau de vin de Meudon en Meudonnois et l'avait mis en perce dans l'atelier. On but joyeusement, on chanta tard dans la nuit, Jacques dut porter une santé à ses compagnons et faire un petit discours. Jeanne et ses amis l'avaient depuis longtemps habitué à parler en société et il fut brillant. Il termina en disant que c'était aussi son mariage qu'on célébrait puisqu'aucune réjouissance n'avait marqué son union avec Jeanne, la fille du grand Jean Racey dont personne n'avait oublié le talent et la grande bonté.

Quand les invités furent partis et qu'ils se retrouvèrent seuls dans la grande salle de l'étage, Jeanne se jeta dans les bras de Jacques :

– Si tu savais comme j'ai eu peur que tu ne veuilles plus de moi, mon Jacques! J'ai été folle un moment mais il ne reste rien de tout ce temps où j'ai vécu sans toi. Toi aussi tu as mené une autre existence éloignée de moi. C'est peut-être mieux ainsi. Maintenant on sait vraiment qu'on ne peut pas vivre l'un sans l'autre.

– Tu as raison, il ne faut rien regretter. La seule chose importante, c'est l'avenir et l'avenir, c'est Rosine.

– C'est aussi nous! Nous sommes loin d'avoir épuisé notre part de bonheur. Viens, nous allons nous en offrir la preuve!

Rosine avait dix mois quand le cardinal de Richelieu rendit l'âme. La fâcheuse nouvelle n'impressionna pas outre mesure les ouvriers du Louvre auxquels Armand-Jean Du Plessis ne s'était guère intéressé.

Elle rappela seulement à Jeanne le souvenir de propos plaisants que lui avait tenus naguère Ninon. Jeanne qui n'aimait pas trop parler de cette période de sa vie ne put pourtant pas résister au désir de raconter à Jacques comment le cardinal était tombé amoureux de Mlle de Lenclos :

– Richelieu, malgré son activité considérable à la tête de l'État, n'avait jamais renoncé aux plaisirs du cœur. On lui avait tellement parlé de Ninon, de sa beauté et de son intelligence qu'il organisa pour elle une fête galante éblouissante dans sa maison de Rueil. Elle y vint avec Marion mais se refusa aux soupirs de son illustre admirateur. Piqué par une résistance à laquelle il n'était pas habitué, le cardinal voulut s'en venger en portant ses désirs sur Marion qui elle aussi déclina ses hommages. C'est du moins ce qu'elle a toujours prétendu...

– Je n'avais jamais su cela, dit Jacques, mais es-tu sûre de n'avoir pas succombé toi-même aux charmes de Richelieu?

– Si cela avait été, tu aurais épousé une femme riche, mon cher. Et tu sais bien que je ne t'ai apporté en dot que ce que mon père m'a laissé.

– Tu n'as jamais eu de nouvelles de Ninon?

– Non, parce que j'ai voulu rompre avec le passé et que mes amis ont respecté mon désir mais j'avoue que la conversation de Ninon me manque quelquefois comme elle te manque peut-être aussi à toi. Dans un moment, si tu le souhaites, on pourra lui donner signe de vie. Mariée et mère de famille, je ne risque plus rien...

Au Faubourg non plus, la mort de Richelieu ne fit pas grand bruit. Celle de Louis le Juste, six mois plus tard, causa en revanche quelques remous. La communauté du meuble savait depuis toujours que sa quiétude et sa prospérité dépendaient du roi. Chaque fois qu'il venait voir sa mère, le plus souvent accompagné de Jeanne et de la petite Rosine, Jacques était assailli de questions. Maîtres et compagnons lui demandaient s'il n'avait rien appris de nouveau au Louvre. Il les rassurait en affirmant que la régence n'était marquée que par les plaisirs d'une cour aimable, que Richelieu, en mourant, avait laissé partout les troupes françaises victorieuses et que nul ne se souciait des menuisiers de l'abbaye. Tout cela était vrai et le Faubourg continua à produire les mêmes meubles tournés et les armoires à deux corps qui avaient fait sa renommée. Seuls les Habermann et quelques autres ateliers fabriquaient des tables et des cabinets de marqueterie qui n'avaient sans doute pas les qualités de ceux créés au Louvre mais qui trouvaient facilement des acquéreurs.

Béatrice s'était remise de la mort de Christophe. Toujours rose, toujours vaillante, elle n'aurait manqué pour rien au monde la foire Saint-Germain qui rassemblait chaque année, du 3 février à la semaine sainte, les marchands de toutes choses et principalement ceux qui vendaient des bijoux. De la plus petite bague au diamant le plus cher, les femmes de toutes conditions découvraient à la foire Saint-Germain l'anneau ou la pendeloque capable d'accroître leur séduction. Cette année-là, elle décida toute la famille, sauf Jeanne restée près de sa fille, à l'accompagner. Les deux fils de Philippe, âgés maintenant de sept et huit ans, revinrent émerveillés par les exploits d'un bateleur devenu en quelques jours la coqueluche des Parisiens. Il s'agissait d'un Maltais de trente-huit ans dont des « feuillets » imprimés, vendus aux carrefours par les colporteurs, vantaient l'inimitable talent. Le Maltais absorbait plusieurs seaux d'eau et faisait ensuite « sortir de sa bouche force grands jets, égalans en hauteur et roideur ceux des plus vives fontaines : une partie en eau commune, l'autre paroissant convertie en toute sorte de vin, d'huiles, de lait, d'eau de vie, d'eau roze, de jasmin et autres... ».

Les deux gamins s'étaient fait relire dix fois ce récit imagé et avaient insisté pour que Jacques l'emportât au Louvre afin de mettre tante Jeanne au courant de ce fantastique événement.

Le pays aurait pu continuer à goûter longtemps cette volupté de la paix, appréciée après tant d'années de guerres et de chaos. Il aurait pu aimer son petit roi, proclamé alors qu'il n'avait pas cinq ans et qui avait si bonne mine dans les défilés. Hélas! les jours de discorde et de haine approchaient, le mécontentement de quelques grands entraînant le parlement dans une lutte ouverte contre la régente Anne d'Autriche et son ministre Mazarin.

Cette première Fronde civile et politique toucha peu les gens du bois. Le Faubourg restait, par tradition, insensible aux querelles des puissants et s'intéressait beaucoup plus à l'ouverture d'une nouvelle boucherie, au coin de la rue de Montreuil et à l'invention d'une scie à plusieurs lames qu'aux intrigues du coadjuteur. Jacques avait rapporté du Louvre la description de cette curieuse machine qui devait permettre de scier cinq ou six planches à la fois. L'inventeur n'était ni un menuisier ni un scieur de long. Il s'appelait Léon Maubué et était médecin ordinaire du roi. Louis XIV, qui avait six ans, lui accorda « de l'avis de sa très honorée dame et mère » le privilège de cette découverte qui, hélas! ne permit jamais de scier le moindre morceau de bois.

Ce n'est pas un hasard si les menuisiers du Louvre et du Faubourg s'intéressaient à une invention sans avenir, jusqu'à en faire le sujet d'interminables conversations à l'atelier ou au cabaret. En fait, ils s'ennuyaient. Seule la marqueterie empruntée aux Italiens et aux Hollandais avait apporté quelque nouveauté à l'art de l'ameublement paralysé dans ses fauteuils à bras tournés et enfermé dans ses armoires pesantes. Jacques lui-même, le spécialiste des cabinets, seuls meubles qui autorisaient quelque fantaisie, commençait à rêver de nouvelles formes, de panneaux sculptés et de sièges moins raides.

Jeanne avait toujours été une perfectionniste, jadis dans la recherche des plaisirs de l'esprit et des sens, aujourd'hui dans son rôle de mère et d'épouse. Elle veillait sur Rosine avec des soins jaloux et l'élevait d'une manière beaucoup plus stricte qu'elle ne l'avait été elle-même. Quand Jacques le lui faisait remarquer avec malice, elle répondait qu'elle donnerait en temps utile les conseils qu'il faudrait à sa fille :

– Mon père a été parfait. Sa philosophie inspire toujours les actes de ma vie mais je reconnais que j'ai souvent mal appliqué ses sages leçons d'épicurisme. Il faut tenir compte de cela dans l'éducation de Rosine qui d'ailleurs n'est pas moi, même si elle me ressemble et qui ne réagit pas du tout comme je le faisais à son âge.

Jeanne n'avait pas pour autant sacrifié les agréments de l'esprit aux tâches ménagères. Son Montaigne était toujours sur sa table de nuit à côté du bougeoir et elle s'amusait à suivre à travers les innombrables journaux, feuilles et mazarinades qui étaient imprimés et vendus dans les rues, le feuilleton de la Fronde dont les épisodes passaient d'un jour à l'autre du drame au comique. En fait c'était l'autorité royale qui était menacée et le libéralisme des frondeurs, favorable à un parlement aux pouvoirs étendus, tentait de rassembler les mécontents, tous les ennemis de Mazarin et une bonne partie des gens de plume dont les pamphlets plaisaient à un public avide de nouvelles et de scandales. Ninon était trop maligne pour se ranger du côté des comploteurs mais Marion qui n'avait pas écouté ses conseils, recevait chez elle les plus engagés des frondeurs. Scarron lui-même, inventeur des vers burlesques, avait trouvé que ce genre littéraire convenait au délire du temps et il se compromettait pour le seul plaisir de faire valoir sa verve et son esprit.

Les choses commencèrent à se gâter quand les épées remplacèrent les plumes et qu'une grande partie de la noblesse se dressa ouvertement contre la reine mère et Mazarin. Jeanne était aux premières loges pour suivre, des galeries du Louvre, les allées et venues de la cour, les mouvements de troupes et même quelquefois les combats qui opposaient les gens de Condé, passés chez les frondeurs, à ceux de Turenne fidèles à la couronne. Ces bruits de bottes et ces combats d'opinion ne dépassaient pas toutefois la porte Saint-Antoine. Au Faubourg tout demeurait tranquille et c'est dans la vieille maison des Thirion restaurée, agrandie, repeinte et toujours debout face au grand portail de l'abbaye que Jeanne et Jacques décidèrent de fêter le dixième anniversaire de Rosine. C'était aussi un cadeau à Béatrice qui n'aurait sans doute plus souvent l'occasion de réunir tous les siens autour d'elle. A soixante-douze ans, la vieille dame de Zélande avait encore bon pied bon œil mais on pouvait craindre à chaque instant que l'âge et la maladie ne vinssent troubler sa vieillesse heureuse.

Une fois de plus, l'atelier fut transformé en salle de fête. Les outils rangés, les établis déplacés pour faire place aux tables à tréteaux, les murs décorés de branches de sapin, tout était prêt en ce dimanche de février pour fêter la reine du jour qui étrennait pour la circonstance une superbe robe que sa mère avait fait confectionner dans la même pièce de soie que celle où l'on avait taillé la sienne. La mode était alors à la couleur et les merciers proposaient une infinité de nuances dont les noms plus ou moins évocateurs faisaient sourire les maris : mimine, triste-amie, fleur-mourante, gris-de-ramier, veuve-réjouie, désir-amoureux, temps-perdu, flammette-de-soufre... Mère et fille étaient en céladon, le vert pâle convenant à leur blondeur.

Jeanne qui allait avoir quarante-trois ans était superbe. Elle avait gardé sa taille élancée de jeune fille et on lui aurait donné facilement dix années de moins. Elle avait, il est vrai, toujours soigné son corps comme sa tête et ne lésinait ni sur le lait parfumé dont elle se frottait le corps chaque matin, ni sur la sève de lis que lui préparait une marchande herboriste de la place Royale. Tous les hommes lui firent des compliments sur sa coiffure, elle aussi à la dernière mode de la cour dont elle pouvait suivre l'évolution de sa fenêtre du Louvre. Elle portait les cheveux rabattus séparés en trois parties, dont deux, appelés les bouffons, étaient massées en petites frisures sur les tempes et les oreilles, la troisième étant rejetée en torsade derrière la tête. Un rang était coupé court et rabattu sur le front, formant une sorte de frange qu'on appelait « la garcette ». Jeanne s'était divertie en coiffant Rosine de la même manière et tout le monde dit qu'elles avaient l'air de deux sœurs.

Le dîner commença vers midi, après que Rosine et sa mère eurent été rendre une visite de courtoisie à l'abbesse qui fut heureuse de rencontrer Jeanne, dont elle connaissait les qualités intellectuelles et les écarts, devenue mère attentive et épouse modèle :

– Vous avez de la chance, ma fille, d'avoir un bon mari. Et votre petite fille est adorable. Je vais prier pour vous trois.

Elle embrassa Rosine sur les deux joues et lui remit une croix d'argent qu'elle prit dans le tiroir intérieur d'une grande armoire de noyer :

– Tu vois, ma petite, cette armoire est très vieille, dit-elle. Elle a été fabriquée par l'un de tes aïeux qui s'appelait Nicolas Cottion. Son nom est gravé derrière le fond. C'était un artiste. Il figure sur le grand livre où les abbesses écrivent le journal de l'abbaye.

– Ce livre, mère, doit raconter toute l'histoire de la famille de Jacques, depuis le fameux Jean Cottion qui a paraît-il été le premier ouvrier libre du Faubourg. Cela doit être passionnant. Me permettriez-vous, un jour, d'en prendre connaissance?

– Hélas! Jeanne, cela est impossible! Il y a dans ce livre des confidences, presque des confessions dont le secret doit être gardé mais un jour, si vous le souhaitez, je relirai les pages qui concernent les vôtres et je vous raconterai l'histoire des Cottion, des Du Pré, des Thirion, des Habermann... C'est une belle aventure, presque une histoire d'amour entre les gens du bois et les abbesses! j'espère qu'un jour quelqu'un la racontera...

Béatrice, malgré son âge, avait voulu s'occuper du menu. Deux femmes engagées pour la circonstance avaient travaillé trois jours à la préparation de certains plats. Pour le reste et les desserts on avait fait appel à un traiteur renommé de la rue Saint-Antoine. Les tables mises bout à bout et recouvertes de nappes damassées étaient impressionnantes. Vingt-cinq invités y prirent place sur des bancs et des chaises qu'on avait descendus du logement. Toute la famille était là ainsi que les meilleurs amis du Louvre, les Golle, les Poitou, les Sommer qui tous travaillaient pour le roi. Philippe et Étienne avaient tenu à inviter un menuisier qui travaillait pour eux depuis un certain temps et qui habitait à côté, dans l'ancienne maison des Habermann. Sa jeune femme était agréable et ils avaient un petit garçon de l'âge de Rosine : « Il faut bien, avaient-ils dit, que la princesse ait un cavalier! »

Ni Jacques ni Jeanne ne connaissaient ces voisins. Philippe fit les présentations :

– Jean Boulle est un excellent menuisier qui nous rend de grands services. Voici sa femme Juliette et son fils André-Charles qui sait déjà se servir de presque tous les outils et qui dessine merveilleusement. Je n'ai jamais rencontré un enfant aussi doué. S'il continue, à ce train-là, il sera ouvrier royal à dix-huit ans! Jacques, tu peux tout de suite lui retenir un logement au Louvre. Souviens-toi de son nom : André-Charles Boulle, on en entendra parler!

Le gamin se moquait pas mal de ce qu'on disait de lui. Il tournait dans l'atelier, furetait dans les coins et finit par trouver un morceau de fusain et un bout de papier. En quelques minutes, il fit un dessin qu'il apporta à sa voisine déjà installée :

– Tiens, voici ton portrait! J'ai été un peu vite mais on te reconnaît quand même.

Rosine, tout heureuse qu'on s'intéresse à elle, brandit le dessin :

– Regardez, regardez, André vient de faire mon portrait!

Le dessin fit le tour de la table et chacun s'extasia : « Il ira loin ce petit André Boulle! »

L'arrivée des deux servantes portant chacune une soupière fumante mit fin aux compliments. Le potage aux profiterolles qu'on servait à grandes louches accapara l'attention. Ce n'était plus la soupe d'antan, encore servie d'ailleurs dans beaucoup de familles sur des tranches de pain mais un mets recherché fait de croûtons rôtis arrosés de bouillon d'amandes et garnis de crêtes de coqs, de truffes émincées et de petits champignons.

Les Habermann ne se considéraient plus depuis longtemps comme des ouvriers. Tout en conservant l'esprit de solidarité qui les unissait aux gens du Faubourg qu'ils estimaient et aidaient, ils étaient des bourgeois et vivaient comme dans les bonnes familles parisiennes. Chez eux on ne mangeait plus dans la vaisselle en étain mais dans des assiettes de faïence. On retirait l'écuelle après le potage et l'on changeait le plus souvent d'assiette pour le dessert. Vu le nombre des invités, on avait emprunté ce jour-là des ustensiles aux voisins. En tout cas, tout le monde avait une fourchette. C'était là un signe de distinction. Chacun y fut sensible, encore qu'on manquât d'habitude pour utiliser cet instrument à trois dents qui évitait tout de même, on en convint, de tremper ses doigts dans la sauce pour y pêcher des aliments solides.

Le reste du repas fut à l'image du potage : une réussite. Jeanne qui n'était pas à côté de son mari se leva un moment, vint jusqu'à lui, lui dit quelque chose à l'oreille et l'embrassa. Les hommes voulurent aussitôt savoir quel secret elle lui avait confié entre le rôti et le dessert. Jeanne éclata de rire et s'écria :

– Vous voulez le savoir? Eh bien, j'ai dit à Jacques que j'étais amoureuse de lui et que j'avais trop envie de l'embrasser pour attendre la fin du dîner!

Tout le monde applaudit et l'on se sépara sur ce touchant témoignage d'amour car les habitants du Louvre tenaient à rentrer avant la tombée de la nuit. Paris en effet n'était pas sûr. A la tête de la Fronde, Condé avait failli plusieurs fois s'emparer du roi. Turenne heureusement avait renoncé à trahir la monarchie, il était revenu se mettre au service de son jeune roi qui avait pris lui-même le gouvernement depuis la proclamation de sa majorité. Les armées des deux capitaines se poursuivaient autour de l'enceinte de Paris où elles entraient parfois, semant la peur et souvent la mort, tandis que la Grande Demoiselle [1], se livrait aux pires extravagances entre la capitale et Orléans, le fief de son père.

Ce soir-là, Jacques, sa femme et la petite Rosine rejoignirent sans encombre leur logement du Louvre. Quelques ardents adversaires de Mazarin auxquels se trouvaient toujours mêlés certains éléments peu recommandables les arrêtèrent bien devant l'Hôtel de Ville mais Jacques avait pris soin d'arborer un brin de paille à son chapeau. C'était le signe distinctif des frondeurs qui ne signifiait rien depuis que tout le monde le portait pour circuler tranquillement.

Béatrice était inquiète de savoir ses enfants au Louvre, épicentre des troubles qui bouleversaient la vie des Parisiens et causaient une disette dont tout le monde souffrait. Ce fut pourtant au Faubourg que se déroula l'événement le plus considérable et le plus meurtrier.

Le 2 juillet 1652, alors que les premières lueurs de l'aube perçaient du côté de Vincennes, Condé retranchait toute son armée devant la porte Saint-Antoine, protégé sur ses arrières par la forteresse de la Bastille. En face, vers l'est, à l'autre bout du Faubourg, le maréchal de Turenne se préparait à l'attaque. Entre les deux chefs s'allongeait la plaine de Reuilly et son artère centrale, le Faubourg, avec ses ateliers paisibles, ses cours à bois et ses jardins fleuris. Au centre, l'abbaye dont le clocher semblait figurer le doigt de Dieu,

1. Fille aînée du duc d'Orléans, frère de Louis XIII.

dressé vers le ciel comme pour interdire cette absurde bataille féodale.

Autour de la Bastille et jusque dans une partie avancée du Faubourg, Condé, monté sur un cheval plein d'écume se trouvait partout, ranimant les courages, ordonnant de barricader les rues et les maisons ou faisant braquer l'artillerie sur un plateau qui dominait la plaine de Reuilly. Il ne savait pas que tout près, sur les hauteurs de Charonne, Mazarin descendait d'un carrosse d'où avait déjà sauté un jeune homme impatient : le roi lui-même que le cardinal, conscient de la supériorité de Turenne, avait conduit là afin qu'il assiste à la victoire de ses troupes. A la lorgnette, Louis pouvait apercevoir les deux capitaines, pas tellement distants l'un de l'autre. Il poussa un cri quand l'armée de Turenne commença à attaquer et à enlever le retranchement de la rue de Charonne et s'assombrit lorsque ses avant-gardes se brisèrent sur les escadrons du prince de Condé. Frémissant, le roi suivait la bataille, véritable corps à corps qui opposait des combattants vêtus du même uniforme. Pour reconnaître l'ennemi, les soldats de Condé avaient mis des brins de paille à leurs casques et ceux de Turenne des morceaux de papier.

Tandis que Condé libérait ses troupes encerclées du côté de Picpus et de la rue de Charenton, Turenne conduisait l'assaut dans la grande chaussée du Faubourg. Arrivé au carrefour de Reuilly, il négligea l'abbaye dont le portail avait été fermé et renforcé dès le début de la bataille mais il se fit ouvrir l'entrée de la maison qui se trouvait en face. C'était celle des Habermann. L'atelier où fumait encore le pot de colle fut envahi par les officiers de la garde. Le maréchal était noir de poudre et de poussière, les basques de son uniforme pendaient en lambeaux. Il tomba sur le siège que lui tendait Étienne et demanda un peu d'eau pour lui et ses compagnons.

Dehors, il faisait une chaleur suffocante, la cloche de l'abbaye sonna.

– Il est midi, annonça Philippe.

– Déjà, dit Turenne, nous allons faire une trêve. Les hommes ne peuvent pas se battre dans une telle fournaise. Permettez-moi de me reposer un moment chez vous.

On ne voit pas comment Philippe et Étienne auraient pu refuser au maréchal un verre d'eau et un siège. Dehors, les combats avaient cessé. Au vacarme de la bataille succédait un silence lourd. Des deux côtés on ramassait les morts, on emmenait les blessés.

– L'artillerie du maréchal de La Ferté est en place, monsieur le

Maréchal, vint annoncer une heure plus tard un jeune lieutenant.

– Très bien, nous allons attaquer, faites tirer sur l'ennemi!

Turenne reboutonna sa veste déchirée, sortit et se remit en selle. Presque aussitôt le bruit infernal de la canonnade fit trembler les vitres. Les boulets de La Ferté fauchaient les frondeurs de Condé acculés contre les pierres grises de la Bastille et la porte Saint-Antoine close depuis la veille.

Assis sur des tabourets qu'on avait fait chercher, Mazarin et Louis exultaient :

– Nous avons gagné! dit le cardinal. Regardez, Sire, Turenne est en train de couper la retraite aux princes!

A ce moment décisif, la Bastille s'entoura de fumée : le canon tonnait du haut de la forteresse, jetant la confusion dans les rangs de l'armée royale. Cela n'aurait pas été grave si, en même temps, la porte Saint-Antoine ne s'était pas ouverte, permettant aux troupes de Condé, épuisées, de s'y engouffrer et de se mettre à l'abri dans la ville.

Ce canon, c'était Mademoiselle qui le tirait et empêchait du même coup le roi son cousin d'en finir ce jour-là avec la Fronde. La guerrière en jupons avait arraché à son père, le duc d'Orléans, l'ordre de faire ouvrir les portes de la Bastille et celles de la ville. Elle avait tenu à mettre elle-même le feu à la première pièce de canon!

Un boulet roula aux pieds du roi et de Mazarin qui s'écria :

– Ce boulet a tué le mari de Mademoiselle!

Jamais en effet Louis XIV ne devait pardonner à sa cousine ce coup de canon. Surtout, au centre de ce Faubourg où la victoire lui avait été volée, le jeune roi s'était juré de ne plus jamais subir les injures des princes et de la haute noblesse. La salve de Mademoiselle avait marqué la fin des derniers pouvoirs des grands noms de la France féodale. C'est ce jour-là, en regardant fumer les meurtrières de la Bastille que Louis XIV décida, que les princes et les seigneurs ne seraient plus désormais que d'inoffensifs courtisans, auxiliaires serviles de son absolutisme intégral.

Les canons de la Bastille n'avaient fait que retarder la victoire de Turenne, de Mazarin et du roi. Le Faubourg avait déjà retrouvé le calme quand la Fronde consumait ses dernières forces en d'inutiles combats autour de Paris. N'importe! L'alerte avait été chaude. Pour la première fois on s'était vraiment battu sur la grande chaussée et c'était miracle que le fief des gens du bois n'ait pas été anéanti par la canonnade. Seules, quelques maisons proches de la porte Saint-Antoine avaient été touchées. Celles qui entouraient l'abbaye demeuraient intactes. La vieille maison des Thirion et des Habermann qui avait vu passer devant ses fenêtres les boulets de La Ferté devenait quasiment historique : Turenne y avait repris souffle avant de poursuivre contre son vieux compagnon de jeux guerriers sa sanglante partie de cache-cache.

Le chuintement de la varlope fit vite oublier le galop des cuirassiers. Un événement pourtant vint rappeler, à l'automne de 1652, que le destin des ouvriers privilégiés était toujours suspendu à la volonté divine. Marie de Bouthillier mourut subitement dans l'abbatiale alors qu'agenouillée, elle priait seule avant l'office du soir. Elle fut regrettée car elle avait été une bonne abbesse qui avait consacré ses forces à rendre à la vieille abbaye sa puissance et son autorité. Elle avait été juste et secourable envers ses ouvriers, libérale avec ses sœurs et avait agrandi de quinze arpents l'enclos de l'abbaye qui s'étendait maintenant jusqu'à la rue de Charenton et aux marais de Reuilly.

Promue par un brevet royal, Madeleine II Molé lui succéda très vite et, une nouvelle fois, c'est à la maison d'en face qu'elle s'adressa pour faire la connaissance de ses nouveaux sujets. Jacques appelé en renfort accompagna donc ses frères un matin chez l'abbesse qui les reçut dans le grand parloir. Cette pièce qui datait des premiers temps représentait pour les Habermann une sorte de musée familial. Chaque génération l'avait enrichie de nouveaux meubles, le fameux banc de noyer était toujours devant la grande tapisserie et Jacques, qui en connaissait l'histoire, commença de la raconter se disant que c'était une bonne entrée en matière. Madeleine sourit et l'arrêta :

– J'ai lu le journal de celles qui m'ont précédée et je sais tout sur la contribution de votre famille à l'embellissement de l'abbaye. J'espère que vous continuerez. Mais vous, monsieur, vous n'êtes pas exactement l'un de mes ouvriers. Vous travaillez au Louvre, je crois...

– Oui, ma mère mais je reste de cœur un enfant du Faubourg. J'y suis né, ma mère et mes frères y vivent et vous pouvez me considérer comme l'un de vos sujets dévoués.

– Très bien. Je m'en souviendrai. Ma famille possède quelques très beaux meubles qui ont été construits dans les galeries du Louvre, en particulier un superbe cabinet d'ébène qui est l'œuvre, je crois, de Laurent Stabre. Vous l'avez connu?

– Il a été mon maître, madame. C'était un grand artiste.

Les trois frères sortirent rassurés : l'abbesse Madeleine était quelqu'un avec qui on allait pouvoir s'entendre. Philippe remarqua qu'elle était belle. C'était vrai : âgée d'une trentaine d'années, grande, mince, elle renouait, pensaient les garçons, avec la lignée des abbesses dont l'histoire s'était perpétuée par tradition orale de génération en génération.

– Je suis le marchand de la famille, dit Etienne peu après. Je pense qu'on devrait essayer, avec tes amis du Louvre, d'apporter quelque chose de nouveau à ces sièges en bois tourné dont tout le monde a assez. Ce n'est pas la peine d'être des maîtres et des compagnons libres si nous faisons exactement les mêmes meubles que les menuisiers de la jurande. C'est à nous d'aller de l'avant!

– Tu as raison. Il faut modifier les chaises et les fauteuils, le reste suivra. C'est bête d'avoir pratiquement éliminé la sculpture de nos meubles. Un jour, la mode va revenir et on ne trouvera plus d'ouvriers capables de décorer des accotoirs ou des pieds à ressaut. Il faut voir tout cela avec les ornemanistes des galeries. Ce sont des amis, ils ont du talent et ils seront ravis de dessiner pour nous.

Ainsi naquit, lentement, un nouveau genre de sièges dont les détails furent étudiés au cours de réunions amicales que Jeanne aimait à organiser, le soir, dans la grande chambre. Jean Macé, considéré avec Jacques comme le meilleur menuisier-ébéniste du Louvre y retrouvait Alexandre Oppenhoort le grand spécialiste du marquetage, l'orfèvre lorrain Merlin, lui aussi logé au Louvre et qui avait exécuté toute une armée de petits soldats en argent pour Louis XIV adolescent. Souvent, Ballin, un autre ciseleur se joignait au groupe. Lui avait fait la première épée du jeune roi et son premier hausse-col en or émaillé. Enfin, Jean Lepautre qui venait de publier son *Traité d'architecture* ne manquait jamais une soirée de Jeanne. C'était l'un des meilleurs amis des Habermann et Jacques prétendait qu'il était amoureux de Jeanne. Elle en riait et disait qu'avec ses quarante-six ans, elle était bien trop vieille pour intéresser un homme de trente-cinq ans. Rien n'était faux dans tout cela : Jean aimait sûrement Jeanne qui était demeurée fort séduisante. Elle le savait d'ailleurs très bien et souriait quand Jacques lui disait :

– Une femme qui n'est pas aimée n'est plus rien. Pour le moment tu n'as rien à craindre, je suis toujours ton plus fidèle amant mais plus tard...

– Plus tard tu auras vieilli un peu plus et tu devras bien te contenter de ta femme qui, entre nous, a sept ans de moins que toi!

C'est dans une gaieté qui rappelait, en plus naturel, les réunions philosophiques de jadis que fut élaboré, un soir, le plan d'un fauteuil à bras qui n'était plus le siège en bois tourné qu'on avait trop vu. En dessinant à la mine de plomb, en corrigeant pour tenir compte des remarques de chacun, en ajoutant des boules aplaties sculptées aux pieds de devant, en incurvant un peu plus l'accotoir, Jean Lepautre et ses amis ne savaient pas qu'ils mettaient fin à ce qu'on devait appeler le style Louis XIII ni qu'ils inauguraient une époque de transition qui devait mener aux fastes du mobilier Louis XIV.

– Ce fauteuil, nous allons le fabriquer, dit Jacques, mais je crois qu'il est inutile d'éveiller avant la lettre la curiosité de tous les gens qui défilent dans les galeries. Je propose qu'il soit construit dans notre atelier du Faubourg par mon frère Philippe. J'irai lui prêter la main.

Trois jours plus tard, le fauteuil était mis en chantier sur l'établi du fond, à l'abri des regards indiscrets. Jean Lepautre vint lui-même voir la première ébauche du bâti. Il proposa de diminuer la hauteur du dossier et de grossir le « blason » sculpté qui ornait la barre avant. Il avait raison : le siège gagna de l'élégance dans cette modification de dernière minute. Poncé, ciré, rembourré, recouvert d'un riche velours de Gênes, il avait belle allure et pouvait maintenant être présenté à celui que tout le monde considérait comme le protecteur des maîtres du Louvre : Jean-Baptiste Colbert.

La réaction de l'intendant de Mazarin était anxieusement attendue. Il suffisait en effet qu'il accompagne d'une simple moue son premier regard sur le siège pour que le changement tant souhaité soit rendu impossible et que le bois tourné continue de donner le vertige à une autre génération de Français. Heureusement, Colbert accueillit favorablement la nouveauté :

– Enfin! vous avez mis le temps, messieurs, à apporter un peu de fantaisie à vos créations. C'est très bien. Construisez-en une vingtaine pour le Louvre. Je suis sûr que Son Eminence et le roi lui-même aimeront votre fauteuil.

– Nous irons plus loin, monsieur l'Intendant. Ou plutôt, les jeunes iront plus loin. Ils sont pleins d'idées qui ne demandent qu'à éclore. Avec votre protection, nous ferons de belles choses! Et Jacques Habermann ajouta : permettez-moi de vous rappeler, Excellence, que les ouvriers privilégiés du faubourg Saint-Antoine ont œuvré à la conception et à la réalisation de ce meuble. Nous travaillons en étroite liaison avec eux. Ils sont dignes de la généreuse protection que vous leur accordez.

– Je sais, je sais. Ils n'ont rien à craindre. L'abbesse Madeleine Molé que Sa Majesté vient de nommer les défendra si besoin est. D'ailleurs, j'irai l'un de ces jours voir un peu de quoi il a l'air, ce fameux Faubourg!

Jacques ne manquait jamais, chaque fois qu'il en avait l'occasion, de mettre en avant les menuisiers et les ébénistes de Saint-Antoine. Il savait que s'ils existaient encore, avec la pleine jouissance des droits que leur avait accordés Louis XI, c'était parce que son père, son grand-père et tous ses ancêtres avaient, avant lui, proclamé leurs mérites.

Le fauteuil de Colbert, comme on l'appelait entre le Louvre et Reuilly, avait comme par enchantement réveillé le Faubourg, animé les ateliers royaux et secoué les corporations. L'ancienne façon du bois tourné condamnait les menuisiers à la répétition et à la stagnation, celle des amis d'Habermann permettait toutes les initiatives et toutes les audaces. Les dessinateurs, les architectes, les ornemanistes qui s'étaient désintéressés du meuble devenu objet banal et simplement utilitaire reprirent goût, non seulement à rendre les sièges plus beaux et plus riches mais aussi à créer de petites tables marquetées ou sculptées, à imaginer des bureaux à tiroirs reposant sur huit pieds et qu'on appellera « mazarins » ou même des meubles à transformation tenant à la fois du cabinet et de la table de changeur. Bref, on respirait un air nouveau dans les ateliers, cet air que commençait à reconnaître et à aimer Rosine qui, à quinze ans, poursuivait ses études chez les filles du couvent de Sainte-Elisabeth, rue du Temple. Elle apprenait d'ailleurs autant de choses chez elle grâce aux bons soins de Jeanne qui voulait que sa fille fût aussi instruite qu'elle-même. Mais Rosine qui n'était point sotte n'avait peut-être pas l'intelligence aiguë de sa mère. Jacques trouvait cela plutôt réconfortant.

– Rosine est jolie, elle lit le latin, tu lui as enfourné Montaigne avec un entonnoir, ce qui est bien le comble, et voilà que tu lui reproches son manque d'appétit studieux. Tu voudrais qu'elle écrive des vers comme Corneille ou des comédies comme ce Molière dont tout le monde parle et qu'il faudra bien aller voir un soir à l'hôtel du Petit-Bourbon. Toi, tu as su trop de choses trop jeune et cela ne t'a pas si bien réussi.

– Cela m'a parfaitement réussi. J'ai mené, tu le sais, la vie que j'ai voulue, comme je l'ai voulu.

– Jusqu'au jour où tu m'as supplié de te reprendre.

– Tu le regrettes?

– Pas du tout mais je suis lucide pour Rosine. Toi aussi d'ailleurs puisque tu te gardes bien de lui inculquer tes fameuses théories sur la liberté du plaisir.

C'était là le seul genre de dispute qui opposait de temps à autre les mariés du Louvre. Cela n'allait jamais loin et Rosine, quand elle assistait par hasard à l'une de ces escarmouches, éclatait de rire et faisait en se moquant la morale à ses parents :

– Vous n'avez pas honte de vous chamailler comme cela devant une jeune fille prude et bien élevée? Si les sœurs vous entendaient!

Depuis la mort de Béatrice, l'année précédente, le Faubourg avait perdu un peu de son âme. Philippe avait bien repris avec sa femme Juliette et ses deux enfants le logement du maître mais le vrai chef du clan n'était pas là : c'était Jacques, et Jacques habitait le Louvre. Il venait tout de même souvent, s'intéressait aux travaux et rendait visite à l'abbesse. Presque toujours, Rosine demandait à l'accompagner. La vieille maison donnée jadis par l'abbesse Jeanne à Paul Thirion la fascinait. Elle avait demandé maintes fois à sa grand-mère de lui parler des anciens mais Béatrice était une pièce rapportée dans cette dynastie du Faubourg où déjà trois races au moins s'étaient croisées, elle ne savait pas grand-chose des patriarches de la scie à refendre. Alors, quand elle venait avec son père, Rosine allait fureter dans les coins les plus secrets de l'atelier, dans les vieilles armoires de l'étage et dans le grenier plein d'objets étranges qui avaient eu autrefois leur raison d'exister mais qui, aujourd'hui, gisaient oubliés dans la poussière et les toiles d'araignées. Dans un vieux coffre vermoulu elle avait ainsi trouvé des liasses de papier d'Essonne jauni dont les coins déchirés laissaient apparaître la trame de fibres sans âge. La plupart étaient des dessins de coffres, de bancs, de modèles de rosaces ou de fleurs stylisées. Quelques-unes de ces figurines à moitié effacées portaient une marque : N.C. Il devait, pensa-t-elle, s'agir de Nicolas Cottion dont on se rappelait seulement dans la famille qu'il avait été un bon sculpteur – la statue de l'abbatiale en témoignait – et qu'il était mort de la peste avec sa femme Marguerite. Comme elle aurait voulu en savoir plus, la petite Rosine que ces reliques captivaient davantage que le gros Plutarque dont sa mère l'obligeait chaque soir à traduire un passage!

Elle avait descendu son trésor et étalé les feuilles sur la grande table de la salle à manger. Avec d'infinies précautions elle soufflait sur chacune d'elles afin d'en ôter la poussière puis la classait en essayant de tenir compte de son âge. Certains dessins portaient la date de 1470, les plus vieux, sans doute les derniers témoignages existants du tour de France de l'ancêtre des ouvriers libres. Une autre liasse lui dévoila l'existence d'Anne, au siècle précédent. C'était une sorte de journal orné de petits dessins et qui était daté de villes lointaines dont les noms la faisait rêver : Fiorenza, Bologna, Padova, Venezia... L'écriture d'Anne, diluée par le temps, rendait ces villes et ces souvenirs où il était question de portraits, de statues et d'un être aimé qui s'appelait Denis, encore plus lointains.

En déchiffrant avec peine le dernier rouleau, Rosine apprit qu'un artiste extraordinaire, l'un des plus grands de son temps, avait fait le portrait de cette Anne dont la force, le courage et le désir de vivre la fascinaient. Ce peintre s'appelait Il Tintoretto, un nom qui lui était inconnu mais qui sonnait à ses oreilles comme une clochette d'argent. Où était ce tableau? Elle n'en avait jamais entendu parler, elle ne l'avait jamais vu accroché à l'un des murs de la maison du Faubourg. Et ce Tintoretto? Était-il célèbre? Pouvait-elle croire qu'un Cottion, un Thirion ou un Habermann avait vendu le portrait? C'était peu probable. Rosine résolut de tout savoir sur Anne et son tableau. Elle reprit les feuilles du récit et tenta de reconstituer les parties effacées. Elles avaient encore en effet beaucoup à dire : Anne, sur la fin de sa vie, avait été religieuse à l'abbaye Saint-Antoine et le seul souvenir de son existence aventureuse qu'elle avait conservé dans sa cellule était justement son portrait. Le tableau pouvait donc être encore à l'abbaye, ou alors, il se trouvait quelque part dans la maison. Elle le retrouverait. Elle voulait connaître le visage de cette Anne qui avait vécu si pleinement sa jeunesse et qu'elle rêvait d'imiter. Pour l'instant il était tard, il fallait qu'elle rentre au Louvre. Elle fit un paquet de toutes les feuilles éparses qui jonchaient le plateau de noyer, le ficela soigneusement pour l'emporter et essayer d'en extraire encore quelques secrets.

Le plus facile fut de savoir qui était le Tintoret, comme on l'appelait en France. Jean Lepautre, trop heureux de montrer son savoir à Rosine et à Jeanne, leur fit un véritable cours sur le maître italien. Il alla même chercher dans son atelier des estampes qui reproduisaient en noir et blanc quelques-uns de ses tableaux. *La Gloire de Venise* et *La Déploration* n'enchantèrent pas Rosine mais Lepautre lui montra combien le visage des femmes représentées était doux et expressif.

Dès le lendemain, elle décida d'aller voir l'abbesse :

– Tu crois qu'elle me recevra? demanda-t-elle à son père.

– Sans aucun doute quand elle saura qui tu es. Je crois que ta mère, moi et toi par-dessus le marché, intéressons Madeleine Molé. Elle connaît certaines choses sur Jeanne et ses amis philosophes, sur mes marqueteries et elle sera ravie de te questionner pour en savoir davantage.

– C'est moi qui la questionnerai! Je veux qu'elle me parle d'Anne Thirion qui a été religieuse à Saint-Antoine-des-Champs après avoir vécu l'existence la plus passionnante qui soit. Et je veux retrouver ce tableau dont le Tintoret lui a fait cadeau parce qu'elle avait posé pour lui.

– C'est peut-être elle la femme à gauche sur la gravure, dit Jean Lepautre. Ses traits respirent le calme et la bonté. La beauté aussi...

– D'après le peu que je sais d'elle, Anne ne devait pas être une femme calme et douce. C'était sûrement un volcan, une passionnée, une grande amante...

– Eh bien, quelle fougue! dit Jeanne étonnée. Je ne t'avais jamais vue aussi ardente.

– Anne était une femme extraordinaire. Je veux faire ce qu'elle a fait : voyager, connaître cette Italie merveilleuse, aimer comme elle a aimé, vivre enfin! Vous me comprenez? J'aime le Louvre, j'aime le Faubourg mais je ne m'y attacherai que lorsque j'aurai connu d'autres horizons.

– Bravo! s'exclama Jean Lepautre. Voilà une fille qui a du caractère!

Jeanne lui lança un regard noir :

– Vous, n'encouragez pas les folies de cette enfant! Elle a le droit de rêver mais il n'est pas question qu'elle quitte de sitôt la maison!

– Et si j'étais un garçon? Vous m'empêcheriez de faire mon tour de France?

On se sépara sur cette question qui demeura sans réponse. Un peu plus tard, lorsqu'ils furent couchés, Jacques glissa à Jeanne :

– Notre fille a du tempérament. Elle te ressemble mais elle veut faire ce que nous n'avons fait ni l'un ni l'autre : voyager, marcher sur les routes au temps de sa jeunesse. Nous, nous avons exploré d'autres chemins, ceux de l'esprit. Nous avons peut-être eu tort de négliger cet aspect de la vie.

– D'accord. Mais tu ne vois pas tout de même Rosine partir seule vers une Italie de mirage?

– Qui te dit qu'elle partirait seule?

L'abbesse Madeleine accueillit Rosine avec gentillesse :

– Vous êtes bien jolie, mademoiselle. Il paraît que vous étudiez chez les sœurs de Sainte-Elisabeth. Vous savez que j'envisage de prendre quelques jeunes filles pour leur enseigner les belles-lettres et les choses de l'art. Viendriez-vous vous joindre à nous si mon projet se réalise?

– Ce sera avec grand plaisir, ma mère, répondit poliment Rosine en se disant que cet acquiescement ne l'engageait pas beaucoup.

Elle laissa l'abbesse lui poser mille questions sur les artistes du Louvre, sur son père et même sur cette Mlle de Lenclos qui rassemblait chez elle depuis tant d'années les esprits les plus fins et les intelligences les plus évoluées de l'époque.

– Elle a été une grande amie de ma mère qui a fréquenté un moment son salon mais moi, je ne l'ai vue qu'une fois. Elle est très belle.

– Ah! dites à votre père que je suis très fâchée. Il a, paraît-il, construit avec mes ouvriers un nouveau fauteuil dont on parle à la cour. Il ne me l'a pas montré alors que j'aurais dû être la première à l'admirer. Demandez-lui de passer me voir.

– Il en avait l'intention, ma mère. Je crois même qu'il va vous offrir l'un des premiers sièges construits, avant même de livrer ceux qui sont destinés au roi.

La mâtine venait d'inventer ce pieux mensonge pour tirer son père d'embarras. Elle s'amusa en pensant à la tête qu'il ferait lorsqu'elle lui dirait ce soir que l'abbesse attendait un fauteuil. Cette assurance lui permettait, elle n'avait pas non plus perdu de vue cet aspect des choses, de faire avancer son affaire dans un climat serein.

– Vous allez peut-être pouvoir m'aider, ma mère, à résoudre un petit mystère familial. Je souhaite vraiment savoir qui était une certaine Anne Thirion qui, il y a moins d'un siècle, a fini ici sa vie comme religieuse. C'est l'une de mes ancêtres. Elle a eu une vie tout à fait passionnante dont je cherche à reconstituer les grands traits. Je sais qu'elle est allée en Italie où l'un des plus grands peintres de l'époque a fait son portrait. Il s'agit du Tintoret. Pouvez-vous me dire si ce tableau est demeuré dans l'abbaye après la mort de sœur Anne ou s'il a été rendu à sa famille qui habitait la maison actuelle des Habermann?

– Je n'ai jamais entendu parler d'un tel portrait, sauf peut-être dans le journal des abbesses que je connais mal parce qu'il faut beaucoup de temps pour en extraire les passages qui, après tant d'années, demeurent intéressants. Je vous promets de chercher mais je peux déjà vous affirmer que le tableau n'est pas ici. Un Tintoret, vous pensez que je le saurais!

– Alors, il est toujours chez nous et je le trouverai.

– Vous croyez? Je vous souhaite bonne chance mais je doute qu'un tel trésor – le cardinal Mazarin aurait sûrement donné une fortune pour l'avoir dans sa collection – soit encore dans votre maison. En tout cas, si vous le découvrez, promettez-moi de me le montrer. Et n'oubliez pas le fauteuil! Je compte bientôt pouvoir m'y asseoir!

Rosine sortit enchantée de chez l'abbesse. Elle n'était pas mécontente que le portrait ne fût pas propriété de l'abbaye et elle espérait bien obtenir par Madeleine de nouveaux renseignements sur la tante Anne. Jacques fut moins satisfait de devoir offrir si vite un fauteuil à l'abbesse. Il félicita pourtant Rosine pour son esprit d'à-propos. Son oubli était fâcheux, et Madeleine aurait pu s'en irriter davantage.

Le tableau ne pouvait être qu'au grenier. Une fois encore Rosine escalada l'échelle qui y conduisait et se mit à fouiller les combles avec méthode, ouvrant les coffres et les paquets, les refermant les uns après les autres et les mettant de côté au fur et à mesure. Elle découvrit encore des papiers, des dessins, des morceaux de sculptures. Dans une couverture à moitié mangée par les mites et ficelée comme un nourrisson reposait une robe de mariée et un bouquet qui s'envola en poussière dès que Rosine s'en saisit. A qui avaient-ils appartenu? Il ne restait plus dans un coin que quelques balluchons noués avec une mauvaise corde de chanvre et la jeune fille était maintenant persuadée que le tableau était à jamais perdu. Allait-elle ouvrir ces derniers paquets de vieux vêtements? Elle hésita un instant puis décida de finir consciencieusement ce qu'elle avait commencé. Le premier colis renfermait des outils rouillés mais le second se présentait différemment. Elle tâta à travers l'étoffe et sentit son cœur battre la chamade : elle n'en était pas certaine mais il lui semblait bien avoir reconnu, au toucher, l'angle d'un cadre. Fébrilement, elle défit le nœud et trouva dans la couverture un second paquet rectangulaire enveloppé dans une étoffe plus douce, celle d'une robe probablement. Il s'agissait visiblement d'un objet fragile qu'on avait essayé de protéger. Rosine s'agenouilla, fit, comme les petites filles qui souhaitent recevoir un cadeau, un beau signe de croix, puis elle dénoua la dernière ficelle. Anne Thirion, née Séguier, apparut alors dans toute sa fraîcheur. Le tableau du Tintoret était à peine poussiéreux, l'huile des couleurs avait conservé sa brillance. Rosine fit une courte prière pour remercier le Bon Dieu et s'approcha de la lucarne afin de mieux découvrir le visage de celle à qui elle pensait depuis tous ces jours.

Elle se rappelait une phrase d'Anne qui l'avait frappée lorsqu'elle avait réussi à la décrypter : *Le cher maître m'a dit qu'il m'avait peinte dans le bonheur alors que j'étais si triste.* Elle avait appris en même temps que la jeune femme venait de perdre son mari. C'est vrai qu'Anne paraissait heureuse sur la toile tendue. Ses dents étincelaient dans une bouche sensuelle et ses yeux semblaient regarder un être aimé. Pourtant, on décelait dans son regard une imperceptible trace de mélancolie que le peintre n'avait pu effacer. Rosine n'arrivait pas à détacher ses yeux du portrait. Il lui semblait maintenant qu'elle comprenait Anne, ses joies, ses souffrances comme personne ne les avait comprises. En se relevant, elle essuya deux larmes sur ses joues.

Rosine dit simplement à sa tante et à ses cousins qui se moquaient de sa manie de fouiller le grenier qu'elle avait retrouvé quelques papiers et un vieux portrait qu'elle voulait montrer à son père. Elle revint donc au Louvre, son paquet sous le bras, heureuse et fière d'avoir réussi, grâce à sa seule volonté, une entreprise aussi hasardeuse.

– Ce tableau est bon! dit Jacques en l'examinant. Je voudrais bien savoir qui a été le cacher au grenier. C'est peut-être l'un de nos ancêtres mais il s'agit à coup sûr d'un ignorant, d'un homme sans goût ou d'un fou. Un portrait comme celui-là vaut cher. Dieu merci, nous n'avons pas besoin de le vendre. J'en parlerai à mes frères et je leur proposerai de le conserver ici. D'abord parce que c'est toi qui l'as découvert, ensuite parce que je suis l'aîné. Et puis il sera plus en sécurité au Louvre que dans l'atelier du Faubourg. Nous ne le montrerons qu'à quelques amis. Personne en dehors d'eux ne devra savoir que nous possédons un tableau du Tintoret. Sinon, nous aurions bientôt la cour sur le dos et serions sans doute forcés de le céder pour une bouchée de pain.

Rosine acquiesça et fut heureuse que son père lui proposât de l'accrocher au-dessus de son lit. Elle pouvait désormais rêver à son aise qu'elle revivrait un jour l'existence merveilleuse de « tante Anne ».

Jacques, quant à lui, livra un matin le fauteuil du Louvre et du Faubourg à la dame de l'abbaye qui ne ménagea pas ses compliments et qui lui dit beaucoup de choses gentilles sur Rosine.

– A propos, ajouta-t-elle, votre fille a-t-elle retrouvé son tableau? Vous savez que c'était bien une œuvre du Tintoret! J'en ai eu la preuve dans notre journal. Voici ce que l'abbesse Jeanne VII du Pay y écrivit en 1597 : *décès de sœur Anne, ancienne trésorière de l'abbaye* avec cette note : *le seul objet que celle-ci ait recommandé de rendre à sa famille était un portrait d'elle en habits profanes. Ce tableau qu'elle avait toujours conservé dans sa chambre a été effectivement rendu à la famille qui habite grande chaussée Saint-Antoine en face de l'abbaye.*

Jacques remercia et dit simplement que sa fille cherchait toujours.

– C'est bien dommage, monsieur Habermann que vous n'habitiez pas le Faubourg. Nous aurions pu faire de grandes choses ensemble.

– Mes deux frères sont là et je viens souvent.

– Disons que je vous préférerais, voilà tout!

Jacques étonné ne trouva rien à répondre à cette phrase qui pouvait signifier tout ce qu'on voulait. Elle lui parut tout de même insolite. Il y pensait quand l'abbesse continua en souriant :

– Je vous disais cela parce que j'ai une grande nouvelle à apprendre à mes ouvriers privilégiés. Ils vont heureusement le demeurer puisque le roi vient de signer des lettres patentes en leur faveur. Voulez-vous en prendre connaissance avant même que le parlement ne les ait enregistrées?

– Oh! oui, mère. C'est un bienfait considérable que vous m'annoncez là!

Elle lui tendit la copie d'un texte de plusieurs pages. Tout était dit dans les premières lignes. Jacques en but littéralement les mots qui fondaient dans sa gorge comme du miel :

*Nous Louis... Voulons et nous plaît de notre autorité, que les ouvriers et gens de métier qui font leur demeure faubourg Saint-*

*Antoine dont ils ont ci-devant bien et dûment joui, faisons défense aux jurés des Arts et Métiers de notre ville de Paris et à tous autres de les troubler et inquiéter en quelque sorte que ce soit, à peine de 500 livres d'amendes...*

Non seulement l'édit royal confirmait les privilèges des ouvriers du Faubourg mais, pour la première fois, il interdisait formellement aux corporations de se mêler de leur travail! Une barrière venait de tomber qui ouvrait toute grande la voie du renouveau tant souhaité par Jacques et ses compagnons.

– Merci, mère! Nous allons pouvoir enfin travailler en paix. Je parle pour vos ouvriers qui vivent dans l'inquiétude depuis si longtemps.

– Vous pouvez tout de suite les rassurer. Et même leur dire que l'abbesse n'est pas étrangère à la promulgation de cet édit. Qu'ils m'en remercient en achevant très vite les travaux de réfection entrepris dans l'abbatiale. Dieu n'y sera certainement pas insensible!

Depuis deux ans que le portrait d'Anne Thirion était accroché au-dessus de son lit, Rosine avait mûri et rangé provisoirement au magasin des rêves tous les souvenirs qu'elle avait rassemblés sur sa « grande sœur voyageuse », comme elle l'appelait. Son attention était ailleurs, son cœur aussi peut-être, bien qu'elle s'en défendît.

Le grenier des Habermann ne l'intéressait plus. Elle lui préférait un atelier de menuisier-ébéniste de la rue Montreuil, celui de Jean Boulle, bon artisan, fils, petit-fils et neveu de menuisiers, où elle retrouvait celui que tout le monde nommait « le petit génie du Faubourg », le jeune André-Charles Boulle, l'invité de ses dix ans.

Comme Rosine, André-Charles avait maintenant dix-sept ans. Son père voulait naturellement qu'il exploite ses dons prodigieux dans l'atelier familial. Sans avoir jamais vraiment appris, en ayant simplement regardé le père travailler, il était capable d'exécuter n'importe quel assemblage, de moulurer un dossier de siège ou de marqueter un panneau d'armoire. Jacques, un jour, l'avait emmené aux galeries du Louvre et son ami Jean Macé, reconnu comme l'un des plus grands ébénistes du moment, avait été confondu par l'adresse et le talent du jeune homme. Ces éloges, pourtant, ne l'intéressaient pas. Au grand désespoir de son père, André-Charles voulait être peintre et dessinateur. Le tableau du Tintoret que Rosine lui avait montré n'était pas tout à fait étranger à cette détermination. Il avait dit en le regardant :

– Un jour, je serai capable de te peindre aussi bien!

En attendant, il ruinait sa famille en achats de papier et de crayons graphites qui coûtaient cher parce qu'ils venaient d'Angleterre. Entre l'établi et la table à dessiner qu'il s'était construite dans l'atelier, André-Charles avait choisi : il couvrait des feuilles entières de monuments bizarres, inventait des meubles compliqués sans usage apparent, représentait son père en train de travailler ou faisait poser Rosine qui ne demandait pas mieux. Quand Jean Boulle lui disait qu'il ne gagnerait pas sa vie en dessinant des meubles mais en les construisant et qu'il devait apprendre son métier d'ébéniste, il répondait non sans insolence :

– Ce que je ne sais pas encore sur le travail du bois, je l'apprendrai en quelques semaines. Dessiner et peindre me demanderont des années. Ton métier tel que tu l'exerces ne m'intéresse pas. Moi, un jour, je ferai des meubles qui n'existent pas encore, je les décorerai comme on ne l'a jamais fait. Mais pour cela, il faut que je sache dessiner!

Ce genre de discours éblouissait Rosine qui, du coup, s'était mise elle aussi à crayonner. Quand elle n'était pas au Faubourg chez les Boulle, on était sûr de la trouver dans l'atelier de Jean Lepautre qui lui donnait des leçons et commençait même à l'initier à la peinture :

– Travaille encore. Si tu fais des progrès, je te ferai un jour rencontrer Charles Lebrun. C'est un grand peintre. Il a des projets plein la tête et veut faire une académie de peinture comme il y a une Académie française pour les écrivains. En attendant, prends du papier, des fusains, des crayons et va copier les tableaux des grands maîtres qui sont exposés dans les églises.

Le soir, en soupant, on ne parlait que de dessin et de peinture. Cela ennuyait un peu Jeanne qui aurait préféré discuter de littérature, de poésie ou de philosophie mais elle sacrifiait volontiers ses goûts personnels au soulagement de voir sa fille oublier les idées folles de ses quinze ans. Elle revoyait Ninon qui passait de temps en temps à la galerie du Louvre pour lui raconter les potins de la cour, les dernières nouvelles de la rue des Tournelles où sa ruelle rassemblait toujours tout ce que Paris comptait de gens d'esprit. Ninon jouissait d'un tel prestige que la reine Christine de Suède en visite à Paris n'avait pas trouvé au-dessous d'elle de l'honorer de sa visite. Jeanne imagina combien la conversation entre ces deux femmes d'un esprit aussi vaste et aussi cultivé avait dû être passionnante. Un autre jour, Ninon apprit à son amie comment Chapelle lui avait fait faire la connaissance de l'homme de lettres et de théâtre le plus fin qu'elle ait jamais rencontré : un certain Molière auquel elle promettait le triomphe.

Jeanne écoutait Ninon avec intérêt mais sans être jalouse de la vie qu'elle menait, une vie qui lui semblait maintenant si loin d'elle, tellement différente de celle qu'elle avait choisie auprès de Jacques. Ninon ne faisait rien d'ailleurs pour lui faire regretter son monde lettré, mais aussi flou et volage :

– Tu as eu raison de faire ce que tu as fait, lui disait-elle au contraire. J'admire ton courage et je t'envie quelquefois. Rosine est superbe, ne la rassasie pas de cette philosophie prétentieuse dont je mesure aujourd'hui les failles. Elève-la comme une vraie jeune fille.

– La philosophie ne l'intéresse pas, elle veut être peintre et dessine partout des fleurs, des dieux grecs, des meubles et même moi : elle a décidé de faire mon portrait!

– Elle a raison. A son âge, c'est moins dangereux que la philosophie!

Les jours passaient, calmes mais pas monotones. Jacques était heureux auprès de Jeanne et tous deux surveillaient avec tendresse le jeune volcan qui couvait la lave de son lendemain. Rosine embellissait de jour en jour, prenait de l'assurance, progressait en dessin et commençait à sortir le dimanche avec André-Charles. La vie tournait, les rois changeaient, les guerres passaient mais du Faubourg au Louvre, les gens du bois accomplissaient toujours les mêmes gestes avec les mêmes outils, les jeunes goûtaient les mêmes plaisirs innocents que leurs parents et leurs grands-parents en attendant qu'arrive la grande fête des serments et des amours.

– Crois-tu que c'est sérieux entre Rosine et André-Charles? demanda un jour Jacques à sa femme.

– Je n'en sais rien. Ce n'est pas à nous de décider mais je ne suis pas sûre qu'ils soient faits l'un pour l'autre. Lui sacrifiera tout à ses élans artistiques. Il n'est pas un ébéniste comme toi ou comme Jean Macé. Vous, vous êtes heureux quand vous avez réussi un beau meuble, André, lui, fera sans doute des chefs-d'œuvre et sera toujours un insatisfait. Quant à notre Rosine, elle n'acceptera pas longtemps de vivre comme une ombre auprès de son petit génie. Elle partira un jour tenter avec je ne sais qui l'aventure de sa vie...

Ils s'endormaient la main dans la main. Le lendemain Jacques retrouvait son établi avec plaisir et cherchait comment infléchir sans que cela apparaisse trop la courbe des pieds de fauteuils ou l'arrondi des accotoirs. Il savait que Jeanne avait raison : il était un homme de transition, pas un révolutionnaire. Les vrais meubles nouveaux, ce n'est pas lui qui les inventerait mais le petit Boulle qui dessinait déjà des cabinets qui avaient l'air de cathédrales et des bureaux qui ressemblaient à des arcs de triomphe.

Jeanne, pourtant si lucide, n'avait pas vu l'âge venir. En fait, elle n'était pas vieille, cinquante-quatre ans à peine quand le destin lui fit son dernier signe. Le 10 février 1659, elle avait été conviée, avec Jacques, à représenter les ateliers royaux à la première messe dite par l'évêque de Rodez dans la nouvelle chapelle du Louvre, baptisée Notre-Dame-de-la-Paix et de Saint-Louis. La reine mère et Monsieur avaient assisté à la cérémonie qui s'était déroulée dans un froid glacial mais avec une majesté et une musique admirable qui avaient frappé tous les assistants. C'est en revenant vers la galerie, à travers les jardins, que Jeanne ressentit une profonde douleur lui traverser la poitrine comme un coup d'épée. Elle s'accrocha au bras de Jacques et poussa un cri : « Vite, ramène-moi à la maison, put-elle murmurer. Ma poitrine me fait tellement mal! »

La première seconde d'affolement passée, Jacques reprit son sang-froid et porta pratiquement sa femme, avec l'aide d'un ami, jusqu'à l'atelier heureusement proche. Jeanne était blanche, il lui enleva sa cape, ses chaussures et l'étendit sur le grand lit en glissant un oreiller sous sa tête. Tout de suite, il avait senti que c'était grave, que les jours de sa compagne étaient en danger. Jeanne pourtant reprenait quelques couleurs. Petit à petit, ses lèvres violacées redevenaient roses. Il reprit espoir et courut chercher Jean Macé qui habitait l'atelier n° 15 tout près du sien. Il fallait faire quelque chose, aller chercher un médecin. Il n'en manquait pas au Louvre pour soigner la famille royale et le cas échéant les gens de la cour et les serviteurs. Macé s'en chargea et Jacques lui demanda de prévenir en même temps Rosine qui devait se trouver chez Jean Lepautre. Elle accourut peu après et Jacques fut soulagé de savoir sa fille auprès de lui.

– Jeanne a eu une attaque en rentrant de l'église. Elle dit que c'est le cœur. Un médecin va venir, il ne faut pas s'affoler. Nous allons la guérir. Nous la guérirons parce qu'il n'est pas possible qu'elle nous quitte. Tu comprends?

Il disait un peu n'importe quoi, pour parler, pour se donner du courage. Rosine regarda sa mère et ne put cacher son inquiétude. Pourtant elle demeurait calme se sentant soudain investie d'une extraordinaire responsabilité envers le père qui lui apparut soudain fragile et désemparé.

– Aide-moi. Nous allons déshabiller maman et la coucher, dit-elle. Il faut que le docteur puisse l'examiner.

Ce fut difficile, douloureux, car Jeanne pouvait à peine bouger ses bras. Elle ne disait rien mais son regard allait de l'un à l'autre des deux êtres qu'elle aimait, comme si elle voulait se pénétrer de leurs visages. Sentait-elle qu'il ne lui restait que quelques instants à vivre? Elle sourit pourtant – mais était-ce un sourire? – avant de se redresser brusquement et de mourir, les yeux révulsés, étouffée par le mal, dans les bras de Jacques et de Rosine qui s'étaient tendus de chaque côté du lit pour la recevoir avant de la reposer doucement sur l'oreiller.

Ni l'un ni l'autre ne pleurait. Ils se regardaient, hébétés, incapables de parler, de faire un geste. Au bout d'un moment, Rosine dit pourtant à son père : « Papa, c'est à toi de lui fermer les yeux... » Jacques avança la main et abaissa les paupières de Jeanne dans une dernière caresse. Pour lui, le monde venait de s'écrouler, la vie sans Jeanne commençait, déjà elle lui était insupportable.

La mort brutale touche plus les vivants que celle qui met un terme à de longues souffrances. La disparition de Jeanne plongea les ateliers du Louvre et tout le Faubourg où on l'avait vue la veille encore, belle et pleine d'allant, dans une profonde stupeur. Elle fut pleurée par tout le petit monde du bois qui se retrouva d'abord à l'église, puis dans le petit cimetière qui entourait Saint-Germain-l'Auxerrois.

Rosine, dans le malheur, se révélait forte et dure, un roc habillé de deuil. Jacques, lui, paraissait effondré sous le poids de son chagrin. Désemparé, il ne faisait que dire à ceux qui venaient lui témoigner leur amitié : « Qu'est-ce qui m'arrive! Qu'est-ce qui m'arrive! » Quand il vit venir Ninon qu'accompagnait Charles de Saint-Evremond, tous les deux en noir, il ne put retenir un sanglot. Les amis du temps de la jeunesse n'avaient pas oublié la petite philosophe des faubourgs qui troussait le madrigal mieux que quiconque et qui défendait ses idées avec bravoure.

Rosine décida qu'elle ne quitterait plus son père. Effectivement, elle se terra avec lui dans la grande chambre de l'atelier du Louvre. Pendant des semaines on ne les vit pas. Marthe Macé leur apportait de quoi se nourrir. Avec elle, seul son mari et la famille du Faubourg eurent durant deux semaines le droit de franchir la porte de l'atelier nº 11 sur laquelle Rosine avait accroché un morceau de papier : *Merci à tous nos amis de nous laisser durant quelque temps nous habituer à notre malheur. Nous vous dirons quand vous pourrez venir nous voir.* Un jour pourtant, André-Charles insista. Rosine vint lui ouvrir et se jeta dans ses bras en pleurant : « Mes premières larmes depuis la mort de maman, dit-elle. Pardonne-moi de te les offrir mais c'est peut-être un cadeau. » L'air emprunté du jeune Boulle qui ne savait trop quoi faire de ce corps mince et dur serré contre lui arracha à Rosine un pâle sourire :

– Tu pourrais tout de même m'embrasser. J'ai besoin d'être consolée, tu ne le vois pas?

C'est elle qui déposa un rapide baiser sur les lèvres du jeune homme :

– Un artiste aussi habile et si maladroit avec les femmes, cela doit être rare tout de même!

Contrairement à ce qu'elle pensait, Jacques ne fut pas mécontent de cette visite. Il sembla même prendre quelque intérêt à reparler de meubles et, quand André, qui ne savait s'exprimer qu'un crayon au bout des doigts, demanda à Rosine un morceau de papier il se leva pour en prendre un aussi :

– Vois-tu, ce qui m'ennuie dans ces nouveaux fauteuils, c'est la fragilité des pieds. Comment les consolider sans les alourdir par des bois tournés transversaux?

Le petit Boulle réfléchit un moment puis laissa courir son crayon :

– Pourquoi ne pas moulurer une entretoise ondulée et élégante... En forme de X, par exemple.

En un clin d'œil le siège apparut d'une sublime légèreté à côté du fauteuil dessiné d'emblée par Jacques dans sa forme normale. André-Charles venait de trouver une solution élégante au problème technique et esthétique posé au vieux menuisier. Celui-ci, qui connaissait le talent du jeune homme fut tout de même ébloui par la spontanéité et la sûreté de son imagination :

– Tu es très fort, lui dit-il simplement.

Rosine crut que cette rencontre fortuite avait sauvé son père du désespoir, Jacques, en effet, quittait plus souvent le fauteuil bleu et descendait à l'atelier. Elle le vit un jour choisir des morceaux de chêne dans la réserve à bois et, pour la première fois depuis la mort de Jeanne, le bruit familier de la scie et de la varlope résonna dans la maison. Jacques avait décidé de construire le modèle du fauteuil dessiné avec André-Charles. L'épreuve avait amoindri ses forces, il lui fallut un bon mois pour achever un travail qui lui aurait demandé une semaine. Enfin, un jour, il appela Jeanne et lui montra le châssis terminé :

– Voilà! J'en suis tout de même venu à bout. Il est beau, hein, ce fauteuil! Les frères vont pouvoir en construire au Faubourg des dizaines, peut-être des centaines.

– Oui. Il est superbe, tu peux être content de toi.

En l'embrassant, elle vit couler deux grosses larmes sur les joues du père qui remonta pesamment l'escalier et reprit sa place habituelle. Elle comprit que Jacques Habermann venait de se servir pour la dernière fois des outils faits à sa main depuis l'âge de l'apprentissage. Elle s'enfuit au fond de la pièce pour ne pas éclater en sanglots.

Depuis la mort de Jeanne, Rosine couchait au côté de son père qui avait peur la nuit et se réveillait en proie à d'affreux cauchemars. Avant de s'endormir, ils parlaient. Jamais de la morte mais de banalités, des gens qui revenaient saluer le maître ou bien d'elle, Rosine, dont l'avenir obsédait Jacques.

– Si je viens à mourir, tu sais où se trouve l'argent. Mes frères en ont aussi qui nous appartient. Et puis il y a cette maison de Picpus qui était à ta mère et qui est louée à une amie de Ninon. Je ne te léguerai pas un gros héritage mais enfin ce n'est pas rien. Tu pourras te marier gentiment. Au fait, je vais te poser une question qui me tracasse : aimes-tu vraiment André-Charles? Crois-tu que vous êtes faits l'un pour l'autre? On en a souvent parlé avec Jeanne...

– Et que pensait maman?

– Elle disait que c'était à toi de décider mais que le fils Boulle ne ferait pas un bon mari, que son tempérament d'artiste, de créateur, l'emporterait toujours sur le reste et que tu ne serais pas heureuse longtemps avec lui. Elle disait aussi que tu te lasserais vite d'être une ombre au côté d'un génie et que tu partirais un jour vivre l'aventure de ta vie.

– Maman pensait cela?

– Oui!

– Crois-tu qu'elle avait raison?

– Je n'en sais rien mais je sais qu'elle était très intelligente, qu'il n'y avait personne comme elle pour deviner ce qu'il y avait derrière la tête des gens et percer leur caractère. Elle te connaissait mieux que tu ne te connais toi-même. Souviens-toi de ce que je viens de te confier. Maintenant embrasse-moi, il est temps de se reposer.

Le lendemain quand elle se réveilla, Rosine fut étonnée de trouver son père encore endormi. Elle se pencha et poussa un cri : le maître Jacques Habermann des ateliers royaux dormait bien, calme et reposé, la bouche entrouverte, mais c'était de son dernier sommeil. Il était mort d'amour en dormant. Il paraissait heureux.

Rosine dut peu après quitter l'atelier n° 11 qu'une ordonnance royale venait d'attribuer à Filippo Caffieri un jeune ébéniste romain de grand talent que le cardinal Mazarin venait d'appeler en France. Elle alla s'installer chez ses oncles, dans la vieille maison du Faubourg où une chambre restait libre, tout près du grenier. La pièce n'était pas grande mais elle put y faire tenir l'essentiel de son trésor : le coffre de Jeanne qui contenait encore toutes ses robes, le fauteuil bleu et le portrait de tante Anne.

Jacques était mort depuis près d'un an quand, dans l'après-midi du 16 février 1660, André-Charles vint chercher Rosine :

– Vite! Mets une robe et un manteau bien chauds, je t'emmène voir le feu d'artifice qui va être tiré ce soir à la Grève pour fêter la publication de la paix des Pyrénées.

Les « feuillets » vendus par les colporteurs et *La Gazette* d'Eusèbe Renaudot [1] faisaient grand cas depuis plusieurs mois de ce traité de paix qui mettait fin à vingt-cinq années de guerre avec l'Espagne et qui contenait le libellé du contrat de mariage de Louis XIV avec l'infante Marie-Thérèse.

Rosine qui n'était guère sortie depuis son double deuil ne se le fit pas dire deux fois; elle partit bras dessus, bras dessous avec André vers la Bastille et la rue Saint-Antoine. Ils jetèrent en passant un regard d'envie du côté de l'Hôtel de Ville, où une collation était offerte aux Parisiens les plus distingués et arrivèrent à la place de Grève. Une folle gaieté régnait autour des trois ouvertures de la

1. Fils de Théophraste Renaudot, fondateur de *La Gazette de France*.

fontaine qui ne versait pas de l'eau en ce jour de liesse mais un vin généreux offert au peuple de Paris. Les deux jeunes gens ne se laissèrent pas tenter par un plaisir aussi vulgaire. Ils préférèrent gagner les petites rues avoisinantes où des tables ouvertes aux passants proposaient toutes sortes de rafraîchissements. La nuit était à peine tombée que les pétards et les boîtes d'artillerie commencèrent à tonner de toutes parts. Enfin le feu d'artifice commença, accompagné par les trompettes et les tambours. Rosine avait un peu peur mais elle serrait très fort le bras d'André qui semblait avoir fait des progrès depuis sa visite au Louvre et tentait d'embrasser Rosine à chaque nouvel éclatement de fusée.

Ils rentrèrent tard dans la nuit mais toutes les rues et la plupart des fenêtres étaient garnies de torches et de lampes qui éclairaient comme en plein jour. Devant la maison du Faubourg, Rosine se laissa embrasser. Elle ne trouva pas cela désagréable mais ne répondit rien quand André-Charles lui demanda si elle l'aimait.

La paix, heureusement, n'était pas qu'un parchemin. Elle régnait vraiment dans le royaume et Paris revivait. Les habitants du Faubourg qui avaient vu les princes s'entr'égorger furent tout de même un peu surpris d'apprendre que Condé, rentré en grâce, avait rejoint son château de Saint-Maur après avoir été au Louvre saluer le roi et la reine mère.

L'été venu, le mariage de Louis XIV devint la grosse affaire du quartier. C'est en effet sur la place située à son extrémité, au bout de la route de Vincennes, que devait se dérouler la principale cérémonie de l'entrée solennelle de Louis XIV et de sa jeune épouse Marie-Thérèse. Depuis plusieurs mois, des travaux considérables avaient été entrepris, non seulement sur la place mais sur tout le parcours du défilé royal. L'abbaye et « la maison Cottion » étaient une fois de plus aux premières loges de l'Histoire : cinquante charpentiers, maçons et peintres travaillaient à bâtir entre elles un arc de triomphe qui couvrait toute la chaussée. Cet arc, dessiné par le sieur Melin, peintre ordinaire du roi, était offert par la Ville. Sous prétexte de suivre sa construction, André-Charles était souvent chez les Habermann. Il montrait à Rosine le grand plan d'ensemble dressé sur un chevalet au milieu du chantier et faisait des remarques que le nommé Melin n'eût pas aimé entendre. Telle partie était trop haute, telle autre trop basse, la voûte du centre aurait gagné à dominer les deux autres. Bref, André-Charles refaisait le projet. Un jour, il vint avec une planchette supportant une feuille de papier et il redessina l'ensemble à sa manière sous le regard ébahi des ouvriers et des maîtres d'œuvre. A ceux qui lui demandaient ce qu'il faisait et s'il convenait de démolir ce qui avait déjà été construit, il répondait qu'on pouvait bien faire ce qu'on voulait mais qu'il dessinait l'arc de triomphe tel qu'il aurait dû être conçu. Chacun était bien obligé de constater que le projet du jeune Boulle était à la fois plus élégant et plus grandiose que celui du peintre ordinaire du roi. Un seigneur qui devait appartenir aux services de Colbert, intrigué par cet adolescent qui en remontrait aux maîtres, s'adressa un jour à lui en termes fort civils :

– C'est très bien ce que vous faites, monsieur. Sans doute êtes-vous architecte. Voulez-vous travailler pour le roi?

André-Charles le regarda étonné :

– Mais non, monsieur, j'étudie simplement le dessin et veux plus tard être créateur de meubles.

Rosine regardait « son petit génie » avec admiration. Autant que son talent, elle goûtait cette façon un peu désinvolte dont il traitait ceux qui s'intéressaient à ses dons. Sans doute savait-il que le moment venu il n'aurait besoin de personne pour les mettre en valeur.

A mesure que la date du 26 août approchait, la fièvre gagnait Paris et principalement les rues qui devaient être empruntées par le défilé. Chez les Habermann, les deux garçons de Philippe et de sa femme Geneviève, qui avaient quatorze et quinze ans, ne tenaient plus en place. Ils dressaient des plans de bataille pour déterminer l'endroit d'où ils verraient le mieux la cérémonie. Pouvait-on à la fois assister à la prestation de serment de tous les corps, communautés et autres compagnies, tout en haut du Faubourg, et revenir s'installer à temps à la fenêtre du deuxième étage pour voir passer le cortège et au besoin le suivre jusqu'au second arc de triomphe dressé à la porte Saint-Antoine? Débrouillards, les deux frères se sentirent capables d'un tel exploit. Ils décidèrent qu'ils passeraient la nuit près du trône installé sous le dôme d'accueil qu'on apercevait au bout de la chaussée – vrai petit palais construit en un mois – afin de découvrir une place d'où ils pourraient voir le roi et la reine.

C'était une bonne idée car le jeudi 26, dès les premières heures du jour, le Faubourg était envahi par une foule énorme venue de Paris et des environs, par les soldats et toutes les délégations qui devaient faire d'abord le parcours à l'envers pour accompagner le roi dans son entrée triomphale. Dissimulés dans une sorte de pigeonnier situé à droite de l'estrade et dont l'accès n'avait pas encore été interdit par les archers, ils purent apercevoir le roi arriver dès sept heures du château de Vincennes où il avait passé la nuit et s'installer sur son trône superbe sous un dais d'or à franges rouges. Peu de temps après la reine arriva dans une calèche découverte. Georges, le cadet des garçons, affirma qu'il avait très bien vu alors Louis XIV se lever pour la conduire jusqu'au siège qui lui était destiné, à côté de lui.

Le plus extraordinaire était de voir toutes ces processions de religieux, ces groupes bariolés qui représentaient l'Université, le corps de ville, le Châtelet, la Cour des aides, la Chambre des monnaies, la Cour des comptes et le Parlement au complet, se croiser sans se mêler et arriver finalement devant le trône, en ordre à peu près convenable. Là, le premier de chaque corps était reçu par le secrétaire d'État et le maître des cérémonies qui le conduisaient en face de Leurs Majestés. Il s'aplatissait en une profonde révérence et le roi lui faisait signe de se relever. Le premier du corps prononçait alors sa harangue. Ce fut un peu plus compliqué pour le parlement dont les membres étaient montés sur des chevaux caparaçonnés de velours noir fileté d'or. La monture du premier président prit peur au moment où le digne homme mettait pied à terre. Celui-ci fit une culbute non prévue par le protocole avant de se retrouver rouge de confusion et genou en terre devant le roi. Là c'est Louis qui, le soir, dit contre l'avis de son frère que Louis XIV et Marie-Thérèse avaient éclaté de rire.

Ces cérémonies durèrent jusqu'à l'heure du dîner que le roi et la reine allèrent prendre à l'intérieur du dôme. A deux heures, ils avaient terminé, l'entrée pouvait commencer. Georges et Louis avaient depuis longtemps abandonné leur pigeonnier, franchi une triple haie de gardes et s'étaient faufilés comme des furets dans la cohue du Faubourg pour rejoindre leur fenêtre du grenier. L'arc de triomphe bouchait bien un peu la perspective mais ils auraient eu mauvaise grâce de se plaindre. Aux fenêtres du dessous, le reste de la famille auquel André-Charles s'était joint, trop heureux de serrer Rosine d'un peu près, ne jouissaient pas d'une aussi bonne vue.

Un nuage de poussière – on avait pourtant arrosé le matin – annonça l'arrivée des premiers éléments du cortège : c'était la compagnie du prévôt de l'Ile que suivait l'équipage du cardinal. La cavalerie de Mazarin aurait pu à elle seule constituer un défilé avec ses soixante-douze mulets, ses douze chevaux de main, ses sept carrosses accompagnés de vingt-quatre pages, quarante valets de pied, trente gentilshommes et enfin la garde conduite par son capitaine.

Une véritable armée montée suivait avec l'écurie du duc d'Anjou, celle de la reine, l'équipage du roi composé de la petite et de la grande cavalerie et les anciens et nouveaux mousquetaires dont la caserne venait d'être ouverte en plein Faubourg, rue de Charenton.

L'apparition des maréchaux de France annonçait celle du roi que guettaient des milliers de regards. Il arriva enfin, à cheval, derrière la compagnie des cent Suisses et de dix-neuf hérauts d'armes, entouré par le duc d'Anjou, le prince de Condé, le prince de Conti et le comte de Soissons. Un peu derrière, le grand écuyer de France portait l'épée royale dans son fourreau bleu semé de fleurs de lis d'or.

Le roi s'arrêta juste sous les fenêtres des Habermann et chacun put l'admirer à loisir pendant qu'il attendait la reine. Celle-ci ne descendit pas de calèche. C'est le roi qui se porta à son côté pour applaudir un concert que leur donnaient au passage les musiciens de la cour installés sur le toit de l'arc de triomphe. Tout cela était à la fois grandiose et bon enfant, le soleil était de la fête, on avait le sourire dans le cortège comme dans la foule. Le morceau de musique terminé, le défilé reprit lentement sa marche triomphale vers la Bastille et le Louvre. Certains affirmèrent que le roi, en passant devant la rue de Charonne, n'avait pas manqué de chercher le regard du prince de Condé qui caracolait à sa droite...

Dès le lendemain, les colporteurs vendaient aux carrefours les feuilles imprimées relatant par le menu cette journée extraordinaire durant laquelle le jeune roi et la nouvelle reine avaient pour la première fois senti battre le cœur de Paris. C'est à leur lecture que les gens du Faubourg apprirent comment s'était terminée la cérémonie qualifiée par un chroniqueur d'*entrée dans l'Histoire* :

*Au bout du Faubourg, la porte Saint-Antoine était fermée. Elle s'ouvrit devant Louis et Marie-Thérèse qui la franchirent ensemble. Selon l'usage, le prévôt des marchands leur présenta deux dais qui furent portés par les échevins puis par le corps des marchands. La reine mère était à une fenêtre de l'hôtel de Beauvais pour voir passer le cortège. Elle avait auprès d'elle la reine d'Angleterre et la princesse sa fille, la princesse Palatine, quelques dames de la cour et le cardinal Mazarin. Le roi et la reine s'arrêtèrent un moment pour saluer cette belle compagnie puis continuèrent leur chemin par le pont Notre-Dame, le Marché-Neuf, la place Dauphine et le Pont-Neuf d'où ils se rendirent au Louvre.*

Une si belle fête ne devait pas s'oublier de sitôt. Au Faubourg, en quelque sorte consacré par cette procession majestueuse, elle laissait une belle place : l'endroit où le roi avait reçu l'hommage des grands et d'où il s'était mis en route pour la gloire. Elle devint tout naturellement, sans décret ni décision officielle, « la place du Trône ». Là commençait maintenant le faubourg Saint-Antoine!

Moins fine que sa mère mais de taille agréable, Rosine était ce qu'on appelle une belle plante. Elle tenait de Béatrice un teint qui allait bien avec son prénom et, de Jeanne, les traits d'un visage sans défaut et une chevelure blonde qu'elle aimait défaire le soir devant le miroir de Venise que lui avait offert Mlle de Lenclos pour ses dix-huit ans. Plusieurs fois, Ninon lui avait adressé une de ces lettres délicates et intelligentes qui, Mme de Sévigné exceptée, la mettait de cent coudées au-dessus des épistoliers de l'époque :

*Vous savez, Rosine, l'amitié que je portais à votre mère. Maintenant qu'elle n'est plus, Jeanne me manque. Elle avait à peu près votre âge quand nous nous sommes connues et, tout de suite, elle m'a témoigné les sentiments de la plus tendre estime. La confiance qu'elle avait prise en moi exigeait ce retour de ma part mais c'était une obligation bien douce : je n'ai jamais rencontré une femme qui pense et qui raisonne comme savait le faire votre mère. Souvent, je pense à vous et je vous imagine ni tout à fait la même ni tout à fait une autre. C'est que je ne connais pas assez votre visage et votre cœur. Venez donc sur-le-champ, venez quand vous voudrez me montrer vos ressemblances et vos différences. Ce sera une façon d'aimer encore notre Jeanne. Je compte bientôt vous voir.*

Rosine avait répondu à la prière de Ninon et découvert rue des Tournelles l'atmosphère rare et aimable dont sa mère lui parlait quelquefois. Elle n'avait ni le savoir ni l'esprit qui lui auraient permis de jouer un rôle dans ces réunions élitistes, aussi ne se rendait-elle que rarement chez Ninon, deux ou trois fois l'an peut-être, mais toujours assurée d'y recevoir l'accueil le plus chaleureux. Ces visites faisaient partie du jardin secret qu'elle cultivait avec amour en mémoire de sa mère dont elle ne pouvait se défendre d'envier la jeunesse libre et captivante. Ninon lui avait donné le miroir de Venise en lui disant : « Jeanne s'y est souvent regardée, j'ai du plaisir à savoir qu'il réfléchira maintenant votre gentille image. »

Le miroir de Ninon, hélas! n'était pas magique. Il ne lui renvoyait pas les réponses aux questions qu'elle se posait en brossant ses mèches blondes. Elle demeurait toujours aussi indécise sur la nature des sentiments qu'elle portait à André-Charles. Le jeune ébéniste auquel on prédisait de plus en plus souvent un avenir brillant ne lui déplaisait pas. Elle admirait son talent et le trouvait beau garçon. L'aimait-elle? Le simple fait de se poser la question lui semblait constituer une réponse. André-Charles était son ami et il le resterait. Peut-être un jour succomberait-elle aux tendres sentiments qu'il lui vouait. Mais elle ne l'épouserait jamais. Elle n'avait après tout que dix-huit ans et pouvait attendre l'amour vrai, la passion qui lui ferait, qui sait, vivre ses rêves de maraude dans des vergers enchantés.

Après bien des heures sombres, le Faubourg semblait bénéficier de la faveur des dieux. La ligne élégante des meubles que Jacques avait lancée avant de disparaître plaisait aux grands et aux moins grands. Déjà elle reléguait le bois tourné au rang du démodé. Au Louvre et au Faubourg chacun voulait faire du neuf et chacun en faisait. L'édit de 1657 attirait autour de l'abbaye les meilleurs ouvriers d'Europe qui ne venaient pas les mains vides mais apportaient, avec leur habileté, les idées qui germaient aussi dans les ateliers allemands, italiens ou hollandais. Surtout, un roi épris de grandeur, éduqué par un cardinal grand amateur d'art et servi par un commis réaliste, ne pouvait que créer dans le royaume un climat de liberté et d'émulation favorable à tous les métiers de la décoration, climat dont le Faubourg se trouvait naturellement le premier bénéficiaire.

André-Charles Boulle arrivait à son heure dans cette époque de renouveau. Il avait un peu délaissé le dessin, estimant avec une sûreté de jugement étonnante chez un garçon de son âge qu'il devait maintenant apprendre à fond le métier d'ébéniste afin de pouvoir être élevé à la maîtrise dès que l'occasion se présenterait. Il travaillait donc chez son père tout heureux d'avoir retrouvé son ouvrier-artiste mais qui se serait bien passé d'innovations qui pour être intéressantes modifiaient trop à son gré l'aspect des meubles commandés.

Un soir, le jeune homme appela Rosine qui se promenait dans le quartier, et échangeait des propos amicaux avec tous les gens qui avaient connu ses parents et qui, toujours, parlaient d'eux en des termes touchants.

– Viens voir, Rosine! Je crois que j'ai eu une idée un peu folle qui peut apporter plus de changements dans le Faubourg que ne l'a fait l'invention du cabinet.

Rosine suivit celui que tout le monde appelait son « petit fiancé » jusqu'à la grande planche où il dessinait :

– Qu'as-tu encore inventé, mon génie?

– Je t'en prie. Ne m'appelle pas ainsi, ne me rends pas ridicule!

– Tu préférerais « mon chéri ». Eh bien, soit : Qu'as-tu encore inventé, mon chéri?

Comme elle voyait qu'il faisait la tête, pensant qu'elle se moquait de lui, elle alla l'embrasser :

– Allez montre, mon chéri, lui dit-elle doucement à l'oreille.

Il prit une feuille blanche, la piqua sur la planche et commença de dessiner :

– Qu'est-ce que je dessine en ce moment?

– Un coffre, je pense.

– Bien, j'ai dessiné un coffre comme on en fabrique encore des milliers partout en France pour y ranger le linge et les vêtements. Quand on a besoin de quelque chose qui se trouve dans le fond, on soulève le couvercle (il dessina le couvercle relevé) et on sort tout. Tu es d'accord?

– Oui, mais...

– Mais c'est idiot, c'est long, ce n'est pas pratique! Alors moi, j'ai trouvé un moyen d'éviter ces inconvénients. Je supprime le couvercle!

– Je crois bien, en effet, que tu es fou.

– Je supprime le couvercle mais regarde ce que je fais.

Il traça deux traits horizontaux partageant le devant du coffre en trois.

– Voilà, c'est tout simple, je supprime le couvercle mais j'ouvre trois tiroirs sur le devant. Le contenu du coffre est devenu parfaitement accessible!

Il reprit alors son fusain et agrémenta chaque tiroir de motifs sculptés. Il dessina des poignées, fit déborder un peu le plateau supérieur et posa dessus en trois traits une cruche bien ventrue :

– Autre avantage : on peut poser des objets sur mon coffre alors que c'est aujourd'hui impossible. On peut aussi le décorer de mille manières, prévoir le dessus en marbre ou en marqueterie. Les tiroirs ne sont pas obligés non plus d'être à angles droits. Rien n'empêche d'arrondir leur profil...

Rosine écoutait, subjuguée. Ce que disait André-Charles était si évident, son dessin simplifié si expressif qu'elle s'écria :

– Tu es vraiment... non pas un génie puisque cela te déplaît, mais un grand ébéniste, un grand artiste. Je regrette que mon père ne soit plus là. Ton idée l'aurait enchanté.

– Vraiment, tu trouves que c'est une bonne idée? Cela me rassure. Ton avis compte pour moi en premier.

– Si nous vivions ensemble depuis dix ans, aurais-tu toujours une aussi bonne opinion de moi? Mon avis compterait-il autant?

– Qu'est-ce que tu veux dire? Naturellement que tu compterais autant pour moi. D'ailleurs cela n'a aucun sens puisque tu m'as dit que tu ne voulais pas m'épouser.

Rosine, peu soucieuse d'entamer une discussion sur cette question délicate, changea de sujet :

– Qu'est-ce que tu vas faire maintenant de ton idée? Fais-la connaître à Colbert. Peut-être t'accordera-t-il un privilège.

– Comment peux-tu imaginer un privilège à propos d'un meuble? Si j'avais inventé une machine à fabriquer l'andouille ou une pompe capable d'alimenter tout Paris en eau, peut-être aurais-je bénéficié d'un privilège royal mais un meuble, si ingénieux soit-il, pourra toujours être construit librement par n'importe quel menuisier. Ce que je vais faire? Je vais le fabriquer, mon meuble à tiroirs! D'autres suivront sans doute mais pas tout de suite. En tout cas j'aurais été le premier à y penser! D'ailleurs, je me demande comment quelqu'un n'a pas eu cette idée avant moi! C'est confondant. Je crois que le coffre est une si vieille institution que personne n'a osé y apporter le moindre changement. Eh bien, moi, j'oserai!

En parlant avec passion à Rosine de son coffre à tiroirs, André-Charles ne savait pas qu'un jour proche son meuble « commode » deviendrait aussi connu et recherché que le lit ou la table. Il ignorait qu'il trouverait bientôt place dans la chambre du roi comme dans les logements les plus modestes.

*Chapitre 11.*

# Rosine

L'été finissant rendait Rosine mélancolique. La maison du Faubourg, il est vrai, avait perdu de sa gaieté. Les deux frères Habermann qui continuaient de faire vivre l'atelier commençaient à subir les injustices de l'âge et Geneviève, la femme de Philippe, n'avait jamais été d'une nature joyeuse. Seuls les deux frères, Louis et Georges, égayaient la famille durement éprouvée par la mort de Jacques et de Jeanne. Rosine aimait bien les garçons mais les trouvait trop jeunes. Quant à eux, ils n'avaient qu'une idée dès qu'ils pouvaient quitter l'atelier où ils faisaient leur apprentissage : aller retrouver leurs compagnons de jeu dans l'un des innombrables passages qui reliaient le Faubourg à la rue de Montreuil. Ni l'un ni l'autre n'avait montré de dispositions pour les études et leur père avait dû très vite les mettre à l'établi. Ce n'était pas une catastrophe, ils feraient de bons et solides ébénistes, mais ce n'était pas non plus un triomphe, les générations précédentes avaient dans cette même maison, engendré des personnages d'une autre dimension.

Penchée à sa fenêtre, Rosine remuait ces pensées de saison en regardant les feuilles tomber sur l'herbe jaunie de l'abbaye. Que n'aurait-elle donné pour avoir sa mère auprès d'elle et lui demander de raconter sa jeunesse, cette jeunesse dont elle ne savait pas grand-chose parce que Jeanne, sauf dans les derniers moments de sa vie, avait toujours éludé les questions qui touchaient le plus profond de son être : « Plus tard, disait-elle. Tu es encore trop jeune pour comprendre! » Aujourd'hui, c'était fini. Rosine était seule, bien seule et la vie tardait, pensait-elle, à lui tendre les bras. Son visage s'éclaira en apercevant André-Charles tourner le coin de la boucherie neuve et se diriger vers la maison : « Je suis bien injuste à son égard, se dit-elle, c'est mon seul ami et je passe mon temps à le rembarrer. » Elle se promit d'être gentille avec lui. Deux minutes plus tard elle était dans ses bras et l'embrassait avec une fougue qui laissa le jeune homme pantois :

– Que t'arrive-t-il? Je ne suis pas habitué à des transports pareils. Je t'intéresse donc un peu?

– On ne pose pas des questions aussi bêtes à une jeune fille qui vous manifeste de tendres sentiments. On s'en réjouit intérieurement et on essaye d'en profiter. Ah! toi et le cœur féminin!...

– Pardon, il ne s'agit pas du cœur féminin mais du tien qui est aussi changeant que les nuages du ciel.

– Pas mal répondu. Mais moi, je sais bien ce que je me dirais si j'étais à ta place.

– Quoi donc?

– Je dirais : Ma petite Rosine, tu es mélancolique, tu as du chagrin. Il n'y a que moi qui peux te protéger, viens dans mes bras, je vais te consoler... Je viendrais et tu me caresserais les cheveux, tu me parlerais doucement, puis un moment plus tard, tu m'embrasserais sur l'oreille... Là je ne sais pas ce qui arriverait. Ça dépendrait de la façon dont tu m'aurais embrassée.

– Continue, c'est passionnant.

– Non! Tu trouveras toi-même la suite si un jour tu me vois dans les mêmes dispositions. Aujourd'hui, c'est trop tard. Le charme est passé. Viens plutôt dans le grenier, je voudrais te montrer quelque chose que mon père a fait il y a longtemps alors que je n'étais pas encore née.

Elle l'entraîna et ils furent suffoqués tellement il faisait chaud sous le toit exposé depuis le matin au soleil. Vite, elle alla dans un coin et rapporta le panneau que Jacques avait jadis décoré d'incrustations de métal avant d'embellir selon le même procédé le bureau destiné au maréchal de Créqui.

– Viens dans ma chambre, je vais te raconter. Mon histoire est je crois susceptible d'intéresser M. André-Charles Boulle, génie personnel de Mlle Rosine.

Elle s'assit dans le fauteuil bleu, retroussa sa jupe de toile légère et plia ses jambes sur le côté comme elle l'avait vu faire si souvent à sa mère.

– Viens t'asseoir à mes pieds sur ce tabouret. Il est fait pour ça et les deux amants les plus unis que j'aie connus s'en sont bien trouvés. Voilà, ce n'est pas mal... Installe-toi contre moi et dis-moi ce que tu penses de ce panneau.

André-Charles était fasciné. Rosine le regardait en souriant, sachant bien qu'à ce moment rien, même elle, ne comptait que ce vieux morceau d'ébène où le métal inscrusté écrivait de fines arabesques.

– C'est une idée extraordinaire, finit-il par dire. D'où tiens-tu ce panneau?

Elle sentit une bouffée de fierté l'envahir :

– C'est Jacques, mon père, qui a fait cela un jour. Le souvenir d'un meuble italien grossièrement décoré de métal lui a donné, longtemps après, l'idée d'utiliser l'étain de cette façon, en lui donnant, dans le cœur même du bois, ces formes compliquées d'où peuvent sortir une infinité de motifs.

– Ton père n'a jamais utilisé ce procédé sur un meuble, un cabinet ou une table par exemple?

– Si, je l'ai entendu au moins dix fois raconter qu'il avait ainsi décoré un bureau destiné au maréchal de Créqui. Il a dû faire encore deux ou trois choses dans ce genre-là et puis l'idée a été abandonnée. Aujourd'hui, il n'en serait pas ainsi. Je suis sûre que Colbert et Le Brun la retiendraient pour les appartements du roi.

– Tu as raison. J'imagine déjà tout ce qu'on pourrait faire en utilisant l'invention de ton père. L'étain, c'est bien mais pourquoi ne pas y mettre aussi du cuivre rouge, de l'argent pur, de l'or même! Me donnes-tu la permission de l'exploiter un jour? L'idée de Jacques me conduira à des sommets qui t'étonneront. Un jour peut-être donnera-t-on le nom de « meubles Boulle » aux tables, aux buffets, aux bureaux que je vois déjà exposés comme des gros bijoux dans les appartements royaux.

Soudain son exaltation tomba comme elle était venue. Il sourit, posa sa tête sur les genoux de Rosine et lui dit :

– Ton père était peut-être le meilleur ébéniste du siècle mais il est venu trop tôt. C'est lui qui a eu toutes les idées. Nous, nous les mettrons en pratique et nous en tirerons le bénéfice mais je répéterai toute ma vie que c'est Jacques Habermann, menuisier-ébéniste du Louvre et du Faubourg qui est le plus grand.

André-Charles était loin de se douter que sa tirade un peu ronflante valait tous les mots d'amour et qu'elle lui ouvrait les portes du paradis. Ce soir d'automne où il faisait si lourd, Rosine qui avait du vague à l'âme et l'âme sensible jusqu'à en crier, alla un peu plus loin avec André dans les choses de l'amour, cet amour qu'elle avait décidé de découvrir sans hâte, au gré de ses désirs toujours modérés par la subtile sagesse héritée de Jeanne et du grand-père Racey.

Ce jeu aurait pu être dangereux mais André-Charles qui savait jongler avec les essences les plus rares pour composer des motifs inouïs de beauté et d'élégance sur la carcasse morne et rugueuse des meubles, était bien incapable de comprendre quelque chose à la marqueterie de l'âme féminine. Celle de Rosine lui apparaissait tellement contournée et compliquée qu'il avait renoncé depuis longtemps à en assembler les pièces, abandonnant à la jeune fille toute initiative dans le jeu de patience de l'amour.

La renommée du « fils Boulle » [1] avait depuis longtemps dépassé les frontières du Faubourg. Au Louvre, on parlait du jeune homme comme s'il était déjà un maître confirmé et il était inévitable qu'un jour, Colbert et Le Brun, toujours à l'affût de talents nouveaux, découvrissent l'existence d'André-Charles. Celui-ci fut en effet convoqué un matin rue Mouffetard, dans la maison des Gobelins [2]. Colbert venait de la racheter 40 000 livres au Hollandais Gluck qui y avait installé une teinturerie de laine et un atelier de tapisserie. Il régnait dans cette énorme bâtisse proche du cours de la Bièvre une activité fiévreuse. Maçons et charpentiers qui consolidaient les vieux murs croisaient des teinturiers, êtres étranges qu'on aurait crus sortis d'un bain d'écarlate, des orfèvres chargés de lourdes plaques d'argent et des menuisiers-ébénistes qui transportaient avec d'infinies précautions des torchères fraîchement dorées ou des sièges aussi lourds que des trônes. Un ouvrier indiqua à André-Charles l'endroit où il pourrait trouver Le Brun. Le jeune homme était curieux de rencontrer ce personnage dont on avait beaucoup parlé à l'occasion de la fête magnifique que le surintendant Fouquet avait organisée dans son château de Vaux-le-Vicomte en l'honneur du roi. Cette soirée du 17 août 1661, véritable « songe d'une nuit d'été », avait marqué, en quelques heures, le triomphe d'un homme et son écrasement. Louis XIV avait été offusqué par cette montagne d'architecture qui narguait son Versailles naissant, offensé par un déploiement de richesses qui dépassait ses propres moyens, choqué par un tableau, *L'Apothéose d'Hercule,* représentant un soleil qui n'était pas lui. Le surintendant était perdu. Les « feuilles » imprimées annoncèrent un peu plus tard au peuple de Paris que Fouquet avait été arrêté. Le roi lui avait tout repris : ses richesses qu'on lui reprochait d'avoir puisées dans le trésor public, ses pierres, les jardins de Le Nôtre, son astre dont le symbole était trop royal et Charles Le Brun lui-même, l'auteur du tableau, nommé d'emblée peintre du roi.

1. Dans le Faubourg, tant que le père était en vie, le fils aîné, jamais appelé par son prénom hors la famille, était « le fils... ».

2. La maison gardait le nom de son premier propriétaire, Jean Gobelin, qui dès 1450 avait fait fortune dans la teinturerie.

André-Charles finit par découvrir Le Brun au fond d'une vaste pièce encombrée d'un nombre inimaginable de meubles, de ferronneries, de tapisseries tendues sur les murs sales ou roulées sur le sol, de bronzes ciselés, de tableaux, de dessins représentant des monuments et de plans dont la taille indiquait qu'il s'agissait de projets fastueux. Vêtu sobrement, à la mode de Colbert, le regard intelligent et vif, aimable mais sans plus, assez court de taille, ce qui n'était pas pour déplaire au roi, lui-même assez petit, Le Brun accueillit André-Charles en désignant d'un grand geste la pièce capharnaüm :

– Voilà le « laboratorium » où nous inventons l'art du siècle, ce siècle qui s'annonce comme l'un des plus glorieux de notre histoire. Je suis peintre, vous le savez peut-être, mais je m'occupe aussi de tous les ouvrages de sculpture et de tout ce qui touche à l'ornement des bâtiments de la couronne. Le mobilier des châteaux royaux entre évidemment dans nos préoccupations. C'est pourquoi je vous ai fait demander de venir. On m'a dit le plus grand bien de votre talent : vous allez avoir chaque jour l'occasion de l'exercer pour le roi. Nous avons fait venir d'Italie Cucci et Caffieri qui sont de merveilleux artistes mais il n'y a aucune raison de négliger les talents français. A vous de fabriquer aujourd'hui pour le Louvre et demain pour Versailles des meubles qui suivent la grande ligne artistique que nous sommes en train de définir.

– Est-ce à dire, monsieur le Premier Peintre du roi que toute nouveauté et invention sont à bannir de nos préoccupations?

Le Brun regarde le petit Boulle en fronçant les sourcils :

– Non! Le meuble est la branche où je suis le moins compétent. Vous pourrez donc inventer, comme vous dites. Tout de même il ne s'agit pas de faire n'importe quoi. Les meubles doivent demeurer des accessoires qui mettent en valeur l'architecture et la décoration des bâtiments. Je vois que vous êtes d'accord. Vous devenez donc, monsieur Boulle, ouvrier du roi. Tâchez de mériter bientôt le titre de maître. Pour commencer, vous allez travailler avec Pierre Golle à incruster de jolis motifs les parquets de Versailles. C'est important vous savez, les parquets, c'est ce qu'on voit en premier quand on entre dans une pièce!

A un peu plus de vingt ans, André-Charles Boulle était lancé sur la trajectoire la plus haute de son métier. Il allait y rester jusqu'à sa mort, soixante-dix ans plus tard.

Rosine fut heureuse d'apprendre la nouvelle de la bouche même de l'intéressé. C'est elle d'abord, son éternelle fiancée, qu'il avait tenu à mettre au courant. Il profita de la joie réelle qu'elle manifestait pour lui demander une fois de plus de l'épouser. Une fois de plus, elle dit non :

– Attends encore un peu. Nous sommes très jeunes tous les deux et toi tu dois être libre de ton temps pour pouvoir te consacrer entièrement à ta nouvelle tâche. Je suis sûre que bientôt le roi te donnera un logement au Louvre ou ailleurs. Alors, on verra...

On verra, on verra, le temps passait. André-Charles Boulle, prenait de l'autorité dans son métier, il n'avait pas besoin de se pousser, de jouer des coudes et d'user de procédés déplaisants : le succès venait à lui sans qu'il le sollicite. Après les parquets, ce furent les lambris marquetés d'écaille et de métaux tendres du cabinet de grand dauphin. Pour la première fois, il avait réussi à imposer sa conception et à utiliser, en l'exploitant avec génie, la vieille idée de Jacques. Il ne lui restait plus qu'à la hausser du plancher jusqu'à la hauteur des tables et des bureaux.

André-Charles était maintenant complètement accaparé par son art et son métier. Il rentrait de moins en moins souvent coucher rue de Montreuil, préférant l'inconfort du coin d'atelier où il avait installé une paillasse à un long trajet à pied. Au début, Rosine se plaignit d'être délaissée puis elle prit l'habitude de ne voir André-Charles qu'une ou deux fois par semaine. Leurs amours ne s'en portaient pas plus mal. Un soir d'hiver où il était venu malgré la neige pour montrer à Rosine le dessin d'un cabinet en « bas d'armoire », le premier meuble conçu en marqueterie de métal, la jeune fille était couchée, transie de froid.

– C'est la première commande royale d'un meuble marqueté à la manière de ton père. Je voulais te le dire, pensant que cela te ferait plaisir et te montrer les dessins.

Jeanne fut touchée par l'attention.

– Merci, viens que je t'embrasse!

Et comme il faisait très froid, elle lui dit à l'oreille :

– Déshabille-toi, éteins la chandelle et viens te coucher près de moi. A deux nous aurons tout de même plus chaud!

Ils se réveillèrent le lendemain dans les bras l'un de l'autre. Ils étaient de bonne humeur et le petit Boulle eut bien du mal à se mettre en route pour rejoindre, les pieds gelés, son atelier des Gobelins.

Quand il arriva devant la porte, au bout de la rue Mouffetard, des ouvriers étaient en train de poser une plaque de marbre aux armes du roi sur laquelle était gravé : *Manufacture royale des meubles de la couronne.* Pierre Golle, l'autre fleuriste des planchers, lui apprit que la « manu », comme on l'appelait, dépendait maintenant par édit du roi, de la règle de Colbert et que Charles Le Brun en était le directeur. Les deux amis furent d'accord pour constater que cela ne changeait rien : depuis belle lurette, Le Brun était le maître incontesté des ateliers royaux.

André-Charles, admis à la maîtrise et dont la notoriété s'affirmait, attendait maintenant qu'un atelier soit libéré au Louvre pour s'y installer. Le Brun le lui avait promis. C'était le signe qu'il était bien en cour car les demandes étaient nombreuses et les places très rares. Être logé dans la galerie par le roi et jouir d'une grande indépendance n'étaient, il est vrai, pas un mince privilège. Il espérait surtout que cette distinction flatteuse pousserait Rosine à se marier. C'est probablement ce qui serait arrivé si le hasard, par un jeu de glaces inattendu, n'était venu déformer le chemin de leur destinée.

En France, il n'était de miroir que vénitien. Ce monopole qui coûtait des fortunes – l'importation étant estimée à plus de cent mille écus par an – agaçait fort le roi. « Je veux me regarder dans une glace française! » avait dit Louis XIV. C'était plus qu'un ordre. Colbert avait aussitôt accordé à un nommé Nicolas Du Noyer le privilège d'ouvrir dans le faubourg Saint-Antoine une fabrique de glaces destinée à concurrencer les verreries de l'île de Murano. A deux pas du carrefour de l'abbaye, sur le chemin qui menait à Reuilly, les gens du bois virent donc s'élever une grande bâtisse, celle de « La manufacture royale de glaces et miroirs » qui reçut les armoiries et le droit d'avoir des domestiques à la livrée royale. Cela était bien beau mais les glaces qui sortaient de la nouvelle fabrique ne ressemblaient en rien aux miroirs de Venise. Il leur manquait le fini, la brillance et la pureté qui distinguaient la glace extraite des fours de Murano. Ce savoir-faire que Venise gardait secret, il fallait le posséder, s'en emparer au besoin. Colbert avait donc écrit à François de Bonzi, l'évêque de Béziers, alors ambassadeur de France près la République de Venise, pour lui demander de débaucher secrètement des verriers de Murano et de les envoyer à Paris.

L'ordre était facile à donner de Versailles, plus difficile à exécuter sur la lagune. L'ambassadeur répondit à Colbert que pour lui envoyer des verriers de Murano, il risquait fort d'être jeté à la mer. L'idée de voir Bonzi jeté à la mer amusa le roi qui fit signifier à son ambassadeur de ne pas perdre de vue l'ordre qui lui était donné.

Cette cristallisation diplomatique n'avait apparemment aucune raison d'influer sur les amours de Rosine et d'André-Charles. Il en aurait sans doute été ainsi sans l'arrivée à la manufacture de trois jeunes Strasbourgeois. Comme nombre de leurs compatriotes, Jean, Jérémie et Frédéric, attirés par les privilèges dont jouissait le territoire de l'abbaye, avaient débarqué un beau matin au Faubourg. La nouvelle manufacture de glaces embauchait, ils se présentèrent et furent admis en qualité d'aides verriers. Peut-être parce qu'elle s'était regardée longtemps dans le miroir de Ninon et qu'elle avait libéré quelque sortilège, Rosine rencontra un jour l'amour à la sortie de la messe dominicale, sur le parvis de Sainte-Marguerite. Elle avait fait tomber son missel et se penchait pour le ramasser, quand une sorte de géant blond se précipita et le lui tendit en souriant :

– Mademoiselle, lui dit-il avec son drôle d'accent, les desseins de Dieu sont impénétrables, il est écrit quelque part que je devais faire votre connaissance aujourd'hui. Je m'appelle Friedrich, vous dites Frédéric, et je suis arrivé de Strasbourg il n'y a pas deux semaines. Ma famille habite Metz. Me permettrez-vous de vous raccompagner jusqu'à votre porte?

Rosine devait repenser bien souvent à cet instant où elle demeura bouche bée devant ce garçon surgi du ciel – c'est l'explication qu'elle retint – et qui lui tendait son livre de messe. Elle finit tout de même par articuler :

– Merci. Oui. Raccompagnez-moi...

Elle n'entendit rien de ce qu'il lui dit durant les cent mètres qui les séparaient du Faubourg. Arrivés devant la porte, elle comprit tout de même qu'il lui proposait de la revoir dans l'après-midi. Elle allait dire oui quand l'image d'André-Charles se profila devant ses yeux et elle prononça sans même réfléchir ces paroles surprenantes :

– Aujourd'hui, ce n'est pas possible, je dois voir mon fiancé mais je peux vous voir demain soir à six heures.

– Ah! vous êtes fiancée?

– Oui. Enfin...

Il n'essaya pas de savoir ce que signifiait cet « enfin... ». Il sourit et tourna les talons après avoir dit simplement :

– Alors à demain!

Au cours de l'après-midi, André-Charles la trouva distraite mais il n'avait pas pour habitude de se pencher sur les états d'âme des autres. Son esprit était ailleurs. Il expliqua à Rosine comment il commençait à apprivoiser les rubans de cuivre et à les incruster dans le bois de poirier. Un autre jour, elle eût montré quelque intérêt à un discours dont elle ne comprit pas même le sens. Comment le pauvre André-Charles aurait-il pu deviner que, pour Rosine, il appartenait déjà au passé? Elle-même l'ignorait encore.

Le lundi soir, Frédéric était là quand elle fit son apparition au coin de la rue Saint-Bernard. Il s'avança, prit sa main droite qu'il serra en prenant soin de ne pas l'écraser :

– Je savais que vous viendriez, mademoiselle... Je ne connais même pas votre nom.

– Je m'appelle Rosine Habermann.

– C'est un nom de chez nous ça. Vous êtes lorraine, alsacienne?

– Deux de mes arrière-grands-parents étaient allemands, de la ville de Cologne je crois. Les autres descendaient d'une des plus vieilles familles du Faubourg. Je suis une fille du bois...

– Moi, je travaille à la manufacture de miroirs, si on peut appeler miroirs les plaques fragiles et gondolées qui sortent de chez nous!

– Cela vous chagrine?

– Oui, beaucoup. Nous voudrions faire aussi bien que les Vénitiens mais il nous manque certains secrets de fabrication. Il paraît que des ouvriers de Murano doivent venir nous les livrer. Hélas! personne n'arrive. J'ai bien une autre idée... Je vous en parlerai un jour. Aujourd'hui nous ferions mieux de faire connaissance. Parlez-moi de vous, Rosine... Pour l'instant, c'est la seule chose qui m'intéresse!

Rosine sourit, comme si se raconter à cet inconnu lui semblait la chose la plus normale du monde. Elle l'entraîna au-delà des dernières maisons du Faubourg dans le chemin de campagne qui menait chez les maraîchers. Il faisait doux, les derniers rayons du soleil jouaient dans les ormes bordant le sentier, ils s'assirent sur une souche et se regardèrent : « Je ne connaissais même pas la couleur de vos yeux! » dit Frédéric.

Ils parlèrent longtemps, lui avec son accent de l'Est qui la surprenait un peu, elle son langage imagé de petite faubourienne délurée où elle savait inclure quand il le fallait quelque éclair de savoir pour montrer qu'elle était instruite. Il lui raconta que son père occupait une place importante dans le gouvernement de France à Metz, que sa mère était la fille d'un des échevins de Strasbourg, Allemande donc mais Française de cœur et qu'elle était morte il y avait à peine un an. Il ajouta qu'il avait fait de bonnes études, qu'il était docteur de l'Académie des lettres et qu'il s'ennuyait tellement à Metz qu'il était parti avec deux amis découvrir la France et ce Paris qu'il aimait déjà comme sa vraie patrie.

Ces explications ne suffisaient pas à Rosine qui voulait savoir pourquoi, garçon de bonne famille, élégant et distingué, il exerçait un métier pénible et sale dans cette manufacture de glaces que les gens du bois considéraient avec un certain mépris :

– Mon père que ma présence à Metz gênait plutôt au moment où il songeait à se remarier m'a donné un peu d'argent, quelques lettres de crédit et de recommandation mais, comme mes deux amis, il m'a bien fallu travailler pour pouvoir prolonger mon séjour. Voilà pourquoi, gentille petite demoiselle, vous bavardez en ce moment avec un vulgaire « ouvrier mécanique... » comme vous dites.

Rosine posa encore mille questions auxquelles il répondit de bonne grâce puis elle lui parla d'elle, de son père l'ébéniste royal et surtout de sa mère, la jolie philosophe du Louvre, amie de Ninon de Lenclos et des beaux esprits de Paris... Il restait une question qu'elle n'avait pas jugé bon d'aborder : celle de André-Charles. Frédéric rappela qu'elle lui avait parlé la veille d'un fiancé, ajoutant dans un sourire que lui n'avait laissé personne à Strasbourg pouvant honnêtement se réclamer de cette qualité.

– Le fiancé, appelons-le comme cela si vous voulez, dit Rosine, je le connais depuis l'âge de dix ans. Puisque vous voulez de la franchise, je serai franche : nous couchons ensemble de temps en temps mais je refuse de l'épouser. Il est persuadé que je changerai un jour d'avis et il a peut-être raison. Ce n'est pas n'importe qui..., ajouta-t-elle rêveuse. C'est une sorte de génie qui est en train de faire un art du vieux métier de huchier. Il a mon âge, il ne travaille que pour Versailles et les châteaux royaux, il est déjà célèbre...

– Mais vous ne l'aimez pas!

– Si je l'aime. C'est l'être que j'admire le plus au monde.

– Si vous l'aimiez d'amour vous ne seriez pas là. Et vous l'auriez déjà épousé!

Elle se tut, il eut le bon goût de ne pas insister et de changer de sujet de conversation. Rosine, peu après, s'aperçut que la nuit allait tomber :

– Il est tard, je dois rentrer. Reconduisez-moi, Frédéric, mais vous me laisserez à Sainte-Marguerite, sinon tout le monde saurait demain que je sors en compagnie d'un jeune homme inconnu. Comme je ne tiens pas à répondre aux questions qu'on ne manquerait pas de me poser, je préfère qu'on ne nous voie pas ensemble.

Ils se quittèrent contents l'un de l'autre. Rosine était heureuse d'avoir trouvé un interlocuteur à sa mesure, sensible, drôle, passionnant et qui, bien qu'hésitant parfois sur les mots, savait jouer malicieusement avec eux. Cela ne lui était pas arrivé depuis la mort de Jeanne et c'est à sa mère qu'elle pensait en parcourant la quelque centaine de pas qui la séparaient de la maison. Elle se souvenait avec émotion de la tendre complicité qui les unissait. « Dommage qu'elle ne soit plus là, se dit-elle, maman aurait sûrement aimé Frédéric... »

Quand elle arriva, ses cousins lui firent des compliments sur sa bonne mine. Elle était heureuse. Pour un peu elle aurait chanté.

Après le souper, elle monta tout de suite dans sa chambre. Elle avait envie d'être seule afin de réfléchir calmement à tout ce qui venait de se passer dans sa vie et dans sa tête depuis deux jours. Il faisait chaud, elle eut vite fait d'enlever sa robe légère de ferrandine, de grimper sur le lit et de décrocher le tableau du Tintoret : « Chère tante Anne, nous allons parler un moment toutes les deux, dit-elle tout haut. Je suis sûre qu'en te regardant, saisie dans ta douleur souriante, tu vas m'apprendre beaucoup de choses. » En fait, elle s'endormit tout de suite, le portrait à côté d'elle, en se disant simplement qu'il n'aurait pas du tout été désagréable, dans l'instant, de poser sa tête au creux de l'épaule d'un grand blond qui avait su en quelques heures lui rendre exquise la vie morose de tous les jours.

Le rendez-vous du soir devint un rite. Plusieurs voisins avaient évidemment rencontré Rosine et son inconnu et il était sûr qu'André-Charles qui s'étonnait déjà de l'indifférence de celle qu'il considérait comme sa fiancée, serait mis au courant. Cela, Rosine ne le voulait pas. Elle tenait à expliquer elle-même à André-Charles ce qui s'était passé dans sa vie. Mais que s'était-il passé au juste? Rien sinon d'interminables conversations, des fous rires, une plaisante connivence. Rosine savait pourtant que c'était essentiel, bien plus dangereux en tout cas pour André-Charles Boulle qu'une foucade qui l'aurait précipitée dans les bras d'un garçon quelconque. Alors, comprendrait-il? Sans doute pas. Elle voyait déjà venir la question : « L'aimes-tu? » Une interrogation à laquelle elle se sentait incapable de répondre.

Rosine se décida donc à parler et l'entrevue se déroula comme elle l'avait imaginée. D'abord incrédule puis douloureusement inquiet, il avait demandé : « Est-ce que tu l'aimes? » Sans même réfléchir, elle avait répondu : « Oui. »

Cela suffisait. Il n'avait pas besoin d'en savoir plus, il s'en allait, seul, triste mais courageux. Rosine le rappela :

–. André-Charles! Je t'ai dit la vérité. Je savais que j'allais te faire un peu de peine mais tu vas vite oublier. Ta passion, ta vie, c'est d'abord le bois et le meuble. Une femme comme moi t'aurait gêné, t'aurait empêché de donner le meilleur de toi-même à un moment capital de ta carrière. Mais je t'admire. Je t'aime, mon invité des dix ans, mon premier homme! Jure-moi que si tu as un jour besoin de moi, tu m'appelleras. Et dis-moi que je peux aussi compter sur toi!

– Tu peux, mais laisse-moi maintenant. Je n'ai pas envie de parler. On se reverra va... Le Faubourg n'est pas si grand. Bonsoir, Rosine!

Cette fois, elle le laissa partir. C'est elle qui pleurait.

Le soir elle n'alla pas au rendez-vous. C'était bête mais elle aurait trouvé inconvenante une rencontre avec Frédéric tout de suite après avoir rompu avec André. Elle non plus ne voulait pas parler. Elle montait dans sa chambre quand sa tante Geneviève l'appela :

– Tu as les yeux rouges, Rosine. Petit chagrin? C'est difficile, hein? de casser les fils de son premier amour. Tu as vu André-Charles Boulle?

– Oui, mais comment sais-tu?

– Tout le monde est au courant de tes sorties avec le garçon de la verrerie. Il n'y avait guère qu'André qui ne savait rien. Tu as bien fait de lui parler. Comment a-t-il pris la purge, le pauvre...

– André-Charles n'est pas pauvre, coupa sèchement Rosine en prenant le bras de Geneviève. C'est un seigneur, un grand artiste dont on parlera encore dans cent ans! Et d'abord, de quoi vous mêlez-vous, tous? Personne n'a à se mêler de nos affaires!

La bonne Geneviève frotta son bras que Rosine avait serré un peu fort avant d'escalader l'escalier qui menait à l'étage :

– Eh bien, dit-elle, ça ne lui réussit pas à la Rosine de changer d'amoureux!

Un quart d'heure plus tard, la jeune fille redescendait pour embrasser sa tante :

– Pardonne-moi. J'étais nerveuse tout à l'heure. Cette affaire bien banale m'a bouleversée. Tu sais, depuis que je n'ai plus Jeanne à qui confier mes peines, je me sens bien seule. Si encore le père était là...

Tu vois, Geneviève je crois que je quitte André-Charles parce que je ne l'intéresse pas. Nous n'avons rien à nous dire. Il ne sait parler que de ses meubles. Tu me comprends?

– Bien sûr. Moi aussi, tu sais, il y a eu des moments où j'en avais assez des fauteuils, des buffets, des coffres et de tout le reste. Si j'avais pu laisser tout en plan et m'en aller je l'aurais bien fait. Tu t'es aperçue à temps du danger, c'est un bonheur pour toi.

– Ce n'est pas moi, c'est maman qui avait dit à Jacques peu avant sa mort que nous n'étions pas faits pour vivre ensemble, André-Charles et moi. Elle m'a rendu ce dernier service, elle m'a ouvert les yeux.

– A condition, bien sûr, que tu ne fasses pas maintenant une bêtise plus grave. Il est bien, ce garçon blond dont tu bois, paraît-il, les paroles?

Rosine sourit :

– Oui, ma tante, je crois qu'il est bien. En tout cas il parle, lui, et il m'amuse! c'est déjà quelque chose!

Le lendemain, quand Rosine retrouva Frédéric à leur lieu de rencontre habituel, près des terrains des maraîchers, elle lui trouva l'air préoccupé :

– Vous avez des ennuis? Racontez, je vais les faire envoler sans attendre, j'ai un remède infaillible.

– Je n'ai pas d'ennuis, répondit-il en riant, mais j'ai des choses importantes à vous dire.

– Qui nous concernent?

– Oui et non. Écoutez-moi...

Il se rapprocha, lui prit les deux mains et la regarda. Le simple contact de ses doigts l'avait fait tressaillir et il s'en était rendu compte. C'était la première fois, depuis qu'ils se connaissaient, qu'il osait ce geste pourtant bien innocent. Rosine répondit avec douceur à la pression de Frédéric et écouta confiante :

– Je vous ai expliqué que nous courions toujours, à la manufacture, après ce fameux secret qui nous permettrait de fabriquer des glaces-miroirs convenables. Comme rien ne vient de l'ambassade et que nous risquons d'attendre encore longtemps, nous avons décidé mes amis et moi d'aller le chercher.

– Où ça?

– Au seul endroit où on l'utilise et où on le garde avec un soin jaloux : dans l'île de Murano qui appartient à la Sérénissime.

– Vous partez pour Venise?

– Oui. Nous avons un peu d'argent et le directeur de la manufacture, M. Dunoyer, a accepté de risquer quelques dizaines d'écus sur la réussite de l'opération avec la promesse d'une prime en cas de succès.

Rosine réalisait d'un coup ce que signifiait pour elle ce départ : Frédéric absent durant des mois, aux prises avec des dangers inconnus, loin, si loin... Elle avait pris son visage buté, la bouche un peu amère, les yeux à demi fermés, que Jeanne appelait son « masque de réflexion ». Quand elle était comme ça, rentrée dans sa coquille, rien ne pouvait la distraire : elle méditait avant de prendre une décision. Pour la première fois, ou presque, il s'agissait d'un choix important qui pouvait changer sa vie. Soudain, elle se détendit, regarda Frédéric dans les yeux et dit calmement, comme s'il était question de fixer le rendez-vous du lendemain :

– C'est bon, je vais avec vous!

– Comment? Vous dites, Rosine, que vous allez nous accompagner jusqu'à Venise? Vous savez où c'est? Il faut traverser tout le royaume et encore une partie de l'Italie. Le voyage va durer longtemps et les risques sont sérieux. Vous vous rendez compte : il s'agit d'aller voler l'un des secrets les mieux gardés de la terre! Et vous voulez tenter cette aventure?

– Oui, monsieur. Je vais même vous dire une chose : j'attends cela depuis l'âge de quinze ans. Il y a cent ans, une dame de ma famille, très belle, a fait un voyage encore plus long pour accompagner son mari. C'est ce qu'elle disait. En fait, elle s'ennuyait et voulait vivre une grande aventure. Je crois que c'est elle qui a décidé le mari à partir. Je vous montrerai son portrait et vous raconterai l'histoire telle que j'ai pu la reconstituer. L'aventure a malheureusement mal fini. Denis Thirion, le mari, qui était un grand sculpteur est mort dans les jardins de Boboli à Florence. L'échafaudage sur lequel il travaillait s'est effondré...

Elle s'arrêta un instant, le temps de laisser Frédéric reprendre ses esprits et elle termina dans un grand rire :

– J'espère, monsieur, que vous aurez de la chance!

Le jeune homme essaya naturellement de lutter, de la convaincre de sa folie, de lui dire qu'il tenait trop à elle pour l'engager dans une telle affaire. Le dernier argument était de trop, la riposte siffla :

– Mon cher Frédéric, je suis très heureuse de savoir que vous tenez à moi, mais si vous tenez vraiment à moi, emmenez-moi. Sinon vous courez le grand risque de me trouver mariée quand vous rentrerez. Et puis, je ne vois pas pourquoi nous perdons tant de temps à discuter inutilement. Vous feriez mieux de me présenter vos amis afin que nous préparions sérieusement le départ. L'Italie, vous vous rendez compte, l'Italie! Et vous voudriez que je me morfonde ici à vous attendre, que je laisse passer bêtement la seule occasion de ma vie de connaître ce pays auquel je rêve depuis toujours? Sans compter, Frédéric, votre présence qui ne pourra qu'augmenter les plaisirs du voyage...

Frédéric ne disait plus rien, noyé dans le flot d'arguments déversés comme une mitraille par Rosine qui passait de l'incantation à la moquerie, précipitait les mots et, pour tout dire, l'éblouissait. Elle sentit qu'elle avait enfoncé les défenses de la place et qu'il ne lui restait qu'à l'enlever avec panache :

– Et puis, monsieur, si vous ne vouliez pas que j'alourdisse vos bagages, vous n'aviez qu'à ne pas ramasser mon missel l'autre jour à Sainte-Marguerite. Après tout, ce n'est pas moi qui suis allée vous chercher!

Il n'y avait rien à répondre et Frédéric eut la sagesse de ne rien dire. Il fit en revanche ce qui raisonnablement s'imposait. Il attira Rosine contre lui et lui cloua le bec par un baiser qui les entraîna aux limites de l'inconscience. Ils rentrèrent bras dessus, bras dessous en chantonnant et Rosine se laissa reconduire jusqu'à sa porte. Hier éperdue, triste, fatiguée, elle se sentait ce soir pleine de force et d'énergie. Elle serait bien partie sur-le-champ à la conquête des miroirs de Murano.

Les deux semaines qui suivirent passèrent comme un martinet dans le ciel d'été. D'abord, Rosine fit la connaissance de ceux qui allaient devenir ses compagnons d'aventure : un brun et un roux. Les deux Strasbourgeois lui parurent d'emblée sympathiques. Ils parlaient un français correct, leur accent alsacien très prononcé ne surprenait pas Rosine habituée depuis toujours à l'entendre traîner dans les ateliers du Louvre ou du Faubourg.

Les trois amis habitaient une grande chambre que Nicolas Dunoyer, le maître de la manufacture, leur prêtait dans l'aile nord du bâtiment, celle qui dominait l'abbaye. De la fenêtre on distinguait l'ensemble du monastère et l'on voyait les religieuses vaquer à leurs occupations. Ce spectacle intéressa fort Rosine le premier jour où elle fut admise dans le refuge des garçons devenu siège du complot. « Il faudra absolument que j'aille voir l'abbesse avant de partir », se dit-elle. Le départ était fixé deux semaines plus tard, date à laquelle le sieur Dunoyer promettait de fournir des passeports à tous les membres de « l'armée du miroir ». En attendant, Rosine apprenait à connaître ses nouveaux amis et donnait son avis lorsqu'on discutait du projet.

Comme Frédéric, les deux jeunes gens, après de solides études à l'université de Strasbourg, renommée dans tout l'empire, avaient choisi de voyager avant de commencer une vie active.

– Mon rêve, expliquait l'aîné, Jean Scheffer, à Rosine, aurait été d'accomplir mon tour de France comme le font les compagnons mais je ne suis ni tailleur de pierre ni charpentier.

– Quelle est donc votre spécialité?

– Le grec et le latin. Je suis en train d'écrire un ouvrage qui s'intitulera *La Tactique d'Arrien.* Mon métier, comme vous le voyez ne s'apparente à aucune des corporations répertoriées.

– Jean, nous aurons sûrement l'occasion de parler de cet Arrien au cours du voyage, alors autant que vous me disiez tout de suite de qui il s'agit, dit Rosine.

– Oh là là! si vous commencez à lancer le rouquin sur son Arrien, il y en a pour une heure! coupa Frédéric.

– N'écoutez pas cet ignare, mademoiselle. Arrien fut une centaine d'années après Jésus-Christ le disciple préféré d'Épictète. Grâce à lui nous connaissons quelque chose de la pensée du grand stoïcien dont la doctrine nous sera sans doute utile plus d'une fois dans les jours qui viennent.

– Et vous, monsieur Oberlin? coupa Rosine.

– Pas de monsieur, s'il vous plaît! Appelez-moi Jérémie. C'est mon prénom et je suis effectivement le prophète du groupe. Il est même permis de me tutoyer. Comme nous allons souvent partager la même chambre et manger dans le même plat, je pense que Frédéric Andrieu qui semble jouir sinon de droits, du moins de quelques privilèges sur votre personne, n'y verra pas d'inconvénient.

Rosine apprit ainsi que Frédéric s'appelait Andrieu. Elle pensa qu'elle ne lui avait jamais demandé son nom et qu'ils continuaient de se vouvoyer.

– Jérémie a raison, dit-elle. Je propose que nous nous disions tu.

Chacun fut naturellement d'accord et Frédéric fit rire tout le monde en s'exclamant : « Je n'aurais jamais osé! »

– Jérémie ne vous a pas dit qu'il était poète et philologue, ajouta-t-il.

– Vous êtes tous bien savants pour la fille d'un ébéniste qui lit à peine le latin.

Rosine vivait avec une intensité qu'elle n'avait jamais connue. Elle aimait Frédéric, maintenant elle en était sûre et elle partait vers l'Italie dans des conditions qu'elle n'aurait jamais osé espérer au temps de ses rêves les plus fous. Trois garçons intelligents, beaux, spirituels allaient briller pour elle devant les paysages sublimes de l'Italie. Elle, frustrée de conversations et d'échanges d'idées, allait pouvoir, durant des semaines et des mois, se griser des subtilités de l'esprit. Et le bonheur ne s'arrêterait pas là. Au retour, Frédéric lui resterait avec sa douce autorité et sa drôlerie. Peut-être l'épouserait-il? Peut-être l'emmènerait-il loin, très loin, dans un autre pays?

L'avenir était susceptible, il est vrai, de se vêtir de couleurs plus sombres. Leur mission risquait de mal tourner et l'amour de Frédéric pouvait ne durer qu'un été... Et après? Un été de bonheur c'est toujours bon à prendre. Rosine était bien disposée à ne pas perdre un rayon de ce soleil-là.

Les trois garçons se rendirent vite à l'évidence que Rosine, loin d'alourdir leur groupe, lui apportait beaucoup. Elle pensait à des détails auxquels aucun d'entre eux n'aurait songé, elle prévoyait la composition de bagages légers mais en veillant à ce que rien d'essentiel ne fût oublié; surtout, elle avait rendu visite à l'abbesse et rapporté de cette entrevue la promesse d'appuis utiles. D'abord stupéfaite d'apprendre que la jeune fille accompagnait les Strasbourgeois, Madeleine Molé avait fini par se laisser convaincre de l'utilité d'une entreprise aussi risquée et même admis que la participation de Rosine était moins folle qu'elle n'en avait l'air.

– Si notre expédition réussit, vous verrez, ma mère, que j'y aurai été pour quelque chose. Ces garçons ne pensent qu'à courir les routes et ne comptent que sur leur force et leur courage pour gagner un combat qui demande aussi beaucoup de patience et de réflexion. Ils ont des gros bras mais pas grand-chose dans la tête, sinon du latin et une philosophie d'école qui ne leur seront pas d'une grande utilité.

Amusée par l'enthousiasme de Rosine, l'abbesse Madeleine lui avait promis son aide :

– Ce que vous allez faire, Rosine, sort des chemins ordinaires mais vous n'êtes pas une jeune fille ordinaire et je vous comprends de vouloir échapper à la banalité de la vie. Après tout, si Jésus et les apôtres étaient demeurés chez eux, le christianisme n'aurait pas essaimé aussi vite... Mais je dis des bêtises. Ce que je veux, c'est vous aider et je peux le faire en vous recommandant aux abbesses et aux prieurs de certains couvents que vous rencontrerez sur votre passage. A Venise même, vous pourrez aller, en cas de difficulté, au séminaire patriarcal et au couvent de la Charité. Je vous donnerai aussi des lettres de recommandation qui vous faciliteront votre séjour dans quelques-unes des villes que vous traverserez. J'aurais tellement voulu connaître l'Italie – Rome, bien sûr mais aussi Venise – que j'ai l'impression de participer à votre voyage en vous aidant à le préparer. Vous penserez à moi là-bas et vous me raconterez tout au retour. Mais pensez aussi à vous, ma chère Rosine. Je serais plus tranquille si vous étiez mariée. Vous savez que j'ai vu M. Andrieu. Il m'a fait bonne impression et il semble tenir à vous. Pourquoi ne l'épousez-vous pas avant de partir? Les choses seraient plus normales, non?

Rosine rougit. L'idée d'un mariage rapide ne l'avait pas effleurée mais, maintenant que l'abbesse lui en parlait, elle pensait que ce n'était pas une idée à rejeter. Peut-être devrait-elle avoir une conversation sur ce sujet avec Frédéric, mais comment l'aborder? L'abbesse, la voyant réfléchir insista :

– Pensez à ce que je viens de vous dire. Au besoin dites à votre Frédéric de revenir me voir...

Lorsque les jeunes gens commencèrent à envisager les détails matériels de l'expédition, ils appréhendèrent vite son point le plus délicat. S'il s'était agi d'un court voyage, la présence de la jeune femme n'eût posé aucun problème. Il en allait autrement pour une longue aventure dont le but était un pays étranger. Dans quels vêtements Rosine allait-elle courir les routes, emprunter les coches d'eau, les voitures à chevaux et même, sans doute enfourcher des montures plus ou moins rétives? C'est elle qui décida :

– Je me ferai couper les cheveux et m'habillerai en garçon. Je suis sûre que les habits de Jérémie m'iront très bien. Au besoin je les arrangerai. Il ne faut surtout pas que je porte un vêtement neuf qui me ferait remarquer. Lui ne risque rien. On ne le prendra pas pour une femme!

– C'est la bonne solution, dit Frédéric. La seule chose qui me chagrine, c'est de te voir couper tes cheveux.

– Ils repousseront. Et puis, n'importe comment, les femmes portent de plus en plus les cheveux courts et frisés. Les nièces du cardinal ont donné l'exemple et, maintenant, il paraît qu'à la cour, la

Vienne [1] coupe et recoupe pour mettre toutes les dames à la mode. Moi, je ne bouclerai pas mes cheveux, voilà tout!

Restait le mariage. Il en coûtait à Rosine d'aborder cette question. Pourtant, elle savait que l'abbesse avait raison : elle partirait plus sereine après la bénédiction du curé de Sainte-Marguerite. Madeleine Molé, bien sûr, était prête à jouer les entremetteuses mais le procédé déplaisait à Rosine. Il faut, pensait-elle, avoir le courage de s'occuper de ses propres affaires. Après avoir bien réfléchi, elle décida donc de parler à Frédéric. L'occasion se présenta le lendemain alors qu'ils se trouvaient seuls dans la chambre de Rosine qui avait voulu montrer à son ami le portrait de tante Anne et lui faire lire les fragments de son récit.

Frédéric, fasciné, regardait le tableau et les feuillets jaunis à peine lisibles. Rosine lui tendit le déchiffrage qu'elle en avait fait et il lut, facilement cette fois, les épisodes les plus marquants du voyage italien, reconnaissant au passage le nom de certaines villes qu'ils allaient traverser.

– C'est merveilleux de pouvoir découvrir maintenant ce témoignage, dit-il. Tous ces mots me donnent du courage. Ils montrent que ce qui a été fait il y a un siècle peut être recommencé aujourd'hui. Même par une femme!

– Oui, c'est le récit d'une femme, coupa-t-elle, mais elle était mariée! C'est son époux qui l'a accompagnée jusqu'au jour du malheur de Boboli.

Frédéric la regarda, étonné :

– Que veux-tu dire?

– Rien d'autre que ce fait : c'est son mari qui était à côté d'elle dans les moments difficiles. Déduis-en ce que tu veux. Moi j'y ai beaucoup réfléchi...

– Cela signifie que tu ne partiras que si nous sommes mariés?

– Je n'ai pas dit cela. J'ai décidé de partir et je partirai, quelle que soit ta décision.

– C'est tout de même une proposition que tu me fais. Tu préférerais que je t'épouse avant de partir?

– Oui, parce que je t'aime, que le mariage est une preuve d'amour et que je me sentirais plus forte si tu me donnais cette preuve. Voilà, mon cher « peut-être mari ». Il m'en a coûté de te dire cela mais si je

1. La Vienne était la coiffeuse préférée des dames de la cour.

n'étais pas franche avec toi sur une pareille question, je ne mériterais pas ton amour.

Frédéric la regardait, l'écoutait. Il n'avait pas l'air fâché, ni ennuyé. Il semblait même s'amuser. Il lui prit finalement les mains et dit :

– Tu sais ce que pourrait penser un autre que moi qui crois te connaître et qui a confiance en toi?

– Non. Que pourrait-il donc penser?

– Tout simplement que tu lui as tendu un piège dont il ne peut sortir qu'en passant devant le curé!

– Quoi? Que dis-tu?

– Mais oui, écoute : d'abord, tu laisses tomber exprès ton livre de messe. Lui se précipite, le ramasse, fait connaissance et comme tu es jolie te reconduit. Après, il te dit qu'il doit partir au loin pour réaliser un rêve de jeunesse et d'aventures. Tu lui annonces que tu l'aimes trop pour le laisser partir seul et que tu vas avec lui. Il accepte. Tu te montres si fine, si utile au cours des préparatifs qu'il se félicite de la décision que tu as prise pour lui. Alors, tu lui déclares que le mariage doit précéder le départ, et il est pris parce qu'il ne peut plus envisager de partir sans toi!

Rosine l'écoutait stupéfaite et sentait la colère l'envahir :

– Tu crois vraiment ce que tu viens de dire?

– Non. Pas du tout, ma chérie! La preuve c'est que je vais t'épouser et que je ne voudrais te perdre pour rien au monde. Tout de même, si tu n'étais pas transparente comme ce cristal dont nous allons chercher le secret, si je n'étais pas moi, tel que je me connais, je pourrais penser que dans toute cette affaire c'est toi qui as pris toutes les décisions.

– Tiens donc! Est-ce moi qui ai dit en te voyant pour la première fois : les desseins de Dieu sont impénétrables? Si tu m'avais laissée ramasser mon missel, je ne te dirais pas comme aujourd'hui : « Viens mon amour, je n'ai pas besoin d'être mariée pour être ta femme! »

Souriante dans son cadre sculpté un peu dédoré, Anne sembla prendre plaisir à regarder ces deux-là s'aimer pour la première fois. Rosine eut même l'impression qu'un clin d'œil complice avait estompé l'embu de tristesse laissé jadis par le Tintoret au fond de son regard.

Les deux jeunes gens décidèrent de se marier vite et le plus discrètement possible. Heureuse d'apprendre que ses recommandations n'avaient pas été vaines, l'abbesse avait dit qu'elle s'occuperait de tout, que la bénédiction aurait lieu dans l'abbatiale, en la seule présence des oncles, de la tante de Rosine et des deux amis de Frédéric, ses témoins.

La cérémonie ne pouvait être plus simple. Elle fut tout de même émouvante et la mariée y alla de sa larme. Frédéric, lui, se faisait quelque souci à propos de son père qui n'avait naturellement pas pu être prévenu. Il le dit à Rosine en sortant de l'église.

– Ne te tracasse pas, quand ton père me connaîtra il sera ravi de m'avoir pour belle-fille!

– Tu as raison. D'ailleurs je t'ai dit que mon père songeait à se remarier : je t'échangerai contre quelques amabilités de ma belle-mère.

– Quelle horreur! Tiens, je regrette déjà de t'avoir cédé.

Un repas familial à la bonne franquette préparé par Geneviève et Rosine termina la soirée. On ne parla que du voyage. Louis et Georges, les deux garçons voulaient partir aussi et comme ce désir était irréalisable, Louis, l'aîné, annonça qu'il entreprendrait son tour de France au printemps prochain. Geneviève poussa les hauts cris mais tous les autres lui dirent que c'était une bonne décision :

– Tu emporteras la canne de la famille, conclut Rosine. Elle est rangée au grenier et est bien assez solide pour reprendre la route.

On en était au dessert – une tourte à la frangipane bien dorée – quand quelqu'un poussa la porte. C'était André-Charles que Rosine avait été voir la veille pour lui annoncer son mariage. Le « petit Boulle » avait appris la nouvelle sans marquer trop d'émotion. Il avait simplement dit avec un sourire un peu forcé qu'il lui souhaitait beaucoup de bonheur et qu'il voulait rester son ami.

Ce soir, il paraissait détendu, gai, tout à fait à l'aise :

– Je ne veux pas vous déranger mais j'ai pensé que j'avais un cadeau de mariage pour toi, Rosine. Si vous me permettez de boire à votre santé, je vais le chercher.

André-Charles revint tout de suite avec un paquet qu'il avait laissé dans le couloir. C'était un panneau de bois enveloppé dans une toile.

– Tiens, quand nous avions dix ans j'avais fait ton portrait avec un bout de fusain. En voilà un autre plus solide et peut-être mieux réussi.

Rosine, toute rouge, défit le nœud de toilette et sortit un magnifique tableau de marqueterie composé de tous les bois précieux de la création, incrusté d'argent et de pierres dures. C'était bien le portrait de Rosine, un portrait comme personne n'en avait jamais fait et n'en ferait jamais car seul André-Charles était capable de réaliser un tel chef-d'œuvre.

Émue, riant et pleurant à la fois, Rosine lui sauta au cou et l'embrassa :

– Rien ne pouvait me faire plus plaisir ce soir, finit-elle par dire.

– Peut-être pourrais-tu me présenter ton mari. Je crois qu'il n'y a que moi au Faubourg qui ne le connais pas.

Les deux garçons se serrèrent la main et Frédéric trouva les mots qu'il fallait pour dissiper le léger malaise que chacun ressentait :

– Vous êtes le meilleur et le plus vieil ami de Rosine. Voulez-vous être aussi le mien? Ce serait un honneur pour moi car vous avez un admirable talent.

– Avec grand plaisir mais à la condition que vous preniez grand soin de votre femme. Sous des airs de garçon manqué, c'est une fleur fragile et ce n'est pas parce qu'elle vous a épousé que je ne tiens plus à elle!

On rit, on but, on admira le tableau d'André-Charles. Rosine, en passant sa main sur la marqueterie où elle reconnaissait ses traits dans l'amarante, le camagon et le santal blanc, se disait qu'elle avait bien de la chance d'avoir deux seigneurs dans sa vie.

Jusqu'au jour fixé pour le départ, les quatre croisés du miroir vénitien ne virent pas le temps passer, Rosine et Frédéric surtout qui auraient bien prolongé leur lune de miel dans la chambre du Faubourg où le portrait de la jeune mariée avait pris place à côté de celui de tante Anne. Enfin, le voyage ne les séparait pas et les places étaient depuis longtemps retenues dans la diligence de Lyon. Seuls manquaient encore les passeports mais Nicolas Du Noyer, le maître de la manufacture, les reçut la veille du départ. Celui de Rosine était libellé au nom de Robert Habermann et les quatre jeunes gens étaient déclarés « envoyés de la manufacture des Gobelins près l'ambassade de France à Venise pour effectuer des achats de meubles, de glaces et d'objets d'art destinés au mobilier royal. » Cette mission à caractère officiel devait leur permettre une approche plus facile des verreries de Murano. Aucun plan n'avait été décidé à Paris. Ils devaient, le moment venu, choisir sur place le meilleur moyen de mener à bien leur entreprise.

Le 2 juin 1665, le lourd carrosse de route s'ébranla porte Saint-Antoine dans un bruit effrayant. Les douze places étaient occupées, les quatre compères disposaient de deux banquettes et de deux strapontins accrochés sur les côtés de portières. Si le temps se maintenait au beau et si aucun accident ne venait perturber le voyage jusqu'à Lyon, celui-ci durerait une douzaine de jours. Au bout d'une heure de route, le plus frêle des jeunes gens, serré dans son justaucorps et les cheveux courts drôlement roulés dans un bonnet de feutre, commençait à regretter de s'être joint aux Strasbourgeois. Frédéric, le plus grand du groupe, l'encourageait de son mieux en l'assurant que les premières heures étaient les plus redoutables. Ce devait être vrai car, bientôt, Rosine ne se plaignait plus et laissait bringuebaler docilement sa tête entre l'épaule de Jérémie qui était à sa gauche et celle d'une dame gentille et très élégante qui devait avoir déjà goûté du coche de route car rien ne semblait la surprendre. Parfois elle commentait avec esprit les ordres que criait du haut de son siège le cocher au postillon monté, lui, sur le cheval de tête.

– Tant que nous ne verserons pas tout ira bien, dit-elle à Rosine qu'elle regardait avec une curiosité qui commençait à inquiéter la jeune femme. J'ai déjà vu un essieu casser et le « bateau », c'est comme cela qu'on appelle aussi la caisse où nous sommes, rouler dans le fossé. Personne n'a été blessé. Vous allez loin... monsieur?

– A Venise, madame, répondit Rosine d'une voix qu'elle s'appliquait à rendre plus grave.

– A Venise? Eh bien, je vous souhaite du plaisir. Vous y serez dans un mois et demi si tout va bien. Vous avez de la chance : l'équipage est bon. Je connais tous les cochers et la plupart des postillons car je fais souvent ce trajet. Heureusement, avant d'aller aux eaux à Vichy, je m'arrête à Dijon où se morfond l'un de mes cousins : Bussy-Rabutin, vous connaissez?

Rosine ne connaissait pas. En revanche, le nom de sa voisine, bavarde impénitente qui n'avait pas tardé à lui raconter sa vie, celle de sa fille et les exploits de son fils lui disait quelque chose. Elle se rappelait avoir souvent entendu sa mère, et Ninon, parler d'une Mme de Sévigné dont elles disaient qu'elle était l'une des femmes les plus spirituelles de Paris.

Tout a une fin, même les voyages les plus longs et les plus éprouvants. Après bien des péripéties, des passages à gué redoutables et même la perte d'une roue, après avoir navigué sur le coche d'eau, moins bruyant mais encore plus lent que le carrosse de route, les quatre envoyés de M. Le Brun arrivèrent un soir au bord de la lagune où Venise somnolait, sereine et provocante de beauté.

Ils durent insister et montrer leurs passeports avant d'être reçus par l'ambassadeur qui ouvrit de grands yeux lorsqu'il apprit ce que venaient faire ces quatre jeunes gens dans la redoutable Sérénissime. Arrivé depuis peu à Venise où il avait remplacé M. de Bonzi, le nouvel ambassadeur, M. de Saint-André, n'était pas téméraire, c'est le moins qu'on puisse dire.

– Ils sont fous à Versailles! s'écria-t-il. Si vous vous faites prendre vous allez déclencher d'imprévisibles représailles contre moi, contre la France, contre notre roi.

– C'est justement le roi qui s'intéresse aux miroirs de Venise, coupa Frédéric. Leur importation coûte trop cher et il veut que la manufacture qu'il a créée avec M. Colbert en fabrique d'aussi réussis. Et quand le roi veut quelque chose, il est difficile, monsieur l'Ambassadeur, de lui résister.

– Je ne résiste pas mais ce que vous allez tenter relève de la folie. Cela dit, je vous souhaite bonne chance et préfère ne rien savoir de vos projets. J'enverrai dans quelques mois à Paris des ouvriers verriers de Murano. Cela me paraît plus sûr que votre complot. M. de Freyssac, mon conseiller, va vous indiquer une locanda où vous serez bien traités. Surtout, faites attention, ne parlez pas de vos affaires devant des Vénitiens. La République a aussi ses espions!

M. de Saint-André, content de lui, rit sottement et se débarrassa de ses visiteurs en remettant leur sort entre les mains du conseiller Freyssac qui, faute d'amabilité excessive fut au moins efficace.

La gondole de l'ambassade les conduisit dans une auberge qui ressemblait plus à un palais qu'à un gîte de voyageurs. Ils dirent qu'ils s'accommoderaient des deux grandes chambres aux stucs encore dorés et aux meubles monumentaux qu'on leur proposait. Jamais ils n'avaient vécu dans un décor aussi pompeux. Après la misère des relais où les bottes de paille avaient souvent remplacé les lits, c'était le paradis.

– Nous devons d'abord dormir, dit Frédéric. Nous sommes épuisés et il n'est pas question d'entreprendre quoi que ce soit avant de nous sentir reposés. Dans deux ou trois jours nous verrons comment aller dans l'île de Murano. L'ambassadeur tremble de peur. Il ne nous prend pas du tout au sérieux et nous n'avons rien à attendre de lui. C'est peut-être mieux ainsi. Nous voilà libres de nos mouvements.

– Pour être encore plus libre, j'ai bien envie ce soir de remettre une robe, j'en ai une très légère dans mon bagage. Je commence à en avoir assez d'être habillée en homme!

– Il n'en est pas question, dit Frédéric. Tout le monde t'a vue arriver en homme, il serait trop bête d'éveiller les soupçons pour une simple question de coquetterie. Ma chérie, je te trouve très aimable dans les chausses et le pourpoint de Jérémie. Je vais t'offrir de nouveaux souliers à boucles... D'ailleurs je propose qu'on s'en offre tous car les nôtres sont usés jusqu'à la corde et je sais qu'ici les bottiers sont habiles et moins chers qu'à Paris.

La question vestimentaire réglée, personne n'eut envie de se reposer longtemps. Les « espions de Colbert » comme disait Rosine avaient hâte de passer à l'action. Ils décidèrent donc d'aller sans plus attendre reconnaître l'île de Murano. Le latin aidant, ils réussirent sans trop de difficulté à trouver un gondolier et à lui faire comprendre où ils voulaient aller. Il faisait doux, le soleil frisant du matin dorait la lagune et Rosine se sentait amoureuse. Caressante elle s'était rapprochée de Frédéric et reprenait de sa jolie voix haut perchée le chant du batelier. C'est Jean Scheffer, le disciple d'Epictète, qui eut le premier conscience du danger. Il fit taire Rosine d'un coup de coude dans les reins :

– Cesse donc de chanter. Avec ta voix et tes manières de chatte sentimentale, notre batelier ne va pas longtemps te prendre pour un homme!

L'île enfin apparut, entourée d'embarcations de toutes sortes, de tartanes aux voiles ocrées, de barcasses manœuvrées par deux rameurs, de gondoles étincelantes qui se frayaient passage à coups de gueule. Murano, au milieu de cette flottille bruyante, fumait comme une immense forge.

– Notre secret est dans ce volcan! s'écria Jérémie. Allons le voler aux cyclopes!

– Nous n'en sommes pas là. N'oublions pas que nous débarquons ici pour acheter des glaces, des objets en verre et toutes sortes de choses dont M. Le Brun est censé être friand. On ne nous laissera sans doute pas entrer dans les ateliers mais les magasins nous seront ouverts. A nous de regarder, de questionner, d'essayer d'amadouer les chiens de garde du doge.

En entrant dans la première bâtisse qui se présentait, ils furent saisis à la gorge par une fumée âcre et aveuglante qui estompait jusqu'à leurs propres formes.

– C'est pire qu'à Reuilly, dit Jérémie. Peut-être ne faisons-nous pas assez de fumée!

– Tais-toi, quelqu'un vient!

Un homme correctement vêtu à la mode du pays arrivait en effet et les priait d'un geste à le suivre. Il les emmena dans une chambre où l'air était respirable et leur demanda en italien qui ils étaient et ce qu'ils désiraient. La locandiera avait expliqué à Frédéric Andrieu que la langue vénitienne était un mélange de latin, d'italien, de français et d'allemand. Il ne l'avait naturellement pas crue. Pourtant, parlant toutes ces langues sauf l'italien, il s'aperçut avec étonnement qu'il comprenait à peu près ce que lui disait l'homme qui semblait être le patron de la verrerie. Celui-ci parut enchanté de savoir qu'ils étaient français et encore plus d'apprendre qu'ils venaient à Venise pour acheter du verre. Le passeport de Frédéric, déroulé au bon moment, acheva de le mettre en confiance et il les conduisit dans une grande pièce où était rassemblé tout ce qu'il paraît imaginable de fabriquer avec du verre. Un grand lustre de Venise dont un domestique venait d'allumer les chandelles réveillait les bigarrures et les jaspures des hanaps, des vases, des plats et de toute une ménagerie de verre exposée autour de la pièce sur les étagères cristallines. Rosine ouvrait de grands yeux devant ce spectacle étonnant, et les trois compagnons, fascinés, en oubliaient le but de leur visite.

Frédéric, enfin, commença pour donner le change à parler de prix, de transports possibles, de délais de fabrication. Mais il n'était pas là pour savoir comment on transformait en cheval un fil de verre étiré. Seuls les miroirs l'intéressaient et il n'y en avait pas un seul dans le magasin. Il s'étonna de cette absence et le maître verrier partit d'un grand rire en lui montrant une autre porte :

– Les Français adorent les miroirs de Murano. Ils sont nos meilleurs clients. Eh bien, vos chers miroirs sont là, dans un autre magasin. Je savais que c'était cela que vous étiez venus chercher.

Malgré l'abondance des glaces, la beauté des cadres finement ciselés dans des verres irisés et la magnificence de quelques chefs-d'œuvre, l'effet de surprise fut moins vif. Des miroirs vénitiens, il y en avait partout à Paris. Ce qu'il fallait, c'était trouver le moyen de les fabriquer. Adroitement, Frédéric amena la conversation sur ce sujet tabou que les difficultés linguistiques rendaient encore plus délicat :

– Vos miroirs sont inimitables! déclara Frédéric dans son jargon que l'homme semblait comprendre. Nous avons essayé d'en fabriquer d'aussi beaux à Paris mais l'eau ou l'air ne doivent pas être les mêmes qu'à Murano : nous avons essuyé quelques échecs. Si bien que le grand ministre du roi, M. Colbert, celui-là même qui nous envoie, y a renoncé.

Il s'arrêta là pour voir la réaction de son interlocuteur. Elle ne fut pas celle qu'il attendait.

– Votre M. Colbert a bien raison de nous acheter les miroirs plutôt que de les fabriquer mais l'eau et l'air ne sont pour rien dans notre réussite. Il n'existe pas non plus de secret fabuleux, simplement un tour de main et un dosage convenable des produits qui entrent dans la composition du verre. Un peu trop de silice ou de chaux et votre verre se gondole... Se gondole, comme nos « gondoles! » Il éclata de rire. Les quatre Français sourirent par politesse bien que les miroirs ne fussent pas un sujet sur lequel ils aimaient plaisanter. La bonne humeur de son hôte fit pourtant penser à Frédéric qu'il pouvait se permettre de poser une question plus hardie, à condition qu'elle apparût comme incidente dans la conversation :

– Et ce dosage, vous ne nous en donneriez pas le détail? lança-t-il, comme il aurait demandé le prix d'un broc ou d'un miroir.

Le bonhomme ne parut pas trouver malice dans cette question qui avait fait sursauter les trois autres Français. Sans hésiter, il répondit :

– Ce serait avec plaisir, mais je suis incapable de le faire. Ici, nous n'avons pas besoin de fléau pour mélanger exactement nos produits. C'est un don que possèdent les verriers de Murano. A la couleur du mélange, à sa consistance, à son odeur peut-être, mes ouvriers savent très exactement quand il faut arrêter d'ajouter de la soude.

Frédéric n'insista pas. Il promit qu'il reviendrait avec ses amis pour passer une commande lorsqu'il aurait fait le tour des fabriques de l'île. Il prit congé du verrier.

– Il nous faut réfléchir à tout cela! dit-il à ses trois compagnons en les entraînant vers le quai où la gondole les attendait. J'ai l'impression que nous n'avons pas perdu notre temps chez ce bonhomme. J'aimerais bien savoir s'il est sincère ou très rusé.

– Si tu veux mon avis, dit Jean Scheffer, il est rusé et sincère. Je crois qu'il a raison lorsqu'il dit qu'il n'y a pas de secret mais une grande habileté. Cela hélas, ne nous avance pas! C'est même le contraire. Enfin, taisons-nous, il vaut mieux parler de cela tranquillement dans nos chambres. Pour l'instant profitons de Venise. Je propose qu'on aille voir l'admirable palais des Doges et la basilique Saint-Marc. Tiens, Rosettina mia, explique à notre gondolier que nous voulons aller visiter San Marco avant de rentrer!

Rosine avait justement entamé une conversation laborieuse avec Peppino. Laborieuse mais plaisante. Rosine n'avait encore rien dit aux garçons mais elle était persuadée que le gondolier n'était pas dupe de son déguisement. La façon dont il lui parlait et dont il la caressait du regard à chaque glissement de rame ne pouvait échapper à la sensitive qu'elle prétendait posséder à la place du cœur. Son secret étant découvert, Rosine avait décidé de tirer parti de la situation et de voir comment le joyeux Peppino, engagé pour la durée du séjour à Venise, pouvait favoriser leur projet.

Le soir, avant le souper qui était servi sur une charmante terrasse accrochée au bord du canal de Mandola, les jeunes gens avaient tenu un conseil de guerre. Toutes les éventualités avaient été envisagées, depuis l'engagement d'un ou deux garçons comme ouvriers, ce qui était pratiquement impossible jusqu'à l'espionnage par les toits d'une verrerie en pleine chauffe, ce qui ne l'était guère moins.

– Il n'y a que moi qui pourrais me hisser sur un toit, avait dit Rosine. Vous êtes tous bien trop lourds, vous crèveriez le plafond et tomberiez dans la fournaise. Seulement, il faudrait savoir ce que l'on cherche. Si c'est la formule du mélange, en admettant qu'elle existe, ce n'est pas en regardant les verriers qu'on l'obtiendra.

– Non, mais il sera tout de même utile que l'un de nous observe attentivement les Vénitiens au travail, lança Frédéric. Ce qui n'empêche pas, naturellement, de se procurer l'essentiel c'est-à-dire la composition, au gramme près, du verre à miroirs. Il n'est évidemment pas question que ce soit Rosine qui monte sur un toit. Il faut que ce soit quelqu'un qui comprenne ce qu'il observe et qui puisse comparer avec notre façon de faire.

C'était le simple bon sens et Rosine s'inclina. Le plus léger des garçons se vit confier la mission : Jean Scheffer, le rouquin, désigné à l'unanimité, se déclara fier de la confiance qu'on lui témoignait. Il se dit sûr de trouver dans Epictète ou dans l'histoire de Timoléon qu'il connaissait par cœur, les encouragements stoïciens qui lui semblaient indispensables.

– Puisque vous ne voulez pas de moi comme acrobate, interrompit Rosine, je vous procurerai la formule. J'ai mon plan, il s'appelle Peppino et si je n'arrive pas à avoir par lui la composition du verre de Murano, nous ne la trouverons jamais.

– Tout dépend du prix que tu la paieras, dit Frédéric, en riant. Un mari – n'oublie pas que tu es ma femme bien que cela ne soit pas évident – ne saurait tolérer certains marchés. Ce Peppino aurait-il deviné ce que cache ton pourpoint?

– Je le crois. Il ne m'en a rien dit mais il me fait les yeux doux. Je pense qu'on peut lui faire confiance et le charger d'une recherche qu'il nous sera très difficile de mener à bien nous-mêmes. Au fait, pour le prix, je peux aller jusqu'où? Il n'est pas mal du tout, ce garçon, et la dette ne sera pas désagréable à régler.

– Un baiser avant et un second en cas de réussite.

– Avare!

Dès le lendemain, Rosine et les trois amis reprenaient le chemin de Murano dans la gondole de Peppino. Il s'agissait de continuer la visite des fabriques et de choisir celle qui se prêterait le mieux à une observation discrète. La jeune femme, quant à elle, devait prétexter une indisposition pour demeurer dans la gondole et essayer de circonvenir le batelier. C'était là un jeu qui ne déplaisait pas à Rosine, dans la mesure où il lui permettait d'exercer à la fois son pouvoir de séduction et ses dons de persuasion.

En essayant d'extraire de son latin des mots que pouvait comprendre Peppino, en les assortissant d'expressions françaises usuelles et de gestes, elle réussissait tant bien que mal à se faire entendre. Elle arrivait aussi, en retour, à saisir le sens des phrases que le gondolier lui débitait lentement en agrémentant son dialecte vénitien de mimiques démonstratives. Elle lui avait ainsi avoué sans trop de réticence qu'elle n'était pas le jeune homme qu'on pouvait croire, ce qu'il avait deviné depuis longtemps, puis, après ce témoignage de confiance, avait amené habilement la conversation sur le verre, les miroirs et le fabuleux talent des gens de Murano.

– Pourquoi êtes-vous venus de si loin dans cette île enfumée où les plus résistants des habitants meurent jeunes? avait-il demandé, curieux.

Elle s'attendait à la question :

– Nous venons acheter des objets en verre et des miroirs pour le compte des ateliers du roi. Mais, moi, je suis là aussi parce que mon père est à Paris un verrier connu et que je me suis promis de lui rapporter des modèles de miroirs et la façon de les réussir aussi bien qu'à Murano.

– Mais ici, cela se fait tout naturellement. De père en fils on se transmet le tour de main qui fait les bons ouvriers. Le plus difficile, c'est le verre filé, les incrustations de fragments d'or dans la pâte et la réalisation de certaines pièces uniques qui sont l'œuvre d'artistes peu nombreux.

– Ce qui intéresse mon père, ce sont les glaces et les miroirs. Comment en obtenir qui soient lisses et sans défaut?

– Je peux demander à mon frère qui est verrier mais je sais qu'il me répondra, étonné, que lui ne saurait faire des glaces qui ne soient parfaitement lisses.

– Mon père doit sûrement se tromper dans le mélange des matières qui servent à faire le verre. C'est cela que je voudrais lui rapporter : le détail et la proportion exacte de ces matières. Ne voulez-vous pas demander à votre frère ce renseignement? Je serais tellement heureuse...

Arrivée à ce point de dialectique, Rosine sentit que le moment était venu d'utiliser le crédit de charme que lui avait autorisé Frédéric :

– Peppino, je vous remercie à l'avance. Vous êtes vraiment le gondolier le plus charmant de Venise. Tenez, laissez-moi vous embrasser.

La joue ou les lèvres? Elle n'avait pas pensé à ce choix et se dit qu'il serait vraiment sot d'anéantir tant d'efforts pour une si minime différence. Elle opta donc pour la bouche et ne se fâcha point en réalisant que Peppino faisait durer le plaisir. Elle se dégagea pourtant et remercia le jeune homme de la promesse qu'il venait de lui faire. Sans doute ouvrait-il la bouche pour dire qu'il n'avait rien promis du tout mais elle la lui ferma par un second baiser, rapide, celui-là, en ajoutant qu'elle allait dans l'île retrouver ses amis.

Ceux-ci justement revenaient. Ils avaient l'air satisfait :

– Nous avons découvert une petite fabrique entre les arbres où le rouquin pourra voir sans être vu. Nous reviendrons demain, glissa Frédéric à Rosine. Et toi, ajouta-t-il, as-tu les renseignements que nous souhaitons?

– Non, mais je ne vais pas tarder à les avoir. A propos, Peppino sait depuis le premier jour que je suis une femme. Je ne l'ai pas détrompé!

– Mais moi, tu m'as trompé?

– Si peu mon chéri : un baiser sur la joue. Et tu étais consentant!

Durant le souper, en se régalant d'une *zuppa di seppia,* l'escouade française décida avec sagesse de ne pas revenir le lendemain à

Murano où sa présence commençait à éveiller quelque curiosité. On convint de réserver la journée à la promenade, toujours en compagnie de Peppino qui était un guide agréable et dont on espérait beaucoup. Il fut donc décidé d'aller voir de près le Rialto avec son arche unique, ses escaliers et ses boutiques, la Ca' d'Oro, un palais gothique vieux déjà de deux siècles et l'église encore neuve de S. Maria della Salute qui protégeait de son aile le séminaire patriarcal. Rosine dit que même si l'on n'avait pas besoin de l'aide du prieur, la politesse exigeait qu'on lui remît la lettre de recommandation de l'abbesse de Saint-Antoine. Saint-Antoine... le simple fait d'entendre prononcer ce mot oublié depuis des semaines les plongea dans une rêverie suivie bientôt d'une sorte d'excitation collective. Comment croire que là-bas la vie n'avait pas changé? Rosine dit qu'elle avait une folle envie de respirer l'odeur du bois fraîchement raboté, qu'elle voulait revoir sa maison et savoir ce que devenait le petit Boulle et ce qu'il avait encore inventé.

– Patience, patience, dit Frédéric. Si après-demain, nous réussissons et si ton amoureux t'apporte le secret, nous ne tarderons pas à reprendre la route du Faubourg!

Le surlendemain, Peppino n'avait pas la formule mais il avait glissé à l'oreille de Rosine un *domani* prometteur. En revanche, l'expédition des garçons s'était soldée par un succès. Pour être sûr de ne pas oublier ce qu'il avait vu du haut de sa lucarne, Jean Scheffer avait décidé d'écrire le récit complet de son exploit. Comme il n'était pas question de conserver un document aussi compromettant il fut convenu que chacun l'apprendrait par cœur et qu'il serait ensuite brûlé dans la cheminée. Après le souper, le futur professeur d'éloquence en fit la lecture à ses amis :

« Qu'on m'imagine à plat ventre sur la toiture fragile, le visage vissé à la petite lucarne située juste au-dessus d'une sorte de grand chaudron chauffé à blanc par un feu violent qui envoyait des flammes longues et larges jusqu'à moins d'un mètre du plafond. J'avais par moments l'impression d'être au milieu du brasier. C'est dans ce creuset géant que des hommes, torse nu, sont venus jeter entre les flammes qui les léchaient des pelletées de trois ingrédients dont je n'ai pu naturellement discerner la qualité. Il devait s'agir comme chez nous de silice de chaux et de soude. Quand cette marmite du Diable fut à peu près pleine, il s'établit un grand silence, seulement rompu de temps en temps par le crépitement du bois. Les hommes s'étaient éloignés et se reposaient. J'ai cru que je ne pourrais tenir jusqu'au bout sur le toit brûlant et je faisais des signes à Frédéric et Jérémie qui guettaient à gauche et à droite. Enfin, je constatais que la pâte commençait à se former juste au-dessous de moi. Si le toit avait cédé sous mon poids, j'étais un homme mort mais je n'y pensais pas. Je regardais, je notais dans ma tête le nombre d'ouvriers qui s'affairaient autour du chaudron, leurs gestes et le ballet qu'ils formaient en venant à tour de rôle remuer le magma à l'aide de pelles de fer à longs manches. Il y avait ainsi six ouvriers en action, plus deux autres qui se reposaient quelques minutes à l'arrière avant de venir prendre la place de deux sortants.

« La pâte de verre avait pris l'aspect d'une liqueur d'opale brillante, lisse, onctueuse. Encore un moment d'attente et l'on entendit comme une cloche sonner dans cette cathédrale de feu. C'était le maître d'atelier qui sonnait le signal en frappant une canne d'acier sur les dalles de fonte. Alors, les hommes se rapprochèrent et, par un procédé mécanique que je n'ai pu analyser, le creuset se mit à basculer lentement et à verser sa lave épaisse sur une table d'acier lisse et propre, bordée de tous côtés. A un second signal, des ouvriers vinrent souffler en fins rouleaux le verre fondu devenu d'un rouge presque noir. La glace n'avait plus qu'à cuire dans sa propre chaleur avant d'être étalée et de se refroidir. Cela a demandé près d'une heure. Cette glace qu'il fallait évidemment encore polir m'apparut sans défaut, parfaitement plate et de bien meilleur aspect que celles que nous fabriquons à Reuilly. Durant le refroidissement, d'autres rouleaux étaient soufflés, cela jusqu'à ce que le chaudron fût vide.

« Si l'on réussit à se procurer la composition exacte du mélange, je pense être capable de faire répéter, dans les ateliers de la manufacture royale, les différentes opérations auxquelles j'ai assisté. »

Chacun félicita Jean pour sa réussite et aussi pour la façon magistrale dont il l'avait résumée :

– C'est digne de l'Antique, affirma Jérémie. Jean est notre Ulysse. Rosine sera-t-elle Nausicaa?

– Nausicaa a fait ce qu'elle avait à faire, répondit Rosine en souriant. Maintenant le sort des compagnons d'Ulysse est entre les mains d'Euryloque au grand cœur, je veux parler de Peppino. Hermès, le dieu aux rayons clairs, le laissera-t-il nous rapporter le secret du mélange qui fait des miroirs merveilleux?

– Bravo Rosine! s'écria Frédéric. Quel bonheur d'avoir une femme qui a pour familiers les héros d'Homère. Je sais maintenant que quand nous serons vieux, tu sauras enchanter pour moi les longues veillées d'hiver.

Rosine rougit de contentement. Elle eut une pensée pour Jeanne, sa mère, qui lui avait souvent répété que le potage de la vie n'est pas grand-chose si on ne peut y mêler les épices du savoir.

Le lendemain, les quatre compagnons étaient fébriles en montant dans la gondole où Peppino attendait, sourire aux lèvres, ses longs cheveux blonds vagabondant au vent. Avait-il la formule? Il n'était pas question de le lui demander. Il fallait laisser faire Rosine à qui il était censé rendre un service personnel. Ils la laissèrent donc s'asseoir sur la petite chaise noire installée près du gondolier et d'où elle pouvait converser avec lui discrètement. Tandis qu'il s'écartait du rivage en s'aidant de la rame, Rosine le regardait et le trouvait décidément séduisant. Il n'avait peut-être pas le visage de jeune dieu qu'Homère prête à Euryloque mais il était très beau et savait laisser deviner sous sa large chemise de toile blanche des pectoraux musclés et une peau bronzée. Quand le bateau eut pris son sillage en dents de scie au milieu du Canal Grande, Rosine engagea la conversation :

– Vous rappelez-vous que vous m'avez embrassée l'autre soir, Peppino?

– Pardon, c'est vous belle madame qui m'avez baisé les lèvres! Je n'aurais jamais osé commencer.

– Je voulais simplement vous donner un baiser de grande sœur sur la joue et je ne sais pas ce qui s'est passé mais... vous avez un peu profité de la situation. Avouez-le?

– Le baiser à la mode vénitienne n'a pas paru vous déplaire.

– Non, mais si vous saviez comme il ressemble au baiser parisien!

– Alors, il faudra recommencer car j'ai dû m'y prendre mal : normalement, il doit être meilleur.

Rosine jugea que le moment était venu de se lancer. L'air détaché, elle demanda :

– Au fait, beau Peppino, avez-vous pensé à ce que je vous ai demandé pour mon père? J'aimerais tant lui faire plaisir!

– J'y ai pensé mais mon frère ne me croit pas. Il dit que je me moque de lui et que vous n'existez pas. Il dit aussi que je veux vendre la recette à des étrangers et refuse de se prêter à une opération aussi vile.

– Alors, il faut que je renonce? Eh bien, non! Je ne renoncerai pas, je trouverai quelqu'un à Venise qui me comprendra et me permettra d'offrir à mon père l'une de ses dernières joies. C'est dommage, Peppino, j'aurais aimé vous devoir cette preuve de confiance et d'amitié.

– Attendez, n'allez pas si vite! Il y a peut-être un moyen.

– Lequel, si votre frère refuse?

– Il croit que vous n'existez pas. Si je lui prouve le contraire, il me donnera ou plutôt il vous donnera ce que vous cherchez.

– Et comment lui prouver que je ne suis pas un fantôme?

– En m'accompagnant ce soir à la maison. Je vous présenterai, il vous verra, sera conquis et le reste se passera bien. Je vous reconduirai à la locanda le papier dans le creux de votre main.

Rosine n'avait pas envisagé la question sous cet angle. L'histoire du frère méfiant était évidemment une invention de Peppino, un prétexte pour l'entraîner chez lui. Restait qu'elle n'avait pas la formule et qu'il fallait réfléchir. Pour ne pas rompre les ponts, elle fit semblant de croire à la fable du gondolier.

– Vous savez, Peppino, ce que vous me demandez? Évidemment, si je pouvais venir avec mon mari...

– Sa présence enlèverait toute crédibilité au but de votre visite.

– Bon! Nous en reparlerons avant ce soir. En attendant, faites-nous visiter la Scuola di San Rocco où il y a, m'a dit la locandiera, plus de cinquante chefs-d'œuvre du Tintoret. C'est un peintre qui m'est cher.

Elle planta là Peppino, sa rame et son charme et alla retrouver les autres à l'avant de la gondole. A son air, ils virent que l'affaire tournait mal.

– Il n'a pas la formule, c'est fichu? questionna Frédéric.

– Pas tout à fait mais ça en prend le chemin! Je vous raconterai tout lorsque nous serons à terre. Maintenant oublions un instant les miroirs, nous allons voir les plus beaux Tintoret. Je compte bien retrouver dans quelques-uns le visage de tante Anne. Ici, à Venise, elle a posé pour le maître. Je lui dois cette visite de politesse.

Dans l'église San Rocco qui venait d'être reconstruite, ils admirèrent déjà quatre tableaux racontant la vie du saint mais c'est dans la scuola qui dressait juste à côté ses colonnes corinthiennes de la Renaissance qu'ils découvrirent cette profusion de Tintoret dont avait parlé l'aubergiste. Deux ou trois fois, Rosine crut reconnaître Anne mais certaines œuvres étaient accrochées trop haut et il était difficile de distinguer les traits des personnages. Finalement, elle renonça et attira les trois garçons dans un coin pour leur faire le récit de la conversation qu'elle avait eue avec Peppino. Elle se garda bien d'insister sur le caractère scabreux de la visite que Peppino lui avait proposée, se contentant de répéter, sans commentaire, ce qu'il lui avait dit. Elle guettait Frédéric du coin de l'œil pour voir sa réaction et fut plutôt déçue de constater qu'il restait parfaitement calme.

– Que comptes-tu faire? demanda-t-il enfin.

– C'est à toi que je le demande! Est-ce que tu te rends compte de ce que me demande ce Vénitien charmeur?

– Que crains-tu si nous sommes avec toi?

– C'est qu'il ne l'entend pas ainsi. Je dois y aller seule, sinon son frère se doutera du complot.

– Tu n'es pas sûre de toi?

– Je trouve surtout que tu prends bien à la légère la proposition qu'on m'a faite. Maintenant, si tu es d'accord, je veux bien tenter l'aventure. Après tout, le jeu en vaut peut-être la chandelle...

– Il me semble que tu dramatises. C'est à toi de décider. Moi, j'ai confiance en toi et je pense qu'il ne t'arrivera rien. Après tout ce que nous venons de vivre, sur les routes, dans les fabriques où l'on commençait à nous regarder d'un drôle d'air et sur le toit de Murano où le rouquin a risqué sa vie, cette dernière partie de l'expédition, si elle a une importance capitale pour le résultat que nous en attendons, ne semble pas présenter de danger réel.

Rosine avait écouté Frédéric sans rien dire mais elle avait pris son air buté, – narines serrées, yeux plissés et lèvres minces – qui indiquait que la colère montait en elle comme le lait sur le feu. « Frédéric, tu es un imbécile, pensait-elle. Tu ne vois pas plus loin que le bout de tes miroirs, tu es prêt, sans même t'en rendre compte, à laisser ta femme partir avec un gondolier, un gondolier moins instruit mais aussi moins sot que toi. Tu ne t'es même pas aperçu qu'il était beau; ta suffisance de mâle te rassure alors que tu devrais tout craindre. Eh bien, tant pis pour toi. Tu veux que j'aille ce soir avec Peppino, j'irai! D'ailleurs, tu as raison : il ne peut rien se passer de très ennuyeux. Ce n'est pas ma vie que je risque! »

Elle ne dit pas un mot durant le retour. Elle réfléchissait, s'interrogeait sur son comportement, se demandait si elle en voulait à son mari parce qu'il n'avait rien compris ou parce qu'il avait réagi comme peut-être elle le souhaitait au fond d'elle-même. Elle l'accusait en somme de ne pas l'avoir défendue contre sa propre tentation. Tentation de quoi, au fait? Tout faire pour mener à bonne fin la mission dont le succès ne dépendait plus que d'elle et d'elle seule, ou bien, c'était moins noble, se retrouver seule avec Peppino qui, elle se l'avouait, ne lui déplaisait pas?

Tout cela était bien compliqué! Soudain, elle sortit de son isolement, retrouva son sourire, reprit sa place dans la conversation. Elle avait décidé : il lui fallait la formule et elle irait la chercher. Calmement, elle fit part de sa résolution à ses trois compagnons. Frédéric, qui avait dû réfléchir, sembla avoir perdu de son assurance mais il lui était difficile de revenir sur ses déclarations quelque peu fanfaronnes. Quant à Jean et Jérémie, ils affectèrent un détachement que Rosine perçut comme une désapprobation.

– Voilà, dit-elle, vous n'êtes plus concernés par cette affaire qui ne regarde que moi. L'essentiel est d'obtenir vite ce qui nous manque afin de reprendre la route du Faubourg.

Lorsque la gondole vint mourir au bord du ponton de l'*Antico Panada,* c'était le nom de l'auberge, elle dit simplement à Peppino : « Je reste pour aller chercher la liste chez votre frère. » Le gondolier, impassible, fit un simple signe de tête pour montrer qu'il avait entendu et aida les garçons à descendre. Tous trois demeurèrent un moment sur le quai, un peu balourds, pas fiers d'eux. Ils répondirent de la main à Rosine qui leur criait de la gondole déjà repartie :

– A tout à l'heure. Peppino n'habite pas loin. Je serai de retour pour le souper... Avec la liste!

Elle avait repris sa place sur la chaise basse et regardait Peppino peser de tout son poids mais sans heurt, avec souplesse, sur la longue rame qui pliait légèrement à chaque coulée. Le soleil couchant semblait s'être approprié l'ocre pâle des palais. Le rameur apparaissait dans cette lumière rougeâtre comme une statue vivante qu'elle ne pouvait s'empêcher de rapprocher des éphèbes de bronze entrevus dans la salle des sculptures de la Ca' d'Oro. Elle lui souriait et Peppino lui répondait, ignorant que ce signe de douce complicité ne s'adressait à lui qu'indirectement. Rosine songeait à Jeanne qui lui disait naguère : « Le bonheur est parfois le fruit d'une bêtise mais il faut être vraiment sûr que c'est une bêtise qui vous fait plaisir! » Elle était émue de sentir sa mère près d'elle, aussi présente que lorsqu'elle vivait, chaque fois que son existence devait prendre un tournant ou qu'elle se trouvait placée devant un choix difficile. Aujourd'hui encore, Jeanne était là. Il lui sembla qu'après avoir regardé Peppino elle se penchait vers elle et lui glissait à l'oreille : « Il est très beau,

Venise est voluptueuse, je crois que tu vas faire une bien agréable sottise. »

Au bout d'un moment, elle s'adressa à Peppino toujours silencieux qui semblait compter les gouttes d'eau qui tombaient de son aviron chaque fois qu'il le ramenait vers l'avant :

– Jurez-moi que vous avez bien la formule qui m'intéresse et dites-moi pourquoi vous m'avez trompée avec l'histoire de votre frère. Un enfant de quatre ans n'y croirait pas.

Il éclata de rire :

– Oui, j'ai vraiment la formule, comme vous dites, elle est dans ma poche et je vais vous la remettre tout de suite.

– Vous allez me la remettre? Alors pourquoi m'avoir emmenée? Vous auriez pu aussi bien me la donner tout à l'heure.

– Vous savez très bien pourquoi je souhaitais vous emmener seule. Je peux vous l'avouer : je voulais continuer ce que nous avons si agréablement commencé l'autre jour et garder de vous plus que le souvenir d'un baiser furtif. Pourtant je sais que ce marchandage n'est pas digne d'un Vénitien de bonne race; c'est pourquoi je vous donne tout de suite ce que vous semblez désirer plus que tout.

Peppino sortit de sa poche un papier plié en quatre qu'il tendit à Rosine :

– Voilà! Maintenant, voulez-vous que je vous ramène auprès de votre mari et de vos amis? J'attends vos ordres.

Rosine s'attendait à tout sauf à ce brusque revirement. Incrédule, elle regardait alternativement le jeune homme et le papier qu'elle tenait au bout des doigts. Il venait de se passer quelque chose d'exceptionnel entre le jeune batelier aux cheveux fous qui jouait les seigneurs de la comédie italienne et elle, Parisienne du faubourg Saint-Antoine, accroupie dans cette longue barque noire qui glissait sous le pont du Rialto. Le geste de Peppino enlevait à l'aventure cet arrière-goût d'humiliation qui la gênait. Elle se retrouvait libre et ne réfléchit pas une seconde quand il insista :

– Alors, Rosine, je fais demi-tour ou j'accoste? Ma maison est à côté!

– Nous allons chez toi. J'ai envie que tu me serres dans tes bras!

La maison de Peppino n'avait rien d'un palais. Il la lui montra du doigt au bout du campiello. Le couchant avait accroché à sa façade de plâtre écaillé la tenture d'or du bonheur, les fenêtres étaient pavoisées de linges humides et colorés, Rosine flottait dans une autre vie, suivant avec une dévotion délicieusement perverse l'inconnu qui la conduisait par la main.

– Viens, dit-il, nous allons passer sur les planches le long du rio Ponte pour aller directement dans ma chambre. Je ne pense pas que tu aies envie d'être présentée à la famille, pas même à mon frère...

La chambre était grande, haute de plafond, blanche de chaux, meublée seulement d'un coffre et d'un lit miraculeusement recouvert d'une grande étoffe de cachemire venue d'un Orient fabuleux, de Trébizonde peut-être. Ou de Byzance.

– Le cadeau d'un maharajah que j'ai conduit l'an dernier, dit-il. Viens que je te regarde. Sais-tu que c'est la première fois que je suis seul avec toi. Et sans doute la dernière. Demain ou après-demain, Venise ne sera plus pour toi qu'un souvenir...

– Faisons que ce soit un beau souvenir, murmura-t-elle en enlevant le pourpoint de Jérémie. Dessous elle était nue.

– Ote aussi ces chausses qui te donnent maintenant un drôle d'air. Dire que je ne t'aurai jamais vue habillée en femme!

– Prends-moi habillée comme je suis, de peau rose et d'un peu de fourrure.

En un tour de main, il se défit des vêtements de toile qu'il portait à même la peau et s'allongea auprès de Rosine déjà frissonnante de désir.

– Attention, murmura-t-elle, pas de précipitation, pas d'abordage, nous ne sommes pas à la guerre.

– Tu me vexes. Les Vénitiens ne sont pas des sauvages et je suis un Vénitien plutôt doué.

– Dis-moi d'abord, coupa-t-elle en caressant doucement son torse lisse et bruni, pourquoi m'as-tu donné le papier avant d'être sûr que je t'accompagnerais jusqu'ici?

– Parce que je tenais à ce que tu viennes de ton plein gré. J'aurais eu honte de t'échanger contre un morceau de papier.

– Et si je t'avais demandé de me raccompagner à la locanda?

– Je l'aurais fait!

– Mais tu m'aurais perdue...

– Comme tous les marins, les Vénitiens sont joueurs!

– Alors, viens jouer avec moi, mon gondolier superbe et chevaleresque!

Il était bien tard quand la barque se rangea à nouveau le long du ponton de l'auberge. Frédéric et ses deux amis faisaient les cent pas sur les planches mal jointes, imprimant au débarcadère un mouvement de roulis qui gêna l'abordage. Enfin, hissée par les garçons, Rosine se retrouva avec eux tandis que Peppino s'éloignait en criant : « Pardon pour le retard, mon frère n'était pas arrivé mais vous avez le papier. A demain! »

– Il était temps, dit Frédéric d'un ton sec. La locandiera nous avait procuré l'adresse de ton gondolier et nous nous apprêtions à aller te chercher. Tous les trois. Et bien décidés à te ramener!

– D'abord, Peppino n'est pas « mon » gondolier, ensuite il aurait été stupide de tout faire rater en venant m'arracher aux mains de mon « tortionnaire vénitien » dont le seul défaut est de m'avoir remis gentiment ce que nous sommes venus chercher de si loin. Vous devriez me tresser des couronnes, me faire la fête, m'embrasser et vous m'accueillez comme si j'avais démérité. Vous me dégoûtez tous, j'ai bien envie de déchirer la formule, de la brûler sans même vous la montrer. On verra si vous êtes assez forts pour vous la procurer tout seuls!

La fausse colère de Rosine, utilisée avec à-propos comme dérivatif aux questions embarrassantes qu'elle sentait venir, ramena le calme et la bonne harmonie dans le groupe.

– Le principal est que tu sois revenue, dit Frédéric.

– Avec ce que j'étais allée chercher! compléta Rosine. Alors, vous voulez la voir cette fameuse liste?

– Oui, oui, montre-la!

Elle sortit de sa ceinture le papier plié en quatre, l'ouvrit lentement pour ménager ses effets et lut sur un ton déclamatoire :

– *Per cento chili : calce 15,5*
*soda 11,5*
*silice 73*

– Et voilà pourquoi nous avons parcouru je ne sais combien de lieues, pourquoi le Rouquin a risqué sa vie et moi ma vertu! Quand je pense que les Français n'ont pas été fichus de trouver cela tout seuls!

– Il reste à expérimenter cette formule et à être certains que Peppino ne nous a pas fourni des chiffres fantaisistes.

– Je ne crois pas, Peppino est un garçon honnête! Quand je lui ai demandé quelle récompense il souhaitait, il m'a dit qu'il ne voulait rien du tout.

Les deux poings sur les hanches, serrée dans son pourpoint qui devenait chaque jour un peu plus étroit car la cuisine de l'auberge était bonne, Rosine avait pris son air candide de petite femme sûre d'elle. Frédéric la regarda un moment, sourit et l'embrassa en hochant la tête. Elle ne lui demanda pas ce que cela signifiait.

– Maintenant, allons souper, j'ai faim! clama Jérémie. Et préparons notre retour. Plus vite nous aurons quitté Venise, mieux cela vaudra!

Là encore, personne ne demanda d'explication. On décida de partir deux jours plus tard après avoir rendu visite à l'ambassadeur qui devait fournir l'argent du retour, se promettant de lui cacher le succès incertain de l'expédition.

Autant M. de Saint-André s'était montré peu coopératif à l'arrivée des jeunes gens, autant fut-il aimable lorsqu'ils vinrent prendre congé. Content d'être débarrassé de cette députation jugée malgré ses lettres de créance encombrante et frivole, il se déclara prêt à faciliter son retour en France, avança l'argent qu'il fallait et détacha même un secrétaire de l'ambassade pour escorter Frédéric et ses compagnons jusqu'à la frontière de la Sérénissime.

Peppino ne voulut laisser à personne le soin de conduire ses amis et leur guide diplomatique jusqu'au continent. Lourdement chargée, la gondole remonta le Canal Grande, Peppino, calme jusqu'à paraître indifférent, debout sur la poupe, Rosine assise sur la chaise noire, les autres serrés avec les bagages à l'avant. Les quatre amis restaient muets et regardaient intensément les palais défiler comme pour s'imprégner de leur exquise beauté.

Parfois Peppino changeait de rive afin de s'approcher des façades les plus éblouissantes :

– C'est le seul cadeau d'adieu que je puisse vous faire, murmura-t-il à Rosine en lui désignant le Rezzonico à peine achevé.

En passant devant la Ca' d'Oro, ses dentelles de pierre et ses rosaces aériennes, il souleva sa rame et laissa la gondole glisser doucement sur son aire :

– Rappelez-vous bien cette maison, Rosine. Ce fut celle de Miranda, une princesse amoureuse dont on dit que l'ombre revient au balcon les soirs de pleine lune pour guetter l'arrivée de son amant. Je vous l'offre.

La traversée de la lagune parut ensuite longue et monotone. Prairie fluide aux herbes d'opale, elle frissonnait à peine sous la caresse de l'étrave. Rosine muette, se penchait pour y chercher sa sérénité ou peut-être y déposer le secret d'un bonheur volé.

Le débarquement sur le monde sans îles se fit très vite. Peppino écourta les adieux et d'un coup de reins éloigna la gondole. Jérémie s'étonnait de cette brusquerie quand on vit le Vénitien, debout au milieu de sa barque, brandir à deux mains l'aviron vers le ciel :

– *Arrivederci i miei amici!* cria-t-il par deux fois.

Comme Colleone, sur sa piazzetta, semble chevaucher les airs, Peppino paraissait marcher sur la lagune, fort et calme, à l'exemple du condottiere.

Chacun était ému et recevait silencieux cet adieu théâtral. Enfin de grands cris partirent de la terre pour saluer le seigneur de Venise qui déjà s'éloignait. Rosine, malgré ses efforts, ne put retenir quelques larmes. Frédéric, à côté d'elle, lui enserra les épaules de son bras et dit avec tendresse :

– Il était beau, hein, ton gondolier?

– Toi, tu es mon mari. Ramène-moi vite chez nous au Faubourg. Notre amour est là-bas, pour toujours!

*Chapitre 12.*

# Boulle le magicien

Le voyage du retour fut long, fatigant. A Milan, à Marseille, les trois garçons et Rosine durent attendre plusieurs semaines des places dans un carrosse de route. Près de Montélimar, une roue se détacha et la voiture versa dans un fossé; à Auxerre, enfin, un essieu rendit l'âme en pleine traversée d'une forêt. Seul Jean Scheffer gardait une marque de ces épreuves quand le coche de ligne atteignit Chelles, le dernier relais avant Paris. Une esquille de chêne lui avait labouré la joue droite et une cicatrice barrait maintenant son visage. Avec l'aide d'Épictète et de Timoléon, il avait heureusement surmonté ce coup du sort :

– Quand je pense que Rosine aurait pu être défigurée à ma place, je rends grâces à Dieu de m'avoir choisi, dit-il mi-sérieux, mi-railleur lorsque le coche traversa la place du Trône.

Le Faubourg, enfin, était là, avec les fondrières qui faisaient rouler les voyageurs les uns sur les autres mais qui semblaient tellement douces à Rosine... L'héroïne du Rialto ne tenait plus en place :

– Voici l'abbaye! cria-t-elle. Regardez le clocher là-bas! Bientôt nous allons passer devant la maison, dites au cocher de nous arrêter, ce n'est pas la peine d'aller jusqu'à la porte Saint-Antoine!...

Il était impossible, dans ce tohu-bohu, de dire quoi que soit au cocher perché sur son siège et qui hurlait des ordres au postillon. D'ailleurs, au train où allaient les chevaux, on atteignit la porte en un instant.

Personne n'avait envie de porter les bagages, salis et déchirés par d'innombrables aventures, jusqu'au carrefour de Reuilly. Il y avait bien, alignés sur le cours les « carrosses à cinq sous », récente invention d'un certain Blaise Pascal permettant aux Parisiens qui ne possédaient pas de carrosse personnel, c'est-à-dire tout le monde ou presque, de circuler en voiture dans Paris. Hélas! l'une des lignes reliait la porte Saint-Antoine au Luxembourg, l'autre à la rue Saint-Honoré. Comme chaque fois dans les cas graves, on fit appel au prophète. Jérémie fut chargé d'aller circonvenir l'un des cochers. Moyennant une récompense qui dépassait largement le tarif unique imposé de cinq sous, l'un d'entre eux accepta de conduire les voyageurs jusqu'à leur destination. C'était le moment le plus angoissant. Pour Rosine surtout qui se demandait quels changements elle allait trouver, quels deuils avaient frappé la famille durant son absence. Elle avait hâte aussi de savoir si Louis était parti sur la route du tour de France et si son cher André-Charles avait bouleversé les ateliers avec une nouvelle invention. Enfin, le carrosse s'immobilisa dans un concert de cris, de hennissements de chevaux et de craquements. L'aventure vénitienne était terminée.

Rosine n'avait pas mis pied à terre que la voiture était déjà entourée par les enfants du quartier. Bientôt, la porte de la maison s'ouvrit et Georges apparut. C'était maintenant un beau garçon de dix-huit ans à l'air franc, aimable. Il sauta au cou de Rosine qui, sans attendre, lui demanda :

– Dis-moi tout de suite : quelqu'un est mort?

Un voile de tristesse passa dans le regard de Georges :

– Oui. Le père. Il y a près de deux mois.

– Geneviève va bien?

– Elle a beaucoup de courage.

– Et comment marche l'atelier?

– Louis est toujours sur les routes. Je ne sais pas s'il est prévenu de la mort du père. En son absence, je fais ce que je peux avec Étienne qui, tu le sais, ne s'est jamais beaucoup occupé de la fabrication. Il est toujours très pris par l'abbaye.

– Par l'abbaye?

– Oui, malgré son âge c'est lui qui fait tout marcher. Il tient les comptes, s'occupe des fermages, dirige la réfection des bâtiments...

– Et l'abbesse?

– Elle est gentille mais elle serait perdue si Étienne n'était pas là. Remarque, à eux deux, ils ont beaucoup développé les activités de l'abbaye.

Rosine n'ignorait point que son oncle s'était toujours occupé du monastère. A un moment, certains prélats de l'évêché avaient même trouvé scandaleuse cette autorité abandonnée à un laïc. Madeleine Molé, sûre de solides amitiés à Versailles, avait répliqué en démontrant que l'abbaye n'avait jamais été aussi prospère que sous son règne.

Après une nuit de repos, il fut décidé que le groupe au complet irait rendre compte à M. Du Noyer du déroulement de la mission. Le directeur de la manufacture royale les félicita pour leur courage mais fit remarquer qu'il était prématuré de chanter victoire. Si l'application stricte de la formule n'améliorait pas sensiblement la qualité des miroirs fabriqués en France, tous leurs efforts auraient été vains.

Il était inutile de perdre du temps, l'essai fut fixé au lendemain et Jean Scheffer qui avait reconstitué de mémoire toutes les opérations de la fabrication à Murano se dit prêt à les appliquer en respectant le dosage des produits indiqué par Peppino.

Les choses ne se passèrent pas exactement comme prévu : les ouvriers de la manufacture n'étaient pas préparés à l'expérience et l'outillage était différent. Enfin, malgré quelques flottements, le résultat fut jugé encourageant. On poussa un cri de joie quand on vit la première glace soufflée prendre, en refroidissant, l'aspect lisse dont on rêvait depuis des mois. Ce n'était pas la perfection mais tout de même la preuve que la formule était bonne. Rosine fut soulagée de savoir que Peppino ne l'avait pas trompée.

Moins d'une semaine après cet essai, les condottieri du miroir, comme ils s'appelaient en riant, furent priés d'aller rendre visite à M. Le Brun dans son appartement des Gobelins. Le chancelier de l'Académie de peinture, directeur de la manufacture et véritable dictateur des arts, reçut les quatre jeunes gens avec beaucoup d'amabilité. Il ne leur ménagea pas les éloges et leur apprit que le roi, sur sa demande, offrait à chacun une somme de 800 livres allouée sur les « Comptes des Bâtiments ». Ce n'était pas tout :

– M. Colbert qui attache une grande importance à l'avenir de l'industrie des glaces et des miroirs français, suivant en cela les désirs profonds du roi, souhaite vous féliciter lui-même. Il vous recevra au Louvre un jour prochain. Je sais qu'il veut demander à l'un ou deux d'entre vous de résider quelques mois à Tourlaville, près de Cherbourg, où un certain Richard Lucas, sieur de Nehou, fabrique du verre blanc et des glaces de meilleure qualité qu'à Reuilly. Il s'agit donc d'améliorer cette fabrication grâce aux secrets que vous possédez et de mettre enfin sur pied, en collaboration avec la manufacture royale, une fabrique digne de la France. Réfléchissez à tout cela. Il peut en sortir pour l'un de vous un établissement enviable. M. Colbert a besoin de jeunes gens volontaires et inventifs pour réaliser tous ses projets. D'abord, comptez-vous demeurer à Paris? Je me suis laissé dire que vous veniez de l'Est...

– Moi, oui, répondit Frédéric. Je me suis marié à une jeune dame du faubourg Saint-Antoine – il désigna Rosine du regard – et je suis conquis par l'esprit et l'activité de la communauté de l'abbaye. Je n'ai pas envie de rentrer à Metz pour retrouver mon père qui officie au gouvernement de France. Et puis, ma femme tient beaucoup à son Faubourg!

– Ah! le Faubourg! J'y passerais mes journées si j'avais le temps.

– Monsieur, s'enhardit Rosine, connaissez-vous un jeune ébéniste de génie qui s'appelle André-Charles Boulle? Si M. Colbert cherche des talents nouveaux...

– Madame, le jeune Boulle commence à être connu comme le loup blanc à la cour, interrompit Le Brun. Il entrera aux galeries du Louvre dès qu'un atelier sera libre mais il commence déjà à travailler pour le mobilier royal. Ne vous faites pas de souci pour lui; c'est tout de même bien de m'en avoir parlé.

Le Brun, en les reconduisant, leur montra des pièces intéressantes de son bric-à-brac aux chefs-d'œuvre : quelques aunes d'une soie magnifique arrivée la veille de Pondichéry, une pendule fabriquée dans un atelier de Besançon que le roi venait de prendre aux Espagnols, une réduction en plâtre de la colonnade du Louvre qu'on élevait sur les plans de Claude Perrault...

– Voilà! dit Le Brun. Tout ce qui fera dans les siècles futurs la gloire du règne de Louis XIV passe par cette pièce. Je m'y plais autant que devant mon chevalet. Dommage qu'on n'ait qu'une vie!

La rencontre méritait réflexion. Une réunion plénière fut décidée pour le soir, après le souper, dans la chambre de Rosine. D'abord, on se félicita de la récompense royale. Jean Scheffer et Jérémie Oberlin dirent qu'elle allait leur permettre de rester plusieurs mois à Paris avant de rejoindre leur famille à Strasbourg; Rosine, elle, disposa sans hésitation du pécule familial :

– Puisque tu veux rester à Paris, cela nous paiera un ou deux murs de la maison que nous allons faire construire. J'ai tout de même été surprise de t'entendre annoncer chez Le Brun ta décision de demeurer au Faubourg. Jamais tu n'avais été aussi formel...

– Cela te fait plaisir?

– C'est le bonheur, mon mari! L'idée d'aller vivre un jour loin de mon abbaye me gâchait la joie de t'avoir épousé. En attendant, si j'ai bien compris, nous allons devoir nous installer à la campagne, près de Cherbourg. Encore du coche-secousses en perspective. Enfin, c'est moins loin que Venise!

– Il n'est pas question de partir seuls. Puisque Jean et Jérémie ne rentrent pas tout de suite chez eux il est évident qu'ils vont nous accompagner chez ce monsieur qui fabrique des glaces dans un pays où tout le monde fait du beurre. Lorsqu'ils nous aurons quittés, ces deux-là, Dieu sait quand nous les reverrons!

– C'est tout de même étrange, dit Schaffer, moi qui ai passé les plus belles années de ma vie à écrire cinq chapitres de *La Tactique d'Arrien*, une œuvre magistrale que le monde attend pour comprendre vraiment Épictète, me voilà désigné spécialiste de la technique du verre à glace et des miroirs vénitiens. Tout cela parce que j'ai escaladé un toit à Murano! Enfin, je viendrai, puisque c'est pour la gloire du Royaume. D'autre part, les Normandes sont, paraît-il, accortes et le cidre mousseux dans les verres!

– Alors je viens aussi, annonça Jérémie, comme si sa décision avait pu faire un doute. Quant à toi, mon cher Frédéric, j'ai l'impression que tu vas devenir avant peu directeur d'une manufacture royale. Tu sais que la verrerie est avec le commerce maritime la seule profession manuelle qui ne déroge pas à la noblesse. Je te vois très bien, d'ici peu, accrocher un « de Reuilly » ou un « du Miroir » à ton nom. Si tu réussis à fabriquer une glace si lisse qu'elle en devienne invisible et si le roi ne se casse pas le nez dessus, Louis est capable de te faire chevalier et peut-être même baron! Tu te rends compte, Rosine, si tu devenais un jour baronne de Murano de Tourlaville!...

– Une bonne âme, fraîchement titrée, ne manquerait pas, dit Frédéric, de lui demander : « De qui descendez-vous, madame? »

– Sais-tu ce que je lui répondrais?

– Non.

– Je lui dirais : « Madame, je ne descends de personne, je monte de mes grands-pères qui étaient ébénistes! »

Les trois garçons applaudirent et Frédéric se leva pour embrasser Rosine :

– Voilà pourquoi je t'ai épousée : tu penses bien et tu parles encore mieux.

Rosine en avait par-dessus la tête des verreries et des manufactures. Elle décida de laisser les garçons et son mari réfléchir sur les miroirs et de s'occuper de ce qui l'intéressait le plus : son Faubourg. Avant tout, il fallait voir André-Charles, rentré la veille de Versailles où il avait été marqueter l'estrade de la chambre du roi.

Elle le trouva chez son père où il habitait une chambre assez vaste mais dans laquelle il était difficile d'entrer et de bouger tellement elle était encombrée de dessins, de statues de plâtre, de gravures, de panneaux de marqueterie accrochés au mur, de petits bronzes animaliers, d'émaux, de miniatures, de modèles de clés en acier et en argent... bref d'un incroyable fouillis d'objets qu'il appelait son trésor.

Dès qu'il avait gagné un peu d'argent, André-Charles courait chez un marchand de gravures ou à une vente publique. Il en revenait les bras chargés d'un butin qu'il répartissait, sitôt rentré, dans une grande armoire qu'il avait garnie de tiroirs ou sur l'étagère qui faisait le tour de la chambre.

De Versailles, il avait rapporté ce jour-là une estampe de Raphaël Sanzio d'Urbino trouvée chez un antiquaire de la ville. Il était occupé à l'admirer sous différents angles de lumière quand Rosine fit irruption dans la pièce au risque de renverser quelques pièces rarissimes.

– Comment va mon génie? s'écria-t-elle en se jetant dans ses bras.

– Bien, bien mais ne chiffonne pas cette admirable vierge. Attends que je la pose et que je te regarde... Mais tu as changé! Tu es une femme maintenant, ma parole!

– Et toi, il paraît que tu es l'un des ébénistes les plus connus du Louvre et de Versailles?

– Qui t'a dit cela?

– M. Le Brun lui-même, mon cher.

– Tu as vu Le Brun? Moi cela fait des mois que je demande à le rencontrer sans y parvenir.

Rosine dut lui faire le récit détaillé de leur aventure et il se montra vraiment heureux quand elle lui annonça que Frédéric voulait rester à Paris.

– Et ton meuble à tiroirs? demanda-t-elle, tu en fabriques beaucoup?

– Moi, très peu, je n'ai pas le temps mais les autres oui. Chez toi où le petit Georges se révèle un bon ébéniste, on ne fait pratiquement que des commodes. Je leur ai dessiné un modèle simple mais élégant qu'ils vendent très bien.

Personne, cependant, n'a encore vraiment compris l'intérêt de ce meuble ni ce qu'on peut en faire. Tu verras, un jour je m'y mettrai, je ferai de la commode le bijou des salons et des chambres à coucher.

– Et le Louvre?

– Je suis toujours sur la liste de Le Brun et de Colbert mais il faut attendre qu'un atelier soit libéré, c'est-à-dire que l'un des maîtres de la galerie disparaisse. Je n'ose pas souhaiter cela!

– Moi j'ai hâte de t'y voir installé car cela me permettra de revenir dans ce lieu où j'ai vécu une jeunesse heureuse. Je rêve souvent que je me promène dans le grand couloir, que je pousse la porte de Jean Lepautre ou de Jean Macé... Je revois aussi le fauteuil bleu de maman près de la fenêtre. Au Faubourg, dans ma chambre, il n'est pas à sa place. Mais dis donc, tu n'as pas envie de te marier? Tu es presque riche, tu vas avoir un logement, c'est le moment d'y songer!

– Je n'y songe pas du tout. Pour l'instant je suis marié avec le bois et c'est un conjoint jaloux.

Rosine rentra toute guillerette à la maison. Depuis qu'elle avait retrouvé André-Charles elle se sentait vraiment revenue chez elle. Il lui restait à voir l'abbesse pour renouer complètement avec son Faubourg. Elle décida de faire cette visite dès le lendemain.

Elle trouva Madeleine Molé vieillie mais encore belle. Sous sa douce autorité, l'abbaye avait recouvré son atmosphère bon enfant de jadis. La clôture imposée par les deux précédentes abbesses subissait sans mal et sans scandale de sérieuses entorses qui rendaient la vie facile dans le jardin de Dieu, jardin qui n'avait jamais été aussi vert, aussi fleuri, aussi joyeux. Madeleine accueillit Rosine comme son enfant :

– Venez, Madame, que je vous embrasse! Je suis bien aise de vous savoir rentrée. Ce voyage lointain m'inquiétait. Je sais que vous avez effectué une partie du trajet avec ma vieille amie la marquise de Sévigné qui m'a fait il n'y a pas longtemps l'honneur de sa visite. Avec elle, en un après-midi, je suis au courant de toutes les affaires du monde et de la cour. Mais elle m'a fait un tel récit des voyages en coche que j'ai tremblé pour vous. Remarquez qu'elle ne doit pas tellement les détester puisqu'elle est toujours par monts et par vaux. La voilà qui s'est mis en tête d'aller voir sa fille qui vient de s'installer à Grignan, au fin fond du pays! Quelles merveilleuses histoires ne va-t-elle pas nous en rapporter!

– Ma mère, je trouve l'abbaye fort belle, très bien entretenue et si j'osais, je me permettrais de vous en féliciter.

– Je fais ce que je peux mais le vrai responsable de cet état de grâce, c'est votre oncle Étienne qui aide la sœur trésorière à tenir les comptes, qui surveille l'entretien des bâtiments et en assure l'embellissement avec l'aide dévouée de mes ouvriers. Je crois finalement qu'il passe plus de temps ici que dans son atelier. Je lui suis infiniment reconnaissante de tout ce qu'il fait pour nous.

Rosine, fine mouche, avait écouté avec attention l'éloge de son oncle. Ceux qui la connaissaient bien auraient décelé dans le pli imperceptible de sa bouche une certaine jubilation. Elle était à peu près sûre maintenant qu'il existait des liens cachés entre Madeleine Molé et Étienne. Loin d'en être offusquée elle trouvait plutôt bien ce retour aux vieilles traditions du Faubourg qui avaient scellé au long des âges l'alliance du voile et de l'ébène.

– Maintenant, Rosine, vous allez me dire si vous êtes heureuse avec votre mari. Je suis un peu responsable de votre mariage et j'ai le droit de savoir si je me suis trompée.

– Je n'ai jamais regretté, mère, d'avoir suivi vos conseils. J'espère que Frédéric partage mon sentiment. Vous pouvez d'ailleurs le lui demander.

– Je le ferai. En attendant racontez-moi votre aventure et dites-moi si la réussite a couronné vos efforts.

Pendant une bonne heure, Rosine parla de Venise, des verreries de Murano, de l'ambassadeur craintif, de l'exploit de Jean Scheffer. Elle commença aussi à raconter sa propre aventure et les difficultés rencontrées pour se procurer le secret du verre vénitien. Lorsqu'elle eut prononcé trois fois le nom de Peppino, il lui sembla voir l'œil de Madeleine Molé s'allumer et elle sentit qu'il valait mieux ne pas s'appesantir sur les détails. Elle bâcla son récit et passa à la description de la Ca' d'Oro, le soir, lorsque le soleil vient se figer dans les plis de dentelle du balcon.

Elle en était là quand Étienne entra dans le parloir, visiblement en familier. Il fut un peu étonné de trouver Rosine assise en face de l'abbesse mais ne manifesta aucune gêne. L'abbesse non plus d'ailleurs qui lui fit signe de prendre un siège :

– Rosine a eu la gentillesse de me raconter par le menu son voyage chez les verriers de Venise. C'est palpitant mais, ma chère petite, à considérer les dangers auxquels vous avez échappé, je pense que vous avez bénéficié de la protection du Seigneur et aussi de celle de saint Antoine. Toutes les semaines, les sœurs priaient pour vous! Ah! vous savez, monsieur Habermann, Rosine trouve l'abbaye superbe, je lui ai dit que nous vous en étions redevables.

– J'espère, ma nièce, que grâce à vous nous pourrons changer bientôt les vitres du réfectoire qui sont presques toutes en morceaux! Pour l'instant ces glaces épaisses venues d'Italie coûtent trop cher. Va-t-on en fabriquer au Faubourg?

– Sans doute. En attendant nous repartons la semaine prochaine pour Cherbourg essayer le procédé de fabrication vénitien. Il n'est pas exclu que Frédéric prenne ensuite un poste important à la manufacture de Reuilly. Jusque maintenant la famille était restée fidèle au bois, nous voici lancés dans le verre et les miroirs...

– Mais toujours dans le Faubourg! coupa Étienne. Le verre est aussi un matériau noble. Va, suis ton chemin avec Frédéric et ne regrette rien. Il est toujours bon quand on est jeune de choisir les voies nouvelles. C'est à celles-ci qu'iront les attentions du roi et de Colbert.

Rosine se leva et prit congé après avoir encore remercié Madeleine Molé de sa sollicitude.

– Dis à Geneviève que j'arrive tout de suite pour le souper, dit Étienne. J'ai encore une petite affaire de grain à régler avec l'abbesse.

Lucas de Nehou était un bon Normand dont la trogne attestait la dévotion à l'eau-de-vie de pommes du pays. Comment cet homme, propriétaire de quelques terres vouées depuis toujours à l'engraissement des chevaux et des vaches, était-il devenu verrier? Il essaya de l'expliquer aux jeunes Parisiens.

– Un de mes oncles était un gentilhomme verrier dans le Cotentin. Je me rappelle avoir vu sa fabrique fonctionner lorsque j'étais enfant mais c'est bien plus tard, en feuilletant un registre qu'il m'avait légué, que l'envie me prit de m'intéresser à ce verre dont il assimilait la création à une sorte d'alchimie. Suivant les conseils qu'il donnait dans ses souvenirs, je me suis mis à faire fondre du sable clair, du carbonate de chaux et du sel marin dans un matériel de fortune. Je n'eus point de cesse que je perfectionnasse cette cuisine en cherchant de nouveaux procédés. Le verre est devenu ma passion et j'ai créé cette petite manufacture dont le renom, vous en êtes la preuve, est parvenu jusqu'à Versailles. Si vous possédez vraiment le secret des verriers de Venise, nous pouvons réaliser ici de grandes choses. Mes ouvriers sont habiles et vous verrez que je sais mettre la main à la pâte! En attendant nous allons fêter cet heureux événement devant un verre de « pomme de vie ». C'est raide mais ça sent le fruit et ça donne du cœur à l'ouvrage.

Après la première gorgée qui l'avait fait tousser pendant un quart d'heure, Rosine avait laissé les garçons boire en compagnie de Lucas. Sans l'aide efficace du gentilhomme et de l'un de ses ouvriers, ils auraient été incapables une heure plus tard de rejoindre leurs chambres.

Le lendemain de ce baptême du feu normand, le réveil fut rude. Les garçons auraient bien attendu quelques jours pour commencer les essais mais le maître de maison, excité par l'idée de faire aussi bien et même, pourquoi pas, mieux que les Vénitiens, tenait sans attendre à mettre ses fours en action. Les premières tentatives furent manquées mais, le quatrième jour, Lucas de Nehou poussa un cri de victoire en fendant au fer rouge le manchon de verre soufflé qui s'étala sagement en une surface bien lisse, annonçant une feuille transparente, exempte de toute impureté : un verre à miroir comme on n'en avait encore jamais fabriqué en France.

Chaque jour, durant une semaine, les essais confirmèrent cet exploit. Grâce à la vaillance de la plus jeune et de la plus petite armée du monde, le Roi-Soleil venait de remporter sur la République de Venise une victoire décisive sinon exempte de rouerie. Colbert n'avait plus qu'à l'exploiter. Deux mois plus tard, la glacerie de Tourlaville était annexée à la manufacture royale de Reuilly, la première préparant les glaces, la seconde en assurant la finition. Le miroir du succès ne fut terni que par les adieux des deux Strasbourgeois. Une fête fut organisée en leur honneur dans la manufacture de Reuilly où Frédéric se vit offrir le poste d'adjoint de Nicolas Du Noyer et un vaste logement. Rosine y transporta son fauteuil bleu, ses tableaux et ses deux coffres. Pour le reste, l'atelier Habermann se mit au travail et meubla en beau noyer les trois pièces réservées au nouveau directeur.

Le verre n'enchantait pas particulièrement Rosine qui trouvait détestable l'odeur que dégageaient les fours et la pâte en fusion. Le parfum de la colle à bois lui était plus agréable. Elle allait le respirer tous les jours dans la maison du Faubourg toute proche où Louis, enfin revenu, racontait ses aventures des quatre coins de la France. La canne de Jean Cottion avait elle aussi réintégré le Faubourg. Le bout en était simplement un peu plus usé par la route et la poignée un peu plus polie par la dernière paume qui l'avait serrée durant deux années sur le chemin des compagnons.

Un moment désorganisé par la mort du père et l'absence de Louis, l'atelier Habermann reprenait vie. Sous la baguette magique de Le Brun, de nouveaux ateliers s'ouvraient, les créateurs étaient encouragés, le meuble prenait ses aises. On n'en était plus aux timides essais de Christophe et du jeune Boulle. Le directeur de la manufacture royale des meubles de la couronne, maître de l'Académie de peinture et de sculpture, faisait preuve, dans tous les domaines de l'art, d'une prodigieuse ardeur. Charles Le Brun peignait la galerie d'Apollon et la galerie des Glaces mais il s'occupait aussi des statues de Versailles, dessinait les figures de proue du *Royal-Louis,* vaisseau amiral de la flotte, dressait le plan du carrosse que le roi voulait offrir au Grand Mogol ou celui de la gondole royale du canal de Versailles. Il était aussi capable dans le même temps de s'intéresser aux damas cramoisis et aux velours à ramages que le tisserand Marcelin Chalier fabriquait à Saint-Maur, de peindre le carton de la fameuse tapisserie *L'Audience du légat* et d'en surveiller le tissage. Tous ceux qui approchaient ce diable d'homme étaient conquis par son génie de l'organisation qui n'avait d'égal que son talent d'artiste et sa formidable puissance de travail. André-Charles Boulle et Frédéric qu'il avait pris sous sa protection, l'estimaient beaucoup et excusaient son despotisme :

– S'il n'était pas aussi autoritaire, comment pourrait-il faire tout ce qu'il fait pour le roi? disait Boulle.

André-Charles avait du mérite car la doctrine imposée par Le Brun dans le domaine du meuble n'était pas celle dont il aurait rêvé. Il voyait des armoires d'ébène divinement ficelées de guirlandes d'or et d'argent; il devait concevoir des meubles sculptés inspirés de l'antique. Son génie ne trouvait pas dans ce style réfléchi, volontaire et systématique, la possibilité de s'épanouir mais, là où d'autres faisaient des beaux meubles, lui réalisait des chefs-d'œuvre. Il travaillait la plupart du temps dans l'atelier de Jean Lepautre qui régnait depuis trente ans sur les ébénistes du Louvre et qui le traitait comme son égal. Dans les longues discussions qui réunissaient souvent le soir Frédéric, André-Charles et

Rosine à la verrerie, il n'était question que de cet académisme que les créateurs réprouvaient et que les ouvriers du « grand goût » défendaient. Boulle, lui, raisonnait en sage et savait reconnaître les vertus d'une mode qui, en répétant inlassablement les mêmes figures humaines impavides mais parfaites qui ornaient les guéridons ou les hauts lampadaires qu'appréciait le roi, imposait l'unité de l'ameublement versaillais.

– Mon heure viendra, disait Boulle, mais pour l'instant c'est à Lepautre de faire ce que souhaite Le Brun. J'y mets d'autant plus volontiers mon grain de sel que c'est magnifique. Les meubles deviennent des monuments, ce que j'ai toujours voulu, ils tiennent autant de l'architecture que de la menuiserie, il suffira quand le moment sera venu de les saupoudrer de fantaisie.

– Je devine comment, dit Rosine : avec des incrustations de métal, comme mon père l'avait fait jadis.

– Oui, Rosine. C'est le procédé de Jacques mais il est trop tôt pour le mettre en valeur. Quand je serai au Louvre cela me sera plus facile. Tu vois combien ton père était en avance!

Rosine n'était pas dupe. Elle savait bien que Jacques, tout bon ébéniste qu'il avait été, n'aurait pas été capable de créer une mode ni même un style. Boulle voulait lui faire plaisir en lui rappelant le talent inventif de son père et elle était heureuse qu'il y pense chaque fois que l'occasion se présentait.

Pour le moment elle avait autre chose en tête. Elle n'en était pas tout à fait sûre mais elle croyait bien attendre un enfant. C'était encore son secret et elle en jouissait égoïstement, retardant avec une sorte de volupté le jour où elle déciderait de le faire partager à Frédéric qui était devenu en quelques mois le vrai maître de la manufacture royale. Son goût d'entreprendre, son éducation et les connaissances techniques qu'il avait facilement ajoutées à sa culture universitaire, l'avaient poussé, sans qu'il le veuille réellement, à une situation qui lui valait bien des faveurs. Non seulement les glaces et les miroirs français étaient aussi beaux que ceux de Murano mais la glacerie de Tourlaville et la fabrique de la rue de Reuilly se montraient capables d'en produire assez pour satisfaire toutes les demandes. Avoir pour soi le souverain, c'était s'allier la cour et la ville. Quand on apprit que le roi avait fait poser des glaces françaises à ses carrosses et qu'il avait chargé la manufacture royale de fournir toutes celles qui devaient décorer la grande galerie des fêtes à Versailles, courtisans, seigneurs, gens de robe et même riches bourgeois s'empressèrent d'imiter leur souverain et de courir faubourg Saint-Antoine.

Ce succès qui la sortait des traditions familiales agaçait un peu Rosine qui, insensible à l'attrait du verre, s'accommodait fort bien des avantages matériels attachés au poste de son mari. Les domestiques de la manufacture portaient la tenue royale et, ma foi, être servie par des gens en livrée bleue ne lui semblait pas désagréable. Les amis qui se réunissaient chez elle chaque dimanche profitaient de l'aubaine et André-Charles l'appelait « la marquise ». C'est au cours d'une de ces soirées où elle essayait de recréer l'atmosphère des réunions du Louvre où, jadis, l'esprit de Jeanne faisait merveille, que « le fils Boulle » comme l'appelaient encore les vieux du Faubourg, annonça la nouvelle :

– Mes amis, j'ai deux choses importantes à vous apprendre. La première est triste : Jean Macé, l'un des plus grands artistes de son temps est mort. La seconde est plus gaie : le roi vient de me donner son atelier et son logement du Louvre.

Rosine sauta de joie et tout le monde félicita l'heureux promu qui raconta comment il était devenu officiellement ébéniste du roi :

– Lorsque Macé est mort, il n'y a pas longtemps, Colbert écrivit au roi qui venait de partir pour la Flandre préparer le passage du Rhin :

*L'ébéniste qui faisait les panneaux des grenouilles est décédé. Il a un fils qui n'est pas très habile dans le métier. Le nommé Boulle est le plus habile de Paris. Votre Majesté ordonnera s'il luy plaist, auquel des deux elle veut donner son logement dans les galeries.*

Eh bien, Louis XIV a retourné la lettre à son ministre avec cette phrase dans la marge : *Le logement des galeries au plus habile.* Vous vous rendez compte! Le roi lui-même décide, depuis les armées, de l'attribution des ateliers du Louvre! Et maintenant, si vous ne me croyez pas, voici mon brevet, un courrier me l'a porté tout à l'heure.

Rosine s'empara du rouleau marqué à la cire rouge du sceau royal et lut à haute voix :

*Aujourd'hui, vint unième jour de may mil six cent soixante douze, la Reine étant à Saint-Germain-en-Laye, sachant l'expérience que André-Charles Boulle ébéniste, faiseur de marqueterie, doreur et ciseleur s'est acquise dans cette profession, et qu'il mérite l'honneur de loger avec les autres artisans de réputation dans la galerie du château du Louvre destinée à cet effet, Sa Majesté déclare, veut et entend qu'il soit logé présentement dans l'appartement qu'occupait feu Massé, luy en jouir aux honneurs, autoritéz et droit y appartenans, tels et semblables qu'en jouissent tous les autres ouvriers demeurans dans la galerie, mande et ordonne Sa Majesté au Sur Intendant et Ordonnateur général des bastimens, Arts et Manufactures de France de faire jouir ledit Boulle pleinement et paisiblement du contenu au présent brevet quelle a pour asseurance de sa volonté signé de sa main et fait contresigner par moy secrétaire d'Estat et des commandements et finances de Sa Majesté.* Signé Marie Thérèse et, plus bas, Colbert.

– Quels termes honorables! s'exclama Frédéric.

– Quelle distinction! dit Louis, le fils Habermann, qui était de la fête.

– Nous allons boire à la santé de l'ouvrier royal, ajouta Frédéric. Je vais aller chercher l'une des bouteilles d'eau de pomme que m'envoie mon ami Lucas de Nehou. Je vous préviens que c'est raide. J'ai failli mourir la première fois que j'en ai bu. Tu te souviens, Rosine?

– Bien sûr! Ce sont des événements qu'une femme n'oublie pas. Mais puisqu'on annonce ce soir de bonnes nouvelles, nous allons, Frédéric et moi, vous en apprendre une dont vous n'avez pas fini de parler : j'attends un enfant!

C'est André-Charles qui porta sept mois plus tard le petit Jean-Jacques sur les fonts baptismaux de Sainte-Marguerite. Jean Racey, le vieux sculpteur philosophe, et Jacques le mari de Jeanne furent ainsi honorés par la volonté de Rosine qui portait ce jour-là un ravissant justaucorps en camelot de Hollande sur une ample jupe retroussée, elle-même enfilée sur une autre jupe très étroite. Frédéric, lui, portait aussi un justaucorps sur une tunique à poches. Depuis peu, il avait dû sacrifier à la mode nouvelle des perruques, sa situation l'exigeait, mais il n'aimait pas les amas de cheveux à la moutonne ou à l'espagnole dont beaucoup d'hommes s'affublaient. Il s'était fait faire chez Ervais, l'un des perruquiers de la cour, une perruque « petit in-folio » pratique et discrète. Quand ils sortirent de l'église, Rosine son bébé dans les bras, Frédéric s'approcha d'elle et la fit pouffer en lui glissant à l'oreille : « Ne le fais pas tomber pour que je le ramasse! »

Jean-Jacques Andrieu, dix-neuf jours à l'aube de ce samedi de novembre, fut déposé criant, mais baptisé, dans son superbe berceau installé à côté du lit à quatre quenouilles de ses parents. C'était le berceau qu'avait dessiné autrefois Jean Marot et sculpté Louis Sommer pour la petite Rosine, l'enfant du Louvre. Elle avait été le rechercher dans le grenier du Faubourg et André-Charles, le parrain, s'était chargé de le faire regarnir d'un satin blanc de Lyon, onctueux comme un ventre de chaton, chez le tapissier royal des Gobelins. Maintenant, tandis que Rosine s'affairait aux cuisines pour finir de préparer le déjeuner de fête, le petit Boulle s'attendrissait sur le bébé qui avait cessé de pleurer depuis qu'il lui avait donné son index à serrer.

– Ton fils est magnifique, dit-il peu après à Rosine. Il me donne envie de me marier. Maintenant que je suis au Louvre, c'est possible. Qu'en penses-tu?

– Je crois que tu as raison mais pour se marier il faut être deux. Essaye d'abord de trouver une femme qui acceptera de passer après ton marquetage, tes bronzes, tes commodes et tes pieds de trumeau, sans compter le bric-à-brac qui déborde de ta chambre!

– Tu vois, tu me décourages tout de suite!

– Mais non, on n'a jamais vu un ébéniste du Faubourg ne pas trouver de femme, alors un ouvrier du Louvre, tu penses!...

André-Charles mit encore cinq ans à se décider. Tous ses amis pensaient qu'il resterait vieux garçon quand il annonça un jour qu'il allait épouser une fille du Faubourg âgée de vingt ans à peine : Anne-Marie Le Roux dont le père, un ébéniste évidemment, était mort et dont la mère habitait rue Sainte-Marguerite.

La nouvelle plongea les Andrieu dans la joie et le petit Jean-Jacques qui venait d'avoir cinq ans, dit qu'il voulait connaître tout de suite la femme de son parrain. C'était un dimanche. André-Charles fut sommé d'aller chercher tout de suite l'heureuse élue et de la ramener promptement à la manufacture. Rosine était aussi impatiente que son fils de connaître celle qui allait vivre avec son « génie ». Elle aurait souhaité qu'elle fût belle et intelligente mais se rendait compte que ce n'étaient peut-être pas là les qualités premières qui convenaient à la femme d'André-Charles. « Non! pensa-t-elle, ce qui lui faut avant tout c'est une robuste poulinière assez mince cependant pour circuler entre les objets précieux sans les briser. Elle devra savoir se faire oublier quand il le faudra, c'est-à-dire souvent, mais être aussi capable de s'intéresser au travail de son mari s'il le souhaite et, surtout, accepter toujours de passer après une console, un cabinet en bois d'amboine ou une Vénus italienne découverte à prix d'or chez Dautel, le marchand de curiosités du quai de la Mégisserie. »

Il parut à Rosine qu'Anne-Marie Le Roux remplissait ces conditions essentielles. Sans être belle, elle portait la gloire de ses vingt ans, ce qui n'était point sans agacer Mme Andrieu qui venait d'en avoir trente-cinq; elle voulait les enfants que le fils Boulle semblait décider à fabriquer au rythme des commodes; enfin son air placide et réfléchi indiquait qu'elle s'accommoderait d'une rivale taillée dans l'ébène.

Tandis que Rosine détaillait la malheureuse égarée dans cette réunion de vieux complices et tentait de la faire parler, André-Charles ne quittait pas des yeux son amie, guettant sur son visage le signe d'un jugement favorable ou non. Un clin d'œil discret le rassura : Rosine était pour. Il épouserait!

Le mariage eut lieu le premier jour de mars 1677 à Saint-Sulpice et les témoins du marié, Rosine et Frédéric, signèrent le registre où il était écrit qu'*André-Charles Boulle, marqueteur et ébéniste du Roy âgé de trente ans – il en avait en réalité près de trente-cinq mais il s'était rajeuni sans doute pour complaire à sa fiancée –, fils de Jean Boulle, ébéniste au faubourg Saint-Antoine et de Légère Thorin, présents au mariage, avait épousé Anne-Marie Le Roux, fille de feu Henry Le Roux et de Marie Tillemant présente audit mariage.*

La vie parfois aime changer le rythme. Alors que la jeunesse de Rosine avait été un feu dévorant à côté des braises détisées qui avaient éclairé l'adolescence tranquille d'André-Charles, un retournement était en train de se produire. Non pas qu'Anne-Marie eût bouleversé quoi que ce soit en entrant dans l'existence du fils Boulle, mais parce que celui-ci prenait soudain une dimension à la mesure de ses dons. Il devenait un artiste consacré; surtout, il osait aller de l'avant, prenait des risques et engageait enfin le fameux combat de la création auquel il songeait depuis toujours. Dans le même temps, la trépidante Rosine, le garçon manqué des aventures vénitiennes, s'alanguissait dans les charmes discrets de la bourgeoisie. Elle avait eu un deuxième enfant, un autre garçon âgé maintenant de deux ans, qu'on avait appelé Gauthier et elle en attendait un troisième, priant le Bon Dieu de lui donner une fille.

Boulle, lui, venait d'être admis parmi les « Officiers qui ont gages pour servir généralement dans toutes les maisons et bastiments de Sa Majesté ». Le fait d'être appointé par la maison royale en faisait un maître incontesté à l'époque où Versailles, cessant d'être un gigantesque chantier de maçonnerie devenait l'atelier le plus vaste et le plus fastueux du monde avec ses galeries, ses salons et ses innombrables appartements à meubler et à décorer. Il y avait bien d'autres menuisiers et bien d'autres ébénistes au château mais personne ne savait comme André-Charles habiller une chambre de boiseries, marqueter un parquet de motifs colorés et variés, dessiner et fabriquer une console dont on se demanderait bientôt si la pièce où elle trônait n'avait pas été faite pour elle. Louis XIV qui voulait honorer la reine en la logeant mieux que quiconque lui avait confié la décoration de son appartement et de sa petite chambre. Peu après, la commande d'un cabinet de travail permettait enfin à Boulle de s'attaquer au mobilier qu'il s'était juré de changer. Le Brun lui avait demandé un bureau de marqueterie en le laissant libre de ses choix : la grande aventure des meubles Boulle allait commencer en faisant éclore des multitudes d'arabesques, de fleurs et de plantes serties de métaux rares sur les tables, les bureaux, les armoires, les coffres et les commodes.

Entre Versailles, le Louvre et Fontainebleau où il devait parfois se rendre pour surveiller ses ouvriers, il ne restait guère de temps à André-Charles pour s'occuper de sa femme et de leur premier enfant, Nicolas, né en 1678. Ses amis du Faubourg ne le voyaient plus. Il fallait un événement exceptionnel pour lui faire faire le voyage de Reuilly. La commande du bureau et sa détermination de l'exécuter en marqueterie de métal lui sembla mériter cette exception : il débarqua un soir dans l'appartement de la manufacture, des rouleaux de dessins sous le bras, en proie à une agitation fébrile.

– Que t'arrive-t-il? demanda Rosine en l'embrassant. Tu remplaces Le Brun ou peut-être Colbert?

– Non, le petit Boulle vient simplement de décider qu'il allait devenir le plus célèbre ébéniste du monde!

– Eh bien, dit Frédéric, ça se décide comme ça la gloire?

– J'exagère mais Rosine qui me connaît depuis toujours sait

combien j'attendais le moment où je pourrais enfin imposer mes idées. Ce moment est arrivé, regardez!

Rosine était heureuse de retrouver l'ami enthousiaste et presque délirant de sa jeunesse. Frédéric qui ne connaissait pas André-Charles sous cet aspect écoutait avec étonnement et un peu d'envie l'ébéniste du Louvre célébrer son engagement dans la religion de l'art.

– D'autres ont marqueté avant moi des meubles superbes, certains même ont déjà utilisé le métal incrusté mais la marqueterie, hélas! est fragile. Un peu d'humidité, un brusque changement de température et les incrustations ressortent, les contreparties de bois de couleur, de nacre ou d'ivoire se décollent. Eh bien, moi, j'ai trouvé le moyen de transformer l'architecture des meubles, de l'embellir tout en rendant les travaux de marqueterie aussi solides que le bois massif!

– Cela ne m'étonne pas, souligna Rosine, il y a des années que tu n'avais pas inventé quelque chose! Explique-nous.

– C'est simple. La marqueterie est fragile sur les bords, sur les angles où se retrouvent en coupe des matériaux différents qui ne demandent qu'à se séparer les uns des autres. Si je protège ces angles et ces rives par des moulures de bronze, si je fais de ce bronze doré et ciselé une armature architecturale qui enrichit le meuble et l'enserre à jamais dans un filet d'arabesques, j'ai rendu indestructible la majesté de ce meuble! Voilà mes amis ce que je vais faire. Si je gagne, on parlera encore de moi dans un siècle et si on ne parle plus de moi mes meubles le feront!

Rosine applaudit la première, imitée par tous les autres. Le lyrisme du petit Boulle, son illumination visionnaire, son excitation, l'avaient touchée jusqu'à l'âme. Elle avait les larmes aux yeux. A cet instant, le petit camarade d'enfance symbolisait pour elle, et pour elle seule parce qu'elle était du sérail, la victoire du Faubourg des artisans et des vicaires de l'établi. Le bois venait de reconnaître son messie.

Le feu d'artifice Boulle avait été long à s'allumer, mais il ne lui fallut pas longtemps pour illuminer Versailles. Le roi avait fait installer le bureau-soleil dans sa chambre et avait commandé au maître dix-sept girandoles de bronze doré pour la chambre de billard de son petit appartement. C'était suffisant pour que le fils de l'honorable et pauvre ouvrier de la rue de Montreuil devienne l'idole de la cour, celui dont il fallait à tout prix s'assurer les services. Bientôt, l'ancien atelier de Jean Macé qui avait été aussi, jadis, celui de Laurent Stabre, devint trop étroit pour contenir les établis des compagnons qu'il avait dû engager. Colbert, heureusement, veillait à ce que son « ébéniste-ciseleur-faiseur de marqueterie-doreur » soit à l'aise pour satisfaire les désirs du roi. Le vingt-neuvième jour du mois d'octobre 1679, un brevet de Louis XIV lui octroyait, ce qui ne s'était jamais vu, un second atelier dans la galerie du Louvre.

Comme il se l'était promis, André-Charles faisait presque autant d'enfants à sa femme que de meubles pour le roi. Nicolas ne devait vivre que huit années mais quand il mourut trois de ses frères emplissaient déjà de leurs cris l'escalier de la grande galerie. De son côté, Rosine avait eu une fille baptisée bien entendu Anne et dont elle avait décidé de faire une femme intelligente, instruite et heureuse. C'était présomptueux mais elle se disait qu'il n'y avait aucune raison qu'elle ne réussisse pas à faire pour sa fille ce que Jeanne avait fait pour elle.

La maison des Habermann était à deux pas. Rosine s'y rendait souvent pour y retrouver ses racines, une certaine fragrance exaltante et y conduire ses deux garçons qui, comme tous les enfants du quartier, aimaient jouer dans les cours et les passages qui, de plus en plus nombreux, tissaient dans les coulisses de la voie royale du bois un réseau serré d'ateliers où le chant de la scie accompagnait celui des oiseaux demeurés fidèles aux quelques arbres qui conservaient un petit air de campagne à la vieille plaine de Reuilly. La relève était assurée dans la famille où Louis, encore auréolé de son titre de compagnon du tour de France, jouait très bien son rôle de chef. Comme son frère Georges qui le secondait parfaitement à l'atelier, il était marié et avait deux enfants. Geneviève et Étienne Habermann étaient morts sans bruit. Le vieux garçon n'était sans doute encore regretté qu'à l'abbaye où Madeleine Molé vieillissait dans ses souvenirs secrets, laissant une jeune sœur promue trésorière accomplir une partie de la tâche si longtemps assumée par Étienne. Rosine rendait souvent visite à l'abbesse qui la priait de lui raconter la vie des gens des bois, le succès de la verrerie et les triomphes du petit Boulle.

– Comme vous êtes gentille de vous intéresser encore à une vieille religieuse, disait-elle à Rosine. J'irai bientôt sans regrets rejoindre le Seigneur en laissant une abbaye prospère, agrandie de quelques centaines d'acres et surtout pleine de vie et de gaieté. De nombreuses jeunes sœurs sont venues nous rejoindre et l'abbesse qui me succédera pourra faire du bon travail. Mais je n'oublie pas que j'ai été beaucoup aidée par votre oncle Étienne qui n'avait pas l'esprit très religieux mais qui aimait son abbaye. Et puis, vous le savez, nous entretenions des relations d'amitié...

Madeleine essuya discrètement une larme et sourit à Rosine :

– Il fallait bien que je dise cela à quelqu'un avant de mourir. Vous, ma petite Rosine, je sais que vous comprendrez...

Ainsi allait la vie dans le Faubourg où sous le Roi-Soleil personne n'était riche et personne n'était vraiment pauvre. Il y avait du travail pour tout le monde, même pour les nouveaux venus qui, fuyant la Lorraine meurtrie par la guerre, venaient se réfugier sous l'ombre protectrice de l'abbaye. Le triomphe de Boulle rejaillissait un peu sur les ateliers de Reuilly où l'on s'adressait comme toujours lorsqu'on voulait acquérir un meuble à meilleur compte qu'aux galeries du Louvre où, d'ailleurs, les ouvriers royaux ne travaillaient pratiquement qu'à l'aménagement des appartements royaux. Il n'était pas encore question d'imiter au Faubourg les symphonies d'argent et les adagios de bronze que composait Boulle sur les portées de ses meubles. En revanche, les sculpteurs pouvaient à nouveau faire apprécier leur talent en décorant les consoles majestueuses, les pieds en balustres, des tables ou des fauteuils chantournés, fouillés comme des pièces d'orfèvrerie selon la volonté de Le Brun.

André-Charles, lui, était devenu le maître incontesté du Louvre où il occupait le plus grand atelier, celui où s'imaginaient et se construisaient les plus beaux et les plus riches ornements du palais de Versailles devenu temple de l'art officiel. Jusqu'à présent, Boulle avait travaillé en solitaire. Ses meubles qui n'avaient pas besoin d'être signés pour qu'on les reconnaisse, étaient « ses meubles ». Il les avait dessinés et en avait assuré ou surveillé lui-même la fabrication. De plus en plus souvent, il disait que le moment était venu de se faire aider, de trouver l'artiste capable d'imaginer, à côté de lui, des décors nouveaux, de créer les motifs qu'il n'avait plus le temps d'ébaucher lui-même. Cet artiste, ce virtuose de la plume et du crayon existait. Il s'appelait Jean Bérain. Le Brun le lui présenta un jour sur le chantier de Versailles alors que les ouvriers de la manufacture royale de Reuilly posaient les dernières glaces de la grande galerie [1].

– M. Jean Bérain est l'un des nôtres. Il m'a beaucoup aidé à imaginer cette galerie sur une idée du roi. Il a su, à l'intérieur du

1. Qui deviendra la galerie des Glaces.

palais, mettre du marbre là où il fallait du marbre et du stuc doré partout où il s'imposait. Avec Jean Lepautre, c'est le meilleur ornemaniste de notre époque. Ses recueils de modèles, dessinés d'une main légère comme la brise, sont recherchés à l'étranger où ils donnent le ton français. J'aimerais beaucoup que vous puissiez travailler ensemble. A vous deux vous devriez pouvoir faire des merveilles!

C'est ainsi que commença la longue et fructueuse collaboration. Architecte, dessinateur et graveur, Jean Bérain avait tout pour plaire à André-Charles. Comme lui il aimait les arabesques à l'italienne mais savait les développer avec un art et une fantaisie si personnelle qu'on n'y reconnaissait plus les grotesques de l'Antiquité repris par Raphaël au Vatican et par le Primatice à Fontainebleau. Une draperie ici, un pampre là, quelques Chinois et pourquoi pas des singes... Bérain composait la nouvelle grammaire décorative qui allait permettre à Boulle de se renouveler et de réussir ses plus belles créations.

Charles-André gagnait beaucoup d'argent et ses enfants – il en avait maintenant cinq – étaient confortablement élevés par la tranquille Anne-Marie. Il ne jouait pas, n'avait pas de vices cachés ou ruineux. Il aurait dû, sinon rouler sur l'or, du moins vivre dans l'aisance. Au lieu de cette existence paisible qu'enviaient ses vieux amis du Faubourg, Boulle était le plus souvent endetté. Les avances sur travaux qu'il recevait du trésor royal ou de clients privés servaient à rembourser les sommes empruntées. Son argent, il ne le dilapidait pas mais il l'employait, sitôt reçu, à enrichir ses collections de dessins et d'objets d'art. Sa chambre, comme autrefois celle de la rue de Montreuil, était encombrée de statuettes, de bronzes, de dessins, de médailles. Dès qu'une vente publique était annoncée, il abandonnait l'atelier et allait enchérir pour rapporter le soir, dans son appartement du Louvre, quelque figurine romaine, une gravure de la Renaissance ou un petit tableau de Mignard. Là, il passait une heure ou deux, seul, enfermé, à admirer son acquisition, à la comparer avec d'autres pièces du même genre qui étaient rangées dans l'une des deux grandes armoires où il conservait une partie de ses trésors. Le reste était accroché aux murs ou classé soigneusement dans des portefeuilles alignés sur l'étagère qui courait tout le long d'un couloir. Ce couloir menait à des bâtiments de bois qu'il venait de construire sur un emplacement contigu au Louvre. Lorsqu'il jouissait ainsi du talent des autres, Anne-Marie se gardait bien de le déranger. Elle laissait son grand enfant, comme elle disait, « jouer avec ses vieilleries » et ne se fâchait que lorsqu'un achat inconsidéré compromettait trop gravement l'économie du ménage.

Au Faubourg, Rosine s'ennuyait un peu de son petit Boulle, elle s'ennuyait du Louvre où elle avait laissé ses souvenirs de jeunesse et connu ses premiers chagrins, elle s'ennuyait tout court dans cette immense bâtisse qui crachait de partout des fumées démoniaques. Son appartement certes était à l'écart des zones les plus actives de la manufacture. L'une de ses fenêtres donnait même sur le parc de l'abbaye et, parfois, elle apercevait l'abbesse qui se promenait à pas menus dans l'allée des tilleuls, tête baissée, à la recherche de ses souvenirs ou plutôt à la rencontre d'une autre vie qu'elle sentait approcher. Rosine venait d'avoir quarante ans. Elle était encore belle et avait comme sa mère su garder les formes adolescentes de son corps mais si elle réussissait à sauver des ans l'essentiel de son identité physique, elle ne pouvait s'empêcher, parfois, de laisser son âme partir à la dérive. Un mal étrange la saisissait au creux de l'estomac et ne la lâchait pas durant des heures, durant des jours. Elle racontait cela le soir, une fois couchée, à Frédéric qui la regardait en pensant qu'elle devenait folle :

– Je ne suis pas vraiment malade, expliquait-elle, mais c'est bien plus terrible : je sens une sorte d'animal, un rat, un serpent peut-être, qui monte et qui descend en moi. Tiens, c'est plutôt un hérisson qui me ramone tout l'être et n'y laisse qu'une poignée de cendres. Le soleil pour moi n'existe plus, tout est sombre, sombre comme mon désespoir.

– Calme-toi, ma chérie! Nous allons voir un bon médecin qui trouvera sûrement une tisane ou une décoction qui fera fuir ton monstre.

Il se retournait, s'endormait presque aussitôt et la laissait seule en plein désarroi. Que répondre, aussi, à une femme qui vous dit qu'elle a un hérisson dans le ventre!

Heureusement, il y avait des rémissions. Rosine retrouvait alors son sourire, sa joie d'exister auprès de son mari et de ses enfants, bref, la vie tout simplement! Entre ces hauts et ces bas, Rosine connaissait aussi des états intermédiaires où elle n'était ni effondrée ni surexcitée. Elle se sentait alors parfaitement lucide, intelligente, prête à comprendre les autres et elle-même. C'est un de ces jours-là qu'elle décida de revoir Ninon de Lenclos, disparue de sa vie depuis son mariage. « Ma mère n'est plus là, se disait-elle et seule Ninon est capable de m'écouter, de m'expliquer ce qui m'arrive. »

Mlle de Lenclos approchait de ses soixante-cinq ans. A cet âge où toutes les femmes étaient vieilles, elle avait conservé un visage d'une surprenante jeunesse et continuait de susciter les plus flatteuses convoitises. Sa société était toujours la plus célèbre et la plus recherchée de Paris. Nul n'ignorait que parmi les fidèles de la rue des Tournelles, se comptaient Mme de la Sablière, Mme de Lafayette, Mme de Sévigné et même la duchesse de Bouillon.

A une lettre que lui fit porter Rosine, elle répondit le lendemain :

« Je ne vous le cèle point, charmante Rosine, votre silence me peinait. Je me posais souvent la question de savoir si votre vieille amie avait démérité en quelque point. Il n'en est rien semble-t-il et je me réjouis de vous revoir, encore que quelques nuages paraissent obscurcir votre bonheur. Vous n'avez peut-être pas oublié que mes amis se réunissent à cinq heures. Comme je veux vous retrouver seule, vous redécouvrir dans la plénitude de votre été, hors du ramage un peu bruyant de mes " oiseaux des Tournelles [1] ", venez donc vers quatre heures, nous serons tranquilles dans mon salon d'été où vous découvrirez, peinte à fresque, toute l'histoire de Psyché. A demain, à tout de suite, je vous embrasse. »

Cette lettre fit l'effet d'un baume dans l'âme écorchée de Rosine. Sa lecture lui rendit d'un coup la bonne et franche gaieté du temps passé. Elle décida de préparer une petite fête pour le souper, d'y inviter Louis et Georges, les deux frères du Faubourg avec leurs femmes et, pourquoi pas, d'essayer de tenter André-Charles. Un coursier de la manufacture s'en fut tout de suite porter au Louvre un billet griffonné à la hâte : *Si tu ne viens pas souper ce soir avec Anne-Marie, je te répudie, tu n'es plus mon génie.* Puis elle alla s'enfermer dans la grande cuisine qui servait aussi de salle à manger pour pétrir en chantant la pâte moelleuse d'un gâteau au miel.

Frédéric qui rentrait de Versailles où les miroirs de Reuilly étaient de plus en plus appréciés fut étonné de trouver Rosine en train de dresser une table de fête et d'apercevoir sur le dressoir d'office un énorme plat rempli de lapin à la poulette, son mets favori, que venait d'apporter le traiteur :

– Que se passe-t-il ma belle? Maries-tu ta fille?

1. C'était un honneur distingué de se parer du titre d'« oiseau des Tournelles », nom donné aux familiers de l'hôtel du Marais.

– Non, je ne me marierai jamais! lança Anne surgie des jupes de sa mère, je veux toujours rester avec vous.

Anne avait cinq ans et était délurée. Elle sauta au cou de son père qui questionna, curieux :

– Dis-moi tout de même de quoi il s'agit. Qui fête-t-on ce soir?

– Nous deux, notre amour, comme ça, parce que je suis heureuse! J'ai eu tout à coup envie de nous sortir de la petite vie bien calme et bien réglée où je m'enlise en me regardant vieillir. J'ai fait porter un billet à André-Charles et il a répondu qu'il venait. J'ai aussi invité les Habermann. Maintenant tu vas aller à la cave chercher ces fameuses bouteilles de vin pétillant que tu as achetées l'autre jour à la foire Saint-Germain. Comment s'appelle déjà le moine qui a inventé cette nouvelle boisson?

– Dom Pérignon – paix à son âme car je crois qu'il est mort – a inventé ce vin joyeux dans son monastère de Hautvilliers sur les hauteurs de la Champagne. Nous allons le goûter. Il paraît que Fagon, le médecin du roi, le recommande pour guérir l'inflammation des ventricules.

– Comment sais-tu tout cela?

– C'est écrit sur la feuille qu'on m'a donnée pour envelopper les bouteilles. Il y a aussi une phrase de Boileau qui dit qu'on devrait ordonner du vin de la Champagne à ceux qui n'ont pas d'esprit comme on ordonne le lait d'ânesse à ceux qui n'ont pas de santé. Mais dis-moi, qu'est-ce qui t'a rendue d'aussi joyeuse humeur? Quand je t'ai quittée ce matin, tu étais triste, j'ai même essuyé une larme sur tes cils en t'embrassant...

– J'ai reçu une bonne lettre de Ninon de Lenclos, tu sais l'amie de ma mère dont tu dois entendre parler, toi qui fréquentes les gens de la cour pour leur vendre tes miroirs. Je la vois demain. C'est une philosophe et je suis sûre qu'elle va m'aider à chasser mon hérisson!

La chère fut succulente, le champagne apprécié, la gaieté régna ce soir-là chez les Andrieu. André-Charles raconta les derniers potins du Louvre et de la cour. Plus encore que Frédéric, il était en rapports permanents avec les courtisans et même avec les princes :

– Si je les écoutais tous je ne dormirais jamais et j'aurais des centaines de compagnons. Ils ne comprennent pas qu'un meuble, si je n'y mets pas la main, n'est pas un meuble de Boulle! Quand ils m'accablent trop, je les renvoie à Colbert et je n'en entends plus parler. Sans compter que la plupart de ces beaux messieurs n'ont pas le sou!

– Et tes collections, mon petit génie, combien de pièces occupent-elles maintenant? demanda Rosine.

C'est Anne-Marie qui répondit :

– Ne m'en parle pas, il est en train de nous ruiner avec sa folie des vieux tableaux et des statues sans tête. Des créanciers frappent à la porte plus souvent qu'à leur tour et lui trouve ça plaisant! Il dit qu'il possède une fortune dans ses armoires mais à quoi sert une fortune si l'on est obligé de demander du crédit au boulanger?

Rosine lui donna raison et essaya de persuader Boulle qu'il était un père et un mari indigne mais André-Charles Boulle éclata de rire :

– Qu'est-ce que tout cela peut bien faire : Samuel Bernard et Crozat [1] viennent de me commander des bureaux de 50 000 livres!

Boileau avait raison, le vin de Dom Pérignon donnait de l'esprit. On rit beaucoup après la deuxième bouteille et, quand on se sépara, les dames étaient un peu grises. Rosine s'allongea sur le lit contre Frédéric et murmura :

– Dis-moi que je ne suis pas trop vieille et que tu m'aimes encore.

Quand Rosine fut introduite dans le salon de Ninon, les deux femmes se regardèrent un instant sans parler. Chacune d'elles scrutait les traits de l'autre avec curiosité, comme font souvent les amies qui ne se sont pas vues depuis longtemps et qui cherchent à évaluer le poids des années sur un visage redécouvert. Puis Ninon ouvrit les bras à Rosine qui s'y précipita.

– Vous ressemblez de plus en plus à Jeanne. En vous voyant j'ai l'impression d'être revenue trente ou trente-cinq ans en arrière. Il n'y a que les cheveux. A l'époque, votre mère, comme moi, les portait naturellement coiffés et ignorait cette invention de Martin que mon amie Mme de Sévigné appelle l'« hurlupée » et qui nous arrange toutes de curieuse manière... Bon! alors, qu'est-ce qui ne va pas? Qu'arrive-t-il pour que vous vous souveniez de moi? Remarquez que je ne m'en plains pas...

– Je suis inexcusable mais pardonnez-moi quand même. La vie

1. Grands financiers de l'époque.

m'a remuée un peu dans tous les sens, j'ai été en Italie, à Venise...

– En Italie? Qu'êtes-vous aller faire si loin? On me paierait cher pour faire un voyage aussi inutile : tous les Italiens intéressants sont à Paris!

– Pas ceux que nous sommes allés voir, mon mari, ses amis et moi. Nous sommes partis voler aux gens de Murano le secret de leurs glaces. C'est un peu grâce à nous que les Français en fabriquent aujourd'hui d'aussi belles.

Ninon intéressée se fit raconter toute l'histoire. Dans son récit, pour la première fois, Rosine n'omit pas l'épisode de Peppino. C'était là un souvenir qu'elle avait enfoui au fond de sa mémoire et qu'il ne lui déplaisait pas de faire revivre pour Ninon, seule capable de comprendre comment les circonstances avaient joué en faveur d'un abandon qu'elle n'avait pu ni prévoir ni éviter, qu'elle n'avait jamais regretté et qu'elle considérait encore aujourd'hui comme une note bleue, toujours agréable à se remémorer quand la solitude lui pesait un peu trop.

– Quelle belle histoire vous m'avez racontée, ma petite Rosine! Je vous envie de l'avoir vécue, surtout l'orage de votre gondolier vénitien qui n'a fait heureusement que vous mouiller de ces gouttelettes qui sèchent vite et rafraîchissent une vie. Mais cela est une vieille histoire. Parlons d'aujourd'hui.

– Je m'ennuie, je suis triste, je pleure pour rien, toute seule, dans mon coin, malgré les enfants, malgré Frédéric. J'ai la certitude que je suis seule au monde, que personne ne m'aime. Parfois, j'ai des vertiges, mes poumons, mon ventre, me font mal, j'ai l'impression qu'un animal s'y promène et me ronge doucement. Tout cela est insensé, je le sais, mais je n'y peux rien. Heureusement, il y a les bons jours où tout va bien, comme aujourd'hui avec vous mais je sais bien que demain ou après-demain je vais recommencer à guetter la bête sournoise. Et je sais qu'elle reviendra me persécuter.

– Pauvre Rosine! Croyez-vous être la seule à avoir l'âme en berne à quarante ans? Je ne vous dis pas de réagir, de vous secouer, ce serait stupide et inutile. La vie est un assemblage de bonheurs, de caprices et de folies. Chez vous en ce moment, cet assemblage est branlant et menace de s'écrouler. Vous avez peur, c'est bien naturel et c'est cette peur qui vous émeut si fort. Les médecins sont incapables de guérir les plaies du corps, comment voulez-vous qu'ils soignent celles d'un cerveau qui leur est aussi étranger que les tourbillons de matières subtiles qui, selon M. Descartes, entraînent les astres et les planètes! Donc pas de médecins ni de médecines. Prenez simplement des infusions de sauge. Depuis la plus haute antiquité cette plante miracle est utilisée pour calmer les états nerveux. Pour le reste, je peux peut-être vous aider, si vous le souhaitez.

– Oh! oui. Comment?

– En bavardant, tout bêtement. Mes amis veulent bien me reconnaître une certaine finesse d'esprit qui me fait comprendre certaines choses plus vite et mieux que d'autres. Votre âme est un papier chiffonné. En parlant toutes les deux nous allons essayer de le repasser, de le rendre lisse comme avant. Vous savez qu'un grand commerce d'amitié s'est formé, il a bien longtemps, entre Mme Scarron qui n'était alors que l'aimable jeune femme de notre poète et moi. Depuis nous nous sommes toujours aimées et il ne tiendrait qu'à moi d'habiter Versailles où elle est, vous ne l'ignorez pas, dans le plus haut degré d'élévation. Eh bien, Françoise est sujette parfois au mal qui vous afflige et elle trouve, dit-elle, un prompt réconfort dans nos conversations. Si vous croyez que je possède ce pouvoir de calmer les angoisses par les mots, ceux que je dirai et ceux que vous prononcerez, venez bavarder avec moi. Vous verrez, ce sera agréable et le nuage de cendres dont vous me parliez tout à l'heure ne tardera pas à se lever.

– J'accepte de grand cœur et je vous remercie, madame, mais de quoi allons-nous parler?

– De tout ce que vous voudrez mais surtout des êtres qui touchent de près votre vie. De votre mari pour commencer. L'aimez-vous? Ne trouvez-vous pas après un si long ménage que la vie manque d'assaisonnement?

– J'aime toujours Frédéric qui travaille beaucoup et qui m'assure une vie agréable et aisée à laquelle je n'aurais jamais osé penser.

– Avec votre beauté et votre intelligence, vous pouviez tout espérer. Une question : votre mari s'occupe-t-il encore de vous – je pense à tout ce qui peut se passer entre un homme et une femme mariés – comme au premier jour?

– Oui... Enfin non, l'habitude émousse les plaisirs les plus aigus...

– Vous formulez bien, Rosine, je vous adore, coupa Ninon en riant.

Rosine rougit mais elle continua :

– ... ceux du lit comme ceux de la conversation. Il fut un temps où nous échangions sans cesse des idées, où nous nous divertissions en malmenant les uns et les autres, où nous parlions de poésie, de la dernière pièce des comédiens-français que nous avions été applaudir... Aujourd'hui, il ne pense plus qu'à couler le verre au lieu de le souffler, selon un procédé qu'aurait découvert le neveu de Lucas de Nehou! Vous vous rendez compte de l'intérêt que cela peut représenter pour moi! Si encore il me parlait du bois! L'évocation de l'odeur de sciure fraîche ou de la colle bouillante me fait toujours quelque chose, je n'ai pas été élevée pour rien dans la galerie du Louvre; mais le verre m'ennuie, je ne peux plus en entendre parler. Quelquefois j'ai envie de descendre dans le magasin où sont exposés les glaces et de toutes les briser!

– N'en faites rien, terrible fille! Le verre vous inspire peut-être moins que le chêne et l'ébène de votre jeunesse mais il vous fait vivre! s'exclama Ninon en éclatant de rire. Enfin, c'est très bien de laisser aller votre irritation. Dites-moi tout ce que vous avez sur le cœur, cela vous soulage!

– Tenez, j'aurais dû épouser André-Charles Boulle. Je m'intéresserais à ce qu'il fait au moins. Et puis non, je sais bien que s'il était mon mari, je le tromperais!

– Avec Frédéric, bien entendu?

Les deux femmes se mirent à rire, Rosine prit la main de Ninon et lui baisa les doigts :

– Je crois, dit-elle, que votre médecine parlée me fait le plus grand bien.

– Vous voyez, je vous l'avais dit. Mais ne croyez-vous pas que si Frédéric vous ennuie, c'est un peu de votre faute? Les hommes – et l'on peut me croire sur ce sujet – ont besoin d'être amusés en amour. On s'accoutume aisément à voir les mêmes traits, si réguliers qu'ils soient et lorsqu'un peu de malignité ne leur donne ni vie ni action, leur régularité même finit par détruire l'amour qu'ils ont suscité. Malheur à la femme trop égale. L'humeur est dans le mariage le sel qui l'empêche de se corrompre. Encore, naturellement, faut-il l'utiliser avec modération.

Rosine rentra chez elle rassérénée. La conversation échangée une heure durant avec Ninon l'avait distraite, lui avait montré en tout cas qu'elle était encore capable, malgré son nuage noir et ses angoisses, de rire et de faire valoir quelque esprit. Elle se disait aussi que sa vieille amie n'avait pas tort de la rendre en partie responsable de la morosité du ménage et elle se prit à sourire en pensant à la dernière phrase que Ninon lui avait tournée en la raccompagnant : « Souvenez-vous, jolie Rosine, qu'une liaison de cœur, fût-elle ou non assortie du mariage, est la pièce du monde où les actes sont les plus courts et les entractes les plus longs; dites-vous bien qu'il est essentiel de savoir remplir les intermèdes et que ce talent-là est bien plus rare que l'autre. »

Durant un bon mois, Rosine conversa ainsi chaque semaine avec Ninon qui s'était prise au jeu et guettait sur le visage de la jeune femme les signes de l'éclaircie. Un jour, elle lui dit que le mal lui semblait guéri :

– Avez-vous conscience, Rosine, que cela va beaucoup mieux, que votre vie familiale a recouvré son harmonie et que Frédéric recommence à prendre plaisir de parler et de rire avec vous?

– Oui, mais je ne voudrais pas interrompre ces conversations qui m'ont tellement appris sur moi-même et les autres. Il me semble que si je ne vous vois plus, je vais retourner dans mon enfer.

– Il n'en est pas question, Rosine. Je vous ai assez reproché de m'avoir délaissée pour ne pas vous rejeter aujourd'hui, mais je pense que cela vous fera du bien de venir vous frotter de temps en temps à d'autres esprits que le mien. Je vous assure que mes amis vous entendront avec le plus grand intérêt raconter comment vous leur avez permis de se regarder le matin dans un miroir français... Même si vous oubliez de leur parler du beau Peppino, ajouta-t-elle en souriant.

Ainsi, sous l'aile protectrice de Ninon, Rosine retrouva sa joie de vivre. Elle ne manquait pas de se rendre rue des Tournelles quand elle en éprouvait le désir, et avait l'art, hérité de Jeanne sûrement, de ne pas paraître déplacée dans un cercle aussi difficile. Elle y fit la connaissance de Chapelle, de l'abbé de Chaulieu que Mlle de Lenclos appelait « l'Anacréon de notre temps », de Mme de Sévigné qui avait du mal à reconnaître sous les traits de cette jolie quadragénaire le jeune garçon rencontré jadis dans le coche de Dijon, du fils de cette dernière, le marquis, qui lui faisait la cour, de Mme de la Sablière, de M. de la Rochefoucauld et de La Fontaine qui ne livrait pas l'un de ses contes à l'imprimeur sans en avoir régalé les fidèles des Tournelles.

Rosine avait trouvé chez sa vieille amie – dernier cadeau de Jeanne –, ce qui lui manquait dans la manufacture de Reuilly : les joies de l'amitié et de l'esprit. Au début, Frédéric s'inquiéta bien un peu de voir sa femme fréquenter un milieu où il n'avait pas ses entrées mais il fut vite convaincu que son ménage y trouvait bon compte et que le jardin secret où se promenait Rosine l'avait sauvée d'un désespoir qu'il était bien incapable de soulager lui-même. Les enfants profitèrent eux aussi des escapades spirituelles de leur mère. Une recommandation de Ninon permit aux garçons d'entrer à la pension Cochois où les meilleurs maîtres de pension enseignaient, à la barrière du Trône, quelques centaines d'écoliers des meilleures familles et à la petite Anne de profiter de l'éducation que dispensaient les dames de la Croix à un nombre restreint de jeunes filles.

En étoffant sa trame, naguère si relâchée, de nouvelles maisons, de nouveaux ateliers et de nouvelles boutiques, le Faubourg n'en restait pas moins un village où les nouvelles circulaient incroyablement vite. Au printemps de 1684, tout le monde sut en quelques heures que quatre jeunes gens, un apprenti de seize ans et trois compagnons ébénistes de moins de vingt-cinq ans avaient mystérieusement disparu. Les bruits les plus invraisemblables et les plus contradictoires se mirent à circuler dans les cours et les passages. Des commères prétendaient qu'une princesse dont une maladie mettait les jours en danger, luttait contre le mal en se baignant chaque jour dans du sang humain, d'autres accusaient des juifs de crucifier les jeunes chrétiens dont ils réussissaient à s'emparer. Le fait est que lorsque deux jeunes ouvriers de la manufacture de glace disparurent à leur tour, la terreur et la désolation gagnèrent l'ensemble du pacifique Faubourg.

Frédéric qui entendait être le protecteur de ses ouvriers parla de cette étrange affaire au duc de Gesvres venu commander des glaces pour son hôtel. Celui-ci en informa le roi dès le lendemain et La Reynie, le lieutenant de police, fut appelé aux ordres à Versailles. Louis XIV que la disparition de six jeunes gens, bientôt suivie de plusieurs autres, avait frappé, se plaignit vivement de ce que sa police souffrait un tel nombre d'enlèvements et ne faisait rien pour arrêter leur renouvellement.

Désespéré du mécontentement royal, La Reynie appela l'un des hommes de police les plus habiles de son administration, un nommé Lecoq [1] et le chargea de tout mettre en œuvre pour élucider cette

1. Des romanciers empruntèrent plus tard la personnalité de Lecoq dans leurs ouvrages.

étrange affaire. Lecoq vint donc fureter dans le Faubourg, questionna de nombreux habitants, rencontra les parents de disparus et établit son quartier général à la verrerie, rue de Reuilly. Au bout de quelques jours de recherches infructueuses, il fit confidence à Frédéric, sous le sceau du secret, du plan singulier qu'il avait imaginé :

– J'ai un fils qui a seize ans mais qui en paraît dix-huit. Il est beau, grand, fort et intelligent. Je vais en faire un appât pour essayer de démasquer le coupable.

– Votre propre fils? dit Frédéric. Ne craignez-vous pas qu'il lui arrive malheur?

– Il veut être comme son père un chef de police. C'est pour lui une bonne occasion de faire ses preuves. Et puis, je serai là!

Le soir même, un grand jeune homme se présenta à la manufacture et demanda le directeur, M. Andrieu :

– Je suis le fils Lecoq. Voulez-vous me permettre d'endosser chez vous une toilette qui va faire de moi le garçon le plus élégant de Paris et le plus encombré de bijoux?

Frédéric naturellement acquiesça et lui ouvrit la porte d'une pièce où « l'Éveillé », son nom était Éveillé Lecoq, trouva à sa disposition plus de miroirs qu'il n'en fallait pour parfaire son personnage de jeune homme riche. Il ressortit habillé comme un marquis, portant des chaînes d'or au cou et autour du ruban de son chapeau. Deux montres pendaient à ses goussets et il faisait ostensiblement tinter les louis dont sa bourse était pleine.

– Voilà, monsieur Andrieu. Je crois que je ne passerai pas inaperçu sur le cours Saint-Antoine, ni aux Tuileries où j'irai me promener si je ne lève pas mon gibier dans le quartier.

– Au moins, êtes-vous armé?

– J'ai une épée mais je ne sais pas très bien m'en servir. Souhaitons que je n'en aie pas besoin!

Il rentra tard le soir avec la clé que Frédéric lui avait confiée. Personne n'avait mordu à l'hameçon! Il recommença le lendemain, puis le surlendemain, sans avoir plus de chance :

– L'affaire de police n'est qu'une longue patience, ne cesse de me répéter mon père! dit-il à Frédéric qui lui demandait s'il n'en avait pas assez de rechercher un fantôme.

Enfin, dans le courant de l'après-midi du cinquième jour, il rentra à la verrerie l'air content.

– Alors l'Éveillé? tu as l'air enchanté. S'est-il enfin passé quelque chose? demanda Lecoq qui passait tous les jours pour interroger son fils et savoir s'il y avait du nouveau.

– Oui, père. J'ai rencontré tout à l'heure aux Tuileries une jeune fille d'une grande beauté accompagnée d'une vieille femme. Je n'ai eu aucune difficulté à entrer en conversation avec elles. La duègne m'a raconté une histoire à dormir debout : sa maîtresse serait la fille d'un prince polonais et d'une mercière de la rue Saint-Denis. Le prince, rappelé en Pologne par le roi, serait mort en route, assassiné par des brigands mais aurait laissé sa fortune à la jeune fille.

– Ce n'est pas mal, mon fils, tu es sur le bon chemin.

– Ce n'est pas tout, attendez. Tandis que ma princesse s'était un peu éloignée pour regarder jouer des enfants, la vieille s'est enquis avec adresse de ma situation de fortune. Je n'ai pas lésiné et elle m'a proposé de m'aider à épouser sa maîtresse qui semblait bien me plaire. Tu n'es pas policier mais un médecin célèbre et très riche, moi j'attends en plus un héritage énorme du côté de ma pauvre mère que j'ai dû malgré moi mêler à cette mauvaise pièce de théâtre.

– Pas si mauvaise, mon fils, pas si mauvaise. Si certains auteurs avaient l'imagination de ces bandits! Mais alors, tu la revois quand?

– Ce soir. La duègne m'a donné rendez-vous à Saint-Germain-l'Auxerrois pour me conduire auprès de la princesse Jabrowska. C'est son nom, paraît-il.

– Parfait. Tu iras naturellement et sois tranquille, je surveillerai l'affaire avec mes gens. Il ne t'arrivera rien de fâcheux.

– Je n'ai pas peur, père, et je serais tellement heureux de réussir!

La suite fut racontée le lendemain à Frédéric par l'Éveillé et son père venus rechercher les habits du jeune homme.

– La vieille, habillée en pauvresse, m'attendait bien sous le portail de Saint-Germain-l'Auxerrois, commença l'Éveillé. Elle me prit par la main et me conduisit par un dédale de rues étroites et sombres dans un logement assez grand et joliment meublé où je retrouvais la princesse vêtue en habits de nuit et visiblement bien disposée à mon égard. Que faire? Une bonne fortune est une bonne fortune et je hasardais quelques caresses...

– Erreur mon fils! coupa Lecoq. En mission, il n'y a pas de bonne fortune. Tiens-toi-le pour dit!

– Je n'ai pas été loin. La princesse m'a vite planté là et s'est retirée en me disant qu'elle allait revenir. Je me suis alors rendu compte que la porte était verrouillée de l'extérieur et que j'étais bel et bien prisonnier. Je savais heureusement que tu n'étais pas loin et que tu viendrais me délivrer si je ne ressortais pas de la maison. Comme je m'ennuyais en attendant la fille dont l'absence se prolongeait, j'ai eu l'idée d'inspecter la chambre où je me trouvais.

– Très bonne initiative, l'Éveillé!

– Je n'ai d'abord rien trouvé de suspect puis j'ai tenté de déplier les feuilles d'un paravent qui était curieusement installé devant un mur vide. Impossible : les panneaux semblaient cloués entre eux. Enfin, usant de toute ma force, je l'ai un peu déplacé : il cachait en réalité une armoire secrète que j'ai réussi à forcer en utilisant certains petits outils dont mon père m'avait appris depuis longtemps le maniement.

– Cela fait déjà trois ans que je le forme, ce garçon, dit Lecoq. C'est un bon élève!

– Bon. La porte de l'armoire ouverte, je poussai un grand cri. Sur les étagères, bien rangées dans des plats d'argent, reposaient vingt-six têtes d'hommes, diaboliquement conservées par un procédé aussi admirable qu'effrayant. Je tremblai de tous mes membres, d'autant qu'alertés par mon cri, des hommes que je n'avais pas encore vus étaient entrés dans la pièce, bien résolus à me faire subir le sort des malheureux qui m'avaient précédé dans cette effrayante maison. Je ne pensais même plus à mon père tellement j'avais peur. Heureusement, lui aussi avait entendu crier et la fenêtre soudain s'ouvrit avec fracas : il se rua avec ses hommes dans l'appartement, se saisit des bandits, de la vieille et de la princesse. C'était fini, mais quelle émotion!

– Sans attendre nous avons interrogé cette nuit toute la bande, ajouta Lecoq. La question ordinaire a suffi, ils ont tout avoué. Voici la clé du mystère : la princesse polonaise était en réalité une Anglaise recherchée dans son pays. Cette charmante enfant était à la tête de la plus redoutable bande de malfaiteurs que j'aie rencontrée. Elle attirait des jeunes gens tout disposés à se laisser prendre à ses appas. Peut-être s'abandonnait-elle aux plus charmants, avant de les faire tuer par ses complices qui séparaient ensuite, avec art, la tête de leur corps.

Eh, oui! cela paraît inimaginable, c'est pourtant la vérité. Et ce n'est pas fini. Nous avons réussi à leur faire avouer que les têtes desséchées avec soin étaient embaumées et devaient être envoyées en Allemagne afin de servir à des études phrénologiques auxquelles on s'intéresse là-bas. Quant aux corps, ils étaient vendus à des étudiants en chirurgie peu curieux.

La princesse et ses complices sont évidemment solidement enchaînés. Ils vont être rapidement jugés et pendus.

Après l'exploit des Lecoq, père et fils, le Faubourg et tout Paris respirèrent. Le lieutenant-criminel enregistra le témoignage de plusieurs jeunes gens qui avaient été attirés par la beauté de la princesse Jabrowska mais qui avaient eu la sagesse de ne pas pousser l'aventure jusqu'au bout. *La Gazette* et de nombreuses feuilles imprimées vendues dans la capitale et les faubourgs racontèrent avec force détails cette singulière affaire qui éclipsa une autre nouvelle : le 1er octobre, Pierre Corneille était mort dans son logis de la butte Saint-Roch.

Le Faubourg avait bien changé, on le sait. On n'était plus au temps de Louis XI où les premiers artisans, serrés autour de l'abbaye, vivaient repliés sur eux-mêmes, subissant les contrecoups de l'Histoire sans même avoir eu connaissance des événements qui les motivaient. Aujourd'hui, la chaussée Saint-Antoine était déjà Paris. Les liens établis entre les ateliers et les galeries du Louvre, l'extension de la manufacture de glaces de la rue de Reuilly, les visites de Rosine chez Ninon constituaient autant de sources d'information dont bénéficiait tôt ou tard la communauté du bois. Parfois, Rosine rapportait de la rue des Tournelles certaines nouvelles que les Andrieu ne divulguaient pas. Ainsi l'annonce du mariage secret du roi, devenu veuf, avec Françoise Scarron faite marquise de Maintenon. Ninon de Lenclos, elle-même, avait été fort surprise par cette nouvelle qui projetait son amie au sommet des honneurs et de la puissance. La petite d'Aubigné qui jadis charmait Ninon par son esprit et la liberté de ses actes et de ses propos avait, il est vrai, bien changé. Après avoir fondé à Saint-Cyr une maison d'éducation fort stricte pour les jeunes filles nobles sans ressources, elle imposait à la cour une ère d'austérité qui rendait encore plus aimables les réunions de la rue des Tournelles.

Un autre jour, on apprit que le roi, étant en son conseil, avait ordonné le percement d'une voie nouvelle qui allait bouleverser les habitudes du quartier mais aussi faciliter les innombrables allées et venues et les transports de meubles, achevés ou non, d'un atelier à l'autre. Il existait, rue de Charenton, derrière la Bastille, en face de l'hôtel des mousquetaires, une grande maison vieille et branlante qu'on appelait la maison de la Boule-Blanche. Il s'agissait de la démolir et d'ouvrir à la place un chemin transversal qui rejoindrait le faubourg Saint-Antoine. Ce dégagement devait permettre aussi aux mousquetaires du roi de gagner facilement la grande voie de l'Est. Finalement le percement eut lieu mais la rue se réduisit à un passage – le passage de la Boule-Blanche – assez large pour permettre aux voitures à bras de circuler mais inutilisable par les escadrons de mousquetaires.

Louis XIV, s'il circulait rarement dans l'est de Paris éloigné de Versailles et de Marly, s'intéressait au quartier du Faubourg où l'on faisait de si beaux meubles et où Boulle, son ébéniste favori, avait appris son métier. Un jour, il eut ainsi la fantaisie d'entendre la messe à Notre-Dame de Bercy. Ce genre d'escapades pieuses lui permettaient d'approcher d'un peu près ce peuple qui lui était tellement étranger.

En promenant ses yeux sur la foule prosternée, le roi remarqua au-dessus de toutes les têtes baissées, celle d'un homme qui semblait se tenir debout au lieu d'être agenouillé. Le monarque fronça le sourcil. Il était tellement habitué à voir les fronts courbés qu'il avait peine à croire que cet homme osât demeurer debout en sa présence. Un prêtre à qui le mouvement d'humeur du roi n'avait pas échappé fit signe à un garde d'aller vers cet original. On s'aperçut alors avec surprise que l'homme était à genoux comme tout le monde. Sa taille, qui dépassait sept pieds, faisait que sa tête même lorsqu'il était à genoux se trouvait au-dessus de toutes les autres.

Après la messe, le roi instruit de l'aventure fit venir le géant et causa avec lui. Il était vigneron aux environs de Joigny et venait de temps à autre livrer son vin à Paris. Profitant de l'occasion inespérée de parler au roi, il se plaignit des tracasseries qui gênaient son commerce. Séance tenante, Louis XIV l'autorisa à venir vendre et à débiter tous les ans son vin sur la grève de Bercy, comme il le voudrait, en pleine franchise. Martin, c'était le nom du géant, usa de la permission royale et Bercy, royaume du vin, fut fondé.

En fait, le Faubourg était devenu adulte. Des événements qui jadis l'auraient bouleversé n'avaient pratiquement pas d'influence sur la vie quotidienne de ses habitants qui continuaient de fabriquer des meubles dont Louis XIV lui-même, du haut de sa royale majesté, protégeait par ses propres choix la délicatesse et la somptuosité.

L'éloignement puis la mort de Colbert et de Le Brun qui pourtant avaient été à l'origine de ce renouveau du goût français, passèrent presque inaperçus. Louis XIV, rayonnant à Versailles, assurait le Faubourg contre une crise qui touchait d'autres métiers. Après avoir tellement emprunté à l'Italie et à la Flandre, la France donnait le ton à l'Europe et cet esprit de création, ce savoir-faire qu'on nous enviait passait autant par le Faubourg que par les galeries du Louvre. Louvois, l'organisateur militaire, succédant à Colbert le stratège de l'organisation civile, n'avait aucun avantage à arrêter un processus que le roi lui-même avait déclenché. La révocation de l'édit de Nantes elle-même, qui avait de si funestes conséquences pour l'économie du pays, touchait finalement peu les habitants du Faubourg dont la religion sentait davantage la colle forte que l'encens.

Dans cet opéra de l'ébène et du bronze, André-Charles Boulle continuait d'affiner jusqu'à l'appoggiature son art dont le renom dépassait maintenant les frontières. Les créanciers continuaient de frapper à sa porte les mois où il avait acheté trop d'antiquités mais il avait dans son atelier du Louvre dix-huit établis d'ébénistes, deux établis de menuisiers, un atelier de bronziers, des ciseleurs et des monteurs. Les meilleurs spécialistes fabriquaient sur place non seulement les moulures et les décorations destinées à protéger et à embellir les meubles mais toutes sortes d'objets en bronze tels que lampes, chenets, candélabres et lustres. André-Charles venait même d'ouvrir, pour avoir tous ses fournisseurs sous la main, un atelier de dorure sur métal où l'on travaillait soit l'or en feuilles, soit l'or moulu.

André-Charles soutenait donc sans difficulté apparente le paradoxe d'être en même temps le maître incontesté de son art, animateur d'une prestigieuse manufacture et celui contre qui le commissaire du Châtelet devait instruire la plainte d'un certain Béguet à qui il devait la nourriture de trois de ses ouvriers durant plusieurs semaines!

Alertée par Anne-Marie que ce misérable état de choses désespérait, Rosine décida un jour d'aller trouver son vieil ami au Louvre et de lui faire la leçon. Chaque fois qu'elle pénétrait par la rue Prémenteau dans cette galerie dont elle connaissait les tours et les détours, un petit pincement au cœur lui rappelait Jeanne et Jacques, leur amour fou, leur soif de vivre et de savoir. Elle jeta comme toujours en passant, un coup d'œil à chaque porte pour voir si un nom avait été changé et arriva à celle portant le numéro 14. Ce logement était concédé à Eusèbe Renaudot le directeur de *La Gazette*. L'atelier de Boulle lui était contigu. Sans frapper elle entra et trouva André-Charles assis devant sa grande table à dessin, absorbé par l'étude d'un document qui devait être important car il ne remarqua pas sa présence. Elle sourit, regarda avec tendresse son « petit génie » et toussota. Boulle souleva enfin sa tête, poussa le cri de sauvage qui était leur signe de ralliement lorsque, enfants, ils jouaient dans les cours et embrassa Rosine.

– Quelle joie, ma Rosine, de te voir ici...

– Tu sais, je n'aime pas tellement me retrouver dans cette galerie où rôdent encore tant de souvenirs pénibles mais il fallait que je te voie.

– Tu vas me raconter cela mais, avant, regarde mon dernier achat. Ce sera l'une des plus belles pièces de ma collection.

Rosine se saisit d'un petit cahier couvert d'une écriture fine qu'elle ne comprenait pas et de dessins à la plume représentant des paysages ou des villes.

– Je n'entends rien à cette langue mais les dessins sont rudement bien, dit-elle.

– Ce n'est pas étonnant, ils sont l'œuvre d'un certain Rubens dont tu as peut-être entendu parler. Il est mort il y a une quarantaine d'années, c'est l'un des plus grands peintres du siècle. Ce cahier contient ses notes de voyages en Italie, en Lombardie, à Gênes ainsi que des remarques sur la peinture et la sculpture. J'ai vingt-trois autres manuscrits de Rubens qui traitent des beaux-arts. Je vais les faire traduire car le flamand est une langue barbare à laquelle je ne comprends rien.

– Il y a longtemps que tu as acheté ces merveilles? demanda Rosine qui n'espérait pas trouver d'emblée une occasion aussi propice d'aborder la question pour laquelle elle était venue.

– Non. J'ai acquis ces manuscrits rares à la vente de Charles Perrault avant-hier. Pourquoi?

– Parce que tu es en train de tuer ta pauvre femme avec ta fâcheuse manie d'acheter tout ce qui est à vendre pourvu que ce soit beau, vieux ou curieux. Il paraît que tu es poursuivi, que tu as des dettes et qu'Anne-Marie tire le diable par la queue pour faire vivre toute la bande d'enfants que tu lui as faits. Tu es un monstre d'égoïsme. Ta passion des collections te perdra et perdra les tiens en même temps. Voilà ce que je voulais te dire!

Indignée, Rosine haussait le ton sans s'en rendre compte et les ouvriers avaient interrompu leur travail en se demandant qui était cette bonne femme qui venait, à domicile, dire ses quatre vérités au patron. Ce dernier était tout penaud. Il regardait Rosine comme un chien battu, n'essayant même pas de se défendre. Cela agaça Mme Andrieu :

– Ne me regarde pas comme cela! Réponds-moi quelque chose, bon sang!

– Que veux-tu que je te dise. Tu as raison, je suis un misérable.

– Tu n'es pas un misérable, tu es un imbécile. Pour moi, c'est pire!

– Mais, tu sais, je ne suis pas pauvre, je suis même riche, très riche.

– Tu m'as déjà dit cela. Tu n'es pas pauvre mais un jour tu vas aller en prison pour dettes. C'est le comble, non?

– Je n'irai pas en prison, d'abord parce que je paierai, ensuite parce que je suis l'ébéniste de la cour. Personne n'osera m'arrêter pour quelques écus alors qu'hier, le roi faisait remettre par le dauphin aux ambassadeurs de Siam une cassette qu'il m'avait commandée. Tiens, regarde cette pièce de comptes : *Fourniture à l'électeur de Cologne, pour son palais de Bonn, de deux commodes ornées de bronze doré d'or moulu au prix de 1 675 livres.* J'en ai des dizaines comme cela à te montrer. Quant à mes collections, leur valeur est inestimable!

– Tu es fou, mon petit Boulle. Finalement je crois que cela t'amuse de devoir de l'argent, d'être poursuivi par des créanciers et de vivre presque misérablement alors que tu gagnes des fortunes et que tu remplis ta chambre d'objets d'art et de trésors. L'ennui, c'est que tu ne vis pas seul et que tu fais profiter toute ta famille de tes procès, de tes assignations et de tes égarements. Essaye tout de même de penser à Anne-Marie qui est une sainte. Je te jure que si tu m'avais épousée, cela ne se passerait pas comme ça!

– C'est certain, seulement voilà, je ne t'ai pas épousée!

Rosine se garda bien de suivre Boulle sur ce terrain délicat et dit qu'elle allait rentrer. Elle embrassa André-Charles qui demeurait maintenant silencieux, penché sur l'un des dessins de Rubens. En s'avançant elle distingua une larme qui délayait doucement sur le papier le visage de deux femmes lombardes assises près d'une fontaine...

Elle partit vite, bouleversée. Elle n'en voulait plus au petit Boulle, elle comprenait presque sa folie de fourmi collectionneuse : « Il n'est pas heureux mon génie, murmura-t-elle. Mais pouvait-il être heureux? Je crois bien que non... »

La mort de l'abbesse Madeleine Molé ne fit pas grand bruit, non plus que son remplacement par une religieuse d'allure sévère qu'on disait être liée à Mme de Maintenon et qui portait le beau nom de Marie-Madeleine de Morlaix de Montchevreuil. Le temps était passé où le Faubourg tremblait quand le moindre changement survenait dans le fonctionnement de l'abbaye. Les ouvriers libres, ceux du bois en particulier, étaient trop nombreux, leurs établis trop solidement fixés à la terre Saint-Antoine pour que fût remise en question l'existence d'une communauté que la révocation de l'édit de Nantes elle-même n'avait pas ébranlée. Grâce à l'impulsion donnée dans la décennie précédente par les Habermann et le jeune Boulle, le Faubourg commençait à vendre des chefs-d'œuvre et à les vendre bien.

La manufacture de glaces de la rue de Reuilly n'était pas étrangère à la prospérité du quartier. La découverte puis la mise au point du procédé de coulage du verre par le neveu du vieux Lucas de Nehou permettait à l'industrie française des glaces et miroirs de concurrencer les Italiens jusque dans leur propre pays. La petite fabrique de Tourlaville avait été transférée à Saint-Gobain, une bourgade proche de Laon, et l'importance de la manufacture parisienne ne cessait de grandir. Jean-Jacques, le fils aîné des Andrieu, travaillait avec son père auquel il était entendu qu'il succéderait un jour. Gauthier, le cadet, poursuivait des études de droit et de philosophie à la Sorbonne avec la bénédiction de Rosine qui voyait avec bonheur l'un de ses fils s'attacher aux spéculations de l'esprit.

L'âge venant, la petite-fille de Jean Racey avait retrouvé la paix intérieure. La méchante bête ne venait plus lui torturer l'âme. C'est elle, maintenant, qui apportait à Ninon le réconfort de sa gaieté. Mlle de Lenclos, à plus de quatre-vingts ans, voyait sans effroi le terme s'approcher. Elle jouissait encore malgré les infirmités de l'âge de la vivacité d'esprit et de ce goût parfait qui avaient, plus que ses charmes, contribué à sa réputation. Beaucoup de ses amis étaient morts. Ceux qui vivaient encore lui demeuraient fidèles et prenaient de ses nouvelles mais c'est avec Rosine qu'elle préférait causer de sa jeunesse qui avait été si longue et de Jeanne qui avait quitté la vie si tôt. A chacune de ses visites, Rosine glanait un souvenir, une pensée, une anecdote qui lui permettait d'ajouter un trait au portrait-souvenir de sa mère. Fidèle à son image, Ninon continuait de philosopher en souriant :

– Au point où j'en suis de la vie, la sagesse conduit à se contenter du jour où l'on vit, le lendemain à oublier le jour qui l'a précédé, et à tenir à un corps usé comme à un corps agréable!

Un jour où Rosine s'apprêtait à prendre congé de sa vieille amie, M. de Coulanges amena le jeune Arouet encore enfant. Mlle de Lenclos le regarda avec une attention singulière et parut lire dans les réponses ingénieuses et vives qu'il lui fit les dons prodigieux qui l'élèveraient un jour au rang des génies. Elle lui donna quelques conseils en lui disant qu'il n'en aurait pas besoin et ajouta une ligne le soir même à son testament pour léguer à l'enfant une somme destinée à lui acheter des livres. Le 17 octobre 1706, quand Rosine vint prendre des nouvelles de Ninon qui s'était beaucoup affaiblie les derniers jours, elle trouva l'hôtel des Tournelles plein de gens en larmes. Mlle de Lenclos était morte dans la nuit après avoir rempli tous les devoirs du moment dernier et sans que sa raison en fût troublée. Elle léguait à Rosine un coffret d'amboine contenant, disait-elle, les lettres auxquelles elle tenait le plus : c'étaient celles qu'elle avait échangées sa vie durant avec M. de Saint-Evremond à propos de la morale, d'Épicure et de leur longue amitié.

La disparition de Ninon avait beaucoup frappé Rosine. Elle n'était, hélas! que le prélude d'un autre malheur, inattendu celui-là, qui allait bouleverser son existence. Pendant plus de trente années, Frédéric s'était donné corps et âme à la manufacture qu'il considérait comme son œuvre et qui avait apporté à sa famille une aisance et une notoriété vraiment exceptionnelles. Toujours sur la brèche, jamais malade, il pensait pouvoir bientôt se retirer des affaires et jouir avec Rosine d'une vieillesse agréable. La destinée en avait décidé autrement. Un soir comme un autre, durant le souper pris en famille, Frédéric se plaignit soudain d'une douleur qui lui vrillait le haut de la mâchoire, au-dessous de l'oreille droite. Rosine se pencha pour essayer de voir si le mal avait une cause apparente. Elle ne distingua rien à l'endroit que son mari lui indiquait mais aperçut une quantité de petits points rouges sur son cou.

– Ma parole, dit-elle, tu as la rougeole! Comme un bébé...

– Ne plaisante pas avec cela, protesta Anne. Le père d'une de mes amies est mort de ce que l'on croyait être une simple rougeole. Il faudrait faire venir un médecin.

– On attendra demain pour voir si je suis encore en vie! conclut Frédéric en ajoutant qu'on attachait beaucoup trop d'importance à un petit bobo.

Le lendemain, Frédéric vivait encore mais son corps était entièrement recouvert de plaques rouges et il se disait brûlé par une fièvre intérieure qui lui occasionnait de grandes sueurs. Rosine appela Gauthier.

– Tâche de trouver le Dr Fréquin qui habite rue du Pas-de-la-Mule. C'est lui qui a soigné Ninon dont il était l'ami. C'est un bon médecin. Dis-lui de venir vite.

Fréquin était il est vrai un bon docteur, plein d'humanité et de bon sens. Hélas! la médecine n'avait guère fait de progrès depuis le temps où Louis XI promenait dans les rues toutes les reliques des églises pour calmer le vent de bise qui l'incommodait. Le médecin connaissait Rosine qu'il avait rencontrée au chevet de Mlle de Lenclos et il lui fit mille grâces avant d'examiner le malade avec une grande conscience. La fièvre qui avait encore augmenté l'inquiétait plus que cette sorte de rougeole qui sévissait dans de nombreux quartiers de Paris et qui généralement guérissait au bout de quelques jours.

– Je parie que vous allez me saigner! dit Frédéric en souriant.

– Vous avez gagné! Et deux fois, car je m'en vais vous saigner tout de suite et nous recommencerons ce soir. Je vais aussi vous prescrire l'émétique afin de vous dégager complètement le foie qui est sans doute cause de votre fièvre. Je pense ainsi vous soulager.

Le soir, la fièvre en effet parut baisser. Il sembla même à Rosine que Frédéric était moins rouge. Hélas! dans la nuit, l'état du malade ne fit qu'empirer. Il se plaignait de plus en plus et le Dr Fréquin, rappelé d'urgence, ordonna pour le calmer des pilules d'opium en conseillant à Frédéric de mâcher du tabac pour augmenter leur pouvoir lénifiant.

– Mais quelle est donc cette étrange maladie? demanda Rosine. Il semble que plusieurs habitants de ce quartier soient morts d'une affection semblable.

– Notre ignorance est grande, madame. Certains de mes confrères pensent qu'il s'agit d'une nouvelle forme de la petite vérole. Si la fièvre ne cède pas, on peut, hélas! s'attendre au pire. J'espère ne pas devoir demain vous conseiller d'appeler un prêtre.

Quand le médecin fut parti, Rosine s'effondra. Elle avait compris que Fréquin lui-même ne croyait plus à la guérison. Elle pleurait, sans arriver à comprendre que l'irréparable pouvait se produire d'un instant à l'autre et lui enlever Frédéric. Comme si une chose pareille était imaginable! Elle se refusait à admettre cette éventualité insupportable, écoutant Anne qui lui disait des paroles d'espoir que ses larmes démentaient.

Vers qui, vers quoi se tourner quand tout chavire? Rosine éperdue se posait la question. Il y avait, c'est vrai, les enfants. Ils l'aideraient bien sûr à vivre. Plus tard. Pour le moment il ne fallait pas compter sur eux. L'idée que leur père pouvait mourir comme ça, bêtement, après deux jours de maladie, les plongeait dans un désarroi qu'ils n'essayaient même pas de dissimuler. Rosine eut une idée : « Va vite au Louvre, dit-elle à Gauthier, et demande à André-Charles de venir tout de suite. Dis-lui la vérité. Dis-lui que j'ai besoin de lui. »

Dans le malheur, c'est au petit Boulle qu'elle pensait. Elle se rappelait leur promesse, le jour où elle lui avait annoncé son mariage et elle savait que cette promesse était aussi sacrée pour eux que celle prononcée à l'église devant le curé de Sainte-Marguerite. Quand André-Charles, l'année précédente, avait perdu Anne-Marie à la suite d'une attaque au cerveau, Rosine était venue s'installer au Louvre et n'avait pas quitté son ami pendant une semaine. Cette fois, c'est le petit Boulle, « l'autre homme de sa vie » comme elle disait, qui allait venir lui tenir la main pour l'aider à faire passer Frédéric à travers le miroir du grand mystère.

Moins de deux heures après, André-Charles était là. Elle se jeta dans ses bras et pleura sur son épaule :

– Frédéric est perdu, je le sais et j'ai besoin de toi... Non, ne dis rien, tu es là, cela me suffit!

– Tu as raison, ma douce. Je ne trouverais que des mots ridicules. Comme la première fois où je t'ai tenue dans mes bras, tu te souviens? Les circonstances, hélas! ne sont pas les mêmes mais je suis toujours aussi gauche. Je n'ai jamais su exprimer mes sentiments autrement qu'avec mon crayon et mes outils. Ma pauvre Anne-Marie me l'a assez souvent reproché!

Rosine esquissa un pauvre sourire :

– Tu n'as pas besoin de parler mon petit Boulle. Je n'ai qu'à te regarder pour savoir tout ce que tu penses. Et cela me fait du bien.

Un moine vint dans la nuit porter l'extrême-onction à Frédéric qui délirait et ne reconnaissait personne. C'était un récollet froid et lugubre qui expédia le sacrement comme une corvée. Rosine retrouva son énergie pour lui dire ce qu'elle pensait de cette attitude. Cela lui fit du bien et elle poussa sans ménagement le franciscain vers la porte en lui disant que lorsqu'il passerait à son tour, Dieu aurait vraiment beaucoup à lui pardonner. Rosine revint au chevet de Frédéric qui rendit l'âme peu après. Elle avait retrouvé son calme des grandes douleurs et dit à Jean-Jacques qui pleurait :

– Tu es l'aîné, ferme les yeux de ton père comme j'ai un jour fermé ceux du mien. Et souviens-toi toujours, comme ton frère et ta sœur, de celui qui vous a tout donné, l'amour et le bien-être, la sécurité et l'éducation. Frédéric Andrieu n'était pas noble mais c'était un seigneur. C'est pour cela que je l'ai aimé plus que tout au monde!

« Vanité des vanités, tout est vanité »... Le lendemain du jour où Frédéric fut inhumé dans le petit cimetière de Sainte-Marguerite, un édit du roi illustrait l'Ecclésiaste en conférant la noblesse aux principaux officiers de l'Hôtel de Ville de Paris et au maître verrier Andrieu pour les services extraordinaires qu'il avait rendus au pays à la tête de la manufacture royale des glaces de Reuilly, devenue manufacture de Saint-Gobain. Frédéric était mort avant d'avoir été fait chevalier. Il aurait fallu une requête au parlement et un nouvel édit royal pour que Jean-Jacques hérite un titre que son père n'avait jamais porté. Rosine refusa avec hauteur d'engager une telle procédure :

– J'entends l'éclat de rire de ma mère, Jeanne la philosophe, si elle apprenait là-haut que sa fille quémande une particule par voie d'officier de justice! Votre père n'a pas eu besoin de titre pour devenir un Monsieur, vous ferez comme lui!

Après ce coup d'éclat et de dignité, Rosine se sentit mieux. « Allons pensa-t-elle, si j'ai été capable d'une telle réaction, je peux continuer à vivre. Cela ne sera pas facile tous les jours mais j'y arriverai. Il le faut pour les enfants... et puis, soyons honnête, je n'ai pas envie de me laisser mourir! » Elle repensa à la tante Anne qui avait perdu son mari à Boboli dans les pires conditions et qui avait réussi à aller jusqu'au bout de son aventureuse existence. « Certes, se dit-elle encore, je n'entrerai pas en religion comme elle, mais il y a d'autres moyens de continuer à exister sur cette terre! »

D'abord, il lui fallait marier Jean-Jacques et Anne dont les fiançailles traînaient un peu trop à son gré. Pour Jean-Jacques, les choses étaient simples. La fille de Louis-Lucas de Nehou, petite-nièce du paladin de Tourlaville qui habitait le plus souvent Paris et la manufacture de Reuilly avec son père, était tout bonnement en train de lui faire un enfant. La noce devenait urgente. Quant à Anne, elle avait failli trois ans auparavant épouser un procureur suppléant du Châtelet, Antonin Pouget, de vingt ans plus âgé qu'elle et qui n'était pas un adonis. Comme Anne n'était pas elle-même la vénusté personnifiée, Rosine et Frédéric avaient donné leur consentement à un mariage somme toute honorable mais qui, finalement, ne s'était pas fait par la faute d'Anne qui s'était récusée au dernier moment. Un peu avant la mort de Frédéric, le procureur, arguant du fait qu'il n'était plus suppléant, était revenu tenter sa chance et avait été cette fois franchement agréé par Anne.

Le deuil récent de la famille Andrieu interdisant tout apparat, Rosine proposa d'organiser une réunion de famille très simple rue de Reuilly à l'issue des deux bénédictions. Les Pouget qui avaient retenu des témoins de prestige comme Pierre Granjan de la Croix, écuyer-secrétaire du roi, le sieur des Moulins, secrétaire du prince de Rohan et quelques belles figures du palais et de l'Hôtel de Ville, furent un peu marris de cette discrétion mais Rosine qui n'avait pas le cœur aux simagrées bourgeoises fit taire promptement les regrets :

– Ce ne sont pas les grandes cérémonies qui font les bons mariages, affirma-t-elle avec autorité. Le mien a été décidé en une nuit la veille de mon départ pour Venise où j'allais avec Frédéric voler aux verriers de Murano le secret de la fabrication des miroirs...

Après avoir savouré un instant la surprise des futurs beaux-parents de sa fille, elle ajouta avec un sourire suave :

– Il est vrai que nous partions sur ordre royal, que le mariage était célébré dans l'abbatiale et que l'abbesse de Saint-Antoine-des-Champs était mon témoin.

Finalement tout se passa le mieux du monde, Jean-Jacques assurant la pérennité des Andrieu sur les glaces et les miroirs français et Anne passant de la noblesse du bois à la bourgeoisie de robe. Le soir, quand tous les invités furent partis et avant qu'Anne quittât à son tour la rue de Reuilly avec son mari, Rosine s'effondra en sanglotant sur les coussins de son « lit de jour ». D'un coup, l'absence de Frédéric lui apparut tragique, injuste, inacceptable. Elle eut conscience aussi que les enfants étaient sa sauvegarde. Autour d'elle, les quatre jeunes mariés et Gauthier s'étaient agenouillés pour être à sa hauteur et mieux la consoler. Anne avait arraché un morceau du revers de sa manche et essuyait doucement ses larmes. Rosine pouvait-elle être mieux entourée? Sa belle-fille Françoise l'embrassait en lui disant qu'elle serait bientôt grand-mère et le procureur, embarrassé dans son justaucorps de velours noir et sa veste de mousseline trop neufs, lui disait des choses gentilles.

Alors, Rosine se calma et sourit tristement. Elle savait, bien sûr, qu'elle n'en avait pas fini avec le désespoir et que le vide laissé par Frédéric ne se comblerait pas des larmes d'un jour, mais la vie, ranimée comme un feu sur le point de s'éteindre et qu'un simple souffle de vent fait rougeoyer, ne lui paraissait plus, soudain, une épreuve insurmontable. Elle se releva :

– Merci mes enfants. Votre vie commence, la mienne s'effiloche. Voilà ce que je viens de décider : dans un moment – il faut laisser la blessure se cicatriser –, j'irai habiter la petite maison de Picpus que ma mère m'a léguée. J'en ferai ma tour d'ivoire. Ainsi, je ne vous encombrerai pas tout en vivant près de vous, en plein Faubourg.

Trois mois plus tard, Rosine s'installait dans la vieille maison de Jeanne que Jean-Jacques avait fait remettre en état par des ouvriers de la manufacture. On ne rencontrait plus de carrosses rue Picpus comme au temps de Ninon mais des voitures à bras chargées de planches ou de meubles. L'ancien chemin n'était pas encore une vraie rue parisienne mais il n'était plus la voie verdoyante qui menait aux bosquets du savoir!

Les enfants n'avaient pas voulu que Rosine emportât dans sa nouvelle maison les vieux meubles de la rue de Reuilly dont certains, hérités de la famille, remontaient à Jeannot Habermann.

– Les meubles doivent changer avec les murs! avait décrété Anne. Le goût du jour n'est plus à ces vieux sièges à pieds tournés ni à ces coffres qui datent des châteaux forts. Si tu ne me crois pas, demande à ton ami Boulle! Louis et Georges Habermann vont te construire des nouveaux sièges de salon, larges et confortables, un lit d'alcôve qui sera plus gai que ton monument à rideaux et aussi, j'y tiens, une grande bergère à oreillons comme on commence à en vendre au Faubourg. N'oublions pas le bureau qui va devenir ton meilleur confident. André-Charles n'aura jamais le temps de le faire mais il ne refusera pas de le dessiner.

Rosine se laissait faire, ravie de voir les jeunes s'affairer autour d'elle, la couver comme un objet précieux et fragile. C'est bien ce qu'elle était, d'ailleurs! Lorsque l'agitation artificielle de l'installation cessait, qu'elle se retrouvait seule dans cette maison trop somptueuse qui n'avait pas encore d'âme, elle allait se réfugier dans les seuls bras qui lui restaient ouverts : ceux du fauteuil bleu qu'elle avait non sans mal réussi à sauver du remue-ménage familial. Avec son croisillon d'entrejambe, son haut dossier, ses accotoirs en forme d'os et sa garniture en velours piqué, le fauteuil-talisman de Jeanne faisait un peu figure d'ancêtre dans le décor « au goût du jour » auquel elle avait quelque mal à s'habituer. N'importe! Que le fauteuil soit revenu rue Picpus après avoir trôné au Louvre, au Faubourg et rue de Reuilly, enchantait Rosine qui en caressait le noyer poli comme s'il s'était agi d'un être familier.

Sa première sortie au-delà de la porte Saint-Antoine fut pour aller rendre visite à André-Charles. Maintenant qu'elle se sentait mieux, elle éprouvait le besoin de revoir l'ami d'enfance, le seul être au monde avec qui elle puisse évoquer les souvenirs d'une jeunesse dont le bonheur lui apparaissait comme un arc-en-ciel dans l'orage de sa vie. Plonger dans ce Paris qu'elle avait presque oublié, enveloppée dans son manteau bleu retrouvé qui n'était pas un vêtement de deuil, lui causait une joie secrète. Une fois de plus, le chemin du Louvre lui parut court.

Elle trouva Boulle dans l'atelier destiné aux ouvriers qui fondaient, ciselaient et montaient les bronzes, parures d'or de ses meubles-monuments. Après avoir tant travaillé le bois, c'est aux bas-reliefs, aux masques, aux frises, aux encadrements, aux baguettes de bronze qu'il vouait de plus en plus son talent de créateur. Il réalisait même au Louvre des chenets, des candélabres, des lustres qui n'avaient rien à voir avec l'ébénisterie mais que s'arrachaient les amateurs éclairés. Après avoir embrassé sa vieille amie, il lui mit sous le nez une applique dorée en exultant :

– Regarde cette merveille! Elle a été entièrement fabriquée ici et j'en suis aussi fier que de mes plus beaux meubles! C'est une commande de la marquise de Marigny mais je trouve cette pièce si réussie que j'ai bien envie de la conserver dans ma collection personnelle.

– C'est cela, dit Rosine. Accroche cette applique dans ta chambre où il n'y a déjà plus dix pouces de libres et cours emprunter de l'argent pour payer tes ouvriers!

– Mais tu ne comprends pas qu'un artiste a besoin d'être entouré de belles choses pour continuer à en imaginer d'autres encore plus belles?

– Tu sais ce que je pense de ta manie exécrable qui a miné ta pauvre femme durant toute sa vie et qui va faire de toi un vieillard indigne. Alors, parlons d'autre chose. Tiens, parlons de nous. Te rends-tu compte que nous avons vécu, tous les deux, une période extraordinaire? Rappelle-toi les meubles que faisait ton père dans son petit atelier de la rue de Montreuil et vois ceux que tu construis aujourd'hui. Après nous qui se souviendra de cet âge d'or du Louvre et du Faubourg. Car tout est parti du Faubourg, à commencer par toi...

Boulle posa son bronze, regarda Rosine et s'écria :

– Eh, oui! l'histoire du meuble c'est avant tout le Faubourg où sur les mêmes établis, en utilisant les mêmes outils, des hommes venus de partout sont passés en deux siècles du banc de chêne au fauteuil garni de velours de Gênes, du coffre laid et sombre à la commode enrichie de bronze doré et du sinistre panneau à serviette à l'élégante et voluptueuse marqueterie. Et voilà que dans cette longue marche je me sens moi-même dépassé!

– Qu'est-ce que tu me racontes? Tu es toujours le meilleur, le plus célèbre, le plus recherché, non pas seulement à Paris mais dans la France entière et même à l'étranger!

– C'est vrai mais, que je le veuille ou non, je dois demeurer celui qui a meublé Versailles et la cour de Louis XIV. Mes meubles fastueux, trop fastueux peut-être, correspondent à l'apparat d'une époque. J'ai la chance ou la malchance qu'on continue d'aimer ces créations qui demeurent des pièces rares. Je crois que les gens riches, qui ne sont pas forcément dénués de goût, se disent : « le père Boulle devient vieux, hâtons-nous de lui commander un bureau ou une commode en tombeau à la manière dessinée par son vieux complice Bérain. » On exige du Boulle, je fais du Boulle. Cela flatte ma vanité mais je ne crée plus rien de vraiment nouveau. Je m'arrange, bien sûr, à jouer un petit ton au-dessus, je monte ma gamme d'une octave mais ce n'est pas moi qui écris le nouveau menuet. Demain, le meuble épousera les courbes du violon avec de nouveaux musiciens.

Il y avait bien longtemps que Rosine n'avait pas entendu Boulle parler de son art. Calmé par l'âge, l'enthousiasme de l'adolescent devenait nostalgique mais le vieux Boulle savait encore comme personne faire chanter les bois et les cuivres.

André-Charles ne laissait pas toujours Rosine faire le chemin qui les rapprochait. Robuste comme un roc, gai malgré les procès, il paraissait au moins quinze ans de moins que son âge et couvrait allégrement les deux bonnes lieues séparant le Louvre de la rue Picpus. Au bout d'un moment, la conversation revenait, invariablement, sur le bois, le Louvre, les ateliers. Rosine écoutait, heureuse, la chanson du Faubourg : elle tempérait les excès du discours d'André-Charles, précisait un point d'histoire, lançait son ami sur de nouvelles pistes. Le passé qu'ils évoquaient n'était pas triste, ce n'était pas une chose morte car Boulle ne le revivait que par rapport au présent, un présent où malgré ses coquetteries de vieil artiste, il savait bien qu'il tenait toujours le devant de la scène.

Les mois, les années passèrent ainsi sans que les deux complices s'en aperçussent trop. Rosine vieillissait mais André-Charles restait jeune pour deux. Jamais son atelier n'avait été aussi actif.

Un jour, il trouva Rosine allongée sur le canapé à fond de canne qu'il lui avait fait construire par le menuisier Tilliard. Tout de suite, il s'aperçut que quelque chose n'allait pas. Au lieu de l'accueillir gaiement comme à l'habitude, elle n'esquissa qu'un sourire triste :

– Mon petit génie, cela va mal. Regarde : ma main droite ne peut plus bouger. Elle est paralysée et j'ai bien peur que cela ne s'arrête pas là. Enfin, raconte-moi des choses de la vie, parle-moi de notre Louvre... La tête, elle, est encore bonne!

Boulle prit doucement la main de Rosine. Elle était froide, on aurait dit du marbre. Il se pencha et l'embrassa timidement. De sa main gauche, elle prit son mouchoir de dentelle et essuya avec tendresse une larme qui perlait à l'œil du vieux maître :

– Toujours aussi maladroit avec les femmes, mon pauvre Boulle! Mais cela ne fait rien, ta peine me parle, dit Rosine. Ton affection et tes bavardages m'ont aidée à vivre depuis la mort de Frédéric. Si tu n'avais pas été là, il y a longtemps que je serais partie moi aussi. Tu vois, je vais mourir avant toi et cela me soulage.

– Tu dis des bêtises, ma Rosine. Je te jure que tu vas guérir!

– Non! Si je vis je sais ce qui m'attend : la paralysie de mon autre main avant que les jambes ne soient prises elles aussi. Ça, je le refuse!

– Comment tu le refuses?

– Tu me vois dans ma maison ou chez mes enfants, ils ne me laisseraient pas toute seule, réduite à l'état de légume? Peut-être même ne pourrais-je plus parler! Alors, je vais te demander quelque chose mon petit Boulle, quelque chose de difficile mais qui sera une grande preuve d'amour.

– Tu sais que je t'ai toujours aimée et que tu peux me demander n'importe quoi.

– Tu me le jures?

– Oui, mais parle! De quoi s'agit-il?

– Tu vas te débrouiller pour m'apporter de l'opium, le plus que tu pourras. Je le garderai à côté de moi, sur ma table de chevet et je l'avalerai d'un coup dès que je sentirai le mal attaquer mon bras ou mes jambes. Puisque je ne peux pas guérir, j'ai décidé de ne pas vivre infirme. Accepte, mon Boulle! C'est ma dernière prière. Et dis-toi que je n'aurai peut-être pas besoin d'utiliser tes pilules. Il y a des miracles!...

André-Charles regardait Rosine, hébété, se demandant s'il avait bien compris ce qu'elle venait de lui demander. Une drôle de chimie agissait dans sa tête où, en dehors de son amour pour Rosine et de l'affection portée à sa femme, il n'y avait jamais eu beaucoup de place pour d'autres spéculations que celles qui concernaient son métier et ses collections. A soixante-quinze ans, il se trouvait pour la première fois confronté à un cas de conscience. Et quel cas de conscience!

– Alors? questionna Rosine, tu acceptes de faire ce que je te demande? C'est une bonne action crois-moi d'avancer un peu ma mort pour ne pas me faire souffrir. Et puis, je n'exige pas que tu me transperces le corps avec une épée ni que tu me tires un coup de pistolet dans la tête. C'est moi qui ferai le geste qu'il faudra quand il le faudra!

– Mais, Rosine, tu es croyante! parvint à bredouiller Boulle.

– Oui, je crois en Dieu mais je ne crois pas à un Dieu qui vous damnerait parce que vous avez écourté de quelques jours une vie qui n'était plus une vie. Je prends l'entière responsabilité de mon geste!

– Pourquoi me charges-tu, moi, de cette horrible mission?

– A qui d'autre veux-tu que je m'adresse? Je ne peux pas demander cela à mes enfants et tu es, après eux, l'être qui m'est le plus cher au monde. Jure-moi que tu le feras! Dès demain! Si les rôles de cette triste comédie étaient inversés, je n'hésiterais pas une seconde, je t'aiderais à éviter la déchéance!

– Bien, Rosine, je ferai ce que tu veux. Comme toujours. Mais je crois que je ne survivrai pas longtemps...

– Tu as une santé de fer et tu vivras tant que tu pourras aller et venir dans ton atelier et contempler tes collections. Les jeunes sont sûrement doués mais ils ont encore besoin de toi. Et tes fils? Seraient-ils capables de faire du Boulle si tu n'étais pas derrière eux? Car, crois-moi, on n'a pas fini d'en faire du Boulle! Même si les femmes préfèrent des bureaux et des coiffeuses à pieds de biche!

– Oui, mes fils sont capables de continuer et de refaire tout ce qui a été créé à l'atelier. Ils ont les dessins, les plans, les moules des plus beaux bronzes. Tu sais que Jean-Philippe et Charles-Joseph travaillent avec moi. J'espère qu'à ma mort ils obtiendront la survivance du logement royal. Pierre-Benoît, lui, est établi au Faubourg. Quant à Charles-André, le plus doué de tous et aussi le plus instruit, il préfère faire cavalier seul et mène ses affaires à la barrière de Sève[1]. Il se fait appeler Boulle de Sève pour se distinguer de ses frères. C'est un très bon ébéniste et un excellent peintre. Il a fait ses études à l'École académique et a manqué de peu le prix de Rome...

Rosine s'était toujours un peu perdue dans l'abondante progéniture d'André-Charles. Elle avait écouté d'une oreille distraite le recensement qu'il venait d'en faire, pour, elle le savait bien, parler d'autre chose que de sa misère. Il lui proposa de rester à son chevet mais elle lui dit que sa fille allait venir passer la nuit rue Picpus :

– Va, mon petit Boulle. Embrasse-moi et retourne au Louvre, tu as un grand bout de chemin à faire. Je sais que tu es solide mais tu n'as tout de même plus vingt ans!

– Ah! nos vingt ans! Qu'est-ce qu'on en a fait de nos vingt ans?

– On en a fait des vies bien remplies! Quoi qu'il arrive, je ne me plaindrai pas. Je ne me suis pas ennuyée souvent sur cette terre! Quant à toi, mon génie, tu oses te demander ce que tu as fait? Mais des meubles tout simplement, des meubles qui te survivront, que des fous de collectionneurs dans ton genre achèteront des fortunes! Allez, filez monsieur l'Ébéniste du roi! Et n'oubliez pas que l'amie de vos dix ans vous a demandé un petit service. Je serai tellement plus tranquille quand j'aurai à portée de la main mes douces pilules de l'au-delà.

André-Charles revint deux jours plus tard. Quand il entra dans la chambre, il trouva Jean-Jacques et sa femme Françoise qui avaient amené leur petite fille Clémence âgée de six mois. On avait installé le bébé à côté de sa grand-mère qui semblait déjà lointaine et portait

1. Aujourd'hui Sèvres.

peu d'intérêt aux vagissements de l'enfant. Rosine ne sortit de sa torpeur qu'en apercevant André-Charles. Elle releva la tête en ouvrant grand ses yeux. C'était une question. Boulle y répondit d'un imperceptible mouvement de paupières et elle se détendit, comme soulagée d'un poids qui l'empêchait de respirer. Un sourire, un vrai sourire éclaira son beau visage presque sans rides qu'encadraient des cheveux blancs bien coiffés. Quand André-Charles se pencha pour lui baiser le front, elle l'attira vers elle et lui murmura à l'oreille : « Merci, mon bon génie. Tu me sauves du pire. Non, ne t'éloigne pas, j'ai encore quelque chose à te dire : je n'ai aimé que deux hommes dans ma vie, toi et Frédéric. »

Le vieux Boulle, le colosse du Faubourg, l'esprit du Louvre, le prince de la marqueterie se releva en larmes et alla s'effondrer à l'autre bout de la pièce dans le fauteuil bleu. Lui seul savait que Rosine allait mourir, demain, dans deux jours, dans une semaine. Il demeura prostré, longtemps, jusqu'à ce que les jeunes Andrieu s'absentent un moment pour s'occuper de la petite Clémence dans une autre chambre. Alors, il se dirigea comme un automate, en silence, vers le lit où Rosine semblait perdue dans un rêve sans fin. Sans la regarder, il ouvrit le tiroir de la table de chevet et y glissa une petite boîte d'argent. A pas lourds, il se dirigea ensuite vers la porte et ne se retourna qu'au moment de l'ouvrir. La gorge serrée, André-Charles dit alors simplement en regardant celle qu'il quittait peut-être pour toujours : « Au revoir Rosine. »

Et c'est Rosine qui se mit à pleurer.

*Chapitre 13.*

# L'aurore au bois de rose

Rosine était morte depuis trois ans dans des conditions que ni ses enfants ni le médecin n'avaient pu expliquer. Le dernier soir où André-Charles était venu, elle avait insisté pour qu'on fasse venir un prêtre bien que son état ne semblât pas aggravé. Elle avait ensuite paru contente de voir sa famille rassemblée autour d'elle et avait souhaité le bonsoir à chacun. Puis elle s'était endormie.

André-Charles Boulle, lui, était toujours en vie. La mort de sa vieille amie l'avait beaucoup touché mais, à soixante-dix-huit ans, il avait presque oublié comment Rosine avait quitté cette terre. C'est elle qui avait eu raison. Après un moment d'abattement, le patriarche du Louvre avait repris son existence habituelle entre l'établi et ses collections.

Chaque matin, quand sept heures sonnaient à Saint-Germain-l'Auxerrois, le maître, serré dans son justaucorps de tiretaine doublé de soie jaune, le mollet ferme dans ses bas noirs, faisait son entrée dans l'atelier. Après un rapide coup d'œil, il commençait le tour des établis, serrait la main de chaque compagnon et échangeait avec lui quelques mots sur le travail en cours. Il se retirait ensuite avec ses deux fils au fond de l'atelier et se faisait rendre compte dans le détail des commandes, des rentrées d'argent, de l'importance des réserves de bois. Ces questions d'intendance réglées, André-Charles Boulle était à la disposition de tous ceux qui avaient des questions à lui poser ou des conseils à lui demander pour l'accomplissement de leur tâche. Le plus souvent, il ôtait alors son justaucorps et choisissait parmi les outils rangés sur l'établi la gouge d'un sculpteur ou le fin tailloir d'un marqueteur. C'était son plaisir, sa coquetterie de montrer qu'il était encore le meilleur. Tandis que les ateliers bruissaient d'une activité qu'il se donnait l'illusion de contrôler, le maître gagnait alors son paradis par un couloir qui menait à deux grandes pièces où étaient soigneusement classés les objets d'art, les tableaux, les manuscrits qu'il accumulait depuis soixante ans.

Dans la plus vaste des chambres trônaient trois armoires, elles-mêmes des œuvres d'art marquées du génie de Boulle. Dans les deux premières étaient rangés des portefeuilles de soixante-quinze centimes recouverts de cuir fin et qui contenaient une extraordinaire collection de dessins signés de Le Brun et des meilleurs artistes français, des estampes choisies avec soin des maîtres d'Italie comme Michel-Ange, Mantegna, Raphaël d'Urbino, Carache, le Tintoret, et toute une série de documents concernant l'histoire des rois de France dont deux maroquins gravés aux armes du roi renfermant d'inestimables estampes offertes par Louis XIV à son ébéniste préféré.

La troisième armoire, tout en ébène, ornée de bas-reliefs et de corniches de bronze doré, était, elle, réservée aux pièces les plus rares. Cinq rangées de petits tiroirs renfermaient six mille médailles, les autres casiers contenaient les dessins les plus précieux de la collection, dont quarante-huit de la main de Raphaël illustrant *Les Métamorphoses* d'Ovide. Enfin, dans un petit coffre fermé par une clé d'argent qui ne quittait pas la poche droite de la veste [1] du maître, étaient rangés les manuscrits de Rubens traitant de ses voyages en Italie et des belles-lettres.

Ce jour-là, comme il l'avait fait à son arrivée dans l'atelier, Boulle jeta d'abord, avec une sorte de jubilation, un regard circulaire sur ses richesses puis, après avoir réfléchi un moment, décida de s'intéresser à ses tableaux, accrochés au nombre d'une quarantaine sur les murs tapissés d'une étoffe de coton beige. Il s'arrêta un moment devant une *Léda* du Corrège qu'il considérait comme la pièce maîtresse de sa collection, passa plus rapidement devant les toiles et les panneaux peints par Le Sueur, Le Brun, Berchem, Tilborg, Snyders et décrocha finalement un tableau qu'il aimait particulièrement. Il le posa sur un chevalet installé devant le fauteuil à oreilles nouvelle manière qu'un confrère du Faubourg lui avait échangé contre un guéridon venu de ses ateliers. Ce tableau était signé Jean-Baptiste Oudry, un peintre dont on ne faisait pas encore grand cas à la cour et chez les marchands mais dont Boulle, l'un des premiers, avait remarqué le talent. Il s'agissait d'un « retour de chasse », prétexte à disposer sur le marbre d'un somptueux perron, entre deux chiens triomphants, des pièces de gibier peintes avec une finesse et un goût extraordinaires.

– Quel art, quelle beauté! murmura André-Charles comme si un interlocuteur lui faisait face. Il regarda encore quelques minutes son

1. La veste, tunique ajustée légère se portait sous le justaucorps.

tableau puis alla chercher une planchette où était fixée une feuille de papier grand aigle et se mit à dessiner la composition d'Oudry en l'enrichissant d'un chevreuil, d'un faisan et de quelques autres animaux. Sa belle main aux doigts spatulés avait conservé la précision et la vivacité de la jeunesse. Le crayon courait sur la feuille, agile comme l'avait été le lièvre qu'il esquissait avant de venir figurer, victime innocente et superbe, sur le dessin de Boulle. Ainsi, à l'automne d'une vie dont il refusait d'envisager l'hiver, le vieux maître qui avait fait de son égoïsme un art de vivre, était tout simplement heureux. Il ne savait pas, ce matin du 29 août 1720, qu'il jouissait pour la dernière fois des splendeurs que son vice, jusque-là impuni, lui avait permis de posséder.

La journée s'était ensuite déroulée normalement. Malgré la chaleur assez éprouvante, les compagnons avaient achevé les dernières pièces d'un ameublement destiné au duc Louis-Henri de Bourbon. André-Charles avait soupé avec ses deux fils et s'était couché après s'être promené un moment dans les jardins. Jean-Philippe et Charles-Joseph avaient bavardé un moment avec un voisin, le sculpteur-ornemaniste Louis Lecomte qui avait beaucoup travaillé pour Versailles et modelé en particulier les vases de bronze pour le parc. Lecomte étant lui aussi monté se reposer, les deux frères avaient commencé comme ils le faisaient chaque soir, la ronde des ateliers afin de vérifier si les fenêtres étaient fermées et si les apprentis avaient bien éteint les poêles à colle.

Comme rien ne leur avait paru suspect, ils s'étaient dit bonsoir et étaient allés se coucher. Charles-Joseph, cependant, se tournait et se retournait sur son lit. Il faisait si chaud à Paris en cette fin du mois d'août qu'il ne pouvait trouver le sommeil. A une heure, il se releva, enfila une culotte sur sa chemise de nuit, chaussa des sabots et alla prendre l'air sur une sorte de terrasse surplombant le chantier de bois, du sieur Marteau, menuisier du roi. De cette terrasse, distante d'une trentaine de mètres du logement des Boulle, Charles-Joseph regarda un moment le village du Louvre endormi. La seule lueur qu'il distingua était celle de la chandelle qu'il n'avait pas éteinte en quittant sa chambre. Il respira une grande bouffée de l'air frais qui, depuis Charonne et Montmartre, commençait à pénétrer la chape de chaleur qui écrasait Paris; puis il rentra se coucher et s'endormit.

A trois heures et demie, des cris affolés le réveillèrent. Il se précipita à la fenêtre où son frère l'avait rejoint : une énorme gerbe de flammes s'élevait au-dessus des ateliers du menuisier Marteau.

– Vite, le père! s'écria Jean-Philippe. Allons le réveiller, tout le quartier va brûler!

André-Charles était déjà debout, à moitié habillé. Il se précipita vers ses fils et marmonna quelques mots. Ils comprirent que le vieux Boulle s'inquiétait pour ses tableaux, ses statues, ses trésors. Ils l'arrachèrent de force à l'armoire qu'il tentait d'ouvrir et l'entraînèrent dans la rue Fromenteau où la foule des artisans du Louvre commençait à se rassembler. En quelques minutes l'incendie avait pris d'énormes proportions. La réserve de bois sec constituait un aliment facile aux flammes qui gagnaient le long couloir aboutissant à la chambre d'André-Charles Boulle. Le Louvre et ses dépendances étaient maintenant complètement éclairés par l'incendie qui avançait à l'allure d'un trot de cheval.

Debout, les bras croisés, visage fermé, ses cheveux blancs soulevés par le souffle du feu, le vieux Boulle regardait brûler sa vie. Ses deux fils l'entouraient, lui tenaient chacun un bras de peur que dans un geste de désespoir il ne se jetât dans les flammes. Mais le génie du bois était calme, comme détaché d'un événement si soudain, si imprévisible, qu'il dépassait les limites de sa conscience.

Sur les quatre heures, les secours commencèrent à arriver mais il était trop tard. La galerie, le logement des Boulle et leurs ateliers ne formaient plus qu'un brasier. Dans l'affolement général, c'est pourtant Boulle, le grand Boulle qui, sorti de l'accablement qui l'avait terrassé, s'écria soudain :

– Sauvez les meubles du duc de Bourbon! Sauvez les meubles du duc! Le reste n'est plus que cendres!

Les meubles en question, prêts à être livrés, se trouvaient en effet dans un corps de logis séparé. Tous les sauveteurs portèrent leurs efforts de ce côté et le feu n'atteignit pas ces quelques pièces admirables, seuls vestiges des chefs-d'œuvre anéantis. André-Charles parut satisfait d'avoir permis d'arracher aux flammes cette modeste part d'un trésor. Sa dignité et son courage devant l'effrayant désastre qui le ruinait, faisaient l'admiration de tous. Il ne put pourtant cacher son émotion quand des voisins vinrent lui remettre quelques portefeuilles de dessins qu'ils avaient réussi à sauver et lorsque Charles-Joseph lui apprit qu'il avait pu mettre en lieu sûr, au dernier moment, le tableau d'Oudry qu'il préférait à tous les autres.

On s'attendait à des lamentations, on eut un sublime défi :

– Eh bien, cela fait un bon départ pour recommencer une collection!

Le roi, ou plutôt le régent qui gouvernait maintenant la France, ordonna dès le lendemain la reconstruction immédiate des bâtiments détruits. Le duc d'Orléans n'avait pas bonne réputation. Les morts rapides et mystérieuses du dauphin, de la duchesse, du duc de Bourgogne et de leur fils aîné avaient si opportunément ouvert à Philippe d'Orléans l'accès au trône qu'il avait été froidement accusé, à la cour comme dans le peuple, de les avoir empoisonnés. Louis XIV ayant hautement réfuté ces imputations, les bruits malveillants avaient cessé quand le duc s'était fait décerner la régence, avec le pouvoir absolu et la garde du jeune Louis XV, par le parlement auquel il avait rendu les droits que le grand roi lui avait retirés depuis soixante ans. Il n'en était pas moins vrai que le régent passait pour un libertin et un incrédule, ce qui était une lumineuse vérité.

Au Faubourg, où André-Charles, remis un peu de la tragédie, était venu s'installer chez son fils Pierre-Benoît, on commentait abondamment le changement survenu, ce passage subit de l'intolérance à l'incroyance, de la sévérité officielle au relâchement des mœurs. Les gens du bois, souvent d'origine huguenote, étaient plutôt puritains mais ils ne pouvaient qu'applaudir le régent quand il laissait respirer les jansénistes et ouvrait les prisons aux dissidents persécutés.

Le vieux Boulle, le « pape du Faubourg » comme on l'appelait maintenant, prenait plaisir à donner son avis et à philosopher. Privé de ses compagnons et de ses collections, il ne lui restait plus, disait-il, que la tête. Et la tête était bonne. Droit comme un I, sanglé dans un justaucorps neuf – tous ses habits avaient été détruits dans l'incendie –, sa chevelure de neige dépassant d'un chapeau à bords plats dont on ne connaissait qu'un exemplaire à Paris, le maître parcourait chaque jour son vieux Faubourg. Lui qui n'avait jamais rien voulu connaître que son métier et les œuvres d'art se piquait soudain de politique et de philosophie. A près de quatre-vingts ans, il avait réussi à tourner une page de sa vie et à y découvrir de nouvelles raisons d'exister.

– Si Rosine me voyait! disait-il à Jean-Jacques. Ta mère m'a reproché toute sa vie de ne m'intéresser qu'au bois et voilà que ton frère Gauthier me fait lire le *Traité des passions de l'âme* de M. Descartes et le *Dictionnaire historique et critique* de Bayle. Encore heureux que tu m'aies prêté *La Princesse de Clèves*!

Depuis qu'il habitait tout près, rue de Montreuil, Boulle passait presque tous les jours à la manufacture de glaces où Françoise et son mari qui s'appelait maintenant officiellement Jean-Jacques Andrieu de Nehou, l'accueillaient avec gentillesse. Il retrouvait rue de Reuilly la chaude atmosphère que Rosine y avait fait régner durant tant d'années, demeurée propice à l'évocation des souvenirs, aux confidences, aux histoires que la petite Clémence âgée de quatre ans écoutait avec ravissement. Jean-Jacques hébergeait son frère Gauthier, le philologue de la Sorbonne qui était resté vieux garçon et ne vivait que dans les bibliothèques. Professeur, il avait été confondu de découvrir chez le vieux Boulle, jusque-là indifférent aux spéculations de l'esprit, un élève ouvert, curieux et attentif. Pour lui faire oublier son malheur, il l'avait promené dans un chemin nouveau et André-Charles Boulle, à sa plus grande stupéfaction, y gambadait comme un écolier.

Un soir de décembre où Françoise avait invité Boulle à souper, Jean-Jacques remonta de la fabrique porteur d'une nouvelle inquiétante :

– Law s'est enfui! annonça-t-il en s'asseyant à table.

– Ce qui est étonnant, c'est que cela ne se soit pas produit plus tôt! dit Boulle.

– Comment, oncle André – les enfants de Rosine l'avaient toujours appelé ainsi –, vous vous intéressez à ces histoires de monnaie-papier auxquelles je ne comprends rien? demanda Françoise.

– J'ai toujours eu avec l'argent des rapports curieux. J'en ai gagné beaucoup mais il m'a glissé entre les doigts comme l'eau d'une fontaine. En fait, je n'ai jamais voulu posséder l'argent qui n'a toujours été pour moi qu'un intermédiaire. Cela ne m'a donc pas étonné qu'on utilise le papier au lieu de l'or pour servir de moyen d'échange. Ce M. Law m'a paru au contraire très intelligent.

– L'ennui, précisa Jean-Jacques, c'est que votre M. Law, après avoir fait des billets de tout l'or du royaume, a vendu le Sénégal, le commerce avec la Chine, l'ancienne compagnie des Indes et cette fameuse société du Mississippi qui vient de le noyer, après avoir enrichi des spéculateurs et ruiné beaucoup de pauvres gens.

– Au moins, cela a fait faire de bonnes affaires aux gens du meuble! Tous ces enrichis ont acheté les armoires, les sièges et les commodes les plus chers. Jamais le Faubourg n'a gagné autant d'argent!

– S'ils ont été payés en papier, il ne va pas leur rester grand-chose, de leur fortune!

Ce soir-là on parla d'un autre désastre qui ravageait Marseille et la Provence. Une épidémie de peste venue d'Orient avait déjà fait quatre-vingt mille morts! Et Jean enchaîna sur le spectacle qui avait rassemblé le matin la plupart de ses étudiants place de Grève : l'exécution du bandit Louis-Dominique Cartouche, vingt-huit ans, auteur avec ses complices d'un nombre incalculable de crimes dans la région parisienne. Une foule immense avait envahi la place depuis vingt-quatre heures pour voir Cartouche, ligoté sur une croix de Saint-André, recevoir les onze coups de barre de fer réglementaires, avant d'expirer sur la roue comme la sentence l'ordonnait.

Charles-André Boulle avait curieusement perdu dans le brasier la passion du bois qui l'habitait depuis son enfance. Il s'était juré de ne plus jamais tenir un outil mais, comme l'incendie l'avait à peu près ruiné, lui et ses deux fils, il décida d'adresser une requête au régent et de l'appuyer d'un mémoire où il dresserait l'inventaire de tout ce qu'il avait perdu [1].

Les vingt établis et tous les outils des vingt-six compagnons ébénistes, menuisiers et bronziers qu'il employait avaient été détruits ainsi qu'une réserve de bois de menuiserie, douze caisses de bois de placage de couleur et cinq caisses de petits panneaux en marqueterie, prêts à l'usage, représentant des fleurs, des oiseaux, des feuillages. Tous les modèles de cire, de plâtre et de terre, réductions des meilleures statues antiques et les bronzes qui se trouvaient dans la galerie menant au logement avaient également brûlé.

Boulle releva ensuite dans son inventaire la perte des meubles terminés ou non, entreposés dans les magasins. Il y compta douze bureaux de six pieds de long, quinze armoires, vingt cabinets anciens dont un en ébène et pierres de Florence, douze guéridons, douze tables, six lustres de bronze, des bois de pendules, dix-huit commodes de marqueterie de bois de violette et bien d'autres meubles de moindre importance.

Quand il fit le total des estimations, Charles-André fut stupéfait de son montant : 180 000 livres! Ce n'était là, hélas! qu'une partie de sa fortune évanouie en fumée. Il restait les collections, presque entièrement incendiées, dont certaines pièces d'une inestimable valeur. Boulle les chiffra modestement à 208 000 livres.

La situation financière du pays ne permettait pas, hélas! un large dédommagement :

– Les quelques milliers de livres que le régent m'a versés, dit-il

1. Ce précieux document, un cahier de 21 pages in-folio est conservé au cabinet des manuscrits de la Bibliothèque nationale.

quand il fut indemnisé, me permettront bien de vivre mes derniers jours. Le principal est que l'atelier et le logement soient réparés afin que mes fils puissent reprendre le travail. Quant à moi, je reste ébéniste du roi mais je ne mettrai pas souvent les pieds au Louvre. Je me trouve mieux au Faubourg où je suis né.

Les Andrieu lui offrirent d'habiter la maison de Picpus demeurée inoccupée depuis la mort de leur mère. Le vieux Boulle hésita puis se convainquit que le fantôme de Rosine était un bon fantôme, que sa petite amie d'enfance, seul amour de sa vie, serait heureuse de le savoir là, lié à jamais à son souvenir.

– Allons, dit-il, mon dernier souffle sera pour toi, dans ce lit où un jour d'automne, je t'ai apporté la mort que tu souhaitais.

Boulle tint parole. Jamais il ne retoucha un outil. Le seul intérêt qu'il portait désormais aux meubles était leur évolution. Il voulait savoir s'il avait vu juste, si le style de Le Brun et de Louis XIV qu'il avait tant contribué à faire flamboyer allait se transformer dans le sens qu'il avait depuis longtemps prédit. Il lui suffisait de faire le tour des ateliers du Faubourg ou d'aller voir les menuisiers de sièges établis rue de Cléry pour être convaincu de la justesse de ses prophéties. Sous son impulsion, le style Louis XIV était mort avant le roi et la transition déjà engagée. Aujourd'hui, à part les œuvres de Boulle qui se jouaient des modes, des règnes et des années, il ne restait plus grand-chose de la lourdeur majestueuse des meubles de Versailles. Le régent s'intéressait moins que son oncle aux arts et aux artistes mais Versailles était fait. Il demeurait que Philippe d'Orléans était un homme de goût, capable de composer la musique d'un opéra, de décorer de grandes peintures les murs de Meudon ou d'illustrer par de plaisantes gravures une édition de *Daphnis et Chloé.* Brillant, généreux, brave aux armées mais aussi faible, insouciant, paresseux, sceptique et libertin, il ôtait délicatement à la France le masque de Melpomène imposé par Louis XIV pour lui faire porter celui plus aimable de Thalie. Une telle mutation influait naturellement sur les arts qui ne demandaient qu'à prendre des libertés et à célébrer une vie plus agréable, plus divertissante. C'était vrai en peinture et vrai en littérature. C'était vrai aussi pour les arts de l'ameublement. Le Faubourg, lancé par les vieux ouvriers du Louvre et de l'Arsenal, les Boulle, les Oppenhoort, les Habermann, ouvrait tranquillement le rideau du XVIIIe siècle sur une nouvelle façon de vivre plus légère, plus simple, moins figée et plus curieuse. Toutes ces caractéristiques du temps de la régence, André-Charles les retrouvait avec une certaine jubilation dans les ateliers de la Grand-Rue, de la rue Saint-Nicolas, de la rue de Montreuil et de tous les passages qui joignaient entre elles les voies traditionnelles du meuble. Dans la plus ancienne maison du Faubourg, celle des Habermann où Joseph, l'arrière-petit-fils du grand Christophe avait repris le flambeau, le vieux Boulle aimait retrouver l'un de ses anciens apprentis du Louvre, Charles Cres, dont il avait tout de suite remarqué l'extraordinaire habileté. Il se reconnaissait dans ce grand gaillard blond arrivé d'Amiens où son père, sculpteur et menuisier de talent, lui avait enseigné l'essentiel de tous les métiers du bois. Aujourd'hui, Charles louait à Joseph Habermann une partie de l'atelier qui avait été agrandi à la fin du siècle et y construisait, avec un compagnon et un apprenti, les meubles que Boulle considérait comme les plus originaux et les plus représentatifs de son temps. Il faut dire qu'en retour, Charles Cres vouait au vieux maître une admiration sans retenue.

– Tu es mon successeur! lui disait André-Charles. Tu fais ce que j'avais prévu, en changeant sagement nos lignes droites et sévères en un style curviligne élégant. Je n'ai pu inventer que dans les limites étroites permises à l'époque. Toi et les jeunes, vous allez pouvoir laisser jouer votre imagination. Ce sera votre chance, ne la laissez pas passer!

Cres n'en avait nulle envie. Il savait qu'il avait du talent et s'était juré d'être le Boulle de son époque. Comme son maître, il collectionnait les tableaux, comme lui il sculptait quand il en avait envie, comme lui encore il était séduit par le bronze et entendait créer, fondre et ciseler dans son propre atelier les décorations de ses meubles.

Cette admiration ne l'empêchait pas d'être lui-même et de « chantourner les formes de Le Brun » comme il disait. Il avait aussi abandonné les incrustations d'écaille, d'ivoire ou de cuivre qui avaient fait la renommée de Boulle et travaillait hardiment en marqueterie des nouveaux bois exotiques qui donnaient bonne mine aux commodes et de l'allégresse aux armoires. L'aurore du style nouveau était en effet illuminée par le bois de rose venu du Brésil, l'anis jaune des grandes Indes, le cayenne couleur de cerise, l'amboine, le santal ocre de Chine, le calembouc ou bois d'aloès, le fustet de Jamaïque, l'ébène blanche des Moluques et l'acajou du Honduras.

– Quelle palette! s'exclamait André-Charles en écoutant Cres recenser les bois et les racines aux noms magiques dont disposaient maintenant les ébénistes : Je vous envie de pouvoir réveiller vos meubles par des mélodies venues de si loin!

– Savez-vous, maître, ces couleurs me donnent une idée que je mettrai un jour en pratique. Pourquoi ne pas décorer les vantaux d'une armoire ou le devant d'une commode par un véritable tableau de marqueterie inspiré d'un de nos grands peintres, une fête galante de Watteau, par exemple?

– Si tu te sens capable de le faire, vas-y, mais attention! Cette audace exige la perfection! Quand j'étais jeune, j'ai essayé de marqueter des tableaux. J'ai même fait ainsi le portrait de la femme que j'aimais et qui en épousait un autre, cela a été mon cadeau de mariage... Mais je radote... Le défaut de ce genre d'expériences, c'est qu'elles demandent beaucoup de temps. Une armoire ou une table marquetée en Watteau coûtera deux ou trois fois plus cher que celle traitée simplement. Qui acceptera de payer un tel prix une simple fantaisie?

– Il me faudra trouver un riche amateur. Car je n'ai pas l'intention de travailler pour rien. Je ne suis pas comme vous, je veux devenir riche. Les tableaux que j'achète ne sont pas pour moi un simple caprice de collectionneur. Je les revendrai un jour beaucoup plus cher!

– C'est sûrement toi qui as raison mais, vois-tu, je ne regrette pas de n'avoir jamais aimé l'argent pour l'argent. A part quelques tiraillements avec mes créanciers, j'ai toujours bien vécu, j'ai élevé mes enfants et j'ai goûté de la vie tout ce qu'elle pouvait offrir d'agréable à un ébéniste : la joie de créer, l'estime des confrères et la notoriété, presque la gloire! Même durant mes vieux jours où le destin ne m'a pas ménagé, me voilà heureux, promenant ma carcasse blanchie dans les ruelles de ce Faubourg qui m'a vu naître, lisant des livres que je ne comprends pas toujours très bien mais qui m'obligent à faire travailler un cerveau devenu un morceau de bois dur, et regardant naître entre tes mains les meubles que je n'ai pas pu construire.

Boulle se tut un moment, regarda Cres fignoler au rifloir la tête d'une cariatide destinée à orner un grand bureau plat et prit congé :

– Au revoir, Cres! Continue, tu es dans la bonne voie, tu seras riche. Mais, si tu en as envie, fais-la donc cette marqueterie à la Watteau!

Comment Marie-Jeanne Pouget, la fille d'Anne Andrieu, la petite-fille de Rosine, avait-elle fait la connaissance de Charles Cres? Les Pouget qui logeaient près du Châtelet se posèrent la question le jour où Marie-Jeanne leur demanda la permission d'aller en sa compagnie à la Foire aux pains d'épice qui venait d'ouvrir comme chaque année, à la fin de la semaine sainte, en face de l'abbaye Saint-Antoine. Marie-Jeanne, une jolie fille de seize ans dont les traits fins rappelaient ceux de Rosine expliqua ce mystère :

– Un jour où j'étais allée à la manufacture rendre visite à Jean-Jacques et à Françoise, l'oncle Boulle m'a emmenée faire avec lui le tour du Faubourg. « Viens avec moi, m'a-t-il dit, je vais te montrer des gens épatants qui fabriquent au fond de cours et de passages dont tu ne soupçonnes même pas l'existence, des meubles superbes dans des bois aux couleurs de perroquet et aux senteurs d'îles sauvages. » L'un de ces ébénistes était Charles, voilà!

Quand, le lendemain, il vint chercher Marie-Jeanne après le dîner, Charles Cres fit bonne impression sur Anne et Antonin Pouget. Il ne manquait pas d'allure, il est vrai, dans sa culotte courte de calamande [1] et son justaucorps de velours ciselé. Haut de stature, rasé comme c'était maintenant la mode, cheveux blonds longs et frisés, coiffé du « lampion » qui remplaçait avantageusement les chapeaux à plumes et à larges bords du siècle précédent, Charles pouvait sans rougir offrir son bras à une jolie bourgeoise habillée elle aussi avec goût d'une robe et un jupon en basin des Indes, les manches et le corsage ornés simplement de quelques falbalas et prétintailles [2].

La Foire aux pains d'épice s'était longtemps tenue dans l'enceinte de l'abbaye mais son succès avait nécessité un emplacement plus vaste. Jusqu'à la place du Trône, la grande rue Saint-Antoine offrait tout l'espace désirable aux marchands de cochons en pain d'épice, aux confiseurs, aux tenanciers de loterie et à une quantité de colporteurs qui proposaient aux badauds des bijoux, des peignes, des bonnets, des tabatières et toutes sortes d'objets utiles et inutiles.

Bras dessus, bras dessous, les deux jeunes gens s'amusaient bien.

1. Étoffe de laine lustrée d'un côté.
2. Ornements découpés cousus sur les vêtements.

Marie-Jeanne était fière de se promener en compagnie d'un homme de vingt-huit ans, plein de prévenances, qui lui racontait comment il dessinait en ce moment une commode cintrée, ornée des chiffres entrelacés du jeune roi, destinée à l'appartement du Louvre.

– C'est une forme nouvelle, expliquait Charles, je veux que cette commode soit réussie. Mais je vais vous faire une confidence, Marie-Jeanne. Ce qu'en pensera le roi, je m'en moque un peu. Ce qui m'importe, c'est l'avis d'André-Charles Boulle.

Comme ils avaient déjà parcouru trois fois la longueur de la foire et que Marie-Jeanne avait horreur du pain d'épice, fût-il découpé en gorets rigolos, Charles Cres se risqua à proposer à la jeune fille une promenade plus plaisante :

– Accepteriez-vous qu'avant de vous raccompagner chez vos parents, je vous offre une tasse de café ou une glace chez *Procope?* On y rencontre peu de jeunes filles de votre âge mais vous paraissez bien vingt ans. Et vous êtes avec moi! ajouta-t-il en se redressant.

– Vous êtes drôle! dit Marie-Jeanne en riant.

Comme elle avait une folle envie d'aller dans cet endroit fameux, elle ne se moqua pas plus avant de son compagnon et accepta sans hésiter :

– Quelle bonne idée! Nous allons sûrement y rencontrer des gens célèbres, des acteurs, des écrivains. Allez-vous souvent au *Procope?*

Charles Cres rougit un peu puis éclata de rire :

– Autant vous l'avouer tout de suite : je n'y ai jamais mis les pieds. Nous allons découvrir ensemble les douceurs que ce bon Signor Procopio réserve à ses clients.

– Moi qui vous croyais l'un de ces Parisiens mondains qui hantent théâtres, bals et cafés, une jolie dame à leur bras!

– Jusqu'à maintenant, je n'ai guère fréquenté que mon atelier et les quelques centaines de mètres alentour. Quant aux jolies femmes, je vous jure que je n'en ai jamais connu une aussi belle et aussi élégante que vous. D'ailleurs, vous allez voir, nous allons faire une entrée remarquée dans ce temple du café arménien et de la glace sicilienne.

Ni l'un ni l'autre n'étaient pourtant très assurés en poussant la porte aux miroirs gravés du café de la rue des Fossés-Saint-Germain [1]. La salle était pleine d'un monde hétéroclite, parlant haut

1. Aujourd'hui la rue de l'Ancienne-Comédie où le café *Procope* existe toujours.

et riant fort. Il y avait autant de femmes que d'hommes, toutes élégantes, occupant le plus souvent une place exagérée avec leur jupe à panier. L'odeur fade du tabac que l'on prisait presque à toutes les tables se mêlait à l'arôme du café et au parfum du thé de Chine qu'il était de bon ton de déguster en fin d'après-midi.

Marie-Jeanne et Charles regardaient cet étrange spectacle avec une curiosité qu'ils avaient du mal à cacher en gagnant la table de marbre qu'un serveur leur avait désignée au fond de la salle. Charles avait eu raison de dire que leur entrée serait remarquée. Ils étaient jeunes, beaux, élégants et les habitués, qui se connaissaient presque tous entre eux, se demandaient quel souffle printanier rafraîchissait soudain cette maison où les miroirs ne reflétaient que des visages connus. Marie-Jeanne, à qui la confusion donnait un éclat supplémentaire, attirait surtout les regards : ceux des femmes, curieuses, qui avaient cessé de parler pour soupeser d'une prunelle experte la jeunesse de l'arrivante, ceux des hommes aussi que sa jeune gloire ne laissait pas indifférents.

Il y avait déjà plus de trente ans que Francesco Procopio dei Coltelli, un jeune noble sicilien, s'était juré de montrer aux Parisiens ce qu'était un vrai café, bien brûlé, moulu comme il faut, préparé à la manière des Arméniens qui n'avaient pas leurs pareils pour extraire l'arôme nouveau de la farine noire. Son salon qui n'avait rien à voir avec les tavernes et les « maisons de café » où l'on servait une mixture infâme, était un lieu luxueux, attrayant, où le client se sentait bien. Miroirs, lustres de cristal, verrerie fine, Marie-Jeanne regardait tout avec émerveillement. Elle crut rêver quand le serveur lui présenta la carte des boissons et des friandises : pâte d'orgeat, crème de fleur d'orange, crème de rose, trente parfums de sorbets et de glaces... En dehors du café et du thé, il proposait de l'hypocras à la cannelle, du marasquin à l'orange, de l'huile de Vénus, du rossolis, une eau-de-vie où avaient macéré anis, fenouil, aneth et coriandre.

Marie-Jeanne choisit une glace au chocolat et Charles goûta au café qu'il sucra avec un sirop de rose.

La jeune fille était aux anges et regardait avec admiration l'homme qui lui permettait de vivre un moment aussi intense. Elle lui prit la main et lui dit qu'elle le remerciait beaucoup pour le merveilleux après-midi qu'il lui avait fait passer.

– J'espère qu'il y en aura d'autres, répondit-il. Moi aussi, j'ai vécu grâce à vous le moment le plus agréable de ma vie.

– Allons, abandonnons l'hyperbole, coupa Marie-Jeanne en riant, sinon nous allons vite tomber dans le ridicule. Disons tout simplement que nous sommes bien contents l'un de l'autre!

– Et que nous avons très envie de recommencer!

– Je n'ai pas dit du tout cela, monsieur le présomptueux!

Si ce n'était pas de l'amour, cela y ressemblait fort, et les Pouget trouvaient leur fille bien jeune pour fréquenter un homme de onze ou douze ans plus âgé qu'elle qui, de plus, n'était pas le fils d'un bourgeois. Anne décida d'aller voir l'oncle Boulle puisque c'était lui qui les avait fait se rencontrer. Elle le trouva à la manufacture, dans le salon élégant que Françoise avait aménagé avec goût dans le genre nouveau. Installé dans un confortable fauteuil à la reine sorti tout droit des ateliers Habermann, il semblait avoir une discussion très serrée avec maître Gauthier Andrieu, docteur de la Sorbonne.

L'arrivée d'Anne mit fin à la conversation. Elle se jeta dans les bras du vieux Boulle :

– Toujours dans les livres, mon oncle? Comme je vous admire de lire autant à votre âge!

– Bien sûr, c'est un peu tard mais si j'avais découvert plus tôt les joies de la lecture c'eût été un désastre. J'avais déjà mes collections. Avec les livres, je n'aurais plus eu le temps de toucher un outil ou un crayon! Quel bon vent t'amène au Faubourg, ma jolie Anne?

– Votre ami Cres qui, lui, s'intéresse plus à Marie-Jeanne qu'à Descartes. Ils se voient souvent avec Marie-Jeanne et semblent y prendre tant de plaisir que nous nous inquiétons Antonin et moi.

– Pourquoi? Parce qu'il est ébéniste?

– Pas seulement. La petite est bien jeune et nous ne savons rien de ce garçon sinon qu'il s'habille comme un petit seigneur, mieux en tout cas que les messieurs du Châtelet et du parlement, et qu'il semble gentil.

– Ma petite, Cres s'habille selon sa condition et ses moyens qui ne sont pas ceux d'un ouvrier ordinaire. Il est le meilleur ébéniste de Paris, donc de France. Il a pour clients le duc d'Orléans et travaille aussi pour le roi. A vingt-huit ans, il a déjà gagné beaucoup d'argent et en gagnera encore car il a du talent et de l'ambition. Crois-moi, ta Marie-Jeanne pourrait tomber plus mal. Entre nous, tous les procureurs ne sont pas comme Antonin : la plupart sont des robins sinistres! Ta fille sera plus heureuse avec un artiste de talent qu'avec un faiseur de jugements et un polisseur d'arrêts.

– Bon, je sais ce que je voulais savoir. Vous ne pensez pas, sincèrement, que nous devons mettre fin à cette amourette qui deviendra bien vite autre chose? Ce Charles Cres est un jeune homme honorable?

– Je ne peux pas t'assurer qu'il fera un bon mari mais s'il fait l'amour aussi bien que les commodes, Marie-Jeanne sera comblée!

– Mon oncle! Vous n'avez pas honte de parler comme cela!

– A mon âge, je n'ai pas le temps de faire des phrases. Dans le fond, je suis sûr que tu es contente de ce que je viens de te dire sur ce Charles Cres que je considère, avant mes propres fils, comme mon vrai successeur. Maintenant, si tu trouves que la petite est trop jeune, ils peuvent tout de même patienter!

– Je l'espère...

– *Nil novi sub sole,* conclut Gauthier.

Les fiançailles de Marie-Jeanne et de Charles furent célébrées six mois plus tard. Les Andrieu de Nehou avaient proposé que la fête familiale fût organisée dans leur appartement de la rue de Reuilly où la place ne manquait pas et où il était aisé de profiter du service attaché au directeur de la manufacture. Anne et Antonin Pouget avaient accepté sans hésiter, assez contents de donner à l'établissement de leur fille un lustre patricien. La livrée royale des laquais faisait oublier la condition ouvrière de leur futur gendre et leur permettait d'inviter quelques magistrats du Châtelet dont la fréquentation était utile à Antonin.

On était loin des festins à la bonne franquette de l'atelier du Faubourg. Les dames, même les Habermann, étaient d'une rare élégance. Anne était belle dans sa robe de satin blanc ornée de fleurettes que complétait une jupe large en taffetas rayé. A côté d'elle, la présidente et les conseillères avaient l'air endimanchées. Marie-Jeanne, elle, avait choisi la simplicité de bon aloi qui soulignait l'éclat de sa jeunesse. Elle portait une simple robe de taffetas flambé que rehaussaient seulement quelques coquelicots de soie achetés chez Clairette au Palais-Royal et qu'elle avait épinglés au lacet fermant son décolleté. M. Paris, le coiffeur de Mme d'Orléans que connaissait Charles, était venu le matin coiffer la mère et la fille, Anne à la jardinière, ce qui grandissait sa taille assez modeste et Marie-Jeanne en relevé à tresses, une mode nouvelle venue d'Angleterre qui mettait en valeur ses yeux bleus et son front lisse.

Les hommes étaient aussi vêtus d'étoffes fines, bien coupées. André-Charles, coquet comme à vingt ans, se redressait dans son justaucorps de camelot de Dunkerque [1] garni de boutons tressés en fils d'or. Tout le monde lui fit compliment de sa prestance et de son élégance. A près de quatre-vingt-cinq ans, le grand Boulle portait sereinement sa légende en bandoulière comme le cordon de Saint-Louis. Il était le vrai héros de la fête, sa renommée éclipsait même l'intérêt qu'on portait aux fiancés, attendrissants de bonheur. Le président se disait fier de pouvoir, enfin, faire la connaissance de celui que le grand roi avait admiré :

– J'ai vu souvent vos meubles dans les plus nobles salons. Mes moyens ne m'ont pas permis d'en acquérir et je le regrette. Ce sont des monuments qui se joueront du temps! En fabriquez-vous toujours?

– Moi, non, mais mes fils continuent à faire du Boulle. Bien malin celui qui, dans quelques années, pourra discerner les cabinets et les bureaux auxquels j'ai mis la main!

– Vous retournez bien de temps à autre dans votre atelier. Je suis sûr que vous ne pouvez pas, alors, vous empêcher d'empoigner un outil, continua le président.

Le vieux Boulle, un éclair de malice avec ses yeux devenus très clairs avec l'âge mais qui, disait-il, lui permettaient encore de regarder le soleil en face, eut cette réponse superbe :

– Non, monsieur le Président. Maintenant j'apprends le latin!

Son mariage prochain aiguisait l'appétit de réussite de Charles Cres qui éblouissait Marie-Jeanne avec ses projets d'où le réalisme n'était jamais absent :

– Nous vivons, lui disait-il, dans une époque nouvelle où la hiérarchie sociale tend à s'estomper. Tiens, il y a un siècle, je n'aurais jamais pu t'épouser alors qu'aujourd'hui mon métier, à condition d'y être excellent sinon le meilleur, me permet toutes les audaces. Les gens en ont fini avec les dévots plus ou moins sincères. Ils veulent vivre, tout simplement; et, si possible, de façon agréable. Cela n'est peut-être pas tout à fait moral mais c'est l'état d'esprit du siècle. Tant mieux s'il me permet de faire danser les fauteuils sur leurs pieds de ballerines, d'arrondir gracieusement mes commodes et de créer des tables à coiffer aux courbes voluptueuses.

– C'est drôle, tu parles de tes meubles comme s'il s'agissait d'êtres vivants et même de femmes. Je suis jalouse, tiens!

– Tu as raison, l'âge que nous vivons est celui de la femme. Tout

1. Étoffe de laine mêlée de soie formant la chaîne.

est fait pour vous. Vous n'avez pas fini de nous imposer vos lois, mesdames!

– Tout est fait pour la femme à condition qu'elle se prête à vos désirs plus ou moins avouables, beau monsieur. Dis-toi bien mon fiancé chéri que je ne serai pas une épouse complaisante et qu'aucun chiffonnier en bois de rose ne changera mon caractère. Cela dit, parle-moi encore de toi, de nous, de tes meubles. J'aime...

– Eh bien, voilà. Il n'est pas question que nous habitions dans un logement exigu et vieillot. Tu as été habituée à mieux et moi je m'habituerai facilement à ce mieux. Alors je vais travailler dur pour gagner beaucoup d'argent et je vendrai mes tableaux.

– Tu veux vendre ta collection? Comment peux-tu te séparer de ton Bellini et de ce tableau de Holbein que j'adore?

– Il le faudra bien pour nous établir chez nous, dans une grande maison, avec l'atelier au premier, le logement au second et un magasin au rez-de-chaussée. Là, je pourrai enfin créer et travailler mes bronzes comme je l'entends, sans trimbaler des fardeaux de cuivre du mouleur au fondeur et du fondeur au ciseleur.

La fringale de confort qui gagnait à Paris toutes les classes, jusqu'aux ouvriers aisés, était une aubaine pour le Faubourg qui, selon la vieille tradition de la franchise, produisait aussi bien et moins cher que les maîtres affiliés aux corporations. Ensuite, l'aspect de la vieille voie royale avait beaucoup changé grâce à des constructions et des innovations qui influaient sur la vie quotidienne. Quatre fontaines avaient été mises en service dans ce quartier où l'eau était naguère aussi rare que les écus. Comme dans tous les villages, les ménagères se retrouvaient maintenant autour de la fontaine Basfroid, de la fontaine Trogneux, construite dans la grand-rue au coin de la rue de Charonne, de la fontaine des Mousquetaires rue de Charenton ou de la fontaine de la Petite-Halle située juste en face de l'abbaye, à deux pas de la maison Habermann.

C'est en tirant un seau d'eau que Jacqueline Habermann, qui tenait maintenant la vieille maison Cottion, reçut l'étrange confession d'une voisine paralytique, Germaine La Fosse, que son mari, un ébéniste estimé du passage Rouge, avait conduit dans une chaise roulante de son invention afin que la malheureuse pût admirer la nouvelle fontaine.

– Je ne veux plus vivre dans cet état, dit-elle. Il ne me reste qu'à mourir ou à implorer Dieu une dernière fois. Alors, voilà ce que je vais faire. Après-demain, mon mari va me descendre pour la procession de la Fête-Dieu. Lorsque le saint sacrement passera devant moi, je me jetterai à terre pour que le Seigneur voie mon infortune. Une voix me dit que je guérirai!

Jacqueline Habermann qui avait la tête solide, essaya de raisonner la pauvre femme mais celle-ci répondit que rien ni personne ne l'empêcherait de mettre son projet à exécution. En fait, lorsque le 31 mai, la procession défila dans le Faubourg après s'être arrêtée un moment à l'abbaye pour rendre grâce à la nouvelle abbesse qui venait de remplacer Mme de Montchevreuil, Germaine La Fosse était au premier rang dans sa chaise d'infirme.

Dès que le saint sacrement fut arrivé à sa hauteur, s'aidant de ses bras, comme soulevée par une force irrésistible, dame La Fosse qui n'avait pas bougé une jambe depuis plus de dix ans, se précipita sur le pavé, entraînant avec elle son siège et même son mari qui tentait de la retenir. Tous ceux qui étaient autour d'elle la connaissaient. Ils se portèrent à son secours mais elle réussit à leur échapper et à se traîner jusqu'aux pieds des processionnaires. Alors, un grand cri s'éleva dans la foule, le cortège s'arrêta et les prêtres entonnèrent un cantique d'action de grâces : Germaine La Fosse s'était relevée par ses propres moyens et disait qu'elle allait suivre la procession, ce qu'elle fit dès que celle-ci se fut remise en marche.

Cet événement, colporté aussitôt dans Paris, suscita une grande émotion. L'autorité religieuse ordonna une enquête à laquelle Voltaire, on ne sait trop pourquoi, fut mêlé. André-Charles Boulle s'intéressait beaucoup à cette histoire à laquelle il ne pouvait croire. Quelle ne fut pas sa surprise de voir arriver un jour à la manufacture Marie-Jeanne, un papier à la main, qui disait :

– Votre M. Voltaire que vous admirez tant croit au miracle. Voici la copie de la lettre qu'il a adressée à la présidente de Bernières, une amie de ma mère.

– Montre-moi ces balivernes, dit Boulle après avoir embrassé la jeune fille. Cela m'étonnerait que Voltaire se montrât aussi catégorique alors que l'Église elle-même fait des réserves.

Il lut tout haut afin que Gauthier le sorbonnard, très intéressé lui aussi, fût au courant de cette étrange affaire :

*Ne croyez pas,* écrivait Voltaire, *que je me borne dans Paris à faire jouer des tragédies et des comédies. Je sers Dieu et le Diable assez passablement. J'ai dans le monde un petit vernis de dévotion que le miracle du faubourg Saint-Antoine m'a donné. La femme du miracle est ce matin venue dans ma chambre. Voyez quel honneur je fais à votre maison et dans quelle odeur de sainteté nous allons être!*

– Ce n'est pas du tout une adhésion formelle, déclara Boulle avec un peu de mauvaise foi. François-Marie Arouet n'a pas, Dieu merci, perdu le ton persifleur qui m'agrée tant. D'ailleurs, je vais aller la voir, moi, cette bonne Germaine dont j'ai bien connu le père. Un fameux menuisier de sièges celui-là! Enfin... elle marche et c'est le principal!

– L'Église a peut-être reconnu le miracle et Germaine peut processionner un cierge à la main tous les dimanches, marmonnait Boulle. Si elle marche, ce n'est pas pour aller chez le boulanger! Le Bon Dieu ferait bien de s'intéresser aussi au ciel qui déverse tant d'eau depuis le printemps que nous n'aurons pas de moisson. Paris va crever de faim! Nous ne sommes qu'en juillet et c'est déjà la disette, le peuple de Paris n'est plus habitué à manquer de pain, un jour il y aura du vilain!

C'est vrai que le pain était rare et que son prix ne cessait de monter, en dépit des processions de la châsse de sainte Geneviève et des messes dites dans toutes les églises et les couvents de Paris. Le matin du 14 juillet 1725, l'apprenti de Charles Cres que le maître avait envoyé en course passage de la Boule-Blanche, revint à l'atelier dans un état de surexcitation telle qu'il pouvait à peine s'exprimer. Pressé de parler, il finit par dire :

– On se bat chez le boulanger Rigon, près de la rue de Charonne!

– Que se passe-t-il? demanda André-Charles Boulle qui faisait son tour habituel des ateliers.

– Il paraît que Rigon a voulu vendre 34 sols un pain dont le pareil avait été acheté 30 sols une heure avant par une cliente. L'acheteuse, la femme du menuisier Delépine, ne s'est pas laissé faire. Elle a fait un tintamarre de tous les diables, a ameuté les passants et les voisins, si bien qu'il y a maintenant plus de cent personnes devant la boulangerie qui menacent de tout casser.

– Que vous disais-je, hier? lança Boulle qui aimait jouer les prophètes et encore plus avoir raison. Je vais voir ce qui se passe! ajouta-t-il tout animé.

– Restez donc tranquille! coupa Charles. Les mouvements de foule sont toujours dangereux et s'il y a émeute vous risquez de ne pas pouvoir vous dégager. Vous n'avez tout de même plus vingt ans!

– Je n'ai plus vingt ans mais j'ai bon pied bon œil et tout ce qui se passe au Faubourg m'intéresse. J'y vais!

Il sortit et, d'un pas alerte, remonta le Faubourg en direction de la Bastille. Boulle n'eut pas à aller jusqu'à la rue de Charonne pour constater qu'il ne s'agissait pas d'une simple dispute. A cinquante mètres de l'abbaye, la boulangerie *Aux épis d'or* était littéralement assiégée par une foule hurlante composée en grande partie de femmes parmi lesquelles il reconnut les épouses de plusieurs ouvriers menuisiers ou ébénistes. Les plus excitées sortaient de la boutique des pains qui disparaissaient aussitôt, des blocs de pâte prêts à être enfournés et même des sacs de farine que des manifestants éventraient stupidement dans le ruisseau.

Boulle ne voulait pas être pris dans cette affaire qui prenait à chaque instant des proportions plus graves. Il monta chez un vieux menuisier qui avait son logement au premier étage, juste en face de la boulangerie. De la fenêtre il vit, jusqu'à la Bastille, les attroupements se former, grossir et se joindre à d'autres plus importants, constituant ainsi, petit à petit, un rassemblement de plusieurs centaines de personnes qui criaient « Du pain, du pain... » et pillaient en passant les étals que des marchands imprudents n'avaient pas pris soin de rentrer.

– La foule est bête, la foule est bête!... répétait André-Charles en regardant ces gens, calmes et pacifiques quelques minutes auparavant se livrer à des actes insensés.

– Personne n'est plus tranquille que l'ouvrier du bois, dit Thomas le menuisier, mais s'il manque de pain, il est capable de n'importe quel excès. Tiens, voilà la garde qui arrive des barrières! Si ces pauvres gens ne rentrent pas tout de suite chez eux, il y aura des morts.

Loin d'abandonner le terrain, les manifestants dont le nombre augmentait, repoussaient à coups de pierres les archers qui s'étaient empressés de fermer les trois entrées de la porte Saint-Antoine en attendant un renfort. Le guet à cheval fit peu après son entrée par la rue de Reuilly tandis que les mousquetaires sortaient de leur caserne de la rue de Charenton et faisaient avancer leurs montures croupe à croupe vers le fort de la mêlée.

De l'autre côté, le guet chargeait l'épée à la main et tira trois coups de feu dont un atteignit maladroitement un mousquetaire en plein front. Le malheureux mourut sur l'instant. Ses compagnons voulant le venger tombèrent sur le guet et la bataille entre défenseurs de l'ordre eût fait de nombreuses victimes si les exhortations des officiers n'avaient fini par rétablir le calme. Les manifestants, conscients enfin de la gravité des événements, se dispersèrent peu à peu dans les maisons et les cours. Dix d'entre eux avaient été arrêtés dont deux furent pendus quelques jours plus tard à l'entrée du Faubourg devant la prison de la Bastille. De crainte d'un nouveau soulèvement, cette exécution ne fut pas publique, la garde ayant bouché dans la nuit toutes les rues aboutissant à la porte.

Cette sédition, car il s'était bien agi d'une sédition, la première ayant éclaté dans le faubourg Saint-Antoine jusque-là si calme, ne changea évidemment rien à la pénurie de pain dont souffrait la population parisienne.

La misère et le froid terrible qui succéda aux pluies et aux inondations empêchèrent le mariage de Marie-Jeanne et de Charles Cres de revêtir une trop grande solennité. La célébration religieuse permit cependant aux bourgeois verriers et ébénistes du Faubourg, les Andrieu, les Habermann et le grand Boulle, de nouer de bonnes relations avec la nouvelle abbesse. Cette fois, le choix royal s'était porté sur une dame de condition. Les quartiers de noblesse de Marie-Anne de Bourbon-Condé qu'on appelait à la cour Mlle de Nantes, rendaient à l'abbaye une gloire oubliée depuis longtemps.

L'abbesse Marie-Anne, jeune sinon très belle, illustrait dans le fief du meuble l'esprit nouveau et la légèreté de l'époque. « Elle est faite, disait le vieux Boulle à Cres, pour s'asseoir dans tes bergères voluptueuses et écrire ses lettres sur l'un de ces bureaux de dames en bois de rose que tu fabriques pour la cour. »

Mme de Bourbon-Condé avait été ravie d'offrir son abbatiale pour marier la fille d'un conseiller au jeune prince du Faubourg. La caution des Andrieu de Nehou dont les exploits techniques valaient auprès des esprits éclairés bien des titres ronflants, avait aiguisé sa curiosité. Ce mariage était aussi, pour elle, une bonne occasion de connaître ce monde qui devenait le sien. Invitée à la réception intime qui réunit les familles des mariés et quelques amis dans les salons de la manufacture, l'abbesse charma tout le monde par sa simplicité et sa gentillesse. Habituée des salons, elle sut trouver pour chacun un mot agréable mais, comme elle le dit plus tard, sa grande découverte, ce jour-là, fut le maître André-Charles Boulle. Elle connaissait ses meubles bien entendu et fut heureuse de lui dire qu'une de ses magnifiques armoires d'ébène incrustée trônait dans le cabinet de son père :

– Je ne pensais vraiment pas vous rencontrer aujourd'hui, monsieur Boulle. Pardonnez ma franchise, je ne vous croyais plus de ce monde.

– L'honneur est pour moi, madame, et je remercie Dieu de m'avoir permis de vivre suffisamment longtemps pour avoir le privilège de vous être présenté. L'abbesse de Saint-Antoine-des-Champs a toujours été l'ambassadrice du roi dans ce petit État où un étonnant mélange de quatre ou cinq nationalités fabrique les plus beaux meubles du monde. Vous voilà souveraine de cet État où la moindre de vos attentions sera perçue et appréciée. Aujourd'hui, je ne suis plus qu'un vieux maître et un jeune philosophe...

– Jeune philosophe, dites-vous?

– Eh oui, depuis que mon atelier a brûlé et que j'ai abandonné l'établi, j'apprends le latin et la philosophie avec Gauthier Andrieu qui est docteur en Sorbonne et qui fait, en quelque sorte, partie de ma famille. Tenez, il est là et habite le Faubourg. C'est l'un de vos plus brillants sujets, il faut que vous le connaissiez. Je ne suis pas sûr que ses spéculations philosophiques soient toujours en parfait accord avec les affirmations des pères de la religion mais c'est un honnête homme et un bon chrétien. Comme moi, bien que je n'aie jamais suivi de ma vie l'une de vos fichues processions!

L'abbesse éclata de rire :

– On ne gagne pas le ciel en promenant le saint sacrement mais en suivant le mieux possible les préceptes du Christ durant sa vie. Continuez donc, maître, de philosopher en paix après avoir si bien et si longtemps travaillé le bois, comme Notre-Seigneur qui a été aussi menuisier!

J'aimerais parler avec vous, monsieur Boulle. Venez me voir de temps en temps. Personne ne saurait mieux que vous me conseiller. Peut-être pas pour la vie spirituelle mais pour administrer mon royaume profane...

– Avec joie, madame, mais je ne vous promets pas de ne jamais vous parler des aspirations de l'âme et des vertus théologales.

André-Charles, sensible comme toutes les personnes âgées à l'intérêt qu'on leur porte, avait été subjugué par l'abbesse dont il ne cessait de vanter le charme et l'intelligence. Marie-Jeanne et Charles qui avaient élu domicile au premier étage de la maison de Picpus en attendant de trouver l'atelier et l'appartement dont ils rêvaient, se moquaient du vieux Boulle quand il faisait l'éloge de Marie-Anne de Bourbon-Condé :

– Ma parole, mon oncle, vous êtes amoureux de l'abbesse!

– C'est un peu vrai ce que tu dis là. Si j'avais quarante ou cinquante ans de moins – un rien! – je ne dis pas que je ne tenterais pas ma chance. Charles, lui, peut toujours essayer...

– Comment osez-vous dire des choses pareilles? en tout cas, Charles est prévenu, abbesse ou pas abbesse, s'il me trompe cela ira mal!

Un peu plus tard, par les Pouget et par Jean-Jacques Andrieu à qui les glaces ouvraient beaucoup de portes, on en sut un peu plus sur l'abbesse. Précédée de deux noms, qui semblaient un raccourci de l'histoire de France, Marie-Anne de Bourbon-Condé avait occupé à la cour une situation de premier plan. Les amours qu'elle avait pu y entretenir avec les princes les plus séduisants avaient été si discrètes qu'elles n'avaient jamais nui à sa réputation. Elle devait autant à cette sage prudence qu'aux bontés qu'on lui avait prêtées pour le jeune roi d'être aujourd'hui en charge d'une des abbayes les plus convoitées de Paris. Le passé avait montré que les abbesses venues de la vie réussissaient en général fort bien et qu'avec elles Dieu retrouvait en puissance temporelle ce qu'il perdait en chemins de croix et en litanies. Une fois de plus les gens du Faubourg se montraient satisfaits que l'abbaye soit aux mains d'une supérieure bien en cour. Bien en cour, elle l'était plus qu'elle ne l'aurait été sous le règne de Louis XIV qui n'avait jamais oublié les révoltes et l'ambition de son grand-père le Grand Condé et qui avait retiré à son père Louis III de Condé-Bourbon le titre de Monsieur le Prince réduit à la cour en celui de Monsieur le Duc. Jean-Jacques Andrieu apprit aussi que Marie-Anne avait pris la détermination d'entrer dans les ordres à la suite d'un chagrin d'amour mais il n'avait pu recueillir aucune confirmation sérieuse de ce bruit.

Comme par le passé, les beaux carrosses retrouvèrent le chemin de l'abbaye où de nobles dames venaient faire retraite et des jeunes filles du monde se soustraire aux tentations d'un Paris libertin en attendant le mariage. Bref, l'abbaye vivait à la mode du XVIIIe siècle une religion sincère mais aimable qui semblait convenir à tout le monde. L'abbesse se mêlait volontiers aux réunions musicales ou littéraires que Françoise Andrieu de Nehou organisait parfois rue de

Reuilly et où brillaient quelques beaux esprits de la Sorbonne amenés par Gauthier. André-Charles, toujours valide et toujours avide de savoir, tenait sa place dans ce cénacle où les grands artistes du bois côtoyaient les philologues et les philosophes. Il continuait d'étonner le monde comme il l'avait fait toute sa vie et il était ravi. Quelquefois, une ombre passait sur son regard mouillé : celle de Rosine à qui il pensait chaque fois qu'un événement survenait qu'il jugeait digne de son esprit : « Ah! comme Rosine serait contente si elle était là! » se disait-il. C'était sa façon d'honorer celle qu'il n'avait jamais oubliée.

Le jeune ménage Cres semblait parfaitement heureux. Charles avait fini par trouver rue de Charonne l'atelier de ses rêves avec un logement fort convenable que Marie-Jeanne installait après avoir recouvert les murs d'un papier à tapisserie gravé sur bois par Papillon, le célèbre dominotier de la rue Saint-Jacques. Cres allait enfin pouvoir fabriquer lui-même les bronzes de plus en plus riches, de plus en plus fouillés qu'il montait sur ses meubles. Comme naguère chez Boulle, toute une partie de l'atelier était réservée à cette activité. André-Charles l'avait à ce propos plusieurs fois mis en garde :

– Attention! La corporation des mouleurs, fondeurs et ciseleurs va te tomber dessus. Et j'oublie le corps des doreurs qui ne te laissera pas non plus piétiner ses plates-bandes. Moi, j'ai pu leur résister parce que j'étais au Louvre ébéniste du roi et que l'édit royal me conférant ce titre me reconnaissait la qualité de ciseleur-doreur. Ce n'est pas ton cas!

Trois semaines après, Charles Cres était traduit devant le Châtelet par le corps de doreurs et ciseleurs de Paris et son beau-père ne put empêcher qu'un arrêt lui fît défense « de garder chez lui aucun ouvrage qui ne soit de l'un de ses maîtres ». Boulle avait plaidé toute sa vie contre les argentiers, Cres, lui, devait se battre contre les bronziers. Il accepta l'arrêt sans protester, paya l'amende et continua comme par le passé à négliger les prétentions des corporations :

– Je les aurai à l'usure, disait-il. Je préfère être condamné de temps en temps, encore que cela ne fasse pas plaisir à mon conseiller de beau-père, plutôt que de me mutiler en abandonnant la fabrication des bronzes qui font autant partie de mes meubles que leur bâti de bois ou la marqueterie.

Souvent, en faisant son « tour de Faubourg », André-Charles tirait le cordon de la cloche de l'abbaye et se faisait conduire chez l'abbesse qui l'accueillait avec empressement. Marie-Anne aimait s'entretenir avec le vieillard qui avait toujours une belle histoire du passé à lui raconter ou qui lui apprenait quelque péripétie de la vie du quartier.

Un matin où Mlle de Bourbon-Condé l'avait reçu dans le vieux parloir remis au goût du jour grâce aux sièges confortables fabriqués dans les ateliers voisins et qui ne juraient pas avec quelques meubles des temps anciens patinés par l'âge et l'astiquage des sœurs converses, elle lui confia d'un air mystérieux qu'elle avait quelque chose à lui montrer :

– Je vais vous faire lire, bien que ce soit contraire à nos règles, ce que l'abbesse de Montchevreuil a écrit en 1716, il n'y a pas si longtemps, dans le livre des Mémoires de l'abbaye. Je pense que cela vous intéressera et vous montrera combien les religieuses de Saint-Antoine ont toujours accordé leur attention aux ouvriers libres du Faubourg.

Boulle se pencha avec curiosité et respect sur le registre des abbesses dont il avait si souvent entendu parler et sur lequel aucune personne étrangère n'avait encore jeté le moindre regard. A l'endroit indiqué par le doigt blanc et fin de Marie-Anne, il lut :

*Les franchises du faubourg Saint-Antoine ont été de tout temps l'objet de la haine des entreprises des communautés d'arts et métiers de Paris qui, jalouses de la beauté des ouvrages qu'on fabrique dans le Faubourg, du prix modique qu'on les vend et de l'estime qu'en fait le public, ont tenté toutes les voies imaginables pour y donner atteinte, et ont toujours eu la mortification de succomber dans leurs injustes poursuites.*

Charles-André aurait bien voulu continuer sa lecture, encore qu'il eût du mal, même avec l'aide de ses lunettes, à déchiffrer l'écriture trop fine de l'abbesse Marie-Madeleine mais Marie-Anne, d'un geste prompt, avait déjà refermé le livre.

– Alors, qu'en pensez-vous maître Boulle? demanda-t-elle.

– J'ai toujours su, madame, comme tous les gens du Faubourg, avec quelle sollicitude les abbesses de Saint-Antoine ont veillé sur les intérêts de leurs ouvriers. Mais ce passage que vous avez eu la bonté de me laisser lire est plus qu'un témoignage de bienveillance : c'est un éloge qui me comble de plaisir. M'accordez-vous l'autorisation d'en donner connaissance à ceux qui poursuivent, dans vos ateliers, la tâche commencée il y a si longtemps?

– Oui, mais ne dites pas que vous avez lu vous-même cet avis louangeur dans le livre des Mémoires. Rappelez à vos amis, mais j'espère qu'ils le savent, qu'ils peuvent compter sur mon extrême complaisance.

Ces confidences de l'abbesse Marie-Anne n'étaient pas fortuites. Les maîtres et les compagnons libres du Faubourg le constatèrent peu de temps après quand, à la suite d'une offensive des corporations, on parla d'autoriser aux jurandes un droit de visite sur les territoires privilégiés afin de vérifier la qualité des meubles qu'on y fabriquait. A nouveau, le Faubourg fut en émoi et, sur les conseils de l'abbesse qui ne restait pas inactive, il fut décidé que les artisans intéressés s'adresseraient directement au roi d'une façon aimable et originale. C'est Marie-Jeanne qui eut l'idée d'une manifestation plaisante et symbolique qui ne pouvait que toucher le jeune roi. La veille de la Saint-Louis, tous les ouvriers libres du Faubourg, au nombre d'environ quatre cents, précédés de timbales, de fifres et de tambours se mirent en route devant l'abbaye pour aller offrir au roi un oranger fleuri, enrubanné de bleu et de blanc, dont la caisse, construite et sculptée dans l'atelier de Cres, était un véritable objet d'art. Louis XV les reçut du haut de la terrasse de la cour du Louvre et, pour les remercier leur fit jeter plusieurs poignées de pièces de cinquante sols. Étonné de constater qu'aucun des gens du Faubourg ne se baissait pour les ramasser, il envoya le maréchal de Villeroy leur en demander la raison. C'est Charles Cres qui répondit au nom de tous les ouvriers libres :

– Nous vous prions respectueusement, monsieur le Maréchal, de dire à Sa Majesté que nous la supplions seulement de nous accorder la continuation de nos privilèges et de la franchise du faubourg Saint-Antoine.

Mlle de Nantes qui s'était volontairement éloignée des plaisirs et de l'agitation de la cour s'ennuyait pourtant un peu dans le rôle de l'abbesse Marie-Anne. Il n'était pas question pour elle de revenir sur une décision mûrement réfléchie mais de rendre, chaque fois que cela était possible, les devoirs de sa charge compatibles avec une vie plus aimable, d'arrondir les angles trop rugueux de la règle monastique, un peu comme les menuisiers de sièges chantournent les pieds des bergères. Elle avait donc décidé de ne se couper ni d'un monde où tout bougeait, ni des courants de pensée qui faisaient craquer les vieilles disciplines de la connaissance. Dans ce dernier domaine, Gauthier lui était précieux. Plusieurs fois la semaine, il se faisait l'écho, auprès de Marie-Anne, des idées nouvelles qui agitaient l'Université ou des démêlés de M. Voltaire avec l'autorité royale.

L'abbesse qui n'avait guère fréquenté de gens savants au cours de sa jeunesse princière trouvait plaisir à écouter cet homme ouvert et intelligent qui savait si bien expliquer les théories philosophiques les plus absconses. Quant à Gauthier Andrieu, le vieux garçon, qui n'avait guère approché dans son existence studieuse et professorale que des livres et des savants, il découvrait, lors de ses rencontres avec l'abbesse, les subtilités de l'esprit féminin que Marie-Anne nuançait involontairement d'une touche de séduction naturelle contre laquelle ni Platon ni Zénon de Citium ne l'avaient mis en garde. Gauthier que la Sorbonne avait rompu à toutes les finesses de la théologie, entretenait l'abbesse de la querelle du jansénisme, des discussions toujours ouvertes autour de la bulle Unigenitus ou de la condamnation des *Nouvelles ecclésiastiques* qui se distribuaient et se lisaient partout dans Paris.

– Nos conversations sont bien austères, monsieur Andrieu, dit-elle un jour. Elles sont certes passionnantes mais ne pensez-vous pas que les *Réflexions morales sur le Nouveau Testament*, du père Quesnel, gagneraient à être suivies ou précédées d'un dialogue plus profane? Parlez-moi donc de M. Voltaire, contraint paraît-il de s'exiler en Angleterre à sa sortie de la Bastille. Ne pensez-vous pas que la France a tort de se passer du talent d'un poète dont les idées sont peut-être hardies mais qui prennent place dans ce renouveau dont vous m'avez parlé?

Ainsi Gauthier prit ses habitudes à l'abbaye où Marie-Anne aimait convier d'anciens amis, mêlant non sans malice quelques épicuriens beaux esprits des salons du Temple, des académiciens comme Sacy et Fontenelle à des ecclésiastiques aimables et des dames du monde. Souvent Mme Geoffrin venait en voisine. Elle était la femme du trésorier de la manufacture de la rue de Reuilly où elle ouvrait chaque semaine son salon à la meilleure compagnie parisienne.

Tandis que les mois et les années passaient, le Faubourg tenait ainsi sa place dans le concert des idées. De son côté, le peuple des ateliers, des passages secrets et des rues étroites, s'il ne participait pas à ces jeux de l'esprit, n'était pas dans son ensemble malheureux. Charles Cres, en particulier, employait vingt-deux compagnons.

Doué d'une imagination qui se développait avec l'âge, il créait sans cesse de nouveaux meubles. Le dernier en date, la commode « à la Harant » dont le flanc abritait un petit corps d'armoire ouvrant à vantail, commençait à être repris par les autres maîtres du Faubourg. Le premier, il avait composé la marqueterie de ses commodes et de ses armoires sans tenir compte des divisions de la façade en tiroirs ou en vantaux. André-Charles Boulle, le virtuose de la symétrie et de l'équilibre, avait été suffoqué en voyant pour la première fois Charles Cres décapiter les personnages d'une scène en ouvrant un tiroir ou couper un décor en tirant la porte d'une armoire. Puis il avait souri et déclaré : « Tu as eu raison. Il fallait oser et il n'y avait que toi qui pouvais le faire. »

Ce coup de chapeau devait être le dernier rendu par le vieux maître à la jeunesse. Profitant du soleil d'un printemps précoce, Boulle avait, à près de quatre-vingt-dix ans, entrepris d'aller voir ses fils Jean-Philippe et Charles-Joseph dans l'atelier du Louvre. C'était un long trajet mais André-Charles avait l'habitude de marcher. Il prit donc sa canne et remonta d'un bon pas le Faubourg en répondant au salut de tous ceux qu'il croisait. De la place du Trône à la Bastille tout le monde en effet connaissait au moins de vue le père Boulle. Personne ne serait passé à sa hauteur dans la rue sans ôter son chapeau ou s'être incliné en souriant devant le pape du Faubourg.

Il arriva chez ses fils à l'heure du dîner qu'il partagea avec eux, fit le tour des ateliers qui lui semblèrent moins actifs que de son temps et s'assit pour bavarder un moment avec le père Delmas, le plus ancien des compagnons ébénistes, qu'il avait engagé plus de trente ans auparavant. Soudain, après avoir posé une question à son vieux camarade, André-Charles devint blême. Il essaya de dire quelque chose mais n'y parvint pas. Il esquissa encore un geste du bras à l'adresse de Delmas qui lui demandait ce qui n'allait pas et s'effondra, mort, sur le carreau de l'atelier. Sa tête blanche, dans la chute, avait heurté l'angle de l'établi; de sa tempe filtrait un mince filet de sang qui rougissait le lit blanc des copeaux sur lequel son grand corps s'était effondré. Rosine, si elle avait été là, aurait reconnu sur le visage maintenant reposé de l'ébéniste-ciseleur-marqueteur du roi les traits enfantins du petit Boulle qui voulait être le meilleur et le plus célèbre ébéniste de son époque, et qui y était parvenu.

Le lendemain, l'église de Saint-Germain-l'Auxerrois était trop petite pour contenir tous les compagnons venus du Faubourg et les ouvriers du Louvre descendus de leurs ateliers. La famille Andrieu était là autour de Marie-Jeanne et de Charles Cres qui pleuraient. Les quatre fils, aidés par deux autres maîtres, portèrent le cercueil jusqu'au petit cimetière attenant à l'église, là où reposaient les plus grands des ouvriers du roi : Laurent Stabre, Jean Racey, Oppenhoort, Jean Macé...

Après une dernière bénédiction, le curé demanda aux membres de la famille de le suivre dans la sacristie afin de signer le registre des décès sur lequel l'acte mortuaire était déjà écrit :

*Ce samedi 1er mars 1732, André-Charles Boulle, ébéniste du roi, veuf de Anne-Marie Le Roux, âgé de quatre-vingt-dix ans, décédé hier à une heure de l'après-midi en son atelier des Galeries du Louvre, a été inhumé en présence de Jean-Philippe Boulle, Pierre-Benoît Boulle, André-Charles Boulle, Charles-Joseph Boulle, tous les quatre ébénistes du roi et fils du défunt.*

Une simple croix de bois marqua l'endroit où reposait l'un des artistes les plus prodigieux de son époque, l'ébéniste du Roi-Soleil, l'homme des parquets de Versailles, le créateur des meubles les plus somptueux des palais royaux, l'inventeur de la commode, mort pauvre après avoir vu brûler ses biens les plus précieux mais mort heureux, « mort en philosophe » comme l'affirma Gauthier Andrieu, son maître à l'école du crépuscule.

Alors que Jean-Philippe et Charles-Joseph Boulle, bénéficiaires de la « survivance » par brevet du roi, continuaient d'exercer au Louvre pendant que Charles Cres, au sommet de son talent, était unanimement reconnu par ses pairs successeur du maître; alors qu'Antoine Gaudreaux, un autre grand ébéniste du Faubourg, inventait la technique de la marqueterie en bois « de bout » et en bois « de biais » qui permettait de mettre en valeur les dessins naturels formés par les veines des bois roses et violets, le quartier du meuble continuait à ouvrir entre le Trône et la Bastille son éventail de rues, de ruelles et de cours. Les deux vieux métiers de menuisier et d'ébéniste s'y juxtaposaient quand ils ne se mêlaient pas et les dynasties du bois s'entrecroisaient dans d'innombrables mariages aux ramifications compliquées.

C'est ainsi qu'Antoinette, la jeune sœur de Marie-Jeanne Cres, fit un jour, dans l'atelier de son beau-frère, la connaissance de François Vandercrux, un jeune ébéniste de talent qui avait francisé son nom en Lacroix. Bientôt mariés malgré les objections du conseiller Pouget, les deux jeunes gens eurent très vite une petite fille, Françoise-Marguerite qui fit ses premiers pas dans le logement-atelier qu'ils occupaient dans la rue Saint-Nicolas, tout près de la porte Saint-Antoine.

Sur le même palier habitait une femme, veuve depuis peu, qui avait bien du mal à élever son petit garçon de deux ans plus âgé que Françoise-Marguerite. Elle travaillait à la manufacture de glaces et le petit Jean-Baptiste Réveillon, trouvait un refuge chez les Lacroix. Antoinette lui faisait partager le dîner familial et Françoise-Marguerite ses jeux d'enfant. Jusqu'à l'âge de dix et douze ans, le garçon et celle qu'il considérait comme sa petite sœur, furent élevés pratiquement ensemble, jouant comme tous les gamins du quartier dans les cours et les passages dont ils connaissaient tous les tours et les détours, les cachettes dans les piles de planches et les couloirs secrets qui permettaient d'échapper à ses poursuivants quand on jouait aux mousquetaires du roi. Ce fut un petit drame quand Jean-Baptiste Réveillon fut admis comme pensionnaire à l'école chrétienne de l'abbé Tabourin qui venait d'ouvrir faubourg Saint-Antoine au coin de la rue Picpus. Françoise-Marguerite, qu'on appelait simplement Marguerite, profita encore quelques années de la liberté des enfants du Faubourg avant d'être admise, grâce à l'intervention de Gauthier, à l'abbaye Saint-Antoine où l'abbesse de Bourbon-Condé avait créé pour vingt et une jeunes pensionnaires une école où les filles de bonne famille étaient formées aux manières polies et honnêtes.

Les enfants se retrouvaient quelquefois le dimanche et ébauchaient des projets d'avenir. Jean-Baptiste qui avait pourtant vécu toutes ses jeunes années au milieu des menuisiers et des ébénistes n'était pas attiré par les métiers du bois. « Je veux être marchand, disait-il. On ne devient pas riche en faisant les choses mais en les vendant. Et je veux être riche! » Marguerite, elle, affirmait que l'argent lui était indifférent et qu'elle épouserait celui qu'elle aimerait, même s'il n'était qu'un simple compagnon du bois.

A l'abbaye, Marie-Anne accomplissait sans bruit les tâches qu'elle s'était fixées à son arrivée. Elle avait restauré presque entièrement l'abbatiale dont les voûtes et les sculptures avaient été entièrement reblanchies, augmenté de dix arpents la superficie du domaine, créé son pensionnat et établi une règle qui, pour n'être pas rigoureuse, ne pouvait prêter à critique. Certains abbés, proches de l'archevêché, avaient bien tenté de faire circuler des bruits malveillants sur les relations qu'elle entretenait avec un docteur de l'Université connu pour ses idées religieuses et philosophiques hardies, l'abbesse, se retrouvant princesse, avait méprisé dignement ces attaques, se contentant de répondre à l'archevêque qu'elle n'avait pas de leçons à recevoir d'abbés sans abbayes qui prenaient leurs degrés dans les salons. Personne à dire vrai ne savait où s'arrêtait l'intimité qui existait entre l'abbesse Marie-Anne et Gauthier Andrieu.

Celui-ci délaissait volontiers la Sorbonne et ses théologiens pour s'intéresser aux idées originales qu'un jeune inconnu dispensait au hasard de ses innombrables écrits, romans, traductions et réflexions philosophiques. Denis Diderot, c'était son nom, prêtait volontiers sa plume féroce et facile à ceux qui le payaient. Gauthier suivait aussi le parcours semé d'embûches de M. de Voltaire dont la pièce *Zaïre* était qualifiée d'enchanteresse par un autre grand esprit de l'époque, le Genevois Jean-Jacques Rousseau qui, pourtant, n'avait paraît-il guère de sympathie pour le sceptique de la société du Temple.

Un jour que Gauthier se rendait à l'abbaye, il rencontra, au coin de la rue de Charonne, Françoise-Marguerite Lacroix. La petite compagne de jeux de Jean-Baptiste Réveillon était maintenant une grande et belle jeune fille. Elle embrassa Gauthier qu'elle connaissait depuis toujours et lui confia :

– J'ai une grande nouvelle à vous annoncer, monsieur Andrieu. Je vais me marier!

– Tu as bien raison. Si tu savais comme je regrette de ne pas l'avoir fait quand j'étais encore présentable! Mais dis-moi, avec qui te maries-tu?

– J'épouse Jean-François Oeben, un Allemand qui est venu s'installer au Faubourg il y a une dizaine d'années.

– Un ébéniste naturellement?

– Oh! il est aussi sculpteur et serrurier. C'est un artiste. Il travaille au Louvre chez Charles-Joseph Boulle.

– J'espère qu'il te rendra heureuse. Au fait qu'est devenu ton petit camarade de la rue Saint-Nicolas?

– Jean-Baptiste Réveillon? Il est employé chez un marchand-mercier de la rue de la Harpe où il habite avec sa mère. Je l'ai vu il n'y a pas longtemps parce que je voulais lui annoncer mon mariage. Il est toujours le même, acharné au travail, ambitieux et plein d'idées. Je ne me soucie pas de son avenir : il veut être riche, il sera riche!

Charles Cres et les autres maîtres du Faubourg continuaient de prospérer, inventant des tables pratiques et élégantes, créant de nouvelles modes que tous les artisans s'empressaient de reprendre. Après l'envolée de la Régence, la légèreté affirmée du début du règne et l'âge fleuri du bronze, les grands ébénistes s'accordaient à penser qu'il était temps de tempérer le style, de revenir à des lignes plus strictes, de redresser les courbes et de rendre son importance au décor du bois longtemps estompé par la prééminence des bronzes.

Françoise-Marguerite n'avait pas mal choisi son Allemand. Il était grand, plutôt beau garçon et son talent commençait à être reconnu, chez les marchands, les bourgeois et aussi dans une certaine noblesse où il était de bon ton de découvrir un nouvel ébéniste aussi adroit mais moins cher que les meilleurs et de passer son adresse aux amis en même temps que celle de son tailleur ou de sa couturière. En fait, Oeben était plus le locataire que l'ouvrier du fils Boulle. Il avait ses propres clients et non des moindres puisque quelques jours après son mariage il put annoncer à Marguerite que le marchand Lazare Duveaux lui avait commandé sept somptueux cadres de marqueterie pour Mme de Pompadour. Travailler pour la favorite constituait une référence en or. « Si mes cadres ont le bonheur de plaire à Mme Poisson [1], notre fortune est assurée », dit-il à sa femme.

Le ménage Oeben occupait un petit logement dans la grande rue du Faubourg, à hauteur de la boucherie qu'on appelait toujours la nouvelle boucherie bien que sa création par l'abbesse Madeleine Molé remontât à près d'un siècle. C'est là qu'un soir ils reçurent la visite de Jean-Baptiste Réveillon qui avait conservé une grande tendresse pour celle qu'il appelait sa petite sœur :

– J'ai bien assisté à votre mariage, bu à votre santé et à votre bonheur mais je voulais voir comment vous viviez et m'assurer que Marguerite était en bonnes mains! dit-il en riant.

– J'ai tellement de travail que je n'ai pas eu le temps de finir tous nos meubles, précisa Jean-François Oeben qui ne voulait pas déchoir aux yeux de l'ami d'enfance de sa femme.

– Le lit et la table sont là, c'est le principal pour des jeunes mariés! dit Réveillon en admirant de près les meubles construits par Oeben.

1. Antoinette Poisson était le nom de la favorite du roi avant qu'il ne la fît marquise.

C'est un travail magnifique! Un jour, je vendrai tes meubles, Jean-François. Nous gagnerons beaucoup d'argent.

– Tu ne parles que d'argent, interrompit Marguerite. Il n'y a pas que cela qui compte dans la vie!

– Non, il y a aussi l'amour! Mais je ne l'ai pas rencontré depuis le temps où tu avais dix ans et où j'étais amoureux de toi.

Réveillon éclata de rire et ajouta :

– Mon patron, le bon Maroy, ne jure plus que par moi. Je lui ai fait faire des achats intéressants et ai développé son commerce de façon appréciable. J'espère bien un jour lui racheter sa boutique. Ce sera mon premier pas vers la fortune. Et puis, Maroy a une fille qui est encore un peu jeune mais qui ne me déplaît pas. Peut-être l'épouserai-je un jour... peut-être aussi reviendrai-je m'installer dans ce quartier où je suis né. Je sais bien que le Faubourg est la féodalité du bois et que je ne suis pas ébéniste mais on peut y fabriquer bien d'autres choses que des meubles. Regardez la manufacture de glaces qui fait vivre cinq cents personnes!

– Toi, tu as une idée derrière la tête, dit Marguerite. Que veux-tu venir faire au Faubourg?

– Oui, j'ai une idée mais il est trop tôt pour en parler!

C'était le temps où le petit monde du Faubourg s'agrandissait chaque mois de nouveaux compagnons, venus de l'est pour la plupart. Les bons ouvriers gagnaient bien leur vie et les ébénistes ou menuisiers de grand talent avaient des revenus souvent très supérieurs à ceux des bourgeois. Les Cres, les Gaudreaux, les Cressent, les Van Riesen Burgh, les Baumhauer avaient tous une situation enviable. Un autre ébéniste, fils d'un maître connu, faisait bande à part dans la communauté du bois. Pierre Migeon, qu'on appelait Pierre II pour le différencier de son père, s'était révélé encore meilleur commerçant qu'artisan. La commande d'un pupitre de musique à sept volets en acajou par l'intendance des Menus Plaisirs, puis d'un bureau de dame par le garde-meuble royal, lui avait donné l'idée de se spécialiser dans les meubles de fantaisie. Puis, au lieu d'attendre les commandes, il avait jugé efficace de se faire le démarcheur de sa propre industrie. Si bien que maintenant, incapable de satisfaire toute sa clientèle, il faisait appel à des auxiliaires aux talents éprouvés qui exécutaient sous sa marque et sous ses directives les ouvrages qu'on lui avait commandés. Cette organisation purement commerciale n'excluait pas un talent novateur qui ne passait pas inaperçu aux yeux du jeune Oeben :

– Ce Migeon, dit-il un soir à Marguerite, est sûrement à prendre en exemple. Non seulement il travaille à pleins bras pour Mme de Pompadour mais encore il impose son genre à ses clients les plus illustres : des meubles de plus en plus dépouillés. Il va plus loin que Cres et limite l'usage des bronzes aux poignées et aux devants de serrures. Surtout, il sait vendre ce qu'il fabrique et ton ami Réveillon devrait bien se pencher sur son commerce.

Réveillon avait d'autres chats à fouetter. Il suivait sans bruit le plan d'une vie dont il semblait avoir prévu toutes les étapes et les incidences. Il avait racheté à M. Maroy sa boutique, son fonds, son matériel et son enseigne à un prix intéressant puis, l'année d'après, avait épousé sa fille Barberine dont la dot de 8 000 livres représentait le reliquat de sa dette. Il était pour l'heure marchand de fers à repasser, de tissus indiens, de miroirs et de papier, occupation qui ne satisfaisait guère une ambition que le mariage n'avait pas émoussée. Il attendait qu'une occasion lui permît de montrer ses talents. Réveillon n'était pas pressé, il savait qu'elle se présenterait un jour et qu'il ne la manquerait pas.

Oeben, de son côté, ne remettait pas toujours son bédane dans la même mortaise. Sa clientèle était moins nombreuse que celle de Migeon mais elle comportait une suite de noms illustres et ne cessait de prendre de l'importance. Le duc de la Vallière lui avait amené la marquise d'Ussé et la duchesse de Villars-Brancas, le fermier général Grimod de la Reynière, lequel avait fait connaître Oeben au collectionneur Saignat. Comme références on ne pouvait guère faire mieux et quand Charles-Joseph Boulle mourut et qu'il dut quitter le Louvre, M. de Marigny n'eut pas grand-peine à lui faire obtenir la place d'ébéniste du roi à la manufacture des Gobelins. Ce titre valait maîtrise et lui permettait d'apposer son estampille sur les meubles qu'il avait construits.

Dans tous les ateliers de Paris, du Faubourg aux Gobelins, de Cléry aux galeries du Louvre, l'estampille était depuis quelques semaines le grand sujet de conversation. L'usage de la marque que les jurandes avaient tenté d'imposer au XV^e^ siècle n'avait été suivi que durant quelques mois par les maîtres huchiers. Depuis, aucun meuble n'avait été signé, fût-il sorti des ateliers du grand Boulle, d'Oppenhoort ou de Jean Macé. L'édit royal qui venait d'imposer l'estampille pour les ébénistes et les menuisiers en sièges constituait sinon une révolution du moins un événement d'importance. C'était un rude coup porté aux franchises du faubourg Saint-Antoine où les meilleurs artisans qui travaillaient pour leur compte allaient devoir se faire recevoir maîtres ou se mettre au service d'un confrère en règle avec les corporations.

Installé aux Gobelins, Jean-François Oeben pouvait enfin donner libre cours à son imagination et à son talent. Son titre d'ébéniste du roi lui amenait sans cesse de nouveaux clients et sa réputation grandissait. Il faut convenir qu'il n'avait pas son pareil pour varier à l'infini les agencements des meubles que les autres ébénistes construisaient de façon classique. Forgeron, serrurier, mécanicien, il savait déguiser les tiroirs, ménager des caches, ouvrir des casiers secrets dans les commodes, les bureaux à pupitres, les tables de chevet ou les armoires à collections dont il était le grand spécialiste. Il façonnait lui-même dans son atelier les serrures les plus compliquées et les ressorts qui transformaient ses meubles en petits coffres-forts.

Le soir, quand il rentrait au Faubourg où Marguerite élevait ses deux filles nées quelques années plus tôt, il avait toujours quelques bonnes histoires de la cour à raconter avec son accent franconien qu'il n'avait pas perdu depuis l'époque déjà lointaine où il avait quitté son père, maître de postes à Wittbach. Un soir, il conta à ses deux fillettes admiratives le pari singulier auquel il avait assisté à la barrière des Gobelins.

Lord Pruscot, un gentleman de vingt-trois ans, avait profité de son séjour en France pour parier 1 000 louis contre le duc d'Orléans qu'il mettrait moins de deux heures pour venir de Fontainebleau, en changeant seulement deux fois de cheval. Parti à 7 h 9 mn du perron du château, il arriva à la barrière, où une grande foule l'attendait, à 8 h 47 mn. De nombreux paris avaient été engagés à propos de cette course, en particulier dans les ateliers des Gobelins. Oeben qui avait fait confiance à l'Anglais avait gagné 2 livres. Il les offrit à Marguerite :

– Tiens, va chez la Mormeu qui vend au Temple de si jolies robes et achète-toi ce qui te plaira mais, de grâce, pas l'une de ces robes à dos flottant où le corps des femmes est enserré de baleines qui les transforment en pains de sucre!

Marguerite regarda son mari et sourit :

– Tu crois qu'avec deux livres je vais pouvoir m'habiller comme la marquise d'Ussé qui vient te faire les yeux doux dans ton atelier? Il te fallait parier plus gros si tu voulais me vêtir de neuf!

– Ce qui est dit est dit. Je gagne assez d'argent pour que ma femme soit habillée comme une vraie bourgeoise. Va donc chez la Mormeu et choisis ce qui te plaira. Mais vous, les enfants, ajouta-t-il en riant, n'allez pas raconter partout que j'ai gagné en pariant contre le duc : c'est l'un de mes bons clients!

Une autre fois, il annonça en rentrant qu'il avait reçu une commande surprenante du garde-meuble royal :

– Sais-tu ce qu'on me demande? Un fauteuil mécanique pour le jeune duc de Bourgogne qui est infirme! Tiens, donne-moi ma planche à dessiner et mes crayons. Je vais essayer d'imaginer un siège qui permette à ce pauvre garçon de vivre à peu près normalement.

Avant de commencer à tirer le premier trait, Oeben dut répondre à cent questions sur le petit prince. Marie et Madeleine voulaient savoir ce qui était arrivé au jeune duc de Bourgogne, de quelle maladie il était atteint et s'il guérirait un jour. Il répondit qu'il n'en savait rien, ce qui était vrai, et fit les gros yeux afin qu'on le laissât travailler en paix :

– Ce n'est pas à l'atelier que j'aurai le temps de chercher une mécanique pareille!

Il acheva son dessin après le souper sur la table de noyer que Marguerite avait débarrassée et, satisfait, lui montra son épure :

– Tu vois, ce sera une bergère normale mais elle pourra tourner en tous sens et s'élever à hauteur d'homme en manœuvrant cette manivelle. Trois roues, l'une directrice, permettra d'utiliser la chaise en promenade. J'ai aussi prévu un baldaquin facile à adapter et une petite table de merisier... Qu'en penses-tu?

– Je trouve cela ingénieux mais la pensée que tu vas travailler pour un enfant infirme me navre. Je pense à nos petites...

L'atelier des Gobelins devenait à son tour trop exigu et depuis des mois, Oeben intriguait auprès de ses clients les plus influents pour obtenir son transfert au Louvre ou à l'Arsenal. A l'automne, un brevet royal lui accorda, sa vie durant, la jouissance d'un vaste atelier dans les locaux du mobilier royal à l'Arsenal. C'était là un rare privilège. Un peu plus tard, Mme de Pompadour, satisfaite de la table de nuit à miroirs qu'Oeben venait d'inventer, lui fit disposer, par un second brevet, de la jouissance d'une partie de la cour des Princes afin qu'il pût y installer une forge.

Rien ne manquait à celui qui était maintenant considéré comme le meilleur ébéniste de France, avant Cres, Migeon et Cressent, pour entamer la deuxième partie de sa vie dans l'aisance et la gloire. Un compatriote, arrivé depuis peu de sa Rhénanie natale, allait l'y aider. Jeune compagnon, il montrait une adresse, un courage et un esprit créatif qui n'avaient pas échappé au maître.

– Le jeune Riesener m'étonne, disait-il à Marguerite. Je n'ai jamais rencontré un garçon aussi doué...

– Plus que toi?

– Il m'est impossible de comparer nos dons mais je vais t'étonner : je crois qu'il sera finalement plus fort que moi. S'il veut apprendre la serrurerie et la mécanique, il aura beaucoup de succès. En attendant, je suis bien content d'avoir près de moi un compagnon aussi habile.

Jean-Henri Riesener voulait bien apprendre. Il voulait tout apprendre d'un métier où il dépassait souvent les meilleurs. Il étudiait aussi le français avec la même application, profitant des leçons que lui donnait Marguerite. A l'atelier, il secondait le maître, distribuait le travail entre les autres compagnons, exécutait les travaux les plus délicats et se penchait sur l'épaule d'Oeben quand celui-ci dessinait des serrures compliquées pour clore un bureau ou commander l'ouverture simultanée de tous les tiroirs d'un meuble à collection. La forge, dans la cour des princes, était le refuge d'Oeben. Assis devant sa planche à dessin installée dans un coin ou courbé sur l'étau, c'est là qu'il travaillait le mieux. « Finalement, je suis plus forgeron et serrurier qu'ébéniste », disait-il. Ce n'était pas tout à fait vrai. Dès qu'une commande intéressante arrivait, sitôt qu'il fallait innover pour répondre aux désirs exprimés par un personnage important, il redevenait l'homme du bois de ses débuts, prenait des mains d'un compagnon malhabile le ciseau ou la gouge et enlevait d'un geste sûr, précis et vif le copeau menu, presque impalpable qui permettait d'ajuster un assemblage ou de donner toute sa grâce à une fleur sculptée dans l'acajou, ce nouveau bois dont tout le monde raffolait.

Entre l'Arsenal et le Faubourg où ils continuaient d'habiter, la vie était agréable pour le maître et pour Riesener, son second, qui se perfectionnait chaque jour davantage dans son art. Grand, vif, beau garçon, le visage à la fois régulier, aimable et énergique, encadré de mèches blondes qu'il cachait le dimanche sous une petite perruque, le Rhénan se francisait tranquillement au contact des gens du métier et surtout de Marguerite qui avait pris en affection ce garçon de huit ans plus jeune qu'elle qui jouait avec les enfants. Le fils que Jean-François attendait depuis le début de son mariage pour lui succéder un jour n'était pas venu; cette quête au garçon avait donné quatre petites caillettes qui emplissaient la maison de leurs cris et de leur babillage.

Pour l'heure, l'atelier Oeben s'affairait autour de deux meubles identiques que le maître considérait comme faisant partie de ses plus belles pièces. Il s'agissait de deux petites armoires à collection en bois d'amarante contenant vingt-six tiroirs masqués par des volets à coulisse. L'une était destinée à Mme Dubois-Jourdain, l'une de ses clientes les plus riches, l'autre au peintre François Boucher. Il y avait un autre meuble en construction chez Oeben, une grosse pièce elle aussi puisque commandée par le garde-meuble de la couronne pour le duc de Bourgogne. C'était une commode qui, sous son air innocent, cachait un agencement très compliqué destiné à la rendre utilisable par le prince impotent. Son tiroir inférieur constituait, une fois tiré, un tabouret de pied et celui du haut se transformait en table de lit. Une manivelle agissant sur une crémaillère pouvait encore rendre accessible un serre-livres.

Une nouvelle commande vint un jour éclipser ces ordres prestigieux : celle d'un bureau destiné au roi. Oeben touchait là le sommet des faveurs. Qu'on l'ait choisi, lui qui n'était pas né en France, pour concevoir et construire la table de travail autour de laquelle se déciderait la politique du royaume, prouvait bien qu'il était le meilleur. Le fils du maître de postes était ébloui par ce choix qui l'honorait au-delà de ses espérances, mais il n'en tirait pas vanité. Plus que le profit que pouvait lui procurer une telle commande, la perspective de créer une œuvre magistrale l'intéressait. Il dit simplement à ses deux meilleurs compagnons, Jean-Henri Riesener et Jean-François Leleu :

– Terminez les travaux en cours. Je vais, moi, me consacrer au bureau du roi. Ce doit être mon chef-d'œuvre, le meuble qui peut-être me survivra!

Oeben se mit au travail. Chez lui sur la table débarrassée en hâte par Marguerite, à l'atelier sur le pupitre à dessin, les feuilles de croquis, les esquisses, les plans s'amoncelaient. Il avait carte blanche mais il savait que le bureau du roi de France devait être grand sans être démesuré, fastueux sans être pompeux, décoré des bronzes les plus admirables sans crouler sous les ors. Bref, le bureau se devait d'apparaître à Versailles comme le symbole de l'art français à l'époque du Bien-Aimé. Oeben, en tout cas, l'entendait ainsi. C'est pourquoi il dessinait vingt ou trente fois le même bronze avant que le plan définitif, coté au quart de ligne près, fût confié au modeleur Duplessis avant d'être porté au fondeur puis à Hervieu qui ciselait avec amour, comme s'il s'agissait de bijoux, les motifs dont Oeben parait ses plus beaux meubles.

Le bâti du bureau et les bronzes mis en fabrication, Oeben put se consacrer à la marqueterie des façades et au volet mobile. C'était, il le savait, le gros morceau de l'ouvrage, celui sur lequel il serait jugé parce que le plus visible. Pas question de recourir aux décorations anecdotiques ou florales qui faisaient merveille sur les commodes ou les petits meubles de salon : la perfection dans la simplicité, voilà ce qui convenait, Oeben choisit donc de s'en tenir à une marqueterie de motifs géométriques traitée en camaïeu dans les bois de biais les plus foncés. Le seul problème qui restait à résoudre était celui du mécanisme de fermeture. Depuis des années, Oeben essayait de mettre au point un rideau de lamelles qui permettrait un rangement rapide et apporterait au bureau classique cet attrait de nouveauté qui avait fait sa gloire. Les bureaux à cylindre, comme il les appelait, construits jusqu'à maintenant dans son atelier, ne le satisfaisaient pas : le système de contrepoids qu'il avait imaginé se déréglait souvent et il ne voulait pas risquer l'affront de se voir retourner son œuvre pour cause de malfaçon.

A la maison, il était naturellement souvent question du fameux bureau. La lente et minutieuse élaboration de la table à écrire royale passionnait les filles. Marguerite, elle, commençait à trouver ce meuble encombrant.

– J'ai enfin trouvé ma fermeture idéale! s'écria-t-il un soir.

– Tant mieux, dit sa femme. Comme cela tu vas pouvoir finir vite ce sacré bureau qui t'empêche de dormir. Se mettre dans des états pareils pour un meuble! Tu ne crois pas que c'est un peu exagéré?

– Ce n'est pas n'importe quel meuble : c'est le bureau du roi. D'ailleurs, s'il s'agissait de quelqu'un d'autre ce serait pareil. Je ne suis pas content parce que Sa Majesté pourra d'un geste ouvrir et fermer son bureau. Je suis content parce que j'ai réussi, moi, Oeben, à le faire ouvrir et fermer!

– Bon, ne te fâche pas, je sais que ce meuble est important et je veux, comme toi, que ce soit un chef-d'œuvre. Viens souper et oublie pour une heure tes marqueteries, tes bronzes et tes contrepoids. Nos quatre pies jacassantes ont un tas de choses à te raconter...

Ce soir-là, en plaisantant avec sa femme et ses filles, Oeben ignorait qu'il ne terminerait jamais le bureau du roi dont il avait dessiné tous les détails et même imaginé la tablette qui s'avançait toute seule lorsqu'on soulevait le rideau. Quelques jours plus tard, une attaque fulgurante de petite vérole abattait en effet le géant de l'Arsenal. La destinée ne lui laissait pas, comme à Boulle, la chance de pouvoir servir son art jusqu'à l'extrême vieillesse; Jean-François Oeben rendit l'âme un matin de printemps dans son logement du Faubourg, entouré de ses quatre filles, de sa femme, de ses disciples Riesener et Leleu. Il n'avait que quarante-trois ans mais laissait à la cour et dans les riches hôtels de Paris assez de meubles portant sa marque pour assurer sa gloire posthume.

Marguerite pleura le meilleur des maris, la communauté du bois le meilleur de ses ébénistes. Jean-Baptiste Réveillon prouva qu'il n'avait pas oublié sa petite compagne de la rue Saint-Nicolas. C'est lui qui offrit le secours de son bras pour la soutenir au bord de la tombe du cimetière de Sainte-Marguerite où l'on enterrait le grand Oeben, arrivé vingt ans plus tôt des collines de Franconie et mort dans ce Faubourg de Paris qui l'avait sacré roi des ouvriers de l'ébène. A deux pas, un autre homme, pâle et mince dans son manteau de drouet, cachait mal son émotion. Son regard embué de larmes allait du cercueil, qu'il avait construit la veille avec les compagnons de l'atelier, à la femme qui priait en même temps que le curé pour le salut de celui qu'on ne verrait plus, une pince et un marteau à la main, forger dans la cour des Princes le minuscule ressort d'un tiroir à secret. A vingt-huit ans, Jean-Henri Riesener sentait confusément que la mort du maître lui ouvrait les portes de sa propre renommée. Cela ne le consolait pas.

La cérémonie terminée au cimetière, ceux qui avaient été jeter leur poignée de terre sur le couvercle de chêne qui séparait désormais Oeben du monde des vivants, descendaient par petits groupes la rue Saint-Bernard qui ramenait au cœur du Faubourg. Marguerite, digne dans son costume de deuil, tenait par la main ses deux aînées. Elle n'avait pas voulu que les plus petites assistassent à l'enterrement de leur père. Courbée par l'épreuve, elle regardait Riesener qui marchait trois pas devant en conversant avec Réveillon. Un peu à l'écart avançait Leleu qui n'avait jamais fait bon ménage avec le Rhénan, engagé avant lui et en qui il avait tout de suite reconnu un dangereux rival.

C'est à ces hommes qui avaient joui tous deux de la confiance de son mari que pensait Marguerite Oeben. Elle avait quatre filles à élever et savait qu'Oeben lui laissait presque autant de dettes que de fortune. Le plus gros de son héritage consistait en un petit bloc de fer portant en lettres naïvement ciselées la marque prestigieuse : *J.F. Oeben.* Ce n'était pas rien : la loi permettait en effet aux veuves de maîtres d'exploiter l'estampille de leur mari et celle d'Oeben valait de l'or. Encore fallait-il trouver dans l'atelier, ou ailleurs, un compagnon de talent capable de faire marcher l'affaire. Marguerite en avait un de trop à sa disposition. Qui, de Riesener ou de Leleu abandonnerait, offensé, l'atelier où il avait servi avec conscience et dévouement un maître respecté? Marguerite se promit d'en parler un peu plus tard à Réveillon, comme pour ne pas s'avouer que son choix était déjà fait. Riesener, le compatriote de son mari, le jeune homme gentil et un peu gauche à qui elle avait appris à parler français, le garçon attentif, toujours prêt à l'aider, lui était à la fois plus proche et plus sympathique que Leleu dont le caractère ombrageux rebutait ses amis les mieux attentionnés.

De retour à la maison, Réveillon entraîna Marguerite :

– Viens dans ce coin tranquille, il faut que je te parle.

Docile, elle le suivit et s'effondra en larmes sur une chaise :

– Laisse-moi pleurer un moment. Après, cela ira mieux. Moi aussi j'ai des choses à te dire et des conseils à te demander. J'ai du mal à croire ce qui vient d'arriver. En quelques heures voilà mon existence complètement bouleversée! Enfin, il y a les petites...

– C'est à elles que je pense. Écoute, je t'ai dit souvent qu'un jour je serais riche. Je ne le suis pas encore mais j'ai de l'argent. Suffisamment en tout cas pour m'occuper des filles. Il faut mettre les deux aînées soit à l'abbaye, soit chez les filles de la Croix, rue de Charonne. Dommage que Marie-Anne de Bourbon soit morte l'an dernier, je ne connais pas la nouvelle abbesse Gabrielle-Charlotte de Beauvau-Craon et il est très difficile d'entrer au pensionnat de Saint-Antoine-des-Champs où les sœurs ne prennent que vingt et une pensionnaires.

– Mais la pension est chère, au moins six ou sept cents livres! L'école conventuelle des filles de Sainte-Marguerite, elle, est gratuite.

– Il n'est pas question que tes filles aillent à l'école des pauvres. Laisse-moi faire. Mais il y a d'autres problèmes à régler. J'ai cru comprendre que tu veux continuer à faire vivre l'atelier d'Oeben?

– Oui. Je suis décidée à profiter de mon droit.

– Avec qui? Ma question est idiote. Je sais que tu choisiras Riesener. Et tu auras raison. Il n'a pas encore donné la moitié de ses possibilités. Il était un peu bridé par Jean-François dont la personnalité l'étouffait mais laisse aller le cheval, tu vas voir quel galop il va prendre! Et puis tu t'entends bien avec lui?

– Très bien! C'est Riesener qui doit succéder à Oeben. Tant pis pour Leleu. C'est un excellent ébéniste mais il ne sait pas se faire aimer. Cela lui fera d'ailleurs du bien de changer d'atelier et je ne me fais pas de souci pour lui : il a assez de talent pour être maître dans quelques années et voler de ses propres ailes.

La vie reprit, comme en avaient décidé Marguerite et Réveillon, dans le logement du Faubourg. La nouvelle abbesse Mme de Beauvau-Craon s'était laissée fléchir par le désarroi où se trouvait plongée la veuve du grand Oeben et avait accepté d'accueillir en surnombre Charlotte et Antoinette. Jean-Henri Riesener, chef d'atelier remplaça Oeben au pupitre à dessins et à la forge. Les meubles commencés furent terminés exactement comme ils l'auraient été du temps du maître. Seul le bureau du roi demeura en l'état où l'avait laissé Oeben. Jean-Henri et Marguerite avaient hésité puis étaient tombés d'accord :

– Le bureau du roi appartient au maître, avait dit Riesener. Je ne me sens ni le droit ni le courage de le finir.

– Vous avez raison, nous verrons plus tard ce qu'il convient de faire. Pour l'instant, rangez soigneusement le bâti, les bronzes et tous les dessins. Et interdisez à tout le monde d'y toucher.

L'estampille, elle ne restait pas inemployée. Riesener, animé par la double détermination de faire honneur à son maître et de montrer ce qu'il pouvait faire, travaillait comme quatre. Il éprouvait un curieux sentiment où la reconnaissance se mêlait à l'ambition quand il apposait, sur l'envers d'un meuble, la marque d'Oeben chauffée au rouge. Il respirait l'odeur du bois brûlé comme la promesse d'un jour proche où il imprimerait sa propre estampille sur les meubles qu'il créerait. Puis il se disait bien vite que la marque ne faisait pas une belle pièce d'un meuble manqué et que son usage était dérisoire à plus d'un titre. Oeben avait travaillé vingt ans sans signer ses meubles. Il n'avait utilisé son estampille que durant les deux années qui avaient précédé sa mort. Marguerite et lui en feraient à coup sûr un plus long usage!

Deux années passèrent ainsi durant lesquelles, sans même s'en rendre compte, l'élève laissait s'épanouir sa personnalité, se forgeait sa propre manière que les spécialistes commençaient à discerner de celle d'Oeben. Le maître utilisait des placages de loupes et de racines d'arbres exotiques, excellait à faire ressortir ses marqueteries sur fonds de couleurs sombres et ornait volontiers ses meubles de moulures. Riesener, lui, allégeait insensiblement son travail qui apparaissait aux yeux avertis sous un aspect plus aimable, plus élégant, mieux fini. Il s'appliquait pourtant à ne pas s'écarter du style qui avait fait la gloire d'Oeben.

Le temps estompait aussi le chagrin de Marguerite. L'absence de Jean-François, longtemps insupportable, devenait peu à peu un doux regret, un souvenir tendre et serein. Elle pouvait parler maintenant du disparu sans que ses yeux s'emplissent de larmes. Riesener, qui vivait seul dans une chambre au dernier étage de l'immeuble, soupait souvent chez Mme Oeben. Les jeunes enfants reportaient sur le seul homme qu'elles voyaient régulièrement l'affection qui leur avait été ravie. Quant aux aînées, elles ne concevaient pas leur dimanche de liberté sans une promenade en compagnie de « parrain Jean ». Il s'habillait alors en seigneur, comme disaient les filles. Il est vrai que lorsqu'il enfilait son justaucorps de velours cannelle sur sa veste à fond de giroflées et sa culotte serrée, il avait plus l'air d'un monsieur du Louvre que d'un ébéniste. Comme Marguerite avait abandonné l'habit de deuil pour une jolie robe de toile de coton à bouquets violets et qu'elle habillait elle-même ses filles comme des princesses, le garde suisse posté à l'entrée du jardin des Tuileries ne faisait aucune difficulté pour les laisser entrer. Tandis que Marguerite et Jean s'asseyaient sur un banc à l'ombre d'un tilleul pour regarder passer les familles bourgeoises endimanchées et les petits maîtres en quête de cotillons, les enfants jouaient, heureuses de se retrouver. D'autres jours, on allait visiter le jardin du Roi, de l'autre côté de la Seine, et les filles se perdaient en riant dans le labyrinthe de verdure qui menait au Belvédère. Parfois, c'était alors le grand bonheur, Riesener emmenait tout son monde au Palais-Royal. Les demoiselles – Marguerite leur emboîtait volontiers le pas – n'en finissaient pas de regarder les boutiques des marchands de tout, installées sous les arcades. La vitrine de Poix-Menu, le grand bijoutier, retenait en particulier leur attention tandis que Jean-Henri fouinait dans une librairie, à la recherche des derniers pamphlets en vogue. La journée se terminait au café où Riesener offrait à ses dames un rafraîchissement : l'été, à *La Belle Lyonnaise* où l'on dégustait de délicieux boudins et des saucisses venues, paraît-il, des bords du Rhône; l'hiver

*Chez Benoît* qui portait le titre ronflant de marronnier de S.A.R. le duc d'Orléans et qui, aidé de deux garçons déguisés en capucins, vendait des marrons grillés à 24 sous le cent. Avant de repartir à pied vers le Faubourg, Marguerite demandait d'aller admirer l'extraordinaire boutique à l'enseigne de *La Bouquetière de la duchesse d'Orléans.* La propriétaire, Mme Dumoulin, avait, seule, le privilège de vendre des fleurs dans le jardin. Elle exposait des bouquets de deux aunes de haut noués de dix aunes de ruban mordoré. Un jour, Jean insista pour offrir un bouquet d'œillets à Marguerite qui, ravie, se défendit mollement :

– Vous êtes fou, vous allez payer ces fleurs dix fois plus cher qu'aux Halles!...

– Oui, répondit-il avec panache, mais nous ne sommes pas aux Halles et c'est maintenant que j'ai envie de vous fleurir.

Ce geste qui succédait à beaucoup d'autres contribua peut-être à changer la destinée de deux êtres qui vivaient aussi proches l'un de l'autre que des époux mais qui se quittaient chaque soir au moment d'aller dormir. Jamais Riesener ne se serait permis un geste ou une parole équivoque. Quant à Marguerite, prude comme une jeune fille malgré ses quatre enfants, elle prenait soin d'éviter le moindre contact qui l'eût aussitôt fait rougir. Marcher dans les jardins du Palais-Royal au bras de Jean, le dimanche, suffisait à la troubler. Elle devait faire un effort pour ne pas montrer son émoi à celui que les méchantes langues nommaient froidement « le jeune amant de Mme Oeben ».

Riesener, il est vrai, avait six ans de moins que Marguerite mais celle-ci, sans être très belle, était bien faite, rose, blonde et ne paraissait pas ses trente-six ans. Il sortait peu, on ne lui connaissait pas de liaison durable et ce grand jeune homme à la stature d'athlète romain, aux traits fins et réguliers, à l'élégance que beaucoup jugeaient provocante et incompatible avec son état, n'aurait eu qu'à tendre les bras pour y recevoir les plus beaux partis du Faubourg. Il préférait la tranquille chaleur du foyer Oeben où il retrouvait le *gemütlichkeit* de la maison de son enfance. Et puis, il s'était rendu compte, au moment où son comportement ne pouvait plus être pris pour une odieuse trahison, qu'il aimait Marguerite dont la bienveillance affectueuse ne lui avait jamais manqué depuis le jour de son arrivée.

Comment lui avouer cet amour? La pensée d'essuyer un refus le glaçait de honte. Alors, Jean-Henri attendait que le hasard précipitât les choses. Il en venait à souhaiter qu'un danger, sans gravité excessive, la jetât dans ses bras protecteurs. Il se contentait de peser un peu sur sa main lorsqu'il lui donnait le bras. Un dimanche, il eut la divine impression que Marguerite avait répondu à ce signe discret. Il en fut heureux pendant trois jours.

C'est finalement l'ami de toujours, le fidèle Réveillon, qui dénoua cette situation que les intéressés eux-mêmes jugeaient ridicule sans se l'avouer. Il arriva un soir comme il en avait l'habitude, sans prévenir, à l'heure du souper :

– Je m'invite car j'ai des confidences à vous faire. Ça y est, je suis virtuellement riche!

– Tu es fou, dit Marguerite en l'embrassant. On n'est pas virtuellement riche : on a des sous dans sa poche ou on n'en a pas!

– C'est parce que tu crois cette fausse évidence que tu ne seras jamais riche mais cela n'a pas d'importance : tu n'aimes pas l'argent, je crois même qu'il te rendrait malheureuse.

– Alors, explique, ne nous laisse pas languir!

– Eh bien, voilà. L'avenir de boutiquier que me promettait l'héritage de ma femme me parut toujours indigne de mes ambitions. Il m'a même désespéré jusqu'au jour où j'ai commencé à vendre du papier de tenture fabriqué en Angleterre. Les Anglais ont peut-être des défauts mais ils ont inventé un procédé de fabrication qui permet d'obtenir des rouleaux de neuf mètres de papier encollé avant l'impression. Je passe sur les détails techniques qui ne vous intéressent pas mais considérez que c'est une véritable révolution. Et ce papier que je vends, je suis seul à savoir le poser. Bientôt, je serai le seul à pouvoir le fabriquer en France. J'installe une usine à L'Aigle, petite ville du Perche, et un atelier rue de Charonne.

– Rue de Charonne? Tu reviens au Faubourg?

– Je te l'avais toujours dit. Et ce n'est qu'un commencement! Si les dominotiers ne défendaient pas sottement leurs procédés archaïques, j'aurais déjà été plus loin... Et vous? Comment va la maison Oeben? Continuez-vous à faire beaucoup de meubles? Et à les vendre?

C'est Riesener qui répondit :

– Nous avons trop de commandes, pas assez de compagnons et manquons de place pour en faire travailler un plus grand nombre mais je pense que c'est mieux ainsi. Le meuble de qualité, souvent pièce unique créée pour un client, est une œuvre d'art qui ne saurait sortir d'une manufacture. Si je ne suis pas un artiste, je suis au moins un artisan. Et je veux le demeurer!

– Bien dit! Belle tirade, digne du père Boulle ou d'Oeben! coupa Réveillon. Je suis sûr que tu as raison. On peut faire des meubles en usine. Cent commodes identiques fabriquées en même temps dans des ateliers spécialisés pour chaque opération... c'est parfaitement réalisable. Les prix baisseraient de moitié et le propriétaire gagnerait beaucoup d'argent. Mais les commodes n'auraient rien à voir avec celles qui sortent de tes mains. Continue de faire de l'Oeben avant de faire du Riesener. Et sois heureux!

– Et moi? dit Marguerite. Je ne compte pas? Sais-tu que je m'occupe beaucoup plus de l'atelier que du temps de Jean-François?

– C'est normal puisque tu es la patronne!

Réveillon accompagna cette dernière remarque d'un petit sourire moqueur. Il regarda successivement ses deux amis en hochant la tête et s'écria :

– Vous ne pensez pas tous les deux qu'il y a assez longtemps que vous vous regardez en chiens de faïence au sein de votre petit ménage qui n'en est pas vraiment un? Je crois ne pas me tromper : Riesener t'aime depuis toujours, Marguerite! Cela saute aux yeux. Quant à toi, encore jeune et belle, il n'est pas possible que tu n'éprouves pas de sentiment pour ce beau gars qui fait marcher ton atelier, qui s'occupe de tes filles et qui partage ton existence jusqu'à une limite qu'il faudrait peut-être vous décider à franchir. Je me mêle de ce qui ne me regarde pas mais, tant pis, j'ai envie de vous voir heureux!

Marguerite et Riesener avaient écouté, médusés, Réveillon faire son discours. Un discours qu'il avait dû longtemps méditer, pensa-t-elle. Rouge de confusion, Marguerite sentait qu'il fallait dire quelque chose et que ce ne serait pas Riesener, pétrifié sur sa chaise, la bouche ouverte comme un poisson tiré de l'eau qui le ferait. Heureusement, elle connaissait son Réveillon et l'épreuve ne lui parut pas insurmontable. Elle réfléchit encore un instant, regarda longuement Jean-Henri, jeta un coup d'œil qui se voulait furieux mais qui n'était que complice du côté de son vieil ami et se lança, choisissant l'ironie qui est si souvent la force des faibles :

– Mon petit Réveillon, tu fais un drôle de métier! Te voilà marieur, maintenant? En ce qui nous concerne, l'étonnement supplante encore le désir de te répondre. Riesener va-t-il se lever et te gifler? Vais-je t'ordonner de sortir? A moins que nous ne t'embrassions? Qu'en pensez-vous, monsieur Riesener?

– Nous l'embrasserons, nous souperons car j'ai tout de même faim, puis nous le prierons de sortir car je crois que nous avons certaines choses à nous dire, madame Oeben!

La tension tomba d'un coup. Les hommes éclatèrent de rire en se serrant la main et Marguerite essuya une larme.

Ce soir-là, elle ne ressentit pas le petit serrement de cœur qui la saisissait, chaque soir, lorsqu'elle entendait l'escalier de bois craquer sous le poids de Reisener qui regagnait, solitaire, la chambre du haut. Réveillon parti, les petites filles couchées, Marguerite posa ses mains sur les épaules de Jean-Henri :

– Réveillon a été merveilleux, comme toujours, mais tu sais, mon chéri, il ne faut rien regretter. Nous avons attendu, parce qu'il fallait attendre. Avant je n'aurais pas pu te toucher. Aujourd'hui, c'est différent. Je suis sûre que s'il nous voit de là-haut, Jean-François est content de nous. Tu ne me trouves pas trop vieille au moins? Et les quatre filles ne te font pas peur?

– Non, Marguerite, je prends tout dans mon paquet de bonheur : la femme, les années, les enfants. Et aussi le souvenir du maître qui continue après sa mort, et à travers toi, à me combler de bienfaits.

Le titre de « Dame du Faubourg » revenait de droit à l'abbesse, et la communauté du bois le lui accordait d'autant plus volontiers qu'elle savait se montrer efficace et compréhensive. C'était le cas pour la princesse Gabrielle-Charlotte de Beauveau-Craon qui ne manquait jamais une occasion de libérer les réserves d'enthousiasme et d'énergie dont le Seigneur l'avait pourvue. Les religieuses les plus actives parmi celles qui l'avaient précédée s'étaient contentées d'entretenir l'abbaye, voire d'en restaurer les parties les plus endommagées par le temps. Gabrielle-Charlotte, elle, avait décidé de la reconstruire entièrement, à l'exception de l'abbatiale et de la chapelle Saint-Pierre. Le chantier ouvert trois ans auparavant n'était pas encore achevé quand Mme Veuve Oeben et Jean-Henri Riesener passèrent devant le portail pour aller faire bénir discrètement leur union par le curé de l'église bien nommée de Sainte-Marguerite. Seuls deux témoins les accompagnaient : le marchand de meubles et de curiosités Lazare Duveaux pour l'ébéniste et Réveillon pour la mariée. Les enfants étaient restées à la maison pour préparer un dîner intime. Marguerite avait craint un moment leur réaction mais les quatre filles adoraient Riesener qu'elles avaient depuis longtemps adopté. Tout se passa donc le mieux du monde, Marguerite y alla simplement de sa larme quand le curé crut indispensable de faire le panégyrique de Jean-François Oeben dans son allocution. Tout compte fait, l'adresse du défunt n'était pas inopportune : ce jour-là le règne d'Oeben était fini, celui de Riesener commençait.

Admis à la maîtrise deux mois plus tard, l'élève avait atteint, peut-être même dépassé la renommée du maître. Il inaugura son estampille toute neuve en faisant grésiller l'envers du plateau de deux tables mécaniques commandées par le duc de La Rochefoucauld...

Jamais l'atelier de l'Arsenal qui était le sien depuis son mariage, n'avait été aussi actif. Riesener jouissait d'une faveur extraordinaire à la cour. Seul, jadis, le grand Boulle avait été aussi admiré et recherché. Seulement Boulle et Oeben étaient morts pauvres ou tout au moins sans argent, lui amassait une fortune! Comme Réveillon que ce succès faisait jubiler, il était passé sans transition de l'état d'ouvrier à celui de bourgeois. Et même un peu plus car s'il avait sublimé la noblesse naturelle de son personnage, il ignorait les faiblesses et la mesquinerie des bourgeois.

Le mariage, issu de l'association professionnelle, était une réussite. « Ces deux-là étaient vraiment faits pour se rencontrer! disait souvent Réveillon. Vous êtes un peu mon œuvre! » ajoutait-il en riant et en regardant Marguerite qui, elle aussi, avait changé. Comme son mari, elle s'habillait bien, ses filles étaient élevées, et elle était servie dans leur nouvel appartement, le premier étage de l'une des maisons neuves qui bordaient la place d'Aligre inaugurée depuis peu. Cette place et le marché Saint-Antoine qui la jouxtait étaient l'œuvre de l'abbesse qui s'était rendu compte que le marché et la boucherie installés depuis près de deux siècles au coin de la rue de Montreuil ne suffisaient plus à assurer le ravitaillement de 45 000 âmes dispersées du Trône à la Bastille. La princesse avait donc cédé à la ville 13 740 toises de terres appartenant à la communauté en disant que l'évangélisme ne consiste pas à amasser des biens mais à en faire profiter tous les sujets de Dieu. Cette déclaration avait beaucoup fait pour la popularité de l'abbesse qui voyait d'autre part, avec soulagement, les travaux s'achever dans l'abbaye. Ses appartements étaient déjà en état et elle avait demandé à Riesener de venir la conseiller pour aménager son domaine personnel. Elle était curieuse de rencontrer cet Allemand devenu la coqueluche de la cour et qu'on disait beau comme un dieu. Elle le reçut dans le désordre d'une installation imparfaite, s'en excusa et lui proposa de visiter les nouvelles constructions :

– Lenoir le Romain en a dessiné les plans et surveillé la construction mais j'ai tenu à conserver certains vestiges de l'abbaye, par exemple le vieux colombier qui date des premiers temps et où, en ce moment, M. Hubert Robert est en train de peindre Mme Geoffrin. Venez, je vais vous les présenter.

Reisener reçu par la princesse-abbesse, présenté à Hubert Robert, consulté pour meubler les locaux neufs dont la pierre blanche accentuait la vétusté majestueuse de l'abbatiale, c'était cela la consécration, bien plus qu'une commande royale passée par les bureaux de Versailles ou l'amabilité condescendante d'une duchesse venue en carrosse choisir une table d'accouchée. Riesener était conscient de l'incroyable chemin qu'il avait parcouru en vingt ans. Tout en suivant l'abbesse dans le dédale des couloirs de l'abbaye, il décida d'aller remercier Sainte-Marguerite et de prier pour le repos de l'âme de celui à qui il devait tout.

– Alors, monsieur Riesener, vous rêvez? Que me conseillez-vous, demanda l'abbesse en lui montrant tous les anciens meubles qui avaient été remisés dans une pièce.

– Le seul conseil que je puisse me permettre de vous donner est de ne pas vous séparer des pièces les plus belles et les plus anciennes que mes devanciers ont construites au cours des âges pour l'abbaye. Elles en racontent l'histoire et celle de votre Faubourg. Intégrez-les au mobilier nouveau, aux commodes richement marquetées, à l'armoire du grand Boulle qui est un chef-d'œuvre et surtout aux sièges que vous exécuteront de main de maître Letellier, Saint-Georges ou Lerouge. N'oubliez pas non plus vos propres ouvriers qui sont pleins de talent. Le Faubourg abrite de grands artistes.

Peu après, en allumant pieusement un gros cierge devant la statue de Sainte-Marguerite, Riesener prit la décision d'achever le bureau du roi.

Comme il l'espérait, Marguerite fut d'accord et, dès le lendemain, Jean-Henri sortait de leur oubli le bâti et les plans du chef-d'œuvre inachevé. Il se mit tout de suite au travail et s'aperçut que les contrepoids régularisant le déroulement des lattes ne fonctionnaient pas parfaitement. Des mois durant il s'attacha au problème que le maître n'avait pas complètement résolu. Il trouva enfin la solution et entreprit la marqueterie des cartouches allégoriques, selon le dessin d'Oeben. Ce n'est qu'en 1769 que Jean-Henri apposa sur la face postérieure du bureau l'estampille de *J.-F. Oeben.* A la demande de Marguerite, il y ajouta sa signature manuscrite et la date d'achèvement : *Riesener ft.1769 à l'Arsenal de Paris.* Le roi qui, paraît-il, n'attend pas avait dû patienter huit années avant de jouer avec le fameux cylindre d'Oeben [1].

Rien ne semblait pouvoir arrêter Riesener dans sa gloire professionnelle et dans son ascension sociale. La sage Marguerite l'aidait à gérer la fortune commune comme elle le conseillait dans la façon de se comporter avec le monde. Un jour elle lui annonça qu'elle attendait un enfant :

– Tu es bien placé pour savoir que je ne sais faire que des filles. Je vais tout de même, pour une fois, essayer de te donner un garçon...

– Comment? Tu veux dire que...

Marguerite éclata de rire :

– Tu as très bien compris! Je suis grosse et j'espère que tu es heureux. Tu as élevé assez d'enfants dont tu n'étais pas le père pour en avoir un à toi. J'aimerais tellement que ce soit un fils!

Riesener restait muet d'émotion. Enfin, il ouvrit ses bras et embrassa longuement sa femme :

– Si c'est une cinquième fille, on l'aimera bien quand même, dit-il en caressant les cheveux de Marguerite dont la blondeur, il s'en aperçut ce jour-là et en fut tout chaviré, commençait à être clairsemée de soies blanches.

– A propos de filles, je crois bien que nous allons voir l'aînée s'envoler. Elle a connu, chez Mme Geoffrin je pense, un avocat qui semble tout disposé à nous l'enlever. Charlotte va d'ailleurs t'en parler. Fais celui qui ne sait rien car j'ai promis le secret.

– Un avocat? Hum... Cela nous sort vraiment de l'art... Enfin, s'il est intelligent et s'il arrive à discerner une commode fabriquée au temps du roi Louis XIV d'une de celles qu'on exécute aujourd'hui... [2].

1. Le chef-d'œuvre est au Louvre. L'atelier de Riesener en exécuta plusieurs copies simplifiées dont l'une fait partie de la Wallace Collection.

2. Les craintes de Riesener étaient vaines : Charlotte, épouse de l'avocat Charles Delacroix de Coutant, donnera le jour à un certain Eugène Delacroix!

– Il n'y a pas que les commodes dans la vie! Et puis, il faut bien qu'il y ait des gens, avocats ou non, pour les acheter, vos commodes!

Huit mois plus tard naissait Henri-François Riesener. Son parrain ne pouvait être personne d'autre que Réveillon devenu l'un des bourgeois d'industrie les plus célèbres et les plus riches de Paris. Pour fêter l'heureux événement, il s'était mis dans la tête d'offrir au père et à la mère leur portrait par l'un des meilleurs peintres du moment.

– Jamais de la vie! avait dit Marguerite. Nous ne sommes ni nobles ni capitaines pour qu'on encadre notre tête dans un salon.

– Non, mais vous êtes tous les deux des personnages de l'époque. Oeben et Riesener demeureront des noms connus longtemps après que tous les gens bien nés qui se font portraiturer auront sombré dans l'oubli. Et puis, songez à vos enfants qui seront heureux, plus tard, de conserver votre image. Je vous envoie dès que possible le peintre Vestier. Je lui dirai de ne pas insister sur vos petits défauts!

Voilà comment Jean-Henri Riesener se retrouva un matin dans le salon de la place d'Aligre, sanglé dans son plus bel habit aux teintes chatoyantes, perruque poudrée et frisée, glorieux et souriant, un crayon à la main, effleurant de son regard pétillant le dessin qu'il venait d'exécuter et qui était posé sur une délicate petite table en frisage de bois de violette venant de ses ateliers. En face de lui, le peintre passait son temps à venir rectifier la position du prince des ébénistes, plus habitué à tenir le crayon et l'équerre qu'à poser pour le portraitiste de la cour.

Ces séances longues et fastidieuses lui faisaient perdre un temps précieux et ses compagnons de l'Arsenal se plaignaient de ne plus voir le maître qui n'abandonnait pas pour autant son exigence de contrôler l'activité de l'atelier. Marguerite, qui devait le suivre devant le chevalet de Vestier, trouvait son mari nerveux et vouait aux gémonies son ami Réveillon et son idée saugrenue de vouloir faire de l'ancien apprenti ébéniste de Cologne le plus parisien des ébénistes français. En l'écoutant et en jouant avec son fils, Riesener se calmait et avouait que l'élaboration de son portrait commençait à l'intéresser. Il trouvait des analogies entre les touches du pinceau et les fragments colorés de bois exotiques qu'il incrustait dans la mosaïque de ses marqueteries :

– C'est tout de même un merveilleux métier que la peinture, disait-il à Marguerite. Si je n'avais pas toutes ces commandes sur les bras, je crois que je m'amuserais à mélanger des couleurs sur une toile. Il prenait alors une feuille de papier et son crayon, habitué à dessiner les courbes des meubles, épousait les formes rebondies d'Henri-François qu'il saisissait dans ses jeux, ses sourires et ses chagrins d'enfant. Le portrait de Vestier, pour lequel il avait sculpté lui-même un cadre doré, orné de perles et de palmettes, trouva sa place à côté de celui de Marguerite sur le panneau de fleurs et de scènes paysannes que les ouvriers de Réveillon avaient collé dans le salon.

Réveillon n'avait jamais été un artiste mais son don pour les affaires joint à un goût très sûr lui avait fait choisir les meilleurs ingénieurs et les créateurs les plus inventifs. Grâce à la protection du lieutenant de police Lenoir, il avait fini par se libérer des tracasseries de la corporation des dominotiers. Pour mieux protéger son industrie, il avait même acheté une maîtrise d'imprimeur en taille-douce et une maîtrise de peintre-doreur et de sculpteur. Ainsi armé, Réveillon pouvait sans crainte étendre le domaine de l'empire du papier sur lequel il régnait maintenant sans concurrence. Sultan de l'indienne, altesse des pastorales, prince des « putti » souriants dont il tapissait les demeures, il ne lui manquait qu'un palais pour recevoir et asseoir sa couronne. Rue de Montreuil, en plein Faubourg, la folie Titon était à vendre. Il emprunta et l'acheta, se haussant d'un coup au niveau des rois de Paris.

Œuvre de l'esthète le plus remarquable de son siècle, Evrard Titon du Tillet, auteur du *Parnasse français*, ardent défenseur de l'art et des artistes, la folie Titon était une sorte de paradis enclavé dans la géhenne des ateliers sombres et bruyants. Evrard Titon avait transformé en résidence somptueuse et en haut lieu du goût parisien, l'hôtel construit par son père, secrétaire du roi sous Louis XIV. Tout homme de qualité, tout dignitaire étranger se devait d'avoir été reçu dans le magnifique salon du rez-de-chaussée ouvert de tous côtés sur les perspectives d'un parc dessiné par Le Nôtre, orné de pilastres renfermant des figures grandeur nature sculptées par Collignon et dont le plafond, immense, représentait le soleil levant avec ses attributs.

Le faste et la célébrité du lieu rejaillissaient sur son propriétaire qui voyait plus dans cette acquisition voyante un tremplin commercial qu'une résidence adaptée à ses goûts naturellement simples. Recevoir les puissants était certes fort utile mais montrer à ses clients un palais jusque-là fermé au public l'était davantage, et encore plus d'utiliser une partie des deux hectares du parc à la construction d'une nouvelle manufacture. Il installa entre un quinconce de statues et le potager les ateliers les plus perfectionnés d'Europe et invita tous les Parisiens et les provinciaux de passage à venir voir comment quatre cents ouvriers fabriquaient des papiers en rouleaux imitant à la perfection la toile de Jouy, l'indienne, les soieries lyonnaises, ou encore comment les artistes peintres, graveurs et imprimeurs réalisaient les nouveaux panneaux, hauts de six mètres, dont le foisonnement du décor et l'éclat éblouissaient le monde entier. Les ambassadeurs de l'Indoustan venaient-ils visiter sa fastueuse résidence et sa manufacture que des ouvriers vêtus de blanc imprimaient sous leurs yeux leurs noms et leurs qualités sur un papier peint à cartouche. Ils emportaient, ravis, le rouleau dans leur pays.

Le petit garçon de la rue Saint-Nicolas avait tenu son pari. Il était plus que riche, il était puissant mais, aux soupers fins chez Beauvilliers, au jeu du duc d'Orléans où il était parfois convié, il préférait un repas frugal place d'Aligre chez les Riesener ou une soirée tranquille chez lui, rue du Carrousel où, dans un cadre agréable mais moins grandiose que la folie Titon, Mme Réveillon, née Maroy, le régalait de saucisses au chou.

Le succès de Riesener qui s'était affirmé au cours des ans, parallèlement au sien, enchantait Réveillon :

– Tu vois, disait-il à Marguerite, nous voilà passés de l'autre côté. Nous sommes riches...

– Toi, tu es riche, nous, nous sommes aisés et cela nous suffit, rectifiait Marguerite.

– Tu as raison mais moi, en marchant, pour sortir de ma condition et être respecté, je devais m'enrichir. Riesener, lui, est un artiste, le meilleur. Son renom ne doit rien à l'argent! Tiens, tu sais ce qui m'a fait plus plaisir depuis des années? C'est de voir mon fils Antoine reprendre la direction de ma manufacture de Courtalin qui périclitait et de la faire prospérer. Son voyage en Hollande a été bénéfique, il est aujourd'hui bien meilleur papetier que moi! Reste à savoir si ce temps qui nous a permis de changer notre vie durera. Nous sommes arrivés à ce que nous sommes parce que les philosophes, les encyclopédistes, les Lumières ont fait évoluer les gens et les idées mais ils ont déclenché un mouvement que personne ne pourra arrêter. Dieu veuille que nous ne soyons pas un jour du mauvais côté!

– Je te trouve bien pessimiste, dit Riesener. Louis XV vient de mourir et le peuple appelle son remplaçant « Louis le Désiré ». Ce n'est pas le signe d'un profond mécontentement.

– Peut-être, peut-être... mais ces manufactures gigantesques qui emploient des centaines d'ouvriers, à commencer par la mienne et la verrerie de la rue de Reuilly où les conditions de travail sont pénibles, constituent des foyers dangereux. Notre Faubourg qui n'était qu'un grand village au temps de notre jeunesse s'augmente de milliers d'âmes chaque année et devient une marmite bouillonnante. Espérons que nous ne la verrons pas déborder.

*Chapitre 14.*

# Nation-Bastille

Le Faubourg, c'est vrai, avait bien changé. Le quartier était devenu une sorte de ruche bourdonnante dont les rayons et les alvéoles semblaient avoir été bouleversés par quelque cataclysme. Il y avait longtemps que les édits réglementant la construction des maisons étaient tombés en désuétude. Les nouveaux immigrés du bois venus de la province, de la Lorraine ou de l'Allemagne bâtissaient n'importe comment au fond des cours et des passages des ateliers de planches et des logements où ils s'entassaient par familles entières. Ouvriers dans les manufactures ou travailleurs à façon pour les maîtres ébénistes et menuisiers, ils étaient pauvres et voyaient avec terreur le prix du pain augmenter. Réveillon avait raison de craindre ces agglomérations de besogneux que la moindre disette pouvait transformer en nids de sédition.

La nouvelle classe prolétarienne mise à part, le Faubourg travaillait et vivait confortablement dans cette époque exceptionnelle que les vieux ébénistes appelaient le « siècle de la commode ». Ils avaient fait des petits, les trois tiroirs imaginés par Boulle en cherchant une chemise propre au fond d'un vieux coffre de chêne! Le meuble, plus ou moins richement marqueté, portant le « maindron » d'un grand ou d'un petit maître, rehaussé de poignées brutes de fonte ou ciselées-dorées avec art, trouvait sa place dans un nombre de foyers de plus en plus important. La plupart des commodes vendues chez Radel, chez Pineau ou chez Habermann, le petit-fils de Philippe qui s'était installé marchand rue du Four-Saint-Honoré, venaient des ateliers de la grand-rue, de la cour des Trois-Frères ou du passage de la Boule-Blanche. Les clients les plus avisés venaient faire le tour des ateliers et choisissaient sur place le meuble qu'ils payaient moins cher. Certains découvraient ainsi des chefs-d'œuvre d'ébénisterie au fond des vieux passages mal pavés. Réveillon lui-même en sortant de son palais de papier aimait se baguenauder dans les ruelles de son enfance. Un jour, il revint tout heureux chez Riesener, un meuble d'entre-deux arrimé sur le toit de son carrosse :

– Descendez! cria-t-il, que je vous montre mon achat, j'ai trouvé cette charmante petite table chez Mantel, l'ouvrier libre qui a toujours son atelier dans la « Maison du Saint-Esprit ». J'ai eu ça pour une bouchée de pain!

Jean-Henri constata l'élégance du meuble et affirma à Réveillon qu'il avait fait une bonne affaire, ce qui le mit de bonne humeur. Tout le monde remonta ensuite à l'étage où Marguerite servit le souper dans de très jolies assiettes de faïence dont Réveillon, toujours attentif aux objets nouveaux, demanda l'origine :

– Cela m'a tout l'air d'être du Rouen?

– Pas du tout, ces assiettes viennent de chez Digne qui a ses ateliers rue de la Roquette. A côté, un nommé Ründstein, originaire de Xéfosse dans les Vosges, fabrique des poêles de faïence extraordinaires. L'un figure, sans y oublier paraît-il une seule fenêtre, la Bastille peinte au naturel. C'est tout de même une drôle d'idée. Pour rien au monde je ne voudrais une prison dans mon salon!

– Ta volaille est remarquable! constata Réveillon qui ajouta : Ce n'est pas comme cette nouvelle cuisine qu'on sert maintenant chez les duchesses et contre laquelle M. de Voltaire enrage. Tenez, mon client et ami le comte d'Autrey m'a permis de faire prendre copie d'une lettre que lui a adressée l'immortel auteur de *Zadig*. Marguerite, toi qui as de bons yeux, lis-la. Vous allez voir, c'est plaisant.

Marguerite s'exécuta de bonne grâce :

*Si j'avais pu vous posséder, j'aurais tâché de vous faire une bonne chère plus simple que délicate. J'avoue que mon estomac ne s'accommode pas de la nouvelle cuisine. Je ne puis souffrir un ris de veau qui nage dans une sauce salée, laquelle s'élève quinze lignes au-dessus de ce petit ris de veau. Je ne puis manger d'un hachis composé de dinde, de lièvre et de lapin qu'on veut me faire prendre pour une seule viande. Je ne saurais supporter l'essence du jambon ni l'excès des morilles, des champignons et de muscade avec lesquels les cuisiniers déguisent des mets très sains en eux-mêmes et que je ne voudrais pas seulement qu'on lardât. Un souper sans apprêts, tel que je le propose, fait espérer un sommeil fort doux et fort plein qui ne sera troublé par aucun songe désagréable.*

On applaudit Marguerite qui avait fort bien lu la lettre de

Voltaire, et Antoinette, la fille cadette, en profita pour montrer qu'elle était l'érudite de la famille. Après de bonnes études à Saint-Antoine-des-Champs, elle continuait à lire tout ce qui lui tombait sous la main. Les imprimés ne manquaient pas dans cette période où jamais les presses n'avaient autant gémi sous le flot des gazettes, des pamphlets et des œuvres des géants dont Antoinette connaissait tous les livres. Elle était abonnée à l'*Encyclopédie,* avait lu Voltaire, Rousseau, Diderot et elle aimait les pièces de Marivaux.

– Ce siècle a bien des défauts, dit-elle d'un ton un peu doctoral, qui fit sourire Réveillon, mais il restera le siècle de l'intelligence. Ce sera sa grandeur et le pardon de ses débauches d'avoir permis aux grands esprits de s'épanouir et de s'exprimer.

– Voilà les femmes d'aujourd'hui et de demain! dit Réveillon. Il faut en prendre notre parti mon cher Jean-Henri. Bientôt nos dames en sauront plus que nous et exigeront de devenir nos égales.

– Et pourquoi pas, monsieur Réveillon? Ce n'est pas parce que nos bras sont moins gros que les vôtres et que nous avons le privilège de mettre les enfants au monde que nous raisonnons moins bien. Hélas! Comment réclamer la juste égalité des droits? Neuf femmes sur dix en France sont encore incapables de signer leur nom! Mais avouez que Mme de Rambouillet, Mme de Lespinasse ou tout près de nous l'abbesse Gabrielle-Charlotte qui gère mieux que ne le ferait un homme le domaine de Saint-Antoine-des-Champs, ne sont pas des êtres inférieurs. Nous ne sommes plus, Dieu merci, au temps où les docteurs de l'Église se posaient la question de savoir si les femmes avaient une âme!

– Je suis tout à fait de l'avis de ma fille, dit Marguerite. Et je ne pense pas que Riesener ait eu à se plaindre de l'aide que lui a apportée son épouse!

– Ai-je jamais dit le contraire? Je suis très fier d'entendre notre fille tenir des discours aussi sensés et je voudrais bien savoir la moitié de ce qu'elle sait.

– Tu parlais de débauche, dit Marguerite. Il ne faudrait tout de même pas exagérer. Il y a encore des femmes honnêtes. Et des hommes! ne serait-ce que dans notre petit monde du bois où la sagesse et la vertu sont monnaie courante.

– Bien sûr, dit Réveillon, mais si tu lisais toutes les feuilles qui se vendent et si tu écoutais les chansons qu'on fredonne dans les rues, tu saurais qu'un certain monde, à Paris, rivalise avec Versailles de folies et d'excès. Tu n'ignorerais pas qu'il existe jusque dans notre Faubourg, des « petites maisons » où les plus grands personnages, le comte de Charolais par exemple, viennent cacher leurs parties libertines avec des filles...

– Qui après tout valent bien les maîtresses du roi! coupa la raisonneuse Antoinette.

– Quelles horreurs! coupa Marguerite. Arrêtez là ces insanités et goûtez plutôt ce clafoutis aux cerises noires que j'ai fait cet après-midi.

– Il est délicieux, ma bonne. Voltaire sûrement se régalerait s'il avait le bonheur d'être invité à ta table. Mais au fait, Antoinette, ne songes-tu pas à te marier? Tu es jolie, bien dotée, ton beau-père est célèbre et tu as de l'instruction pour toute une famille. Qu'attends-tu? On ferait une belle fête à la folie Titon...

– J'attends simplement de trouver l'homme que j'aimerai. Il faudra qu'il soit beau et intelligent. Beau, ça se rencontre, intelligent ça existe, mais les deux à la fois, ça ne court pas les rues!

– Je t'adore ma petite Antoinette. Tu es la fille que j'aurais voulu avoir. Tiens, prends ma bourse et fais-toi coudre une belle robe de printemps par Victoire qui tient boutique au Palais-Royal. Cela t'aidera peut-être à découvrir l'oiseau rare!

Rouge de bonheur, Antoinette remercia l' « oncle Réveillon » et alla ranger son trésor tandis que Riesener, changeant de conversation, annonça :

– Demain est un grand jour pour l'atelier. Je livre à Versailles la grande commode ovale destinée à la chambre du roi. C'est une belle pièce dont nous pouvons je crois être fiers.

Riesener avait gardé d'Oeben l'habitude de ne jamais se mettre en avant. Quand il parlait d'un meuble, c'était le meuble fait par l'atelier. En disant « nous », il associait à la réussite tous ceux qui avaient scié, raboté, poncé, verni pour arriver à sortir de l'Arsenal une œuvre équilibrée, brillante comme un soleil et ressemblant autant à un gros bijou qu'à un chiffonnier ou à une coiffeuse. Cette fois, pourtant, la commode ovale ne devait sa beauté qu'au génie du maître. Comme jadis Oeben pour le bureau du roi, il en avait dessiné les détails, surveillé la fabrication à tous les stades et mis lui-même la main à l'outil pour les travaux les plus délicats.

– Et comment est-elle cette fameuse commode? demanda Réveillon.

– Six pieds de long, trois de haut, c'est un monument mais nous avons réussi à lui conserver une légèreté aérienne. Elle est ornée d'une mosaïque de bois rares cernée de filets à fleurons. Quatre figures de bronze doré sont adossées aux montants, elles représentent le courage, la force, la prudence et la tempérance.

– Puissent ces vertus inspirer le roi, commenta Réveillon qui ajouta : Tiens c'est drôle de penser que chaque matin Louis XVI, en ouvrant les yeux, verra ta commode. Quelle responsabilité!

– Et tes papiers peints qui vous cernent et qui vous obligent à regarder, non pas chaque matin mais chaque minute, presque chaque seconde, le même jardinier, la même rose, le même ange suspendu et répété qui vous poursuit partout où s'arrête le regard?

– Je ne sais pas où vous voulez en venir tous les deux, dit Antoinette, mais à vous entendre, on croirait que sans meubles estampillés par Riesener et sans papiers imprimés par Réveillon le monde s'arrêterait de penser!

– Et voilà! coupa Réveillon. Donnez la parole aux femmes et elles ne songent qu'à vous déchirer.

– Quand elles ont de belles dents, vous ne détestez pas ça, messieurs! lança Antoinette.

– Où donc as-tu appris à être aussi insolente? demanda Marguerite. Ce n'est tout de même pas chez les sœurs de l'abbaye?

– Si tu savais ma pauvre mère tout ce que j'ai appris à Saint-Antoine-des-Champs, tu en retirerais tout de suite mes deux petits sœurs, conclut en riant la jeune fille.

On se sépara ce soir-là dans la bonne humeur et la vie continua, vie de petits bonheurs où chacun picore, selon son appétit, sa ration de travail, de soucis et de joies. Réveillon poursuivit l'expansion de ses affaires pour le seul plaisir de jouer et de gagner, Riesener allongea la liste de ses clients illustres, Marguerite cousit deux robes pour ses plus jeunes filles et Antoinette s'obstina à lire jusqu'au bout *Le Traité des sensations,* de Condillac.

Quelquefois, l'impétueux Réveillon surgissait dans la vie des Riesener après un silence que personne, pas même lui, ne songeait à justifier. Il s'ensuivait toujours quelque événement agréable car il aimait rendre heureux ses amis. Ainsi arriva-t-il un jour en annonçant qu'il avait quatre billets pour *Le Barbier de Séville* qui emportait un succès fou au théâtre de la Comédie-Française, aux Tuileries, depuis que son auteur, M. de Beaumarchais, avait réduit sa pièce à quatre actes. Paris se battait pour obtenir des places et il fallait que Réveillon ait de l'entregent pour avoir pu s'en procurer.

– J'emmène les femmes! décréta-t-il. La mienne naturellement, Marguerite sur qui j'ai des droits depuis l'âge de dix ans et Antoinette dont je suis amoureux. Tant pis pour le maître. Je l'inviterai un autre jour à dîner chez Beauvilliers.

Marguerite remercia chaleureusement et Antoinette battit des mains :

– *Le Barbier?* Quel bonheur! J'avais tellement envie de voir Figaro montrer au grossier Almaviva qu'il ne peut se passer de sa finesse et de son ingéniosité. Et Rosine si charmante et si malicieuse...

– Ma parole, tu as déjà vu la pièce! dit son père.

– Non mais j'ai lu ce qu'en ont dit les gazettes. Pas tellement de bien d'ailleurs! Beaumarchais a eu tant de mal à obtenir l'autorisation de jouer son *Barbier* que tous les plumitifs ont dû avoir peur d'en vanter les répliques.

La soirée fut un triomphe pour Beaumarchais et pour Réveillon qui s'était surpassé dans son rôle de « maître des menus plaisirs », comme il se baptisait lui-même. Il était venu chercher ses invitées en carrosse, les avait présentées sur le théâtre à diverses personnes de qualité puis avait tenu à terminer la fête par un souper au Palais-Royal, à *La Barrière,* le restaurant à la mode où l'on servait 200 personnes et où la carte ne comportait pas moins de 52 entrées et 18 entremets. Au milieu du repas, Antoinette eut même la surprise de voir arriver M. de Beaumarchais en personne, accompagné de Mlle Gradet qui avait interprété le rôle de Rosine. Elle aurait bien aimé aller les féliciter mais leur table était à l'autre bout et elle n'eut pas le toupet de traverser toute la salle en risquant de tacher la belle robe de petite étoffe suisse que Réveillon lui avait offerte. Elle se contenta de regarder de loin le séduisant quadragénaire.

– Ce personnage te fait rêver, petite Antoinette, constata Réveillon. Méfie-toi tout de même de ce genre de génies à l'activité fébrile qui éperonnent la vie comme une jument. Ils ne rendent pas les femmes heureuses.

– Mais n'est-ce pas un peu votre cas, oncle Réveillon?

– Bien répondu, insolente petite futée. C'est vrai que j'ai mené ma vie tambour battant et que je ne sais pas toujours moi-même après quoi je cours mais je m'applique à demeurer dans mes limites que je connais bien. Je ne suis pas un génie, je ne suis pas, hélas! un artiste ni même un véritable créateur. Mon talent consiste à découvrir et à utiliser celui des autres. Je suis une sorte de chasseur... Mais attention, je suis fidèle et puisqu'il était question du bonheur des dames, je prétends rendre la mienne heureuse! Qu'en dis-tu, madame Réveillon?

– Hum! Il me semble que tu te tresses des couronnes à bon marché. Je n'ai jamais cherché à savoir si tu m'étais fidèle et je ne crois pas, en fait, que tu m'aies souvent trompée. Quant à être heureuse, je le serais si je te voyais plus souvent.

Réveillon répondit par son éclat de rire, reconnaissable à cent lieues, qui lui permettait de se tirer de situations embarrassantes. D'ailleurs, le serveur apportait le dessert, une crème de roses accompagnant de multiples fruits confits et le papetier décréta que seul un bon champagne pouvait accompagner une telle friandise. Cette dernière folie retarda l'heure du retour et quand le carrosse s'arrêta place d'Aligre, Marguerite remarqua que les bougies du salon étaient allumées. Riesener, inquiet, veillait en attendant sa femme et sa fille. Il les accueillit avec soulagement mais refusa d'écouter Antoinette qui malgré l'heure tardive était prête à raconter la soirée par le menu. « Pas ce soir, il est temps d'aller se coucher! » dit-il d'un ton sans réplique.

Qui aurait pu penser que cette soirée heureuse était l'une des dernières qui restaient à vivre à la bonne Marguerite? Le malheur, quelques jours plus tard, frappa comme un coup de foudre la famille Riesener. Marguerite était sortie dans l'après-midi comme elle le faisait souvent, pour aller faire quelques courses du côté de la place Royale. C'est en traversant la chaussée, devant la porte Saint-Antoine que l'accident arriva. Le talon de son soulier droit, haut et étroit comme on les portait alors, se coinça entre deux pavés et Marguerite tomba en avant. La chute n'eût pas présenté de gravité sans l'arrivée brutale d'un carrosse dont le cocher, malgré tous ses efforts, ne réussit pas à arrêter les deux chevaux. Les bêtes hennissant, les lèvres arrachées par le mors, arrivèrent sur Marguerite alors qu'elle se relevait. Quand la voiture réussit à s'arrêter quelques pas plus loin, la malheureuse gisait inanimée sur la chaussée.

– Allez vite chercher un prêtre, elle va passer! cria une femme qui s'était aussitôt portée à son secours et qui soutenait sa tête tuméfiée.

Quand un vicaire de l'église Saint-Paul toute proche arriva, Marguerite avait déjà cessé de vivre. Un attroupement s'était formé autour de son corps disloqué et quelqu'un la reconnut, une amie de jeunesse de la rue Saint-Nicolas :

– C'est Marguerite Riesener, la femme de l'ébéniste du roi, s'écria-t-elle. Elle habite maintenant dans une maison neuve de la place d'Aligre. Je sais où, je vais aller prévenir ses enfants.

Antoinette enseignait des rudiments de conjugaison à son jeune frère Henri-François âgé maintenant de treize ans. L'un et l'autre étaient gais et c'est au milieu d'un fou rire qu'apparut la porteuse de malheur. Elle ne dit rien mais à la pâleur de son visage et aux larmes qu'elle essuyait du dos de sa main, Antoinette comprit que quelque chose d'irrémédiable s'était produit et qu'elle allait l'instant d'après être atteinte au plus profond de son âme et de sa chair.

– Le père? s'écria-t-elle.

Elle avait tout de suite pensé à Jean-Henri qu'elle aimait comme s'il lui avait donné le jour et qu'elle savait exposé par son métier à quelque danger. Un signe de dénégation lui montra qu'elle se trompait et elle sut alors qu'il s'agissait de sa mère :

– C'est maman! Morte?

– Oui, mes pauvres enfants, écrasée par une voiture à la porte Saint-Antoine. N'y allez pas, on va la ramener chez elle. Mais il faut prévenir votre père!

Jean-Henri s'était rapproché de sa sœur et se serrait contre elle. On voyait qu'il faisait des efforts pour ne pas pleurer et puis, d'un coup, la réalité du malheur lui apparut dans toute son horreur. Ses larmes et ses cris – il s'insurgeait contre l'injustice effroyable – déclenchèrent les pleurs d'Antoinette. La messagère les laissa un moment épancher leurs pleurs puis elle dit :

– Je ne vous connais pas, mademoiselle, mais votre mère était une compagne de mon enfance, j'ai moi-même deux filles et j'imagine votre détresse. Si je peux vous aider, je le ferai de tout mon cœur. Je vous propose de rester là avec votre jeune frère pendant que vous irez prévenir le maître Riesener. Il faut que ce soit vous qui vous chargiez de cette pénible mission. Seule votre tendresse peut amortir le choc...

– Vous avez raison, madame... Vous vous occupez de nous et je ne sais même pas votre nom.

– Mon nom est Schmitz. Je suis la femme du maître ébéniste marqueteur que connaît très bien M. Riesener. Nous formons dans notre Faubourg une grande famille. On ne peut plus tous se connaître, nous sommes trop nombreux, mais quand le malheur arrive vous pouvez frapper à toutes les portes. Soyez sûre qu'on vous ouvrira.

Antoinette serra contre elle Henri-François :

– Je te laisse avec Mme Schmitz, il faut que j'aille prévenir le père. Sois fort mon petit frère. Le destin frappe quand on s'y attend le moins. C'est la première fois qu'il t'atteint, au plus profond de toi-même et l'épreuve est terrible. Moi, j'ai déjà perdu un père... Sois bien courageux en nous attendant. Ce soir il va nous falloir prévenir les petites à l'abbaye et notre sœur Charlotte. Et aussi Réveillon qui aimait tendrement notre pauvre maman...

Comme une somnambule elle prit le chemin de l'Arsenal. Par moments, son esprit était vide, il lui semblait qu'elle marchait dans les nuages, guidée à travers les rues sans s'en rendre compte par la mémoire, voilée d'un itinéraire cent fois emprunté. Puis, soudain, des flots de souvenirs l'inondaient, noyaient son cœur qui se mettait à battre fort et l'obligeaient à ralentir sa marche. Elle arriva enfin devant la grand-porte de la manufacture royale et c'est seulement à cet instant qu'elle réalisa l'horreur de sa mission. Comment allait-elle annoncer à Jean-Henri que la mort venait de lui arracher la moitié de lui-même?

Il y a des mots qu'il n'est pas besoin de prononcer. Le malheur se lit sur les visages et lorsque Antoinette se jeta en larmes dans les bras de Riesener, celui-ci comprit en l'entendant murmurer « maman » qu'il ne reverrait plus jamais Marguerite vivante.

Celle qui avait eu pour époux les deux plus grands ébénistes de l'époque alla rejoindre dans la terre du petit cimetière Sainte-Marguerite les ombres du vieux Faubourg. Le soir, quand la famille et les amis les plus proches se retrouvèrent dans le salon de la place d'Aligre où Marguerite n'existait plus que dans le cadre d'or du portrait de Vestier, Réveillon dit simplement aux enfants : « Votre mère était une grande dame, ne l'oubliez jamais. »

Longtemps on crut que Jean-Henri Riesener ne survivrait pas à sa femme. Malgré les exhortations d'Antoinette et de Réveillon, il refusa de travailler et de retourner à l'Arsenal où le réclamait Jean-François Dubut, le meilleur de ses compagnons qui assurait le mieux qu'il pouvait la marche de l'atelier. Il mangeait à peine et ne sortait que pour aller sur la tombe de Marguerite ou pour prier à l'église. Il avait toujours été croyant mais sa foi tournait au mysticisme. Un jour, il avait même annoncé aux enfants qu'il voulait se retirer dans un monastère :

– Je sais bien qu'il reste encore les trois plus jeunes d'entre vous à élever mais Antoinette et Réveillon s'en occuperont. Pour moi, la vie ne peut plus avoir de sens qu'auprès de Dieu...

Il avait fallu toute l'autorité de l'abbesse pour le dissuader d'entrer dans les ordres. Prévenue de sa visite par Antoinette, Gabrielle-Charlotte lui avait expliqué que son devoir de chrétien lui commandait pour l'instant de veiller sur sa famille complètement désemparée par la mort de Marguerite :

– Entrer en religion est un acte grave qui demande une longue réflexion et une préparation sérieuse. Quand tous vos enfants voleront de leurs propres ailes, vous pourrez, si vous en avez toujours le désir, envisager de prendre la robe. Pour l'instant, contentez-vous de prier Dieu pour qu'il vous donne la volonté de retourner fabriquer des chefs-d'œuvre dans l'atelier où vos compagnons ont aussi besoin de vous. Vous soustraire à ces devoirs serait offenser le Tout-Puissant qui vous a donné une vocation d'artiste ébéniste et non de religieux!

Riesener ne reparla plus dc monastère mais il demeura prostré encore de longs mois avant de retrouver quelque raison de vivre. C'est le petit Henri-François qui fit un jour jaillir la petite étincelle du réveil dans la prunelle de son père. A quatorze ans, le jeune garçon avait fait des études convenables mais n'éprouvait pas le désir impérieux de les poursuivre comme sa sœur Antoinette l'y poussait. Le travail du bois ne l'intéressait pas plus et son père avait renoncé à en faire son successeur. En revanche, il dessinait merveilleusement, il avait le don de saisir, en quelques coups de crayon, la ressemblance d'un visage ou d'une silhouette :

– Vois-tu, père, dit-il, la seule chose qui me passionne, c'est le dessin mais je n'ai pas envie de dessiner des meubles. J'admire ce que tu fais, je suis capable de comprendre et de goûter la beauté d'une commode ou d'un fauteuil mais les construire m'ennuierait.

– Alors que veux-tu dessiner? Deviens architecte comme Gabriel ou dessinateur de jardins comme Le Nôtre au siècle dernier...

– Non. Ce qui m'intéresse, ce sont les gens. Je veux être portraitiste, pouvoir traduire un caractère et un profil avec des couleurs, scruter longuement un visage jusqu'à m'en imprégner afin de pouvoir ensuite en fixer tous les traits sur une toile. Tu ne penses pas que c'est un beau métier?

Riesener qui ne s'intéressait plus à grand-chose et qui refusait tout effort de pensée depuis que Marguerite n'était plus là pour lui donner son avis se sentit soudain aiguillonné et réveillé de sa longue somnolence. Son regard vague, dirigé comme à l'habitude sur le portrait de sa femme s'éclaircit et il repensa, sans que cela lui fît mal, à une réflexion faite à Marguerite à l'époque où il posait pour Vestier : « C'est tout de même un merveilleux métier que celui de peintre. Si je n'avais pas toutes ces commandes sur les bras je m'amuserais à mélanger des couleurs sur une toile. » Au mot près il se rappelait la phrase et revoyait Marguerite sourire et lui répondre de sa voix douce : « Si tu en as envie fais-le, tu peux t'amuser sans abandonner pour cela ton métier! » Et voilà qu'aujourd'hui son fils voulait être peintre. Pourquoi ne serait-ce pas lui qui réaliserait ce vieux rêve?

Pour la première fois Riesener esquissa un sourire :

– Ainsi tu veux être peintre. Portraitiste. Et pourquoi pas? Nous allons t'aider, mon garçon, et te trouver un maître à poigne qui t'apprenne le métier sans musarder. Mais pour cela, il faut que j'aille à l'Arsenal et peut-être au Louvre où Fragonard a un logement. Dommage que Boucher soit mort, c'était un ami d'Oeben. Il y a aussi une jeune femme qui vient d'épouser le marchand de tableaux Lebrun et qui a un grand talent. Elle signe maintenant « Vigé-Lebrun » et vient d'être nommée peintre de la reine. Mais j'aimerais mieux que tu aies un homme comme maître...

– Naturellement, coupa Antoinette. Une femme, même peintre de la reine, ne peut être un bon professeur!

L'intérêt que Riesener portait soudain à son fils et le fait qu'il ait parlé de retourner à l'Arsenal n'avait évidemment pas échappé à Antoinette qui en profita pour relancer la discussion sur un sujet qui suscitait toujours, du temps de Marguerite, une fausse colère du maître contre les revendications injustifiées des femmes. Jean-Henri qui avait souri, allait-il comme autrefois entrer dans le jeu? Oui, Riesener enchaîna :

– Le talent n'est pas tout. Elle a juste un peu plus de vingt ans et je ne la vois pas tenir un garçon comme Henri-François. D'ailleurs rien ne dit qu'elle a besoin d'un élève. Allons, j'irai demain questionner les artistes de l'Arsenal. J'en profiterai pour aller faire un tour à l'atelier...

La jeune fille ferma les yeux, remercia Dieu en pensée et poussa un soupir de soulagement. Le soir, quand Réveillon passa en coup de vent pour prendre des nouvelles, Antoinette lui glissa à l'oreille : « Je crois que le père est guéri. Il retourne demain à l'Arsenal pour s'occuper d'Henri qui veut être peintre. »

Riesener n'était pas vraiment guéri mais sa blessure se cicatrisait, il reprenait peu à peu goût à la vie. Il allait maintenant régulièrement à l'atelier dont il avait repris l'entière responsabilité et, le soir, il commentait comme avant les faits qui avaient marqué la journée. Malgré son absence, les commandes n'avaient cessé d'affluer et Marie-Antoinette ne jurait que par Riesener. S'il l'avait voulu, il n'aurait travaillé que pour la reine mais il refusait d'abandonner ses anciens clients qui l'avaient mis, à ses débuts, sur la voie de la fortune : le comte de Provence, le comte d'Artois et la duchesse de Brancas, par exemple. Il reprit donc sa place devant la planche à dessiner qu'il fallait de temps en temps raboter tellement elle était marquée et patinée par l'usage. C'était celle de Jean-François Oeben. Riesener ne l'aurait changée pour rien au monde : il disait que c'était son talisman.

Le temps, brouillard des douleurs, avait estompé chez Antoinette l'insupportable sensation de vide qu'elle avait éprouvée après la mort de sa mère. Elle s'était, pendant près de deux années consacrée à ses deux sœurs, à son frère et à son beau-père qu'il fallait arracher au désespoir. Cette situation inquiétait Réveillon qui considérait la jeune fille comme son enfant et s'était juré de l'aider à trouver le bonheur : « Tu ne vas pas continuer toute ta vie à faire la bonne sœur, lui disait-il. Il faut vivre, te marier et prendre un peu de joie à ce monde qui n'en dispensera peut-être plus très longtemps aux pauvres mortels. » Antoinette répondait qu'il fallait attendre et laisser le temps faire son œuvre. Et voilà que, pour elle aussi, le ciel s'éclaircissait et que son paysage intérieur reprenait des couleurs. A nouveau, elle avait envie de voir des gens, d'échanger des idées. Son esprit laissé un peu en jachère depuis l'accident réclamait des soins et des semences; Antoinette reprenait maintenant le chemin du Palais-Royal pour aller fouiner dans les rayons de Croyon, le meilleur libraire de Paris et essayer d'y dénicher quelques volumes intéressants. Sa retraite au sein de la famille meurtrie l'avait confortée dans son idée déjà ancienne que les femmes n'occupaient pas dans la société la place qui leur revenait. Vieux sujet de plaisanterie avec Réveillon, cette féminité militante devenait l'objet de ses lectures et elle avait entrepris de rechercher dans l'œuvre de Voltaire qui pourtant n'était pas insensible aux qualités des « personnes du sexe » – cette expression des vieux traités de morale la faisait frémir d'indignation –, tous les traits qu'il avait lancés contre elles.

Cette lubie réjouissait Réveillon qui trouvait pourtant qu'à près de vingt-cinq ans, sa filleule avait mieux à faire :

– Si tu tiens de pareils discours, tu vas rester vieille fille, ma pauvre Antoinette. Quel homme prendra le risque d'épouser un bas-bleu qui rêve de prendre la tête d'une armée de femmes révoltées?

– Celui qui m'aimera assez pour comprendre que la cause des femmes est juste et que j'ai raison de la défendre! Et si je ne rencontre personne animé de ces sentiments simplement humains, je ne me marierai pas, voilà tout!

– A moins que tu ne tombes sur un homme sensé que tu aimeras et qui te fera rentrer dans la tête toutes ces sornettes! Tiens, pour t'aider à le trouver, j'ai envie de te faire une belle fête à la folie Titon pour tes vingt-cinq ans. Crois-tu que ton père soit suffisamment remis pour venir? Et toi, qu'en penses-tu?

– Je ne suis pas contre et je crois que Riesener sera content de me faire plaisir. A une condition pourtant, c'est que vous n'invitiez que des gens intéressants et pas la foule des petits maîtres et des femmes coiffées de ces échafaudages informes qui sont paraît-il à la mode.

– Comment? Tu veux parler des chefs-d'œuvre dont Mlle Bertin, que tout le monde appelle le ministre de l'élégance, accommode la reine et toutes les dames de la cour?

– Si la reine savait tout le tort que lui cause, dans l'esprit du peuple, ces toilettes et surtout ces coiffures ridicules que reproduit *Le Courrier de la mode* [1], elle penserait qu'elle a peut-être autre chose à faire sur cette terre que de s'habiller et de se faire coiffer!

– Allons, je vois que tu reprends du poil de la bête. Je t'aime mieux en colère que prostrée. Pour les invités, c'est promis, il n'y aura que des beaux esprits ayant souscrit à l'*Encyclopédie*, que des admirateurs de Voltaire, que des habitués du salon de Mme Necker.

Réveillon avait le goût de la fête. En même temps que les vingt-cinq ans d'Antoinette, il célébrait ses noces d'argent avec le monde du papier peint dans son palais du Faubourg où la manufacture toute proche rappelait aux invités qu'il devait sa fortune au mariage de l'art et de l'industrie.

En cette belle soirée de juin, la nuit tardait à tomber mais le vaste salon du rez-de-chaussée était déjà tout illuminé par des centaines de bougies, celles des lustres de Bohême et des candélabres imités des torchères qu'avait jadis créées André Boulle pour la grande

1. *Le Courrier de la mode*, premier journal féminin, paraissait depuis 1768.

galerie de Versailles et qui éclairaient les statues des quatre saisons de Collignon. Au plafond, le *Soleil levant* de La Fosse demeurait un peu dans l'ombre mais les bleus et les rouges y faisaient des taches indécises, plus belles peut-être que la fresque conçue pour être admirée en plein jour.

Réveillon n'avait tenu qu'à moitié sa promesse. Si beaucoup d'habitués des salons, écrivains, poètes, philosophes et artistes étaient là, Antoinette remarqua tout de suite que le maître de maison avait invité une foule de gens voyants et bruyants qui songeaient plus à se montrer qu'à évoquer *Le Dictionnaire philosophique* de Voltaire. Que Réveillon ait fait d'une pierre deux coups et transformé son anniversaire en soirée de propagande ne l'étonnait pas. D'ailleurs, tous ces messieurs aux habits brillants comme des châsses l'amusaient. Quant à la plupart des femmes, elles arboraient les coiffures les plus variées et les plus extravagantes. Antoinette qui s'était simplement fait boucler avec quelques bouillonnés de gaze et de soie, écoutait un jeune homme que Réveillon venait de lui présenter et qui lui désignait non sans esprit les coiffures les plus étonnantes dont il prétendait connaître le nom : « monte au ciel », « bandeau d'amour » ou « à la conseillère ».

– Comment savez-vous tout cela, monsieur? Seriez-vous Tissot, le coiffeur des princesses? demanda Antoinette.

– Hélas, mademoiselle. Si c'était vrai, je serais riche! Il éclata de rire et continua : Comme vous n'avez pas pu comprendre mon nom quand M. Réveillon nous a présentés dans un assourdissant brouhaha et que, d'ailleurs, il m'a pris pour un autre, je vais tout vous avouer. Je m'appelle Jean-François Pilâtre de Rozier. Un nom qui a de l'allure mais qui n'est assorti d'aucun titre de noblesse. Grâce à la bonté de M. de Weiss, médecin royal du château de la Muette, je poursuis des recherches pharmaceutiques et ai même découvert les sels microcosmiques qui soignent un tas de maux connus et inconnus.

– Ne seriez-vous pas aussi un peu charlatan, monsieur? demanda Antoinette dans un sourire.

– Mademoiselle, comment pouvez-vous penser une chose pareille? J'étais il y a encore quelques semaines « Premier apothicaire des pharmaciens du prince de Limbourg. »

– Et vous ne l'êtes plus?

– Non. On s'est aperçu que le prince et la principauté n'existaient pas!

– Eh bien, Monsieur de Rozier, j'aurai au moins ce soir fait la connaissance de quelqu'un qui n'est pas ordinaire!

Un valet passa avec un plateau chargé de flûtes emplies de champagne. Avec élégance, Jean-François en tendit une à la jeune fille, en prit une pour lui qu'il souleva à hauteur de ses yeux. Antoinette l'imita et ils se regardèrent quelques secondes :

– Je connais maintenant la couleur exacte de vos yeux, dit-il. C'est très important les yeux, vous savez. Les vôtres sont noisette. Les imbéciles qui sont si nombreux ce soir diraient qu'ils sont « puce » puisque maintenant tout est à la puce dans le royaume depuis que Louis XVI, en écrasant un jour l'une de ces délicates petites bêtes, a trouvé que la couleur de la tache n'était ni trop noire ni trop brune, bref que c'était une « couleur délicieuse ». Voilà pourquoi chère petite mademoiselle on vend du drap « ventre de puce », de la soie « cuisse de puce » et que les cheveux de la reine devenus « puce », la moitié des dames qui pépient dans ce grandiose salon ont fait teindre les leurs à la mode du jour.

– Ne parlez pas mal des femmes, monsieur le beau parleur; j'ai entrepris de défendre leurs droits en vertu de l'évidence qu'elles valent bien les hommes.

– Bravo! Moi, je ne défendrais pas toutes les femmes mais quelques-unes, je ne dis pas... Tenez, j'aimerais qu'à l'instant on vous manquât de respect pour pouvoir vous secourir. Mais, au fait, qui êtes-vous? Dans cette cage de perruches vous faites l'effet d'un impertinent moineau égaré. Ne vous méprenez surtout pas, c'est un compliment que je vous fais en constatant que vous n'êtes pas du sérail.

– Qui je suis, monsieur de Rozier? Celle en l'honneur de qui cette fête est donnée. Mon parrain, Réveillon, a voulu célébrer dignement mon vingt-cinquième anniversaire!

– Diable! Comment allez-vous me pardonner cette gaffe épouvantable? Je suis confus.

– Remettez-vous, je suis plutôt flattée que vous ne me confondiez pas avec tous ces gens. Et puis, je vais vous dire, vous m'amusez et il y a bien longtemps que cela ne m'est arrivé. Je ne sais pas si vos pilules et vos sirops sont efficaces mais votre discours me fait du bien et je vous en remercie.

– Dites-moi au moins votre nom pour me laisser une chance de vous revoir un jour.

– Antoinette Oeben. Mon père était ébéniste du roi. Il est mort et mon beau-père qui me considère comme sa fille s'appelle Riesener. Il est aussi ébéniste. Vous voyez, ma noblesse est celle de l'outil. Je fais partie d'une famille d'ouvriers.

– Mais quels ouvriers, Antoinette!

– Ne croyez-vous pas que nous avons assez parlé tous les deux? Il faut que j'aille faire quelques frais à des gens qui ne sont tout de même pas tous des pantins. De votre côté, vous avez sûrement des ronds de jambe à faire. Monsieur le prince des apothicaires, adieu!

– A tout à l'heure. Je suis trop heureux de vous avoir rencontrée pour vous abandonner si vite!

Antoinette était tout étourdie. Elle se demandait en cherchant Réveillon et Riesener dans la foule comment elle avait pu écouter aussi longtemps ce jeune homme inconnu et y prendre autant de plaisir. Le reverrait-elle tout à l'heure? Il avait dit qu'il la retrouverait et cela lui était plutôt agréable. Enfin elle aperçut Réveillon en conversation avec un groupe d'invités et qui lui faisait signe d'approcher...

– La reine de la soirée aurait-elle trouvé son roi? demanda-t-il en souriant. Vous sembliez seuls au monde dans ce tohu-bohu. Qui est-ce?

– Comment? Vous ne connaissez pas vos invités? Alors c'est moi qui vous le présenterai tout à l'heure.

– Viens te montrer d'abord à nos amis à qui j'ai dit tant de bien de toi qu'ils veulent te connaître. Voici Étienne de Montgolfier, architecte, inventeur, papetier et homme d'esprit. Je l'ai connu quand il bâtissait le clocher de l'église de Faremoutiers qui est un village voisin de ma papeterie de Courtalin. C'est lui qui a construit la manufacture de Titon qu'on aperçoit là-bas derrière les bosquets. Il a réussi à sauver la plupart des arbres et je lui en sais gré. Maintenant il est retourné s'occuper de la papeterie d'Annonay qui appartient à sa famille mais il s'ennuie de Paris. Quand je lui ai écrit que je donnais une fête en ton honneur, il est accouru.

Réveillon lui présenta ensuite quelques gens de plume qui s'étaient fait une petite notoriété mais qui paraissaient bien pâles à côté des géants de la génération précédente. Antoinette pensa qu'aucun de ces beaux esprits ne la divertissait autant, malgré le mal qu'ils prenaient à se rendre intéressants, que son feu follet de pharmacien.

Elle s'excusa et alla retrouver Riesener qui semblait fort s'ennuyer en compagnie d'une dame. Elle lui demandait avec insistance s'il ne pourrait pas réparer une commode qui datait du temps de Louis XIV et à laquelle elle tenait parce qu'elle avait appartenu à sa grand-mère. Antoinette le débarrassa de la gêneuse en entraînant son beau-père dans le « coin du printemps » où elle avait aperçu Rozier.

– Je vais te présenter un jeune homme drôle, un peu bavard mais sympathique que j'ai rencontré tout à l'heure. C'est un pharmacien.

– Bon. Après je rentrerai me coucher car je t'avoue que je trouve le temps long parmi tous ces gens que je ne connais pas. J'aurais préféré mille fois un bon souper en famille à cette mascarade où chacun essaye de faire croire aux autres qu'il est important.

Si Riesener se sentait mal à l'aise dans l'assemblée réunie par son ami Réveillon, ce n'était pas à cause de sa condition. Le monde des petits nobles, des écrivains libertins et des bourgeois enrichis lui était étranger parce qu'il n'y comptait aucune clientèle. L'ébéniste du roi se serait plu davantage chez le duc d'Orléans, le comte d'Artois ou le duc de La Rochefoucauld. Là, il se serait trouvé parmi ceux qui, à longueur d'année, l'imploraient de leur livrer des commandes qu'il ne réussissait jamais à finir dans les délais promis. Il avait même les faveurs de la reine qui, avant de choisir un meuble, aimait le consulter et parler avec lui des styles et des modes qu'elle connaissait fort bien. Riesener était un « monsieur », le soin qu'il prenait à s'habiller le montrait. Jean-François Pilâtre de Rozier le salua avec la déférence due à un aîné, à un artiste célèbre et au beau-père d'une jeune personne à qui il voulait plaire.

– Ainsi, monsieur, vous êtes pharmacien ou plutôt savant spécialisé dans la découverte de nouveaux remèdes. C'est ce que ma fille m'a expliqué.

– Savant est un bien grand mot pour un jeune curieux de vingt-six ans. Disons plus simplement que je suis un passionné des sciences, qu'il s'agisse de physique ou de sciences naturelles. Mon rêve serait de créer un musée, un institut technique où je pourrais enseigner, avec d'autres spécialistes, tout ce qu'un honnête homme doit savoir. On ne dit pas « honnête femme » et je le regrette, ajouta-t-il avec un sourire en se tournant vers Antoinette, mais je compte bien ouvrir mes cours aux dames...

– Je vois que vous tenez compte des idées de ma fille! sourit Riesener. Vous avez raison, elle y sera sûrement sensible.

Antoinette sursauta et rougit un peu, ce qui lui allait bien. Tout en écoutant bavarder les deux hommes, elle détaillait du coin de l'œil le pseudo-inspecteur des pharmacies du duc de Limbourg et trouvait que Pilâtre était séduisant dans son justaucorps à collet droit dont le velours vert tendre allait bien avec ses cheveux blonds retenus à l'arrière par un catogan à la « brigadière ». Elle-même n'était pas mal avec sa longue robe blanche rayée mauve dont le tissu, une fine indienne, venait d'être créé par Oberkampf, le fameux manufacturier de Jouy. Antoinette aurait aimé se l'entendre dire par son chevalier servant, plus occupé pour l'instant à séduire Riesener qu'à lui faire la cour. Cela l'agaçait un peu et elle décida de rompre la conversation qui tournait autour des meubles laqués, très à la mode, mais dont le maître disait qu'ils n'atteindraient jamais la perfection et la richesse des chefs-d'œuvre de marqueterie.

– Monsieur de Rozier, coupa-t-elle, vous qui connaissez tout le monde à Paris, avez-vous vu les célébrités des lettres qui paradent là-bas sous la statue de l'hiver?

– Ont-ils jamais connu l'été? J'aperçois Dorat qui a inspiré ce distique à l'irascible Lebrun :

*Phosphore passager, Dorat brille et s'efface.*
*C'est le ver luisant du Parnasse.*

Je vois aussi la Morlière dont Diderot a fait un méchant portrait dans *Le Neveu de Rameau* mais voici de Boufflers, l'ancien colonel de hussards, un poète philosophe. Lui au moins est drôle!

Il héla un colosse quadragénaire qui passait près d'eux :

– Venez, monsieur le Chevalier, que je vous présente le maître Riesener et sa charmante belle-fille!

Le colonel s'inclina, dit à l'ébéniste du roi qu'il voudrait bien pouvoir s'offrir l'une de ses commodes et complimenta Antoinette pour sa beauté et son élégance.

– Mon colonel, demanda Rozier, dites-nous donc pour nous distraire de tous ces raseurs votre fameux couplet où les armes et l'amour font bon ménage.

Boufflers se fit un peu prier mais, trop content, s'approcha et commença d'une voix à commander un escadron de chevau-légers :

*Faisons l'amour, faisons la guerre,*
*Ces deux métiers sont pleins d'attraits.*

*La guerre au monde est un peu chère,*
*L'amour en rembourse les frais,*
*Que l'ennemi, que la bergère,*
*Soient tour à tour serrés de près,*
*Eh, mes amis, peut-on mieux faire,*
*Quand on dépayse la terre,*
*Que de la peupler après?*

On applaudit le poète et Antoinette rit de bon cœur :

– Voilà, mademoiselle, à quoi s'amusent les soldats quand ils n'ont plus d'ennemis à sabrer! Vous avez été bien bonne de m'écouter et encore plus de sourire. Je vous salue respectueusement.

Il fit un demi-tour très militaire et s'éloigna au pas de charge vers un autre groupe qui l'appelait.

– Je vais maintenant rentrer, dit Riesener. Il faut que je sois demain de bonne heure à l'atelier. Si M. de Rozier veut bien te raccompagner tout à l'heure, reste encore un moment. J'ai l'impression que tu le trouves de bonne compagnie.

Jean-François Pilâtre ne demandait que cela et Antoinette acquiesça d'un signe de tête, sans trop montrer qu'elle n'était pas fâchée de se retrouver seule avec lui. Elle prit le bras qu'il lui tendait en lui proposant d'aller grignoter quelques friandises au buffet dressé dans le fond du salon.

Ainsi naissent les idylles. Antoinette n'avait connu jusque-là que des amourettes assez innocentes. La prestance et le charme de Jean-François éveillaient chez elle une sensualité d'autant plus vive qu'elle avait tardé à éclore. Elle trouva délicieux de laisser peser son bras sur celui du jeune homme lorsque celui-ci la reconduisit, fort tard, jusqu'à la place d'Aligre. C'est tout naturellement qu'elle lui offrit un instant ses lèvres quand il lui demanda la permission de l'embrasser avant de la quitter à sa porte.

Antoinette cette nuit-là mit longtemps à s'endormir. « C'est le champagne! » se dit-elle en comptant les roses sur les guirlandes de Réveillon, que la lueur de la chandelle faisait frémir comme l'aurait fait dans un jardin la brise de printemps. Elle savait bien que ce n'était pas le champagne. Pour la première fois depuis longtemps, elle éprouva le désir de se caresser. Elle y prit du plaisir et songea qu'il était temps de devenir une amante.

Les jeunes gens n'avaient pas fixé la date d'une prochaine

rencontre. Pilâtre avait simplement dit : « Je vous donnerai bientôt de mes nouvelles », et Antoinette n'avait jamais pensé qu'il ne le ferait pas. Le lendemain, alors qu'elle avalait seule un bol de bouillon en guise de dîner – ni son père ni son jeune frère maintenant élève du peintre Jean-Baptiste Greuze, ne rentrait pour le repas de midi –, un garçon de courses frappa à la porte. Il venait livrer à Mlle Oeben-Riesener un bouquet grand comme un arbre de la part de la fleuriste du Palais-Royal. Une lettre était jointe aux innombrables fleurs blanches de toutes sortes qui formaient le bouquet. Antoinette sentit son cœur battre. Dans sa hâte de l'ouvrir, elle déchira l'enveloppe et lut fébrilement sa première vraie lettre d'amour :

*Le blanc vous allait si bien hier soir, belle Antoinette, que j'ai pensé faire composer ce bouquet pour que dure, le temps de son parfum, l'exquise douceur de notre rencontre. Depuis que nos regards se sont croisés, ma vie n'est plus la même et je me berce de l'espoir que vous avez, vous aussi, été touchée par cette sorte de miracle qui survient, dit-on, une fois dans l'existence. S'il en était ainsi ne me faites pas languir. Confiez tout de suite un mot à la petite poste pour me dire quand je puis venir vous dire mon amour, car il s'agit bien d'amour, je l'ai reconnu aux battements de mon cœur qui scandent votre nom à chaque heure, à chaque minute, à chaque seconde. Écrivez-moi au numéro trois de la rue Sainte-Avoye. Je n'en bougerai pas avant d'avoir reçu de vos nouvelles. C'est là que je poursuis mes expériences. Je fais brûler de l'hydrogène, le gaz magique de M. Cavendish, au bout d'une pipe de verre. Sa flamme bleue vous dit l'ardeur de mes sentiments. A tout de suite mon cœur.*

« Il m'aime, il m'aime »... Antoinette répétait ces trois mots sans se lasser. Elle avait lu et relu la lettre. Chaque fois c'était comme un sirop de lis qui coulait dans ses veines. Elle décida de répondre sans attendre. Était-il convenable de l'inviter à souper? N'allait-il pas s'imaginer déjà pris dans les filets de la rouerie féminine et les pièges d'une famille abusive? Elle en était honteuse rien que d'y penser. Le mariage? Elle avait toujours prétendu qu'il tuait l'amour et n'allait tout de même pas, elle, Antoinette, se conduire comme une péronnelle ordinaire en quête de mari! Finalement elle écrivit :

*J'ai reçu vos fleurs, vous êtes fou, je vous interdis de vous ruiner ainsi. Elles m'ont fait pourtant un plaisir extrême mais pas autant que votre lettre. Je suis bien incapable d'inventer d'aussi belles phrases, aussi ne me hasarderai-je pas à me mesurer à votre talent. Si vous avez tellement hâte de me revoir, venez me chercher demain vers les six heures et emmenez-moi dîner où vous voudrez. Je compte les heures, Monsieur l'avaleur d'hydrogène.*

Elle signa, mit la lettre dans une enveloppe, écrivit l'adresse et partit en courant la déposer au bureau principal de la porte Saint-Antoine pour être sûre qu'elle serait distribuée dans la journée [1].

Six heures sonnaient le lendemain à l'horloge du marché Beauvau qui avait pris le nom de sa fondatrice, l'abbesse de Saint-Antoine, lorsqu'un carrosse s'arrêta devant la maison des Riesener. Jean-François Pilâtre de Rozier n'attendit pas que le cocher vienne lui ouvrir la portière, il sauta à terre et grimpa quatre à quatre l'escalier qui menait au premier étage. La porte s'ouvrit avant qu'il eût frappé. Antoinette qui le guettait à la fenêtre se jeta dans ses bras :

– Je suis heureuse, murmura-t-elle, de passer la soirée avec vous. Mais vous avez un carrosse? Je ne vous savais pas aussi grand seigneur...

– Hélas, non, belle Antoinette. C'est le carrosse qu'a bien voulu me prêter mon ami et bienfaiteur M. de Weiss. Ne vous habituez pas à tant de luxe si vous acceptez de me revoir souvent... mais permettez que je vous admire d'un peu loin... Votre robe est superbe, quant à votre prestance et à votre visage, j'ai tout ce soir pour vous dire ce que j'en pense.

– Vous aimez ma robe de coton fleurie? Dois-je garder le tablier vert...

– Ne touchez à rien, vous êtes ravissante. La seule question que je me pose, c'est de savoir ce que vous allez mettre sur vos jolies boucles brunes. Les dames se livrent aujourd'hui à de telles fantaisies...

– Rassurez-vous, monsieur, je ne vais pas sortir avec le château de Versailles sur la tête. Un petit bonnet en voile de Venise assorti à ma robe ne fera pas rire vos amis si nous en rencontrons. A propos, où m'emmenez-vous?

1. Depuis 1760, le service de la petite poste fonctionnait parfaitement dans Paris et les faubourgs. Il comprenait neuf distributions de lettres par jour, portées à domicile par 117 facteurs.

– Cela dépend de vos goûts. Souhaitez-vous le genre chic, solennel et triste ou préférez-vous un endroit vivant, animé où vous vous amuserez quitte à vous encanailler un petit peu? Remarquez que l'encanaillement est bien innocent et fait partie du décor.

– Va pour l'encanaillement puisque la sagesse semble m'avoir abandonnée depuis notre rencontre.

– Alors, je vous propose d'aller d'abord boire un sirop ou un thé chez Foy, au Palais-Royal, un lieu parfaitement convenable où nous verrons quelques acteurs et des danseuses de l'Opéra. On y bavardera à l'aise avant de nous rendre au *Cabaret de la Grande Pinte* où nous souperons médiocrement mais boirons un vin frais dans une cohue où vous aurez du mal à distinguer les gens du peuple des personnes dites de qualité. C'est l'endroit à la mode depuis que Ramponneau l'a racheté à Magny et y a fait pour 60 000 livres de travaux. Ce diable d'homme a le don d'attirer les foules. Les Parisiens se ruent aux Porcherons encore plus nombreux qu'à son ancien cabaret de la Courtille qu'il a repassé à son fils.

– Magnifique! Nous allons vivre dangereusement, comme dit la comtesse de Baretti, une cliente de Riesener, chaque fois qu'elle s'aventure dans le Faubourg.

– Ne craignez rien, j'ai le droit de porter l'épée.

– Et vous savez la tirer du fourreau?

– Mes amis et quelques ennemis disent que je ne manque pas d'adresse à ce jeu. Vite, mademoiselle, allez mettre votre bonnet que je vous enlève!

Après l'intermède mondain du Palais-Royal durant lequel Jean-François et Antoinette convinrent que le jour où ils n'auraient plus rien à se dire n'était pas pour le lendemain, la jeune fille découvrit, sans savoir si elle devait s'en réjouir, que Pilâtre était connu comme le loup blanc chez Ramponneau. Cela leur valut au moins une bonne table dans un coin tranquille où il était possible d'échanger quelques propos à condition que ce ne fussent pas des considérations métaphysiques. Ni l'un ni l'autre, il est vrai, n'en avaient envie. Ils se tenaient les mains, se regardaient dans les yeux et trouvaient qu'il est bien agréable d'être amoureux. Dans le carrosse, durant le trajet du retour les choses allèrent un peu plus loin mais Antoinette sut arrêter le jeu avant qu'il n'en soit plus temps :

– Mon ami, murmura-t-elle, en rajustant son corsage, je ne suis pas prude mais je suis encore vierge et je n'ai jamais rêvé devenir femme dans une secousse de voiture. Je pense que je ne tarderai pas à me donner à vous parce que j'en ai envie mais ce sera où et quand je l'aurai décidé!

– Antoinette mon cœur, vous êtes une drôle de petite bonne femme sous vos faux airs de vierge offensée.

– Ce ne sont pas de faux airs et il n'est pas certain que vous trouviez toujours drôle la petite bonne femme! Autant vous prévenir...

– Et moi j'avoue que je ne suis pas un homme de tout repos. Voulez-vous que je vous dise, ma chérie? Nous allons beaucoup nous aimer et beaucoup nous disputer. Ce sera merveilleux! Enfin, sait-on jamais, peut-être ferai-je un mari convenable.

– Qui vous parle de mariage? J'ai dit que j'avais envie d'être votre maîtresse, je n'ai pas dit que je voulais vous épouser! J'ai sur les relations entre les hommes et les femmes des idées très particulières. Elle éclata de rire et ajouta : Ah! mon cher Jean-François, vous n'avez pas fini de m'entendre sur ce chapitre! Réfléchissez bien avant de décider si vous voulez vraiment me revoir.

Rozier demeura un instant interloqué puis dit simplement :

– Quand?

– Demain à quatre heures chez moi, je serai seule!

Elle n'avait pas achevé que le carrosse s'arrêtait. Elle tendit sa main à Jean-François qui y déposa un baiser et elle descendit. Sans se retourner, elle poussa la porte. Elle était calme, détendue, heureuse. Sitôt dans sa chambre, elle se déshabilla. Quand elle fut nue, elle alluma toutes les bougies et se plaça devant le grand miroir de bois sculpté que Riesener lui avait offert pour son anniversaire. Elle se sourit à elle-même et murmura :

– Je suis fière de toi, Antoinette. Tu as été très bien ce soir mais demain... Allons, regarde encore une fois de quoi tu as l'air en vierge sage...

Elle se redressa. La pointe de ses seins frôla la glace, elle tressaillit, jeta un dernier regard sur son image, souffla les chandelles, se coucha et s'endormit, le sourire de Reims sur les lèvres.

Antoinette et François, elle l'appelait par ce seul prénom qu'elle préférait, s'aimaient depuis déjà de longs mois. Leur personnalité était trop forte pour qu'ils soient des amants paisibles mais leurs éclats, devenus célèbres à Paris, ne tiraient pas à conséquence. Ils faisaient partie d'une sorte de jeu qui se terminait chaque fois par un fou rire et une étreinte. Pilâtre de Rozier avait ouvert son musée-école-laboratoire dans l'hôtel de la rue Sainte-Avoye loué maintenant dans sa totalité et y professait, avec l'appui de l'Académie des sciences et de Monsieur [1] les connaissances les plus diverses. Cela allait de la science des gaz et des fluides à l'étude de la langue italienne en passant par la peinture et l'art vétérinaire. D'excellents spécialistes lui apportaient leur concours et les gens du monde s'inscrivaient volontiers à ces cours. Le laboratoire de chimie et le cabinet de physique avaient le plus de succès, on s'y rendait comme à la messe ou au café. Il était de bon ton alors, dans les salons, de parler de l'hydrogène et des allumettes pyrophoriques.

A la demande d'Antoinette qui s'intéressait à cette expérience pédagogique, Pilâtre de Rozier ouvrait gratuitement son musée les dimanches et jours de fête. Les nobles et les riches bourgeois payaient assez cher durant la semaine pour permettre cette pratique démocratique. Une autre idée d'Antoinette suscita un scandale :

– Pourquoi, dit-elle à François, donner des cours séparés aux hommes et aux femmes? L'étude des sciences naturelles ne va pas je pense faire de tes auditeurs des monstres lubriques. Que les sexes soient égaux au moins devant tes cornues!

L'affaire alla jusqu'au cabinet du roi et, finalement, l'Église elle-même donna sa bénédiction aux classes mixtes d'adultes. Antoinette exulta : elle avait enfin remporté une victoire dans son combat pour la dignité des femmes. Elle en était d'autant plus satisfaite que sa liaison avec Pilâtre de Rozier faisait jaser dans les salons. Les femmes surtout – cela faisait enrager leur ardent défenseur – supportaient mal que cette fille issue du peuple leur ait soufflé l'un des hommes les plus recherchés de Paris. Un jour, on rapporta à Antoinette ce propos tenu par Mme de Mondenoix :

– Depuis qu'il aime dans les faubourgs, ce sot de Pilâtre est devenu insupportable. S'il n'abandonne pas vite sa fille d'ébéniste, personne ne le recevra plus à Paris!

Elle en parla à François qui éclata de rire :

– Laisse donc dire ces vieilles biques qui sont jalouses de ta beauté et de ta jeunesse. Tu sais bien que nous sommes reçus partout. Tiens, la duchesse de Polignac nous prie justement à goûter jeudi au château de la Muette. Je te parie que tu y verras la Mondenoix!

– Eh bien, si elle est là, je lui ferai une petite surprise dont elle se souviendra! Je ne sais pas encore laquelle mais on s'amusera bien.

1. Le futur Louis XVIII.

– Mon cœur va se venger! Pour rien au monde, je ne voudrais manquer cet instant savoureux. Tout de même, ne va pas jusqu'à la bataille de dames!

– Ton cœur a bien d'autres armes dans son carquois. Rassure-toi, je serai d'une politesse exquise.

– Dis-moi?

– Non. Attends jeudi et tâche d'être près de moi quand je la croiserai.

Le jeudi arriva. Antoinette qui jouait volontiers le négligé étudié dans sa toilette, s'était mise en frais. Elle avait sorti sa plus belle robe, celle en pékin à fleurs où son joli visage surgissait comme d'une corbeille. Coiffée à trois crans avec sur la gauche de la tête, une fleur de soie rouge et un ruban anglais, elle était, c'est son amant qui le lui dit, « divinement belle ». Dès qu'ils eurent pénétré dans le grand salon, elle repéra la coiffure burlesque de Mme de Mondenoix qui dépassait toutes les autres d'une bonne tête :

– François, regarde. Elle est là-bas. Mais j'attends encore un peu, il n'y a pas assez de monde autour d'elle pour que je lui récite mon petit madrigal.

– Tu vas être très bien ma chérie. J'en suis sûr et je me réjouis d'avance.

C'était bien là le genre d'amusement qui les enchantait. S'étonner l'un l'autre était l'une des constantes de leur amour. « Quand on s'ennuiera ensemble, cela signifiera qu'il faut se quitter », avait dit un jour Antoinette. Ils n'en étaient pas là. Quand elle jugea la foule des invités assez nombreuse, elle fit un signe à François et s'avança tranquillement vers le groupe où Mme de Mondenoix parlait haut. Arrivée à sa hauteur, Antoinette s'adressa à elle de sa voix la plus suave :

– On m'a répété, madame, des propos que vous auriez tenus récemment. Comme il s'agissait de ma personne, j'y ai prêté l'oreille. Ces propos mettaient aussi en cause l'un de mes amis, M. Pilâtre de Rozier. Peut-être celui-ci est-il sot de me prêter quelque attention. C'est à lui de juger et il ne m'a pas chargée de sa défense...

– Mais, mademoiselle, je...

– Vous m'écoutez, chère madame, car je n'ai pas fini. Et ce que j'ai encore à vous dire va vous rassurer : je n'ai pas cru un mot de ce qu'une personne malintentionnée m'a confié dans le but évident de vous nuire.

– Comme je suis heureuse, mademoiselle, que vous ayez rejeté ces malveillances indignes d'une honnête femme, de moi en tout cas.

Alors, là, Antoinette se fit charmeuse. Pilâtre qui sentait venir le dénouement de la comédie se rapprocha pour n'en perdre aucune réplique. Autour, dix personnes se taisaient.

– Je vous disais donc que je n'avais pas cru un mot de ce qu'« on » me racontait. C'est une chance, madame, car si je n'avais décelé la duplicité de ce « on », voilà ce que je vous aurais confié, discrètement bien sûr, pas devant tout le monde comme aujourd'hui.

Mme de Mondenoix était devenue pâle. Elle sentait que l'orage allait éclater sur sa tête mais ne pouvait que bredouiller des « Oh! » des « Mais... » que son interlocutrice négligeait.

– Je vous aurais dit, madame, continua Antoinette de sa voix douce, que la fille de Jean-François Oeben élève du grand André-Charles Boulle, belle-fille de Jean-Henri Riesener a des raisons de se trouver aussi noble de race qu'une langue vipérine léchant un monde de noix. Je vous aurais dit que l'envie est un péché mais qu'elle est d'autant malvenue que l'attachement que me porte M. de Rozier ne saurait vous nuire en aucune façon tellement il semble impossible que cet homme de goût puisse un jour porter le moindre regard sur votre personne et son accoutrement. Enfin, termina Antoinette dans un sourire enchanteur, je crois bien, madame, que si j'avais retenu ce qu'on m'a affirmé, je vous aurais dit un gros mot, un mot comme on en entend dans les faubourgs. Heureusement, chère madame, que je n'ai pas eu à vous raconter tout cela! Je vous salue bien chère madame!

Antoinette se paya encore le luxe d'esquisser une révérence et planta là celle qui avait eu l'imprudence de sous-estimer la vivacité et la hardiesse de ses traits. Le vide s'était fait autour de Mme de Mondenoix qui pleurait dans ses dentelles et qui, finalement, décida de quitter les lieux discrètement. Pilâtre était hilare :

– Mon cœur, tu as été sublime. Dans cinq minutes tout le monde ici va être au courant de l'affaire. Je ne pense pas que quelqu'un se hasarde de sitôt à attaquer notre couple idéal. En attendant allons goûter au chocolat de la duchesse.

– La belle Yolande? Hum! en voilà une qui me paraît autrement dangereuse que la Mondenoix. Vous avez l'air de bien vous connaître tous les deux. Surtout que je ne la voie pas tourner autour de toi, je serais terrible!

– Je t'adore quand tu te défends! Viens tout de même boire une tasse de chocolat...

Antoinette était à la fois éblouie et saisie de vertige par l'accélération que Pilâtre avait donnée à sa vie. L'activité de cet irrésistible touche-à-tout était débordante. Il donnait des cours de physique et de chimie à la Société d'émulation de Reims, fréquentait la loge maçonnique des Neuf sœurs, inventait des colorants pour tissus, des casques éclairants pour les sauvetages, fabriquait des vêtements imperméables et calorifuges. Antoinette, prise dans ce tourbillon, partageait son temps entre la maison de la place d'Aligre qu'elle n'avait jamais voulu quitter et l'hôtel de Pilâtre de Rozier rue Sainte-Avoye. Au début, Riesener avait assez mal pris la liaison de sa belle-fille qu'il n'avait pas tardé à mettre en garde :

– Ce garçon est brillant, lancé dans les milieux que tu aimes, il est beau et sympathique et je comprends très bien que tu t'en sois éprise; à ton âge, rien de plus normal. Mais crois-tu qu'il est convenable de t'afficher avec lui dans les salons et les endroits à la mode? Si tu étais mariée, ce serait différent, encore que je ne pense pas que ce soit le genre d'homme qu'une jeune fille sage comme toi doit épouser. Je sais que je ne suis pas ton père mais je t'ai élevée et toujours considérée comme ma fille. C'est pourquoi je me sens toujours un peu responsable de toi...

Antoinette s'attendait à une réflexion comme celle-là. Elle ne fut donc pas surprise et alla embrasser Jean-Henri avec tendresse :

– Bien sûr que tu as le droit, comme l'aurait eu mon père, de t'intéresser à ma vie et à mon avenir. Je t'en suis même très reconnaissante mais, vois-tu, j'ai beaucoup pensé à ma situation qui brave tous les interdits nobles, bourgeois et ouvriers. Je suis arrivée à une conclusion que ne me sentant ni fille d'ouvrier ni bourgeoise et n'étant pas noble, je suis seulement moi-même et que j'ai le droit de mener la vie qui me convient. François m'a proposé de m'épouser, c'est moi qui ai refusé. Je ne dis pas qu'un jour je n'aurai pas envie de me marier et d'avoir des enfants mais, pour l'instant, le mariage est incompatible avec la vie que nous aimons mener. Surtout, ne te fais pas de soucis : tu sais que je ne suis pas une tête folle et que mes idées, si étonnantes qu'elles paraissent, sont toujours réfléchies. Je sais jusqu'où je peux les pousser pour ne pas dépasser la frontière qui sépare l'originalité du scandale. Et puis, je vais te dire, si Pilâtre de Rozier me préfère à toutes les femmes plus jolies que moi qui ne cessent de courir après lui, c'est parce que je suis comme je suis. Il m'a tout de suite reconnue comme je l'ai reconnu : nous sommes de la même race.

– Je ne te comprends pas bien ma petite fille, tes raisons m'échappent mais tu as peut-être raison. Mène donc ta vie comme tu l'entends et dis-toi que je suis toujours là. Cette maison est la tienne.

– Mais je le sais, père! Je n'ai pas envie du tout de la quitter, ni toi, ni mes sœurs, ni mon frère!

Dans le perpétuel dîner de têtes qu'était sa vie, elle voyait heureusement défiler plus de gens gais et heureux que d'esprits chagrins. Un jour, Antoinette fit ainsi la connaissance d'un personnage sympathique, rond et souriant dont les yeux rêveurs semblaient toujours en quête d'un nuage, d'un mot ou d'un mystère et dont Rozier paraissait faire grand cas.

– M. Étienne de Montgolfier est un ami de votre parrain Réveillon...

– Mais oui, je me souviens, monsieur m'a été présenté le jour de mon anniversaire. Si j'ai bonne mémoire, il est architecte et c'est lui qui a construit la manufacture de la folie Titon.

– Il a maintenant un projet bien plus passionnant : faire s'envoler dans le ciel une boule d'air chaud et, en cas de succès, y accrocher un ou plusieurs hommes. J'envie celui qui le premier survolera les villes et les campagnes pendu à cette sphère magique.

En voyant l'œil de François s'allumer, Antoinette pensa qu'il allait, dans les temps prochains, être beaucoup question de Montgolfier et de son idée. C'était là en effet le genre d'entreprise propre à fasciner l'aventurier de la science, à accaparer son esprit inventif, à faire rêver de liberté absolue cet évadé perpétuel.

– M. de Montgolfier, expliqua Pilâtre, est en train de construire un énorme globe de toile et de papier dans sa fabrique d'Annonay. Rempli d'air chaud, plus léger que l'air ambiant, ce globe doit logiquement monter dans le ciel.

– En fait, je fabrique un nuage, précisa Montgolfier. Un nuage qui comme les vrais nuages se maintiendra dans le ciel.

Antoinette qui ne suivait pas François dans toutes ses foucades, était cette fois intéressée. Le vieux rêve des hommes d'aller à la rencontre des oiseaux lui paraissait si près d'être réalisé quand elle écoutait l'aimable et persuasif Montgolfier qu'elle se laissait emporter sans résistance, heureuse d'être mise dans le secret de cette folle et merveilleuse entreprise.

– Quand comptez-vous vous envoler, monsieur?

– Je ne m'envolerai pas hélas! répondit en riant l'architectepapetier. Seul mon globe répondra à l'appel du ciel. Si tout va bien, l'expérience aura lieu vers la mi-juin, mais j'ai tout espoir dans la réussite car des essais avec des globes réduits ont déjà été tentés.

– Et comment obtenez-vous l'air chaud que vous mettez dans votre boule?

– Vous touchez là, madame, le problème essentiel. Chauffer l'air dans une fragile enveloppe de dix mètres de diamètre n'est pas chose facile. Ces expériences d'Annonay ne sont que les prémices de la vraie machine volante que nous construirons au faubourg Saint-Antoine, chez mon ami Réveillon. Puisque vous vous intéressez à mes folies, je vous inviterai, chère madame, à y assister.

– Votre globe sera construit chez Réveillon? Quelle merveille! Je vais pouvoir y vivre votre grande aventure!

– Et moi peut-être y participer, intervint Pilâtre de Rozier. Vous savez cher ami que je suis un spécialiste du comportement des gaz, je puis sûrement vous être utile. Et sachez que s'il vous faut un jour quelqu'un pour monter dans votre machine, je suis candidat. Je vous en prie, n'hésitez pas à faire appel à moi.

– Tu es complètement fou, mon cœur! s'écria Antoinette. J'ai confiance en M. de Mongolfier mais je ne veux pas te voir partir sur un nuage!

L'avenir immédiat donna raison à la jeune femme. Rozier était mordu et ne parlait plus que du ciel, du gaz et d'un tissu mélangé à du papier qu'il essayait de mettre au point. Le succès de l'expérience d'Annonay faite devant quelques Ardéchois curieux ne fut connu à Paris que plusieurs jours après, mais François apprit en même temps que l'Académie des sciences s'intéressait à l'invention et acceptait de participer à une démonstration organisée cette fois à Paris. L'affaire devenait sérieuse. Grâce à Réveillon, l'enfant de la rue Saint-Nicolas, le Faubourg pouvait s'apprêter à vivre pendant des mois à l'heure des frères Montgolfier.

En fait, toute la famille participait de près ou de loin à l'irrésistible ascension de son nom aux sommets de la célébrité. Joseph de Montgolfier était, autant que son frère Étienne, le cerveau de l'affaire. Pierre, le patriarche, après avoir sévèrement critiqué la folle et coûteuse fantaisie de ses fils, s'était laissé prendre au jeu et le fils aîné Alexandre, chanoine de l'archevêché de Paris où il occupait le poste important de receveur général, s'occupait des questions financières. Pourtant, à partir du moment où l'invention quittait les vallées du Vivarais, elle cessait d'être la propriété d'une famille et devenait une affaire d'État. Réveillon y jetait le poids de sa puissance et de ses relations, il offrait le terrain discret qui convenait aux essais, fournissait ses machines, ses techniciens et même ses décorateurs. Associant toujours sa marque à ses libéralités, il avait très vite compris qu'en aidant son ami il servait son propre prestige et ses affaires. Il accepta comme un honneur la proposition d'Étienne d'appeler « Réveillon » les globes aérostatiques construits chez lui. Il savait en fait qu'elle constituait le cadeau dont il n'aurait jamais oser rêver : voir son nom monter comme un soleil dans le ciel de Paris [1].

Le travail commença donc dans l'un des ateliers de la folie Titon désormais vouée à la fièvre aérostatique. Joseph de Montgolfier, demeuré à Annonay où il fallait bien faire fonctionner la manufacture familiale, avait envoyé à son jeune frère Étienne de gros rouleaux de canevas grossier en toile forte qu'il fallait tailler en tranches et revêtir de chaque côté d'un solide papier fourni par Réveillon. Chacun mettait d'autant plus de cœur à l'ouvrage que la démonstration d'Annonay avait suscité une concurrence. Le physicien Jacques Charles préparait l'envol d'un globe chargé non plus d'air chaud mais d'hydrogène, ce fameux gaz dont les qualités de légèreté étaient connues mais qui s'échappait sournoisement des enveloppes de toile et de papier les plus hermétiques. Charles avait eu l'idée de génie d'imperméabiliser une étoffe de soie par un enduit à base de caoutchouc, produit rare presque inconnu. Son globe de quatre mètres semblait bien petit à côté de l'énorme melon dont les ouvrières de Réveillon cousaient la peau à petits points. Cependant, le perfectionnement apporté par Charles à l'idée des Montgolfier était important et ceux-ci n'ignoraient pas que l'avenir appartenait aux gaz légers et stables. En attendant, les Ardéchois s'étaient juré d'être les premiers à faire s'envoler un homme à bord de leur drôle de machine comme ils avaient été les premiers à faire monter dans le ciel un engin pesant et encombrant.

On n'en était pas là. Le petit « globe céleste » de Jacques Charles, mis au point par les frères Robert, habiles mécaniciens, avait volé le 27 août 1783 des terrains vagues du Champ-de-Mars à la plaine de Gonesse et il fallait sans attendre montrer aux Parisiens que l'énorme « Réveillon » était prêt à réaliser le rêve de ses inventeurs. Accom-

1. C'est sans doute le premier « sponsoring » d'une tentative scientifique spectaculaire à des fins publicitaires.

pagné comme son ombre par Antoinette, Pilâtre de Rozier ne quittait plus la folie Titon et suivait avec passion tous les préparatifs.

– C'est décidé, dit-il un jour à Antoinette, je veux être le premier à voir la Terre d'un peu haut. Demain paraîtra dans *Le Journal de Paris* l'annonce que je me propose pour prendre le risque de ce fabuleux voyage.

– Non, je ne veux pas! répliqua la jeune femme. Je mourrai d'angoisse si tu fais cette folie. Choisis entre le « Réveillon » et moi. Si tu persistes dans ton idée c'est que tu ne m'aimes pas assez pour que je reste avec toi. Tu ne me reverras plus!

Antoinette en effet s'effaça de la vie de François jusqu'aux premiers jours de septembre où il fit irruption dans le logement de la place d'Aligre :

– C'est impossible, je ne peux pas vivre sans toi. Tu as ton caractère, j'ai le mien mais il faut faire l'effort de nous comprendre et même de nous supporter. Nous ne vivrons jamais, on se l'est dit bien souvent, qu'une existence faite de chocs, de conflits, mais aussi de brillants soleils. Notre amour n'est pas celui de tout le monde, c'est une passion violente et merveilleuse dont il faut accepter les risques pour pouvoir la vivre dans sa plénitude. Mon discours te paraît sans doute grandiloquent et théâtral mais il est sincère. Tu sais bien, toi qui me connais mieux que personne, que je suis un acteur en représentation permanente... Je vais te dire une vérité, et là, crois-moi, j'ôte mon masque de baladin : Mon rêve que tu dis fou répond à ce que j'ai de meilleur en moi. Ne me castre pas! Si tu réussissais à le faire c'est toi qui ne pourrais plus m'aimer...

Antoinette l'avait écouté en silence, pâle dans la robe sombre et sans ornements qu'elle portait comme un deuil depuis qu'elle ne voyait plus François. Brusquement, elle lui ouvrit les bras et se serra contre lui :

– Tu dois avoir raison, François, murmura-t-elle, agis comme tu crois devoir le faire. N'importe comment tu ne pourrais pas t'en empêcher et moi non plus je ne peux pas vivre sans toi.

Elle l'entraîna dans sa chambre et ils s'aimèrent comme jamais encore ils ne l'avaient fait, la tendresse tempérant la passion et haussant celle-ci au rang des amours extrêmes et imprescriptibles.

Peu à peu, l'aérostat prenait forme dans les jardins de la manufacture royale des papiers peints Réveillon. Un moment les fonds vinrent à manquer mais un compatriote des Montgolfier, le géologue et volcanologue Faujas de Saint-Fond, un élève de Buffon, ouvrit une souscription dans l'un des grands cafés du Palais-Royal, *Le Caveau,* où se réunissaient les intellectuels. La somme recueillie permit d'acquérir une partie des matériels qui manquaient encore, les derniers frais étant couverts par une subvention royale de six mille sept cents livres. Le don n'était pas négligeable encore qu'il ne représentât, comme le fit remarquer le moqueur Pilâtre de Rozier, que le prix d'une robe de cour de la reine Marie-Antoinette.

A mesure que le moment des essais s'approchait, François devenait plus enthousiaste, plus nerveux aussi. Il s'affairait autour du globe et prenait part activement aux discussions qui réunissaient sans cesse Étienne de Montgolfier, le groupe des techniciens de Réveillon et quelques physiciens amis venus prêter leur aide bénévole à l'entreprise. Parmi ces derniers, un ami de Pilâtre était particulièrement actif : le Genevois Argand, grand connaisseur des phénomènes de combustion.

– C'est lui, expliquait François à Antoinette, qui a la lourde responsabilité du foyer destiné à chauffer l'air de la sphère. Il invente sans cesse, il a ainsi découvert l'an dernier la lampe d'éclairage à huile avec injection d'air. Si un homme monte un jour en l'air, ce sera en partie grâce à lui car, alors, il faudra adjoindre un feu volant à l'enveloppe...

– Tais-toi, ne parle pas de cela! demanda Antoinette.

– Mais ne te fais donc pas de soucis. Ce n'est pas moi qui prendrai place dans le panier : les premiers passagers de l'air seront un mouton, un canard et un coq. Je pense que tu ne vas pas trembler pour la vie de ces bestioles?

En fait, le globe aérien de Montgolfier n'était pas sphérique. Il devait prendre une fois gonflé d'air chaud la forme d'un gros œuf dont on aurait coupé la partie inférieure pour permettre l'entrée de l'air chaud.

Tout le monde priait pour qu'il s'envole. Réveillon voulait en plus qu'il soit superbe, qu'il fasse honneur à sa marque. Les artistes ne manquaient pas à la folie Titon. Des élèves de Huet et de Boucher qui créaient à longueur de journée de nouveaux modèles de papiers peints entreprirent de décorer l'aérostat haut de 74 pieds de la base au sommet. Le papier qui recouvrait la toile fut d'abord peint à la détrempe en bleu d'azur. On l'orna ensuite de guirlandes, de draperies, on l'enrubanna au pinceau de riches passementeries, le tout étant censé évoquer les tentes des parcs royaux voués depuis quelque temps aux turqueries. Enfin, en son milieu et deux fois répété, le chiffre du roi peint à l'or, acheva de donner au faux nuage de M. de Montgolfier l'air majestueux qui s'imposait.

Le soleil, hélas, en ce début de septembre, n'était pas au rendez-vous de la lune bleue. Il fallut attendre le soir du jeudi 11 pour pouvoir procéder à une répétition. Solidement arrimé à quatre gros mâts et tenu en laisse par une dizaine de gaillards accrochés aux cordages, l'aérostat fut gonflé en une quinzaine de minutes. L'espace de quelques secondes, Étienne de Montgolfier demanda aux gros bras de relâcher leur effort et l'on constata avec satisfaction que la « Réveillon » ne demandait qu'à prendre l'air. Essai concluant, le feu éteint sous sa gueule béante, on laissa l'enveloppe s'affaisser sous son poids de toile, de papier et de peinture. La démonstration officielle pouvait se dérouler comme prévu le lendemain en présence d'un groupe d'académiciens conduit par l'illustre Lavoisier.

Le ciel semblait défendre son domaine. Il avait plu toute la nuit et, le 12, le temps restait menaçant. Étienne hésita; allait-il annuler l'expérience et renvoyer les officiels? Finalement, il décida de faire allumer le feu de paille et de laine hachée pour procéder au gonflement. Comme la veille, celui-ci s'effectua sans incident et sur un geste de Montgolfier, on commença à laisser filer les amarres. Lentement, le « Réveillon » s'éleva entre les mâts. Rien ne semblait devoir s'opposer à l'ascension prévue jusqu'à trois ou quatre cents pieds, ascension captive car il n'était pas question ce jour-là, de laisser le gros œuf de Pâques s'envoler libre dans le ciel de Paris. L'expérience était déjà jugée concluante par la commission académique quand le haut de l'enveloppe détrempée par la pluie se déchira soudainement au moment où l'engin se dégageait de ses mâts.

Ce n'était pas un échec mais non plus le succès escompté. Surtout, l'accident rendait le « Réveillon » inutilisable pour la démonstration qui devait avoir lieu le 19, à Versailles, devant le roi et les nombreux diplomates étrangers présents à Paris pour la signature du traité mettant fin à la guerre d'Indépendance des États-Unis. Étienne était désespéré et déjà prêt à regagner son Ardèche quand Pilâtre de Rozier qui venait de converser quelques minutes avec Réveillon le rejoignit :

– Soyons optimistes, monsieur de Montgolfier. Ce qui a été fait en trois semaines peut maintenant l'être en une. Un mot de vous et nous mettons en œuvre sur-le-champ une nouvelle machine qui sera prête le 19 et qui sera beaucoup plus résistante car nous allons bénéficier de notre expérience.

Le soir même tout le monde se mettait à l'ouvrage sur une toile de Rouen dont la texture avait été renforcée. Antoinette elle-même prit l'aiguille pour aider les ouvrières de la manufacture, Réveillon proposa d'enduire l'intérieur de l'enveloppe d'une couche de peinture ininflammable à base d'alun, Rozier et Argand s'employèrent à perfectionner l'appareil de combustion. Cinq jours après, le pari était gagné : le « Réveillon n° 2 », flambant neuf et décoré encore plus richement que le précédent était chargé à l'aube dans une voiture du garde-meuble royal tirée par trois chevaux. Les principaux responsables de ce tour de force s'entassèrent dans le carrosse de Réveillon qui, au dernier moment, y fit aussi monter Antoinette. On arriva fourbus mais heureux dans la cour des ministres, à Versailles, où les charpentiers des Menus Plaisirs avaient monté la veille une estrade de neuf pieds de haut sous laquelle était installé l'appareil de chauffage.

Étienne secoua son justaucorps noir un peu fripé par le voyage et commença à diriger la manœuvre tandis qu'Antoinette s'occupait des animaux qui, rassemblés dans une cage d'osier, ne semblaient pas faire très bon ménage. Le canard avait déjà perdu des plumes, le coq battait des ailes sur le dos du mouton dont les bêlements devaient s'entendre jusqu'au fond du parc.

Vers onze heures, le « ballon », comme on commençait à nommer l'étrange machine de M. de Montgolfier, était prêt à être gonflé. Le temps n'était pas idéal et le vent soufflait par rafales en direction du nord-est mais il n'était pas question de renoncer. Depuis le matin une foule immense que les gardes-françaises et suisses avaient bien du mal à contenir avait envahi la cour et tous les environs. Quant au pourtour de l'estrade, tout ce que le château comptait de nobles courtisans, de ministres et de diplomates s'y trouvait réuni. Seule manquait encore la famille royale. Elle arriva peu après qu'Étienne de Montgolfier eut été prié d'aller expliquer lui-même au roi, dans ses appartements, le déroulement de l'expérience. Louis XVI, comme chacun sait, aimait bricoler les serrures et les mécaniques; il voulut voir la machine qui, sous l'estrade fermée, allait envoyer en l'air le ballon dont, pour l'instant, la peau flasque pendait, suspendue à un câble tendu entre les poteaux. Il fut déçu de n'apercevoir qu'une sorte de gros poêle à grille ainsi que des réserves de paille et de fragments de laine.

A une heure moins quatre, une décharge de mousquets fit sursauter l'assistance, à commencer par Montgolfier qui avait oublié qu'il s'agissait du signal annonçant que l'expérience pouvait commencer. Aussitôt les aides allumèrent le feu préparé sous les tentures fleurdelisées de l'estrade. Une fumée âcre et nauséabonde se répandit alors sur les spectateurs et les spectatrices dont les robes claires perdirent d'un coup leur fraîcheur. N'eût été l'enveloppe du ballon qui s'arrondissait dans un déploiement magnifique de couleurs, elles auraient fui ce lieu de pestilence. Comment s'arracher en effet à la magie d'un spectacle royal aussi nouveau?

En moins de dix minutes, ses flancs tendus comme la peau d'un tambour, le ballon tirait sur les seize cordes où des ouvriers se suspendaient comme des sonneurs de cloches. Une nouvelle salve, déclenchée cette fois sur ordre de Montgolfier, et le « Réveillon » quitta la terre. C'est à peine si Rozier eut le temps d'accrocher l'arche de Noé à la poupe du vaisseau de l'air que le vent et le génie des frères Montgolfier emportaient vers Vaucresson dans un concert de cris et de bravos.

Malheureusement une déchirure due à un coup de vent empêcha le ballon d'aller très loin. Au bout de dix minutes de vol, l'outre royale avait perdu trop d'air chaud et descendait doucement du côté du carrefour Maréchal après avoir parcouru une lieue. Déjà François Pilâtre de Rozier était à cheval et à la tête d'une petite troupe accourait sur le lieu où le « Réveillon » avait atterri. Il voulait sans attendre voir comment les passagers avaient supporté l'ascension. Aucun d'entre eux n'avait péri d'asphyxie ou de suffocation. Le canard paraissait juste un peu hébété, sans doute à la suite du choc de la cage sur la terre. Le coq, moins heureux, avait laissé un morceau de son bec dans l'aventure. Le mouton, lui, bêlait comme au départ. Sans doute ne s'était-il aperçu de rien.

– Le prochain voyageur de l'espace sera moi! s'écria Pilâtre de Rozier.

Les amours d'Antoinette et de Pilâtre qui s'étaient maintenues au beau fixe durant un bon mois tournaient de nouveau à l'aigre. La jeune femme pensait qu'elle avait fait beaucoup de concessions mais qu'elle n'était pas payée de retour. Depuis qu'un nouveau ballon plus puissant et plus solide destiné cette fois à enlever un ou deux hommes était en construction chez Réveillon, elle ne voyait plus son amant qu'en coup de vent et se rendait compte que ses armes sans doute capables de venir à bout d'une rivale, étaient impuissantes contre ce beau monstre de toile, de papier et de fumée qui offrait à François les appâts de l'aventure, du risque et de la gloire. Elle s'ouvrit un soir à Riesener de son dépit et de sa volonté, malgré le chagrin, de rompre une liaison qui ne lui apportait pas le bonheur absolu, seul acceptable selon elle.

– Réfléchis bien, lui dit-il. Ce que tu exiges s'appelle l'impossible et tu vas plus souffrir en le recherchant qu'en t'accommodant d'un à-peu-près qui fait durer les amours. Vous vous aimez passionnément, c'est assez rare pour que tu ne prennes pas une décision hâtive que tu regretteras. Mais suis-je bien désigné pour te donner des conseils alors que je vais sans doute faire la plus grande sottise de ma vie?

– Que vas-tu faire? Tu m'inquiètes.

– Je ne suis pas tellement fier de ma faiblesse mais il faut bien que je te mette au courant : je vais épouser la petite Grezel!

– Qui? s'écria Antoinette, pas Marie-Anne tout de même?

– Si, Marie-Anne. Cela te semble fou, n'est-ce pas?

– Je n'ai pas à te juger mais cela ne me paraît pas possible! Cette petite est bien plus jeune que moi, je suis sûre qu'elle n'a pas vingt ans. Et toi, tu en as cinquante! Dans vingt ans elle sera encore jeune et toi presque un vieillard. En plus elle n'est même pas très jolie. Qu'est-ce qu'il t'arrive, père?

– Je ne peux plus vivre seul. Quand tu étais toujours à la maison, cela allait encore mais, maintenant, je ne supporte plus de ne trouver que le vide, la solitude, et l'abandon quand je rentre de l'Arsenal. J'ai donc pensé à me remarier et j'ai rencontré Marie-Anne. Sa jeunesse m'a ému, comme la tienne, je ne te l'ai jamais dit, m'a ému...

– Que dis-tu? coupa Antoinette. Je ne peux pas croire ce que tu me dis! Si tu es sincère et...

– Je suis sincère et c'est moins monstrueux que tu sembles le penser. Malgré tes théories excessives, tu ne connais rien des hommes, des femmes et de l'amour. En tout cas, rassure-toi, l'idée d'épouser la fille d'Oeben après avoir épousé sa veuve n'a jamais effleuré mon esprit!

– Tu me rassures en effet mais l'idée que tu m'as regardée autrement que comme on regarde sa fille me stupéfie.

– Pourquoi t'ai-je dit cela? Je te fais horreur, n'est-ce pas?

– Non, père, tu ne me fais pas horreur mais je te demande de ne jamais plus m'en parler, murmura Antoinette en souriant. Tu sais la tendresse que je te porte et je veux que tu sois heureux. Après tout, tu as raison, je ne connais rien des secrets impénétrables de l'amour. Oublie ce que je t'ai dit à propos de la petite Anne-Marie. Elle est mignonne et si elle t'aime, aime ses vingt ans. Épouse-la. Qui sait ce que nous réserve demain?

– Merci, ma petite fille. Je voulais tout te dire pour que tu me comprennes. J'avais besoin de ton consentement. Sans lui je n'aurais jamais épousé cette gamine. Une dernière chose, Antoinette : je te jure que je n'ai jamais oublié ta mère qui restera quoi qu'il arrive le grand amour de ma vie. Avec toi, ma fille chérie!

Cette nuit-là, la jeune femme dormit mal. Ses amours contrariées et les confidences de Riesener la ficelaient comme une mouche sur une toile d'araignée dans les fils d'un songe éveillé où la tendresse, la colère, l'amour, le refus, se mêlaient sans logique. Le lendemain, le facteur de la petite poste lui apporta une longue lettre de François qui après lui avoir juré un amour éternel lui demandait de venir le lendemain dimanche à la folie Titon. Il lui joignait l'invitation qu'il avait adressée par le même courrier aux membres du Musée scientifique :

*Vous êtes averti que M. de Montgolfier m'enlèvera dimanche à quatre heures de l'après-midi dans la maison de M. Réveillon, au faubourg Saint-Antoine. Signé : François Pilâtre de Rozier.*

Antoinette eut d'abord envie de déchirer et de jeter la lettre puis elle se ravisa et la rangea dans le tiroir de sa table à écrire : « Pauvre fou, se murmura-t-elle, s'il lui arrivait quelque chose et que je ne sois pas là, jamais je ne me le pardonnerais! »

Dès le début de l'après-midi, le lendemain, elle découvrit dans le parc de la rue de Montreuil le nouveau ballon qu'elle avait jusque-là refusé de venir admirer. Toujours de forme ovoïde, plus flamboyant que les précédents grâce aux signes du Zodiaque et aux soleils d'or peints sur le bleu royal de l'enveloppe, le « Réveillon n° 3 » qu'on venait de gonfler à titre d'essai, se balançait mollement, tenu en laisse entre ses quatre piquets. Antoinette n'eut pas besoin des explications de François qui l'avait aperçue et qui se précipitait à sa rencontre, pour remarquer ce qui différenciait vraiment le ballon des deux premiers. Sous l'orifice de la base se trouvait suspendu par des chaînes un réchaud circulaire d'au moins huit pieds muni d'une grille. Tout autour courait une galerie cylindrique en osier de trois pieds de large et de haut, destinée évidemment à porter les futurs passagers et à leur permettre d'alimenter le foyer en combustible.

« C'est là-dedans qu'il va monter », se dit-elle. Mais déjà François était près d'elle et l'étreignait.

– N'aie pas peur ma chérie. Je vais monter tout à l'heure, c'est vrai, mais les cordes retiendront le ballon. Tu ne peux pas savoir comme je suis heureux que tu sois venue! Là-haut, je ne penserai qu'à toi.

– Menteur! D'ailleurs, je préfère que tu penses à la manœuvre plutôt qu'à moi. Tu me raconteras après. Mais quand?

– Ce soir, cette nuit, demain. Tout à l'heure je t'emmène avec moi et nous fêterons tous les deux chez Beauvilliers l'exploit du « Réveillon ».

– Et le tien!

– Je vais te faire un aveu : le ballon s'est déjà enlevé hier et avant-hier, mais pas très haut.

– Tu étais dedans?

– Naturellement. C'est merveilleux. Le seul ennui, c'est la chaleur. Il faut sans cesse alimenter le feu pour conserver au ballon sa force ascensionnelle.

A quatre heures précises, Antoinette, serrée contre Réveillon dont le calme la rassurait, vit son intrépide amour escalader la corbeille, lui envoyer un baiser et d'un geste qu'elle se proposa de lui signaler plus tard comme un peu trop théâtral, commander le lâcher de corde. Aussitôt, le ballon dont les couleurs éclataient dans les trous de fumée, se mit à monter, sans à-coups, majestueusement. Bientôt il dépassa la hauteur des mâts, puis celle des plus grands arbres. Quand l'aérostat eut franchi une nouvelle étape vers le ciel, Réveillon tendit une lorgnette à Antoinette qui put ainsi apercevoir distinctement Pilâtre de Rozier s'affairer autour du brasier dont les flammes énormes s'engouffraient dans le corps du ballon qui retrouvait à chaque embrasement une vigueur nouvelle pour s'élancer encore plus haut.

Réveillon avait perdu sa sérénité et manifestait bruyamment sa joie. Étienne de Montgolfier, toujours impeccable dans son habit noir, ne quittait pas son ballon des yeux. Antoinette, elle-même gagnée par l'enthousiasme général, applaudissait. Au bout d'un moment, on vit Montgolfier tirer sa montre et venir vers Réveillon.

– Cette fois c'est gagné, mon ami. Le ballon est à 200 pieds depuis six minutes, Pilâtre a l'air de bien supporter la hauteur et la chaleur. Nous allons commander la descente. Mes compliments, mademoiselle, ajouta-t-il en se tournant vers Antoinette.

Privé de la chaleur qui assurait sa suspension dans l'air, tiré par les haleurs, le « Réveillon » redescendit doucement sur la pelouse du Faubourg où se pressait maintenant une foule d'hommes de science, de gens de cour et d'amis du maître de maison. Avec une aisance et une élégance qui firent frissonner Antoinette, Pilâtre voltigea appuyé sur son bras droit par-dessus le garde-corps d'osier et se précipita vers Étienne qui l'étreignit :

– Cher ami, dit le jeune homme dont la chemise blanche était toute tachée par le noir de fumée, tout va bien. Je n'ai ressenti là-haut aucun malaise et j'ai eu l'impression de demeurer constamment maître du ballon, de pouvoir monter ou descendre à ma guise selon la quantité plus ou moins grande de feu que j'entretenais dans le réchaud. Je crois maintenant que vous pouvez envisager sérieusement le premier voyage aérien en liberté.

C'était à peu de chose près les termes du rapport que publièrent le lendemain les commissaires de l'Académie des sciences.

– Monsieur de Rozier, lança Montgolfier, vous sentez-vous la force de recommencer aujourd'hui l'expérience? Nous lâcherons plus de corde et vous monterez un peu plus haut et plus longtemps...

– J'allais vous le proposer. Il sera intéressant, je crois, de sentir avec plus de précision la force ascensionnelle du ballon.

Les aides nettoyèrent le brasero, rechargèrent la corbeille de paille sèche et une demi-heure plus tard l'aérostat repartait vers les hauteurs. Cette fois, Antoinette n'avait plus peur. Elle s'en voulait un peu de la fierté qui l'avait fait rougir de plaisir quand, entre les deux ascensions, François était venu l'embrasser, mais quoi, elle avait assez tremblé depuis des mois pour pouvoir goûter sans modestie excessive la parcelle de célébrité que lui valait l'amour de son risque-tout d'amant suspendu là-haut à sa grosse bulle bleue.

C'est pourtant au moment où la crainte l'avait quittée et où le « Réveillon » allait toucher terre après être resté huit minutes à 250 pieds que l'accident faillit se produire. Un coup de vent inattendu fit dévier le ballon qui alla s'accrocher à la cime d'un des arbres, laissant le panier et Rozier en position fâcheuse. Antoinette poussa un cri et se précipita avec les sauveteurs qui accouraient munis de grandes échelles mais Pilâtre, tout à fait maître de lui criait qu'on lui envoyât de la paille. Avec un calme étonnant, il relança le feu éteint et l'on vit ce spectacle étonnant : une grande flamme jaillir dans les frondaisons et le ballon, tiré des branches par une force invisible, reprendre de la hauteur. Une ovation salua cet exploit non prévu au programme et de l'aérostat promptement ramené au sol sortit souriant Pilâtre de Rozier devenu héros dans l'après-midi. Son visage était noir comme celui d'un ramoneur, une estafilade causée par une branche brisée laissait perler un peu de sang à travers sa manche de chemise déchirée, il ne restait plus à Antoinette qu'à laver et à panser son chevalier du ciel. Ce qu'elle fit avec douceur et tendresse dans la chambre de la folie Titon où Réveillon les avait fait conduire. Dans la pièce de toilette, il y avait de l'eau tiède, des linges blancs et des crèmes. Mollement étendu, François goûtait le repos du guerrier. Les lèvres d'Antoinette valaient tous les baumes de la terre et ils auraient poussé sûrement un peu plus avant les délices de l'instant si l'on n'avait frappé à la porte. Antoinette alla ouvrir en pestant. Une jeune personne accompagnait Réveillon.

– Pardonnez mon audace, madame...

– Mademoiselle, s'il vous plaît, coupa Antoinette visiblement peu disposée à être aimable.

Réveillon vint au secours de la jeune fille quelque peu décontenancée par l'accueil qu'on lui réservait :

– Mlle Necker a assisté avec M. Grimm aux exploits de François. Elle voulait féliciter notre ami et lui dire que sa mère souhaiterait vous recevoir chez elle. J'ai pensé...

– Entrez, mademoiselle. Pardonnez ma brusquerie mais je soignais notre ami qui en descendant de sa machine infernale n'était pas beau à regarder. Elle sourit en pensant qu'elle mentait effrontément, que son François était superbe dans ses guenilles d'azur.

Déjà le héros était debout et s'inclinait devant la fille du célèbre financier :

– Vous me faites un grand honneur, mademoiselle, mais ce n'était aujourd'hui que la préparation d'un voyage plus exaltant. Bientôt, M. de Montgolfier enlèvera mon fil à la patte et j'irai, dans son ballon, là où nous poussera le vent.

– Tout cela est fantastique. Vous allez enfin réaliser le vieux rêve des hommes : s'élever dans l'air et s'y mouvoir. Savez-vous que votre aventure passionne les esprits avancés de notre siècle? Vous les rencontrerez si vous acceptez de venir dans le salon de ma mère.

Avec mademoiselle, bien sûr, ajouta-t-elle en se tournant malicieusement vers Antoinette.

Antoinette sourit. Elle appréciait finalement le regard franc, la simplicité et la finesse de cette petite fille riche dont le seul tort avait été de frapper à la porte à un mauvais moment. Le salon de Mme Necker était célèbre dans toute l'Europe. Être invitée à en pousser la porte même si elle devait ce privilège aux mérites d'un autre, la comblait d'aise. Et puis, comme elle se l'était déjà dit tout à l'heure sur la pelouse, François n'était pas « un autre », c'était la moitié d'elle-même et il était juste que partageant son existence, elle bénéficiât aussi de sa renommée. « Allons, se dit-elle, cette jeune personne n'est pas sotte. Si j'en ai l'occasion, il faudra que je lui fasse part de mes idées sur le destin des femmes car je suis sûre que ce ne sont pas les plus maltraitées par la vie qui feront évoluer les idées. Ce seront des femmes qu'on écoutera parce qu'elles seront puissantes. »

Les semaines qui suivirent passèrent vite. Après avoir répondu à quelques-unes des invitations qui lui étaient adressées, Pilâtre reprit le chemin du faubourg Saint-Antoine où Étienne de Montgolfier, avait mis en chantier, chez Réveillon, un nouveau ballon qui devait emporter les premiers hommes dans l'espace.

Le 10 octobre 1783, l'aérostat était prêt et les expériences se poursuivaient. Un panier circulaire était prévu pour deux passagers et Pilâtre, capitaine incontesté, emmenait parfois dans les airs un volontaire audacieux. Parmi eux il rencontra le partenaire idéal, un ami des Montgolfier qui ne rêvait que d'espace et qui avait déjà expérimenté chez lui, à Anneyron, sans se rompre les os, un engin de son invention qu'il appelait « parachute ». Homme de salon, cultivé, heureux de vivre et spirituel, le marquis d'Arlandes avait tout pour plaire à Pilâtre. Comme Antoinette lui trouvait de l'esprit et aimait sa compagnie, il prit l'habitude d'accompagner François dans ses ascensions souvent répétées mais toujours bridées par les câbles. C'est que le roi refusait d'autoriser un vol libre dont les dangers lui paraissaient énormes. Dans les jardins de la rue de Montreuil, Pilâtre rongeait son frein. Tout était prêt pour l'envol, Antoinette, elle-même s'était fait à l'idée de voir son amant partir dans les nuages. Le choix de l'emplacement du départ avait donné lieu à de longues discussions. Chaque expérience drainait au Faubourg une telle foule de curieux qu'il apparut risqué d'y faire s'envoler un ballon libre. Les quatre responsables de l'ascension, Montgolfier et Réveillon pour la technique, Pilâtre et Arlandes pour la manœuvre en l'air décidèrent donc de libérer le globe hors de Paris. Le dauphin offrit aussitôt les pelouses de son château de la Muette mais cette commodité demeurait inutile puisque son père s'opposait au départ. Pilâtre de Rozier, dont l'impatience gagnait chaque jour, entreprit alors d'assiéger le roi par toutes les voies possibles. Le résultat inattendu de ces démarches l'indigna : le roi proposa de faire courir le risque de l'ascension à deux condamnés à mort qu'il gracierait pour la circonstance!

– Eh quoi! s'écria Rozier, de vils criminels auraient l'honneur d'être les premiers au monde à voyager dans les airs?

Antoinette heureusement était là. Après avoir calmé son courroux, elle lui conseilla d'être plus diplomate :

– Ce que le roi refuse aux gens influents de la cour, il l'accordera peut-être à la reine. Nous, les femmes, ne sommes certes pas vos égales puisque vous ne le voulez pas mais notre pouvoir n'en demeure pas moins certain. J'ai cru comprendre que tu avais bien connu la duchesse de Polignac. Elle est gouvernante des enfants royaux et familière de Marie-Antoinette. Demande-lui de convaincre la reine et je serais fort étonnée que celle-ci ne réussisse pas à t'obtenir la faveur d'exhiber ton courage à la foule béate. Et dire que c'est moi, Antoinette, qui t'encourage à accomplir le fol exploit qui risque de nous séparer pour toujours! Si quelqu'un m'avait dit cela il y a deux mois, je l'aurais pris pour un fou!

– Merci, ma chère, ma douce amie. Voilà l'idée qui va nous sauver. Que ferais-je sans toi?

– Tu mettrais plus de temps à faire tes sottises mais tu les ferais. Il n'y a rien ni personne qui puisse empêcher l'orgueil d'un homme comme toi de remettre sa vie en question. Mais c'est peut-être pour cela que je t'aime!

Antoinette avait raison. Le roi se rendit aux insistances des femmes mais en précisant qu'il retirait simplement son veto et demeurait contre l'idée d'envoyer deux de ses sujets risquer leur vie inutilement. Il dit aussi que ni lui ni la reine n'assisteraient à l'ascension mais que le dauphin pourrait représenter la famille royale si bon lui semblait.

La porte du ciel était désormais ouverte à Pilâtre de Rozier et au marquis d'Arlandes. Ils s'y engouffrèrent. Dès le 21 novembre, à une heure cinquante, l'œuf bleu des frères Montgolfier les emportait au-dessus des bosquets du château de la Muette. Antoinette suivit un long moment dans sa lorgnette François s'activant autour du brasero puis elle ne distingua plus qu'une boule d'or filant dans le soleil. Seulement, alors, elle eut vraiment peur et prise de tressaillements convulsifs, elle s'accrocha au bras de Réveillon trop ému lui-même pour lui être d'un grand secours. Plus calme, à côté d'eux, Étienne commentait le vol à haute voix :

– L'aérostat, annonça-t-il, est au moins à trois mille pieds de hauteur... Il vient de traverser la Seine au-dessus de la barrière de la Conférence... On l'aperçoit encore entre l'École militaire et l'hôtel des Invalides... Tout Paris peut maintenant voir le ballon qui semble descendre légèrement... J'espère que Pilâtre et Arlandes vont pouvoir le faire remonter et éviter un retour en plein Paris...

Le ballon était parti depuis plus d'un quart d'heure, il était maintenant invisible du parc de la Muette et les minutes paraissaient des siècles à Antoinette. Il fallut encore attendre une heure avant qu'un des courriers disposés aux portes n'arrivât, son cheval écumant, pour annoncer la nouvelle espérée :

– Le ballon est descendu normalement près du moulin de Croulebarbe à la Butte-aux-Cailles. Les deux aérostatiers sont sains et saufs!

Antoinette prononça quelques mots dont on ne comprit que « Mon Dieu... » et elle s'évanouit. Mme de Polignac s'agenouilla près d'elle et lui fit respirer des sels. C'est son visage qu'aperçut Antoinette en reprenant ses esprits :

– Merci, vous êtes bonne. Cela va beaucoup mieux. Je ne sais pas ce qui m'est arrivé...

– Moi, je sais, mademoiselle. Il est difficile, n'est-ce pas, d'aimer un fou comme Rozier. Mais cela a aussi son charme. Allez-vous me croire si je vous dis que je vous envie?

– Je vous crois, madame. Maintenant, je voudrais pouvoir le rejoindre...

– M. de Polignac a fait préparer des voitures. Venez, je vais vous conduire à l'une d'elles.

Antoinette découvrit un peu plus tard François, nonchalamment, assis sur son panier retourné, l'air aussi calme que s'il revenait de promenade, en train de parler avec le duc de Chartres arrivé à cheval l'un des premiers au moulin. Se moquant bien du protocole, elle alla se jeter dans les bras de Rozier tandis que le duc s'éloignait discrètement.

François lui dit en l'embrassant les mots qu'elle attendait :

– C'est toi que j'espérais. Je vais tout te raconter, tu l'as bien mérité. Mais tiens, écoute donc avant le récit de mon compagnon M. d'Arlandes qui ne te fera grâce d'aucun détail.

François-Laurent d'Arlandes expliquait pour la troisième fois, à l'intention du comte de Laval, comment on traverse Paris dans les airs sur une machine pesant plus de 1 600 livres :

– Le vent était à peu près au nord-ouest. Peu après notre départ, M. Pilâtre de Rozier...

Il aperçut son compagnon qui s'approchait, Antoinette pendue à son bras et il s'écria :

– Venez donc mon ami et racontez vous-même notre odyssée.

– Je n'en ferai certes rien. Votre talent de conteur est sans pareil et Antoinette vient justement vous écouter.

D'Arlandes s'inclina devant la jeune femme :

– J'ai d'abord quelque chose à vous répéter. Au moment où le ballon avait atteint sa plus grande hauteur et que nous passions dans une délicieuse brume dorée au-dessus du fleuve, Rozier m'a dit : « Quand nous serons redescendus, ayez la bonté de dire à la personne que vous connaissez et qui m'est chère que j'ai pensé à elle à l'instant le plus savoureux de notre aventure. » Voici qui est fait, mademoiselle. Maintenant je puis continuer.

Donc, peu après notre envolée, M. de Rozier me cria de l'autre côté du panier que je n'activais pas assez fort le réchaud et que nous ne montions guère. Je mis une botte de paille et remuais un peu le feu avant de me retourner vers le vide. La Muette déjà avait disparu. J'annonçai successivement les coudes de la rivière par les noms des lieux les plus voisins. Je dis Saint-Germain, Sèvres, Chaillot, je signalai que nous longions l'île aux Cygnes. Je remuai à nouveau le réchaud, je saisis avec ma fourche une botte de paille qui, sans doute trop serrée, prenait difficilement. Je la levai et la secouai jusqu'à ce qu'elle s'enflammât et l'instant d'après, je me sentis comme soulevé par-dessous les aisselles. Je criai alors à mon cher compagnon : « Cette fois nous montons! » Je m'aperçus un peu plus tard que la partie tournée vers le sud était remplie de trous ronds, l'enveloppe ayant été brûlée en surface par des flammèches. Je pris mon éponge et éteignis assez aisément le feu qui minait les trous que je pus atteindre. Je frappais de mon éponge les cordes qui étaient à ma portée. Toutes résistèrent. Je dis alors : « Nous pouvons traverser Paris. » Nous découvrîmes parfaitement les Missions étrangères, Saint-Sulpice... Rozier me dit un peu plus tard : « Gare les moulins! »

Nous nous sommes posés, après avoir réduit le feu, sur la Butte-aux-Cailles entre le moulin des Merveilles et le moulin Vieux. Je pus sauter tout de suite hors de la galerie mais Pilâtre se trouva pris sous les plis du ballon vide et affaissé. Il se dégagea rapidement et je le vis en chemise, attendu qu'avant l'arrivée, il avait ôté sa redingote. Nous fûmes vite entourés d'une multitude de curieux qui, soucieux de posséder un souvenir de ce voyage mémorable, se saisirent de l'habit de Rozier et se le partagèrent. La garde, Dieu merci, arriva bientôt et nous aida à mettre la machine en sûreté. Deux heures après, elle était chez M. Réveillon.

– Votre exploit à tous les deux est magnifique! s'écria le duc de Chartres. Nous allons rejoindre La Muette où chacun veut vous fêter.

– Pardonnez-moi, monseigneur, mais je suis épuisé et n'ai plus de redingote, je ne peux décemment me présenter dans cette tenue, dit François.

– Qu'à cela ne tienne. Vous nc sortez pas de Versailles, vous descendez du ciel! On vous accueillera comme vous êtes.

– Merci mille fois mais je préfère qu'une voiture me ramène chez moi au plus vite. J'ai besoin de quelques soins, ajouta Pilâtre en se tournant vers Antoinette.

Le duc sourit et dit « Allez, allez vous reposer. » D'Arlandes insista :

– J'aurais grand regret que vous ne fussiez pas à mes côtés, cher compagnon d'aventures.

– Vous aurez la grande bonté de m'excuser auprès de nos hôtes, coupa François en entraînant Antoinette. J'ai été ravi, monsieur, de faire ce petit voyage en votre aimable compagnie. A demain, chez Réveillon.

– Merci d'avoir résisté, mon cœur, murmura la jeune femme dans le carrosse qui les ramenait vers Paris. Je crois que tu as mieux à faire qu'à aller jouer les phénomènes de foire chez les princes.

François Pilâtre de Rozier, le premier avec son ami d'Arlandes à s'être envolé dans le royaume des nuages, était devenu en quelques jours l'homme le plus célèbre et le plus recherché de Paris. Mieux, il était connu dans toutes les villes du royaume. Son nom avait même franchi les frontières et il suscitait partout, en France et dans le monde, de nouvelles vocations aérostatiques. Des amateurs d'horizons nouveaux lui écrivaient pour l'inviter ou lui demander conseil, on frappait des médailles à son effigie et Antoinette s'amusait à comparer son profil à celui que les artistes gravaient dans la cire. S'ils ne réussissaient pas toujours à saisir le dessin de sa bouche sensuelle et son sourire ironique, ils ne manquaient pas son nez busqué qui se terminait assez drôlement en pointe et dont il disait en riant qu'il devait se méfier car il était de forme à crever un ballon. Dans ce tourbillon de gloire où il entraînait Antoinette, le mariage de Riesener avec la jeune bourgeoise Marie-Anne Grezel était passé inaperçu, Antoinette, en tout cas, n'avait pas été mécontente de l'effacer de son esprit. « Il sera bien temps un jour que je me préoccupe de ce ménage! » disait-elle. Pour l'heure, sa vie mouvementée avec Rozier l'accaparait tout entière. Faite de passion et de brouilles, de tempêtes et d'embrassements, sa liaison était, elle le savait aussi fragile que la peau d'une montgolfière, comme on appelait maintenant la machine d'Étienne et de Joseph que des fous du ciel imitaient jusque sous les tropiques avec des fortunes diverses.

François avait repris la direction de son musée-école qui bénéficiait de la célébrité de son fondateur mais il ne perdait pas de vue les ballons, en particulier celui qu'Étienne mettait au point chez Réveillon – un vrai monstre de plus de 80 pieds de haut – dans un secret qui l'agaçait fort. On n'en était plus à l'enthousiasme fraternel des débuts. Étienne de Montgolfier et Réveillon, les ouvriers du succès, n'avaient jamais quitté le sol. Ils ne pouvaient que constater, sans plaisir, la popularité immense dont jouissaient, aussi bien dans le peuple qu'à la cour, Rozier et d'Arlandes. Tous deux étaient beaux, jeunes, brillants. Le mérite des constructeurs que personne ne songeait à nier se trouvait forcément éclipsé par la célébrité de ceux qui avaient risqué leur vie et qui, il faut bien le dire, endossaient sans trop de discrétion l'habit de lumière. Remettre à leur place les deux « saltimbanques » ne déplaisait pas aux « inférieurs ». Ils avaient décidé de les tenir à l'écart de leurs projets.

Rozier l'impulsif, « l'acrobate du ciel » comme l'avait surnommé Antoinette, n'était pas homme à supporter cette défiance qui l'irritait :

– Personne ne m'a rien dit, confia-t-il un jour à Antoinette, mais je sens que l'on ne me supporte plus à la folie Titon. C'est dommage car le parrain Réveillon construit sur les plans d'Étienne un ballon qui me permettrait, enfin! d'accomplir un vrai voyage dans l'espace. Parce que jusqu'à maintenant, il faut bien l'avouer, nous n'avons fait que des sauts de puce!

– Et que veux-tu donc faire?

– Voler cinq heures, dix heures, parcourir vingt lieues, traverser le détroit et toucher l'Angleterre...

– Tu es fou, mon pauvre François. Tu as réussi ce qu'aucun homme n'avait encore fait. Tu t'es tiré par miracle de situations tragiques et tu veux continuer de tenter le diable. Si tu en as assez de la vie, si tu tiens à mourir dans le ciel à trente ans, dis-le. Car tu vas te tuer un jour! Laisse donc aux autres la tâche de continuer ce que tu as commencé avec panache. Et tant mieux si Montgolfier et Réveillon sont jaloux de ta gloire : ils te sauvent malgré toi d'une fin effrayante!

– Mon destin n'est pas de faire le joli cœur dans les salons, il est là-haut et je ferai tout pour y retourner. D'ailleurs, je suis le meilleur pour faire monter et descendre un ballon à ma guise. Et ils le savent!

Antoinette rompit là et s'enfuit dans la pièce à côté en séchant ses larmes. Il lui arrivait de plus en plus souvent de pleurer, c'était la rançon de son amour, la manifestation d'une sensation de solitude qu'elle éprouvait chaque fois qu'un incident venait troubler l'équilibre précaire de sa vie marginale. Elle pensait alors qu'elle était seule au monde, que personne ne l'aimait, qu'elle n'avait pas une épaule où appuyer sa pauvre tête déjà tellement bousculée par l'existence. La mort de son père, le remariage de sa mère, la fin atroce de celle-ci et maintenant Riesener, le seul être solide sur lequel elle pouvait compter, qui épousait une jeunesse! Il restait, bien sûr, les éclairs de bonheur avec François mais la foudre ne tardait jamais à suivre... Elle, qui avait vécu auprès de deux artistes célèbres et comblés, qui partageait l'existence de l'homme le plus courtisé de France, en venait à envier le sort banal des filles d'ébénistes du Faubourg qui faisaient un mariage d'égal à égal avec le fils des voisins. Si seulement elle avait une amie, une vraie, à qui elle pût confier ses peines, ses joies, ses angoisses... Mais non. Devant elle il n'y avait que le vide et, pour se raccrocher, la corde d'or que lui tendait parfois François du haut de son ballon avant de la laisser glisser – elle – en pleurs, sur les coussins de soie du salon. Enfin, on ne choisit pas sa vie, elle vivait la sienne en pensant parfois, avec un pauvre sourire, à ses grands principes sur la liberté des femmes.

Un jour, François, qu'elle appelait aussi son « ludion », du nom de ces petites sphères creuses qui montaient et descendaient dans leur bocal chez le marchand d'appareils de physique du Palais-Royal, lui annonça que la reine souhaitait organiser une fête aérienne en l'honneur du roi de Suède, Gustave III, dont l'arrivée était attendue à Paris. Il avait fait dire à Marie-Antoinette par son amie Yolande de Polignac qu'un magnifique ballon était prêt à prendre l'air chez Réveillon et qu'il serait trop heureux de piloter ce navire des nuages, qu'il offrait de baptiser *Marie-Antoinette,* devant Leurs Majestés et leur hôte royal.

– Et que pensent Montgolfier et Réveillon de cette idée?

– Ils n'en savent encore rien mais ils seront furieux quand ils sauront que l'initiative vient de moi et que la reine, charmée à l'idée de voir s'envoler un ballon portant son nom, a demandé que le plus illustre des navigateurs de l'air, c'est-à-dire moi, commande à son ascension. Je ne suis pas mécontent du bon tour que j'ai joué à mes deux compères. C'est pour le coup qu'ils vont pouvoir prétendre que je vole leurs lauriers!

– Tu vas t'en faire des ennemis irréductibles. Ils n'étaient qu'agacés, ils vont devenir méchants, souligna Antoinette.

– Peut-être mais j'ai envie de monter ce fameux ballon et de réussir un exploit!

L'aérostat qui avait été construit grâce à une subvention de l'État était emballé et prêt à être expédié à Annonay où Étienne voulait l'essayer. Sur la demande du contrôleur général du roi, le ballon alla à Versailles et Réveillon, furieux, ne put que prévenir Étienne des intrigues de Pilâtre.

François se paya le luxe de quelques essais rue de Montreuil sous l'œil soupçonneux de Réveillon et demanda qu'on modifiât la décoration du ballon en l'ornant des chiffres de la reine et d'allégories en l'honneur du roi de Suède. Pilâtre ne pouvait partir seul sur une machine aussi importante. Entre cinquante candidats à l'aventure, il choisit le savant Louis-Joseph Proust, ami de Lavoisier, un homme discret et affable, mieux taillé pour procéder à des expériences scientifiques que pour manier la paille à coups de fourche à 3 000 pieds de haut. Quoi qu'il en soit, il tint son rôle puisque, après une envolée difficile dans la cour du château, la montgolfière *Marie-Antoinette* réalisa une montée prodigieuse. Après avoir été happée par des cumulo-nimbus qui le couvrirent de pluie et de neige, elle atteignit la hauteur fantastique de neuf mille pieds. Huit longues minutes passées sans voir le sol et à claquer des dents décidèrent les deux aéronautes à se poser. En diminuant progressivement l'ardeur du foyer, un art où il était passé maître, Rozier réussit la plus belle descente de sa carrière : le ballon toucha terre en douceur près de Chantilly après avoir parcouru plus de dix lieues en quarante-cinq minutes de vol et atteint une altitude trois fois plus importante que celles des expériences précédentes. Le succès était complet, la reine satisfaite et le roi de Suède ravi. Cette fois pourtant Antoinette n'était pas à l'arrivée. Une scène violente, le matin, l'avait décidée à rester rue Sainte-Avoye et à y attendre son « ludion » s'il redescendait du ciel.

Elle avait vécu cette journée historique dans l'angoisse la plus folle et ne reprit des couleurs que tard, le soir, quand un coursier vint lui apporter un message de vie : *Succès sur tous les points. Avons atteint et même dépassé les nuages dans un froid glacial. Sommes retenus à souper par le prince de Condé au château de Chantilly. J'arrive mon cœur. François.*

Et la vie continua, « avec ses hauts et ses bas », disait Antoinette en souriant tristement. Pilâtre, lui, ne songeait plus qu'à traverser le pas de Calais. C'était une idée fixe, surtout depuis qu'il savait qu'un médecin américain, John Jeffries, s'apprêtait de son côté avec l'aéronaute français Blanchard, à venir d'Angleterre en France à bord d'un ballon à hydrogène. Il passa une bonne partie de l'été 1784 en démarches auprès de la cour où il disposait de solides appuis mais M. de Calonne se faisait d'autant plus tirer l'oreille que les finances de la France étaient au plus bas. Encore une fois pourtant, Marie-Antoinette qui appréciait le courage et la fantaisie de Pilâtre dit les mots qu'il fallait, la subvention fut accordée. François annonça cela comme une bonne nouvelle à Antoinette qui faillit défaillir :

– Abandonne! Ne tente pas l'impossible. Quelque chose me dit que tu ne réussiras pas... Au-dessus de la mer, tu sais ce que cela signifie, ne pas réussir!

– Erreur, erreur! J'emporterai tout ce qu'il faut pour flotter aussi longtemps qu'il le faudra. Et puis, il est bien moins dangereux de se poser sur la mer que sur la terre.

Ces arguments n'avaient pas rassuré Antoinette, parfaitement consciente du danger qu'allait courir Rozier. De plus, le ballon sur lequel l'aéronaute comptait s'envoler ne lui inspirait pas confiance. Il en avait conçu les plans avec un ancien huissier et procureur d'Honfleur, un nommé Pierre-Ange Romain, qui ne connaissait rien à l'aérostation mais que l'idée de traverser le détroit enivrait. Enfin, cette machine construite en dehors des chantiers de Réveillon, prétendait combiner les principes de la montgolfière et du ballon à hydrogène. Ce projet ingénieux qui enchantait Pilâtre ne disait rien qui vaille à Antoinette qui, sans se lasser, essayait de raisonner son amant :

– Construis donc ton ballon chez Réveillon. Ce sera une façon élégante de renouer avec lui et Montgolfier. Ils ont des années d'expérience, ils te conseilleront...

– Ils me conseilleront d'arrêter les frais et d'abandonner une idée forcément mauvaise puisqu'elle n'est pas la leur. Non! Je vais faire cette machine qui me passera en quelques heures, de Boulogne à Douvres. Aie confiance en moi pour une fois mon Antoinette. Tu sais que je ne partirai que lorsque toutes les chances seront de mon côté.

– Les chances, la chance... Tu en as eu tellement qu'elle tournera un jour. J'ai un mauvais pressentiment. Laisse faire l'Américain et prépare bien ta tentative, consulte des savants, vois Lavoisier, ne te lance pas comme un fou sur une machine dont tu ne connais ni la puissance ni les réactions...

Antoinette lutta, mais en vain, contre la passion qui aveuglait François. Il avait juré de partir, il partirait. Et il partit au petit matin, le 6 juin 1785, avec Pierre-Ange Romain dans sa nacelle. Antoinette qui avait affirmé qu'elle n'assisterait pas au départ était sur les remparts dominant la ville haute quand Pilâtre commanda le « lâchez tout ». Au dernier moment, alors que le panier commençait à bouger, soulevé par l'attraction formidable du ballon, elle se précipita et embrassa follement François. On la vit détacher une médaille de son cou et la lui mettre dans la main. Déjà la *Rozière* s'envolait vers le large. Antoinette regardait, sans bouger. On aurait dit une statue comme avait dû jadis en élever à cet endroit, l'empereur Caligula lorsqu'il bâtissait la Tour d'Ordre. Ses yeux ne quittaient pas la boule lumineuse qui montait dans le ciel clair en s'éloignant de la falaise. Cela dura plus d'un quart d'heure. Quand elle ne vit plus qu'un point minuscule perdu au-dessus de la mer, elle pensa une seconde que François, une fois encore, allait réussir. Et puis, soudain, elle se rendit compte que le point au lieu de continuer à s'estomper, grossissait à une vitesse inquiétante. Un vent de tempête, sans doute, ramenait irrésistiblement le ballon vers la côte. Rien n'était perdu, fors l'honneur de traverser ce jour-là : Pilâtre de Rozier avait réussi à se tirer de situations plus désespérées. Il l'aurait fait sans une vapeur violacée qu'on vit soudain s'échapper du sommet. Antoinette n'eut pas le temps de demander ce que cela signifiait : elle aperçut nettement le ballon se déchirer, couvrir de lambeaux la nacelle et tomber comme une grosse pierre sur une dune, du côté de Wimereux. En même temps, blanche dans sa grande robe noire, elle s'effondra évanouie.

Elle ne reprit conscience que plusieurs minutes après le drame. Sa pâleur était effrayante, son regard fixe ne semblait rien voir, par moments, un long tremblement la secouait. Elle finit par articuler :

– Ils sont morts?

Personne ne répondit. Les courriers dépêchés vers les dunes n'étaient pas encore de retour mais comment les deux hommes auraient-ils pu réchapper d'une chute de 1 500 pieds? Elle continua d'attendre silencieuse, prostrée, mais elle savait, elle savait depuis le début que son amour finirait entre ciel et terre, un jour où l'ange gardien de François en aurait assez de le voir jouer avec le feu.

Enfin, les messagers revinrent. Ce qu'ils avaient à dire était écrit leur visage. Ils parlèrent quand même :

– M. Pilâtre de Rozier est mort sur le coup. Son compagnon M. Romain a expiré peu après la chute dans les bras de l'abbé Cossart, curé du lieu et premier sauveteur arrivé avec le duc de Charost et M. de Maisonfort.

Ce dernier pria Antoinette de monter dans sa voiture et de venir se reposer dans son château où sa femme prendrait soin d'elle. Il lui demanda si elle souhaitait se rendre sur le lieu de l'accident en faisant remarquer que ce serait une épreuve cruelle. Antoinette murmura d'une voix blanche qu'elle ne le voulait pas, qu'elle préférait garder l'image de Rozier souriant et tranquille lorsqu'il s'envolait pour la dernière fois. Elle ajouta qu'elle désirait rentrer en possession de la médaille d'or que l'aéronaute portait sûrement autour du cou. La douleur est sensible aux détails. Antoinette qui n'avait pas versé une larme après la catastrophe éclata en sanglots à l'évocation de la petite médaille qu'elle lui avait lancée dans la nacelle, comme un ultime engagement, au moment du départ. Le pauvre bijou, une vierge de communion, n'avait pas sauvé François mais elle pendait sur son cœur quand celui-ci avait cessé de battre. « Il en sera de même pour moi », murmura-t-elle tandis qu'on l'emmenait.

Antoinette n'assista pas à l'inhumation des corps disloqués des deux aéronautes qui eut lieu le soir même dans le petit cimetière de Wimille, village le plus proche du lieu de l'accident. Elle avait connu avec Rozier des retours triomphants qui ranimaient leur passion après chaque exploit. Cette fois elle était seule dans le carrosse de campagne que le secourable Maisonfort avait mis à sa disposition pour regagner Paris. Les fondrières du chemin l'empêchaient de penser. C'était seulement dans la traversée des villes et des villages, où la route était mieux entretenue, qu'elle réussissait à rassembler ses idées, pas encore à entrevoir l'avenir mais à mesurer le vide qu'était soudain devenue sa vie. Ses états d'âme passés, quand elle avait l'impression d'être abandonnée du monde, lui apparaissaient dérisoires. La vraie solitude, elle allait la connaître! Elle n'en ressentait pas encore les affres mais elle savait bien que se retrouver seule, après avoir vécu trois ans auprès d'un être aussi ardent, aussi passionné, aussi attachant allait être une épreuve terrible.

Quand elle arriva, Paris était déjà au courant du désastre. Dans les faubourgs comme dans les quartiers riches, tout le monde se sentait concerné. On ne connaissait pas le malheureux Romain qui n'avait volé qu'un seul matin mais Pilâtre de Rozier était un homme populaire. Il n'était pas riche, sa pseudo-noblesse ne tenait qu'à une particule de complaisance mais il était celui qui avait réalisé le vieux rêve d'Icare. Cela lui avait valu d'être plus respecté qu'un banquier, plus adulé qu'un prince, plus fêté qu'un acteur. Aujourd'hui, les pauvres pleuraient l'un des leurs qui s'était hissé au rang des héros, les ducs un seigneur sans titre mais de bonne compagnie dont on enviait d'autant plus le panache qu'il n'avait pas trouvé le bleu de son blason dans le ciel de lit de ses ancêtres. Pour cela, parce que le couple qu'il formait avec Antoinette, bien qu'ils ne fussent pas mariés, était comme un symbole de la société évoluée de l'époque et aussi parce qu'une soudaine solidarité s'était éveillée, sous le coup du premier malheur qui frappait l'un d'entre eux, chez les nouveaux conquérants du ciel, Antoinette qui craignait d'être oubliée dans son chagrin se trouva aidée, entourée, protégée, même par ceux qui n'avaient guère ménagé l'irritant et séduitant Pilâtre de son vivant.

D'abord, Antoinette put continuer d'habiter le logement du musée de la Science, rue Sainte-Avoye, géré maintenant par l'intendant Jacques de Flesselles dont l'inlassable activité au service de l'aérostation naissante avait permis aux Montgolfier et à Pilâtre de réaliser leurs ascensions. Plusieurs possesseurs de riches demeures avaient offert l'hospitalité à la jeune femme qui avait préféré continuer la vie dans le cadre de son bonheur perdu, bourré d'appareils de physique, de flacons contenant des produits chimiques mystérieux, d'échantillons de toiles à ballon et d'une foule d'objets en bois, en faïence, en porcelaine, en carton ou en métal représentant des montgolfières sculptées, peintes ou dessinées dont les fabricants, ils étaient légion, avaient fait cadeau à l'intrépide Rozier. La présence de François était partout. Antoinette ne pouvait ouvrir un livre sans y trouver un morceau de papier couvert de la fine écriture qu'elle avait mis tant de temps à pouvoir déchiffrer. Les marges de certains ouvrages étaient remplies d'observations, de remarques qu'elle lisait avec émotion. C'était comme si François était encore là et lui parlait. Il lui semblait entendre sa voix un peu haut perchée commenter un passage de Montaigne ou de Diderot. Un point d'interrogation faisait surgir à son côté un visage perplexe dont elle connaissait tous les traits et les ratures, des petites rides qui chapeautaient ses sourcils jusqu'aux plis de la bouche et qu'elle lisait comme les lettres d'un mot de passe. Le point d'exclamation valait un éclat de rire qu'elle entendait vraiment venant de la bibliothèque ou de la grande « chaise à la reine » où il aimait étendre ses longues jambes. Ces remémorations n'avaient rien de morbide. Antoinette ne les recherchait pas. Elles étaient toujours le fait d'un hasard qu'elle appelait « signe de Dieu ».

Antoinette n'avait jamais porté le deuil. Non parce qu'elle n'avait pas été mariée mais parce qu'elle voulait continuer de mettre les robes qu'il aimait. Elle refusait presque toutes les invitations, ne répondant qu'à celles de quelques intimes, de Réveillon qui venait souvent la voir et d'Étienne de Montgolfier que le roi avait annobli et qui la priait toujours à dîner lorsqu'il passait par Paris. Le papetier ardéchois avait été très frappé par la mort de Pilâtre. C'est peu après l'accident qu'il avait décidé de ne se consacrer désormais qu'à la manufacture familiale et au perfectionnement d'inventions diverses, à l'exclusion de toute nouvelle fabrication aérostatique. Il n'en suivait pas moins avec intérêt les innombrables essais de ballons en France et à l'étranger mais évitait soigneusement ce sujet lorsqu'il rencontrait Antoinette qui, après des moments de désespoir et d'abattement, reprenait peu à peu courage.

Un matin elle reçut, portée par un courrier, une lettre qui la surprit et lui fit plaisir. C'était un mot de Germaine de Staël, la fille de Necker, qui venait d'épouser l'ambassadeur de Suède. Elle priait Antoinette de venir la voir dans le salon qu'elle venait d'ouvrir à l'ambassade, rue du Bac. Elle aurait aussi « l'occasion de rencontrer tout ce que Paris comptait de gens intéressants ».

Ce billet la plongea dans la perplexité. Pourquoi la nouvelle Mme de Staël, qu'elle n'avait qu'entr'aperçue plusieurs années auparavant l'invitait-elle? La curiosité plus que l'envie réelle de renouer avec une société où elle n'avait jamais été que l'ombre de François la poussa à accepter. Quelques jours plus tard, vêtue d'une robe blanche qu'elle n'avait pas portée depuis la mort de Pilâtre mais qui avait encore bonne allure, coiffée d'un bonnet à la mode et les mains gantées de peau cachées dans un manchon, elle se fit conduire rue de Grenelle, au coin de la rue du Bac, par le petit carrosse que Réveillon lui prêtait quand elle avait besoin de sortir. Contrairement à ses craintes, loin d'être rongée de remords, elle se sentait presque joyeuse : « Allons, je vais mieux! pensa-t-elle. Il va bien me falloir l'admettre. » Elle entra d'un pas ferme dans la cour de l'hôtel de la Tour du Pin où un laquais portant la livrée bleu et blanc du roi de Suède lui ouvrit la porte de salons dont la richesse et le goût la surprirent. Elle reconnut dans une entrée deux encoignures de Riesener et cela lui rappela qu'il y avait bien longtemps qu'elle n'était pas allée au Faubourg. Mais une jeune femme venait vers elle les mains tendues :

– Je suis heureuse de vous voir, mademoiselle. Je sais que vous ne sortez presque pas et je mesure l'honneur que vous me faites. Vous vous demandez sans doute pourquoi je vous ai invitée. Vous me connaissez peu...

– Je vous ai vue deux fois, la dernière dans le salon de Mme Necker...

– Le couple que vous formiez ce jour-là avec M. de Rozier était tellement assorti, vous étiez si beaux tous les deux que je ne vous ai pas oubliés. On me reproche ma franchise, ma vitalité, mon besoin d'être entourée mais, que voulez-vous, j'aime les gens. L'autre jour, en lisant je ne sais quel récit d'un nouvel aéronaute dans *Le Journal de Paris*, j'ai repensé à vous, je vous ai revue au bras de Pilâtre, belle, heureuse d'afficher votre amour et je me suis dit que vous étiez maintenant seule et que je pouvais peut-être vous aider. Voulez-vous être mon amie? Venez ici quand il vous plaira. Avant de vous présenter à ceux qui sont déjà les habitués de mon jeune salon, je vais vous faire un aveu : je vous ai enviée d'être à l'homme le plus célèbre, le plus brave et le plus beau.

– Le plus fou aussi! ajouta Antoinette en souriant. Notre amour a été bref mais je savais qu'il le serait.

– Votre malheur est grand mais vous avez la chance d'avoir vécu une grande passion. Moi, je viens de me marier. Vous verrez peut-être tout à l'heure mon époux. Sa prestance est superbe, il est beau, il plaît aux dames de la cour. Est-ce de la passion que j'éprouve pour lui? Non, je dirai plutôt que parmi tous les hommes que je n'aime pas, c'est celui que je préfère!

Elle éclata de rire mais Antoinette remarqua que ce rire n'avait pas effacé le nuage de tristesse qui flottait dans son regard. Elle se dit aussi que les yeux, magnifiques, étaient tout ce qu'il y avait de vraiment beau dans ce visage ingrat qui dégageait cependant un grand charme. Germaine de Staël lui présenta une foule de gens dont elle n'avait jamais entendu parler mais dont aucun, c'était certain, ne manquait d'esprit. Elle prit de l'intérêt à leur conversation et quitta contente le salon de l'ambassade de Suède. Son seul regret était de n'avoir pas vu le baron de Staël dont la personnalité l'intriguait depuis les confidences de sa jeune épouse. « Je suis reconnaissante à Mme de Staël de m'avoir invitée », pensa-t-elle dans le carrosse qui la ramenait vers l'est de Paris. « J'avais bien besoin d'un bain de futilité intelligente. » Se sentant en agréables dispositions, elle décida de se faire déposer place d'Aligre. Elle avait soudain envie de revoir Riesener et de savoir comment il se débrouillait avec sa femme-enfant.

Le maître n'était pas encore rentré de son atelier de l'Arsenal. C'est Marie-Anne qui la reçut avec gentillesse :

– Pourquoi ne venez-vous pas me voir plus souvent? demanda la jeune femme. Si vous saviez comme les journées sont longues dans ce quartier où je n'ai presque pas d'amies et dans ce logis que j'ai trouvé tout fait et où le visage de votre mère, dans son cadre ovale, ne me quitte pas des yeux. N'en dites rien à Jean-Henri qui est gentil à sa manière mais je ne suis pas vraiment épanouie. La différence d'âge entre nous n'arrange évidemment pas les choses... Et puis, les commandes se raréfient et Riesener en souffre. Non pas que nous manquions d'argent mais il a la crainte d'être passé de mode, de ne plus savoir suivre les jeunes maîtres qui travaillent pour les merciers et fabriquent des meubles courants qui ont leur cachet mais ne se comparent pas aux chefs-d'œuvre des plus grands... Jean-Henri est devenu sombre, acariâtre, il s'est brouillé avec l'administration du garde-meuble royal. Dieu merci, la reine Marie-Antoinette lui a gardé ses faveurs et il travaille pour le château de Saint-Cloud...

Antoinette avait écouté sans l'interrompre cette confession qui prouvait à l'évidence que Riesener n'était pas heureux et que la discorde régnait dans son ménage. Elle essaya de trouver les mots qui convenaient pour apaiser Marie-Anne et y avait presque réussi quand le maître rentra.

– Enfin! s'écria Riesener en la voyant. Je croyais que toi aussi tu m'avais oublié. Comment vas-tu, ma petite fille? Raconte-moi ta vie, dis-moi que tu n'es pas trop malheureuse. Pourquoi, au fait, ne reviendrais-tu pas habiter le Faubourg? Un logement est libre à l'étage au-dessus. Si Réveillon veut le tapisser, je me charge de le meubler. Si toutefois tu aimes encore ce que je fais!

– Pourquoi dis-tu cela? interrompit Antoinette en embrassant son beau-père. Tu sais que je te considère comme le meilleur ébéniste de ton temps. Avant même mon père qui pourtant était un grand artiste. Quant à ta proposition, figure-toi qu'elle ne pouvait mieux tomber. Je vais être obligée de quitter le musée de Pilâtre qui ne peut finalement exister sans lui et qui va devenir une école. Et si j'abandonne la rue Sainte-Avoye où veux-tu que j'aille sinon au Faubourg?

– Te voir revenir est le plus grand bonheur qui pouvait m'arriver. Je ne sais pas si Marie-Anne t'a dit mais cela ne marche pas très fort à l'atelier. S'il n'y avait pas la reine...

– Dis donc, ce n'est pas rien la reine! Mais que se passe-t-il?

– Les gens du garde-meuble sont devenus impossibles. J'ai sans doute eu tort de me fâcher mais c'est fait. Ce qui est certain, c'est que les amateurs de très beaux meubles se font rares, en même temps que l'argent. Les finances du royaume sont en piteux état et l'on empêche Necker de faire ce qu'il faudrait. Mais ce n'est pas le plus grave. Un vieux dicton de chez nous dit que lorsque les riches commencent à avoir faim les pauvres sont déjà morts. Eh bien, les pauvres ne sont pas encore morts mais ils sont malheureux. Tu t'en rendras compte si tu reviens habiter ici.

Antoinette abandonna sans trop de regret la rue Sainte-Avoye où elle n'avait en fait jamais été vraiment chez elle. Elle y avait bivouaqué, le temps d'une passion fulgurante. Il lui semblait bon de revenir aux sources, d'autant plus qu'elle espérait par sa présence faire renaître l'harmonie chez les Riesener. Elle y parvenait grâce à une attention journalière et à des conversations toniques qui sortaient Marie-Anne de sa langueur. Elle notait avec intérêt quelques analogies entre le ménage Riesener et le couple de Staël. Tous deux étaient le piètre résultat de mariages sans amour. La ressemblance pourtant s'arrêtait là; il eût été ridicule de comparer la fine et intelligente assoiffée de gloire de la rue du Bac à la gentille et insignifiante petite-bourgeoise du Faubourg.

Antoinette n'oubliait pas François mais elle y pensait maintenant avec cette douce et presque voluptueuse sensation qu'éprouve un blessé en frôlant de sa main une cicatrice fragile. « Je suis guérie... », se répétait-elle. Elle sentait son esprit engourdi se réveiller et elle ne manquait jamais de remercier celle qui l'avait aidée en lui permettant de rencontrer chez elle des cerveaux bien faits, des esprits peuplés de goût, des natures spirituelles. Même si elle en exagérait un peu les manifestations extérieures, Germaine de Staël portait de l'amitié à Antoinette dont l'intelligence n'avait pas été, comme la sienne, embarrassée dès la prime jeunesse par les incroyables connaissances dont Mme Necker avait bourré son esprit. Elle aimait la fraîcheur de cette petite-bourgeoise qui n'en était plus une et qui avait su retenir, jusqu'à sa fatale envolée, l'homme le plus brillant de son temps. Ainsi, même après sa mort, François continuait d'avancer les pions d'Antoinette sur un damier où, logiquement, elle n'eût dû jamais avoir accès.

C'est dans le salon de Germaine de Staël qu'Antoinette fit la connaissance d'un homme qui lui parut dès l'abord différent des virtuoses de la conversation qu'elle avait l'habitude d'y rencontrer. Le baron de Valfroy n'était pas beau à proprement parler mais « il avait une gueule » aurait dit Pilâtre. Son nez assez fort encombrait un visage régulier où perçait la malice. Il n'était plus tout jeune, cinquante, cinquante-cinq ans peut-être, mais portait droit un corps mince et long qu'on devinait musclé sous sa redingote vert bouteille, bien taillée mais plus très neuve. Quand il s'inclina devant elle avec l'aisance et la discrétion qui composent la vraie distinction, Antoinette sentit un petit frémissement du côté cœur, ce qui ne lui était pas arrivé depuis la disparition de François.

– Mademoiselle, lui dit-il d'emblée, je ne suis ni beau parleur, ni poète patenté, ni philosophe raisonneur, je n'ai pas de fortune et n'ai pas mes entrées à la cour. Je ne dois ma présence ici qu'au fait d'avoir servi longtemps M. de Necker au Contrôle général et d'y avoir gagné l'estime de Louise, pardon de Germaine de Staël qui était encore Mlle Necker. Voilà : vous savez tout ce que je ne suis pas. Ce serait une joie pour moi si vous éprouviez quelque peu l'envie d'apprendre ce que je suis.

Antoinette rit franchement :

– Eh bien, monsieur, pour quelqu'un qui prétend ne pas être beau parleur, vous semblez vous exprimer assez bien! Cette façon de vous dénigrer est habile et rend ma tâche plus aisée. Je ne suis pas moi non plus tout ce que vous dites et mon seul mérite est d'avoir vécu quelques années près de François Pilâtre de Rozier dont le nom ne vous est sans doute pas inconnu.

– Vous avez été la femme d'un roi, madame, il est juste qu'on vous honore mais la bouillante Mme de Staël n'est pas femme à se contenter d'une telle étiquette. Vous devez posséder bien d'autres qualités pour qu'elle vous accueille chez elle!

– A vous d'en juger, monsieur!

Antoinette se mordit les lèvres. Elle avait lancé sa réponse sans réfléchir et se rendait compte que c'était une invite à poursuivre des relations à peine ébauchées. M. de Valfroy fit mine d'ignorer le trouble de la jeune femme et changea adroitement de conversation :

– Vous amusez-vous dans les salons, mademoiselle? La fréquentation des beaux esprits vous réjouit-elle l'âme?

– Le seul où je mets les pieds est celui-ci et je m'y plairais mieux si les beaux esprits, comme vous dites, étaient moins nombreux à papillonner autour de mon amie Germaine de Staël. C'est à elle que j'ai envie de parler et elle est insaisissable.

– Nous avons décidément, vous et moi, la même façon de voir les choses. Je bénis le sort, Mme de Staël en l'occurrence, d'avoir permis notre rencontre.

– Ne pensez-vous pas, baron, que vous allez un peu vite en besogne?

– Le temps ne fait rien à l'affaire, mademoiselle. Il y a des gens que je connais depuis vingt ans et avec qui je n'irais pour rien au monde au théâtre. Et vous, j'ai une envie folle de vous offrir mon bras pour vous emmener un soir aux Italiens ou à la Comédie-Française. Voulez-vous...

– Il y a bien longtemps que je ne suis allée au théâtre. Si vous m'y invitez...

– Je vous invite. La Comédie-Française reprend *Le Mariage de Figaro*, mais sans doute l'avez-vous vu? Moi ce sera la troisième fois si vous me permettez de vous emmener. La pièce de M. de Beaumarchais me comble de plaisir, elle est vive, insolente et traduit en éclats de rire toute l'évolution des esprits. J'en connais par cœur presque toutes les répliques... Vous rappelez-vous, quand le comte dit à Figaro que sa réputation est détestable et que celui-ci répond : « Et si je vaux mieux qu'elle? Y a-t-il beaucoup de seigneurs qui puissent en dire autant? » Voulez-vous venir applaudir *La Folle Journée?*

– Avec d'autant plus de joie, monsieur, que je ne l'ai pas vue.

– Fort bien. Je vais m'occuper d'acheter des billets pour après-demain. Il ne vous reste qu'à m'apprendre votre nom et me dire l'endroit où je devrai venir vous chercher.

Antoinette était très gaie lorsqu'elle rentra place d'Aligre où le prévenant Valfroy l'avait déposée. Pour la première fois depuis longtemps elle ne se sentait pas tenaillée par l'idée de se retrouver seule. Elle savait au contraire que le temps passerait vite jusqu'au surlendemain, que la simple certitude du plaisir qui l'attendait allait effacer toutes les taches noires qui lui cachaient encore les lumières de l'espoir. L'espoir pour l'instant, elle en avait conscience s'appelait Valfroy. Le personnage l'avait surprise dans sa torpeur sentimentale. Loin de lui inspirer cette accablante sensation de culpabilité qui la submergeait chaque fois que le hasard la rapprochait d'un homme, il lui semblait que Valfroy l'avait affranchie des devoirs qu'elle s'était imposés depuis la mort de François. Mieux, elle se rendait compte, sans remords, de la tournure perverse qu'elle avait inconsciemment donnée à l'entretien, comme pour vérifier si son pouvoir de séduction agissait encore. Bref, cette rencontre l'enchantait et elle décida de faire part de sa bonne humeur à Marie-Anne qui la voyait toujours apparaître avec joie dans sa vie languissante. Elle s'était prise d'affection pour la jeune femme qui symbolisait à ses yeux l'état navrant de la dépendance des femmes. Tiens! Puisque Valfroy semblait gagné aux idées nouvelles et constitutionnelles de la famille Necker, puisqu'il appréciait tant la franchise insolente de Mme de Staël, elle allait lui parler des femmes qui semblaient bien oubliées dans le remue-ménage actuel des pensées et des croyances.

Le visage de Riesener, sombre et triste – « il paraît avoir vieilli de dix ans depuis son mariage », pensa Antoinette –, s'éclaira quand il aperçut sa belle-fille.

– J'espère que tu vas souper avec nous?

– Bien sûr. Comment va l'atelier? Toujours des soucis?

– Oh! J'ai bien assez de travail pour moi et les quelques compagnons que j'ai conservés. Je vais te dire, ce n'est pas cela qui m'inquiète, c'est la pauvreté qui s'installe insidieusement dans des familles qui jusque-là vivaient dans une relative aisance. Le prix du pain qui augmente sans cesse alors que sa qualité diminue exaspère les gens. Le travail manque et le nombre d'indigents qui demandent des secours ne fait que grandir. Tout cela me fait peur. Vois-tu, il y a toujours eu des périodes difficiles dans ce Faubourg qui est devenu ma patrie. Je n'y suis pas né mais on m'a raconté : il y a moins de cent ans, c'était encore un grand village, on se connaissait, on s'entraidait, la misère des uns était absorbée par ceux qui souffraient moins. Aujourd'hui, si l'on se connaît encore d'un atelier, d'une cour et d'un passage à l'autre, on s'ignore dans les manufactures où des centaines d'hommes venus souvent de l'étranger travaillent sans joie pour des salaires misérables. On voudrait transformer le Faubourg en poudrière qu'on ne s'y prendrait pas autrement.

– Que dit Réveillon puisque tu parles du danger des manufactures? Quand je passais ma vie à la folie Titon, au temps des ballons, les ouvriers n'avaient pas l'air malheureux!

– Cela a changé. Depuis cinq ans le prix du pain a doublé. La richesse de Réveillon et son luxe, affichés aux portes mêmes de ses ateliers, est aujourd'hui une sorte de provocation, pas tellement pour ses ouvriers qui le connaissent mais pour d'autres malheureux. Si tu le vois, dis-lui de faire attention, un jour tout cela se gâtera!

– Tu crois à une révolte?

– Quand les gens ont faim, tout est possible. Et j'ajoute, pour toi qui t'intéresses à la condition des femmes, que s'il y a une révolte, elle viendra d'elles. Rien n'arrêtera, dans les temps que nous vivons, des mères qui n'ont plus de pain à donner à manger à leurs enfants.

Riesener n'était pas très instruit mais il était intelligent et il possédait surtout une faculté d'analyse remarquable. Personne sans doute ne pouvait mieux que lui juger de l'état d'esprit du Faubourg. Ce qu'il disait, Antoinette savait que c'était la vérité et elle se promit de la faire connaître à Valfroy qui connaissait tant de gens influents dans les milieux du ministère.

Valfroy, Valfroy... ce monsieur qu'elle connaissait à peine avait pris beaucoup d'importance dans sa vie. Elle s'en étonnait plus qu'elle ne s'en inquiétait. Elle trouvait même plutôt agréable de penser qu'un homme aussi bien tourné et dont la conversation n'était jamais insignifiante l'avait remarquée, elle qui jouait les violettes dans le jardin flamboyant de Mme de Staël.

La soirée de la Comédie-Française fut un enchantement. La pièce de M. de Beaumarchais remportait depuis sa création en 1784 un succès inouï. Sans cesse reprise, elle était applaudie mais suscitait toujours dans le monde autant de haine et de colère contre son auteur. M. de Valfroy qui en goûtait le persiflage et les allusions meurtrières, se montra pour Antoinette un compagnon et un initiateur parfait. Il lui pressait le bras doucement chaque fois qu'un des acteurs amorçait l'une des tirades les plus audacieuses et lui expliquait, durant les entractes, qui était qui dans les loges et au parterre. Il lui montra aussi le nouveau moyen d'éclairage inauguré lors de la première représentation du *Mariage* et dont les gazettes de Paris avaient tellement parlé : les chandelles étaient remplacées par des lampes qui répandaient sans fumer une lumière douce et nette. Leur inventeur était un certain M. Quinquet dont le nom était devenu célèbre en une soirée.

Dès que le spectacle fut terminé, Valfroy qui avait retenu une table chez Beauvilliers, emmena souper Antoinette. La salle, mieux illuminée encore que le théâtre, était d'une rare élégance. La soie des robes formait autour de l'argenterie et de la porcelaine des corolles irisées. La plupart des femmes étaient belles et les hommes, dans l'ensemble, distingués. En regardant ce tableau qu'animait sans relâche le ballet des serveurs, Antoinette ne put s'empêcher de penser aux paroles pessimistes de Riesener. Était-il possible qu'à moins d'une demi-lieue de cet essaim soyeux et bourdonnant de gaieté, des femmes d'ouvriers sans travail n'aient pas de pain à donner à leurs enfants?

Valfroy avait remarqué que l'esprit d'Antoinette était ailleurs. Il pensa que ce lieu qu'elle avait fréquenté avec Pilâtre l'attristait et il lui demanda avec douceur en lui prenant la main s'il pouvait l'aider à retrouver sa gaieté.

– Merci, mon ami, répondit-elle en esquissant un sourire. Mon vague à l'âme ne vient pas de ce que vous pensez, je me sens très bien avec vous mais une conversation que j'ai eue hier avec mon beau-père, l'ébéniste Riesener, m'obsède et je ne puis regarder ce déploiement de luxe et y participer sans songer qu'à deux pas des familles sans travail vivent misérablement et que des enfants manquent de pain et de lait. De telles différences de vie ne choquaient pas quand les privilégiés étaient rares et n'étalaient pas trop leur richesse mais, aujourd'hui, cette fête permanente ouverte aux frontières de l'indigence ne saurait durer...

– Je ne pensais pas échanger avec vous ce soir, belle Antoinette, une conversation aussi sérieuse mais vous avez raison. La cour ne s'en rend pas compte mais si les idées libérales dont notre siècle est bercé depuis Diderot, Voltaire et tous les géants de l'*Encyclopédie* ne se traduisent pas dans les faits, nous allons tout droit à un soulèvement dont personne ne peut prévoir les effets. Le renvoi de Necker a été une catastrophe. Quand on le rappellera, car on sera obligé de le rappeler, il sera sans doute trop tard.. J'aimerais rencontrer votre beau-père qui semble bien analyser la situation et qui pourra m'éclairer sur l'état d'esprit de la population laborieuse des faubourgs. Bien qu'il ait quitté les affaires, je continue à travailler pour M. Necker qui se tient au courant des événements du royaume. Votre réaction est, hélas! plus importante que vous ne croyez. Ce que vous dites si bien, de tout votre cœur, des centaines de milliers de gens le pensent dans toute la France!

– Vous pourrez voir Riesener facilement quand vous viendrez chez moi, il habite un étage au-dessous, dit Antoinette en serrant le poignet de son compagnon. Elle ajouta en souriant : Encore faudrait-il que je vous donne la permission de me rendre visite!...

– J'attendrai votre invitation le temps qu'il faudra et sans impatience, chère Antoinette. J'ai acquis au cours des années la sagesse de goûter ce moment privilégié où l'on croit, même si ce n'est pas toujours vrai, avoir attendri le cœur d'une femme. Je rêve que le vôtre l'ait été; je suis comme un avare qui jouit de son trésor et le contemple. Ce plaisir délicat de l'attente n'a pas son pareil. Le partagez-vous un peu?

Antoinette, troublée par ce discours qu'aucun homme ne lui avait jamais tenu, ne répondit pas. Ses yeux parlaient pour elle.

Bertrand de Valfroy vint chez Antoinette. Il y revint même souvent. La vie de la jeune femme avait changé, une vie dont elle apprenait chaque jour un peu plus à apprécier le charme et la douceur. Valfroy était un homme serein. Il émanait de lui une énergie tranquille et rassurante qui abordait les tempêtes, les impatiences, les tendances agressives, comme la poudre de talc l'encre humide d'un billet. Antoinette, à qui l'existence avait appris à se défendre et à se battre, se sentait pour la première fois protégée; sa liaison empreinte de tendresse et d'attentions était l'antithèse des amours tumultueuses et passionnées qu'elle avait connues avec François. Elle ne regrettait pas ces dernières mais goûtait l'affection reposante que lui portait Bertrand.

Sur sa demande, Antoinette l'entraînait dans de longues promenades à travers le dédale des cours et des passages du Faubourg.

Souvent ils s'arrêtaient dans un atelier d'ébéniste et elle faisait découvrir à Bertrand cette magie du bois qui avait charmé son enfance et son adolescence. Il en profitait pour questionner les maîtres et les compagnons sur le climat politique et social du quartier. « Si seulement, disait-il, ceux qui gouvernent avaient la curiosité d'aller voir le peuple là où il vit, là où il travaille, que de sottises seraient évitées! Necker lui-même dont les idées libérales font si peur à la cour, n'a jamais parlé de sa vie à un ouvrier. J'écris ce que je vois et ce que j'entends à son intention. Voyez-vous, Antoinette, peut-être faisons-nous en nous promenant un travail très utile. »

Ils marchaient ainsi jusqu'à la barrière du Trône, là où Louis XIV avait jadis accueilli l'infante Marie-Thérèse, ou bien atteignaient la barrière de Reuilly formée d'une jolie rotonde. D'autres jours ils dépassaient la barrière de Fontarabie et allaient boire un rafraîchissement dans une auberge du village de Charonne qui n'avait guère changé depuis le roi Louis XI; ils revenaient alors vers Paris par la barrière de Montreuil dominée par un curieux bâtiment en forme de temple grec.

Valfroy tenait Antoinette au courant de toutes les grandes affaires dont bien souvent les chroniqueurs se faisaient l'écho sans grand souci de vérité. Ainsi lui montra-t-il un jour un état intitulé *Progression des revenus du roi,* qui montrait que M. de Calonne, en trois ans et quatre mois, avait consommé 147 millions de rentes.

– Le royaume est au bord de la banqueroute, expliquait Bertrand et le nouvel impôt du timbre soulève partout des discussions et des protestations. Je me demande s'il faut souhaiter le rappel de Necker. L'héritage sera tellement lourd que le malheureux ne pourra pas faire grand-chose d'autre que de perdre sa popularité. A propos de l'impôt sur le timbre, on m'a rapporté qu'à la suite de la demande par le parlement d'un état de finances, l'abbé Sabatier, conseiller clerc s'est écrié : « On réclame des états, ce sont des états généraux qu'il nous faut! » Souvenez-vous de ce mot, Antoinette : « états généraux ». C'est un prêtre qui l'a lancé mais il va y avoir de l'écho, vous l'entendrez bien souvent dans les temps qui vont venir.

Un jour Bertrand apporta à Antoinette un fascicule intitulé *Almanach des honnêtes gens :* « Gardez-le car il est rare. Le parlement en a fait brûler tous les exemplaires qu'on a pu saisir et son auteur, un nommé Sylvain Maréchal, est à Saint-Lazare. » Elle feuilleta le petit livre avec curiosité : les noms de tous les saints du calendrier étaient remplacés par ceux des philosophes, des grands hommes, des écrivains célèbres et même de quelques putains de haute volée.

Vers la fin du mois de novembre 1788, alors qu'il faisait déjà froid et qu'Antoinette se serrait contre Valfroy qui l'emmenait souper au *Restaurant mécanique*, l'établissement à la mode où le service était assuré par un petit monte-charge qui hissait du sous-sol, au milieu de chaque table, les plats commandés, leur attention fut attirée à la hauteur du quai de la Grève par des cris qui venaient d'un attroupement considérable. Ils s'approchèrent et furent vite instruits de ce qui se passait : cédant au désespoir, un couple qui n'avait ni nourriture ni abri à donner à leurs deux enfants, les avait conduits au bord de la rivière et les étreignant dans leurs bras, s'était précipité avec eux dans l'eau glauque et glacée avant qu'on eût pu mettre obstacle à leur projet. Le courant les avait aussitôt emportés, on les avait vus peu après reparaître à la surface, toujours enlacés puis ils avaient disparu dans le tourbillon des arches du pont au Change.

– Quelle horreur, murmura Antoinette en écoutant ce récit d'un témoin. Venez Bertrand, nous souperons d'un potage à la maison. Je ne me sens pas capable après ce drame d'affronter le luxe et les lumières du Palais-Royal.

– Moi, non plus, vous vous en doutez... Voyez-vous, un événement aussi révoltant, dont tout le monde parlera demain à Paris, va faire plus pour soulever le peuple que tous les écrits de nos philosophes.

Necker, comme l'avait prévu Valfroy avait été rappelé. Sa popularité était immense mais de faible poids dans la balance désastreuse des finances de l'État. Le cours des rentes était remonté grâce à la confiance dont il jouissait partout, sauf à la cour où ses éternels ennemis continuaient à le desservir auprès du roi, mais cela n'apportait pas du blé à Paris où la famine commençait à sévir. Enfin, l'arrêt du conseil du roi, signé le 27 décembre apporta un souffle d'espoir et de chaleur au peuple affamé : Les états généraux allaient être convoqués et, c'était capital, le tiers état aurait la double représentation, c'est-à-dire autant de députés que la noblesse et le clergé réunis.

– Necker a peut-être évité une révolution à la France, dit

Bertrand en annonçant le soir la nouvelle à Antoinette. Je suis fier de travailler pour un homme comme lui mais je suis moi aussi épuisé par toutes les luttes que nous avons menées depuis des semaines.

Antoinette l'entoura de ses bras et l'embrassa doucement :

– Mon grand homme a besoin à son tour de réconfort et de tendresse? Viens, allonge-toi, je vais te faire souper au lit, je t'endormirai... Je sais que tu aimes protéger ceux qui te sont chers et que mon malheur et ma faiblesse t'ont touché autant que mes charmes mais, pour une fois, tu vas te laisser porter. Tu verras que la fragile Antoinette sait aussi être forte. Souviens-t'en si nous sommes un jour obligés de vivre ensemble des moments difficiles.

En attendant les moments difficiles, elle connaissait avec Valfroy un amour simple et délicat auquel les événements donnaient le piment qui lui eût peut-être manqué. Ces événements qui se succédaient à un rythme croissant, il les vivait au palais, près de l'homme qui avait l'inconfortable privilège de devoir faire naviguer le vaisseau royal entre les brisants populaires et les écueils de la cour; Antoinette, elle, les voyait naître autour des boulangeries assiégées et dans les queues que faisaient les indigents devant le portail de l'abbaye en attendant une louche de soupe. Le soir, dans la quiétude du logement d'Antoinette dont Bertrand aimait la chaude intimité, ou dans l'appartement de célibataire de la rue Maison-Neuve qu'elle détestait parce qu'elle imaginait toutes les femmes qui l'y avaient précédée, les deux amants essayaient de deviner le lendemain.

Dans le Faubourg, le lendemain se décidait dans la chapelle de l'hospice des Enfants-Trouvés où se réunissait l'assemblée du district qui, selon l'ordonnance royale du 17 avril, devait établir un cahier de doléances et nommer les trois représentants du quartier qui participeraient à l'élection de l'Assemblée constituante. Malgré les objurgations de Riesener, Antoinette était dehors du matin au soir. Elle se mêlait aux rassemblements, commentait avec les curieux massés devant les Enfants-Trouvés les votes de l'assemblée du district, parcourait les rues et les passages où des conciliabules se tenaient devant la porte de chaque atelier. Les maîtres et les compagnons n'avaient, la plupart, que cela à faire : qui songeait à acheter des commodes de marqueterie ou des sièges inspirés de ceux qu'inventait Georges Jacob en un moment où le pain terreux et amer que distribuaient les boulangers coûtait quatre sous et demi la livre!

Quand elle racontait à Bertrand ce qu'elle avait vu et entendu dans la journée, il hochait la tête et disait que cela ne pouvait pas continuer longtemps :

– L'annonce de la réunion d'états généraux a fait naître une quantité d'orateurs de philosophes de café, de provocateurs qui trouvent dans ton Faubourg toutes les oreilles prêtes à les écouter. Ces braves gens, hier doux et tranquilles, préféreront demain être tués en se révoltant que mourir de faim. Si on ne leur donne pas très vite du pain mangeable, le sang coulera autour de cette abbaye qui n'est déjà plus le symbole de la communauté laborieuse et pacifique dont tu sais si bien parler.

– Que ferons-nous si la révolte éclate?

– Nous la vivrons en essayant d'être justes et de faire entendre la voix de la raison. Cela ne sera pas facile.

La vie pourtant continuait. On parlait beaucoup mais à part quelques échauffourées au Palais-Royal la rue restait calme. Avril touchait à sa fin et un printemps précoce avait fait verdir les marronniers. Antoinette qui attendait Valfroy pour souper était descendue bavarder avec Marie-Anne sur le pas de la porte. La petite place d'Aligre respirait la campagne avec ses arbres déjà verts et l'odeur des choux que les maraîchers de Montreuil déchargeaient pour le lendemain au marché Beauvau. « Je voudrais un enfant », confiait Marie-Anne à celle qu'elle considérait comme sa grande sœur. C'est à ce moment que Réveillon surgit de la rue de Cotte, en proie à une vive excitation :

– Que se passe-t-il, mon parrain? demanda Antoinette. Fabriqueriez-vous un nouveau ballon?

– Il se passe que des bruits mensongers et outrageants circulent sur mon compte dans le Faubourg. On se répète d'atelier à atelier que nous avons, Henriot et moi, dit à l'assemblée électorale, qu'il fallait réduire les salaires et qu'un ouvrier pouvait bien vivre avec quinze sous par jour! Je n'ai évidemment jamais proféré une telle sottise. Je n'ai peut-être pas toujours été un patron commode mais je ne suis pas idiot!

– Bah! cela fait partie de toutes les fausses nouvelles qui se colportent maintenant dans Paris. N'y attachez pas d'importance, remarqua Antoinette pour le calmer.

– En temps normal, je n'y aurais pas fait attention mais, en ce moment, c'est grave. Un furieux peut très bien m'embrocher! Je sais que tu circules beaucoup dans le quartier, veux-tu avoir la bonté de mettre les choses au point et de dire partout que je n'ai jamais dit une pareille ânerie?

– Bien sûr, mon parrain. Et je vais aussi le dire à Riesener qui voit beaucoup de monde lui aussi en allant et en revenant de l'Arsenal.

Le lendemain, Antoinette constata que Réveillon n'avait pas tort d'être inquiet. On ne parlait que de la fameuse phrase dont personne ne s'était soucié de vérifier l'authenticité. L'exaltation était à son comble et le démenti répété d'Antoinette ne fut même pas écouté. Un peu plus tard, elle constata que le bruit avait même dépassé les frontières du quartier et qu'un groupe d'excités, venu de Saint-Marceau voulait brûler Réveillon en effigie, devant la maison du manufacturier. Antoinette courut rue de Montreuil prévenir son parrain. Elle le trouva un peu rassuré : le lieutenant général de police Thiroux de Crosnes, un de ses obligés, venait de lui envoyer trente soldats pour le protéger.

Riesener et Antoinette évoquèrent le soir, en souriant, les craintes de leur trop émotif ami Réveillon; l'affaire en effet semblait oubliée et la colère populaire retombée comme un soufflé. Deux jours plus tard, il faisait toujours beau, presque chaud et Antoinette avait ressorti de son placard une robe légère « à la marinière » qu'elle n'avait pas portée depuis longtemps. Elle soupira en se regardant dans la glace mais se trouva jolie. Un grand fichu de linon jeté sur ses épaules acheva de l'assortir à l'air du temps. Sa montre, une mignonnette en or que lui avait offerte François au lendemain de son premier envol et qu'elle portait autour du cou marquait près de trois heures. Elle décida d'aller voir, rue de Montreuil, si Réveillon avait retrouvé sa bonne humeur naturelle.

La grande rue du Faubourg était tranquille. Des groupes discutaient aux carrefours ni plus nombreux ni plus agités qu'à l'habitude. Tous les trois pas, elle devait s'arrêter pour échanger quelques mots avec d'anciens apprentis ou compagnons d'Oeben et de Riesener. Certains avaient obtenu la maîtrise comme Louis Ancellet qui travaillait pour la couronne mais n'en était pas moins l'un des électeurs de la section des Quinze-Vingts ou Pierre Montel, l'ancien ouvrier libre du Faubourg, spécialiste des tables de jeu et des secrétaires en bois de rose. Antoinette était connue de tous et elle aimait retrouver ceux qui lui parlaient de son père avec une touchante admiration. Elle arriva ainsi au coin de la rue de Montreuil qui ne présentait aucun des signes avant-coureurs d'une manifestation. Les soldats des gardes françaises faisaient les cent pas devant le portail d'entrée de Réveillon, ils laissèrent entrer sans difficulté cette jolie femme bien vêtue qui ne venait certes pas mettre le feu à la maison.

Antoinette trouva Réveillon dans un coin de son grand salon, seul, la tête entre les mains, comme perdu dans ses pensées. « Allons, j'ai bien fait de venir, pensa-t-elle, le parrain est inquiet! » Il l'accueillit avec joie :

– C'est bien de penser à son vieil ami dans les jours sombres.

– Allons, parrain, les jours ne sont pas sombres. Il fait du soleil, ta manufacture produit du papier peint pour l'Europe entière, ce n'est tout de même pas la calomnie de quelques inconnus qui va te faire perdre le goût d'une vie plaisante et réussie!

– Tout le monde me dit cela, Antoinette, mais je ne peux pas m'empêcher d'être tourmenté. Je crois, vois-tu, que certains individus ont besoin d'une mèche pour allumer le tonneau de poudre qu'est devenu le Faubourg. La mèche, c'est moi! Ils m'ont choisi et ne me lâcheront pas. Peu leur importe que j'aie ou non proféré les paroles qu'on m'impute, l'essentiel est que les malheureux prêts à la révolte le croient! Ils ont brûlé hier la maison d'Henriot, demain ce sera la mienne!

Impressionnée, Antoinette allait répondre quand on entendit un bruit venu de la rue. Des cris d'abord, puis deux coups de feu, un silence puis de nouveau des hurlements. Le portier, hagard, se précipitait dans le salon :

– Vite, monsieur Réveillon, trois cents fous furieux attaquent la maison. Les gardes ont essayé de lutter mais ils ont été désarmés. Les révoltés ne veulent pas seulement brûler le palais, ils vont s'emparer de vous et vous tuer si vous ne vous enfuyez pas tout de suite par la petite porte du parc. Partez par le chemin des maraîchers. Allez, je vous en supplie, le temps presse!

– Fuyez! s'écria Antoinette. Ne vous embarrassez pas de moi avec ma robe qui traîne par terre. Je vais me réfugier dans le jardin dont je connais tous les taillis, me mêlerai à la foule et m'enfuirai dès que je le pourrai. Moi, je ne risque rien. C'est vous qu'ils veulent prendre. Allez, laissez tout et courez, il y va de votre vie.

Réveillon soudain se rendit compte du danger, les cris venaient maintenant de l'intérieur de la propriété.

– Merci, Charles, et toi embrasse-moi. Souhaite-moi bonne chance, je vais essayer d'aller me réfugier à la Bastille en passant par la rue de Lappe. Là je serai en sûreté, en attendant de prendre des dispositions moins théâtrales.

Le petit Réveillon qu'on n'aurait pas cru aussi agile tellement il était rond s'enfuit en courant par l'une des portes donnant sur le jardin. Cinq minutes après il eût été trop tard, un flot d'émeutiers envahissait la folie Titon en poussant des cris de fureur. Cachée derrière un bosquet, prête elle aussi à s'enfuir par le chemin des potagers, Antoinette regardait en tremblant le spectacle le plus effrayant, parce que dicté par la haine, et le plus absurde, parce que sans profit pour quiconque. Elle essayait de retrouver les siens, les gens du Faubourg, dans cette multitude grossière qui envahissait la maison par toutes les issues en hurlant des mots d'ordre où revenaient souvent « mort », « lanterne », « peuple »... Antoinette vit soudain des flammes s'échapper des fenêtres du premier étage, celui des chambres. En même temps des petits meubles, des sièges saccagés peut-être par ceux qui les avaient construits naguère avec amour, étaient projetés sur la pelouse où déjà flambait un feu alimenté par des livres, des chaises, des tapis sortis du salon. Aucun des visages inondés de sueur que les flammes faisaient reluire comme ceux du Jugement dernier de Michel-Ange ne lui était connu. Antoinette en fut soulagée, il lui aurait répugné de retrouver dans ce tableau bestial la figure d'un voisin qu'elle aurait vu sculpter une frise d'angelots, d'une voisine qu'elle aurait rencontrée la veille au marché ou d'un ouvrier de Réveillon connu au temps des montgolfières. Il devait pourtant y avoir, dans cette multitude déchaînée, quelques artisans du Faubourg qui avaient jusque-là gagné paisiblement la vie de leur famille en assemblant les courbes élégantes d'un fauteuil à la reine ou en marquetant de bois de violette les tiroirs d'une commode. La misère, la faim, en avaient fait des barbares et les avaient mêlés aux pillards venus des autres quartiers. Il n'avait fallu que quelques dizaines de minutes pour que s'organisât derrière Antoinette ce cortège bestial que rien n'annonçait durant sa promenade. Enfin, lasse d'horreur et de sottise, elle songea à s'éloigner de l'immense brasier qu'était devenue la folie Titon.

Elle n'avait pas fait trois pas vers le portail par où elle comptait sortir sans encombre qu'un galop de cheval se fit entendre. En quelques instants, les alentours du château furent envahis par le régiment de royal-cravate, sabre au clair ou pistolet dégainé.

Détaché en tête, le colonel commanda les sommations puis devant la fureur des insurgés qui se glissaient entre les rangs et blessaient les montures, il prononça les mots qu'Antoinette terrorisée attendait cachée derrière un tilleul, à quelques mètres de l'endroit où Pilâtre avait fait ses premières ascensions : « Chargez. Ouvrez le feu! »

Contraints de reculer sous la fusillade, les insurgés se répandirent dans le parc et bientôt Antoinette se trouva entourée d'émeutiers décidés à lutter jusqu'au bout en faisant tomber les soldats de cheval pour leur prendre leur sabre et les tuer sous les yeux des blessés. Collée à son arbre, pétrifiée, elle regardait s'entre-tuer ces hommes encore jeunes pour la plupart. Soudain, elle sentit qu'une main s'accrochait au bas de sa robe, elle baissa les yeux et aperçut un garçon, presque un enfant, dont la blessure à la cuisse saignait abondamment. Son regard l'implorait, elle s'agenouilla et se pencha. Des larmes coulaient sur le visage blême de l'adolescent mal nourri qui avait cru pouvoir jouer à la révolution comme il jouait aux gendarmes et aux voleurs dans son passage de la Boule-d'Or.

– Madame, je ne vais pas mourir? demanda-t-il à Antoinette qui lui soutenait la tête et essuyait son front avec un coin de fichu.

– Mais non, mais non! Seulement il faut que je te fasse un garrot.

Elle releva la jupe de sa robe et déchira une large bande d'étoffe. D'un geste sans réplique – mais qui aurait répliqué? –, elle baissa le pantalon du garçon ou plutôt la guenille qui en tenait lieu, puis serra de toutes ses forces le lien de tissu au-dessus de la blessure qui semblait profonde. Antoinette n'avait plus peur. Elle accomplissait ces gestes naturellement, comme si elle s'était trouvée chez elle, en train de soigner un être aimé. Mais dans cette atmosphère d'apocalypse, ce gamin qui allait peut-être mourir dans ses bras n'était-il pas l'être qui lui était à cet instant le plus cher? Elle se pencha un peu plus pour lui embrasser le front et ne sentit pas la balle perdue qui lui arracha dix centimètres de cuir chevelu. Elle tomba évanouie sur le garçon qui regarda en pleurant le sang inonder le beau visage blanc qui venait de lui sourire. Il se sentait coupable, croyait être responsable de la mort de celle qui l'avait secouru. Comment aurait-il pu penser qu'il lui avait sauvé la vie? Si Antoinette ne s'était pas penchée pour l'embrasser, la balle, au lieu de la blesser, lui aurait traversé la tête!

Pour n'être pas mortelle, la blessure d'Antoinette était grave. En fin de soirée, la force étant demeurée à la troupe, la jeune femme fut relevée avec les 350 autres blessés qui jonchaient la pelouse rougie de sang et envoyée aux Quinze-Vingts. La nouvelle de l'insurrection qui avait fait plus de 150 morts était évidemment parvenue à Versailles. Bertrand de Valfroy l'apprit dans le cabinet de Necker et demanda aussitôt à être envoyé en mission dans les districts du faubourg Saint-Antoine pour juger la gravité de la situation. La mission lui fut d'autant plus facilement confiée que le ministre était au courant des relations qu'il entretenait dans le point le plus chaud de la capitale. Un carrosse du service royal le conduisit à bride abattue jusqu'à la rue de Montreuil où quelques gardes restaient de faction. La nuit tombait, des gens venus de toutes les ruelles du Faubourg retiraient les derniers morts, les leurs sans doute, sur des brancards de fortune. Une odeur de cendre et de sang flottait sur les ruines fumantes de ce qui avait été la folie Titon.

Un lieutenant de police parcourait les débris d'un air las et notait avec application des détails pour son rapport. Il fit à Bertrand le récit des événements et expliqua que Réveillon avait réussi à s'enfuir au dernier moment, à se réfugier derrière les murs de la Bastille et à échapper ainsi à une mort certaine. « Tenez, ajouta-t-il, voici le portier qui a assisté à toute l'affaire et qui pourra mieux que moi vous raconter les péripéties de ce véritable soulèvement. »

Le vieux Charles qui avait suivi Réveillon depuis l'époque de la mercerie de la rue de la Harpe et qui vouait à son patron une fidélité sans borne errait dans les décombres sans comprendre pourquoi ceux qui avaient faim s'en étaient pris à la manufacture où les ouvriers, s'ils n'étaient pas très bien payés, gagnaient au moins leur pain. Il raconta à Valfroy comment les émeutiers avaient enfoncé le lourd portail de l'entrée :

– Tandis que la garde se défendait comme elle pouvait contre le flot grandissant des révoltés qui arrivaient par vagues, j'ai heureusement pu réussir à aller prévenir M. Réveillon. Il bavardait tranquillement avec Mlle Oeben, sa filleule je crois...

– Comment dites-vous? Mlle Oeben était là? A-t-elle pu s'enfuir elle aussi?

– Elle a pressé M. Réveillon de partir mais elle ne l'a pas accompagné. Elle a dit qu'elle ne voulait pas le retarder et qu'elle ne craignait rien. Je l'ai vue partir vers le parc et se cacher derrière les buissons.

– Quelle folie! Mais après? Est-elle blessée, morte peut-être? Parlez bon sang.

– Elle était évanouie. Elle vivait quand on l'a ramassée tout à l'heure. Elle a dû tomber sur un autre blessé, un jeune insurgé qui lui soutenait la tête en pleurant comme un enfant. Ce n'était pas beau à voir, monsieur. Tout ce sang!...

– Taisez-vous! Dites-moi plutôt où l'on a transporté cette dame.

– J'ai dit au lieutenant qu'elle n'était pas une insurgée. Je crois qu'on l'a conduite aux Quinze-Vingts, c'est tout près...

Déjà, Bertrand était remonté dans le carrosse en direction de la rue de Charenton. Il était fébrile. Dans quel état allait-il retrouver Antoinette? La voiture aux armes royales se frayait difficilement un passage dans le Faubourg encombré par les habitants qui étaient tous dehors et commentaient, assemblés en petits groupes, les événements de la rue de Montreuil. La tension était tombée mais les mines étaient graves, des femmes pleuraient, leurs enfants dans les bras ou accrochés à leur jupe. Le carrosse, enfin! s'arrêta devant le portail des Quinze-Vingts. Valfroy s'y engouffra et questionna une sœur qui traversait le vestibule :

– Une salle de l'hospice des aveugles a en effet été libérée à la demande de la lieutenance de police pour y recevoir quelques blessés de la folie Titon. On peut bien, monsieur parler de folie!... Tout ce sang versé ne donnera pas du pain aux indigents... Devant l'impatience de Bertrand, elle lui indiqua un couloir : Au fond, vous verrez une grande porte, c'est là!

Une quinzaine de blessés gisaient sur des lits de bois où les sœurs hospitalières leur prodiguaient les premiers soins, sous les ordres de deux médecins envoyés par l'Hôtel de Ville. Valfroy finit par découvrir Antoinette dont un bout de visage apparaissait au milieu d'un énorme pansement. Elle semblait dormir. Il crut qu'elle n'était pas réveillée de son coma mais elle ouvrit les yeux en sentant une présence à son côté. Tout de suite, elle reconnut Bertrand, ses yeux brillèrent, elle esquissa même un pauvre sourire et balbutia :

– Je t'attendais. J'avais peur que tu ne me retrouves pas. Je ne sais même pas où l'on m'a transportée. Je suis blessée à la tête mais il paraît que ce n'est pas trop grave. Je t'en supplie, ramène-moi chez moi dès que cela sera possible.

Bertrand était très ému. Cet homme d'âge mûr qui avait autrefois commandé un bataillon sur le Rhin, sentait un flot de tendresse l'envahir devant ce pâle visage qui semblait être celui d'un enfant. Il lui prit la main, toute tachée de sang séché et l'embrassa. Puis il lui murmura les paroles douces, apaisantes qu'elle demandait :

– Oui, ma petite fille, on va te sortir très vite de cet hôpital sinistre et te faire soigner par les meilleurs médecins. Bientôt, tu reprendras tes promenades dans le Faubourg mais jure-moi que, s'il y a bataille, tu ne demeureras pas au milieu de combattants!

Elle sourit et demanda à Bertrand de s'approcher :

– Tu vois le garçon, là, dans le deuxième lit. C'est un pauvre enfant qui ne se connaît même plus de parents. Il est sérieusement touché à la jambe...

– C'est celui sur qui tu t'es effondrée lorsque tu as été touchée?

– Comment, tu sais?

– Oui, on m'a même dit qu'il te soutenait la tête en pleurant.

– Ça, je ne le savais pas. Peut-être m'a-t-il sauvé la vie. Moi je lui avais garrotté la jambe, il perdait tout son sang... Arrange-toi pour qu'il ne soit pas confondu avec les autres émeutiers blessés qu'on va envoyer je ne sais où. Ramène-le avec moi à la maison.

– Je vais m'en occuper. Ma situation auprès de Necker aura au moins servi à quelque chose!

Une semaine plus tard, Antoinette et Ethis – qui diable avait été donner ce nom à un enfant trouvé? – quittaient l'hospice. Il n'y avait que quelques centaines de mètres à parcourir pour gagner la place d'Aligre mais ni l'un ni l'autre ne pouvait faire le chemin à pied. Riesener et Bertrand conduisirent la jeune femme jusqu'au carrosse avec d'infinies précautions : tout mouvement brusque lui causait de lancinantes douleurs à la tête. Quant au garçon, ils le portèrent et l'allongèrent sur l'une des banquettes. Sa jambe restait enveloppée dans un épais pansement. Quand Antoinette lui dit qu'il était dans un carrosse du roi, il ne voulut pas la croire :

– Ça ne fait rien, dit-il à Valfroy, vot' dame m'a fait rudement peur quand elle est tombée sur moi et que le sang a commencé à couler de sa tête. Et si c'est vraiment dans un carrosse du roi que vous m'emmenez, remerciez-le bien pour moi!

Les jours, les semaines passaient place d'Aligre qui retrouvait son calme provincial, l'après-midi, dès que le marché Beauvau fermait ses portes. Les rumeurs du Palais-Royal, les débats de l'assemblée de Versailles, les manœuvres inquiétantes des régiments du vieux maréchal de Broglie ne venaient pas troubler la quiétude du petit logement transformé en infirmerie où Antoinette retrouvait des forces en même temps que l'équilibre. La jambe d'Éthis, hélas! avait été touchée jusqu'à l'os et le médecin que Mme de Staël envoyait tous les deux jours pour soigner les blessés laissait peu d'espoir de lui voir retrouver toute sa mobilité. Cela n'empêchait pas le garçon d'être aimable et drôle. Il aurait payé d'une infirmité bien plus grave le prix du confort et de l'affection que lui apportait la vie auprès d'Antoinette et de Marie-Anne qui s'était révélée une infirmière dévouée et efficace. Éthis, qui avait un peu plus de quinze ans, cachait de l'intelligence et de la sensibilité sous sa rudesse. Antoinette avait décidé de l'instruire et de l'affiner. Ce n'était pas peine perdue et le garçon vouait à sa bienfaitrice une reconnaissance et un attachement qui la payaient de ses efforts. Il ne parlait jamais du drame de la rue de Montreuil. Le jour où il apprit que deux des émeutiers avaient été pendus et cinq autres condamnés aux galères, il dit simplement : « Ils n'en ont pas fait plus que moi, ils sont châtiés et moi j'ai gagné le paradis. Ce n'est pas juste! »

Valfroy ménageait l'âme encore fragile d'Antoinette. Il ne lui faisait pas part de l'inquiétude qui gagnait le pouvoir devant la multiplication des incidents, la fermentation des esprits, l'excitation des passions. Cela lui était d'autant plus aisé qu'elle ne sortait pas de sa chambre et que le feu qui couvait sous la cendre n'enflammait pas le Faubourg encore choqué par l'émeute. Jusqu'au 12 juillet, il eut peu à mentir : il semblait qu'un couvercle posé sur la marmite eût apaisé le bouillonnement des esprits. Le temps cependant demeurait orageux, lourd, sombre; Bertrand savait que la moindre étincelle pouvait embraser le ciel chargé de deux nuages livrés comme des montgolfières au caprice des vents : la soudaine fermeté du roi qui avait rassemblé autour de lui une véritable armée et la détermination du comité permanent créé à l'Hôtel de Ville par les électeurs du tiers état. Il lui cacha aussi le nouveau renvoi de Necker qui eût pu l'inquiéter et l'effervescence qui régnait autour du Palais-Royal.

Ce soir-là, Valfroy arriva tard place d'Aligre. Comme Necker qu'il n'avait pas quitté depuis son nouveau départ du ministère, il était épuisé, déçu, angoissé. Des bandes armées avaient investi les monastères des chartreux et des lazaristes pour y chercher des réserves de blé qui n'existaient pas, une milice parisienne s'organisait à l'Hôtel de Ville...

Sa pâleur inquiéta Antoinette qui, elle, avait repris des couleurs et paraissait joyeuse. Il la rassura et trouva une raison plausible pour expliquer le tocsin qui sonnait depuis midi dans toutes les églises de Paris et dont le son parvenait, assourdi, jusqu'à la chambre de la jeune femme. Celle-ci avait retrouvé assez de forces, pensait-elle, pour conforter son compagnon :

– Viens, lui dit-elle après le souper, j'ai beaucoup de choses à te dire et ce sont des mots de bonheur et d'espoir.

Il sourit et se laissa entraîner dans la chambre où elle le fit s'allonger sur le lit. Avant de s'asseoir dans la ruelle, elle disposa sous sa tête un oreiller bien frais qui sentait la lavande, dénoua le catogan qui retenait ses cheveux grisonnants et lui caressa doucement le visage.

– Je crois que je suis guérie, continua-t-elle. Grâce à toi. Tu as été merveilleux. Regarde, ma chevelure repousse et bientôt on ne verra plus mon horrible cicatrice. Mais j'ai une autre chose à t'apprendre, une chose bien plus importante. Quand j'ai été blessée, j'étais...

– Tu étais quoi mon amour?

– J'étais enceinte et ne pouvais pas le savoir, c'était trop tôt. Eh bien, mon cœur, l'enfant, notre enfant, a survécu à toutes mes misères! La sage-femme de la Madeleine du Traisnel m'a dit cet après-midi que tout allait bien et que je mettrai au monde le bébé dans six ou sept mois. Tu vois que c'est le bonheur que j'avais à t'annoncer!

Bertrand qui s'abandonnait à la douce volupté de la paume d'Antoinette se redressa d'un coup :

– C'est vrai? Tu attends un enfant de nous?

– Dis donc, grand sot, de qui voudrais-tu qu'il fût?

– Pardon, ma tendre amoureuse. C'est la surprise, l'émotion. Une joie que je n'avais encore jamais connue. Maintenant il va falloir prendre soin de toi. C'est vrai que tu te sens guérie?

– Bien sûr! Je n'ai presque plus jamais mal à la tête et ce bonheur m'a rendu les forces qui me manquaient encore. Rassure-toi, je le ferai beau notre marmot!

– J'en suis sûr. J'espère qu'il te ressemblera, mais tu vas me promettre de ne pas aller chaque jour « faire ton tour de Faubourg » comme tu dis. Je t'accorde celui de la place d'Aligre, pas plus, les jours de soleil.

– Bien, monsieur, mais je suis plus raisonnable que tu ne le crois. Ce n'est tout de même pas ma faute si je me suis trouvée prise chez Réveillon le seul jour où une émeute a éclaté dans le quartier! Heureusement, tout va mieux de ce côté et je suis heureuse que notre petit arrive sur ce coin de terre à l'heure de la paix et de l'abondance que nous préparent les états généraux, le roi et Necker. Aujourd'hui est un grand jour, amour et tendresse de ma vie. Il faut se le rappeler. Tiens, moi qui vis en recluse depuis si longtemps, je ne sais même pas la date d'aujourd'hui. Quel jour sommes-nous, futur père de famille?

– Le 13 juillet 1789.

# Repères chronologiques

| DATES | L'HISTOIRE | LE QUARTIER | LES PERSONNAGES |
|---|---|---|---|
| **1471** | Ordonnance de Louis XI qui permet aux métiers du bois de vivre et de prospérer librement sur le territoire de l'abbaye Saint-Antoine | Jeanne IV abbesse de Saint-Antoine-des-Champs protège ses ouvriers libres sur lesquels elle exerce ses droits de haute et basse justice. | **Jean Cottion,** compagnon du tour de France s'installe près de la Bastille chez le maître menuisier-huchier **Pierre Thirion** et sa femme **Gabrielle.** |
| **1473** | Premier livre imprimé à Paris. | Naissance autour de l'abbaye du premier noyau des ouvriers du bois au Faubourg Saint-Antoine. | **Jean Cottion** travaille pour l'abbaye. L'abbesse lui enseigne la lecture. |
| **1475** | Louis XI combat les féodaux, unifie peu à peu le royaume et établit les premières bases d'une économie moderne. | Attirés par l'indépendance à l'égard des jurandes les artisans s'installent de plus en plus nombreux autour de l'abbaye. | **Jean Cottion** épouse **Charlotte,** fille de l'enlumineur **Thomas. Paul,** fils des **Thirion** est son apprenti. |
| **1476** | | | Naissance de **Nicolas** au foyer de **Jean** et **Charlotte Cottion.** |
| **1480** | Hiver terrible. Nombreuses victimes à Paris. | Évolution des motifs décoratifs sur les meubles : des sculptures variées éclipsent le sacro-saint panneau « à serviette ». | Naissance d'**Hortense Cottion,** sœur de **Nicolas.** |
| **1483** | Mort de Louis XI. Avènement de Charles VIII. | | Mariage de **Paul Thirion** et de **Pierrette.** |

| DATES | L'HISTOIRE | LE QUARTIER | LES PERSONNAGES |
|---|---|---|---|
| **1497** | | Mort de l'abbesse Jeanne IV, fondatrice du « Faubourg ». Isabelle Simon lui succède. | Naissance de **Jean-Baptiste Thirion.** |
| **1498** | Louis **XII** roi de France. | Premiers signes de l'influence de la Renaissance italienne. | Vie simple et facile des **Cottion** et des **Thirion** à l'ombre de l'abbaye. |
| **1500**<br>**1501** | Le Florentin Amerigo Vespucci découvre l'embouchure de l'Amazone. Les Portugais prennent possession du Brésil. | Naissance au Faubourg d'une classe (très restreinte) d'artisans bourgeois. | Mort du maître **Pierre Thirion.** Son fils **Paul** reprend l'atelier familial.<br>**Nicolas Cottion** épouse **Marguerite Du Pré** fille d'un imprimeur du roi.<br>**Hortense** épouse **Matthieu Bourdereuil,** fils d'un bourgeois, marchand de bois à Bercy. |
| **1502** | | | **Nicolas Cottion** devient graveur sur bois, illustrateur de livres chez son beau-père **Du Pré.**<br>Naissance de **Louise Cottion,** sa fille. |

| DATES | L'HISTOIRE | LE QUARTIER | LES PERSONNAGES |
|---|---|---|---|
| **1515** | François Ier roi de France se lance dans les guerres d'Italie. Victoire de Marignan. | L'abbesse Isabelle poursuit avec bonheur l'œuvre de Jeanne IV. | Mort du maître huchier **Jean Cottion.** |
| **1516** | François Ier invite Léonard de Vinci à venir travailler en France. | Arrivage à Bercy des premiers bois exotiques. | **Paul Thirion** chef sans titre de la communauté du meuble. |
| **1520** | Le camp du Drap d'Or. | Expérimentation d'une nouvelle technique : le placage. | Mort de **Jean Du Pré.** |
| **1524** | Naissance de Ronsard. | Le Faubourg fabrique des buffets à deux corps et des armoires à l'italienne, entièrement sculptés. | **Louise Cottion** épouse **Jean-Baptiste Thirion.** D'amies, les deux familles deviennent alliées. |
| **1525** | François Ier battu à Pavie et prisonnier de Charles Quint à Madrid. | Mort de l'abbesse Isabelle. Avènement de Jeanne V de Longuejoue. | Naissance de **Perrine,** fille de **Jean-Baptiste** et de **Louise Thirion.** |
| **1526** | Développement du protestantisme et lutte contre l'hérétisme. | Première utilisation du bois de noyer dans la fabrication des meubles. | Naissance de **Denis** *(id.).* |

| DATES | L'HISTOIRE | LE QUARTIER | LES PERSONNAGES |
|---|---|---|---|
| **1532** | Rabelais publie *Pantagruel.* | La jeune abbesse Jeanne V « apprend le Faubourg ». | **Nicolas** et **Marguerite** meurent de l'épidémie de peste qui ravage Paris. La petite **Perrine** survit par miracle à la maladie. (1533) |
| **1540** | François Ier autorise Charles Quint (qui va châtier les Gantois révoltés) à traverser la France. | Réception fastueuse de l'Empereur à l'abbaye Saint-Antoine avant son entrée à Paris. | Tout le quartier conduit par **Jean-Baptiste** construit dans l'abbaye un palais de bois et d'or pour la réception. |
| **1542** | Naissance de Marie Stuart en Écosse. | Coup de théâtre au Faubourg : la jeune abbesse Jeanne quitte l'abbaye à la suite de Benvenuto Cellini devenu indésirable à la cour. | |
| **1544** | Naissance à Fontainebleau de François II petit-fils de François Ier, fils d'Henri II et de Catherine de Médicis. | Attaques du Parlement contre le laisser-aller des monastères. La nouvelle abbesse Marguerite de Vaudetar résiste. | Idylle entre **Denis Thirion** l'ébéniste qui part faire son tour de France et sa cousine, la bourgeoise **Anne Séguier,** petite-fille d'**Hortense.** |
| **1545** | Massacre des hérétiques du Dauphiné et de la Provence. | Disette à Paris. Le Faubourg n'est pas épargné. | **Perrine Thirion** épouse Jeannot Habermann fils d'un ébéniste allemand protestant. |

| DATES | L'HISTOIRE | LE QUARTIER | LES PERSONNAGES |
|---|---|---|---|
| **1546** | Mort sur le bûcher de l'humaniste Étienne Dolet. Démolition du vieux Louvre. Pierre Lescot bâtit la cour carrée du nouveau palais. | L'abbesse Marguerite, à son tour, défend ses ouvriers libres et l'art du meuble sur son territoire. | **Denis** parti sur les routes, **Anne** qui ne peut l'épouser à cause de la parenté épouse **André Lécier,** fils d'un riche mercier. La branche « Hortense » des Cotton s'embourgeoise. |
| **1547** | Mort de François I^er^. Son fils Henri II lui succède. | | Retour de **Denis** devenu un remarquable sculpteur de bois. |
| **1548** | Philibert Delorme construit le château d'Anet. | Edit royal interdisant des constructions nouvelles dans les faubourgs de Paris. | **Denis** participe à la décoration de la fontaine des Innocents sous les ordres de **Jean Goujon.** |
| **1550** | Naissance d'Henri de Lorraine, 3^e^ duc de Guise. | Le style d'Androuet du Cerceau inspire les architectes et les gens du meuble. | **Denis** au Louvre dans l'atelier du roi. 1555 : Naissance de **Christophe Habermann,** fils de **Perrine.** |
| **1558** | Répression accrue contre les hérétiques. | Inquiétude au Faubourg pour les nombreux ouvriers protestants venus d'Allemagne. | **Anne** met au monde un fils, **Paul,** dont le père est **Denis** mais qui porte le nom de son mari, **Lécier.** |

| DATES | L'HISTOIRE | LE QUARTIER | LES PERSONNAGES |
|---|---|---|---|
| **1559** | Henri II meurt au cours d'un tournoi disputé à la porte Saint-Antoine. Règne-éclair de François II. | | Mort d'**Hortense,** l'une des grandes dames du Faubourg. |
| **1560** | Charles IX succède à François II. Naissance du baron de Rosny (Sully). Massacre de Vassy. Début des guerres de religion. | Le mobilier n'est plus un luxe réservé aux seuls seigneurs fortunés. | |
| **1570** | | Prospérité du Faubourg que freine cependant la guerre civile. | Mort de **Jean-Baptiste Thirion.** |
| **1572** | La Saint-Barthélemy. | Avant de mourir, l'abbesse Marguerite sauve de nombreux gens du bois protestants. | **André Lécier** victime par erreur de la Saint-Barthélemy. **Anne** est libre. |
| **1574** | Mort de Charles IX. Henri III règne. | Anne de Thou nouvelle maîtresse de l'abbaye, où l'effigie du roi défunt est exposée. | **Paul,** fils de **Denis** et d'**Anne,** brillant élève reçoit son diplôme de docteur en médecine. Il épouse **Nicole Le Febvre,** fille d'un illustre médecin. |

| DATES | L'HISTOIRE | LE QUARTIER | LES PERSONNAGES |
|---|---|---|---|
| **1575** | Complot contre le roi. « Guerre des trois Henri ». | L'activité du Faubourg minée par les troubles sanglants. | **Denis** et **Anne,** enfin mariés, partent pour Florence et Rome.<br>**Christophe Habermann** commence son tour de France. |
| **1576** | Formation de la Ligue (contre le roi). | | Rencontre de **Denis** et **Jean de Bologne** à Florence. **Denis** travaille dans l'atelier du célèbre sculpteur et à Boboli. |
| **1577** | Évasion d'Henri de Navarre, prisonnier au Louvre depuis la Saint-Barthélemy. | | Mort tragique de **Denis** dans les jardins de Boboli. Voyage d'**Anne** et de **Jean de Bologne** à Venise. |
| **1579**<br>**1580** | Montaigne publie *Les Essais.* | De nombreux artisans, découragés, fuient le Faubourg en léthargie. | **Anne** modèle du **Tintoret** qui, en remerciement lui offre son portrait. Retour d'**Anne** en France et au Faubourg. |
| **1582** | Bulle de Grégoire XIII instituant le calendrier grégorien. | | **Anne** prend le voile et devient, à Saint-Antoine-des-Champs, l'indispensable assistante de l'abbesse **Anne de Thou.** |

| DATES | L'HISTOIRE | LE QUARTIER | LES PERSONNAGES |
|---|---|---|---|
| **1585** | Naissance à Paris d'Armand du Plessis de Richelieu. | Les ouvriers libres demeurés fidèles au Faubourg survivent grâce aux travaux de l'abbaye. | |
| **1588**<br>**1589** | Assassinat du duc de Guise.<br>Henri III s'allie au roi de Navarre contre la Ligue. Il est assassiné par le moine Jacques Clément. Henri de Navarre est proclamé roi de France. Il lui reste à gagner son royaume et Paris. | | |
| **1590** | Victoire de Henri IV à Ivry. | Occupation sans dommage de l'abbaye par les troupes huguenotes.<br>Sac de l'abbaye, peu après, par l'armée du chevalier d'Aumale (ligueurs). | |
| **1592** | Henri IV s'empare de Chartres. | L'abbaye centre de négociations de paix : Henri IV y rencontre secrètement les archevêques de Paris et de Lyon. | Aidées par les ouvriers libres, l'abbesse et **sœur Anne** pansent les plaies de l'abbaye dévastée par les ligueurs. |

| DATES | L'HISTOIRE | LE QUARTIER | LES PERSONNAGES |
|---|---|---|---|
| **1593** | Henri IV abjure la religion protestante. | Nouvelle réunion de paix à l'abbaye. | L'abbesse **Anne de Thou** meurt le jour de l'Ascension. |
| **1594** | Henri IV couronné roi à Chartres.<br>Soumission des Ligueurs. | Nommée par acte royal, la belle Jeanne VI Camus de Pontcarré devient abbesse à 22 ans. | **Sœur Anne** devient la vraie patronne de l'abbaye. |
| **1596** | Naissance de René Descartes. | La paix rend son activité au Faubourg. Nobles et bourgeois ont besoin de meubles.<br>Mort de Jeanne VI après deux ans de règne.<br>Arrivée des « ébénistes-marqueteurs » hollandais Stabre et Equemann. | **Christophe Habermann** fabrique tables et sièges à la mode flamande : colonnes torses et pieds tournés. |
| **1598** | L'Édit de Nantes met fin aux guerres de religion. | Apparition de l'ébène et des cabinets flamands. | **Christophe** recrute pour l'atelier du roi.<br>**Anne** abandonne ses fonctions à l'abbaye et redevient simple religieuse. |
| **1599** | Henri IV rebâtit la France. | Triomphe au Faubourg des meubles tournés (futur style Louis XIII). | Mariage de **Christophe** avec **Béatrice,** fille d'un ébéniste hollandais immigré. |

| DATES | L'HISTOIRE | LE QUARTIER | LES PERSONNAGES |
|---|---|---|---|
| **1600** | Henri IV fait annuler son mariage avec Marguerite de Valois et épouse Marie de Médicis. | L'abbesse Jeanne VII abdique, remplacée par Renée de La Salle qui remet en vigueur la règle monastique bien oubliée. | Naissance de **Jacques,** puis de **Philippe** (1602) et d'**Étienne** (1603) au foyer de **Christophe Habermann.** |
| **1601** | Naissance du futur Louis XIII. | Le quartier en liesse pour la naissance du dauphin. | |
| **1602** | Naissance à Pescina (Italie) de Jules Mazarin. Poursuite des grands travaux en France et à Paris. | Prospérité retrouvée du Faubourg. | |
| **1610** | Couronnement de la reine et assassinat d'Henri IV par Ravaillac. | Le Faubourg acclame Louis XIII, l'enfant roi, reçu porte Sainte-Antoine par la ville. | **Laurent Stabre,** le maître-marqueteur du Louvre rencontre **Antoinette,** fille du **Dr Séguier-Thirion.** |
| **1611** | Naissance de Turenne à Sedan. | L'atelier de Christophe Habermann construit des cabinets d'ébène marquetée inspirés de la production des ateliers royaux du Louvre. | Mariage de **Laurent Stabre** et d'**Antoinette Séguier-Thirion.** |

| DATES | L'HISTOIRE | LE QUARTIER | LES PERSONNAGES |
|---|---|---|---|
| **1615** | Mariage de Louis XIII avec l'infante d'Espagne Anne d'Autriche. | Nouveaux monastères fondés dans le Faubourg à Charonne et à Picpus. | **Jacques Habermann,** instruit chez les oratoriens devient le brillant élève de **Stabre.** |
| **1617** | Louis XIII gouverne, éloigne sa mère Marie de Médicis et se débarrasse de Concini. | | **Jean Racey,** sculpteur, ouvrier du roi au Louvre, enseigne **Jacques** dont le talent étonne. |
| **1621** | Naissance de Condé. | Osmose bénéfique entre les ateliers royaux du Louvre et ceux du Faubourg.<br>L'abbesse Renée institue la clôture à Saint-Antoine-des-Champs. | L'amour naît au Louvre entre **Jacques Habermann** et **Jeanne** la fille jolie et instruite du sculpteur-philosophe **Jean Racey.**<br>**Jacques** décore la fameuse « chambre bleue d'Arthénice » à l'hôtel de Rambouillet. |
| **1624** | Richelieu premier ministre. | | **Jacques et Jeanne,** amants de cœur et d'esprit se lient avec **Marion Delorme.** |
| **1635** | Naissance à Niort de Françoise d'Aubigné (future Mme de Maintenon).<br>Guerre de Trente ans.<br>Création de l'Académie française. | Jacques devient maître-ébéniste du roi et se voit attribuer l'atelier de Jean Racey au Louvre. | Mort de **Jean Racey.**<br>**Jeanne** quitte **Jacques** et s'installe dans la maison de la rue Picpus léguée par son père. |

| DATES | L'HISTOIRE | LE QUARTIER | LES PERSONNAGES |
|---|---|---|---|
| **1636** | Création du *Cid*. | Mort de l'abbesse Renée de La Salle. Marie II de Bouthillier lui succède. | **Jacques** réussit les premiers décors en incrustation de filets de métal dans l'ébène. |
| **1637** | | Vogue au Faubourg des meubles à tiroirs (cabinets flamands). | **Jeanne,** maîtresse du **chevalier d'Albret,** tient salon et école d'épicurisme. |
| **1638** | Naissance du dauphin (futur Louis XIV). | Ninon de Lenclos rue des Tournelles et rue Picpus. | **Jacques,** maître renommé, revoit **Jeanne** dont il fréquente le salon. |
| **1640** | | Transformation lente mais continue de la vieille route de l'est qui devient vraiment un faubourg. | **Jeanne** revient vers **Jacques.** Mort de **Christophe Habermann.** Mariage de **Jacques** et de **Jeanne** qui revient vivre au Louvre. |
| **1641** | Naissance de Louvois. | | Naissance de **Rosine,** fille de **Jeanne** et de **Jacques.** |
| **1642** | Mort de Richelieu. | Naissance d'André-Charles Boulle, fils d'un ébéniste de la rue de Montreuil. | Triomphe de l'amour au Louvre. L'éducation de **Rosine Habermann.** |

| DATES | L'HISTOIRE | LE QUARTIER | LES PERSONNAGES |
|---|---|---|---|
| **1643** | Mort de Louis XIII. Régence d'Anne d'Autriche. Mazarin gouverne. Molière fonde « L'Illustre Théâtre ». | Le style Louis XIII a fait son temps au Louvre et au Faubourg, les ébénistes rêvent de meubles nouveaux. | |
| **1648** | Fronde parlementaire.<br>Impopularité de Mazarin. | Le Faubourg ne s'intéresse pas aux querelles des grands. | |
| **1650** | Fronde des Princes. | Du Faubourg au Louvre, naissance des lignées de grands ébénistes : Golle, Poitou, Sommer... | Anniversaire de **Rosine** (10 ans) qui fait la connaissance d'un petit voisin : **André-Charles Boulle.** |
| **1652** | La Fronde. Conduit par Mazarin, le jeune roi assiste depuis Charonne au combat qui oppose, faubourg Saint-Antoine, Turenne à Condé. | Bataille et canonnade dans le Faubourg.<br>Mort subite de l'abbesse Marie II.<br>Madeleine Molé lui succède. | |
| **1653** | Colbert, ministre et protecteur des artistes. | Triomphe de la marqueterie.<br>Vogue des « bureaux Mazarin ». | Construction chez **Habermann** du premier fauteuil Louis XIV.<br>Mort de **Béatrice,** mère de **Jacques.** |

| DATES | L'HISTOIRE | LE QUARTIER | LES PERSONNAGES |
|---|---|---|---|
| **1657** | Édit royal confirmant les ouvriers libres du Faubourg dans leurs privilèges. | Rassurés, les artisans, créent le style nouveau dans le sillage des ateliers royaux. | **Rosine** à la recherche de racines familiales retrouve le portrait d'**Anne** peint par **le Tintoret.** |
| **1659** | Traité des Pyrénées. Louis XIV épousera l'infante Marie-Thérèse. | De nouveaux ébénistes deviennent célèbres : Jean Macé, Oppenhoort, Jean Lepautre. | Idylle entre les deux amis d'enfance **André-Charles Boulle** et **Rosine Habermann.** |
| **1660** | Mariage de Louis XIV. | Le Faubourg en fête. L'accueil de la jeune reine de France (place du Trône). Défilé grandiose tout au long du Faubourg, jusqu'au Louvre. | Mort subite de **Jeanne** victime d'une attaque cardiaque. |
| **1661** | Naissance à Fontainebleau du Grand Dauphin.<br>Mort de Mazarin.<br>Début de la construction du château de Versailles. | André-Charles Boulle, jeune ébéniste prodige invente la commode, un meuble qui assurera deux siècles de prospérité au Faubourg. | Le Faubourg, en plein essor, attire les meilleurs ouvriers du monde entier. |
| **1662** | Prise de pouvoir de Louis XIV. | A 20 ans, Boulle devient ouvrier du roi. | |
| **1664** | Ordonnances royales rétablissant l'autorité de l'État. | Boulle réalise aux Gobelins son premier meuble en marqueterie de métal. | **Rosine,** la petite fiancée d'**André-Charles Boulle** rencontre **Frédéric Andrieu.** |

| DATES | L'HISTOIRE | LE QUARTIER | LES PERSONNAGES |
|---|---|---|---|
| **1665** | Colbert contrôleur général des finances. | La manufacture royale de miroirs créée rue de Reuilly fournit des glaces de médiocre qualité. | **Rosine** épouse **Frédéric Andrieu.** L'aventure vénitienne à la recherche du secret des verriers de Murano. |
| **1666** | Louvois, secrétaire d'État à la guerre. | La France fabrique ses propres glaces et miroirs dans la manufacture royale.<br>La « piété douce » reprend ses droits à l'abbaye dirigée par Madeleine Molé. | **Frédéric** directeur de la manufacture de glaces, rue de Reuilly. |
| **1672** | Première édition des *Pensées* de Pascal. | André-Charles Boulle reçoit un atelier-logement au Louvre. | Ascension sociale des **Andrieu;** Naissance de **Jean-Jacques** leur premier enfant. |
| **1677** | | André-Charles Boulle épouse Anne-Marie Le Roux, fille d'un ébéniste du Faubourg. | Naissance d'**Anne Andrieu.**<br>**Boulle** collectionneur passionné. |
| **1678** | Persécution des protestants. | Boulle impose son style dont s'inspirent les ébénistes du Faubourg. | Naissance de **Nicolas** premier enfant d'**André-Charles Boulle.** |
| **1706** | Mort de Ninon de Lenclos. | | Mort brutale de **Frédéric.**<br>**Rosine** se retire dans la maison de Picpus. |

| DATES | L'HISTOIRE | LE QUARTIER | LES PERSONNAGES |
|---|---|---|---|
| **1713** | Traité d'Utrecht. Naissance de Diderot. | Le style somptueux qui a marqué le règne du grand roi s'affine dans l'élégance et la simplicité. | Mort de **Rosine.** |
| **1715** | Mort de Louis XIV. Régence de Philippe d'Orléans. | A 73 ans, Boulle continue de diriger son atelier, aidé par deux de ses fils. | |
| **1720** | Banqueroute et fuite de Law, contrôleur général des finances. | Aux galeries du Louvre : incendie des ateliers et des collections privées d'André-Charles Boulle. | Après l'incendie où il a tout perdu, **Boulle** revient s'installer au Faubourg chez son fils, l'ébéniste **Pierre-Benoît.** |
| **1725** | Disette à Paris. Mise à sac de boulangeries faubourg Saint-Antoine. | Miracle au Faubourg. Apparition d'un nouveau siège : la « bergère ». | Mariage des petites-filles de **Rosine, Marie-Jeanne** et **Antoinette Pouget** avec des ébénistes du Faubourg : **Charles Cres** et **François Lacroix.** |
| **1732** | Naissance à Genève de Necker. | Mort d'André-Charles Boulle à 90 ans. | |

| DATES | L'HISTOIRE | LE QUARTIER | LES PERSONNAGES |
|---|---|---|---|
| **1735** | Naissance en Allemagne de Riesener. | Technique de la marqueterie en « bois de bout ».<br>Utilisation courante des bois exotiques de couleur en marqueterie. | **Françoise-Marguerite,** fille d'**Antoinette** et de **François Lacroix** a pour camarade de jeu, rue Saint-Nicolas, un garçon nommé **Jean-Baptiste Réveillon.** |
| **1749** | Naissance de Mirabeau. | Nouvel afflux au Faubourg d'ouvriers venus de l'est, principalement des Allemands. | Mariage de l'ébéniste allemand **J.F. Oeben,** locataire d'un fils **Boulle,** avec **Françoise-Marguerite Lacroix.** |
| **1751** | Diderot et d'Alembert publient le premier tome de *L'Encyclopédie*. | Edit royal rendant obligatoire l'estampille de maîtrise sur les meubles. | |
| **1754** | Naissance du dauphin (futur Louis XVI).<br>Naissance de Talleyrand. | Oeben, ébéniste de la cour, accueille dans son atelier de l'Arsenal son compatriote Jean-Henri Riesener. | Début de l'irrésistible ascension du jeune **Réveillon** qui épouse la fille du mercier **Maroy.** |
| **1761** | *La Nouvelle Héloïse* de J.-J. Rousseau.<br>*Le Neveu de Rameau* de Diderot. | Oeben entreprend le chef-d'œuvre de sa vie : le bureau du roi.<br>Avènement d'une nouvelle abbesse : la princesse Gabrielle-Charlotte de Beauvau-Craon. | **Réveillon** créé une fabrique de papier peint et commence à édifier sa fortune. |

| DATES | L'HISTOIRE | LE QUARTIER | LES PERSONNAGES |
|---|---|---|---|
| **1763** | Gabriel construit le Petit Trianon à Versailles. | Mort de Jean-François Oeben, l'ébéniste le plus célèbre de son temps. Sa veuve Marguerite reprend sa marque avec le concours de Jean-Henri Riesener. | **Oeben** ne laisse pas de fortune. **Marguerite** doit élever ses quatre filles.<br>Intervention généreuse de **Réveillon** parrain de l'aînée, **Antoinette.** |
| **1764** | Expulsion des jésuites. | Réveillon rachète la folie Titon », rue de Montreuil et y installe une manufacture de papier peint (300 ouvriers). | Une jeune dame du Faubourg : **Antoinette** fille aînée d'**Oeben,** intelligente et instruite entend défendre la cause des femmes. |
| **1767** | | L'abbesse de Beauveau-Craon restaure l'abbaye, perce la rue d'Aligre et fonde le marché Saint-Antoine. | **Riesener** épouse **Marguerite,** la veuve d'**Oeben.** Il devient maître un an après. |
| **1772** | | Antoine Santerre achète au sieur Acloque une brasserie rue de Reuilly. | Rencontre d'**Étienne de Montgolfier** et de **Jean-Baptiste Réveillon.** |
| **1774** | Mort de Louis XV. Avènement de Louis XVI. | Afflux de main-d'œuvre provinciale et allemande au Faubourg. Naissance d'un nouveau prolétariat (manufactures) en dehors des artisans du meuble. | |

| DATES | L'HISTOIRE | LE QUARTIER | LES PERSONNAGES |
|---|---|---|---|
| **1775** | *Le Barbier de Séville* (Beaumarchais). | | |
| **1776** | Necker directeur du Trésor. | | Mort accidentelle de **Marguerite Riesener.** |
| **1777** | La Fayette part pour l'Amérique. | | **Henri Riesener,** fils de **Marguerite** et de **Jean-Henri Riesener** étudie la peinture. |
| **1780** | Justice : Louis XVI abolit la « question ». | Le « siècle de la commode » : malgré un climat tendu, le Faubourg travaille. | **Antoinette** rencontre **Pilâtre de Rozier,** apothicaire, chimiste et homme à la mode dans la société libérée du XVIIIe siècle. |
| **1783** | Naissance de l'aérostation. Expériences des frères Montgolfier et de Jacques Charles. | Fabriqué et essayé à la folie Titon, chez Réveillon, un ballon imaginé par Montgolfier et monté par Pilâtre de Rozier s'élève dans l'air, Faubourg Saint-Antoine. | Liaison passionnée et orageuse entre **Pilâtre de Rozier** et **Antoinette Oeben.** |
| | Exploit de Pilâtre de Rozier et du marquis d'Arlande : premier vol en ballon libre au-dessus de Paris. | Réveillon au sommet : il partage la gloire des frères Montgolfier et de Pilâtre. | |

| DATES | L'HISTOIRE | LE QUARTIER | LES PERSONNAGES |
| --- | --- | --- | --- |
| **1785** | Mort de Pilâtre de Rozier, à 29 ans, en tentant la traversée de la Manche en ballon. | Achat d'un terrain par Beaumarchais près de la Bastille. | **Antoinette,** effondrée par la fin tragique de **Pilâtre** rencontre **Germaine de Staël** fille de **Necker.** |
| **1788** | L'argent manque dans les caisses de l'État et le pain dans les boulangeries.<br>Le climat social à Paris et en province devient alarmant. | Disette et pauvreté au Faubourg. | **Antoinette** fait la connaissance du baron **Bertrand de Valfroy,** l'un des adjoints de **Necker.** Il la sauve du désespoir et devient son amant. |
| **1789** | Élection des députés aux états généraux.<br>Mise à sac de la propriété Réveillon.<br>Serment du jeu de Paume. | L'émeute chez Réveillon fait plus de 150 morts au Faubourg (21 avril). | **Antoinette,** blessée au cours de « l'affaire **Réveillon** » s'aperçoit à la veille du 14 juillet 1789 qu'elle est enceinte. |

# Table

*Cet ouvrage a été réalisé sur*
*Système Cameron*
*par la SOCIÉTÉ NOUVELLE FIRMIN-DIDOT*
*Mesnil-sur-l'Estrée*
*pour le compte des Éditions Denoël*
*le 21 mars 1984*

Dépôt légal : avril 1984
N° d'édition : 1727 – N° d'impression : 0668
*Imprimé en France*

1727